L'ANGE DE MUNICH

Diplômé de philosophie, Fabiano Massimi travaille à la bibliothèque Delfini de Modène et comme consultant pour les plus grandes maisons d'édition italiennes. *L'Ange de Munich* est son premier roman.

FABIANO MASSIMI

L'Ange de Munich

ROMAN TRADUIT DE L'ITALIEN PAR LAURA BRIGNON

ALBIN MICHEL

Titre original :

L'ANGELO DI MONACO

ISBN : 978-2-253-24248-2 – 1re publication LGF

Elle meurt.

Dans la pièce fermée, la jeune fille gît à terre. Les yeux écarquillés, la bouche entrouverte, la peau froide, de plus en plus froide. Une tache de sang s'élargit doucement sur sa robe.

À quelques centimètres d'elle, le pistolet repose sur le tapis bleu, orienté vers la fenêtre. Il y a quelques minutes encore, ce n'était qu'un objet sans importance pour la jeune fille. À présent, c'est l'élément le plus important de sa vie, le terme vers lequel elle se dirigeait depuis le début sans le savoir.

Un bruit sourd, des pas. De l'autre côté de la porte, les occupants de l'appartement vaquent à leurs activités sans se douter de sa présence, qui sera bientôt une absence. La jeune fille voudrait bouger, appeler, mais le coup de feu lui a ôté toute énergie. Seule sa conscience reste vive, par intervalles.

Combien de temps met-on pour mourir ainsi ? Une heure, cinq, dix ? Son esprit tente d'associer des visages aux horaires, de déterminer si quelqu'un, et qui, et quand, s'apercevra de ce qui s'est passé – de ce qui se passe, et qui pourrait encore être arrêté.

Mais ces raisonnements sont trop abstraits, et la lumière continue de baisser. Le monde à l'extérieur n'a pas de temps à perdre pour une jeune idiote imprudente qui meurt seule dans sa chambre. Les rares personnes qui l'aiment sont loin.

Ainsi, elle reste à terre, muette, le souffle court, les yeux fixés sur un ciel de stucs. Et, tandis que le froid se fait peu à peu tolérable, elle attend que quelqu'un, n'importe qui, vienne la sauver ou, à défaut, la réconforter.

SAMEDI 19 SEPTEMBRE 1931

1

Il avait plu pendant la nuit, une pluie légère apportée par les premiers nuages de l'automne imminent, mais à l'aube un vent chaud venu des Alpes s'était mis à souffler en rafales sur les places et dans les rues du vieux Munich. C'était le foehn qui, toujours inattendu, transforme jusqu'aux journées les plus froides en éclats de printemps.

Assis à une petite table entre les kiosques de restauration du marché aux victuailles de Munich, le Viktualienmarkt, Siegfried Sauer, commissaire dans la police criminelle munichoise, regardait les arbres centenaires qui l'entouraient. Le foehn les dépouillait gaiement de leurs premières feuilles jaunes, qui voletaient un peu avant d'atterrir dans les flaques du marché, comme autant de petites embarcations, ou bien dans les copieux petits déjeuners des ouvriers et des cochers, déjà attablés à dix heures du matin devant des saucisses et des pains de viande. Un sourire mélancolique se dessina sur le visage de Sauer à la vue de ce spectacle familier qui le fascinait : il avait grandi dans ce marché, où sa mère avait tenu une poissonnerie pendant des décennies. Chaque jour de son enfance, il s'était assis à ces mêmes tables en bois pour observer et écouter les histoires du peuple, qui lui en avaient peut-être plus appris que ses manuels scolaires. Malgré le tourbillon d'événements des trente dernières années – le déclin de l'Empire, la Grande Guerre, la République, le krach de Wall Street –, le marché était toujours là, avec ses clients aux bavardages immuables, saison après saison.

« Bonjour, lieutenant ! pépia une voix féminine à proximité de sa table. Le réveil n'a pas sonné, ce matin ?

— Je ne suis plus lieutenant, Frau Keller, je vous l'ai déjà dit, répondit Sauer à la tenancière de l'Obersalzberg, la brasserie la plus fréquentée du marché.

— Mais oui, bien entendu. Je m'en souviens. Je ne suis pas encore une vieille gâteuse ! »

Sauer sourit. Gâteuse, certainement pas, mais la question de son âge était sujette à caution : parmi les vendeurs, personne n'avait gardé mémoire d'une époque antérieure à Meni Keller, qui, plus qu'une institution, était l'âme même du marché de Munich. On racontait qu'une fois elle avait servi Bismarck en personne, événement dont des dizaines de versions plus ou moins vraisemblables avaient circulé au cours du temps.

« Que diriez-vous d'une bonne bière pour bien commencer votre samedi ? Allez-vous à la Wiesn aujourd'hui ? Il paraît que le pavillon Paulaner est extraordinaire, cette année.

— Frau Keller, vous savez pertinemment que non seulement je ne suis pas lieutenant mais commissaire, et qu'en outre je ne bois pas.

— Vous ne buvez pas ! Oh, Seigneur ! Ça se soigne ? »

La vieille femme éclata de rire, regardant alentour comme pour éveiller la compassion de ses autres clients, tous munis d'une grande chope de bière. La plupart portaient le *Lederhose* – une culotte de peau – et le gilet traditionnels ; les femmes qui les accompagnaient avaient revêtu le *Dirndl* décolleté et au corsage ajusté qui avait fait la célébrité de la Bavière dans le monde. Crise ou non, il était hors de question de renoncer à l'Oktoberfest.

Tandis que Sauer et Frau Keller rejouaient la scène pour la énième fois comme un rituel de bon augure, une femme plus jeune, elle aussi vêtue du costume traditionnel, posa une chope de céramique fumante devant le commissaire. « Sucré ou salé ? demanda-t-elle, les yeux baissés.

— Salé, Margit. Merci. »

Elle hocha la tête, plongea une main dans le panier en osier qu'elle portait à son bras et en tira un bretzel de la taille d'une assiette. « Bon appétit », dit-elle en le déposant sur la table, à côté du carton où était inscrit « Lieutenant Sauer » et d'un couteau en acier. Elle ajouta une portion de beurre et repartit comme elle était venue.

« Margit a un faible pour vous, lieutenant, déclara la vieille Meni.

— Elle ne me regarde même pas, répondit Sauer, qui d'ailleurs s'en souciait peu.

— Faites-moi confiance. Je connais ma fille », insista la vieille dame. Elle lui fit un clin d'œil et le laissa à son petit déjeuner.

Sauer coupa son bretzel dans le sens de la largeur, puis le beurra méthodiquement, sans se presser. Un chardonneret vint se poser sur la table et lui lança des regards impatients accompagnés de mouvements saccadés. Sauer lui donna une miette de pain et le chardonneret tourna vivement la tête, avant de s'envoler dans un bruissement d'ailes.

« Dis donc ! s'exclama un homme derrière lui. Tu fais un sacré solitaire. Même les oiseaux ne peuvent pas petit-déjeuner avec toi !

— Mutti, salua Sauer sans se retourner. Quel bon vent t'amène ?

— Un vent chaud, répondit son interlocuteur en faisant le tour de la table. Les anciens l'appelaient le zéphyr. Un vent joyeux et agité, comme moi. » Il sourit, dévoilant une rangée de dents où quelques-unes manquaient à l'appel puis, d'un geste de prestidigitateur, il fit apparaître une chaise en métal et s'assit en face de Sauer. « Je peux ? J'ai une faim de loup. »

Sauer hocha la tête : évidemment qu'il pouvait. Il coupa son bretzel, qui prit la forme d'un cœur séparé en deux parties, et tendit le plus gros morceau à son ami.

Helmut Forster, commissaire adjoint dans la police criminelle, était tout l'opposé de Sauer, et c'était peut-être pour cela qu'ils s'entendaient si bien, au travail comme dans la vie. Sauer était l'incarnation même de l'idéal nordique – grand, blond, un regard de glace, un visage taillé au couteau et parfaitement glabre. Avec son mètre soixante, Mutti lui arrivait tout juste à l'épaule, et sa peau mate, ses cheveux noirs, ses yeux marron et l'ombre de barbe qui résistait à son rasage quotidien lui donnaient l'allure d'un enfant des rivages ensoleillés de la Méditerranée plutôt que de la patrie allemande. Mutti était sorti de la guerre avec un appétit insatiable de nourriture, de bière, de cigarettes, de tout, que trahissaient la taille de ses chemises comme la légèreté de son portefeuille, déjà mis à l'épreuve par les besoins de la famille qu'il avait fondée quinze ans auparavant avec la douce Lina, originaire de l'Est. Sauer, qui n'était jamais affamé et n'avait pas une femme et trois enfants à nourrir, partageait volontiers ses repas avec Forster. C'était son meilleur ami et, si celui-ci en avait eu besoin, il lui aurait donné son salaire.

« Espérons que ce samedi sera paisible », dit Mutti quand il eut fini son demi-bretzel.

Sauer envisagea de lui en donner un peu plus, mais il pensa que Lina verrait d'un mauvais œil tout ce beurre dans les artères de son mari. « Cette année, j'ai été en service une douzaine de samedis et il ne s'est jamais passé grand-chose. Des ivrognes et des conflits familiaux, tout au plus. »

Mutti acquiesça. « Les gens préfèrent s'entre-tuer en semaine. Le samedi et le dimanche, on se repose. » Il fit signe à Margit. « J'ai une soif terrible. A-t-on jamais vu un mois de septembre aussi chaud ? Le climat est en train de changer, les vieux ont raison. Tu commences à onze heures, toi aussi ?

— Oui », répondit Sauer en levant les yeux vers l'Alte Peter – le « Vieux Pierre » –, surnom donné à la tour de l'horloge qui veillait comme une sentinelle sur le marché. En dépit de son âge vénérable, l'Alte Peter n'oubliait jamais de sonner l'heure, suivi par les tours voisines, plus récentes. C'était un compagnon de longue date du commissaire, qui habitait dans un appartement mansardé donnant sur le marché. « Je suis de garde jusqu'à demain matin.

— Moi aussi. Ça te dit de venir déjeuner à la maison demain, quand on finira ?

— Lina est d'accord ?

— C'est elle qui l'a proposé. Elle dit que ça fait longtemps qu'on ne t'a pas vu et elle se demande ce que tu manges, si tant est que tu manges. »

La femme de Mutti avait dix ans de moins que Sauer et presque vingt de moins que son mari, mais elle les traitait comme deux galopins, les grondant et les gâtant comme une mère. Sauer y trouvait son compte.

Il allait accepter l'invitation quand un cri désespéré déchira l'atmosphère paisible du marché.

« Au secours ! s'époumonait un homme à bout de souffle. Au secours ! »

Il déboucha en courant comme un dératé d'une rue longeant l'église du Saint-Esprit, aussi blême qu'un mort ou que quelqu'un qui ne va pas tarder à l'être. Grand, maigre, il avait le visage émacié et un nez imposant. Il portait un complet de velours et des chaussures cirées mais allait tête nue, il avait dû perdre son chapeau dans sa course. « Ils sont à mes trousses ! »

Sauer se leva, prêt à intervenir, et vit arriver les poursuivants de l'angle nord du marché : trois hommes à l'allure martiale, vêtus de marron de la tête aux pieds, dont un armé d'une matraque. « Arrête-toi ! » cria le dernier.

« Tu ne nous échapperas pas ! » ajouta un autre.

« Des SA », siffla une serveuse à quelques mètres de Sauer.

En un clin d'œil, comme si elle mettait en œuvre une procédure d'urgence bien rodée, la foule du marché réagit en bloc : elle s'écarta juste assez pour laisser passer le fugitif, qui continua sa course sans ralentir, puis se referma et reprit ses occupations en feignant l'indifférence. Les trois hommes en uniforme brun, arrivés quelques secondes après, se heurtèrent à une barrière de clients éméchés. De la bière fut renversée, les insultes fusèrent. Quand le poursuivant armé d'une matraque réussit à s'extirper de la rixe qui commençait, l'homme en complet de velours avait disparu de l'autre côté de la Schrannenhalle, la partie couverte du marché.

« Vous l'avez laissé s'enfuir ! » cria le chef des SA,

sans que l'on sache s'il s'adressait à ses compères ou aux clients à qui ils avaient dû faire face. Il écumait de rage et d'orgueil blessé. « C'était un délinquant ! Un voleur ! Beau travail, félicitations ! » Il agita sa matraque, à la fois pour se défouler et pour rassembler ses hommes, puis s'en retourna vers Sparkassenstrasse suivi de ses acolytes.

« Des nazis, aboya un homme en *Lederhose* quand le calme revint. Je déteste ces gens. »

Sauer fit la moue. « Ce n'était pas un voleur. Tu as vu ses habits ?

— Et pas un délinquant non plus, répondit Mutti. Il avait la tête de quelqu'un qui va prendre une raclée même s'il n'a rien fait. Ou plutôt, justement parce qu'il n'a rien fait. »

Sauer leva les yeux vers l'Alte Peter qui, comme lui, avait assisté à la scène sans broncher. « Dix heures quarante. Il faut qu'on y aille.

— Alors allons-y, fit Mutti en se levant. Et espérons que ce samedi sera tranquille, répéta-t-il.

— Espérons qu'il prenne meilleure tournure, oui », répondit Sauer, mais sans conviction, comme si au fond il savait ce qui les attendait.

Plus tard, quand sa vie aurait tellement déraillé qu'il serait impossible d'y remédier, Sauer repenserait souvent à ce petit déjeuner avec Mutti au marché – et au fait qu'aucun homme n'a jamais conscience du moment précis où son destin commence à s'accomplir, qu'il le veuille ou non.

2

Le commissariat central avait déménagé depuis peu au numéro 2 d'Ettstrasse, un bâtiment grandiose à cinq étages qui occupait tout un pâté de maisons en plein cœur de la vieille ville. L'impression de puissance et de détermination qui se dégageait de sa sévère façade vert pistache, percée d'innombrables fenêtres ornées de stucs, n'était en rien atténuée par le rouge pimpant de son toit ni par la gracieuse tour qui s'en élevait, avec sa grosse horloge.

Dans le bureau de Zavi Tenner, le directeur de la police criminelle, la grande table d'acajou tournait le dos à l'horloge et le message était clair pour Mutti comme pour Sauer : si le temps était un problème, c'était pour ses visiteurs et non pour lui.

« Je vous attendais plus tôt », marmonna Tenner sous l'énorme moustache en guidon de vélo qui couvrait la moitié de son visage, cramoisi comme un coucher de soleil en raison de la température ambiante. Tenner était un montagnard et, quelle que soit la saison, la cheminée de son bureau était allumée et les fenêtres restaient fermées.

« On ne savait pas que vous nous attendiez, répondit Mutti. On est venus dès qu'on nous a transmis le message.

— On m'a dit qu'il y a eu de l'agitation au marché, reprit le directeur.

— Oui, confirma Sauer. Trois miliciens poursuivaient un civil. »

Tenner haussa un sourcil : « Et ?

— Le marché s'est défendu.

— Munich a ses anticorps », commenta le directeur. Il regarda ses deux hommes pendant de longues secondes, puis se laissa aller contre le dossier de son fauteuil. « Je n'ai pas l'intention de tourner autour du pot. Ce ne serait qu'une perte de temps. Je suis désolé que ça tombe sur vous, mais c'est comme ça. Si vous avez de la chance, ce sera vite bouclé. Enfin, j'espère.

— Eh bien, chef, heureusement que vous n'avez pas l'intention de tourner autour du pot », fit remarquer Mutti en affichant son sourire débonnaire, sésame imparable pour se faire pardonner toutes ses impertinences.

De fait, Tenner ne releva pas et laissa échapper un soupir. « Nous avons un problème. Ou plutôt, *vous* avez un problème. »

Le mauvais présage qui s'était niché dans la poitrine de Sauer après la scène au marché aux victuailles s'ouvrit comme un œuf, laissant échapper mille hypothèses rampantes, plus funestes les unes que les autres.

« Ce matin, un cadavre a été retrouvé. Une femme de race germanique, âgée d'une vingtaine d'années. »

De race germanique. Depuis quand la police fait-elle ce genre de distinctions ? s'interrogea Sauer. Ce concept remportait un grand succès dans la république de Weimar, et depuis plusieurs années déjà l'université de Munich avait ouvert une chaire d'hygiène de la race, mais la présence de ce terme dans le vocabulaire d'un homme comme Tenner était un signe d'implantation inquiétant.

« Le décès a eu lieu dans l'appartement où la jeune fille résidait avec un membre de sa famille, continua le directeur. Celui-ci était absent, pour des motifs professionnels semble-t-il, mais le personnel de maison, qui est assez nombreux, était là. »

Sauer se pinça les lèvres : « Une famille aisée. » Cela pouvait expliquer que l'affaire soit délicate.

« Des nouveaux riches. L'homme en question gravit les échelons à toute allure.

— Un industriel ? » hasarda Mutti.

Sous ses airs de ville d'art italienne transplantée au nord des Alpes, Munich était en réalité un centre technologique en pleine ascension, berceau d'entreprises dont la notoriété était en train de devenir mondiale, de BMW à Osram en passant par Siemens, qui s'était démesurément développé pendant la Grande Guerre. Un lieu où l'argent circulait en abondance, avec son cortège d'affaires louches.

« Un homme qui est en train de se faire un nom, répondit Tenner. Et qui ne voudra pas le voir entaché par des rumeurs incontrôlées sur une tragédie advenue entre les murs de son foyer. Pour l'heure, peu importe pour vous de qui il s'agit. Ce qui compte, c'est la fille, qui, comme vous l'imaginez, est morte dans des circonstances…

— Suspectes ?

— … pas naturelles. Je n'en sais pas plus. Vous serez les premiers enquêteurs sur les lieux. Nous venons de recevoir la nouvelle. Quelle heure est-il ? »

Sauer jeta un œil à l'horloge. « Onze heures et quart.

— Nous avons reçu l'information il y a une demi-heure et nous devons résoudre l'affaire au plus vite pour éviter un scandale.

— Mais enfin, de qui s'agit-il ? insista Mutti. Pour dicter ses exigences à la police, c'est au moins le fils caché de Hindenburg ! »

Sauer imagina l'ancien président de la République bondir de lit illégitime en lit illégitime pour générer de futurs empêcheurs de tourner en rond, et en fut amusé. « Ce genre d'affaire prend une semaine en moyenne, intervint-il. Avec un peu de chance, on bouclera le dossier jeudi. Et, si on fait quelques heures supplémentaires, peut-être même mercredi.

— Huit heures », répliqua Tenner. Son ton était si glacial qu'il justifiait à lui seul la cheminée allumée. « L'affaire doit être résolue d'ici à ce soir. »

Une bûche tomba dans la cendre, faisant jaillir une myriade d'étincelles.

« Vous plaisantez ? s'étrangla Mutti. Une mort violente, ça ne se résout pas en un jour.

— Pas en un jour. En huit heures. À partir de maintenant. Et personne n'a parlé de mort violente. Évitez ce genre d'expression, si vous ne voulez pas avoir de problèmes. Cette enquête tient à cœur à plusieurs personnes au commissariat, et en dehors aussi. Elles espèrent qu'elle sera rapide, discrète et objective.

— Et qu'elle aboutira, ajouta Mutti.

— Si vous trouvez des éléments incontestables, oui, confirma Tenner. Sinon, non, et dans tous les cas, ficelez bien vos conclusions. Toute accusation éventuelle doit être étayée par des preuves irréfutables, non, écrasantes. S'il y a le moindre doute, on classe. Que les choses soient claires : je ne vous demande pas de ne pas enquêter ou d'enquêter les yeux fermés. Dieu merci, nous sommes la police, pas une branche des services secrets. Mais sachez que ce que vous trouverez intéresse des personnes pour qui la discrétion est une priorité absolue. Nous avons une mort délicate, dans un lieu délicat, à un moment très délicat. Montrez-vous extrêmement prudents.

— Bien reçu, répondit Mutti, qui était sans doute l'homme le moins prudent de toute la Bavière. Adresse ?

— Bogenhausen. Julian vous y conduira avec mon auto. »

Les deux enquêteurs en restèrent bouche bée. Personne au commissariat n'avait jamais eu cet honneur.

Tenner remarqua leur stupéfaction : « Oui, vous avez bien compris. Soyez discrets, et si vous avez des doutes ou découvrez des choses bizarres, revenez m'en parler. » Il les fixa avec sérieux. « À moi et à personne d'autre. »

Dehors, la petite BMW de Tenner stationnait le long du trottoir, moteur allumé, prête à se jeter dans la circulation. Au volant, le sergent Karl Julian les attendait, son visage imberbe paré de lunettes cerclées de métal penché sur un roman jauni. Il sursauta en les voyant arriver et fit disparaître le livre, mais il ne fut pas assez prompt.

« Juli, le salua Mutti en montant dans l'auto avec Sauer. Tu perds encore ton temps avec la littérature ? Tu n'as pas remarqué que nous vivons une époque romanesque ? Les grandes histoires sont là, dehors ! Va les vivre ! »

Le sergent esquissa un sourire poli. « Il y a des gens qui sont faits pour la réalité, commissaire Forster, et des gens qui sont faits pour la fiction.

— Et tu ne pourrais pas faire semblant de t'intéresser à la réalité ?

— La réalité est un endroit terrible. Je préfère y passer le moins de temps possible », répondit le jeune homme en prenant la direction de Schäfflerstrasse.

Les yeux fixés sur les coupoles jumelles de la cathédrale, Sauer pensa que l'opinion de leur chauffeur n'était pas dépourvue de sagesse et se demanda combien de personnes voyaient les choses comme lui en cette période sombre qui laissait présager un avenir plus sombre encore.

Sur Weinstrasse, ils tournèrent à gauche et poursuivirent entre les immeubles décorés de Theatinerstrasse, vers la silhouette inimitable de l'église des Théatins.

« Qu'est-ce que tu as compris à tout ça ? » demanda Mutti.

Sauer était distrait, l'esprit ailleurs, comme toujours quand il parcourait les rues conduisant à la Feldherrnhalle, le portique des Maréchaux qui fermait l'Odeonsplatz au sud. Il revint au temps présent quand ils eurent dépassé l'entrée du Hofgarten : « Pardon ?

— Tu as idée de ce qui se trame ? »

Sauer fronça les sourcils. Il jeta un regard furtif au chauffeur, puis adressa un geste désapprobateur à son collègue. *Pas devant lui ! Tu dis toujours que c'est un espion...*

Mutti changea aussitôt de sujet. Il se mit à parler de la circulation, des automobiles, des rues de la vieille ville et de celles des quartiers récents. Le sergent Julian hochait la tête et répondait par monosyllabes, concentré sur la route. Quand, pour finir, il tourna à gauche sur la grande voie impériale, une des dernières imaginées par le regretté roi Louis II de Bavière, l'Ange de la Paix apparut au loin. Cette statue dorée aux grandes ailes déployées, qui veillait sur Munich du haut d'une colonne sur la berge de l'Isar, semblait en chemin vers le centre-ville, et sur le point d'y arriver. Sauer se demandait toujours si la personne qui l'avait conçue, sculptée puis placée sur cette colonne avait pensé qu'elle donnerait l'idée d'une paix inatteignable, éternellement figée à l'extérieur des murs de la ville.

De l'autre côté du pont, la route montait en direction de la statue, qu'elle contournait dans un large tournant arboré avant de déboucher sur Europaplatz. C'était l'entrée de Bogenhausen, un quartier huppé, élégant et friand d'art, raison pour laquelle, à mi-hauteur de la longue allée qu'ils parcouraient, se trouvait le théâtre d'art dramatique, sur une place ronde plantée de tilleuls et entourée d'immeubles colorés. Sauer ne connaissait pas bien ce quartier et, voyant que Julian ralentissait, il chercha des yeux une plaque qui puisse lui indiquer où ils étaient exactement.

Ce n'est qu'après avoir lu le nom de la place qu'il remarqua la poignée d'hommes en uniforme brun qui montaient la garde devant un immeuble à l'angle. Un frisson parcourut son échine quand il comprit où Tenner les envoyait, qui occupait la demeure où la jeune fille était morte et pourquoi on attendait d'eux une enquête rapide et discrète.

Personne à Munich n'ignorait cette adresse.

Prinzregentenplatz 16.

L'immeuble où habitait le dirigeant du Parti national-socialiste des travailleurs allemands, Adolf Hitler.

3

Dès que Julian gara l'automobile le long du trottoir, trois miliciens se détachèrent de l'entrée de l'immeuble, gardée avec une solennité martiale, pour se diriger vers eux.

« Ennuis droit devant, murmura le jeune homme.

— Crétins droit devant », le corrigea Mutti en sautant du marchepied.

Sauer l'imita. « Va te garer un peu plus loin », dit-il à Julian.

Pour moitié couverte de gravier, la place fourmillait de couples élégants qui se promenaient sous le soleil radieux. Des automobiles décapotées roulaient sur la route et un tramway, l'un des nombreux qui allaient à Marienplatz ou à la Theresienwiese, était à l'approche, prêt à faire le plein de familles vêtues de l'habit traditionnel pour se rendre aux pavillons de l'Oktoberfest. *Une journée de fête pour tout le monde*, pensa Sauer, *à part pour nous. À part pour les morts et ceux qui doivent en prendre soin.*

« Bonjour », les salua un des hommes en marron,

étonnamment courtois. Les SA étaient connus pour leur obéissance, leur discipline et leur brutalité, mais sûrement pas pour leurs bonnes manières. « Vous êtes les commissaires Forster et Sauer ? »

Sauer fronça les sourcils. Mutti lui adressa un regard perplexe.

« Nous vous attendions, continua l'homme en tendant la main. Rainer Hartmann, de la garde personnelle de Herr Hitler. Je vais vous montrer le chemin. Suivez-moi. »

Après lui avoir serré la main sans grande conviction, Mutti et Sauer le suivirent vers l'immeuble. C'était un édifice imposant, cinq étages crépis de gris rosé sous un toit en pente raide couleur ardoise, dont les lucarnes doubles rappelaient les tympans des églises antiques. La façade s'étendait sur presque cent mètres entre Prinzregentenplatz, où donnait la grande porte arrondie surveillée par les SA, et le début de Grillparzerstrasse, où elle présentait son aspect le plus original : deux oriels octogonaux qui saillaient comme des tours, reliés par trois longs balcons maçonnés. Imaginant un homme politique haranguer la foule depuis ces balcons, Sauer eut la certitude que les appartements de Herr Hitler se trouvaient dans cette partie de l'immeuble.

« Suivez-moi, répéta Hartmann quand les autres SA s'écartèrent pour les laisser passer.

— Votre chef habite seul ici ? demanda Mutti.

— Non non, il y a plusieurs appartements. Celui de Herr Hitler est le plus grand, mais il y en a six autres.

Un au premier étage, deux au troisième et deux au quatrième, plus une grande mansarde. Tous les habitants sont des familles d'un certain rang», ajouta-t-il, une pointe d'orgueil dans la voix.

Après cette façade monumentale, le hall d'entrée décevait les attentes. Là où on se serait attendu à du marbre, des stucs ou, à tout le moins, à des panneaux de bois noble, il n'y avait qu'un banal escalier de pierre flanqué de carreaux gris émaillés aux motifs verdâtres. En haut de la première volée de marches, une faible lumière électrique éclairait la loge du concierge, fermée en ce jour de fête, où était accroché un écriteau, rédigé à la main, souhaitant une «*bonne Wiesn*» à tout le monde. «Par là», indiqua Hartmann et, d'un pas énergique, il emprunta l'escalier qui s'enroulait dans la pénombre.

«Après vous, dit Mutti en se courbant dans une large révérence, son chapeau à la main.

— Tu fumes trop, mon ami. Tu n'as plus de souffle, lui fit remarquer Sauer.

— Si je ne fumais pas, je ne respirerais pas. Tout homme doit s'autoriser au moins un travers.»

Sauer secoua la tête et suivit Hartmann dans l'escalier, lequel passa de la pierre claire à un bois sombre qui résonnait sous leurs pas. En montant, les trois hommes faisaient autant de bruit qu'un peloton.

Il n'y avait qu'une porte sur le premier palier, éclairé par une fenêtre au vitrage dépoli. Sous l'épais tapis aux motifs raffinés, le plancher massif avait été ciré récemment et aucun nom ne figurait sur la sonnette. C'était effectivement l'appartement d'une famille d'un certain rang, ou qui voulait passer pour telle.

Arrivé au deuxième étage, Hartmann frappa à la porte à deux battants. Sauer jeta un coup d'œil par la fenêtre. L'immeuble avait une cour en commun avec les bâtiments mitoyens, qui, tous ensemble, formaient un anneau oblong parfaitement fermé. De l'extérieur, il était impossible de soupçonner son existence.

« Oh, un jardin secret », constata Mutti en le rejoignant, le souffle court.

Sauer acquiesça : « Séparé par des haies. Chacun le sien, mais ils ne forment qu'un à première vue.

— Comme l'Allemagne, plaisanta son collègue en lui donnant une bourrade. Allons-y. »

Hartmann était déjà dans l'appartement. Sauer pressa le pas : personne ne devait pénétrer sur le lieu du crime avant la police. Il se souvint alors que l'appel était arrivé au commissariat presque une heure auparavant. Évidemment que des gens les avaient précédés.

« Désirez-vous me laisser votre pardessus ? » demanda une voix fluette sur sa droite. Sauer se tourna et vit, à demi cachée par le battant ouvert, une femme âgée d'une quarantaine d'années habillée en noir de la tête aux pieds, à l'exception de son tablier et de sa coiffe, blancs tous les deux. Ses cheveux étaient plus gris que blonds et son visage était terreux et maladif. De part et d'autre de son joli nez fin, ses yeux couleur d'acier étaient enfoncés dans des cernes profonds. « Anni Winter. Je suis la gouvernante de Herr Hitler.

Vous permettez ? » demanda-t-elle en tendant la main vers lui.

Sauer recula d'un pas. « Non, je vous remercie. J'ai les poches pleines de choses qui peuvent m'être utiles, il est plus pratique que je les garde sur moi.

— Moi aussi », dit Mutti, qui ne portait pas de pardessus.

Sauer s'arrêta un instant pour observer l'entrée. Sur le lieu du crime, aimait-il à répéter aux collègues avec qui il lui arrivait de travailler quand Mutti n'était pas disponible, il faut s'intéresser au lieu avant de s'intéresser au crime. Bien souvent, la topographie était plus utile que la logique pour résoudre des affaires, même difficiles.

C'était un grand appartement, de sept ou huit pièces à vue de nez, voire plus si le personnel habitait sur place. La vaste entrée occupée par un canapé de style Empire qui lui donnait l'allure de la salle d'attente d'un riche médecin permettait de comprendre l'image que Hitler voulait donner de lui : des tapis de bonne facture, épais et bien entretenus ; un tableau tous les mètres, avec une régularité parfaite ; des statues classiques dans les coins et un buste en face de la porte.

« Wagner », déclara Mutti d'un ton qui était celui d'un jugement à la fois définitif et défavorable.

À côté du buste du compositeur se trouvaient un téléphone en Bakélite noire et un miroir en pied orné de dorures, dont la présence surprit Sauer dans la maison d'un politicien subversif et populiste. Mais c'était probablement l'effet recherché.

La seule porte que l'on voyait de là devait sans doute donner sur un salon. Elle était fermée. À la taille des battants et à l'absence de gonds, Sauer supposa qu'elle était coulissante. Si la fenêtre au-dessus du jardin était dans leur dos, alors la place se trouvait de l'autre côté de cette porte. Un salon, oui, et très lumineux.

« Par là », indiqua Hartmann avec un signe de tête, et il les devança vers la gauche, où le vestibule devenait une sorte d'antichambre, elle aussi meublée de fauteuils, tableaux et statues. Au fond, il y avait une porte fermée et, sur leur droite, une porte entrouverte laissait entrevoir des étagères couvertes de livres. Sans doute un bureau.

Hartmann frappa à la porte close. Au bout de quelques secondes, elle s'entrouvrit sur le visage sérieux d'un homme qui n'était plus dans sa prime jeunesse. Le cheveu rare, il avait une élégante moustache blanche et portait une paire de lunettes rondes qui lui donnait des airs de grand-père farceur. Ce matin-là, il ne semblait toutefois pas d'humeur à plaisanter. « Oui ? fit-il d'un ton sec.

— Sauer et Forster, de la police », répondit Hartmann en montrant les hommes derrière lui.

Le grand-père farceur les toisa d'un regard froid et hocha la tête. La porte s'ouvrit en entier et Hartmann les laissa aux mains de l'homme.

De l'autre côté, le vestibule se rétrécissait brusquement pour se transformer en un étroit couloir d'une dizaine de mètres de long flanqué de cinq portes, trois à gauche et deux à droite. Le sol, pavé de marbre sombre dans l'entrée et dans le vestibule, était couvert d'une jolie mosaïque en céramique émeraude, un choix étonnant pour un appartement bourgeois mais pas pour les pièces réservées aux domestiques. Il n'y avait pas besoin de pousser les portes pour imaginer ce qu'elles cachaient : office, cuisine, sans doute une salle de bains, peut-être les chambres du personnel. La porte à laquelle avait frappé Hartmann séparait les deux parties de la maison, les deux mondes aux antipodes qui l'habitaient.

« Le corps est par là, déclara l'homme aux lunettes rondes. Venez.

— Nous ne nous sommes pas présentés, fit remarquer Mutti. Enfin, vous savez qui nous sommes, mais…

— Franz Xaver Schwarz », l'interrompit l'autre, comme s'il se tenait prêt à dégainer sa réponse. Au lieu de tendre la main, il s'écarta, comme si Mutti et Sauer n'étaient pas des officiers de police mais des pestiférés.

« Et vous êtes ? Le majordome ? » demanda Mutti. L'homme, élégamment vêtu, semblait à l'aise avec les lieux et avec son rôle dans ces derniers.

Schwarz crut à une plaisanterie, même si ses yeux restèrent de glace. « Je travaille pour Herr Hitler, mais pas ici. Je suis le trésorier du Parti. Je le gère pour le compte de notre Führer. »

Le silence qui suivit dut lui faire mesurer l'incongruité de sa réponse : à moins que le Parti national-socialiste ne soit le propriétaire du cadavre, qu'est-ce que le trésorier du NSDAP faisait là ?

« Nous n'avons laissé personne d'autre entrer », précisa-t-il en se dirigeant vers la porte au fond du couloir à droite. Il posa une main sur la poignée et, après un instant d'hésitation, comme un comédien avant son entrée en scène, il la baissa.

L'odeur du sang emplit les narines de Sauer. Bien qu'il y fût accoutumé, au bout de toutes ces années dans la police et, auparavant, avec l'expérience de la guerre – cette maudite guerre dans les tranchées au milieu des camarades morts qu'on ne pouvait même pas enterrer –, chaque fois qu'il sentait la puanteur métallique et douceâtre du sang répandu en grande quantité, son estomac se contractait et une sueur froide perlait à son front. Ce devait être par instinct animal, primordial : il y a du sang par terre, enfuis-toi, le loup !

Il tâcha de se ressaisir : Mutti ne pouvait pas passer devant lui qui, quoique plus jeune, avait un grade plus élevé. Il lui revenait de prendre l'initiative. Il sortit un mouchoir de la poche de son pardessus, épongea son front moite et entra.

Au premier regard, il ne vit rien de la pièce : ni la disposition des meubles ni la fenêtre, rien. Le corps accapara son attention, effaçant tout le reste.

C'était une femme aux cheveux longs et soyeux, châtains, qui pouvaient paraître blonds au soleil, et la peau de ses chevilles pâles dépassant de sa jupe longue était lisse et glabre. Pour le reste, à part ses habits, on ne voyait pas grand-chose : le cadavre était face contre terre, les pieds en direction de la porte et la tête vers la fenêtre, au centre de la pièce. Son bras gauche était replié sous son corps. Son bras droit, lui, était tendu vers l'avant, légèrement fléchi, la paume posée sur un tapis vert que la flaque de sang effleurait sans le toucher, rouge comme de la cire à cacheter. *Le sceau de la mort*, pensa Sauer.

« Vous ne vous êtes pas approchés. C'est bien », commenta Mutti. Schwarz haussa les épaules, comme pour dire : « Vous nous prenez pour qui ? »

« Regarde, fit Mutti à Sauer. La flaque de sang est intacte.

Pas une empreinte. »

Sauer acquiesça. Son champ de vision commençait à s'élargir et, remontant du bras découvert à la main et au-delà, son regard finit par s'arrêter sur le responsable du drame : un petit canapé se trouvait sur le tapis et, sur le canapé, un pistolet, tourné vers le mur.

Bizarre, pensa Sauer.

Schwarz se racla la gorge. « Quand ils ont ouvert la porte, ils l'ont trouvée comme ça et ils ont compris tout de suite qu'elle était morte depuis plusieurs heures. Winter, le mari de la gouvernante, a fait la guerre, il sait reconnaître les cas désespérés. Il a eu le sang-froid de refermer la porte et de vous appeler.

— Quelle heure était-il ? » demanda Mutti. Il sortit un calepin et un stylo, comme les reporters dans les films américains dont il était friand.

« Dix heures et quart », répondit le trésorier encore

une fois du tac au tac, comme si les réponses, déjà toutes alignées sur la piste, attendaient impatiemment leur tour.

« Qui l'a trouvée ?

— Georg Winter a forcé la porte. Avec lui, il y avait sa femme, qui est la gouvernante. Il y avait aussi une sous-locataire de Herr Hitler, Maria Reichert, et une autre femme du personnel dont j'ai oublié le nom.

— Personne d'autre ?

— Non. Je leur ai demandé de rester à disposition, ils attendent dans la cuisine d'être interrogés.

— Et vous ?

— Moi ?

— Depuis quand êtes-vous ici ? Qui vous a fait venir ?

— Herr Hitler est absent pour des raisons professionnelles. Après avoir appelé la police, M. et Mme Winter ont pensé judicieux de nous prévenir. Je suis venu dès que j'ai appris la nouvelle, en tant que représentant du Parti. »

Sauer s'était accroupi, s'efforçant de ne toucher à rien. Les yeux au niveau du cadavre, il souffla sur le sang. La surface ne se rida pas. Il avait séché. Si la porte avait été forcée à dix heures et quart, il n'y avait vraiment plus rien à faire pour cette fille, qui devait être morte bien avant, sans doute dans la nuit.

« Le maître des lieux est-il au courant ? demandait son collègue.

— Pas vraiment », répondit Schwarz.

Sauer se tourna vers le trésorier : « Pas vraiment ?

— Nous l'avons bien sûr informé qu'il était arrivé quelque chose à sa nièce. Il y est très attaché et c'est justement pour cela que nous ne voulions pas lui dire au téléphone ce qui s'est passé exactement. Il est en route, il devrait être ici avant treize heures.

— Bien, dit Mutti. Comme ça, nous pourrons lui parler aussi. »

Un autre frisson parcourut l'échine de Sauer, qui embrassait la pièce du regard : elle était spacieuse, avec une seule porte et une grande fenêtre. Il y avait au moins trois mètres et demi de hauteur sous plafond et la lumière de la place entrait à flots par cette vaste surface vitrée qui occupait presque la totalité du mur le plus court. Les rayons du soleil, à peine tamisés par un rideau de lin brodé de motifs floraux, inondaient le petit canapé à deux places, un coffre, un lit simple parfaitement fait, une commode rustique, une grande armoire peinte et un secrétaire sous la fenêtre, où reposaient une plume, un encrier et une lettre.

Sauer enjamba le cadavre pour se saisir de celle-ci. Il fut déçu de découvrir qu'il ne s'agissait pas d'un message d'adieu, mais d'une missive inachevée adressée à une connaissance :

Quand je viendrai à Vienne – très bientôt j'espère – nous irons ensemble à Semmering en auto et

« Qu'est-ce que vous faites là ? tonna une voix dans leur dos. Vous avez intérêt à ne pas avoir déplacé le corps !

— Docteur Müller ! s'exclama Mutti. Ne vous inquiétez pas, on a fait exactement comme vous avec votre femme : on ne l'a pas touché. »

Le nouvel arrivant était un grand et gros bonhomme, qu'on aurait cru quinquagénaire en raison de son épaisse tignasse et de son énergie, mais qui, à la stupéfaction systématique de ceux qui l'apprenaient, approchait des soixante-dix ans. Sa jovialité, aussi surprenante que son allure, choquait beaucoup de gens qui l'estimaient peu appropriée chez un médecin des morts.

« Mon cher Forster, ma femme attend toujours de rencontrer la tienne pour lui donner deux-trois conseils, rétorqua Müller en posant une mallette de cuir noir à côté du cadavre. *Pauvre Lina*, dit-elle chaque fois. Si tu veux, je peux lui donner quelques tuyaux moi-même.

— Oh non, merci, répondit Mutti. Je l'ai choisie plus jeune pour qu'elle me survive. Je ne voudrais pas me faire avoir. »

Sauer jeta un regard furtif à Schwarz qui, planté sur le seuil, ne paraissait guère apprécier ce numéro. « C'est bon, Müller. On vient d'arriver et on n'a même pas effleuré le corps, intervint-il.

— Qui appartenait à… ? » s'enquit le médecin en s'agenouillant à côté du cadavre.

Il y eut un silence.

« Angela Maria Raubal, répondit Schwarz. Surnommée Geli. La nièce adorée de Herr Hitler, le leader du… »

Müller leva une main sans détourner son regard du corps. « Ça suffit, merci. » Puis, à voix basse, il répéta le prénom de la jeune fille avec douceur, comme un père qui, au matin, vient réveiller sa fille. « Geli… »

« Depuis combien de temps elle est morte, à ton avis ? demanda Mutti.

— D'abord, on va essayer de voir *comment* elle est morte », répliqua le médecin légiste. Il se releva. « Aidez-moi, on va la tourner.

— Avant de la photographier ? » s'étonna Sauer.

Müller ne répondit pas. Il se plaça à la limite de la flaque de sang, glissa ses mains gantées sous les aisselles du cadavre et attendit que Mutti se saisisse de ses chevilles. « Un… deux… »

Avec un bruit sinistre, semblable à celui d'une chaussure se décollant d'un parquet tout juste ciré, le corps de Geli Raubal fut détaché du sol. Sauer se joignit à Mutti et Müller pour maintenir la tête de la jeune fille et ensemble, maladroitement, ils la retournèrent pour la mettre sur le dos.

Mutti regarda le visage du cadavre.

« Doux Jésus », murmura-t-il en détournant la tête.

4

Étant donné l'état de son visage, personne n'aurait pu déterminer si, de son vivant, Geli Raubal avait été une jolie fille ou pas. Qu'elle était grande et plantureuse, ça oui, et aussi qu'elle prenait soin d'elle, ce dont témoignaient ses ongles impeccables et ses longs cils recourbés autour de ses yeux gris clair, mais il était impossible de reconstruire ses traits. Ses cheveux collés par le sang encadraient son front meurtri, ses lèvres étaient bleuâtres, son menton fendu laissait voir le blanc de l'os, ses pommettes étaient livides et si enflées qu'on ne les distinguait plus du nez, visiblement brisé, dont la pointe était écrasée… Une fois, Sauer s'était fait passer à tabac par trois malfrats dans une ruelle de Hambourg, et bien qu'il ait fini par terre avec le nez qui saignait comme un robinet, les deux yeux au beurre noir et une commotion cérébrale qui lui avait valu deux semaines d'hospitalisation, son visage dans le miroir avait alors meilleure allure que celui de la pauvre fille gisant à ses pieds dans sa belle robe longue, originellement vert émeraude avant de devenir noire de sang.

« Doux Jésus », répéta Mutti, assis sur le lit. Le commissaire adjoint, qui n'était pourtant pas un débutant et en avait vu de toutes les couleurs au cours de sa carrière, paraissait incapable de regarder le cadavre plus de quelques instants d'affilée. Sauer le connaissait assez pour imaginer la raison de cette difficulté : son ami avait deux garçons et une fille, Karoline. Il est dur pour un père d'être confronté à la mort de quelqu'un qui pourrait être son enfant.

Penché sur le cadavre, Müller examinait le visage de la victime de ses doigts gantés. Il pressait fortement certains points, en palpait délicatement d'autres, et se contentait parfois d'un effleurement du dos de la main dans une sorte de caresse. Par ces gestes, alliés à ses quarante années d'expérience, il allait déterminer les deux informations de base nécessaires à l'enquête qui les attendait : la cause et l'heure du décès.

Un téléphone se mit à sonner quelque part au fond du couloir. Ils entendirent des pas rapides, le combiné que l'on décrochait, une voix de femme puis d'autres pas qui se rapprochaient. Anni Winter apparut sur le seuil. « Herr Schwarz, on vous demande au téléphone. »

Schwarz s'excusa et disparut dans le couloir, suivi par Mme Winter, qui n'avait même pas jeté un regard dans la pièce.

« Enfin seuls ! » s'exclama Mutti, bondissant sur ses pieds comme si le trésorier avait jusque-là projeté un champ magnétique qui bloquait ses fonctions mécaniques. « Alors, Heinrich, verdict ?

— Pour commencer, répondit le vieux docteur, qui palpait à présent le cou et les épaules de la morte, je n'ai pas souvenir de t'avoir donné la permission de m'appeler par mon prénom. »

Sauer souffla : ces deux-là passaient leur temps à s'envoyer des piques et à se rabrouer, comme un couple d'opérette.

« Ensuite, poursuivit Müller en sortant un tissu enroulé de sa mallette à soufflet, je ne peux pas avoir de certitude en l'absence d'autopsie. » Il déroula le tissu et en tira des pinces métalliques qu'il approcha du corsage de la jeune fille, imbibé de sang coagulé. Avec des gestes précis et délicats, il se mit à le déboutonner. « Enfin, voici sans doute la cause de sa mort. » Il écarta les pans du corsage, dénudant les clavicules et la poitrine du cadavre. Au milieu, juste au-dessus du maillot de corps, il y avait un orifice circulaire bouché par un caillot de sang. « Une seule balle au niveau du cœur.

— Suicide ? » s'enquit Sauer en regardant le pistolet sur le canapé.

Müller hocha la tête. « Probablement, mais je vous en dirai plus une fois que je l'aurai déshabillée. À en juger par la zone autour de l'orifice, le pistolet n'était pas appuyé contre la poitrine au moment du tir. Le coup doit être parti d'une certaine distance, au moins trente centimètres, sinon il y aurait des traces de brûlures sur la peau et les vêtements. Elle est tombée en avant, pas en arrière, signe qu'elle s'est tiré dessus du haut vers le bas. Elle n'est pas morte immédiatement, elle a eu le temps de laisser tomber le pistolet sur le canapé. »

Sauer essaya de se représenter la scène, mais ce n'était pas évident : d'habitude, les personnes qui se suicidaient se tiraient une balle dans la bouche ou dans la tempe en tenant leur arme collée contre leur corps, pas à distance.

« Elle ne pourrait pas s'être tiré dessus en position assise ? » demanda Mutti.

Müller lui adressa un regard indéchiffrable. « On ne l'aurait pas retrouvée la tête vers le canapé. Elle serait tombée en arrière. Non, le pistolet devait être orienté vers le bas, l'impact a poussé le corps vers le sol. Elle est restée debout pendant quelques instants, puis elle s'est écroulée vers l'avant. Quand j'aurai trouvé l'orifice de sortie de la balle, je pourrai calculer précisément l'angle et la trajectoire du tir, mais ces données confirmeront sans aucun doute ce que je viens de vous dire. » Il se tourna à nouveau vers Geli. « Je n'ai pas repéré de déchirure sur le dos de son corsage, même s'il n'est pas facile de voir, vu l'état dans lequel il est. Il serait utile de retrouver la balle, mais elle est peut-être restée dans le corps. »

Sauer balaya la pièce du regard sans rien remarquer de particulier. Il l'examinerait mieux plus tard.

Le docteur sortit un sachet en plastique transparent de sa mallette. « Forster, pourrais-tu me passer le pistolet ? Utilise un mouchoir et mets-le là-dedans », dit-il en lui tendant le sachet.

Mutti s'en empara et enjamba le cadavre pour récupérer l'arme. « Un Walther 6.35, constata-t-il à mi-voix. Le préféré des miliciens et des petits criminels... Si tant est qu'il existe une différence entre ces deux engeances. »

Müller palpait le bras tendu, depuis l'épaule jusqu'à la main ouverte. Malgré ses efforts, il ne parvint à le replier que de quelques degrés. « Étant donné le *rigor mortis*, la mort est survenue il y a plusieurs heures.

— Tu pourrais nous dire combien environ ?

— Dix heures ? Douze ? lança le médecin.

— Donc entre minuit et l'aube, calcula Mutti.

— Il se peut que la mort remonte à plus de douze heures, aussi. Ne l'écris pas dans ton calepin. Tant que je n'aurai pas ouvert cette pauvre fille...

— Tu n'auras aucune certitude. On a compris.

— Quant à l'aspect du cadavre, reprit Müller, il n'est pas difficile d'expliquer la couleur et l'état de son visage. Si, après avoir tiré, la fille est tombée en avant de tout son poids, l'impact s'est concentré sur le front, le nez et le menton, les endroits les plus abîmés. Ajoutez à ça un certain nombre d'heures passées le visage écrasé contre le sol, la formation naturelle de lividités cadavériques autour des yeux et sur les pommettes, et vous avez les causes de ce désastre.

— Tout cela est donc compatible avec un suicide », répéta Sauer.

Müller acquiesça en rabattant les pans du corsage sur la poitrine du cadavre.

Schwarz revint à ce moment-là, l'air contrarié. « Je

suis désolé, mais Herr Hitler n'arrivera pas à l'heure prévue.

— Pourquoi donc ? demanda Sauer, soulagé.

— Quand il a appris la nouvelle, il se trouvait à Nuremberg et il est aussitôt reparti vers Munich, mais son chauffeur a roulé trop vite et une patrouille de la police les a arrêtés à Ebenhausen. Il semblerait qu'ils étaient bien au-delà de la limite autorisée, ce qui fait qu'ils ont été emmenés au commissariat d'Ingolstadt pour signer leur contravention.

— Bien, répondit Mutti. Mais Ingolstadt est à une heure et demie de Munich, en roulant doucement. S'il n'est pas là à treize heures, il sera là à quatorze heures au plus tard. Nous pouvons attendre. »

Schwarz secoua la tête. « Herr Hitler ne sera pas là à quatorze heures. Au commissariat d'Ingolstadt, il a été informé de la mort de sa nièce. À présent, il est bouleversé, et il a décidé de s'arrêter chez des amis pour se remettre du choc. Peut-être qu'il sera disposé à s'entretenir avec vous dans le courant de l'après-midi, si vous le jugez nécessaire.

— Qu'est-ce que tu en penses ? demanda Mutti à son collègue. On le juge nécessaire ? »

Sauer tâcha de répondre objectivement, sans se laisser influencer par son envie d'éviter cet entretien. « S'il était absent de la ville au moment des faits, il n'est pas tenu de se soumettre à un interrogatoire, mais la jeune fille est morte dans son appartement, et il était un de ses proches parents…

— On verra ce qu'on peut faire », conclut Schwarz.

« Bon », dit Müller. Il se releva, non sans effort, et retira ses gants en latex, qui émirent deux claquements sonores. « Je dois l'emmener. Il me faut mes instruments pour en savoir plus. Avez-vous encore besoin de regarder le corps ?

— Je ne crois pas, répondit Sauer. Et toi ? demanda-t-il à Mutti.

— Oh non. Au contraire : plus vite tu l'embarques, mieux je me porte. On doit fouiller la chambre, mais avec elle par terre je ne m'en sens pas capable.

— Pauvre petit chou, se moqua Müller. Je vais téléphoner pour organiser le transport. Mais avant, il faut que je prenne quelques photos. » Il sortit un appareil compact qui paraissait flambant neuf.

« C'est un Leica ? demanda Mutti.

— Rien ne vous échappe, commissaire Forster.

— Qu'est devenu ton Rolleiflex ?

— Trop vieux. Et trop lent. Ma femme s'est dit qu'en matière de vieux et lent elle était déjà assez servie avec moi, alors elle m'a offert celui-ci pour mon anniversaire. Maintenant, laissez-moi travailler tout seul et, Forster, épargne-moi la remarque stupide que tu voulais faire sur Margarethe. »

Sauer jeta un dernier regard à la pauvre Geli Raubal, qui fixait les stucs du plafond d'un air déconcerté. « Tu lui fermeras les yeux ?

— Bien sûr. »

Mutti soupira et se tourna vers Schwarz, toujours planté sur le seuil : « Nous allons interroger le personnel. Vous nous faites les présentations ? »

Schwarz hocha la tête, pivota sur ses talons et s'engagea dans le couloir.

« Dommage qu'il ne soit pas majordome, chuchota Mutti. Il a un don. »

« Je suis l'intendant de la maison de Herr Hitler, expliqua l'homme qui répondait au nom de Georg Winter. Je travaille pour lui depuis deux ans, depuis qu'il loue cet appartement. Herr Hitler est un bon patron, exigeant mais pas difficile à satisfaire. Je ne sais pas de quel parti vous êtes, mais à mon avis…

— Nous ne sommes pas là pour parler de politique, Herr Winter, l'interrompit Sauer. Tenez-vous-en aux faits. Nous voulons savoir à quelle heure vous avez découvert le corps de Mlle Raubal et être informés de tous les détails dont vous vous souvenez à ce propos. »

La lumière de la cour qui entrait par la fenêtre de la cuisine lissait le visage de Winter, âgé de cinquante-deux ans. C'était un bel homme, grand et fier, avec ses cheveux noirs coupés court, une coupe militaire, et son petit bouc bien entretenu, sans doute teint. Quand Schwarz l'avait convoqué pour l'interrogatoire, il était dans l'office, la première pièce dans le couloir, à quelques mètres du cadavre. Il inventoriait les réserves de nourriture, une manière d'évacuer la tension et de ne pas penser à ce qui était advenu dans l'appartement. Sauer aussi aurait bien aimé se réfugier dans l'office pour compter les boîtes de conserve.

« À quelle heure avez-vous commencé votre service ce matin ?

— À huit heures trente, comme toujours. Ma femme et moi habitons à Maxvorstadt, à une demi-heure de tram d'ici. Du lundi au samedi, nous quittons notre domicile vers sept heures trente, nous prenons le tram de sept heures trente-huit et nous descendons à l'arrêt avant le théâtre. Nous pourrions descendre directement sur la place, mais nous préférons marcher un peu. À huit heures vingt, huit heures vingt-cinq maximum, nous sommes au pied de l'immeuble. Anni a les clés. Je n'ai pas souvenir que nous soyons arrivés en retard une seule fois.

— Et vous travaillez jusqu'à quelle heure ?

— En général, jusqu'au dîner, vers dix-huit heures trente.

— Dix heures de travail par jour », commenta Mutti. Il poussa un sifflement. « Et six jours sur sept. Eh bien ! »

Winter haussa les épaules. « Nous aimons travailler. Et personne ne nous attend à la maison. » Ni Mutti ni Sauer ne relevèrent la moindre amertume dans cette précision.

« Ce matin, vous étiez donc ici à huit heures trente. Herr Hitler se trouvait-il à son domicile ?

— Vous savez bien que non. Vous me tendez des pièges ? Le patron est parti hier après-midi. Il a quitté la ville en auto pour se rendre à Hambourg, où il devait tenir un meeting important aujourd'hui.

— Et sa nièce ? L'avez-vous vue au petit déjeuner ?

— Non. La dernière fois que je l'ai vue, c'était hier après-midi. Quand le patron est parti, elle s'est enfermée dans sa chambre et n'en est pas sortie jusqu'à notre départ, à ma femme et moi. Après, je ne sais pas ce qu'elle a fait. Cette fille était imprévisible, paix à son âme. »

Mutti prenait des notes. *Imprévisible*, lut Sauer du coin de l'œil. *Paix à son âme.*

« D'accord. Parlez-nous du moment où vous l'avez retrouvée.

— Ce matin à neuf heures cinquante, comme nous n'avions toujours pas vu Mlle Raubal ni entendu de bruit dans sa chambre, ma femme et moi avons commencé à nous inquiéter. Sa porte était fermée à clé et le pistolet de Herr Hitler, qui était d'habitude dans la chambre du patron, n'était plus à sa place.

— Un instant, l'interrompit Mutti. Vous avez dit le pistolet de Herr Hitler ? »

Winter le regarda, perplexe. « Oui. Celui avec lequel mademoiselle s'est tiré dessus. Vous pensiez qu'il était à qui ? À elle ?

— Vous vous souvenez du modèle ? demanda Sauer, la bouche sèche.

— Un Walther 6.35. Je l'ai vu sur le canapé de la pièce où… enfin. Il est évident qu'elle l'a pris dans la chambre de son oncle avec l'intention de mettre fin à ses jours.

— Elle avait donc libre accès à la chambre de Herr Hitler ?

— Bien entendu.

— Comment se fait-il que vous ayez immédiatement pensé à vérifier si le pistolet était à sa place ? » s'enquit Sauer.

L'écho d'un klaxon et des éclats de voix parvinrent de la rue. « Un pressentiment, répondit Winter en soutenant son regard. Je sentais qu'il s'était produit un drame. »

La plume de Mutti crissait sur le papier.

« D'accord. Vous disiez donc que votre femme et vous…

— … nous avons frappé plusieurs fois à la porte de Mlle Raubal. Pas de réponse. Nous étions habitués à ses fantaisies, il lui arrivait parfois de dormir jusqu'à trois heures de l'après-midi et de demander son petit déjeuner à quatre heures, mais ça faisait dix-huit heures que personne ne l'avait vue. Bref, quand j'ai commencé à me faire vraiment du souci, vers dix heures, je me suis décidé et j'ai forcé la porte, qui était fermée de l'intérieur, avec la clé dans la serrure.

— Vous n'avez prévenu personne ?

— Non, pourquoi ?

— Pour rien. Pour la précision. Comment avez-vous forcé la porte ?

— Avec un tournevis. Je l'ai glissé entre le chambranle et le battant et j'ai fait levier. »

Sauer nota mentalement de vérifier l'état de la porte dès que les interrogatoires seraient terminés. « Et quand vous avez ouvert, qu'avez-vous vu ?

— Je n'étais pas seul, il y avait ma femme, Mme Reichert et Anna Kirmair avec moi. Quand la porte s'est ouverte, je suis entré dans la pièce et j'ai trouvé Mlle Raubal étendue par terre, morte. Elle s'était suicidée.

— Vous en êtes sûr ? »

Winter bomba le torse. « J'ai vu beaucoup de morts violentes dans ma vie, vous savez. Je n'ai pas toujours été intendant. Tout ce sang, le pistolet sur le canapé, la position de Mlle Raubal… J'en suis certain : elle était morte depuis un moment, et c'est elle qui s'est tuée.

— Entendu, dit Mutti. Nous avons bien de la chance que la personne qui a découvert la scène soit un expert comme vous. »

Son interlocuteur lui adressa un regard vexé et méfiant.

« Une dernière question : à votre avis, pour quelle raison pourrait-elle avoir commis ce geste ? Pourquoi, par une si belle journée, une jeune fille aisée, choyée par son oncle attentionné, volerait-elle un pistolet pour s'enfermer dans sa chambre et se tirer une balle dans le cœur ? »

Winter regarda par la fenêtre les arbres immobiles dans la lumière de la fin de matinée, puis tourna la tête vers les commissaires, qui attendaient sa réponse. Avec une grimace triste, presque douloureuse, il déclara : « Tout le monde connaît la raison, même si on ne peut pas en parler. Mlle Raubal était enceinte, et elle ne pouvait pas garder l'enfant. »

5

« Mon mari ne comprend rien », affirma Anni Winter, dévisageant Mutti et Sauer de ses yeux aussi clairs et froids que la mer Baltique. Elle était assise sur la même chaise que Georg Winter quelques minutes auparavant, mais la lumière de midi n'avait pas sur son visage l'effet magique qui faisait rajeunir son mari : même si elle avait une décennie de moins, on lui eût donné le même âge, voire quelques années de plus. « Geli enceinte d'un violoniste de Linz. N'importe quoi. J'espère que vous n'y croyez pas.

— Herr Winter a dit que c'était de notoriété publique… dit Mutti.

— Oui, c'est ça, de notoriété publique dans les tavernes et les brasseries qu'il fréquente ! » Frau Winter eut une grimace de dégoût qui la vieillit plus encore. « Georg est un bon travailleur et un bon mari, mais là où il est le plus talentueux c'est dans l'excès de boisson et les bavardages creux avec ses amis de comptoir : politique, sport, ragots… » Elle soupira.

« Autrefois, j'espérais qu'il mûrirait avec le temps, mais vous voulez savoir la vérité ? »

Mutti fit signe que oui, la vérité l'intéressait toujours, lui.

« La vérité, c'est que les hommes sont comme les fruits. Ils restent verts une bonne partie de leur vie, puis ils pourrissent. Le temps de leur maturité vient tard et dure peu. »

La gouvernante cynique, pensa Sauer. *Il ne nous manquait plus que ça.* « Frau Winter, dit-il pour essayer de repartir du bon pied, oublions un instant les raisons du geste de Mlle Raubal.

— Encore faut-il qu'il s'agisse bien d'un geste de Mlle Raubal, intervint Mutti.

— Pourquoi ? Ce n'est pas un suicide, à votre avis ? demanda Frau Winter, l'air alarmé.

— À ce stade de l'enquête, nous préférons n'écarter aucune piste. C'est la pratique.

— Mais enfin, elle était seule dans sa chambre, et enfermée de l'intérieur !

— Les déductions, c'est notre travail. Racontez-nous plutôt les faits, vous voulez bien ? »

Anni Winter lissa sa jupe d'un geste énergique, puis se redressa et s'éclaircit la voix : « J'ai été embauchée par Herr Hitler il y a deux ans de cela, en octobre. Au début, je n'étais qu'une domestique, puis j'ai été promue gouvernante. C'est pourquoi je dois être là la première tous les matins et partir la dernière tous les soirs.

— Avec votre mari, précisa Mutti.

— Oui.

— Tous les jours sauf le dimanche.

— Exact. Hier, j'étais au travail comme d'habitude. Vers le milieu de matinée, nous avons eu la surprise de voir revenir Herr Hitler, qui est en déplacement pour le travail depuis le début de la semaine. Nous ne nous attendions pas à le revoir d'ici à mercredi prochain, mais comme il avait un peu de temps, il est repassé en coup de vent à la maison pour déjeuner avec sa nièce. Il aurait mieux fait de ne pas le faire…

— Pourquoi ? demanda Sauer.

— Le déjeuner s'est mal passé. Geli avait des caprices qu'il ne pouvait pas satisfaire. Ils se sont disputés, ils ont même crié. En fin de compte, ça s'est calmé, mais je ne crois pas qu'ils avaient fait la paix. Quand Herr Hitler est reparti pour ses meetings, juste après le déjeuner, Geli était très énervée. Vers quinze heures, je l'ai vue entrer dans la chambre de son oncle puis repartir dans sa chambre en courant.

— Cela ne vous a pas paru étrange ? » demanda Mutti.

Frau Winter haussa les épaules. « Un peu, pas tellement. Nous étions tous habitués aux comportements… comment dire ?… excentriques de Geli. C'était une jeune fille pleine de contradictions.

— Je vois.

— Maintenant, j'imagine que c'est le moment où elle est allée chercher le pistolet dans la chambre de Herr Hitler, mais qui aurait pu l'envisager hier après-midi ?

— Il y avait eu une dispute… suggéra Sauer.

— Il y en avait toujours. C'est normal quand on habite sous le même toit, non ? C'est une jeune fille si vive, et son tuteur est si soucieux… »

Mutti griffonna quelque chose. « Herr Hitler était donc le tuteur légal de Mlle Raubal ?

— Oui, tout à fait. Il s'en occupait à la place de sa sœur, qui vit à la montagne, à Berchtesgaden. Vous voyez ? »

Mutti hocha la tête. Sauer aussi connaissait : un joli village des Alpes, au sud de Munich, à quelques kilomètres de la frontière avec l'Autriche. Il y avait fait des excursions, dans une vie antérieure.

« Après avoir vu Mlle Raubal, avez-vous entendu des bruits suspects provenant de sa chambre ? Une détonation, un bruit sourd ? demanda Mutti.

— Non, rien, répondit Frau Winter. Mais hier nous sommes partis plus tôt, à dix-sept heures. Georg et moi avions rendez-vous avec des amis à la Wiesn. Même s'il n'y a que quelques pavillons, ça reste une fête extraordinaire.

— Et vous n'avez rien entendu qui pouvait ressembler à un coup de feu avant dix-sept heures ?

— Non. Ni hier après-midi ni ce matin. Cette pauvre Geli a dû se tuer plus tard, quand il n'y avait plus que Mme Reichert et… » Elle s'interrompit.

« Et ?

— Et ses rhumatismes. Pardon, ajouta Frau Winter, mais je viens de me souvenir de quelque chose qui pourrait peut-être vous intéresser. Quand mon mari a ouvert la porte de sa chambre, ce matin… il y avait une lettre sur le secrétaire. Peut-être un message d'adieu ? »

Sauer essaya de masquer son agacement. Comment pouvait-elle penser que la police ne l'avait pas remarquée ? « Vous avez raison, Frau Winter. Ce pourrait être un indice important. »

La femme sourit, visiblement soulagée. « Avons-nous terminé ?

— Oui, à part pour la cause du suicide, si c'est bien d'un suicide qu'il s'agit. Selon vous, pourrait-il être lié à la dispute avec son oncle pendant le déjeuner ?

— Non, bien sûr que non ! Geli était trop énergique, trop pleine de vie pour se formaliser bien longtemps d'un incident de ce genre. Je ne crois pas qu'elle se préoccupait beaucoup de ce que pouvaient faire ou penser les autres. C'était une jeune fille insouciante. Franchement, je n'ai pas idée de la raison pour laquelle elle s'est suicidée. Les gens sont pleins de mystères. »

L'interrogatoire d'Anna Kirmair fut bref : elle ne travaillait qu'occasionnellement chez Herr Hitler, elle avait été appelée la veille pour aider Frau Winter à préparer le déjeuner après le retour inattendu du maître des lieux. Elle s'était présentée vers onze heures du matin et avait travaillé en cuisine puis avait débarrassé la table aux alentours de quatorze heures, après quoi la gouvernante l'avait congédiée. « Ce travail me convient, répondit-elle à Mutti quand il lui demanda des détails sur son quotidien. Après, je suis allée directement à l'Oktoberfest et j'y ai passé l'après-midi et la soirée avec mon fiancé. Nous nous sommes amusés comme des fous. Si j'avais un contrat de travail sérieux, comme M. et Mme Winter, je ne pourrais presque jamais m'amuser, et je suis trop jeune pour rester enfermée toute la journée. Quand Franz m'épousera, ce sera différent, mais avant je veux en profiter encore un peu.

— Vous avez vu Mlle Raubal, hier? s'empressa de demander Sauer pour empêcher Mutti de se lancer dans une de ses harangues sur l'importance de la famille et la place démesurée accordée au travail.

— Oui, bien sûr. Quand je suis allée débarrasser la table, je l'ai croisée dans le couloir. Elle m'a saluée, même si elle n'avait pas l'air en forme. Elle était toujours très polie, la pauvre.

— Pas l'air en forme ? »

Anna Kirmair hocha la tête. « D'habitude, elle était souriante, contente. Elle avait un caractère facile et une belle vie, ajouta-t-elle avec une pointe d'amertume. Mais il lui arrivait aussi parfois d'être triste ou contrariée, surtout quand on l'empêchait de faire ce qu'elle voulait.

— Comme hier ?

— Je ne sais pas. Elle était sérieuse, peut-être en colère, mais on ne se parlait pas vraiment, seulement bonjour bonsoir, et je l'ai juste croisée dans le couloir, comme je vous disais.

— J'imagine donc que vous n'êtes pas informée de son éventuelle grossesse… » tenta Sauer.

Anna Kirmair secoua la tête.

« Vous savez que l'hypothèse la plus probable est qu'elle se soit suicidée ? » dit Mutti.

La domestique baissa les yeux et acquiesça. « Oui, on me l'a dit. »

Sauer fronça les sourcils : « On vous l'a dit ?

— Ce matin. Je devais aider Herr Winter à faire l'inventaire de l'office, mais quand je suis arrivée, ils étaient déjà tous dans sa chambre. J'ai entendu des cris depuis le couloir puis Frau Reichert, la sous-locataire de Herr Hitler, a couru vers moi. À sa tête, on aurait dit qu'elle avait vu un mort. Et c'était bien le cas… conclut Anna Kirmair, la voix soudain rauque. C'était bien le cas… »

Dans la cour, une mésange pépia, insouciante.

« Et s'il s'avérait que c'était bien un suicide, avez-vous idée d'un motif possible à ce geste ?

— Non. Je suis désolée mais je n'en ai pas la moindre idée », répondit la jeune fille sur un ton plus sec que Sauer ne sut pas interpréter.

Maria Reichert était une femme maigre et terne, âgée de quarante ans tout au plus. Ses cheveux noirs étaient déjà striés de blanc, ses joues pâles parsemées de taches de rousseur, et ses yeux verts ourlés de rouge « à cause de mon allergie » lui donnaient l'air d'une veuve de guerre. Sauer en avait connu beaucoup, et trop souvent les morts qu'elles pleuraient avaient été ses amis. Selon les déclarations de Herr Winter, elle avait assisté elle aussi à l'ouverture de la chambre de Geli, et maintenant, assise dans la cuisine de Hitler transformée en siège délocalisé de la police de Munich, elle confirma la version de l'intendant, n'y ajoutant qu'un petit détail crucial.

« Je connais Herr Hitler depuis de nombreuses années. Avant qu'il vienne habiter dans cet appartement, c'était un de mes sous-locataires à Theresienstrasse. Ma mère et moi l'avons toujours apprécié et la réciproque devait être vraie puisque, quand il a déménagé ici, il nous a demandé si nous voulions le suivre et devenir ses sous-locataires à notre tour.

— Votre mère et vous ? » demanda Sauer.

Frau Reichert hésita un instant. Son regard alla errer sur le côté, comme si cette question anodine l'avait déstabilisée. « Oui.

— Pouvons-nous parler aussi à Mme… ?

— Dachs. Minerva Dachs. Non, elle n'est pas là : elle est partie hier rendre visite à une de ses sœurs sur le Tegernsee, elle a prévu d'y passer quelques jours.

— Le lac doit être beau, à cette saison, commenta Mutti.

— Oui, très beau, répondit Frau Reichert d'un ton peu convaincu.

— D'habitude, elle vit avec vous, n'est-ce pas ? » insista Sauer.

Frau Reichert acquiesça en regardant ses mains. « Nous partageons une chambre qui donne sur la place, juste à côté de celle où… » Elle n'acheva pas sa phrase.

« C'est une chambre bruyante ?

— Oui et non. Elle donne sur la place et nous sommes seulement au deuxième étage, mais…

— Où étiez-vous hier après-midi, à partir de quinze heures ?

— Dans ma chambre, répondit Frau Reichert, et sa réponse sonnait comme un aveu. J'y ai passé toute la journée, je suis un peu fatiguée en ce moment.

— Vous n'avez rien entendu d'étrange ? À part les bruits habituels provenant de l'extérieur, je veux dire. »

Elle serra les dents et hocha la tête.

« Vers quinze heures, j'ai entendu courir dans le couloir, puis la porte à côté de la mienne a claqué.

— La porte de la chambre de Mlle Raubal.

— Oui. Pas longtemps après, vers quinze heures trente, j'ai entendu un autre bruit, sec mais léger, comme si un objet était tombé. Je n'y ai pas spécialement prêté attention, ajouta-t-elle d'une petite voix. Et maintenant, je me demande si ce n'est pas là que… » Elle se tut, les yeux brillants.

Sauer se rendit compte qu'aucune des personnes qu'ils avaient interrogées jusque-là n'avait manifesté la moindre émotion en évoquant l'événement. Maria Reichert était la première. Son allergie n'était peut-être pas responsable de ses yeux rouges, après tout.

« Il n'est pas dit que le décès ait eu lieu à cette heure-là », la réconforta Mutti.

Frau Reichert renifla. « Merci », dit-elle. Pour Geli Raubal, cela ne changeait pas grand-chose, mais pour elle cette information pouvait être importante. « Vers vingt-deux heures, j'ai voulu refaire son lit. J'habite ici en tant que sous-locataire, mais Herr Hitler refuse catégoriquement d'être payé, alors pour compenser je donne des petits coups de main. Comme Geli et Frau Winter ne se sont jamais entendues, c'est moi qui m'occupais de sa chambre. Mais hier soir, elle était fermée à clé, et quand j'ai frappé, personne n'a répondu. J'ai cru qu'elle était sortie. Ça lui arrivait souvent, le vendredi.

— Le lit de Mlle Raubal était parfaitement en ordre, fit observer Sauer. Ce matin, quand vous avez ouvert la chambre. »

Maria Reichert leva les yeux vers le commissaire, les sourcils froncés. « C'est vrai, finit-elle par répondre. Il était déjà fait.

— Vous croyez que c'est elle qui s'en est occupée ? »

Frau Reichert eut un petit sourire triste. « Qui ? Geli ? Pensez-vous.

— Qui, alors ? »

Elle haussa les épaules. « Elle a dû dormir ailleurs.

— Où ? demanda Mutti. Chez une amie ? Une connaissance ? Un amant ? »

Sauer connaissait son collègue par cœur, il savait très bien ce qu'il était en train de faire : choquer le témoin est parfois la meilleure méthode pour le pousser à abattre ses cartes.

Mais Frau Reichert ne réagit pas, elle jouait peut-être franc-jeu depuis le début. « Ce n'est pas ce qui lui manquait, répondit-elle, candide. Spontanément, il m'en vient six ou sept à l'esprit. Des amis, garçons et filles. Des amants, je ne sais pas, mais je ne l'exclurais pas. C'était une belle fille, vous savez ? Une belle fille pleine de passion.

— On nous l'a dit. Et on nous a aussi dit qu'une rumeur racontait qu'elle était enceinte et ne pouvait pas garder l'enfant, ce qui serait un bon mobile pour un geste désespéré…

— Je n'ai jamais entendu cette histoire, répondit Frau Reichert, peut-être un peu trop hâtivement. Je n'étais pas sa femme de chambre, et même si nous avions de bonnes relations, elle ne m'aurait pas confié quelque chose d'aussi intime.

— Donc, vous n'écartez pas cette possibilité.

— Je ne la confirme pas non plus. Je vous l'ai dit : nous n'étions pas assez proches et, sincèrement, je ne saurais pas vous dire pour quelle raison elle s'est ôté la vie.

— Avez-vous une photographie d'elle ? demanda Mutti.

— Oui, bien sûr. Puis-je aller un instant dans ma chambre ?

— Bien entendu, répondit Sauer. Vous n'êtes pas en état d'arrestation. »

La femme se leva lentement de sa chaise et quitta la cuisine.

« Qu'est-ce que tu en penses ? chuchota Mutti. Elle dit la vérité ?

— Ils disent tous la vérité, répondit Sauer, pensif. À part Winter au sujet de la domestique… »

Son collègue compléta : « … qui n'a pas vu le

cadavre, alors que lui affirme le contraire. Tu penses qu'il s'est juste emmêlé ?

— Va savoir. Pourquoi mentir sur un détail de ce genre ? Ça ne change rien et c'est si facile à vérifier… Et puis, Frau Winter qui nous raconte la dispute entre l'oncle et sa nièce, ça ne te paraît pas bizarre ?

— Elle craignait peut-être que quelqu'un d'autre nous le raconte et elle a préféré anticiper. De toute façon, conclut Mutti, les disputes sont classiques, à cet âge. Gestion familiale quotidienne. »

Frau Reichert revint dans la cuisine avec une photo à la main. « J'ai celle-ci. C'est un peintre qui avait fait son portrait sur la demande de son oncle. Geli l'aimait beaucoup, alors elle l'a apporté chez un photographe et elle en offrait une copie à tout le monde. Ce n'est pas le portrait le plus fidèle qui soit, mais il rend une partie de son charme. »

Elle posa la photographie encadrée sur la table, un rectangle en noir et blanc de six centimètres sur quatre. Une jeune fille souriante que Mutti et Sauer n'avaient jamais vue auparavant, et n'auraient jamais l'occasion de connaître. Le peintre avait su donner de la vie au regard franc de Geli, fixé sur l'observateur. Ses lèvres entrouvertes sur des dents très blanches et la mèche rebelle qui effleurait son sourcil droit lui conféraient un air confiant et espiègle qui faisait mal au cœur.

« Qu'elle était jolie, commenta Mutti. Quel gâchis. »

Sauer se demanda si le gâchis était moindre quand c'étaient des jeunes filles moins gâtées par la nature qui mouraient, mais il garda sa provocation pour lui. Son regard fut attiré par un détail : une fine chaîne autour du cou de la jeune fille, qui finissait dans le décolleté de sa robe sans manches. Accroché à la chaîne, il y avait un pendentif à la forme étrange quoique désormais familière à tous les Bavarois : un svastika.

« Quel est ce pendentif ? demanda-t-il.

— La croix gammée en or ? C'était un cadeau de son oncle. Un cadeau qu'elle a apprécié, c'était le seul bijou qu'elle portait. Elle ne le quittait jamais, pas même pour dormir. »

Mutti adressa un regard à Sauer. Les mots étaient inutiles, car les deux commissaires avaient pensé la même chose : la croix gammée en or, ce cadeau précieux que Geli Raubal ne quittait jamais, ne se trouvait pas sur son corps sans vie ce matin-là.

6

Le docteur Müller avait fait emporter le cadavre pendant que Mutti et Sauer finissaient d'interroger Frau Reichert, il ne restait plus que la flaque de sang devant le canapé, couverte d'un drap blanc pour éviter que quelqu'un ne dérape. Prêtant tout de même attention à ne pas marcher dessus, les deux commissaires enfilèrent leurs gants et se mirent à fouiller méthodiquement les meubles et les effets personnels de la victime.

Avec une délicatesse que personne n'aurait imaginée chez un homme de son gabarit, Mutti défit le lit, pliant au fur et à mesure les couvertures et les draps en carrés parfaits. Arrivé au matelas, il le dressa sur chant, palpa ses quatre coins et son centre, puis il le tourna et répéta l'opération, mais il ne décela la présence d'aucun objet, ce qui n'était pas étonnant vu que le matelas ne présentait pas d'ouverture permettant de glisser quelque chose à l'intérieur. Pas un cheveu n'aurait pu être caché dans la structure du lit en fer forgé non plus. Quant au sommier métallique à mailles, seuls quelques fils de coton y étaient coincés. Le sol sous le lit devait avoir été balayé et lavé récemment, car il n'y avait pas un grain de poussière. « Rien ici, déclara Mutti en remettant le matelas en place.

— Rien ici non plus », répondit Sauer, qui s'était concentré sur le canapé avec le même professionnalisme que son collègue, explorant la doublure et le dossier, derrière lequel rien n'était accroché ni attaché. Les accoudoirs et les pieds, en bois luisant, étaient trop fins pour contenir des compartiments cachés, dont du reste la présence était peu probable dans la chambre d'une jeune fille de vingt ans. Rien ne se cachait sous le tapis, tiré de sous le canapé et enroulé avec soin, à part le sol, si bien astiqué qu'on aurait pu se mirer dedans.

Mutti passa à la table de chevet. Dans les deux tiroirs, il trouva de vieux numéros de revues féminines, de celles qui publiaient des feuilletons, et un miroir de poche. Quand il l'ouvrit, il constata que l'un des deux côtés présentait une fêlure qui, outre le rendre inutilisable, le rendait aussi dangereux. Il le referma et l'étudia : l'objet ne présentait pas de signe particulier et la qualité de sa décoration en relief laissait supposer qu'il avait été fabriqué en série. Il le remit à sa place et passa à la commode à côté du lit. Le premier des trois grands tiroirs contenait une panoplie féminine complète, en ordre parfait : brosses, peignes et barrettes, un jeu de ciseaux de taille variable, un miroir rond à la poignée en argent qui, lui, n'était manifestement pas fabriqué en série, une dizaine de flacons de parfum différents, cinq flacons de vernis rose, trois poudriers et divers autres produits de maquillage dont Mutti ignorait le nom et l'usage. « Ah, les femmes », soupira-t-il en secouant la tête. Il ouvrit le deuxième tiroir, qui contenait une dizaine de maillots de corps légers, rose pâle. « Pauvre petite.

— Quoi ? demanda Sauer.

— Ses sous-vêtements. Ils sont tous roses. »

Sauer tourna la tête vers lui, perplexe.

« Karoline aussi ne veut que des vêtements roses, mais elle, elle a treize ans…, expliqua Mutti avec une grimace mélancolique. Cette fille était encore une gamine… » Il secoua à nouveau la tête avant de plonger ses mains dans le tiroir impeccablement rangé, qu'il explora avec délicatesse à la recherche d'objets cachés, lettres, journaux intimes. Sans résultat là non plus.

Devant le contenu du tiroir du bas, il craqua : des dizaines de culottes parfaitement alignées et une quantité prodigieuse de bas, pliés ou enroulés, dont plusieurs paires en dentelle qui auraient effaré n'importe quel commissaire, avec ou sans filles adolescentes à la maison. Mutti les fixait, bouche bée, pétrifié.

Sauer s'en aperçut. Il abandonna le papier peint qu'il examinait centimètre par centimètre en quête de la balle disparue pour rejoindre son collègue. Il posa une main réconfortante sur son épaule puis s'agenouilla devant cet étalage de culottes et de bas et, sans ciller, il y plongea les mains. Il tâta tout le fond du tiroir en suivant les arêtes et crut un instant que la fouille avait été fructueuse, mais il s'agissait seulement d'un petit sachet de lavande. Il le rangea et poursuivit son inspection, inutilement : il n'y avait rien à trouver. Geli Raubal ne cachait rien dans sa lingerie.

Il restait le coffre et l'armoire. Sauer ouvrit le coffre et sut immédiatement qu'il ne lui réserverait pas de surprises non plus : il ne contenait que des chapeaux, des écharpes, des foulards et des gants, jetés pêle-mêle. « Frau Reichert n'a pas fait de rangement ici, constata-t-il.

— Regarde dans les gants », lui répondit Mutti en ouvrant l'armoire.

Sauer les retourna les uns après les autres avec patience mais ne trouva rien, pas plus qu'à l'intérieur des chapeaux. Il vida tout le coffre, ce qui ne fit que lui confirmer que rien d'utile à leur enquête n'était enfoui dans ce désordre.

Mutti ne fut pas plus chanceux. La grosse armoire dont les portes peintes étaient équipées de miroirs à l'intérieur renfermait des quantités de robes, jupes, vestes et chemisiers soigneusement accrochés à des cintres en bois clair, mais aussi un certain nombre de pantalons. « Doux Jésus, cette armoire contient l'équivalent de mon salaire annuel en froufrous…, commenta le commissaire.

— Vérifions les poches », fit Sauer en le rejoignant, mais avant même de commencer, son regard fut attiré par le vêtement au bout de la tringle : une grande fourrure sombre. Sauer la sortit de l'armoire pour mieux l'observer à la lumière du jour. Elle était neuve, en poil épais et luisant, et la qualité de sa doublure ne laissait aucun doute sur le fait qu'il s'agissait d'une pièce de luxe, de grand luxe. « À elle seule, elle représente *trois* ans de salaire annuel, celle-là, mon ami. »

Mutti souffla. « Il n'y a pas de crise pour les hommes politiques. Encore heureux que Herr Hitler soit à la tête du Parti national-socialiste des travailleurs…

— Peut-être que ce n'est pas lui qui la lui a payée. Peut-être que Mlle Raubal avait un soupirant fortuné », lança Sauer avant de glisser la main dans les poches de la fourrure. Rien.

« Rien dans les autres habits non plus. Rien de rien. »

Ils refermèrent l'armoire, embrassèrent la pièce du regard. Ils avaient tout passé au peigne fin. Cette chambre était étonnamment sobre et rangée pour celle d'une jeune fille de vingt ans, mais après tout ce n'était pas elle qui s'en occupait personnellement.

Sauer gagna le secrétaire et le déplaça pour accéder à la fenêtre. « Tu me tiens les rideaux ? » demanda-t-il à Mutti, qui s'exécuta tandis qu'il ouvrait la fenêtre. Le rebord était haut, mais avec son mètre quatre-vingt-dix Sauer réussit à se pencher sans problème. L'animation habituelle régnait sur la place, sans que les gens puissent imaginer le drame qui s'était déroulé à quelques mètres au-dessus d'eux. À droite comme à gauche, l'immeuble ne présentait ni balcons ni points d'appui.

« Une corniche ? demanda Mutti dans son dos.

— Non, répondit Sauer. Rien qu'une frise de cinq centimètres d'épaisseur. Impossible de passer par là.

— Donc personne n'est entré par la fenêtre. »

Sauer referma, puis il étudia la poignée. « De toute façon, on ne peut pas forcer le mécanisme de l'extérieur. Il faudrait casser la vitre. »

Ils remirent le secrétaire en place, et Mutti en profita pour recopier la lettre de la victime dans son calepin :

Quand je viendrai à Vienne – très bientôt j'espère – nous irons ensemble à Semmering en auto et

« Où se trouve Semmering, exactement ? demanda-t-il à Sauer.

— Aucune idée, je n'ai jamais entendu ce nom.

— Je me renseignerai.

— Quoi qu'il en soit, ce n'est pas un message d'adieu.

— Aucun doute.

— Et nous n'avons trouvé aucune croix gammée en or.

— Que de questions, conclut Mutti. En attendant, l'heure tourne. »

Il ne leur restait plus qu'à examiner le tableau au-dessus du canapé. Ils l'avaient remarqué du coin de l'œil, sans y prêter spécialement attention, et ils comprirent pourquoi en le regardant de plus près :

il n'avait rien d'attrayant. Un banal paysage de montagne, avec une rivière, un chalet et un bouquet d'arbres, quelques moutons paissant çà et là et un promeneur minuscule sur un sentier en arrière-plan. La main de l'artiste – si l'on tenait à l'appeler ainsi – était sûre mais scolaire, dépourvue d'imagination et de caractère. Il existait des centaines de tableaux de ce genre, produits en série par des peintres sans le sou qui allaient les vendre dans les rues du centre-ville, sans que cela améliore leur situation financière. La seule remarque que l'on pouvait faire en sa faveur était que le vert des pâturages se mariait bien avec celui du tapis.

Mutti se pencha sur la signature en bas à droite : « A. H. Des initiales intéressantes, n'est-ce pas ? »

Sauer réfléchit un instant : « Tu crois que c'est lui qui l'a peint ? »

Mutti haussa les épaules : « Tu vois d'autres explications plausibles à la présence d'une croûte pareille ? »

Sauer sourit. L'humour de Mutti était impayable, même sur les lieux d'une mort violente. « Je crois qu'on a terminé ici, fit ce dernier.

— Oui, je veux juste vérifier la porte.

— C'est vrai, dit Mutti. La porte forcée au tournevis. »

Ils se penchèrent pour examiner le battant de bois massif et la serrure. La clé était insérée du côté intérieur de la porte. Mutti la sortit et la scruta à la lumière, puis la remit dans la serrure et donna un tour.

Le loquet pivota sans aucun problème, comme si la serrure avait été récemment huilée. « Le mécanisme fonctionne toujours. »

Sauer enregistra l'information. Il étudiait l'encadrement, ébréché au niveau du loquet, du côté du couloir. « Viens, dit-il à Mutti. Je veux la voir fermée. »

Mutti reprit la clé et le rejoignit. Ils fermèrent la porte. La cassure, bien visible, ressemblait à la morsure d'un petit animal, par laquelle la lumière de la chambre filtrait. « Essaie d'utiliser la clé. »

Mutti s'exécuta. Le mécanisme tourna sans difficulté et la lumière cessa de filtrer, masquée par le loquet. Sauer tenta de pousser la porte vers l'intérieur, sans succès. Il s'éloigna d'un pas et revint à la charge avec un petit coup d'épaule : rien. « Il nous faut ce tournevis », conclut-il.

Mutti disparut au fond du couloir en appelant : « Herr Winter ? » Au bout de quelques instants, Sauer le vit revenir avec le mari de la gouvernante, qui affichait une expression alarmée et était bien plus pâle que précédemment.

« Le tournevis, s'il vous plaît ? lui demanda Sauer en tendant une main.

— Je..., commença Winter, incapable d'ajouter quoi que ce soit.

— Il ne sait pas où il l'a mis, expliqua Mutti.

— Il ne sait pas où il l'a mis ? répéta Sauer.

— Je..., recommença Winter. Dans l'agitation...

— Vous devez bien en avoir un autre, non ? Peu importe si ce n'est pas le même. Il faut qu'on fasse un essai. Ou plutôt, ajouta Sauer, pris d'une inspiration soudaine, il faut que *vous* fassiez un essai. Montrez-nous comment vous avez ouvert la porte ce matin. »

S'ils lui avaient demandé d'ouvrir la fenêtre de la chambre de la victime, de monter sur le rebord et de se jeter dans le vide, Winter n'aurait pas eu l'air plus effaré. « Je ne comprends pas… Pourquoi…

— Vous n'avez pas besoin de comprendre, intervint Mutti. C'est nous qui avons besoin de comprendre. Chacun son métier. Vous avez un autre tournevis ou pas ? »

Winter déglutit, regarda autour de lui comme s'il espérait en voir un sortir du mur. Puis son visage s'éclaira : « Attendez, je sais peut-être où il est… », et il disparut derrière une porte qui donnait sur le couloir.

« Ce n'est pas lui qui a ouvert », chuchota Mutti.

« Et voilà ! » annonça Winter, de retour avec une expression triomphante et un outil en fer à la main. Ce n'était pas un tournevis : on aurait plutôt dit le manche recourbé d'une louche, artisanalement aiguisé. « Je l'utilise pour récurer la tuyauterie quand elle est bouchée. Il fait à peu près la même taille que le tournevis.

— Très bien, dit Mutti. Montrez-nous comment vous avez ouvert la porte. »

L'expression triomphante de l'homme se craquela quelque peu mais il tâcha de garder bonne figure. « Bien sûr », répondit-il d'un ton qui n'avait rien de sûr. Il s'agenouilla de façon que la serrure soit au niveau de son épaule. « D'accord », dit-il, puis plus doucement il répéta « D'accord », comme pour se donner du courage.

Il glissa l'outil dans la fissure ébréchée entre l'encadrement et le battant et le fit jouer, le poussant et le tournant à droite et à gauche, pendant qu'il faisait pression contre le bois avec son épaule. L'opération dura plusieurs minutes, la sueur ruisselait de plus en plus abondamment sur le front et sur la nuque du pauvre Winter, et il était clair que ce manège pouvait encore durer longtemps : le fer était trop souple, le loquet trop résistant.

Sauer allait mettre fin à cette tentative pathétique quand l'homme, probablement mû par l'énergie du désespoir, redoubla d'efforts et, contre toute attente, la porte s'ouvrit enfin. Le battant pivota sur ses gonds et alla violemment taper contre le canapé.

« Et voilà ! s'exclama Winter en laissant tomber son outil. Vous avez vu ? » ajouta-t-il en se tournant vers Mutti et Sauer avec une expression de soulagement aussi grande que la Bavière. Les deux commissaires avaient vu, ils avaient parfaitement vu : des trois personnes présentes dans le couloir, la plus surprise que la porte s'ouvre, c'était lui.

Quand ils quittèrent l'appartement, la montre de Sauer indiquait treize heures trente. Si ce que le trésorier Schwarz avait dit était vrai, le maître des lieux ne pourrait pas s'entretenir avec eux avant le milieu de l'après-midi, alors autant retourner au commissariat pour faire un rapport à Tenner.

« Et manger quelque chose », ajouta Mutti, qui, malgré son second petit déjeuner au marché trois heures auparavant, avait déjà faim.

Sauer ne répondit pas. En descendant l'escalier, il repensait à la scène du couloir et à sa signification. Il ne faisait aucun doute que Herr Winter et sa femme avaient menti sur le déroulement des faits le matin même, mais comment et dans quelle mesure ? Même si le mari de la gouvernante n'avait pas ouvert la porte à l'aide du fameux tournevis maintenant introuvable, cela ne cachait pas nécessairement quelque chose de louche. Peut-être que les époux Winter se sentaient en devoir de protéger leur patron et qu'ils avaient adapté leur récit de la manière qui leur paraissait la moins compromettante pour lui. Ou peut-être que c'était quelqu'un qui n'était plus là à l'arrivée de la police qui avait ouvert la porte – un représentant du Parti plus important que Schwarz, par exemple – et, pour lui épargner des ennuis et une perte de temps, sa présence avait été omise dans la version officielle. Le fait crucial ne changeait pas : Geli Raubal était morte d'un coup de pistolet tiré dans une chambre fermée de l'intérieur et inaccessible de l'extérieur. Malgré les zones d'ombre, le suicide restait l'hypothèse la plus probable.

« Regarde, Siggi », dit Mutti, le tirant de ses pensées. Ils venaient d'arriver au niveau de la porte de la loge, qui était maintenant ouverte.

Sans perdre de temps à tergiverser, Mutti passa la tête à l'intérieur : « Il y a quelqu'un ? » demanda-t-il, bien que la lumière allumée et le fumet de rôti soient une réponse plus que suffisante. « Je peux ? »

La loge était une pièce rectangulaire sur laquelle donnait, outre la porte d'entrée et la fenêtre avec vue sur l'escalier, une autre porte, ouverte sur le vestibule d'un appartement.

« Me voilà ! J'arrive ! » cria une voix de femme de l'intérieur, suivie quelques secondes plus tard par sa propriétaire, une dame entre deux âges, plus large que grande, dotée d'un remarquable nez crochu. Elle évoqua à Sauer un personnage figurant sur une illustration des *Contes* des frères Grimm qui l'avait impressionné, enfant : la sorcière, Mère Gothel. « Pardonnez-moi, j'ai un rôti au four », dit-elle en s'essuyant les mains sur son tablier à carreaux rouges.

« Nous sommes les commissaires Sauer et Forster, de la police de Munich, dit Mutti en montrant sa plaque. Êtes-vous la concierge de l'immeuble ? »

Mère Gothel se rembrunit. « C'est moi, oui. C'est pour la tragédie de l'appartement du deuxième ?

— Malheureusement.

— Pauvre fille », commenta la femme en se signant. Une sorcière pieuse.

« Quand nous sommes arrivés, il y a deux heures environ, la loge était fermée…, commença Sauer.

— Oui, excusez-moi, mais le matin c'est mon mari qui est censé me relayer, déjà qu'il ne fait jamais rien, il pourrait faire un effort, au moins quand je suis à l'église… Mais aujourd'hui ce brave homme a préféré filer boire à la Wiesn avec ses amis et il a oublié de me prévenir. Attendez que je l'attrape, celui-là. Je peux vous garantir qu'il n'oubliera plus.

— Ce matin vers dix heures, la loge était donc fermée ?

— Vers dix heures, non, j'étais encore là. Je suis sortie à dix heures trente, dix heures quarante, juste à temps pour assister à la messe. Pourquoi ?

— Rien, ce sont des questions de routine. Tenez-vous par hasard un registre des visites ?

— Bien sûr, répondit Mère Gothel avec un mouvement d'orgueil. C'est un immeuble prestigieux. On ne laisse pas entrer n'importe qui, les invités doivent être annoncés et on note leur heure d'arrivée et de départ. »

Sauf quand la concierge est à l'église et que son mari a soif, pensa Sauer.

« Donc vous avez noté le nom de toutes les personnes qui sont entrées dans l'immeuble ce matin, disons entre neuf heures et dix heures trente ? demanda Mutti.

— Bien sûr, répéta la femme, et elle passa devant eux pour récupérer un gros cahier suspendu à côté de la fenêtre. Voici le registre. Vous voulez y jeter un coup d'œil ?

— Si c'est possible », répondit Sauer.

La femme se crispa et serra le cahier contre elle. « Ce ne serait pas que je vais me retrouver dans la panade, par hasard ? À cause de l'histoire de mon mari ?

— Vous, dans la panade ? dit Mutti. Pourquoi donc ? À l'heure qui nous intéresse, votre mari n'était même pas là. Il n'apparaîtra dans aucun rapport, soyez tranquille – et il lui fit un clin d'œil que mère Gothel sembla apprécier.

— Bon, d'accord. Regardez. Pendant ce temps, je vais voir où en est mon rôti. Ne laissez entrer personne ! »

Les deux hommes se penchèrent sur le registre. Bien que le numéro 16 de Prinzregentenplatz n'abritât que sept appartements, il recevait plus de visiteurs qu'un commissariat de banlieue, vingt par jour en moyenne. Cependant, ce matin-là, comme c'était un samedi, il n'y avait pas eu grand monde.

« Albrecht Mauser. Pour la famille Junker. Arrivé 8 h 15, sorti 9 h 45. Gerda Kikanova, pour Me Könneman. Arrivée 8 h 55, sortie… Il n'y a rien d'écrit.

— Alors, c'est qu'elle y est toujours. Otage de l'avocat. »

Sauer passa au dernier nom de la liste : « Markus Hatzke, pour chez Herr Hitler. Arrivé 9 h 10, sorti 10 h 25.

— Personne d'autre ?

— Non, rien que ces trois-là.

— Et Schwarz ? »

Sauer vérifia. « Il n'apparaît pas.

— Bizarre. Tu crois qu'il a dormi là cette nuit ? plaisanta Mutti.

— Ou bien il est arrivé après le départ de la concierge à l'église.

— Ça m'étonnerait. Il est plus probable que tous

les visiteurs ne sont pas notés dans ce registre. Surtout quand ils viennent voir des hommes politiques en vue. »

Sauer parcourut rapidement les pages précédentes. Le nom de Schwarz n'apparaissait nulle part. « Ça se peut. Maintenant, la vraie question, c'est de savoir qui est ce Markus Hatzke. Et ce qu'il faisait là ce matin.

— Vous avez dit Hatzke ? intervint la concierge, de retour de la cuisine. Il suffit de demander. Je le connais depuis des années, on l'appelle dès qu'il y a un problème dans un appartement. C'est le meilleur serrurier de Munich », ajouta-t-elle avec fierté.

7

Devant l'immeuble, il ne restait plus qu'un SA, sans doute en raison de l'heure. « Les nazis ne se nourrissent pas que de passages à tabac », commenta Mutti à mi-voix. Puis il fit un geste à l'intention du sergent Julian, qui patientait dans l'automobile de Tenner de l'autre côté du carrefour. Sauer avait complètement oublié le sergent, qui les avait attendus sans bouger pendant plus de deux heures. Puis il se souvint que lorsqu'ils l'avaient retrouvé devant le commissariat, il lisait un livre : peut-être que cette attente ne lui avait pas déplu. Parfois, le temps perdu est du temps gagné.

Avant de traverser, il s'arrêta pour observer à nouveau la façade du numéro 16. Maintenant qu'il y était entré, il parvenait à reconstituer la disposition de l'appartement de Hitler. Des cinq fenêtres donnant sur la place, il ignorait dans quelles pièces se trouvaient les deux premières, mais la troisième et la quatrième devaient correspondre à la chambre que Frau Reichert partageait avec sa mère, et la cinquième était sans aucun doute celle de laquelle il s'était penché peu avant. D'en bas, on l'apercevait à peine, masquée par l'épais feuillage jauni d'un tilleul, et on devinait seulement les rideaux blancs. Même si un passant avait levé la tête au moment fatal, il n'aurait rien vu.

Après la chambre de Geli, on passait au numéro 14, un immeuble à la façade moins austère et moins originale. Son toit était recouvert de banales tuiles rouges, et ses lucarnes, de simples ouvertures rectangulaires vitrées, n'avaient rien de l'allure classicisante de celles du toit voisin. Au niveau du deuxième étage, la fenêtre la plus proche de celle de Geli se trouvait à presque dix mètres de distance et était dépourvue de corniche, balcon ou de tout autre point d'appui pour d'hypothétiques assassins. Sauer secoua la tête : ils iraient quand même jeter un coup d'œil, mais juste pour savoir si quelqu'un avait entendu le coup de feu. Il n'y croyait pas trop : dans ce genre de bâtiment, les murs étaient épais pour garantir la tranquillité des habitants fortunés.

« Il faut qu'on interroge les voisins, dit-il à Mutti en le rejoignant de l'autre côté de la rue. Au-dessus, en dessous et à côté.

— Au cas où ils auraient entendu quelque chose, approuva son collègue. Pour ça, on va demander des renforts. N'importe quel novice peut faire ce travail. Le serrurier me paraît plus urgent. Et, plus urgent encore…

— … le déjeuner, compléta Sauer. Oui. Tu as été clair à ce sujet. »

Le sergent Julian sursauta à leur arrivée. D'un geste vif, de toute évidence coutumier, il tira un marque-page de sa poche, le glissa entre les pages de son roman et fit disparaître le tout dans la boîte à gants de la Mercedes. « Messieurs les commissaires, les salua-t-il. Tout va bien ?

— Quelle question idiote ! fit Mutti d'un ton revêche. Une jeune fille morte dans une mare de sang, et tu demandes si tout va bien ? »

Julian écarquilla les yeux. « Excusez-moi, je…

— Laisse tomber, l'interrompit Sauer. Le commissaire Forster se moque de toi. Tout va bien, merci. Nous avons relevé plusieurs éléments qui nous seront utiles. » Il voulait ajouter « et une conclusion évidente », mais il se retint en pensant aux soupçons que Mutti nourrissait sur ce jeune homme. La police avait été infiltrée par des agents politiques de tous les bords, c'était un fait connu, mais comme personne ne savait à quel point ni de qui il s'agissait, la plus grande prudence était de mise. Il en fallait peu pour se retrouver pris dans une guérilla entre les républicains, les communistes, les socialistes et les nazis. Plus d'une enquête était partie en fumée à cause de règlements de comptes entre ces différentes factions.

« Où est-ce que je vous emmène ? demanda le sergent en tournant la clé de contact.

— Au commissariat, répondit Mutti. À sa succursale de Neuhauserstrasse. Et en vitesse ! »

C'était bien la première fois que Julian entendait parler d'une succursale. Cependant, il se glissa dans la circulation sans poser de questions : le commissaire Forster l'intimidait.

Tandis qu'ils quittaient Prinzregentenplatz, Sauer jeta un dernier regard à l'entrée du numéro 16. Le SA n'était plus tout seul : un homme grand aux cheveux très blonds, presque blancs, lui demandait quelque chose. Quand le SA lui indiqua l'endroit où Julian était resté garé pendant plus de deux heures, l'homme se tourna, Sauer entrevit son visage et resta bouche bée.

Il est rare de rencontrer son propre reflet en chair et en os.

L'affluence incroyable de policiers à la brasserie Zum Augustiner de Neuhauserstrasse à l'heure du déjeuner justifiait largement le surnom que Mutti lui avait donné, la Succursale. Institution séculaire de la vieille ville, l'Augustiner était une sorte de prolongement du commissariat, situé à quelques centaines de mètres, l'endroit idéal pour se restaurer quand les enquêteurs, éprouvés par des affaires compliquées ou frustrantes, avaient besoin d'un bon repas pour reprendre des forces. Dès qu'il passa la porte, Mutti ferma les yeux et inspira profondément. « Les Champs-Élysées… Des fleuves de bière et des arbres à saucisses. Trouvons-nous une table, Siggi. Aujourd'hui, je pourrais manger un bœuf entier. »

Bien qu'il connût son collègue depuis presque dix ans, Sauer n'arrivait toujours pas à s'habituer à son appétit, qui faisait le bonheur des restaurateurs munichois. À peine se furent-ils attablés dans un coin avec vue sur la rue qu'une serveuse plantureuse en tenue traditionnelle se fraya un passage dans la foule de clients pour venir prendre leur commande. « Tiens donc, qui voilà ! » s'enthousiasma-t-elle en reconnaissant Mutti, et elle se pencha pour offrir une vue plus généreuse à son client le plus généreux. Mutti ne lésinait jamais sur les pourboires, avec les serveuses. « Ça faisait un moment qu'on ne t'avait pas vu. Tu étais occupé ? Ou bien tu nous fais des infidélités avec une autre brasserie ?

— Moi ? répondit Mutti. Trahir l'Augustiner ? Jamais, Greta. Jamais. Plutôt arrêter de boire.

— Me voilà rassurée, répondit la serveuse en sortant son bloc-notes. Je serai morte et enterrée avant que ça t'arrive.

— Alors je viendrai trinquer sur ta tombe ! » s'exclama Mutti, provoquant un éclat de rire à la table d'à côté. Si l'on recherchait de l'intimité à l'abri des oreilles indiscrètes, l'Augustiner à l'heure du déjeuner n'était pas le lieu indiqué.

La serveuse prit la commande – jarret de porc et pommes de terre pour Mutti, sandwich choucroute et moutarde pour Sauer – puis disparut, avalée par la foule dans laquelle les chopes s'entrechoquaient de plus en plus bruyamment et d'où les premiers chants s'élevaient déjà.

Mutti abandonna son sourire d'habitué et reprit ses réflexions de policier. « Qu'est-ce que tu en penses ? »

Sauer haussa les épaules. « Suicide. La piste la plus évidente est parfois la bonne.

— Oui, pour le tableau d'ensemble, je suis d'accord. Mais les détails… certains éléments ne collent pas.

— Winter.

— Lui et elle, oui. Le racontar sur Geli enceinte, la présence de la domestique au moment où ils ont trouvé le cadavre, les horaires qu'ils ont donnés…

— Oui, si le serrurier est arrivé à neuf heures dix, ils nous ont appelés une heure et demie plus tard… Pourquoi ?

— Et puis la chambre ne me revient pas non plus.

— C'est-à-dire ?

— Tu as déjà vu la chambre d'une jeune fille ? Avant qu'elle se marie et devienne obsédée par le ménage et le rangement, je veux dire.

— C'était Frau Reichert qui rangeait tout, lui rappela Sauer.

— D'accord, mais quand même ! Cette chambre ressemblait à un musée. Aucun objet déplacé, tout impeccablement propre…

— Eh bien ? »

Greta revint avec deux bretzels géants « offerts par la maison » et une chope d'un litre de bière blonde pour Mutti. Le verre embué dégoulinant de gouttelettes était estampillé du symbole de l'Augustiner Brauerei, la brasserie la plus ancienne de Munich. « Ton thé va arriver », dit la serveuse en faisant un clin d'œil à Sauer, qui la remercia en inclinant la tête.

« Nous disions : la chambre te semble trop bien rangée. Et donc ?

— Je ne sais pas. Mais quelque chose ne colle pas. » Une gorgée de bière, un long soupir extatique. « Et ses chaussures. Où sont ses chaussures ?

— Il y a peut-être un meuble à chaussures quelque part, dans un débarras ou dans le couloir. Tu ranges les tiennes dans ta chambre ?

— J'ai trois enfants, Siggi, j'ai de tout partout. Mais d'accord. Il doit y avoir un débarras, tu as raison. Il n'empêche que j'ai l'impression que quelque chose ne tourne pas rond.

— Il faudra qu'on se souvienne de demander, quand on y retournera.

— Oui, et j'aimerais bien avoir un plan de l'appartement.

— J'y ai pensé moi aussi. La prochaine fois, on prendra un crayon et une règle. Et même un compas pour les oriels. »

Le thé de Sauer arriva dans une chope à bière en céramique blanche. « Comme ça, personne ne se moquera de toi », lui murmura Greta. Elle repartit en accentuant son déhanchement pour le bon plaisir de Mutti.

« Sacrée bonne femme, commenta ce dernier.

— Vous allez finir par vous attirer des ennuis, Herr Forster.

— C'est à moi que vous parlez ? Que nenni, Herr Sauer. Je ne fais que regarder. Comme au musée. Imaginez que notre charmante serveuse est un beau Rembrandt. Ou peut-être un Rubens. »

Ils se mirent à manger avant que leurs plats ne

refroidissent, Mutti avec fougue, Sauer avec méthode. Le jarret disparut en deux temps trois mouvements, et les pommes de terre avec. Le sandwich à la choucroute, lui, s'érodait lentement, comme les bancs de sable caressés par les courants de l'Isar.

Pour Mutti, voir son collègue manger était toujours source de souffrance. « Si tu as besoin d'un coup de main, n'hésite pas », lui dit-il, ne plaisantant qu'à moitié.

Sauer lui tendit le bout de sandwich qu'il avait mis de côté exprès.

Quand ils eurent fini, l'horloge baroque derrière le comptoir affichait quatorze heures trente.

« Qu'est-ce qu'on fait, maintenant ? demanda Mutti. On va parler avec ce Hatzke ?

— Bonne idée. Tu sais où le trouver ?

— Moi pas, mais la brasserie certainement. Attends. » Mutti se pencha vers la table d'à côté et demanda l'information à l'homme assis en bout de table, un Polonais grand et maigre à la barbe d'un roux flamboyant.

« Un serrurier qui s'appelle Hatzke ? répéta l'homme. Jamais entendu parler. Hé, les gars, lança-t-il à la tablée, ça vous dit quelque chose un serrurier qui s'appelle Hatzke ? »

Les réponses négatives ne découragèrent pas l'homme, qui se tourna vers le client assis derrière lui. En quelques secondes, la question rebondit de table en table. En moins d'une minute, toute la brasserie savait que quelqu'un cherchait un serrurier du nom de Hatzke. « Baldestrasse 33, à Isarvorstadt, finit par leur rapporter le Polonais, triomphant. En face de l'église Saint-Martin.

— Merci, mon ami. À ta santé ! » répondit Mutti en brandissant sa chope. Il but goulûment les dernières gorgées et se tourna vers Sauer : « Ne jamais sous-évaluer le pouvoir de la bière. On y va ? »

Sauer sourit, finit son thé et laissa sur la table le dernier bout de sandwich, ainsi que quelques pièces de pourboire pour le Rubens qui les avait servis.

8

La journée était si chaude et lumineuse qu'ils décidèrent de se rendre à Isarvorstadt à pied. De l'Augustiner, cela faisait une promenade d'une demi-heure, et Schwarz ne les ferait pas appeler avant seize heures, peut-être dix-sept heures. Herr Hitler devait se remettre du choc, et de toute façon il n'était pas si urgent de lui parler.

Leurs calculs tombèrent à l'eau : ils étaient à peine arrivés à la porte de Sendling, avec ses tours de briques rouges couvertes de lierre resplendissant sous le beau soleil de septembre, que quelqu'un les héla. « Herr Sauer ! Herr Forster ! » Un agent en uniforme arrivait en courant de Sendlingerstrasse, un bras levé pour attirer leur attention. « Herr Sauer ! »

« C'est Krause, fit Mutti. Un autre espion. »

Sauer plissa les yeux : il le connaissait, même s'ils n'avaient jamais travaillé ensemble.

« Vous voilà ! » haleta Krause. Il se pencha, les mains appuyées sur les cuisses pour reprendre son souffle. « Je vous ai cherché… à l'Augustiner… je suis arrivé… trop tard…

— Respire, respire. Je ne voudrais pas avoir ta mort sur la conscience, dit Mutti. En fait non, fais comme tu veux, je n'ai pas de conscience.

— Pardon », dit Krause. Il se redressa, se tapa sur la poitrine. « Le directeur m'a envoyé vous chercher. Le commissaire Sauer doit revenir en urgence là où il sait. Quelqu'un l'attend. »

Sauer fronça les sourcils. « Là où je sais ? »

« Qui l'attend ? » demanda Mutti, une seconde avant de comprendre.

Krause leva les mains comme pour se rendre. « C'est ce que le directeur a dit : "Le commissaire Sauer doit revenir en urgence là où il sait. Quelqu'un l'attend."

— Et moi ? demanda Mutti.

— Vous pouvez continuer à faire ce que vous faisiez. Le message n'est que pour le commissaire Sauer. »

Mutti et Sauer se regardèrent. Comme d'habitude, ils n'avaient pas besoin de mots pour se comprendre. Ils étaient déjà arrivés à la même conclusion et il n'y avait pas de raison de discuter.

« Bien, dit Mutti sans laisser paraître une once de ressentiment. Alors je vais là où on allait. Quelqu'un qui ne m'attend pas devra m'ouvrir quand même. On se retrouve au commissariat.

— D'accord », répondit Sauer, tendu.

Revenir à Prinzregentenplatz immédiatement, et sans Mutti.

Il ignorait pourquoi Tenner en avait décidé ainsi, mais une chose était sûre : pour lui, c'était le pire cas de figure.

Le sergent Julian l'attendait au même endroit que le matin, à la sortie du commissariat. Sans mot dire, il reprit le même itinéraire, qui passait devant le portique des Maréchaux d'Odeonsplatz. Cette loggia style Renaissance, copie conforme de la Loggia dei Lanzi de Florence, ressemblait à la gueule béante d'un énorme loup prêt à dévorer Sauer. Le commissaire n'aimait pas passer par là, et il faisait habituellement un détour pour l'éviter. Outre l'oppresser, la vision de la loggia lui apparut comme un présage funeste.

Devant le numéro 16 de Prinzregentenplatz, le groupe de SA était de nouveau plus étoffé. Sauer en compta sept, puis son attention fut attirée par une nouveauté : à l'angle avec Grillparzerstrasse, presque garée sur le trottoir au pied de l'immeuble, une luxueuse Mercedes 770 éveillait la curiosité des passants. Elle était aussi luisante que si elle sortait de l'usine, et sa capote abaissée permettait d'admirer ses sièges de cuir sombre. Un homme blond d'un mètre quatre-vingts environ, vêtu de noir de pied en cap, était appuyé à la portière côté conducteur. Sauer fut surpris de voir la fameuse tête de mort sur le bord de sa casquette. Un membre des SS, la garde personnelle de Herr Hitler.

Le commissaire descendit de l'auto, conseilla à

Julian de se garer au même endroit que le matin et, lui promettant de ne pas le faire attendre deux heures cette fois, il gagna l'immeuble. Les SA avaient bloqué le trottoir devant la porte, obligeant les passants à faire un crochet sur le gravier. Parmi eux se trouvait Hartmann, qui reconnut le commissaire et fit signe de le laisser entrer. « Merci », dit Sauer, qui ne se départait jamais de sa courtoisie, pas même avec les miliciens.

Arrivé sur le palier du second, il trouva la porte ouverte. « Commissaire », le salua Anni Winter, plus sérieuse et plus raide encore que le matin. *Est-ce que son mari lui a raconté la scène de la porte?* se demanda Sauer. « Il vous attend dans le séjour », l'informa la gouvernante en montrant la porte au fond du vestibule. Celle-ci était juste assez entrouverte pour laisser passer un homme et révéler la partie intérieure de l'un des deux oriels, par où la lumière entrait à flots.

Sauer sentit son cœur tressauter lorsqu'il aperçut, debout devant la porte-fenêtre qui devait donner sur le balcon, la silhouette sombre d'un homme pas très grand, un peu en chair, aux vêtements d'une excellente facture. L'homme lui tournait le dos, les mains jointes dans le dos et les jambes légèrement écartées, comme un soldat au repos. Il regardait la place.

Sauer aurait donné n'importe quoi pour ne pas être là, mais il était là et il n'avait pas le choix. Il ne pouvait ni fuir ni repousser ce moment. Il prit son courage à deux mains et murmura d'une voix à peine audible : « Puis-je ? »

L'homme à la fenêtre avait sans doute déjà perçu sa présence, mais il avait attendu ce signal pour se tourner, ce qu'il fit d'un mouvement fluide et impeccable, qui n'avait rien à envier à celui d'un comédien. La lumière qui baignait le séjour mettait bien son profil en relief, avec son nez et sa moustache inimitables. L'homme acheva de se retourner et Sauer se sentit transpercé par son regard. Adolf Hitler, l'homme qui faisait jaser la Bavière et peut-être l'Allemagne entière, à la tête du parti qui avait bouleversé les dernières élections et se préparait à triompher aux prochaines – en recourant à la force si nécessaire –, avait un regard aussi dur et translucide que du diamant.

« Je suis le commissaire Sauer. Siegfried Sauer », se présenta le commissaire d'une voix qui lui parut distante, étrangère.

Herr Hitler continua de le fixer en s'approchant de lui d'une démarche solennelle. Quand il fut à deux mètres de Sauer, le menton dressé et les yeux plissés pour mieux l'étudier, il parla enfin.

« Je sais qui vous êtes, déclara-t-il de sa voix métallique connue de tous. Je le sais bien. »

Un autre pas. Cette proximité mit Sauer dans un état de nervosité qui lui était peu coutumier.

« Je me suis renseigné sur vous, poursuivit Herr Hitler. Dès que j'ai su. »

Sauer fut surpris. Pourquoi ? allait-il demander lorsque l'impensable se produisit : les mains de Herr Hitler se soulevèrent dans un mouvement vif pour venir serrer ses bras.

« Dans un moment pareil, j'ai plus que jamais besoin d'aide, dit l'homme qui voulait se rendre maître de la destinée allemande et conduire le pays à la gloire d'un Reich millénaire. Face à la tragédie qui a frappé ma maison, j'ai besoin du soutien et de la force que seule la vérité peut délivrer. » Une pause, quelques instants de silence étudié. « J'ai des amis au ministère, je leur ai demandé de m'envoyer leur meilleur homme. Quelqu'un capable de faire la lumière sur ce drame sans se laisser décourager par les difficultés qu'il rencontrera, sans se laisser séduire par les sirènes de l'opportunisme ou de l'intérêt personnel. C'est vous qu'ils m'ont envoyé et c'est à vous que je m'en remets, non pas comme à un assistant, mais comme à un ami, acheva Hitler, le regard plus perçant encore. Puis-je compter sur vous ? »

Pris de court, le commissaire essaya de prononcer une réponse sensée, mais l'intensité de ce regard l'empêchait de penser clairement et le privait de toute raison, de toute logique.

Écrasé par cette attention excessive, Sauer détourna les yeux.

« Oui », répondit-il, laconique.

9

Sans le bruit du passage continu des automobiles et des trams dans Prinzregentenstrasse, atténué seulement par les nombreuses fenêtres de la pièce – treize, au mépris de toute superstition –, le commissaire Sauer aurait eu l'impression de se trouver dans le salon d'un transatlantique. Les dimensions devaient être les mêmes et l'ameublement, moderne et ciré, évoquait un luxe international vaguement aseptisé, digne d'une revue de décoration. À un bout de la pièce, qui formait une sorte de U aux bras écartés, il y avait la salle à manger, séparée du reste de l'espace par une arche. Elle était occupée par une table ovale entourée de douze chaises tapissées de soie au dossier en acajou sombre. À l'autre bout, une arche semblable isolait dans cette immense pièce un bureau meublé de deux fauteuils, d'un secrétaire ancien avec un téléphone en Bakélite noire et d'une bibliothèque, remarquable par la quantité d'ouvrages qu'elle contenait, tous reliés en cuir et aux titres en lettres dorées.

Au milieu, entre l'entrée aux portes coulissantes et la porte-fenêtre donnant sur le balcon, trois petits canapés étaient disposés en C autour d'une table basse, manifestement de même facture que les meubles de la chambre de Geli Raubal. Herr Hitler avait fait asseoir Sauer sur l'un d'eux, prenant place lui-même sur celui d'en face. Des journaux politiques parfaitement empilés reposaient sur la table qui les séparait, tandis que sur le troisième canapé, comme abandonné en pleine lecture, se trouvait un exemplaire du livre qui avait rendu le maître des lieux riche et célèbre, *Mein Kampf*. Sauer avait essayé de le lire à plusieurs reprises, mais c'était un texte pénible, lourd, décousu. Il était d'ailleurs de notoriété publique que Herr Hitler ne l'avait pas écrit, mais dicté à son bras droit Rudolf Hess durant leur détention après le putsch de 1923. Cependant, l'ouvrage était avare de références au coup d'État raté.

« Votre thé », annonça Frau Winter, en s'approchant avec un plateau en argent chargé d'une théière en céramique blanche à fleurs bleues, de deux tasses assorties et d'un sucrier, en argent lui aussi. Elle le posa sur la table basse, veillant à ne pas heurter la pile de journaux, et elle allait les servir quand Herr Hitler arrêta son geste.

« Je vous remercie, ma chère Anni, mais je me chargerai moi-même de servir notre invité, si vous le voulez bien », dit-il d'un ton courtois et amical qui étonna Sauer.

La gouvernante se retira sans mot dire, refermant les portes coulissantes derrière elle.

Le maître des lieux se leva et se pencha au-dessus du plateau : « Voulez-vous du sucre ?

— Non, merci. » Le refus de Sauer suscita l'approbation de son interlocuteur, qui hocha la tête en remplissant la tasse d'un liquide sombre intensément parfumé.

« Mon thé préféré. Beaucoup plus efficace que le café pour s'éclaircir les idées.

— Merci », dit le commissaire en prenant la tasse. Il attendit que Herr Hitler ait rempli la sienne et se soit rassis avant de s'éclaircir la gorge et de se lancer dans une première question. « Vous n'étiez donc pas à votre domicile lorsque Mlle Raubal…

— Non. Je n'étais pas là, l'interrompit Herr Hitler d'une voix ferme sans être impérieuse. Sait-on précisément à quelle heure les faits se sont déroulés ?

— Pas encore. Le médecin légiste travaille actuellement sur le corps… »

Une ombre passa sur le visage de Herr Hitler.

« Pardonnez-moi, s'empressa d'ajouter Sauer. J'ai été indélicat.

— Il n'y a pas de mal. La mort est notre destinée à tous, et le corps dans lequel nous vivons n'est qu'un habit. Nous ne devons pas craindre de nous séparer d'un habit, et une fois qu'on l'a quitté, qu'importe donc ce qui lui arrive. Pauvre Geli… » Son visage se contracta douloureusement, il secoua la tête comme pour chasser une pensée et poursuivit : « Hier, j'ai quitté mon domicile à quinze heures tapantes. Je m'en souviens bien parce que mon chauffeur, Herr Schreck, annonce toujours notre heure de départ et d'arrivée pour me montrer la rapidité à laquelle nous parvenons à destination. Il aime la vitesse, et je dois souvent le rappeler à l'ordre. Enfin. » Il but une gorgée et se racla la gorge. « À dix-sept heures quinze, nous étions à Nuremberg, où nous avons passé la nuit.

— À l'hôtel ?

— Oui, au Deutscher Hof. Je vais toujours là quand je suis à Nuremberg. Je suis un client fidèle. »

Sauer se rappela soudain que, en l'absence de Mutti, c'était à lui de prendre des notes. Il fouilla dans les poches de sa veste à la recherche de son calepin et du stylo hérité de son grand-père paternel. Il griffonna à la hâte les informations qu'il venait de recueillir, puis reprit l'interrogatoire qui, vu le contexte dans lequel il se déroulait, ressemblait plutôt à une simple discussion. « Mlle Angela…

— Appelez-la Geli, je vous prie. Angela m'évoque ma sœur, sa mère. Quand je l'ai prévenue, elle s'est évanouie à l'autre bout du fil. Elle est en route pour Munich, je dois la retrouver dès que nous aurons terminé.

— Vous étiez donc l'oncle de la jeune fille.

— Au deuxième degré. En réalité, Angela est ma demi-sœur. Nous avons le même père mais des mères différentes. Geli était ma nièce et j'étais son tuteur. Herr Raubal est mort quand elle était petite, elle avait deux ans à peine si mes souvenirs sont bons. Elle n'avait pas de figure masculine de référence et, croyez-moi, elle en avait besoin. »

Sauer nota cette précision. « Revenons à Nuremberg, si vous voulez bien. Quel était le motif de votre déplacement ?

— C'était une simple étape. Ce soir, je devais tenir un meeting à Hambourg. La nouvelle m'est arrivée alors que nous étions en route, à Erlangen. Nous avons fait demi-tour et rebroussé chemin à toute allure.

— Raison pour laquelle vous avez été arrêtés par la police.

— Ah, on vous en a informé. » L'ombre d'un instant, Sauer crut déceler une lueur de satisfaction chez le maître des lieux, aussitôt chassée par une énième crispation de son visage. « Oui, au niveau d'Ebenhausen. Schreck conduisait au-delà de la limite autorisée, mais cette fois ce n'était pas sa faute : c'est moi qui le lui avais demandé. Naturellement, je paierai l'amende de ma poche. »

Sauer nota de contacter la police d'Ebenhausen dès son retour au commissariat. S'il y avait une amende, il devait y avoir un procès-verbal, qui permettrait de vérifier les déclarations de Herr Hitler. Vu les circonstances de la mort de Geli Raubal, celui-ci n'avait pas besoin d'alibi mais tout document était bienvenu pour étoffer le dossier.

Il finit sa tasse de thé et la reposa sur le plateau. La céramique produisit un tintement joyeux, incongru dans ce contexte. « J'en suis navré mais il nous faut parler de l'arme… », dit doucement Sauer.

Herr Hitler acquiesça, il s'y attendait. Quand il ouvrit la bouche, la contraction qui crispait son visage semblait avoir gagné sa voix.

« L'arme. Bien sûr. » Il inspira et expira de manière un peu caricaturale, comme s'il était sur scène. « C'est un Walther 6.35. Un vieux pistolet que j'ai depuis la guerre. D'habitude, il est rangé dans un tiroir, dans ma chambre. Ma chambre est toujours fermée, et le tiroir aussi, mais Geli savait où étaient les clés. Il lui est déjà arrivé de se servir du pistolet. Elle savait tirer, c'est moi qui le lui avais appris, et de temps en temps elle allait s'exercer au stand de tir avec une amie. La fille de Herr Hoffmann. Vous voyez qui c'est ?

— Je ne crois pas.

— C'est le meilleur photographe de Munich. Il était avec moi au moment des faits, il devait photographier mes meetings. Sa fille aînée, Henriette, a dix-sept ans. Ces derniers temps, Geli et elle étaient très proches… »

Sauer écrivit le prénom de l'adolescente et l'entoura. « Et donc, ce pistolet…

— Oui, pardon. Je suis profondément perturbé. Je crois que je n'ai jamais autant souffert de toute ma vie. C'est un effort énorme pour moi de répondre à vos questions. Personne ne m'a jamais vu dans un état pareil. »

En effet, cet homme n'avait pas grand-chose en

commun avec l'Adolf Hitler qui faisait vibrer les foules lors de ses meetings mémorables. En le regardant passer une main sur ses yeux et se masser le front, éploré, Sauer se dit que la mort de sa nièce aurait peut-être de lourdes conséquences sur sa vie, et sur celle de tout le pays.

« Geli était la seule parente dont j'étais vraiment proche. Je l'ai vue grandir, je l'ai aidée à trouver sa voie, je me souciais de son bien-être… Je prenais ma tâche très au sérieux. Je voulais la défendre et la protéger des dangers du monde, qui sont innombrables pour une femme, d'autant plus quand elle est belle. Tout ça pour ça. Chez moi, avec mon pistolet. » Il poussa un long soupir plein de chagrin. « Geli, Geli. Pourquoi as-tu fait ça ?

— Nous sommes là pour le découvrir, déclara le commissaire. Malheureusement, il y a peu de doutes sur le déroulement de la tragédie. Votre nièce était seule dans une pièce fermée de l'intérieur et dépourvue d'autres accès. Elle a délibérément pris votre pistolet et, pour ce faire, à ce que vous me dites, elle a ouvert une porte et un tiroir fermés à clé, puis elle a retourné l'arme contre elle et s'est tiré une seule balle, dans le cœur. Je ne crois pas que l'on puisse parler d'un accident. »

Herr Hitler hocha la tête, les yeux rivés sur sa tasse vide.

« Nous avons donc le moyen et l'intention, récapitula Sauer. Il ne nous manque que le mobile, ou plutôt le motif.

— Je peux peut-être vous le fournir », répondit Herr Hitler, se ressaisissant soudain. Il posa sa tasse sur le plateau, parfaitement alignée avec la théière. « Ma nièce a emménagé à Munich il y a deux ans pour suivre des études de médecine, mais elle s'est lassée de l'université, bien qu'à mon avis elle fût douée, et elle a voulu se consacrer au chant. Elle avait une voix extraordinaire, vous pouvez demander à tous ceux qui l'ont connue. Un vrai rossignol. Et en plus, elle avait beaucoup de goût : nous allions souvent assister à des concerts ensemble, elle avait une passion pour l'opéra et l'opérette. Vous connaissez Lehár ? *La Veuve joyeuse* ? »

Sauer fit signe que oui. Qui ne connaissait pas ? C'était le succès du siècle, il y avait eu des centaines de représentations à Vienne et des traductions dans toutes les langues.

« C'est ma préférée, continua Herr Hitler. Geli était excellente dans le rôle de Hanna. J'ai donc accepté son choix et lui ai fait prendre des cours auprès d'un des meilleurs professeurs de Munich, Herr Vogl, qui travaille au Nationaltheater. Elle s'est tellement améliorée que j'ai fait appel à un nouveau professeur, qui a confirmé qu'avec son talent, Geli allait bientôt pouvoir monter sur scène. C'était son rêve, mais de l'avoir soudain à portée de main l'a plongée dans l'angoisse. Ses professeurs avaient beau affirmer le contraire, elle disait qu'elle n'était pas prête, qu'elle avait besoin de continuer à s'entraîner, à se perfectionner. Elle a fini par trouver un professeur de

Vienne qui, d'après elle, pouvait l'aider à atteindre le niveau qu'elle voulait. Je crois qu'il s'appelle Otto Ro. »

Sauer le nota, même s'il était peu probable qu'il prenne contact avec un professeur de musique dans un autre pays.

« Je n'étais guère favorable à son départ à Vienne pour ce caprice, mais je ne m'y serais pas opposé si sa mère avait été d'accord et avait accepté de l'accompagner. C'est là que les problèmes ont commencé : elle voulait partir seule à Vienne, ce que je ne pouvais absolument pas autoriser, et ne se sentait pas prête à faire ses débuts à Munich. Prise entre deux feux, ma nièce s'est encore plus angoissée, incapable de prendre une décision ou, au moins, du recul. Évidemment, je n'ai pas envisagé une seconde que sa frustration pourrait avoir des conséquences si extrêmes. Quand nous nous sommes quittés, hier après le déjeuner, elle était aussi paisible que d'habitude. Qui aurait pu imaginer le geste qu'elle allait commettre ? »

Quand Herr Hitler se tut, Sauer s'aperçut qu'il avait écouté son récit sans prendre une seule note, comme captivé par un de ces conteurs hors pair qui parviennent à faire oublier l'existence du monde réel à leur public. Alors que le commissaire s'apprêtait à l'interroger sur la dispute pendant le déjeuner rapportée par Frau Winter, qui contredisait ses propos, le conteur reprit la parole : « Une anecdote me revient à l'esprit… Ne me prenez pas pour un fou.

Une fois, ma nièce m'a raconté qu'elle avait participé pour s'amuser à quelques séances de spiritisme. C'est gênant, n'est-ce pas ? Il y avait une association secrète, en fait une bande d'étudiantes désœuvrées, qui se réunissait dans un sous-sol de l'université pour entrer en contact avec les morts. Ce n'étaient que des litanies et des sorts de pacotille, rien à voir avec la vraie magie des peuples antiques, mais cela suffisait pour impressionner de jeunes esprits malléables. Geli m'a dit qu'elle avait été stupéfaite lorsque, une fois, une voix d'homme profonde et caverneuse s'était soudain fait entendre depuis les tréfonds du sous-sol plongé dans l'obscurité, pour lui dire qu'elle, Angela Maria Raubal, aurait une vie courte et ne mourrait pas de mort naturelle. Ma nièce en a été bouleversée, si bien qu'elle me l'a répété et a arrêté de participer à ces séances. Mais, conclut Herr Hitler en levant sur Sauer ses yeux de diamant, finalement c'est bien ce qui s'est passé. Une vie courte. Une mort non naturelle. »

Sauer aurait pu rétorquer que la Bavière était pleine de jeunes filles impressionnables qui participaient à des séances de spiritisme, et que les esprits qui se manifestaient dans ce genre d'occasions prédisaient rarement de longues existences et des trépas plaisants, mais il lui parut déplacé de répondre à la douleur de son interlocuteur par des commentaires ironiques. Cependant, si une personne projetant de mettre fin à ses jours se convainquait d'être destinée à une mort violente, cela pouvait asseoir sa décision. Était-ce pour cette raison que Herr Hitler avait repensé à la séance de spiritisme de sa nièce ?

Un téléphone sonna dans le couloir.

Sauer referma son calepin. « Je vous présente mes plus sincères condoléances, Herr Hitler, et je vous remercie pour votre collaboration. J'en ai terminé avec mes questions. Si vous avez quelque chose à me demander…

— Non. Rien. Je reste bien entendu à votre disposition.

— Très bien.

— Oh, juste une chose… Quand pourrai-je récupérer mon pistolet ? »

Sauer fut surpris par cette question. « Eh bien, étant donné qu'il s'agit de l'arme avec laquelle…

— Ce n'est pas pressé, ce n'est pas pressé. C'était juste pour savoir. » Puis, à mi-voix, comme pour soi : « Pauvre Geli. C'était la seule parente à laquelle je tenais vraiment. Et il fallait que ce malheur me tombe dessus maintenant… »

Me tombe dessus, se répéta le commissaire Sauer, interdit.

Frau Winter frappa à la porte. « Pardonnez-moi, messieurs, mais j'ai la police au téléphone. Ils doivent parler de toute urgence au commissaire.

— Aucun problème, ma chère Anni », lui dit Herr Hitler. Il se leva, affichant un sourire poli qui effaça toute trace du trouble profond qui avait bouleversé son visage jusque-là. « Nous en avions terminé. »

Herr Hitler fit le tour de la table basse pour

serrer la main du commissaire et, quand ils furent à quelques centimètres l'un de l'autre, il lui parla avec la même solennité qu'au début de leur entretien : « Monsieur le commissaire, je m'en remets à vous. Au-delà de mon chagrin inconsolable, j'ai le devoir de penser au Parti, aux électeurs, à la nation. L'Allemagne est en difficulté. Les banquiers juifs qui tiennent les rênes de la République dansent depuis longtemps au bord du gouffre et ne tarderont pas à perdre l'équilibre, nous entraînant tous dans un abîme sans fond. Nous sommes les seuls à pouvoir sauver la patrie. Mais pour cela, il nous faut éviter un écueil : beaucoup de gens essayeront d'utiliser le suicide de Geli comme une arme contre moi, et piétineront et saliront sa mémoire pour atteindre leurs fins ignobles. Je vous en prie, fit-il en posant son autre main sur l'avant-bras de Sauer, défendez ma nièce et défendez-moi. Un jour, des millions d'Allemands vous remercieront. »

Dans l'entrée, Sauer trouva Frau Winter qui l'attendait, le combiné à la main.

« Allô ?

— Ah, Siggi, enfin ! s'exclama une version grésillante de la voix de Mutti. Tu en es où ?

— Je viens de finir. Qu'est-ce qui se passe ?

— C'est Hatzke. Il y a un problème.

— Je t'entends mal. Tu l'as trouvé ?

— Ça, pour le trouver, je l'ai trouvé.

— Qu'est-ce qu'il t'a dit ? C'est lui qui… » Sauer

laissa sa phrase en suspens, par crainte des oreilles indiscrètes.

« Hatzke ne dira rien à personne.

— Quoi ?

— Il est mort. Il s'est pendu dans son atelier il y a quelques heures. »

10

Le sergent Julian était toujours garé au même endroit, mais cette fois il ne lisait pas. Quand il sortit du numéro 16 de Prinzregentenplatz, Sauer le vit en pleine discussion avec deux collègues en uniforme. En s'approchant, il les reconnut. C'étaient deux agents qu'il croisait tous les jours dans les couloirs du commissariat, mais dont il ignorait les noms. « Tout va bien ? demanda-t-il.

— Monsieur le commissaire », le salua un des deux hommes. L'autre inclina légèrement la tête, les doigts sur le bord de son chapeau en signe de respect.

« Vous êtes là pour interroger les voisins ?

— C'est fait. Ça a été vite vu. On a frappé à toutes les portes du numéro 14 : personne n'a entendu le coup de feu, ni l'après-midi ni le soir. Personne n'a rien remarqué de bizarre.

— La dame du premier a vu Herr Hitler et Mlle Raubal se dire au revoir », précisa l'autre agent. Il tira un carnet de sa poche et lut les détails qu'il avait notés : « Vers quinze heures. La jeune fille est sortie sur le balcon, elle a demandé à son oncle s'il avait changé d'avis. Il lui a répondu que non et elle est rentrée. La voisine dit qu'elle avait l'air agacée mais pas bouleversée.

— Une voisine psychologue, commenta Sauer. C'est tout ?

— C'est tout. L'immeuble attenant sur Grillparzerstrasse est encore plus éloigné de la chambre de la jeune fille. Personne n'a entendu de bruits bizarres, mais il faut dire que ça aurait été étonnant, vu la distance. »

Le commissaire s'y attendait. Une confirmation de l'heure du coup de feu aurait été une manne du ciel, mais il faudrait faire sans.

Il renvoya les deux agents en les remerciant pour leur travail – un travail ennuyeux, il le savait d'expérience, et souvent inutile –, puis il monta à bord de la voiture et donna à Julian l'adresse de l'atelier de Hatzke.

Dans l'automobile, Sauer essaya de mettre de l'ordre dans ses pensées, d'inventorier les informations recueillies ces dernières heures et d'ébaucher des conclusions, mais le souvenir du regard magnétique à la profondeur abyssale d'Adolf Hitler l'empêchait de se concentrer.

Une fois passé le Parlement, l'île du Deutsches Museum et le majestueux pont Wittelsbach, ils longèrent la rivière et gagnèrent Baldestrasse, une voie secondaire de ce quartier bourgeois aux portes du centre-ville. S'il est vrai que toutes les portes de toutes les maisons, quel que soit le milieu social de leur occupant, ont tôt ou tard besoin d'un serrurier, avoir son atelier dans un quartier pareil témoignait d'un certain succès économique. Markus Hatzke devait vraiment être un bon artisan. Ou plutôt, il avait dû l'être.

« Nous sommes arrivés », annonça Julian en se garant devant le numéro 33. La façade surprit Sauer : c'était un immeuble résidentiel de quatre étages aux balcons bien entretenus, ornés de tentures, fleurs et décorations. Pas vraiment ce qu'il imaginait, et peut-être aurait-il cru s'être trompé d'adresse si, devant l'entrée, il n'avait pas vu une femme d'une quarantaine d'années en pleurs, les mains devant la bouche comme pour retenir ses cris et la poitrine secouée de sanglots silencieux. La scène était déchirante.

Sauer franchit la porte ouverte et se laissa guider par d'autres pleurs qui provenaient de la cour intérieure de l'immeuble. C'était une voix féminine, qui répétait : « Non, non, non » comme une litanie, ne s'interrompant que le temps de reprendre son souffle. Le commissaire suivit sa voix comme un fil d'Ariane à travers une porte de fer et de verre, dans une volée de marches et, enfin, de l'autre côté d'une porte qui ouvrait sur un petit appartement. La femme était là, assise sur une chaise dans l'entrée, écrasée sous le poids du chagrin. Elle était entourée d'autres femmes et de deux agents en uniforme. « Non, non, non », répétait-elle. Les mots de réconfort et les gestes tendres restaient sans effet.

Sauer se présenta à l'un des agents, qui le conduisit dans le couloir. Au fond à droite, une porte donnait sur un escalier raide et étroit.

« Le commissaire Forster vous attend dans l'atelier. »

Sauer le remercia et descendit, dans une pénombre de plus en plus épaisse.

Annoncé par l'odeur d'huile et de limaille de fer, l'atelier était une pièce unique étonnamment grande, au plafond voûté tout en acier et en verre, soutenu par des piliers en briques. La lumière y pleuvait comme dans une serre, mais sans que la chaleur soit étouffante, peut-être grâce au sol en béton et aux grandes fenêtres carrées percées dans les murs. L'œil aguerri de Sauer releva aussitôt que celles-ci étaient toutes protégées par des grilles et qu'aucune ne semblait avoir été forcée.

« Te voilà ! » s'exclama Mutti.

Sauer se faufila entre les piles bien ordonnées de bouts de fer et des tréteaux épars pour rejoindre son collègue caché par le grand four en fonte, au centre de la pièce. À côté de Mutti, le corps sans vie d'un homme âgé d'une soixantaine d'années était étendu par terre sur une couverture en drap. Les yeux du cadavre étaient fermés, son visage gonflé qui avait pris une teinte violacée affichait l'expression de souffrance propre aux pendus. Autour de son cou, sa peau présentait un sillon de presque un centimètre de profondeur. Le commissaire leva les yeux vers le plafond, d'où pendait une corde coupée, accrochée à une poutre en fer à trois mètres de hauteur, peut-être un peu plus.

« Il s'est servi de ça », dit Mutti, qui avait deviné son raisonnement.

Sauer se tourna pour regarder le tabouret que son collègue lui indiquait. « Où est le nœud coulant ?

— Là, sur la table. Je l'ai coupé et mis de côté pour le médecin légiste. »

Sauer essaya d'estimer sa longueur. « C'est toi qui l'as trouvé, alors ? »

Mutti baissa les yeux. « Deux suicides en un jour. Un samedi de tout repos. »

Dix, vingt, trente centimètres et des poussières. Le bout de corde encore attaché à la poutre devait mesurer une cinquantaine de centimètres. Ça collait. « Je suis désolé, dit Sauer. Si c'était toi qui étais allé à l'appartement, tu te serais épargné ça.

— Oui, mais après ça aurait fait toute une histoire. Imagine les titres : *Un commissaire de la police criminelle tue un aspirant dictateur en pleine Oktoberfest. L'assassin et la victime étaient à jeun.* »

Sauer sourit, malgré le contexte sinistre.

« Pour le détacher, j'ai dû monter sur la pointe des pieds sur le tabouret, expliqua Mutti. Toi, tu n'en aurais pas eu besoin.

— Qu'est-ce que ça change ? De toute façon, il était déjà mort.

— En effet. Le pauvre. Sa femme dit qu'il était soucieux, ces derniers temps. Peu de travail et beaucoup de dettes. »

Sauer soupira. Depuis le krach boursier, Munich, qui jusque-là avait bien résisté malgré les privations de l'après-guerre, s'était transformé du jour au lendemain en terre des suicides : il y en avait déjà eu deux cents depuis le début de l'année, presque un par jour. *Voilà un exemple éclatant d'économie réelle*, avait écrit un journaliste du *Münchener Post* quelques mois auparavant. *L'inflation augmente, les personnes diminuent.*

« Ici aussi il y a un petit mot, dit Mutti en lui montrant une feuille pliée en quatre à côté du nœud coulant. Je l'ai trouvé par terre, il est peut-être tombé de sa poche. »

Sauer s'en saisit. Le verso était couvert de chiffres en colonnes écrits au crayon. Du papier brouillon. Il le déplia et lut la courte phrase rédigée à l'encre bleue d'une main apparemment sûre. Un suicide courageux.

Je suis désolé, H.

« Concis, commenta Sauer.

— Que veux-tu, c'était un serrurier, il n'avait pas étudié Goethe et Schiller au lycée.

— Au moins, il savait écrire. Tu as retrouvé le stylo ? »

Mutti lui indiqua un pot à crayons sur une autre table. Un agent était en train de l'inspecter, tandis que d'autres, éparpillés dans l'atelier, ouvraient tout ce qui était ouvrable et soulevaient tout ce qui était soulevable.

Sauer s'approcha du pot à crayons, en tira le seul stylo à plume taché de bleu, et l'essaya sur un bout de papier : le trait était de la même épaisseur, la couleur identique. Tout était là, modalités, intention et surtout ce qui manquait dans le cas de Geli Raubal : le motif. Sauer ne put s'empêcher de se sentir soulagé.

« Quelle drôle de coïncidence, fit-il remarquer.

— Deux suicides le même jour ? »

Sauer secoua la tête. « Ce sont deux jours différents : Geli est sans doute morte hier en fin de journée. C'est le lien avec Hatzke qui est troublant. »

Mutti fit une grimace. « Pas tellement. Tu vois Jensen, qui travaille aux Stupéfiants ? Il avait deux frères, des jumeaux qui se ressemblaient comme deux gouttes d'eau. Ils sont morts dans les tranchées le même après-midi, mais à trois cents kilomètres de distance, l'un à Ypres et l'autre à Verdun. Le premier d'une grenade, le second d'une balle.

— Oui, mais c'était la guerre.

— Écoute celle-là : mon oncle avait un ami fou d'amour pour une femme mariée. Un jour, il décide de se foutre en l'air. Il habitait en dehors de Munich, à Feldkirchen, mais il avait toujours été attiré par les coupoles de la cathédrale. Alors il vient en ville, il trouve le moyen de grimper à une des tours et, arrivé en haut, il saute. Figure-toi qu'à cet instant précis, la femme dont il était amoureux passait en dessous. Ils n'ont pas vécu ensemble, mais ils sont morts ensemble. »

Sauer regarda son ami sans savoir s'il plaisantait ou pas.

« Ce que je veux dire…, reprit Mutti.

— … C'est que les coïncidences existent. Je le sais. J'ai quarante-deux ans, j'en ai connu, moi aussi. »

Sa découverte de la niche, elle, ne fut pas une coïncidence. Sauer avait rejoint les autres agents qui fouillaient l'atelier, et il examinait un tas de bois qui devait servir à alimenter le four quand quelque chose attira son attention. La pile de bûches de taille strictement identique présentait une imperfection. Il s'approcha, regarda plus attentivement et découvrit que certaines étaient légèrement décalées, comme si elles avaient été empilées à la hâte, avec moins de soin que les autres. En voulant les déplacer, il découvrit une niche qui contenait quelque chose. « Mutti !

— Quoi ?

— J'ai trouvé une mallette à soufflet. Cachée récemment.

— Comment tu le sais ? »

Sauer lui montra le sol autour de la pile. « Il est plein de poussière, ça fait un moment qu'il n'a pas été lavé. Mais la mallette est toute propre.

— C'est juste. Beau sens de l'observation ! »

Sauer s'empara de la mallette, semblable à celle du docteur Müller. Elle était fermée par un cadenas à code. Il la posa sur une table et essaya de l'ouvrir sans toucher aux cylindres, au cas où. En vain.

« Attends un instant, fit Mutti, et il sortit un petit couteau à cran d'arrêt de la poche de son pantalon. Je crois que je connais la combinaison. » Avant que

Sauer puisse protester, il planta la lame dans le cuir et il dessina une demi-lune d'un geste net. La mallette s'ouvrit comme une tente malmenée par le vent. « Et voilà.

— Quel gâchis, commenta un agent.

— On est policiers, pas orfèvres », rétorqua Mutti.

Sauer glissa ses doigts dans la déchirure pour l'écarter et resta bouche bée.

« Redis-moi pourquoi Herr Hatzke s'est suicidé ? demanda-t-il à son collègue.

— Il était inquiet parce qu'il était couvert de dettes.

— Eh bien, en tout cas sa veuve n'aura pas à se soucier pour son avenir », dit Sauer en renversant le contenu de la mallette sur la table.

Aucun d'entre eux n'en avait jamais vu autant : il devait y avoir au moins cent mille Reichsmark, en liasses de billets flambant neufs.

11

Assis en face de Tenner sous les yeux d'une tête de cerf empaillée et engourdis par la chaleur émanant de la cheminée, les deux commissaires attendaient que leur supérieur se décide enfin à réagir aux informations qu'ils venaient de lui rapporter. Derrière celui-ci, l'horloge indiquait dix-sept heures trente, cela faisait un peu plus de six heures que l'enquête avait commencé et il en restait moins de deux avant l'expiration du délai qui leur avait été imparti pour la terminer, alors que Mutti comme Sauer savaient pertinemment que deux jours n'auraient pas suffi – à plus forte raison après la découverte du corps de Hatzke et de la mallette remplie de billets que quelqu'un, peut-être le serrurier en personne, avait cachée dans son atelier. Les coïncidences existaient, certes, la rubrique des faits divers en était pleine, mais si les antennes d'un agent de police ne se dressaient pas devant deux suicides liés entre eux advenus à quelques heures d'écart, soit il n'avait pas d'antennes soit il ne voulait pas s'en servir.

« On a besoin de plus de temps », déclara Mutti pour briser le silence qui commençait à peser.

Tenner leva la tête et cligna des yeux comme s'il revenait à lui : « Plus de temps ?

— Pour comprendre le lien entre Geli Raubal et Markus Hatzke… »

Le directeur fronça les sourcils. « Pourquoi ? Vous avez des raisons de penser que ces deux suicides sont liés ?

— C'est moi qui ai trouvé Hatzke, et je l'ai trouvé grâce à une piste qui partait de l'immeuble où…

— Je sais, inutile de tout répéter du début. Ce que je vous demande, et que d'autres vous demanderont si vous vous mettez à parler à droite à gauche de liens entre les deux affaires, c'est si vous soupçonnez Angela Raubal et Markus Hatzke de s'être suicidés pour des raisons communes. Peut-être qu'ils étaient amants et qu'ils ont planifié leur double suicide parce que leur histoire était impossible. Ça vous paraît plausible ? »

Le silence qui suivit était une réponse plus qu'éloquente. Sauer avait beau y réfléchir, il ne parvenait pas à trouver un lien entre la jeune chanteuse lyrique nièce d'Adolf Hitler et le gros serrurier sexagénaire et sa mallette pleine de marks. Mais la chaleur qui régnait dans le bureau de Tenner et la tension de la journée ne facilitaient pas son raisonnement. Et puis il y avait autre chose. Quelque chose que Sauer avait senti en entrant dans la pièce, mais qu'il n'arrivait pas à saisir.

« Non. Par ailleurs, l'affaire Raubal est clairement

un suicide, finit par répondre Mutti. Nous avons tout : pièce fermée de l'intérieur, arme du crime, mobile, circonstances. »

Sauer fut surpris par cette déclaration. Lui-même pensait qu'il s'agissait d'un suicide, mais plusieurs zones d'ombre subsistaient. D'où son collègue tenait-il cette certitude ? Mutti croyait en l'instinct de l'enquêteur, peut-être que ce dernier s'était clairement exprimé dans cette affaire.

« N'oublions pas le rapport du docteur Müller. Vous l'avez vu ? demanda Tenner.

— Pas encore.

— Il est là. Je l'ai reçu juste avant votre retour. Si vous voulez y jeter un coup d'œil... », fit leur chef en montrant le seul dossier posé sur son bureau.

Mutti tendit le bras pour s'en saisir, l'ouvrit, et fronça aussitôt les sourcils. « C'est tout ? demanda-t-il en brandissant une feuille tapée à la machine recto verso.

— Comme tu l'as dit toi-même, il s'agit clairement d'un suicide. Dans ces cas, il n'y a pas grand-chose à écrire. »

Mutti lut le rapport d'un air perplexe, puis le passa à Sauer. L'en-tête officiel était suivi d'une cinquantaine de lignes, avec un interligne double et de grandes marges. La mise en page évoqua à Sauer ses années d'école, quand on lui demandait d'écrire des rédactions de quatre pages et que, dépourvu d'inspiration, il écrivait très gros.

Police d'État de Bavière
Institut médico-légal central
Sonnenstrasse 24, Munich
Prot. 1931/4376
copie interne n° 3

Munich, samedi 19 septembre 1931

Je, soussigné Dr Heinrich Müller, professeur émérite de médecine légale à l'université de Munich et responsable de médecine légale pour la police d'État de Bavière, déclare par la présente que :
en date de ce jour à onze heures du matin environ, il m'a été demandé de me rendre au domicile de M. Adolf Hitler, sis Prinzregentenplatz 16, Bogenhausen, Munich, pour constater le décès de Mlle Angela Maria Raubal, née à Linz, Autriche, le 4 juin 1908 ;
À mon arrivée, les commissaires Siegfried Sauer et Helmut Forster étaient déjà présents sur le lieu du décès en qualité d'officiers envoyés par la police de Munich. Ils avaient veillé à ne pas toucher au corps et à ne pas modifier la scène par leurs empreintes ou autre ;
J'ai donc constaté le décès de Mlle Raubal, dont le corps gisait sur le ventre dans une flaque d'environ deux litres de sang coagulé. La couleur de sa peau était compatible avec un décès advenu plusieurs heures auparavant. Le dos de sa robe ne présentait aucune déchirure ni aucun trou ;

Une fois le corps retourné avec l'aide des commissaires Sauer et Forster, j'ai trouvé sur la poitrine de Mlle Raubal, au niveau du cœur, un orifice circulaire produit sans aucun doute par une arme à feu de calibre 6.35. Ni la peau autour de l'orifice ni sa robe, traversée par la balle au niveau de l'orifice, ne présentaient les signes typiques d'un tir à bout touchant ou à distance rapprochée. J'ai donc estimé que le coup de feu était parti d'une distance de vingt centimètres au moins du corps ; Une fois le corps transporté dans les laboratoires de l'institut médico-légal central, Sonnenstrasse 24, Munich, je l'ai déshabillé à la recherche d'autres signes révélateurs. En l'absence d'un orifice de sortie dans le dos, j'ai poursuivi mon examen avec attention et ai déterminé la localisation effective de la balle, restée à l'intérieur du corps, sur le côté gauche, un peu au-dessus du bassin ;
Il est donc évident que le coup de feu, tiré avec l'intention probable de toucher le cœur, a raté son objectif de plusieurs centimètres et est allé perforer le poumon gauche, provoquant son collapsus ;
J'en conclus donc que la mort a été provoquée par une suffocation due au collapsus pulmonaire et non par l'hémorragie, survenue ensuite ;
Comme le corps était déjà raide mais encore manipulable, j'ai estimé que le rigor mortis *est survenu entre dix et douze heures avant mon arrivée sur les lieux. Ainsi, le décès aurait eu lieu entre seize et dix-huit heures avant mon arrivée, c'est-à-dire*

dans l'après-midi du vendredi 18 septembre 1931, très probablement autour de dix-sept heures.

Pour valoir ce que de droit,

Dr Heinrich Müller

« Tout vous paraît en ordre ? s'enquit Tenner devant le silence prolongé des deux commissaires.

— Oui, oui, répondit Mutti. Seulement, je m'attendais à… je ne sais pas. Un peu plus de détails ?

— Il n'y a même pas les photos, ajouta Sauer. Pourtant, Müller avait son appareil, il en a forcément pris. Pourquoi ne pas les avoir jointes au dossier ?

— N'oubliez pas qu'il s'agit d'un rapport préliminaire. Un document plus détaillé suivra.

— Tant mieux, parce que là on ne comprend même pas s'il a pratiqué une autopsie ou pas, fit remarquer Mutti.

— Bien, nous lui demanderons de faire un rapport conclusif plus détaillé, mais je vous repose la question : tout vous paraît en ordre ? Vous qui avez vu le cadavre, quand vous lisez la déclaration du docteur Müller, quelque chose vous fait tiquer ? Des soupçons vous viennent ? »

Sur le moment, Sauer ne comprit pas cette question. On aurait presque dit que Tenner n'était pas convaincu par l'hypothèse du suicide, qu'il avait lu entre les lignes tapées à la machine un ou plusieurs détails qui leur avaient échappé. Il allait relire le rapport quand la vérité lui apparut, et avec elle une sensation désagréable qui allait de pair avec celle, indéfinissable, qu'il éprouvait depuis qu'il était entré dans ce bureau. « Quelqu'un vous a demandé de vérifier qu'il n'y avait pas d'incohérences, n'est-ce pas ? »

Un parfum. Voilà ce que c'était. Une odeur légère, presque imperceptible, flottait dans le bureau, une odeur que Sauer n'avait jamais sentie auparavant. Une note franche, capiteuse, très différente de l'eau de Cologne douceâtre que Mutti affectionnait et de l'odeur de feu de bois de Tenner. Traversé par une intuition soudaine, le commissaire se tourna vers la porte des toilettes privées du directeur. *Il y a quelqu'un là-dedans*, pensa Sauer et, malgré la chaleur étouffante, un frisson glacé parcourut son échine. *On nous écoute.*

Tenner lui répondit avec un regard terriblement sérieux. « Personne ne nous a rien demandé, commissaire, à part de faire notre travail. Nous voulons seulement être sûrs d'avoir fait tout ce qu'il y avait à faire, et de l'avoir fait correctement.

— Alors, au sujet de Hatzke…, fit Sauer.

— Hatzke, c'est un autre problème. Une affaire en soi, qui a déjà été confiée à un de vos collègues.

— Qui ?

— Joseph Bauer.

— Bauer ! s'étrangla Mutti. Le serveur ? Tout le monde sait qu'il est à la solde des…

— Nous ne sommes pas là pour discuter de ce genre de choses, l'interrompit Tenner, qui ne supportait pas les racontars sur ses hommes, si fondés soient-ils. Nous parlons d'Angela Maria Raubal, qui a commis un geste extrême et dont la mémoire doit être respectée, et non pas salie par des conjectures ou des machinations. Ou par notre travail. Avant que les rumeurs commencent à circuler, nous publierons un communiqué pour affirmer la vérité des faits telle que l'enquête l'a mise en lumière. »

Sauer repensa aux propos de Herr Hitler et releva une convergence de vues surprenante.

« Vous avez fait un excellent travail, ce qui ne m'étonne pas, continua Tenner. Boucler si vite cette affaire…

— … Il ne nous reste pas encore deux heures ? l'interrompit Mutti.

— Boucler si vite cette affaire, répéta Tenner, et avec la plus grande discrétion, voilà qui est remarquable. Les chefs seront contents de vous. Et je le suis moi aussi, raison pour laquelle j'ai décidé de vous récompenser. Je sais que personne n'apprécie d'être de garde le samedi, même si d'habitude c'est une journée plutôt tranquille. En signe de reconnaissance, de ma part et de celle de nos chefs, je vous libère dès maintenant. Vous pouvez rentrer dîner chez vous, nous nous reverrons lundi. L'affaire est close. L'enquête est terminée. »

Le soupçon de Sauer se transforma alors en certitude. Il y avait quelqu'un derrière la porte des toilettes, quelqu'un qui non seulement avait écouté tout ce qui venait de se dire, mais qui avait scénarisé le déroulement de cet échange étape par étape, jusqu'à la conclusion prévue bien plus tôt. Ce n'était pas à Mutti et à lui que Tenner avait parlé, mais à un marionnettiste caché.

Sauer regarda son chef à la recherche de fils, mais ces derniers étaient invisibles, ou peut-être même inexistants. *Peut-être*, pensa le commissaire, *que les marionnettes les plus douées n'obéissent pas à la volonté de la personne qui les manipule. Elles l'anticipent.*

12

« Je ne sais pas toi, mais moi je suis bien content d'avoir mon dimanche libre. Et encore plus avec un temps pareil », déclara Mutti quand ils sortirent du commissariat, en allumant sa trentième cigarette de la journée sous le regard courroucé des lions du portail.

Sauer ne répondit pas. Il pensait toujours à leur entretien avec Tenner. Il essayait d'imaginer comment il se serait déroulé s'il n'avait pas été si évident que la mort de Geli Raubal était un suicide. Si Mutti ou lui avaient trouvé une scène plus ambiguë à Prinzregentenplatz, des indices contradictoires, une raison quelconque de douter du déroulement des événements dans cette pièce fermée à clé.

« Siggi ? Allô ?

— Pardon, je repensais à ces dernières heures.

— Ah, ça, c'est une journée mémorable. À propos, tu ne m'as pas raconté.

— Quoi ?

— Tu plaisantes ?

— Ah, mon entretien avec Herr Hitler ?

— Quoi d'autre ? Ça n'arrive quand même pas tous les jours de se retrouver en tête à tête avec le diable. Raconte, il a des cornes ? Des sabots ? Il sent un peu le soufre ?

— À vrai dire, il sent plutôt bon. À mon avis, il a la main un peu trop lourde sur le parfum, mais c'est un produit de luxe. Et il se montre extrêmement courtois avec le personnel. Je ne m'y attendais pas. »

Mutti le scruta en silence. « Dis donc, il ne t'aurait pas converti, par hasard ? Gare, cet homme est un acteur redoutable. Il a une réputation de séducteur, et pas seulement auprès des femmes. Peut-être que tu t'es fait avoir par son légendaire regard magnétique. Maintenant, tu vas courir t'acheter un bel uniforme marron, un drapeau avec une croix gammée et dix exemplaires de *Mein Kampf*, ça peut toujours servir pour les anniversaires…

— Arrête !

— Et pourquoi ? Donc, c'était un moment agréable…

— Disons que notre entretien s'est bien passé, le corrigea Sauer.

— … Tu n'as pas eu une drôle de sensation ? L'impression d'être manipulé ? »

Le commissaire y réfléchit. Il s'était préparé à ce genre d'éventualité, ce qui d'ailleurs l'avait rendu nerveux. « Non. Pas plus que d'habitude. Tu sais comment c'est, avec les témoins : même s'ils n'ont rien fait, ils essaient de te faire pencher de leur côté, c'est toujours un jeu de pouvoir. Avec Hitler, ce n'était même pas si flagrant. Comme s'il n'avait rien à prouver.

— Chagrin authentique ?

— Il m'a semblé. La seule chose qui m'a étonné, c'est qu'à un moment il m'a parlé d'une séance de spiritisme à laquelle Geli a participé.

— Une séance de spiritisme ?

— Il y a quelque temps, avec des amies de l'université. Un fantôme lui aurait prédit une mort violente et prématurée.

— Ah.

— Mmh. Je ne sais pas pourquoi il m'a raconté ça. Certes, il était bouleversé et, de fait, Geli est morte jeune d'un coup de pistolet. »

Mutti resta silencieux quelques instants. « Peut-être qu'il voulait te faire passer un message.

— Quoi comme message ?

— Que sa nièce était impressionnable, et éventuellement pas tout à fait équilibrée.

— Il n'a pas parlé d'elle en ces termes.

— Il est parfois dur d'admettre que les personnes qu'on aime ont des défauts. Il est plus simple de raconter une histoire. »

Ils étaient arrivés à la porte de Sendling, qui donnait sur une esplanade arborée occupée par un kiosque à journaux et un vendeur de marrons grillés.

« Oh, voilà mon tram ! Je file, Siggi. À demain midi, d'accord ?

— D'accord. J'apporte le dessert.

— Non, pas la peine, contente-toi d'arriver aussi

affamé que possible, répondit Mutti en se hâtant vers le vieux tram qui approchait en brinquebalant. Lina préparera à manger pour un bataillon, ça va te demander des efforts. *Servus !* le salua-t-il à la bavaroise.

— *Servus* », répondit Sauer en regardant son collègue – son ami – courir d'un pas lourd et atteindre le tram qui repartait. Pour l'arrêter, il agita sa plaque devant le chauffeur sans aucun scrupule.

À l'inverse, Sauer avait trop de scrupules, et c'est d'ailleurs pour cela qu'il attendit que le tram ait disparu pour traverser la rue en direction de Stephansplatz. Il habitait dans la direction opposée, mais il avait encore quelque chose à faire avant de considérer sa journée comme vraiment terminée.

Contrairement à ce qu'indiquait son nom, l'auberge Altstadt ne se trouvait pas dans la vieille ville. Elle était juste de l'autre côté des murs du centre, démolis à la fin du XIXe siècle pour laisser place à l'anneau de boulevards qui ceignait le cœur de Munich, dans une imitation plutôt réussie du Ring de Vienne. Quoique éloignée des points de rendez-vous à la mode et des itinéraires touristiques, l'Altstadt avait une clientèle fidèle grâce à la bonne cuisine bavaroise servie par la propriétaire, une dondon originaire de Bonn qui s'était installée en Bavière vingt ans auparavant et s'y était sentie comme chez elle. Elle avait épousé un Munichois, et leurs deux enfants donnaient un coup de main en cuisine et en salle les jours de grande affluence.

Quand Sauer franchit la porte, le carillon tinta, et un des fils de la propriétaire s'empressa de l'accueillir.

« Une table dans un coin », lui demanda le commissaire, qui préférait garder un œil sur l'entrée des établissements où il se trouvait, une habitude prise au début de sa carrière de policier, quand il passait plus de temps dans des gargotes et des brasseries que derrière un bureau. *Tout le contraire de maintenant*, pensa-t-il, un peu nostalgique.

Il n'était assis que depuis quelques minutes quand l'homme qu'il cherchait apparut dans la salle. Comme tous les serveurs expérimentés, chacun de ses gestes avait une utilité et il savait faire preuve d'une présence attentionnée mais discrète, une qualité particulièrement appréciée par les clients qui ne tenaient pas à ce qu'on se souvienne d'eux. C'est pourquoi il ne leva pas les yeux de son bloc-notes en se plaçant devant la table de Sauer et prononça la phrase rituelle, qu'il aurait évitée s'il avait regardé à qui il avait affaire : « Bonjour. Vous désirez une bière, pour commencer ?

— Tu sais que je n'aime pas ça, Jos », répondit le commissaire.

L'homme leva brusquement les yeux, comme un animal pris dans les phares d'une voiture arrivant à vive allure. « Sauer ?

— Bauer.

— Qu'est-ce que tu fais là ?

— Devine. »

Le commissaire Bauer, de la police criminelle,

serveur occasionnel dans le restaurant de sa femme, fit mine d'étudier son interlocuteur.

« Tu n'es pas venu pour manger, en tout cas. Ton dernier repas remonte à quand ? Deux semaines environ, à vue de nez ?

— Oh, elle est nouvelle, celle-là ! Tu es en train de diversifier ton répertoire de blagues.

— Si tu veux, on a aussi des portions pour enfants. Je pourrais t'en apporter un quart.

— Bauer, on m'a dit que c'est toi qui as récupéré l'affaire Hatzke.

— Pas maintenant, répondit le serveur en jetant un regard autour de lui. Ici, je ne suis pas policier.

— Ah, parce qu'au commissariat, si ?

— Aïe, à force de traîner avec Forster, tu te fais contaminer par son humour. Franchement, il vaut mieux attraper une pneumonie. »

Sauer sourit. Il connaissait Bauer depuis des années et il était habitué à ces piques, qui au fond l'amusaient. Mais pour l'heure, il avait d'autres préoccupations. « Dis-moi juste si tu as commencé à y travailler.

— À l'affaire du serrurier ? Presque pas. Tenner m'a confié le dossier une demi-heure avant que je parte. J'ai écouté son résumé et j'ai rapidement feuilleté la paperasse, mais je n'ai même pas encore eu le temps d'aller sur le lieu du crime.

— Du suicide.

— Ça reste un crime contre le Seigneur, répliqua le policier en se raidissant. Quoi qu'il en soit, le corps n'est plus dans l'atelier. Il a été emmené chez Müller pour qu'il l'examine. Si je peux, j'irai y jeter un coup d'œil demain après-midi.

— Un dimanche ? » s'étonna Sauer.

Bauer haussa les épaules. « Après le déjeuner, j'ai du temps libre, et Müller a dit qu'il travaillerait toute la journée. Il raconte qu'il a plusieurs dossiers en attente, moi je crois qu'il essaie juste d'éviter sa famille. Ils sont venus manger ici une fois, le docteur faisait la même tête que ses cadavres. »

En effet, Herr Doktor aimait aussi profondément son épouse qu'il détestait les autres membres de sa famille, enfants compris. On racontait que ces derniers étaient des nazis purs et durs, certains avec de belles perspectives de carrière.

« Bref, tu n'as pas eu le temps de te faire ton idée.

— Quelle idée ? Quelqu'un l'a arnaqué et il s'est pendu. Tout au plus, je découvrirai qui était le quelqu'un, mais c'est un suicide, aucun doute là-dessus. »

Sauer eut l'impression d'avoir raté un passage. « Comment ça, quelqu'un l'a arnaqué ?

— Pour l'argent. Tu sais, dans son atelier…

— … On a retrouvé une mallette avec cent mille Reichsmark dedans, oui. C'est moi qui l'ai ouverte.

— Cent vingt mille, pour la précision. J'imagine que Tenner t'a raconté ce que Meyer a découvert quand il les a examinés ?

— Meyer de l'Antibanditisme ?

— Oui.

— Qu'est-ce qu'il a découvert ?

— Ah, tu ne le sais pas. Alors évidemment que tu tâtonnes. Tu es sûr que tu ne veux pas une bière pour accompagner la révélation ?

— Allez, dis-moi.

— L'argent. Les cent vingt mille Reichsmark... Ce sont des faux billets. Les faux billets les plus ressemblants à des vrais qu'on ait jamais vus, mais faux quand même. Quand le pauvre homme s'en est aperçu, son désespoir ou sa honte ont dû être insupportables, et il s'est tué. »

Une assiette tomba en cuisine, provoquant les cris de colère d'une femme hors champ.

« L'affaire se résume donc à deux questions, poursuivit Bauer. À quoi devait servir cet argent ? Et qui le lui a donné ? On s'informera un peu, on creusera des pistes, mais je sais déjà qu'on n'en tirera rien et qu'on finira par classer le dossier comme un suicide pour raisons économiques. Si tu savais combien j'en ai vu passer, ces dernières années ! Bon, maintenant prends quelque chose à manger ou libère-moi cette table, conclut-il en rouvrant son bloc-notes. Personnellement, je te conseille les pommes de terre au four. C'est mon fils qui les prépare, elles sont délicieuses. Vu ton appétit, trois devraient suffire à te remplir l'estomac. »

Le crépuscule surprit Sauer devant son piano, confronté à l'irréductible Rachmaninov, les doigts en suspens, l'esprit perdu dans des pensées confuses mais tenaces.

Après avoir quitté l'Altstadt le ventre vide comme il y était entré, Sauer avait regagné le Ring et pris vers l'ouest en direction de chez lui. À cette heure, le marché était fermé depuis un moment, mais le boulanger de la Schrannenhalle avait encore quelques bretzels, et plutôt que de les jeter aux canards de l'Englischer Garten – le Jardin anglais –, il les avait soldés. Le commissaire avait fait le tour du marché couvert à la recherche de quelque chose pour accompagner son pain, de préférence des fruits ou des légumes, mais tout était fermé et il s'était résigné à rejoindre la sortie sur Frauenstrasse et à gagner la porte du numéro 4, à quelques mètres de là. Une fois dans sa mansarde, il avait mangé son frugal repas assis à la fenêtre avec vue sur les tours. Les coups de l'Alte Peter qui sonnait dix-neuf heures avaient tiré Sauer de ses pensées.

Il se trouvait maintenant devant le piano familial, l'unique objet qu'il conservait de son père, et le plus précieux en sa possession. En quête de l'oubli que seule la musique savait lui offrir, le commissaire passait toutes ses soirées, et beaucoup de ses nuits, penché sur ces touches jaunies et craquelées qui avaient survécu à des quantités de déménagements et à l'incendie qui avait détruit la ferme des Sauer à Grünwald. Liszt, Schubert, Mozart, Beethoven : quand il était en leur compagnie, Sauer cessait de se sentir en chute libre dans le monde et, à l'acmé de ses concerts sans public, quand il était nimbé de mélodies, il parvenait parfois à perdre toute conscience de lui-même, comme dans une version personnelle du nirvana.

Mais ce soir-là, le commissaire chercha en vain une trêve parmi les notes. Ses mains voletaient au-dessus de l'ivoire avec un savoir-faire issu de nombreuses années d'exercice, mais son esprit restait arrimé à des pensées obsessionnelles.

Geli Raubal.

Markus Hatzke.

Adolf Hitler.

Aucune sonate, romance ou fugue ne parvenait à étouffer cette litanie de noms et de visages.

Geli Raubal.

Markus Hatzke.

Adolf Hitler.

Un fil, qui ne pouvait être le hasard, reliait ces trois personnes, mais de quoi s'agissait-il, alors ?

L'affaire est close, lui répétait Tenner.

L'enquête est terminée.

Pourtant, Sauer n'arrêtait pas d'y penser.

Il tâcha de se vider l'esprit en se concentrant sur la seule partition qu'il n'avait jamais réussi à maîtriser : la *Sonate n° 2*, de Rachmaninov, la préférée de son père. Bien que ce ne fût pas la composition la plus difficile à laquelle il se soit confronté, du moins du point de vue technique, il bloquait sur la troisième mesure de la dernière page, l'écueil qui le faisait systématiquement échouer à quelques mètres du rivage. Cela faisait longtemps qu'il s'y essayait, mais il avait beau changer continuellement d'approche et connaître la partition par cœur, arrivés à cet endroit, ses doigts dérapaient systématiquement, brisant le rythme et toute la magie.

Au fond de lui, Sauer connaissait les raisons de cet échec répété, mais il refusait de se rendre. Il continuait d'essayer avec application, quand il était inspiré ou quand il ne l'était pas du tout, s'en remettant tantôt à la passion, tantôt à la froide raison, certain que tôt ou tard il réussirait, il surmonterait cet obstacle.

Mais pas ce soir. Désireux de se distraire, il retenta trois ou quatre fois, en vain : peu importait son niveau de concentration, il échouait toujours au même endroit, devant cette maudite troisième mesure apparemment si inoffensive, où ses doigts agiles perdaient le contrôle et commettaient la même erreur, encore et encore, comme s'ils y étaient prédestinés.

Il finit par renoncer. Il rabattit le couvercle sur le clavier en soupirant, rangea les partitions et se leva du tabouret. Mais quand il se coucha, la jeune fille allongée face contre terre et le serrurier pendu à la poutre étaient toujours là, sous le regard adamantin du dirigeant nazi.

Geli Raubal.

Markus Hatzke.

Adolf Hitler.

L'affaire est close, lui répéta Tenner.

L'enquête est terminée.

Sauer éteignit la lumière, espérant que la fatigue vaincrait là où même la musique avait échoué. Quand, enfin, il se sentit glisser vers l'inconscience, une dernière pensée vint lui rendre visite et s'assit sur son ventre, comme dans *Le Cauchemar* de Füssli.

Souvent, disait cette pensée, les hommes considèrent comme clos ce qui vient à peine de s'entrouvrir.

Souvent, dans leur éternelle ignorance, les hommes nomment fin ce qui n'est en réalité qu'un début.

DIMANCHE 20 SEPTEMBRE 1931

13

La jeune fille le regardait en silence, debout au pied de son lit. Depuis combien de temps était-elle là, dans sa chemise de nuit légère ? Sauer ouvrit les yeux sur la pénombre de sa mansarde et la découvrit devant lui. Il n'en fut pas effrayé, il la connaissait.

« Geli ? » souffla-t-il.

Elle ne répondit pas. Elle se contentait de l'observer avec ses grands yeux gris pleins de vie. Sous ses cheveux châtains soigneusement coiffés, son visage pâle était intact, et son nez conservait sa courbure délicate, dépourvu du moindre bleu ou signe de violence.

Je rêve. Elle ne peut pas être là.

Comme si elle avait lu dans ses pensées, la jeune fille entrouvrit la bouche et fit le même sourire que sur la photographie que Maria Reichert leur avait montrée la veille. Puis, d'une main, elle défit doucement les fins rubans roses qui tenaient sa chemise de nuit fermée.

Sauer baissa les yeux, certain de découvrir le trou

du projectile par lequel sa vie s'était enfuie, et il fut stupéfait de voir que sa peau ne présentait aucune blessure. À la place de l'orifice, un pendentif se balançait au bout d'une fine chaîne – une petite croix gammée en or.

« Regarde mieux, dit Geli. Regarde mieux. »

Il se réveilla en sursaut. Haletant, la bouche sèche, Sauer chercha la jeune fille des yeux et fut déçu de ne pas la trouver. Il faisait déjà jour : des rais de lumière pénétraient dans la mansarde silencieuse.

Quel rêve..., se dit-il en passant une main sur son front perlé de sueur.

Ses draps, humides et froissés comme après une longue fièvre, témoignaient eux aussi de sa nuit agitée. Pourtant, son dîner avait été léger, ce que son estomac était d'ailleurs en train de lui reprocher. Il n'avait rien à manger chez lui. Il lui fallait descendre au marché pour prendre son petit déjeuner.

Il se leva et ouvrit la fenêtre. L'Alte Peter, vieille sentinelle fiable, affichait huit heures vingt. Sauer ne se souvenait pas de la dernière fois qu'il avait autant dormi, dimanches compris. Apparemment, les doubles suicides étaient plus efficaces que les somnifères.

Après une longue douche chaude, il s'habilla à la hâte, fit son lit et mit de l'ordre dans la mansarde déjà rangée. D'une main, il caressa son piano en gagnant la porte. Quand il ouvrit, quelque chose de léger tomba sur son pied puis sur le paillasson. Il baissa les yeux : une enveloppe. Quelqu'un avait dû la glisser entre le chambranle et le battant ce matin. Un voisin ? Sauer veillait toujours à ne pas jouer du piano trop tard, et la nuit il mettait la sourdine pour ne pas déranger, mais peut-être ces précautions n'avaient-elles pas suffi.

Il se pencha, désolé d'avoir indisposé son voisinage. Sur le papier rêche de qualité, un stylographe bleu avait soigneusement tracé son nom : *Herr Siegfried Sauer*.

Un voisin déférent, pensa-t-il. *Et pas trop furieux*.

Mais quand il retourna l'enveloppe, son cœur tressaillit : une impeccable croix gammée était apposée sur la cire rouge sang.

« Herr Sauer ! le salua une voix masculine. Bonjour ! Pensez-vous aller à la Wiesn, aujourd'hui ? »

C'était Friedkin, le propriétaire de son appartement, qui habitait dans l'autre logis mansardé, au fond du couloir. Sauer n'avait jamais échangé plus que quelques banalités avec ce gros bonhomme affable mais timide, bien qu'ils se croisent depuis des années. Le commissaire s'empressa de glisser l'enveloppe dans une poche de sa veste. « Herr Friedkin, bonjour ! Non, pas d'Oktoberfest pour moi aujourd'hui. Et pour vous ?

— Tous les jours, Herr Sauer. Du premier au dernier, et le dimanche du matin au soir. Une fois par an, on peut bien faire la fête ! Ça devrait même être obligatoire ! »

Sauer frémit. Il ne manquait plus que la loi l'oblige à boire de la bière.

« J'espère vous y croiser un de ces jours, poursuivit son voisin.

— Qui sait », répondit le commissaire, évasif.

Après une légère inclination de la tête, il s'engagea dans l'escalier. Il était navré de s'être montré si peu cordial, mais il avait des préoccupations plus urgentes. La lettre pesait autant dans sa poche qu'une arme de gros calibre, et elle était peut-être plus dangereuse encore.

« Bonjour, lieutenant ! » s'écria Meni Keller en le voyant traverser Frauenstrasse et s'approcher de son kiosque. « On s'est réveillé tôt, ce matin ! »

Sauer la salua d'un geste de la main. « Pas vraiment, Frau Keller. Depuis quelle heure êtes-vous debout, vous ?

— Oh, moi, depuis quatre heures du matin. Quand on travaille au marché, on n'a pas le choix. On veille sur la nuit munichoise ! »

Et elle en a bien besoin, pensa Sauer. *Elle en a de plus en plus besoin.* « Quoi qu'il en soit, je ne suis pas lieutenant, Frau Meni. Il y a douze ans que j'ai quitté l'armée.

— Oui, oui, je sais. Vous prenez votre petit déjeuner ici, aujourd'hui ?

— Comme toujours. Une journée qui commence sans un de vos bretzels est une mauvaise journée. »

La vieille femme lui adressa un radieux sourire édenté. « Alors installez-vous à votre table. Je vous envoie la serveuse pour la prise de commande. »

Sauer fronça les sourcils. « Margit n'est pas là ?

— Malheureusement non, répondit Meni Keller, l'air assez peu désolé. Je lui dirai que vous avez demandé de ses nouvelles. »

L'absence de Margit, un fait sans précédent dans la mémoire de Sauer, était manifeste à sa table, où il manquait le petit carton « Lieutenant Sauer », l'assiette et le couteau. Pris d'une mauvaise humeur soudaine, le commissaire mesura combien il était devenu routinier ces derniers temps, et combien Meni Keller avait précisément dû compter là-dessus pour ourdir ses subtils complots sentimentaux : il suffisait que Margit soit absente un matin pour qu'il se sente désorienté.

« Me voilà, excusez-moi, dit la serveuse qui la remplaçait, tout essoufflée. Lieutenant Sauer ?

— Commissaire, répondit-il d'un ton sec.

— Excusez-moi, répéta la fille. Que désirez-vous pour votre petit déjeuner, commissaire ? »

Sauer leva les yeux vers elle, et son humeur s'améliora subitement. « Vous êtes nouvelle ? » lui demanda-t-il, sûr de ne jamais l'avoir vue auparavant : il n'aurait pas oublié ce visage blanc comme neige parsemé d'un million de taches de rousseur, ni ces yeux noisette, chauds et profonds bien que leur propriétaire fût manifestement terrorisée par son nouveau travail, ou par son interlocuteur.

« Oui, j'ai commencé aujourd'hui », répondit-elle, et Sauer remarqua que, derrière ses lèvres gercées, une incisive ébréchée détonnait parmi ses petites dents de poupée. Sans qu'il sache pourquoi, ce défaut l'attendrit. Il avait toujours détesté les visages parfaits, peut-être parce que le sien était considéré comme tel. « Mais je crains que ce soit mon premier et dernier jour, continua la serveuse.

— Je suis désolé de vous l'entendre dire.

— Pourquoi ? Ça vous désole d'entendre la vérité ? répliqua-t-elle en ramenant une mèche de cheveux derrière son oreille.

— Non, bien sûr que non. Mais ça me désole que quelqu'un veuille arrêter avant même d'avoir commencé. Si on n'a aucun effort à faire au début, le voyage n'est pas bien intéressant, non ? » Il lui fit un sourire paternel, et de fait il aurait pu être son père, mais il ne maîtrisa pas son effet, car la jeune fille se figea.

« Comment... Vous essayez de me séduire ? » demanda-t-elle, scandalisée.

Sauer en resta comme deux ronds de flan. Peut-être qu'il avait eu tort de lui parler avec autant de familiarité, mais il n'avait rien dit de mal, rien qui puisse justifier un soupçon de ce genre. Si ? Il cherchait une réponse à cette question déstabilisante quand Frau Keller les rejoignit : « Traitez-la bien, lieutenant, je vous prie. Rosa est à l'essai, nous voulons qu'elle se sente à son aise et qu'elle reste avec nous, au moins jusqu'à la fin de ses études, n'est-ce pas, ma petite ?

— Oui, Frau Keller », répondit poliment la jeune fille, mais on voyait qu'elle appréciait peu qu'on l'appelle « ma petite ». Sauer lui avait donné une vingtaine d'années et, si elle était à l'université, il avait dû viser assez juste.

« Rosa est inscrite en médecine, mais elle rêve de devenir musicienne », poursuivit Meni Keller.

Intéressé par cette information, Sauer regarda la

jeune fille d'un autre œil. « Ah bon ? De quel instrument jouez-vous ?

— Du piano », répondit Rosa en baissant les yeux sur son bloc-notes sans que l'on puisse savoir si elle était gênée ou agacée.

« Au fait, reprit Meni Keller à l'intention de la serveuse, ma nièce ne peut pas te prêter le sien, une cousine qui débute s'en sert déjà. Mais j'en ai parlé au marché, on va finir par t'en trouver un.

— Ce n'est pas grave, répondit la jeune fille, je continuerai à jouer sur celui du presbytère…

— Ne dis pas de sottises. Tu ne peux pas faire tous les jours deux heures aller-retour pour t'exercer. On va t'en trouver un plus près. En attendant, prends la commande, on reparlera de ça plus tard », et elle regagna son kiosque, assailli par une foule de clients.

« Vous êtes donc pianiste…, reprit Sauer quand ils furent restés seuls.

— Qu'est-ce que je vous sers ? » demanda Rosa comme si elle ne l'avait pas entendu.

Le commissaire laissa tomber. « Un bretzel salé avec du beurre.

— Vous voulez aussi une saucisse ou…

— Non, merci, je ne mange pas de viande.

— Et à boire, de la bière ?

— Je ne bois pas d'alcool. Un thé, dans une chope opaque si possible. Pas de sucre, de lait ni rien. Juste du thé. »

Rosa lui jeta un regard perplexe, comme si elle devait déchiffrer un message codé, puis elle nota la commande sur son bloc-notes et s'éloigna sans mot dire.

En attendant d'être servi, Sauer se livra à son passe-temps préféré quand il était au marché : écouter les bavardages des gens. On pouvait facilement saisir les conversations d'une dizaine de tables autour de soi, aidé par l'acoustique de la place, dont les kiosques disposés en demi-cercle retenaient et amplifiaient les voix. Il en résultait un brouhaha désagréable pour le client occasionnel, mais une symphonie parfaitement déchiffrable pour l'auditeur expert. Parfois, quand il était perdu dans des enquêtes confuses ou au point mort parce que ni ses recherches sur le terrain ni ses indicateurs ne lui apprenaient rien, une pause au marché aidait Sauer à trouver de nouvelles idées ou de nouvelles pistes. Si l'on savait prêter une oreille attentive à la ville, tôt ou tard la ville parlait.

Ce matin-là, il fut chanceux : à la table d'à côté, une poignée d'ouvriers comparaient les noms et les prestations des chevaux de course en vue des paris, religion laïque du peuple en proie aux difficultés économiques ; à la table de l'autre côté, trois étudiants aux coudes rapiécés et aux cernes noirs sous les montures métalliques de leurs lunettes dissertaient sur la supériorité du cinéma allemand, du *Cabinet du docteur Caligari* à *M le maudit*, par rapport à la niaiserie des productions hollywoodiennes ; derrière eux, quelques femmes âgées, lugubres et vêtues de noir comme des béguines du XIXe siècle, égrenaient des chapelets en grignotant des petits sandwichs de pain de seigle à la choucroute ; le quatrième groupe auquel Sauer s'intéressa parlait de politique, puis il passa de la politique à Geli.

« Vous avez lu le journal ? Hitler a tué sa nièce », annonça un petit quinquagénaire habillé pour la fête, avec un gilet, une montre de gousset et un chapeau melon. Il ressemblait à un banquier londonien ou, mieux, à l'idée que pouvait s'en être fait un banquier munichois. « Il est fichu, je vous le dis. Il va finir sa vie en taule, et ses petits amis couleront comme des rats dans un bateau sans capitaine.

— Qu'est-ce que tu racontes ? intervint un de ses acolytes qui portait le *Lederhose* traditionnel.

— C'était dans le journal ! Je l'ai lu ce matin !

— Depuis quand tu sais lire, Karl ? » plaisanta un troisième homme, provoquant l'hilarité de la tablée, dont celle du Karl en question.

Sauer n'achetait jamais les journaux, mais il allait faire une exception ce jour-là, se dit-il. Ou peut-être pas : Mutti était abonné au *Nachrichten*, il pourrait le lire chez lui.

« Sérieusement. Adolf Hitler a tiré sur sa nièce, celle qu'il se trimballait partout, vous voyez ? Greta quelque chose.

— Ce n'était pas sa maîtresse ?

— C'était sa nièce, mais peut-être que c'était sa maîtresse aussi…

— Quelle horreur, commenta le quatrième en secouant la tête.

— En tout cas, elle a été retrouvée morte chez lui.

Officiellement, c'est un suicide, mais la rumeur dit que c'est lui qui l'a tuée. Vous imaginez s'ils finissent par le prouver ? »

Sauer tendit l'oreille.

« Ça n'arrivera jamais, affirma l'homme au *Lederhose*, péremptoire. Primo, à mon avis le caporal autrichien n'est pas fichu de tuer quelqu'un. Pendant la guerre, il se cachait dans les latrines pour ne pas participer aux actions.

— Qu'est-ce que tu en sais ?

— Il était dans les latrines d'à côté ! »

Autre rire choral. C'était réconfortant pour Sauer de voir quatre amis discuter de sujets pareils avec humour. Par les temps qui couraient, à Munich, peu de relations résistaient au piège de la politique.

« Secundo, reprit l'homme en *Lederhose*, moi aussi j'ai lu cet article et la police ne met absolument pas en question la version du suicide.

— Ah, alors nous voilà rassurés. Dans l'article, ils précisent aussi que la police ne met absolument pas en question la légende du Saint-Graal et l'existence du lapin de Pâques ?

— Tu es bête, Heinz !

— C'est pour m'adapter au niveau de la conversation.

— Tertio, poursuivit l'homme en *Lederhose*, imperturbable, même si la fille a été tuée et, mettons, que c'est le caporal des latrines qui a fait ça, vous croyez vraiment que la police ferait quelque chose ? Le putsch de la Brasserie, ça vous parle ? »

Cette fois, personne n'ironisa. Ils savaient tous à quoi il faisait référence.

« S'il n'a pas été pendu après avoir tenté un coup d'État, qu'est-ce que vous voulez qu'il lui arrive après la mort d'une fille ? Pas d'inquiétude à se faire : s'il y a quelque chose à enterrer, ils l'enterreront si profond qu'ils atteindront le centre de la Terre. »

Et tandis que Rosa revenait avec son bretzel et sa chope de thé, le commissaire Sauer se joignit silencieusement aux rires des quatre amis.

Son petit déjeuner terminé, il s'engagea dans les rues du centre-ville, marchant sans se presser vers Karlsplatz, où il comptait prendre le tram pour se rendre chez les Forster. Il avançait les yeux fixés au sol, sans prêter attention à la beauté de la ville, fulgurante sous le soleil. Les phrases entendues au marché occupaient son esprit, dont une en particulier.

Même si la fille a été tuée et, mettons, que c'est le caporal des latrines qui a fait ça, vous croyez vraiment que la police ferait quelque chose ? Le putsch de la Brasserie, ça vous parle ?

Sauer avait trop d'expérience sur les questions criminelles pour ignorer que, quelle que soit la solution trouvée par la police, le peuple évoquait toujours tôt ou tard des complots abracadabrants et élaborait des théories alternatives plus paranoïaques les unes que les autres. Les rumeurs populaires ne cessaient jamais, et moins elles avaient d'éléments à se mettre sous la dent, plus elles enflaient, quitte à inventer de toutes pièces au besoin. Avant même la personne qui découvrait un cadavre, avant même la police, avant même le médecin légiste, avant même les techniciens et les brancardiers, avant même le *rigor mortis*, les premières arrivées sur le lieu du crime étaient toujours les rumeurs, qui se répandaient à l'allure de la poussière emportée par le vent. Dans ses moments d'optimisme, Sauer se répétait que si son métier avait encore un sens, en ces temps de propagande forcenée et de certitudes déclinantes, c'était bien pour cela : lutter contre les rumeurs, attester la vérité. Car, quoi qu'en pensent les philosophes, la vérité existait. Les faits advenaient d'une certaine manière et pas d'une autre, et le découvrir était une tâche délicate qui demandait de l'implication, de la ténacité et du sérieux. Qui demandait l'intervention de personnes comme lui.

Arrivé au niveau de l'église Saint-Michel, à quelques pas du commissariat, Sauer leva les yeux vers les tours de la cathédrale pour vérifier l'heure. Pas encore dix heures. Il avait tout le temps de faire une étape avant de sauter dans son tram. L'endroit où il voulait se rendre était certes dans l'autre direction, mais sur la même ligne. Ce détour ne lui prendrait pas plus d'une heure.

Fort d'un regain d'énergie, il bifurqua dans Eisenmannstrasse pour quitter le centre-ville et gagner le Ring au niveau où il prenait le nom de Sonnenstrasse. Sa destination se trouvait en face, de l'autre côté du large boulevard, au numéro 24 : l'institut médico-légal de Munich.

Sauer laissa passer deux trams avant de traverser et se retrouva devant le grand bâtiment en briques rouges, dont la façade était percée de dizaines de fenêtres hautes et étroites rassemblées sous des arcs en plein cintre. L'ensemble avait une allure très anglaise, accrue par les arcs en ogive au-dessus des trois portes en bois sombre et en verre. Le corps de Geli se trouvait à l'intérieur, et Sauer voulait le revoir. La veille, dans l'appartement de Prinzregentenplatz, il n'avait pas douté un instant des explications du docteur Müller – le nez cassé, les blessures au menton et sur le front, le visage tuméfié, tout cela dû à la chute en avant –, mais après sa vision nocturne et la conversation de ses voisins au marché, une légère inquiétude s'était emparée de lui, et la logique des événements avait beau ne faire aucun doute, il se sentait soudain comme saint Thomas, qui avait besoin de voir la réalité de ses yeux.

Il avait gravi les marches et s'apprêtait à tirer la porte centrale quand celle-ci s'ouvrit brusquement sur un homme massif vêtu d'un costume rayé bleu, qui sortit comme une flèche. Il avait bien dû voir Sauer à travers la porte vitrée, mais il n'avait pas ralenti ni dévié sa trajectoire, le heurtant violemment de l'épaule.

« Excusez-moi », aboya-t-il sans se retourner avant de s'engager dans Sonnenstrasse en direction de Karlsplatz. Deux autres hommes, en costumes rayés eux aussi, mais de qualité inférieure, lui emboîtèrent le pas.

Sauer resta immobile sur le seuil, la main sur son épaule douloureuse. Tout s'était passé si vite qu'il n'avait pas réussi à voir le visage de l'homme qui l'avait heurté, mais il avait la sensation de le connaître, de l'avoir déjà vu quelque part. En tout cas, s'il le recroisait à l'avenir, il aurait deux mots à lui dire.

Il allait entrer dans l'Institut quand il aperçut du coin de l'œil un mouvement de l'autre côté de Sonnenstrasse : une silhouette restée jusque-là immobile se détacha soudain de l'immeuble d'en face et se précipita dans la même direction que les trois hommes. La scène ne dura qu'un instant, mais cet instant suffit à Sauer pour reconnaître cette silhouette, qu'il était sûr d'avoir déjà vue. Et il savait pertinemment où et quand : la veille, en voiture avec Mutti et le sergent Julian, quand ils avaient quitté Prinzregentenplatz en direction de la Succursale.

Pour la deuxième fois en deux jours – et en quarante-deux ans –, le commissaire Sauer avait raté de peu son sosie.

14

L'odeur, qu'il avait sentie dès son entrée dans l'Institut, devenait de plus en plus forte à mesure qu'il s'enfonçait dans le couloir carrelé qui conduisait aux bureaux des médecins légistes et aux salles d'autopsie, royaume du docteur Müller. Sauer était déjà venu plusieurs fois, mais il avait en mémoire des odeurs différentes : ammoniaque, méthanal, senteur ferreuse du sang, et toujours – malgré tous les efforts pour la couvrir ou la limiter – la puanteur nauséabonde de la mort. Cette fois, c'était une autre odeur qui dominait, plus toxique et inquiétante. Le commissaire la reconnut car il l'avait sentie de nombreuses fois par le passé, dans la police comme à la guerre, jamais en présence de médecins légistes mais de pompiers : quelque chose avait brûlé au fond du couloir. Quand Sauer se retrouva dans l'entrée du service de médecine légale, où la fumée voilait la faible lumière électrique, un affreux pressentiment s'empara de lui.

Il traversa la salle d'attente, une petite pièce carrée

occupée par quelques chaises et un ficus moribond, et s'engagea dans le couloir étroit qui séparait les salles d'autopsie. Deux d'entre elles étaient ouvertes, dévoilant leur intérieur immaculé, et deux fermées, les poignées de leurs portes à deux battants scellées par des fils de plomb, signe qu'elles abritaient des victimes de crime.

Geli et Hatzke ? se demanda-t-il.

Après les salles d'autopsie se trouvaient les portes des laboratoires : chimie, balistique, entomologie, toxicologie, ainsi que l'indiquaient leurs plaques. Müller n'était pas homme à se vanter, mais il était de notoriété publique que son institut était à l'avant-garde, tant du point de vue de son organisation que de son équipement. Motif d'orgueil pour la ville et pour la République entière, l'Institut attirait des experts venus de toute l'Europe, un fait qui méritait d'être signalé vu l'état déplorable de l'économie allemande douze ans après le traité de Versailles.

Au niveau du dernier laboratoire, Sauer comprit d'où provenait cette insupportable odeur de brûlé : la fumée qui s'échappait de la chambre noire ne laissait aucun doute. La porte, qui paraissait flambant neuve, devait avoir été changée depuis peu.

Voilà donc pourquoi aucune photographie n'accompagnait le rapport sur Geli, se dit le commissaire, le cœur serré.

La lumière était allumée dans le bureau de Müller, juste à côté.

Sauer tendit l'oreille, mais n'entendit aucun bruit.

Lui, par contre, avait dû en faire, car la voix du docteur l'apostropha sèchement : « Vous êtes déjà de retour ? Entrez donc. Je n'ai pas peur de vos mandats. »

Cette invitation, impérieuse et méprisante, devait être adressée au trio que Sauer avait croisé à l'entrée de l'Institut, et au mot « mandats », soudain il comprit : au tribunal, voilà où il avait déjà vu l'homme en costume rayé. C'était le procureur Friedrich Glaser, célèbre pour son élégance, son caractère de chien et son intransigeance absolue. À une époque où la corruption était si répandue qu'elle devenait la règle, Glaser était hors norme.

Müller était debout, tourné vers la bibliothèque remplie de livres et d'instruments, derrière son grand bureau qui croulait sous une couche de dossiers en équilibre précaire.

« Mauvais moment ? » s'enquit Sauer en passant la tête dans le bureau.

En entendant sa voix, Müller se retourna avec une expression désorientée. « Sauer ?

— Herr Doktor.

— Excuse-moi, je t'ai pris pour quelqu'un d'autre.

— Le procureur Glaser ?

— Lui-même. Tu l'as croisé avec ses sous-fifres ?

— Aperçu. Il avait l'air furieux. »

Müller soupira. Le commissaire s'en étonna : il l'avait toujours vu ironique, sarcastique, parfois excédé, jamais dépassé. « Il n'est pas très content de moi. Mais pour ce que j'en ai à faire… » Il s'assit dans son fauteuil. « Que me vaut ta visite ? Le dimanche est fait pour le repos.

— Je pourrais te dire la même chose.

— Je me prépare à me reposer jusqu'à la fin de mes jours. Pour ça, il faut d'abord que je finisse de mettre de l'ordre, et tu n'as pas idée du désordre. » Le docteur Müller retira ses lunettes, les inspecta à contre-jour, ouvrit un tiroir de son bureau dont il sortit un bout de tissu et se mit à les essuyer. « Tu es là pour l'affaire Raubal ? Ou pour le serrurier ? »

Sauer hésita. Qu'est-ce qui avait pu mettre Glaser dans cet état ? Quelle réponse lui ouvrirait les portes des salles d'autopsie, et quelle réponse, à l'inverse, le rangerait du côté du procureur, et donc de l'ennemi ?

« Pour tout dire, je n'ai de droits à faire valoir sur aucun des deux, répondit-il, honnête. L'affaire Raubal est officiellement close, et c'est Bauer qui s'occupe de la mort de Hatzke.

— Bauer, le serveur ?

— Oui. »

Müller sourit sans mot dire.

« Mais c'est Forster et moi qui avons trouvé le corps, et la nuit dernière j'ai pensé à quelque chose que je voudrais vérifier.

— La nuit dernière ?

— Je ne dors pas très bien, ces temps-ci. »

Un autre sourire, plus large. « Tu n'es pas le seul.

— Bauer m'a dit que tu serais là aujourd'hui, alors je suis passé voir si…

— Bien sûr, l'interrompit Müller en remettant ses

lunettes. Viens, je vais te montrer le corps du pauvre Hatzke. »

Ils parcoururent ensemble le couloir des bureaux jusqu'aux salles d'autopsie scellées. Le docteur s'arrêta devant celle de droite et, à la grande surprise de Sauer, il sortit de petits ciseaux de sa poche. Leurs lames épaisses et affilées coupèrent le fil de plomb aussi aisément que s'il s'agissait d'un cheveu.

Dans la salle, l'odeur de méthanal, de sang et de mort était étourdissante. Müller ne paraissait pas y prêter attention, mais il tendit à Sauer une petite boîte de fer remplie d'une crème verdâtre et gluante. Le commissaire y trempa deux doigts et en étala une couche sous ses narines, qui se remplirent aussitôt de vapeurs fines d'eucalyptus. À défaut de disparaître, la puanteur de la salle devint plus tolérable.

« Ils ne l'ont pas encore mis dans la glace », constata Müller en indiquant le milieu de la pièce, où un drap blanc couvrait une forme étendue sur la table de dissection. Le docteur paraissait surpris de trouver le cadavre là, mais pas contrarié. « Tant mieux, cela nous épargnera des efforts. » D'un geste délicat, il découvrit la moitié du corps.

Le visage et la poitrine de l'homme que Sauer avait vu moins de vingt-quatre heures auparavant sur le sol de son atelier apparurent. Dans la lumière froide de la salle d'autopsie, il avait l'air beaucoup plus pâle et beaucoup moins humain, une grande poupée de cire qui n'avait jamais été en vie. Maintenant que ses yeux étaient fermés, son expression était sereine, peut-être un peu tendue mais pas souffrante. On voyait encore plus nettement le sillon creusé dans son cou par la corde.

« Nous avons effectué tous les relevés, dit Müller. La mort est advenue par strangulation. Les seuls signes de violence sont ceux causés par la corde. Nous avons trouvé des fils de chanvre dans la plaie, rien d'autre.

— Sur le reste du corps non plus ? Bras, jambes, ventre…

— Rien. Pas de bleus, pas de blessures, pas de contusions.

— C'est donc un véritable suicide. Il n'a pas pu être mis en scène.

— Non, aucun doute là-dessus, lui confirma Müller en soulevant autant que possible le bras droit du cadavre. Regarde ses mains, il n'y a pas de signe de lutte et il ne s'est pas ravisé. Ses ongles sont entiers, et il n'y avait pas de fragments de peau de quelqu'un d'autre dessous. Il n'y a pas de traces d'abrasion ou de lésion provoquée par le frottement. Notre serrurier s'est laissé tomber de tout son poids et, quand le nœud coulant s'est resserré autour de sa gorge, il n'a même pas essayé de s'en libérer. Presque toujours, dans les cas de suicide par pendaison, la peau autour du sillon présente des griffures ou des excoriations, là, juste en dessous de la mâchoire.

— Parce que les gens ont essayé de glisser leurs doigts entre leur cou et la corde pour la desserrer.

— Mais ils n'y arrivent jamais. Quand tu te passes

la corde au cou, tu ne peux pas faire machine arrière. Tu n'as plus qu'à espérer que l'os se brise net. Ça n'a pas été le cas du pauvre Hatzke.

— Il a souffert, dit Sauer.

— Il a souffert. »

Pourquoi tu as fait ça ? demanda silencieusement le commissaire en observant le visage immobile du serrurier et la grande suture en forme de T sur sa poitrine. *À quoi devait servir cet argent ? Tu savais que c'étaient des faux billets ?*

« Tu peux le couvrir, merci de me l'avoir montré », dit-il à Müller.

Le docteur le rejoignit dans le couloir et referma la double porte. « Je reviendrai la sceller après. Qu'est-ce que tu voulais vérifier ?

— Que ce n'était pas un suicide mis en scène. Je me suis dit qu'on l'avait peut-être étranglé avec quelque chose de fin puis pendu à une corde plus épaisse. »

Müller secoua la tête. « On l'aurait remarqué.

— Je sais, mais c'est Bauer qui est en charge de l'affaire et je ne l'aurais appris que demain ou après-demain. Ce doute me tracassait. Et maintenant je ne l'ai plus, grâce à toi. » Cependant, il restait une autre possibilité : que le serrurier se soit pendu, certes, mais sous la menace de quelqu'un. Sauer ne jugea pas utile d'en parler.

Ils restèrent silencieux pendant de longs instants, puis Müller retira à nouveau ses lunettes pour les essuyer avec un pan de son gilet. « Tu n'es pas venu que pour Hatzke. » Ce n'était pas une question, mais un constat.

« Non, répondit Sauer, soulagé que le docteur l'ait dit le premier. Je ne suis pas venu que pour lui. J'ai aussi des doutes au sujet de la fille. »

Müller hocha la tête, sans lever les yeux de son gilet. Ses lunettes devaient maintenant être plus propres qu'à leur sortie de l'usine, mais le docteur n'arrêtait pas de les essuyer, un tic nerveux qui évoqua à Sauer un *Macbeth* qu'il avait vu au théâtre des années auparavant – les mains du régicide qui continuaient à lui paraître tachées de sang, bien qu'il ne cessât de les laver. « Quels sont tes doutes ? »

Le commissaire haussa les épaules. « Des détails. Avant d'arriver, je me demandais pourquoi il n'y avait pas de photographies jointes au rapport préliminaire pour Tenner, mais à l'odeur j'ai compris…

— Un technicien du laboratoire a mis le feu à la chambre noire. Des années de travail littéralement parties en fumée. Et mon Leica avec, ajouta le médecin légiste d'une voix rancunière. Je dois en racheter un identique avant que ma femme s'en aperçoive. C'était un cadeau très attentionné… et pas donné.

— J'imagine que ce sont des choses qui arrivent dans un laboratoire de chimie, avec tous ces produits inflammables…

— Ça ne devrait pas ! Pas avec un technicien confirmé. D'ailleurs, je l'ai licencié. Ici, il y a des erreurs qu'on ne peut pas se permettre. »

Sauer allait lui demander le nom du technicien,

puis il se dit qu'il pourrait le découvrir autrement et qu'il était inutile d'alerter le docteur avec de vagues soupçons, sans doute infondés. C'était Mutti qui voyait des espions partout. Il ne devait pas se laisser contaminer par sa paranoïa.

« Et j'ai aussi été étonné que tu n'aies pas joint l'autopsie au rapport, mais Tenner a dit que tu la joindras au rapport final. En attendant, je peux y jeter un coup d'œil ?

— L'autopsie, répéta Müller.

— Je sais que ce n'est pas dans la procédure, mais l'affaire a été close si vite…

— Trop, selon Glaser.

— … Et même si le déroulement des faits laisse peu de place au doute, j'aimerais boucler la boucle. Dans le rapport préliminaire, tu as écrit que la balle n'a pas touché le cœur, mais qu'elle a perforé un poumon.

— Oui, l'orifice d'entrée est décalé de quelques centimètres par rapport au myocarde. L'angle de pénétration de la balle a fait qu'elle est passée à côté. Elle a lacéré le lobe supérieur du poumon gauche, effleuré le rein gauche et le gros intestin et fêlé le sacrum avant de s'arrêter en bas du dos, sur le côté, juste en dessous de la peau. On la sentait au toucher. La fille est morte étouffée. L'hémorragie interne a saturé ses poumons.

— Une mort terrible.

— Oui, confirma Müller.

— Est-ce qu'elle était enceinte ? » demanda le

commissaire, se souvenant des propos de Georg Winter.

Le médecin légiste cligna des yeux, légèrement surpris. « Pour ce que j'ai pu voir, non.

— Et vous avez trouvé des traces de substances dans son sang ou dans son estomac ?

— De substances ?

— Alcool, médicaments, drogues…

— Pourquoi donc ? demanda Müller, perplexe. Elle en prenait ?

— On l'ignore, mais sans doute que non. Le fait est qu'on n'a aucun motif pour le suicide. Tous les témoins ont décrit Geli Raubal comme une fille solaire, sans préoccupations particulières, et son oncle est le seul qui nous ait fourni une explication possible à son geste, mais personnellement je trouve bizarre qu'une jeune fille de vingt ans pleine de vie mette fin à ses jours par crainte de ses débuts sur scène…

— Alors que si elle avait ingéré de l'alcool ou des substances psychotropes, compléta Müller, qui avait compris où le commissaire voulait en venir, cela aiderait à expliquer une décision aussi extrême.

— Extrême et subite, oui.

— Effectivement, ça pourrait faire sens. Malheureusement, aucun examen toxicologique n'a été effectué, donc on ne le saura jamais. Désolé. »

Sauer n'était pas sûr d'avoir bien entendu. « Il n'y a pas eu d'examen toxicologique ?

— Non. La cause du décès était évidente, à quoi bon gaspiller du temps et de l'argent ?

— Et son estomac ? » demanda le commissaire. Le sien était noué. « Quand elle s'est enfermée dans sa chambre, elle avait déjeuné peu de temps auparavant…

— Nous ne l'avons pas examiné non plus, répondit Müller avec le même ton dur et hostile que quand il avait pris Sauer pour Glaser de retour avec son mandat. Angela Raubal n'est pas morte d'intoxication ou d'empoisonnement. Elle a été tuée par un tir de pistolet dans la poitrine, qu'elle s'est infligé toute seule. J'ai quarante ans d'expérience, c'est moi qui ai créé cet institut, je n'ai pas besoin d'ouvrir cette pauvre fille pour savoir ce qu'il en est. »

Sauer comprit soudain ce qui avait fait sortir le procureur de ses gonds. « L'autopsie, souffla-t-il. Tu ne l'as pas faite, n'est-ce pas ? Tous ces détails, le poumon, le rein, le sacrum… Tu les as inventés.

— Certainement pas inventés, rétorqua Müller, une pointe de défi dans la voix. Je les ai supposés, sur la base de ma longue expérience. Mais oui, c'est vrai : il n'y a pas eu d'autopsie. Elle n'était pas demandée et elle n'était pas nécessaire, alors je ne l'ai pas faite. Glaser veut me chercher des noises ? Qu'il le fasse. Il peut revenir avec tous les mandats du monde, je ne changerai pas une virgule de mon rapport, et je le lui ai dit.

— Le procureur ne peut pas ordonner la réalisation d'une nouvelle autopsie même si l'affaire est close ? demanda Sauer, une question qui sonnait comme une prière à ses propres oreilles.

— Bien sûr que si, répondit le docteur. S'il rouvre l'affaire et conteste mon rapport, il peut solliciter un autre anatomopathologiste et demander toutes les autopsies du monde. Il aura du mal à trouver quelqu'un prêt à remettre mon travail en cause, mais c'est possible. Toujours est-il qu'avant il devra mettre la main sur le corps, et ça, en revanche, c'est impossible. » Il leva les yeux au-dessus de la tête de Sauer, qui se retourna : le médecin consultait une horloge ronde accrochée au-dessus du ficus de la salle d'attente. « À cette heure, il doit déjà avoir passé la frontière.

— Quelle frontière ? demanda Sauer, désorienté.

— La mère d'Angela Raubal a demandé que sa fille soit enterrée en Autriche. Comme l'affaire était close, il n'y avait pas de raison de garder la dépouille plus longtemps, alors ce matin nous avons envoyé le corps à Vienne par le premier train. »

Sauer eut l'impression de se briser en mille morceaux. L'odeur de brûlé lui parut soudain si intense qu'elle lui piqua les yeux et le couloir se mit à tourner à toute allure, comme un carrousel de l'Oktoberfest.

Un technicien a mis le feu à la chambre noire.

Il n'y a pas eu d'autopsie.

Ce matin, nous avons envoyé le corps à Vienne.

« Pourquoi ? » eut-il seulement la force de demander.

Le docteur Müller comprit aussi la partie inexprimée de sa question et lui répondit comme un vieux professeur rendu cynique par les ans. « Quand on a les réponses sous les yeux, ce n'est pas la peine d'aller les chercher ailleurs.

— Ce n'est pas la peine ? Ou il ne vaut mieux pas ? »

Müller poussa un long soupir. « Je ne sais pas s'il y a une différence, et de toute façon ce ne sont pas mes affaires. Je ne fais que mon travail. » Il retira encore ses lunettes, les inspecta à contre-jour, mais cette fois il dut conclure qu'elles étaient assez propres ou en tout cas qu'il ne pourrait pas les rendre plus propres que ça. Il les remit. « Quel âge as-tu, Sauer ? Quarante ans ? Quand j'avais ton âge, mes enfants étaient adultes. Lotte, la plus jeune, avait vingt ans, et maintenant elle va être grand-mère. Incroyable, non ? J'ai un petit-fils qui est au lycée et qui veut devenir médecin légiste pour faire triompher la justice. » Il fit une grimace. « Je ne t'ai jamais demandé si tu as une famille. Une femme, des enfants…

— Non, répondit Sauer, la bouche aussi sèche que s'il n'avait pas bu depuis des jours.

— Des frères ? Des sœurs ?

— Non, répéta Sauer. Personne. Plus de parents non plus. Il ne reste que moi. »

Müller le scruta, comme s'il essayait de déchiffrer sur son visage des mots à demi effacés et écrits trop petit. « Un homme seul, finit-il par dire, sur un ton à la fois admiratif et compatissant. Le seul qui puisse se permettre d'être un héros. »

Sauer réussit à quitter Müller sans lui vomir dessus sa colère ou son petit déjeuner. L'esprit embrumé, il passa la porte et se retrouva sur le trottoir de la Sonnenstrasse, où l'air ne sentait pas le brûlé et où le soleil mettait les ombres en déroute. Il prit de grandes inspirations, attendant que sa tête arrête de tourner. Il se sentait nauséeux comme s'il avait bu des litres de bière, lui qui n'avait pas touché une goutte d'alcool depuis presque huit ans.

Pas d'inquiétude à avoir, avait dit l'homme au marché, *s'il y a quelque chose à enterrer, ils l'enterreront si profond qu'ils atteindront le centre de la Terre.*

Mais qu'y avait-il à enterrer, exactement ? Et qui se cachait derrière cette manœuvre ? Était-ce Schwarz qui avait appelé Hatzke ou quelqu'un de plus haut placé que lui ? Hitler était-il au courant ou cela s'était-il déroulé dans son dos ? Sauer savait que le Parti n'était pas uni et se demandait ce que visait le responsable du coup monté qui commençait à se dessiner, et aux ordres de qui il était.

Encore étourdi, il marcha jusqu'à l'arrêt de tram sur Karlsplatz. Il était content d'aller manger chez Mutti. Avec ses théories du complot, son collègue saurait déchiffrer les événements.

À l'arrêt Stachus, entouré d'une foule bruyante et frénétique, avec la rumeur lointaine de la Wiesn comme arrière-fond sonore de ces allées et venues incessantes de piétons, vélos et automobiles, Sauer eut soudain une révélation.

Regarde mieux, avait dit Geli dans son rêve.

Regarde mieux, et il avait pris cet ordre pour un conseil vague, générique, signifiant « Creuse, donne-toi du mal ».

Mais la requête de cette apparition nocturne était concrète : elle voulait vraiment que Sauer la regarde mieux, elle voulait être *vue* parce qu'elle avait quelque chose à montrer, et ce quelque chose n'était pas ses yeux pétillants, ni son beau visage entier, ni même sa poitrine intacte sous la croix gammée disparue.

Le tram arriva, se délesta de ses passagers, en embarqua tout autant, repartit, et Sauer, foudroyé par sa révélation, ne s'aperçut de rien.

Maintenant qu'il avait compris, il lui paraissait incroyable d'avoir mis si longtemps.

Maintenant qu'il avait compris, il avait la certitude d'avoir été trompé.

15

« La commode de Geli Raubal ? répéta Mutti, perplexe.

— Oui. Dans sa chambre. Tu te souviens de ce qu'elle contenait ? »

Le commissaire adjoint regarda Sauer d'un air perdu. Ils étaient assis sur un banc de pierre dans la cour d'Elizabethstrasse 232, l'immeuble de style moderne dont Mutti et sa famille occupaient tout le rez-de-chaussée. Ils avaient acheté cet appartement bas de plafond nécessitant une grosse rénovation peu avant le krach de Wall Street et en quelques jours, leur bien avait perdu quatre-vingt-dix pour cent de sa valeur, alors que les prix de la peinture, des matériaux de construction et des meubles avaient explosé à cause de l'inflation massive, raison pour laquelle l'appartement était resté en l'état. Mais Mutti s'en accommodait sans problème : il n'était pas facile de trouver à Munich un six pièces lumineux avec jardin privatif dans un quartier respectable et, en outre, desservi par le tram : cette demeure suffirait à satisfaire ses exigences, celles de Lina et de leurs trois enfants pendant de nombreuses années encore, voire pour toujours. « Je mène une vie de clochard dans un appartement luxueux, plaisantait parfois Mutti. Je suis un noble déchu. » À en juger par le petit Hans, qui courait comme un écureuil ivre autour de leur banc arrosé de soleil en riant à gorge déployée, la vie de noble déchu avait l'air supportable.

« Bon, alors... », se lança Mutti en se massant la nuque tandis qu'il essayait de visualiser les détails qu'il avait remarqués vingt-quatre heures auparavant à Prinzregentenplatz 16 – vingt-quatre heures bien remplies pour lui comme pour Sauer. « Il y avait des parfums, des vernis, un jeu de ciseaux, des peignes... Du maquillage, ne me demande pas quoi, et deux ou trois poudriers.

— Des vêtements ?

— Des vêtements. Plein de maillots de corps roses, de culottes, de bas, mais que je n'ai pas fouillés, à la différence de toi... Rien d'autre.

— Et dans la table de chevet ?

— Juste des revues.

— Sous l'oreiller ?

— C'est un test de mémoire ? Il n'y avait rien, sous l'oreiller. On a raté une dent de lait ?

— Dans le coffre, que des chapeaux, des foulards et des gants, poursuivit Sauer. Et dans l'armoire, des robes, des jupes, des vestes, des chemisiers, des pantalons...

— N'oublie pas la fourrure, celle qui coûte autant que cette maison.

— Allons bon. Mais c'est tout, n'est-ce pas ? »

Mutti réfléchit quelques instants. « Je crois que oui. Pourquoi ? »

Sauer hocha la tête, satisfait. Son collègue avait les mêmes souvenirs que lui. Le fantôme de Geli n'avait pas menti. « Il manque quelque chose.

— Quoi ?

— Réfléchis un instant. »

Le petit Hans trébucha et tomba, mais avant qu'ils aient pu se lever pour l'aider, il était déjà debout et repartait à toute allure. « Doucement, tu vas te casser le cou ! lui cria son père. J'ai déjà assez vu de morts comme ça ce week-end, continua-t-il à l'intention de Sauer. Ce qu'il manque. Ah, les chaussures ! Mais je te l'ai dit sur le coup.

— À part les chaussures, qui peuvent être rangées ailleurs.

— À part les chaussures… Je ne sais pas. Des bijoux ? Frau Reichert a dit que Geli ne portait qu'une croix gammée en or. Non, je ne vois pas, je donne ma langue au chat, Siggi. Qu'est-ce qui manque ? »

« Regarde mieux », dit Geli au pied de son lit.

« Regarde mieux », et ses doigts défont les rubans, l'un après l'autre.

« Il n'y avait pas une chemise de nuit », répondit Sauer.

Il ne fut pas déçu par la réaction de Mutti : en l'espace de quelques secondes, la surprise, le doute, la perplexité et, enfin, un mélange de compréhension et de stupeur se relayèrent sur son large visage.

« À moins que la jeune fille n'ait dormi nue ou en sous-vêtements, quelqu'un a pris sa chemise de nuit. Ou ses chemises de nuit, dit Sauer.

— Mais pourquoi ?

— Pour nous induire en erreur », répondit simplement Sauer.

Mutti fronça les sourcils, son large front plissé dans l'effort pour comprendre comment. « Tu crois qu'elle en portait une quand elle est morte ? Et qu'il ne fallait pas qu'on la voie comme ça ?

— Non. Je ne crois pas. Il aurait fallu la déshabiller puis la rhabiller, ça aurait été compliqué.

— Attends ! Attends. Et si elle portait sa chemise de nuit *sous* sa robe ? Si elle n'avait pas été déshabillée mais juste rhabillée… ? »

Sauer réfléchit à cette possibilité. « Tu crois qu'on ne l'aurait pas vu quand Müller nous a montré l'orifice d'entrée du projectile ? » *L'orifice qu'il n'y avait pas dans mon rêve.*

« Non, tu as raison. C'est impossible. Mais où est sa chemise de nuit, alors ?

— Je sais juste qu'il devrait y en avoir une et qu'il n'y en a pas, tout comme le pendentif de son oncle. Quelqu'un, conclut Sauer, l'air sombre, a modifié la scène du crime avant notre arrivée. »

« Tu as lu le journal ? » demanda Mutti quand il se fut remis de cette révélation. Au-delà du jardin, la circulation dans Schwabing était modérée et respectueuse de la paix dominicale. Il faisait décidément bon vivre dans ce quartier. « Il y a un entrefilet sur le suicide de Geli Raubal. Mais rien sur Hatzke. »

Sauer n'en fut pas surpris. « Les gens ne se soucient pas d'un artisan endetté. En revanche, la nièce de Hitler, ça les intéresse. J'en ai entendu parler au marché, mais je n'ai pas lu l'article.

— Il est dans mon bureau, viens. »

Ils se levèrent du banc et traversèrent le jardin, entrèrent dans la maison par une porte-fenêtre qui donnait sur la cuisine, la pièce la plus grande et le royaume de Lina, la très blonde épouse polonaise de Mutti. « Où vous allez, vous deux ? » demanda-t-elle sans se retourner, aux prises avec une marmite fumante, deux poêlées de légumes et le four allumé où cuisait un plat à l'allure alléchante. « C'est presque prêt !

— Ne t'inquiète pas, Linni. Je lui montre quelque chose dans mon bureau, on revient tout de suite », dit Mutti en déposant un baiser sur la nuque de sa femme. Il la prit par la taille, un geste tendre que Sauer l'avait très souvent vu faire. Mutti était vraiment amoureux de Lina, qui se rebiffa et le chassa d'un coup de reins. « Du vent, Forster ! Il y a des gens qui travaillent, ici. Après je vais me tromper dans la quantité de sel et Siggi va croire que je ne sais plus cuisiner… »

Mutti ricana, l'embrassa sur la tempe et fit signe à Sauer de le suivre. Ils sortirent de la cuisine et parcoururent le long couloir qui desservait les autres pièces

– un salon, la chambre du couple, une chambre pour Hans et Heinz qui, âgés de quatre et sept ans, pouvaient encore dormir dans la même pièce sans trop de problèmes, et une autre pour Karoline, qui venait quant à elle d'entrer dans la phase des « trop de problèmes » et n'aurait jamais accepté de dormir avec ses sales gosses de frères. Au fond du couloir les attendait une petite pièce de deux mètres sur trois, faiblement éclairée par une lucarne. À défaut de mieux, c'était là l'espace privé de Mutti – son bureau, comme il aimait à l'appeler devant ses invités, même s'il n'y travaillait guère, s'y retirant surtout pour feuilleter le journal, lire ses romans policiers bien-aimés et somnoler en toute tranquillité. C'est pourquoi son ameublement se résumait à une étagère débordant de romans de gare et un vieux fauteuil en piteux état qui avait pris la forme de son propriétaire. Ce matin, plié en deux sur un de ses bras, il y avait le numéro du dimanche du quotidien à plus gros tirage de la ville, le *Münchner Neueste Nachrichten*.

« Le voilà, fit Mutti en le feuilletant jusqu'à la page qu'il cherchait. Dans les pages locales. » Il tendit le journal ouvert à Sauer.

SUICIDE À BOGENHAUSEN

Selon un communiqué de la police, une étudiante de vingt-trois ans s'est tiré une balle dans le cœur hier, dans une pièce de son appartement situé dans le quartier de Bogenhausen. La jeune malheureuse,

Angela Raubal, était la fille de la demi-sœur d'Adolf Hitler ; son oncle et elle habitaient au même étage d'un ensemble d'appartements sur Prinzregentenplatz. Vendredi après-midi, les propriétaires de l'appartement ont entendu un cri, mais ils n'ont pas imaginé qu'il pouvait provenir de la chambre d'une de leurs locataires. Pendant la soirée, en l'absence de signes de vie provenant de cette pièce, la porte a été forcée. Angela Raubal gisait face contre terre, morte. À côté d'elle, sur un canapé, on a retrouvé un Walther de petit calibre.

Les raisons de son geste ne sont pas encore claires. Certains racontent que Mlle Raubal avait rencontré un chanteur à Vienne, mais que son oncle refusait de la laisser quitter Munich. D'autres affirment que la pauvre jeune fille se serait tuée parce qu'elle devait faire ses débuts de chanteuse sur scène, mais ne s'estimait pas à même de se produire en public.

« Joli roman, hein ? » commenta Mutti avec un rictus amusé.

Sauer relut l'article, secouant la tête à plusieurs reprises. « Je ne sais pas qui leur a fourni ces informations, mais il y a deux possibilités : ou le journaliste ne savait pas comment remplir les trous de l'histoire…

— … Ou il l'a truffée d'inexactitudes pour confondre l'opinion publique. Je ne sais pas ce que tu en penses, mais moi je parierais sur cette hypothèse, surtout après ce que tu m'as raconté sur l'autopsie et le corps de la fille.

— Oui, dit Sauer. Je crains bien que, cette fois, nous n'ayons pas tort de penser à mal. L'article laisse entendre que Geli habitait dans un autre appartement que son oncle. Avec les propriétaires, en plus.

— Il faut les comprendre, ces pauvres nazis, ils avaient besoin de manipuler un peu l'information.

— Tu crois qu'ils sont derrière ça ? Même dans le *Münchner* ?

— Combien de fois il faut que je te le répète ? Ils sont partout. Et ce n'est pas bon pour l'image d'avoir une nièce qui se tue chez soi.

— *Pendant la soirée, en l'absence de signes de vie provenant de cette pièce, la porte a été forcée...* Oui, mais par qui ? Et pourquoi dire que le corps a été retrouvé la veille au soir ? »

Mutti leva les yeux au plafond, comme si la réponse pouvait pleuvoir de la peinture craquelée et de la grosse tache d'humidité. « Le vendredi soir, son oncle chéri était à l'hôtel à Nuremberg, avec plein de témoins. Loin du crime, loin du scandale. »

Sauer referma le journal.

« C'est tout ce qui est sorti ?

— Je ne sais pas. Je n'achète pas tous les journaux. Je n'ai qu'un salaire de commissaire.

— C'est juste.

— Quand même, reprit Mutti, pour un petit journal populaire, ils se sont bien débrouillés, non ? Ils ont même pondu des motifs à son geste, dont un qu'on n'a même pas envisagé.

— Le chanteur de Vienne ?

— Oui. Je ne sais pas où ils ont été le chercher, mais… Attends. Attends un instant. Peut-être…

— Quoi ? »

Mutti s'assit dans son fauteuil, se plia en avant, le menton appuyé sur la main, dans une posture caricaturale de penseur. Se balançant lentement d'avant en arrière, il réfléchit. « Oui, écoute : la chemise de nuit de Geli Raubal n'était nulle part dans sa chambre. Pourquoi ? Parce qu'elle l'avait rangée dans une valise. Parce qu'elle se préparait à partir à Vienne pour rejoindre son ami chanteur. »

Sauer fronça les sourcils. « La lettre sur le secrétaire. »

Mutti se leva pour aller chercher son calepin dans son pardessus accroché dans le couloir. « Voilà. *Quand je viendrai à Vienne – très bientôt j'espère – nous irons ensemble à Semmering en auto et…*

— *Quand je viendrai à Vienne.* Et elle était peut-être déjà en train de s'y préparer. »

Ça tenait la route. Ce n'était peut-être pas la solution, mais c'était en tout cas une explication. « Donc il y avait peut-être une valise prête dans la chambre, et le premier qui est entré a jugé préférable de la faire disparaître.

— Peut-être que la croix gammée en or est dedans, avec sa chemise de nuit, supposa Mutti.

— Peut-être. En tout cas, je voudrais retourner dans cet appartement pour poser quelques questions supplémentaires et ouvrir toutes les portes, tant qu'à faire. Dommage que ça ne soit pas possible, ajouta Sauer. Ce qui s'est passé à Prinzregentenplatz ne nous concerne plus. »

« Les garçons ! les appela Lina. À table ! »

Mutti referma son calepin d'un geste brusque que Sauer connaissait bien : la colère qui précédait la rébellion. « Ça ne peut pas se terminer comme ça, déclara Mutti d'un ton belliqueux. Il est maintenant clair que quelqu'un se fiche de nous, qu'il s'agisse de Hitler en personne ou de ses petits copains du Parti. Les photos brûlées, l'absence d'autopsie, le corps expédié à Vienne illico presto, et maintenant la chemise de nuit disparue et cet article tissé de fariboles… Quelqu'un doit dire stop. La police de Munich ne se laissera pas rouler comme ça.

— La police de Munich s'est déjà fait rouler comme ça, lui rappela Sauer. L'affaire est close.

— Glaser la rouvrira. Il a peut-être besoin de nos informations pour le faire. Et alors nous irons au fond de la question, qu'elle soit politique ou pas. Je ne sais pas toi, mais moi je veux y voir clair. La première chose que je ferai demain matin, c'est d'aller voir Tenner pour lui dire ce que j'en pense.

— Et qu'est-ce que tu en penses ? »

« Les garçons ! cria à nouveau Lina. Ça va refroidir ! »

« J'en pense, répondit Mutti en poussant son ami dans le couloir, que la justice est un plat qui se mange chaud. »

Le déjeuner aurait été parfait, détendu et sans fausse note, s'il n'avait pas été le théâtre d'un incident non négligeable.

Après la soupe au chou rouge et à la chicorée, une spécialité de la mère de Lina, Sauer s'était même resservi des épinards, accompagnés des navets les plus sucrés qu'il ait jamais mangés et d'un pain noir fait maison couvert de délicieuses graines de tournesol. « Pas mal, hein ? » répétait Mutti à chaque bouchée et Sauer acquiesçait : pas mal du tout. Les garçons, plus ou moins bien assis à table, riaient et se disputaient, comme tous les enfants, tandis que Karoline mangeait tête baissée sans dire un mot, peut-être intimidée par la présence de Sauer, qui la connaissait pourtant depuis toujours et l'avait prise bien souvent sur ses genoux.

Au moment du dessert, une assiette creuse remplie de crème ocre parsemée de bouts de meringue et de petits biscuits à l'anis, Mutti avait ingurgité une quantité de bière suffisante pour envoyer deux Sauer au tapis, mais il ne montrait aucun signe de défaillance, si ce n'est que sa bonne humeur était moins exubérante que de coutume. Dans ce genre de circonstances, il finissait toujours par parler de politique, et il ne fit pas exception cet après-midi-là. Bismarck, Hindenburg, Brüning, Papen… Il en parlait comme si c'étaient de vieux camarades d'école, et connaissait tous les aspects de leur carrière dans les moindres détails, des carrières selon lui caractérisées par les escroqueries et les échecs. « Si tu veux mon avis, si la vague rouge que tout le monde craint tant arrivait demain et balayait tout, on ne s'en porterait pas plus mal. Aucun régime communiste ou socialiste ne pourrait être plus catastrophique et voyou que la république de banquiers qu'on a actuellement. Ce qui ne veut pas dire que ce serait mieux, hein… » Sauer hochait la tête en silence, comme s'il était parfaitement d'accord, alors qu'il ne s'intéressait plus à la politique depuis bien longtemps. « Et si Hitler finissait par accéder au pouvoir… Eh bien ! Ce ne serait pas si terrible, après tous les dégâts que les autres ont faits… »

Sauer soupira. « Lina, merci pour ce merveilleux déjeuner. » Il se prépara à partir, suivant l'exemple des enfants qui avaient quitté la table pour jouer dans le jardin et, quand il se leva, son regard tomba sur l'assiette de Heinz. Comme d'habitude, le cadet de la famille, pourvu d'un appétit d'oiseau, avait laissé la moitié de son dessert ; comme d'habitude aussi, ennuyé par les discours des adultes, il avait joué avec les restes. En revanche, le dessin qu'il avait formé dans son assiette ce jour-là était inhabituel.

Avant que Sauer ait pu ouvrir la bouche, Mutti suivit son regard et découvrit à son tour le dessin dans l'assiette. En voyant la croix gammée tracée dans la crème – un svastika aux bras parfaitement perpendiculaires –, il vira au blanc, puis au rouge, puis au violet. Il bondit sur ses pieds et, sous l'effet d'une colère exceptionnelle, il se saisit de l'assiette et la montra à sa femme. « Qu'est-ce que c'est que ça ? cria-t-il. Pourquoi il dessine des croix gammées ?

— Je…

— Tu l'as encore emmené chez ces types ? poursuivit-il, ne cessant de jeter des coups d'œil à Sauer, l'air fou et le front perlé de sueur comme quand il avait trop bu.

— Mon chéri, là-bas ils ne font que des jeux en plein air…

— Je t'ai dit que je refuse que mes enfants fréquentent les Jeunesses hitlériennes !

— Mais c'est juste pour passer le temps, et ils apprennent plein de choses… »

D'un geste brusque, d'une violence inédite dans cette maison, Mutti envoya l'assiette se fracasser contre le mur. Karoline mit ses mains devant son visage devenu aussi blanc que de la céramique et Sauer resta pétrifié. Lina s'agenouilla pour ramasser les débris en répétant à mi-voix : « Excuse-moi, excuse-moi, je suis désolée…

— Tu as de quoi ! » tonna Mutti. Puis, se radoucissant et jetant un regard égaré autour de lui, comme s'il venait de se réveiller au milieu du désastre provoqué par quelqu'un d'autre, il répéta : « Tu as de quoi », mais sans savoir à quel sujet. Ses yeux revinrent sur son collègue, qui le regardait, pantois. « Pardon », lui dit Mutti. Il se rassit, se passa une main sur le visage. « Je crois que j'ai trop bu. »

Sauer hocha la tête, mais ne trouva pas la force de le rassurer.

16

Sauer ne repensa à la lettre que lorsqu'il fut de retour sur le seuil de son appartement, à l'endroit exact où il l'avait trouvée le matin même. À la vue de son paillasson, il se rappela qu'il l'avait mise dans sa poche pour que Friedkin ne la voie pas puis, ne pouvant guère la lire devant tout le monde au marché, il avait décidé d'attendre le moment et le lieu appropriés pour la décacheter. En fin de compte, la lettre et le sceau en forme de svastika avaient fait le tour de Munich dans sa poche. Sauer frissonna à l'idée qu'il l'avait sur lui chez les Forster, quand Mutti avait jeté l'assiette de Heinz contre le mur. Il imagina la catastrophe si, en lui disant au revoir, tout gêné après l'incident, il l'avait fait tomber en renfilant sa veste à la hâte. Dieu merci, ça n'avait pas été le cas.

Il entra chez lui, accueilli par le silence habituel et par le regard toujours vigilant de l'Alte Peter. Il était plus de dix-neuf heures, l'heure du dîner, mais Sauer avait trop profité des talents culinaires de Lina pour avoir faim. Tant mieux car, comme d'habitude, il n'y avait rien à manger dans sa mansarde. Il retira sa veste, la posa sur le dossier d'une chaise et alla se rafraîchir le visage.

Quand il regagna le salon, le piano lui jeta un regard impatient : c'était leur heure. Rachmaninov les attendait. Mais Sauer n'était pas encore prêt. Il sortit l'enveloppe de sa veste, encore plus tendu que lorsqu'il avait vu les corps de Geli et de Hatzke. Bien qu'il ait oublié l'existence de cette lettre toute la journée – un acte manqué, diraient les disciples du docteur Freud –, il lui fallait maintenant la lire. On n'échappe pas à la réalité en l'ignorant. Sauer n'avait aucune envie de prendre connaissance de ce message, mais il en avait le devoir.

Il rompit le sceau, tira la feuille pliée en quatre que l'enveloppe renfermait. Le papier était de la même excellente qualité que l'enveloppe, et l'écriture qui le couvrait était la même. En haut de la feuille, un tampon apposé par une main pointilleuse, à égale distance des deux côtés et sans la moindre bavure, ôtait tout doute sur la provenance de la missive :

Parti national-socialiste des travailleurs allemands
Bureau pour l'Information et la Sécurité
Braunes Haus, Briennerstrasse 45
Munich

Sauer eut l'impression de prendre dix ans en une seconde. La Braunes Haus, la Maison brune, appelée palais Barlow jusqu'à récemment, était le siège central du mouvement nazi, à deux pas du Propylée et des musées de Königsplatz, dans le centre aristocratique et symbolique de la ville. Herr Hitler l'avait fait acheter en début d'année, pour répondre à un idéal de *grandeur**[1] qui n'avait échappé à personne et, avant même que les quelques travaux de rénovation soient terminés, il y avait fait installer son bureau et ceux de ses collaborateurs les plus proches : Goering, Goebbels, Hess et, bien entendu, le signataire de la présente lettre, un homme que peu de gens extérieurs au Parti connaissaient, à l'exception de ceux qui étaient confrontés quotidiennement à la violence dans les rues.

Munich, dimanche 20 septembre 1931

Cher Herr Sauer,

Je vous écris ces lignes car les événements récents et tragiques concernant Mlle Geli Raubal nécessitent que nous nous rencontrions. Je détiens en effet plusieurs informations intéressantes pour l'avancée de l'enquête, et je tiens à vous les délivrer sans tarder. Pour ce faire, je vous propose que nous déjeunions ensemble au café Stiffel – sur Georgenstrasse, à l'angle avec

1. Les mots suivis d'un astérisque sont en français dans le texte original.

Friedrichstrasse – aujourd'hui même à midi. Je suis sûr que vous me reconnaîtrez.
En vous remerciant pour votre attention,

Heinrich Himmler
SS-Reichsführer

Si, avant de lire la lettre, Sauer se sentait tendu et soucieux sans motif, il avait maintenant deux bonnes raisons de l'être, aussi fondées l'une que l'autre : derrière son apparence douce et polie de bureaucrate de province, Heinrich Himmler cachait un tempérament irascible bien connu des hommes qui travaillaient sous ses ordres. Ambitieux et infatigable, Himmler était devenu ces derniers temps le chef d'un sous-groupe des milices volontaires du Parti, ces SS qui, malgré leurs effectifs très modestes, s'étaient distingués par leur audace et la brutalité de leurs actions sur le terrain. Frappé par leur efficacité, Hitler lui-même avait autorisé leur développement et on racontait que, sous la houlette de Himmler, les SS s'étaient décuplés en moins d'un an, devenant un véritable corps d'élite prêt à tout pour servir et protéger le Führer. Si un homme pareil proposait un rendez-vous, ce n'était certainement pas pour bavarder tranquillement d'une affaire close.

La seconde raison qui conduisit Sauer à s'asseoir après avoir relu le message était que, n'ayant pris connaissance de ce dernier qu'à l'instant, il avait raté le rendez-vous. Qu'en avait pensé le chef des SS ?

Que Sauer n'avait pas eu le temps de le rejoindre ? Ou qu'il n'avait pas voulu se présenter ni même répondre pour décliner son invitation ?

Quoi qu'il en soit, il devait cacher cette lettre. Si elle tombait entre de mauvaises mains, il aurait à répondre à de nombreuses questions.

Il ouvrit son piano. Dans l'espace étroit qui abritait les cordes et les marteaux, on pouvait glisser un livre d'une certaine épaisseur. Sauer le savait pour l'avoir souvent fait, plus jeune, quand il n'avait pas envie de travailler ses gammes et que, à l'insu de son père, il cachait là des romans d'aventures. La lettre dans son enveloppe y fut dissimulée, invisible aux yeux de quiconque ignorait sa présence.

Satisfait, Sauer rabattit le couvercle et remit les partitions en place. Il passa le reste de la soirée à essayer de vaincre la résistance de la *Sonate n° 2* de Rachmaninov mais, sans surprise, toutes les pensées qui tourbillonnaient dans sa tête ne jouèrent pas en faveur de son succès.

Demain, se dit-il en éteignant enfin la lumière. *Demain j'y arriverai.*

LUNDI 21 SEPTEMBRE 1931

17

« Bonjour, monsieur le commissaire. Un bretzel et une bière spéciale, comme hier ? »

Ce matin encore, le marché baignait dans une lumière printanière inattendue pour le premier jour de l'automne. Sauer s'était réveillé tôt et était descendu au kiosque de Frau Keller dans l'espoir secret que Margit serait revenue. Mais c'était Rosa, la nouvelle serveuse, qu'il avait trouvée derrière le comptoir et, à en juger par son sourire, elle avait fort bien survécu à son jour d'essai. « Oui, merci », lui répondit-il, étonné par sa sollicitude. Il n'était qu'au début de ses surprises : sur sa table, à la place du carton habituel où était inscrit « Lieutenant Sauer », un nouveau carton signalait dans une graphie élégante « Commissaire Sauer ». Cette jeune fille se donnait vraiment du mal.

« Me voilà », s'exclama-t-elle peu après en s'approchant, un plateau en équilibre précaire sur la main. Avant de faire tomber quelque chose, elle déposa devant lui un grand bretzel enveloppé dans une serviette en tissu, une assiette avec un rectangle de beurre déjà déballé, un petit couteau rond et, enfin, une chope en céramique couverte d'un sous-bock de liège. « Comme ça, on ne voit pas que ça fume », expliqua Rosa en lui adressant un clin d'œil.

Sauer ne put retenir un sourire. « Ce n'est pas très important », dit-il, même si ça l'était. À Munich, les vrais hommes petit-déjeunaient à la bière, pas au thé, et il arrivait que des clients lorgnent le commissaire en ricanant.

« Ce n'est pas grand-chose, répondit Rosa. Et puis, je devais me faire pardonner.

— Quoi ?

— Ce que j'ai dit hier. Quand je vous ai demandé si…

— Ah, fit Sauer en agitant une main, comme pour dire que c'était déjà oublié.

— C'est qu'on tente constamment de me séduire, vous savez ? Et je n'ai pas le décolleté des autres serveuses… », ajouta Rosa en grimaçant. Sauer s'aperçut alors que, à la différence de ses collègues vêtues du *Dirndl* traditionnel, elle portait un chemisier boutonné jusqu'au cou. « Mais j'ai eu une réaction excessive, et j'en suis désolée. À votre âge, vous pourriez être mon père ! » Elle lui fit encore un clin d'œil avant de disparaître pour aller servir d'autres clients. Le commissaire, pris de court, eut vaguement l'impression de s'être fait insulter.

Quand il atteignit l'entrée principale du commissariat, Mutti était déjà là, en train de fumer au pied des deux lions de pierre, à quelques pas de la guérite du gardien, avec qui il échangeait des plaisanteries. À la vue de son collègue, son visage s'éclaira et il se détacha du portail pour aller à sa rencontre. Il affichait la même détermination que la veille, quand il avait annoncé son plan de bataille pour faire rouvrir l'affaire Raubal. « Bonjour, Siggi », fit-il en lui flanquant une bourrade. Puis il le scruta pendant quelques secondes, mais Sauer s'efforça de ne pas laisser transparaître la moindre gêne à cause de leur déjeuner de la veille.

« Tu es prêt ? lui demanda-t-il.

— Prêt et remonté, répondit Mutti.

— Alors allons-y. »

Ils saluèrent le gardien et franchirent le portail, puis la cour et la porte d'entrée. Les bureaux de la police criminelle se trouvaient au dernier étage, dans le « pigeonnier », comme disait Mutti. Le directeur devait déjà être au travail – il arrivait toujours au commissariat avant sept heures du matin – et les deux commissaires avaient l'intention de se rendre directement à son bureau pour lui faire part de leurs convictions. Ce ne fut pas nécessaire. Ils étaient sur le palier quand ils virent le sergent Julian dévaler l'escalier. Ce dernier écarquilla les yeux : « Commissaire Sauer, commissaire Forster, le directeur m'a envoyé vous chercher. Venez. » Il pivota sur ses talons et remonta l'escalier quatre à quatre.

Au troisième étage, il partit vers la droite, à l'opposé du bureau de Tenner.

« On ne va pas chez le directeur ? demanda Mutti, haletant.

— Non, dans la Petite Salle, Tenner est en réunion.

— Avec qui ?

— Le procureur Glaser. »

Les deux commissaires tressaillirent en entendant ce nom. Mutti jeta un regard triomphant à son collègue. Finalement, il ne serait peut-être pas si difficile de mettre en branle le lourd mécanisme de la justice.

Au fond du couloir, Julian s'arrêta devant une grande porte de bois à deux battants, prit une profonde inspiration et frappa, trois coups timides, ou intimidés. La voix inimitable de Tenner les invita à entrer, et Julian s'effaça pour laisser passer les deux commissaires.

Sauer allait suivre Mutti dans la pièce quand une voix familière l'interpella dans le couloir : « Sieg ! »

Sauer se tourna, surpris qu'on l'appelle par son diminutif, et vit Bauer descendre de l'étage supérieur, agitant un bras comme un passager accostant au retour d'un voyage transatlantique. Il le rejoignit en quelques pas. « Il faut que je te montre quelque chose, lui dit Bauer, l'air tendu. Tu as un instant ?

— Pas maintenant, répondit Sauer en indiquant du menton la porte ouverte de la Petite Salle. C'est important ?

— C'est inquiétant. Je vais voir le corps de Hatzke mais on vient de m'apprendre que…

— Sauer ? appela Tenner depuis la Petite Salle.

— Là, je n'ai vraiment pas le temps. On se parle dès que j'ai fini, d'accord ? » proposa le commissaire en posant une main sur l'épaule de son collègue.

Bauer se mordit la lèvre. « Si tu ne me trouves pas ici, appelle l'Institut, je te raconterai au téléphone. N'oublie pas, hein ?

— D'accord », répondit Sauer, curieux.

Julian se racla la gorge.

« J'y vais », dit le commissaire, et il laissa Bauer dans le couloir.

Comme son nom ne l'indiquait pas, la Petite Salle était immense : occupée par une table ovale en acajou entourée de quarante chaises à haut dossier en cuir sombre, elle pouvait accueillir cent personnes supplémentaires dans les sièges qui bordaient ses murs, ce qui en faisait le lieu d'élection de Tenner pour les réunions plénières de la police criminelle. L'ameublement sobre, la lumière douce qui entrait par les grandes fenêtres donnant sur la cour intérieure et l'acoustique parfaite offerte par son plafond voûté la rendaient idéale pour les occasions solennelles, mais un peu moins pour les réunions en petit comité : à trois ou quatre, comme ce matin, la table était trop grande pour ne pas ressembler à un obstacle infranchissable plutôt qu'à un lieu de rassemblement. À l'expression du directeur, Sauer déduisit que c'était précisément pour cette raison que le procureur Glaser avait été reçu dans la Petite Salle.

« Vous voilà, fit Tenner aux deux nouveaux arrivés. Installez-vous. Monsieur le procureur, j'imagine que vous avez déjà rencontré les commissaires Sauer et Forster par le passé. »

Vêtu de son costume rayé habituel, Glaser, assis à l'autre bout de la table, tourna à peine la tête vers eux pour leur jeter un regard distrait. Il avait manifestement oublié sa collision avec Sauer la veille sur le seuil de l'institut médico-légal, qui avait manqué d'envoyer le commissaire rouler sur le trottoir de Sonnenstrasse. « Enchanté », dit-il d'un ton machinal.

Les commissaires prirent place entre les deux hommes, au milieu du grand U dessiné par cette moitié de table, afin de ne pas déséquilibrer le rapport de force. S'ils s'étaient assis plus près de leur directeur, ils auraient donné l'impression de former un tribunal réuni pour juger un prévenu ; le regard de Tenner était suffisamment éloquent, il était peu souhaitable d'envenimer la situation, quelle qu'elle fût.

Sauer remarqua alors un cinquième homme assis au fond de la Petite Salle, derrière Glaser. Il portait, comme le procureur, un costume rayé et tenait un grand bloc-notes qui semblait accaparer son attention. Le commissaire l'identifia : c'était un des deux hommes qui, la veille, suivaient Glaser. Un de ses assistants.

« Le procureur a l'intention de faire rouvrir l'affaire Raubal, déclara Tenner sur le ton qu'il réservait habituellement à ses discours sur les violeurs en série et les miliciens. Il affirme que la police a bâclé l'enquête. Il met en doute le sérieux de notre travail. En gros, il nous traite d'incompétents et de menteurs. »

À quelques dizaines de mètres de là, les cloches de Saint-Michel soulignèrent la déclaration de Tenner d'un tintement joyeux qui empêcha Glaser de répondre du tac au tac.

« Ce n'est pas ce que j'ai dit, démentit le procureur quand le silence fut revenu. Vous avez exécuté des ordres, il n'y a rien de mal à cela. À ce que j'ai pu lire, vous avez été corrects et scrupuleux. Mais vous vous êtes contentés de ce qu'on vous mettait sous le nez…

— Qu'est-ce qu'on aurait dû faire ? l'interrompit Tenner. Inventer des pistes imaginaires ? Créer des indices ? Déduire quand…

— Vous auriez dû protester, rétorqua Glaser, irrité. Protester contre les délais trop brefs de l'enquête. Protester contre les pressions évidentes exercées dans cette affaire. Vous paraît-il normal qu'une jeune fille meure dans des circonstances pareilles et que la police classe le dossier en une seule journée ?

— En huit heures, précisa Mutti. Et dans les faits, un peu moins de six. »

Glaser se tourna vers l'homme qui avait parlé : il avait donc une voix ? Voire une opinion sur les événements ? « Oui, trop peu d'heures pour être certains que tout ce qui devait être fait l'a été.

— Souvent, rétorqua Tenner, les suicides ne demandent même pas d'enquête. Si nous avons mis deux de nos meilleurs hommes sur l'affaire Raubal, c'est justement parce que la hiérarchie nous a demandé d'ouvrir l'œil.

— Eh bien, vous n'avez pas dû ouvrir le bon,

riposta Glaser. Je ne vous le reproche pas, je le répète, mais j'ai contesté sur-le-champ la clôture anticipée de cette affaire et relevé plusieurs vices de forme dans le rapport final, pour ne pas parler du rapport médico-légal. J'ai sollicité le cabinet du ministre adjoint pour obtenir la réouverture du dossier, et je m'entretiendrai aujourd'hui avec le ministre Joël en personne, s'il ne s'invente pas une excuse pour ne pas me recevoir. En attendant, j'ai assez de pouvoir pour vous demander de réexaminer les faits à la lumière des nouveaux éléments apparus ce matin, dont même nos concitoyens sont au courant. Friedrich ? » dit-il sans se retourner.

L'homme assis derrière lui bondit sur ses pieds et tira de sa mallette plusieurs exemplaires du *Münchener Post*, un journal politique connu pour son opposition au national-socialisme. Il se précipita pour en distribuer un à chacun des participants de la réunion.

UNE AFFAIRE MYSTÉRIEUSE :
LE SUICIDE DE LA NIÈCE DE HITLER

Dans un appartement de Prinzregentenplatz, une étudiante en musique âgée de vingt-trois ans, qui était la nièce de Hitler, s'est suicidée par balle.

Elle habitait depuis deux ans dans une chambre meublée située dans un appartement au même étage que celui de Hitler. On ignore à l'heure actuelle ce qui a poussé la jeune fille à se tuer. Elle s'appelait Angela Raubal et était la fille de la demi-sœur de Hitler.

Vendredi 18 septembre a eu lieu la énième dispute violente entre Herr Hitler et sa nièce. Pour quelle raison ? Geli, étudiante en musique âgée de vingt-trois ans et pleine de vie, voulait se rendre à Vienne pour s'y fiancer. Hitler était catégoriquement opposé à ce projet, à l'origine d'un conflit incessant entre eux. Après une scène violente, Hitler a quitté son appartement au deuxième étage du numéro 16 de Prinzregentenplatz.

Samedi 19, on a appris que Geli Raubal avait été retrouvée dans l'appartement, tuée par arme à feu, le pistolet de Hitler à la main. Son nez était cassé et son corps présentait plusieurs blessures graves. Une lettre que Geli Raubal avait écrite à une amie de Vienne indique qu'elle avait la ferme intention de se rendre dans la capitale autrichienne. La lettre n'a jamais été envoyée.

La mère d'Angela, une demi-sœur de Hitler, habite à Berchtesgaden ; elle a été appelée à Munich.

Après quoi, les gentilshommes de la Braunes Haus se sont réunis pour décider ce qu'il fallait raconter au sujet de ce suicide. Ils se sont mis d'accord sur le fait que Geli Raubal s'était tuée en raison de ses ambitions artistiques frustrées.

Enfin, ils ont discuté pour savoir qui devrait succéder à Hitler si nécessaire et ont mentionné Gregor Strasser.

Nous espérons avoir des éclairages sur cette histoire louche dans un avenir proche.

« À mon avis, vous feriez mieux d'enquêter un peu plus, et mieux que ça, déclara le procureur d'un ton méprisant quand ils eurent tous fini de lire l'article. Vous savez bien de quel côté se trouve le ministre. Quand il lira ce que les journalistes du *Post* ont trouvé, il sera extrêmement contrarié et il viendra vous demander des comptes. »

18

À neuf heures du matin, la Succursale était presque vide. À l'exception de quelques ouvriers et cochers qui avaient travaillé de nuit et s'accordaient un copieux petit déjeuner avant de rentrer dormir chez eux, Mutti et Sauer étaient les seuls clients dans la grande pièce décorée de fresques, et c'était précisément ce qu'ils avaient espéré pour pouvoir réfléchir en paix aux prochaines étapes de leur enquête soudain rouverte. Quand Glaser était parti avec son assistant, Tenner avait lancé des jurons pendant presque une minute sans reprendre son souffle, déployant un florilège remarquable d'épithètes peu flatteuses pour qualifier le procureur, le ministre, le *Münchener Post* et même Herr Hitler. Seule Geli, la victime, avait été épargnée. Bien que ce soit elle qui ait déclenché cette affaire en appuyant sur la gâchette du Walther 6.35 de son oncle, elle restait d'une certaine manière la plus innocente.

« Par où commence-t-on ? demanda Mutti quand la serveuse eut déposé devant lui une bière et des saucisses, sans choucroute, “pour ne pas manger trop lourd au petit matin”.

— Si on avait tout le temps qu’on veut à disposition, répondit Sauer entre deux gorgées de thé, je dirais de commencer par les “gentilshommes de la Braunes Haus”, comme les appelle le journaliste qui a écrit l’article, et puis aussi par le journaliste lui-même.

— Oui. Comment il a fait pour obtenir tous ces détails ? C’est Winter qui lui a raconté le nez cassé et les autres blessures ?

— En tout cas, s’il parle de blessures sur le corps, il en sait plus que nous. »

Mutti secoua la tête. « Je n’arrive pas à croire que Müller ait envoyé le cadavre à l’étranger comme ça. Maintenant, pour le voir, il faudrait qu’on aille à Vienne…

— On peut oublier ça tout de suite. À mon avis, on n’aura pas plus de deux jours pour approfondir. Alors inutile de projeter des excursions à l’étranger, ni à Berchtesgaden pour s’entretenir avec la mère de la victime…

— L’article dit qu’elle a été convoquée à Munich.

— Certes, mais depuis elle a dû rentrer chez elle, ou bien suivre le corps de sa fille à Vienne.

— C’est possible, effectivement.

— Et de toute façon, je pense que c’est une perte de temps d’aller fouiner du côté des gros bonnets du Parti ou du secret professionnel d’un journaliste politique. Non, poursuivit Sauer, il faut qu’on reste au plus près des faits. Et si on ne peut pas voir le corps…

— … on peut toujours interroger tous ceux qui l'ont vu, termina Mutti. On retourne voir les Winter et Frau Reichert ?

— Oui. Mais on va aussi chercher les personnes qui ont transporté le corps de l'appartement à l'Institut, puis de l'Institut à la morgue pour le préparer à l'envoi en Autriche.

— Le Cimetière oriental ?

— L'Ostfriedhof, oui. D'habitude, les suicidés passent par là.

— D'accord. Et après ? »

Sauer haussa les épaules. « On cherchera la valise de Geli Raubal, en admettant que notre intuition soit bonne. Et on interrogera le personnel de maison sur sa chemise de nuit. »

Un soupir, une dernière gorgée de bière pour vider la chope, qui regagna la table avec un bruit sec et décidé. « C'est entendu, dit Mutti. Si ça ne t'ennuie pas, j'irai à Prinzregentenplatz. Tu t'occupes des autres pistes ?

— Adjugé », répondit Sauer, qui n'avait même pas osé espérer éviter aussi facilement un retour au domicile de Hitler.

Quand ils sortirent de l'Augustiner, la journée paraissait encore plus belle. La façade baroque de Saint-Michel était d'un blanc éclatant. Un souffle de foehn caressait les sens et apportait des senteurs de la montagne jusque dans la plaine. Mutti inspira à pleins poumons et fut pris d'un accès de toux.

« Trop de cigarettes, commenta Sauer, comme à son habitude.

— Ou pas assez », lui répondit Mutti avant de le saluer d'une bourrade sur l'épaule. Il se dirigea vers Odeonsplatz, où il prendrait le tram pour Bogenhausen. « On se retrouve au marché pour le déjeuner ? ajouta-t-il de loin.

— À midi », répondit Sauer, recevant une réponse sous la forme d'un pouce levé.

Resté seul, le commissaire fit le point. Il n'avait aucune envie de retourner à l'institut médico-légal ni de revoir le docteur Müller. Il s'achemina donc vers le commissariat pour parler avec Bauer et passer quelques coups de téléphone.

Bauer n'était pas encore rentré et, quand il chercha à le joindre au numéro de l'Institut, on l'informa que personne ne l'avait vu là-bas. Sauer lui laissa un message lui disant de le rappeler au bureau, où il pensait rester une demi-heure, puis il demanda à parler aux employés de l'Institut en charge du transport des corps.

Après une longue attente, il fut mis en relation avec un certain Gerhard, « responsable des transferts de dépouilles », ainsi qu'il se présenta au téléphone. Gerhard expliqua que le corps de la jeune fille avait été enlevé de l'appartement déjà enfermé dans un cercueil en bois, ce pourquoi aucun des employés de l'Institut n'avait ne serait-ce qu'entrevu son cadavre.

« Qui a ouvert le cercueil ? demanda Sauer.

— Un assistant de Müller, j'imagine. C'était quand ?

— Samedi autour de treize heures. »

Il y eut un silence à l'autre bout du fil, suivi du bruit de pages tournées. « C'était Fischer qui était en service, finit par déclarer Gerhard. Vous ne pourrez pas le joindre, parce qu'il a été…

— Licencié, termina Sauer, se remémorant les propos du médecin légiste. Quel était son prénom ?

— Wilhelm ? Ou peut-être Walther ? Je ne sais pas, on l'appelait toujours Fischer.

— Bien, merci », répondit Sauer en notant les deux prénoms avant de raccrocher.

D'accord, se dit-il. *Il pourrait être compliqué de trouver Fischer, avec les délais dont on dispose, mais si le corps est arrivé à l'Institut dans un cercueil, quelqu'un doit bien l'avoir mis dedans. Qui peut avoir appelé Müller ?*

Deux autres coups de téléphone permirent à Sauer d'obtenir un nom : Maria Fischbauer, employée des pompes funèbres municipales au Cimetière oriental. Selon ses collègues, c'était elle qui avait répondu à l'appel provenant de Bogenhausen. Elle n'était pas en service à cette heure, ce qui empêcha le commissaire de l'interroger au téléphone, mais il se fit donner son adresse personnelle. Il était toujours préférable de rencontrer les témoins : plus que leurs mots, leurs yeux et leurs mains révélaient des informations cruciales dans ce genre d'affaires. Comme le lui avait appris Tenner, observer était aussi utile qu'interroger.

C'est pourquoi, lorsqu'il découvrit que Rosina Zweckl, l'autre employée des pompes funèbres qui avait dû s'occuper du corps après qu'il avait été examiné à l'Institut, travaillait elle aussi au Cimetière oriental et était en service ce matin, Sauer n'y réfléchit pas à deux fois : il prit sa veste et son chapeau et quitta son bureau pour aller s'entretenir avec elle.

En sortant, il demanda à une secrétaire de prévenir Mutti et Bauer de son déplacement s'ils le cherchaient, mais il n'était pas arrivé au milieu de l'escalier qu'il tomba sur son collègue serveur, dont l'expression était encore plus tendue que lorsqu'ils s'étaient croisés devant la Petite Salle.

« Sieg, lui dit ce dernier en le prenant par le bras. Tu as un moment, maintenant ?

— Je sortais pour aller voir un témoin, mais bien sûr, j'ai quelques minutes. »

La main de Bauer glissa dans son dos pour l'orienter vers l'escalier en direction du deuxième étage, où se trouvait son bureau. Quand ils y furent entrés, il jeta un coup d'œil furtif dans le couloir et ferma la porte à clé.

« Mais enfin, qu'est-ce qui se passe ? »

Bauer posa un index sur sa bouche, puis alla ouvrir doucement la porte qui séparait son bureau du bureau voisin pour s'assurer qu'il était vide avant de la fermer elle aussi à clé.

« Tu commences à me faire peur, dit Sauer.

— Tant mieux », répondit son collègue en s'asseyant à son bureau. Il lui fit signe de s'installer dans le fauteuil d'en face et se frotta les yeux.

« C'est au sujet du corps de Hatzke ? s'enquit le commissaire. Müller a…

— Müller n'est plus là, l'interrompit Bauer. Il est parti à la retraite ce matin. Hier, c'était son dernier jour. Il a déjà quitté la ville, pour un long voyage à l'étranger avec sa femme. »

L'Alte Peter sonna dix coups au loin.

« Tu plaisantes, murmura Sauer.

— Ce vieux salaud n'a prévenu personne. Hatzke a été sa dernière affaire. Et non, rien ne cloche dans son rapport. Suicide confirmé, j'ai vu le corps de mes propres yeux et ça ne fait aucun doute.

— Alors quoi ? Pourquoi tu es dans cet état ? »

Bauer se pencha au-dessus de son bureau. Il regarda Sauer droit dans les yeux d'un air soucieux, comme un homme qui voit le piège prêt à se refermer et estime ne pas avoir de grandes chances d'y échapper.

« Ce matin, tu étais dans la Petite Salle avec le directeur et Glaser, pas vrai ? »

Sauer confirma. On ne lui avait pas demandé de garder le silence à ce propos. « Pourquoi ?

— Glaser a deux assistants.

— Oui, je les ai rencontrés.

— Herbert Maier et Friedrich Bodner. Deux jeunes avocats aux dents longues qui le suivent nuit et jour, pire que s'ils étaient mariés. On les surnomme les Vestales. Deux factotums prêts à tout et n'importe quoi pour faire plaisir à leur chef.

— Et ?

— Et garde-le pour toi, mais un des deux, Maier, a disparu depuis hier. Sa famille, car même si Maier n'a pas de vie, il a quand même une famille, l'attendait pour le déjeuner. Quand ils ont vu qu'à l'heure du dîner il n'était toujours pas rentré, ils ont commencé à se faire du souci et à le chercher partout : amis, connaissances, collègues. Ce matin, comme ils n'avaient toujours pas de nouvelles, ils sont venus signaler sa disparition.

— Glaser est au courant ?

— Pas encore. Personne n'est au courant, à part sa famille, Rauch, des Personnes disparues, moi et, maintenant, toi. »

Bien, se dit Sauer. *Mais pourquoi dois-je être mis au courant moi aussi ?*

« Le fait est, continua Bauer avec une tête de six pieds de long, qu'il a laissé un message. Pas chez lui, pas au travail non plus. Une amie à lui, appelons-la ainsi, a trouvé ça ce matin dans son courrier. » Il tira un petit papier bleu plié en quatre de sa poche. « C'est la raison pour laquelle Rauch m'a informé de la situation, et pour laquelle je t'en informe aussi. Ça te rappelle quelque chose ? »

Sauer tendit le bras pour prendre le papier et le déplia.

C'était une feuille de papier à lettres à en-tête – HERBERT MAIER, BUREAU DU PROCUREUR GÉNÉRAL –, où figuraient seulement quelques mots rédigés à l'encre bleue d'une graphie élégante.

Je suis désolé, H.

Les mots avec lesquels Markus Hatzke avait fait ses adieux au monde avant de se suicider.

19

Le moyen le plus rapide de gagner Haidhausen, le quartier où se trouvait le Cimetière oriental, était de prendre un tram à Isartorplatz. Sauer laissa donc le commissariat et l'énigme de Bauer derrière lui pour se diriger vers le nouvel hôtel de ville, avec son dragon de pierre accroché à son angle occidental, l'attraction préférée des jeunes Munichois. Sauer ne l'avait jamais beaucoup aimé. L'ancien hôtel de ville, qui fermait la place en toute sobriété avec son toit pentu, lui paraissait autrement plus élégant. Il lui rappelait la Synagogue vieille-nouvelle de Prague et la légende du Golem, un être beaucoup plus effrayant que n'importe quel dragon de pierre, car façonné par la main des hommes, comme tous les véritables monstres.

Après Marienplatz, il emprunta le Tal, l'ancienne voie d'accès à la ville, qui le conduisit en quelques pas à la porte de l'Isar, construite à la fois pour accueillir et mettre en garde les visiteurs en provenance d'Autriche. Habitués aux splendeurs de Vienne ou de Salzbourg, les cousins autrichiens arrivaient parfois à Munich avec des attentes modestes – une ville de brasseurs et de charcutiers, rien de bien trépidant –, mais la frise bariolée ornant la porte de l'Isar leur indiquait que la capitale bavaroise ne plaisantait pas en matière de grandeur et de beauté.

Tandis qu'il attendait à l'arrêt du tram en compagnie de vieilles dames vêtues de noir de la tête aux pieds, Sauer repensa au petit mot de Herbert Maier, le énième mystère qui venait s'ajouter aux énigmes autour de la mort de Geli. Quoiqu'il comprît l'inquiétude de Bauer, le commissaire ne parvenait pas à se sentir aussi préoccupé que lui, peut-être parce que la disparition de l'assistant de Glaser n'était pas de son ressort, pas plus d'ailleurs que le suicide de Hatzke. Peut-être que le message reçu par son amie était une blague de mauvais goût. Peut-être que Maier n'avait pas disparu mais était parti, et il ne faisait aucun doute qu'il y avait dans la vie d'un jeune avocat ambitieux de bonnes raisons de mettre les voiles.

En moins d'un quart d'heure, le tram traversa l'Isar puis, au niveau de la gare de l'Est, il tourna sur Sankt-Martinstrasse pour enfin déposer le commissaire et ses compagnes de voyage de noir vêtues devant le Cimetière oriental.

L'entrée était à la fois sobre et imposante : de part et d'autre du bâtiment central, inspiré du Panthéon de Rome, avec sa façade néoclassique encadrée par de grands cyprès et surmontée d'une coupole blanc et turquoise où était plantée une croix dorée, partaient deux longs couloirs peints en rouge pompéien et bordés de fines colonnes doriques. En passant la porte cachée conduisant de la colonnade à l'intérieur du cimetière, Sauer eut l'impression de franchir un seuil temporel, une impression renforcée par les portes et les fenêtres ouvragées de décorations classicisantes : ici, une tête de femme pleurait les yeux fermés, là deux anges soufflaient dans de longues flûtes, et partout, comme dans un musée des antiquités, une profusion de triangles mystiques et de feuilles d'acanthe entremêlées évoquaient les chapiteaux de la Grèce antique.

Guidé par la lumière, Sauer parcourut un couloir tortueux et, après un dernier tournant, il déboucha sur un grand cloître ouvert sur un côté, qui reproduisait la façade de l'entrée mais avec des couleurs plus pâles, et où le *PAX* du tympan était remplacé par deux lettres de l'alphabet grec : « αω », alpha et oméga, le début et la fin. Au centre du cloître, bordé par de hauts cyprès, se trouvait une esplanade de gravier blanc fermée de part et d'autre par deux vasques de pierre en forme de croix. Sauer imagina que c'étaient des bassins ou des fontaines, même si pour l'heure elles n'étaient remplies que de feuilles mortes racornies. Sur le côté ouvert, la colonnade laissait place au cimetière à proprement parler, avec son étendue apparemment infinie d'arbres, de haies et de buissons parfaitement taillés autour de pelouses à l'anglaise. De là, on ne voyait ni les pierres tombales ni les tombeaux : les architectes avaient dû penser préférable de ménager des transitions avant de révéler la nouvelle demeure de leurs proches à la vue des visiteurs.

«Je peux vous renseigner?» Sauer se retourna et vit un homme entre deux âges qui le regardait depuis une fenêtre au-dessus de la colonnade.

«Je cherche Rosina Zweckl. On m'a dit qu'elle travaille ici.»

L'homme hocha la tête. «À l'accueil. Le couloir par lequel vous êtes arrivé, deuxième porte à gauche.»

Sauer le remercia et revint sur ses pas, dépassant un banc de marbre surmonté par deux têtes de femme aux yeux fermés, peu engageantes. D'ailleurs, la porte de l'accueil n'avait rien d'accueillant: coincés dans un austère encadrement en marbre, ses deux battants en bois sombre de presque trois mètres de haut étaient formés chacun de cinq panneaux d'où un ange fixait les visiteurs d'un air revêche. Les gros clous noirs sur la porte digne d'une cellule médiévale incitaient plus à prendre ses jambes à son cou qu'à entrer.

Sauer frappa. Pas de réponse. Il frappa de nouveau. Silence. Alors il poussa la porte, qui s'ouvrit sans difficulté. «Il y a quelqu'un?» demanda-t-il, mais aucune voix ne lui répondit. Il se donna tout seul l'autorisation d'entrer.

La pièce était vaste, un rectangle de vingt mètres sur cinquante, peut-être soixante, très haut de plafond, pourvu de fenêtres aux vitres dépolies par où filtraient de larges rais de lumière automnale, qui éclairaient une série de cercueils empilés contre les murs. Au milieu de la salle, quatre tables de pierre accueillaient autant de cercueils, ouverts et vides. Les tables étaient entourées de chariots métalliques couverts d'instruments et de boîtes en tout genre : ciseaux, pinceaux, bandes de gaze, ampoules de liquide coloré, pots de crème… Sauer comprit aussitôt le type d'accueil pratiqué en ces lieux. Rosina Zweckl n'était pas fossoyeuse, mais embaumeuse.

« Bonjour », lui dit une femme d'une quarantaine d'années en entrant par une porte latérale. Elle avait l'air surprise mais pas contrariée. « Je peux vous aider ?

— Je l'espère. Je suis le commissaire Sauer, je travaille dans la police criminelle et je cherche Mme Zweckl.

— Je vous écoute. Que puis-je faire pour vous ? répondit la femme en commençant à ranger une des tables.

— C'est pour un corps que vous avez sans doute… » Sauer s'interrompit, gêné. « Quel mot emploie-t-on dans ce cas ?

— Traité ?

— Voilà. Le corps d'une jeune femme, Angela Raubal. La vingtaine, cheveux…

— Je sais de qui vous parlez. La nièce de Hitler.

— Exactement, confirma Sauer qui, à sa façon de prononcer ce nom, n'avait pas réussi à déduire l'opinion de l'embaumeuse à son sujet.

— Que voulez-vous savoir sur le corps de Mlle Raubal ?

— Si c'est vous qui l'avez traité, tout ce que vous

avez remarqué. État général, signes particuliers, détails remarquables…

— Vous voulez avoir des informations sur son nez ? »

Sauer fut déstabilisé. « Son nez ?

— Savoir s'il était cassé ou non. On m'a dit qu'il existe des versions contradictoires à ce sujet. »

Peut-être qu'elle a lu le Post *elle aussi*, supposa le commissaire, sans conviction : bien qu'il fût influent et parfois tout à fait éclairant, le *Münchener Post* était un journal de niche, au lectorat presque exclusivement composé d'hommes politiques et d'activistes. « Tout son corps m'intéresse, pas seulement son nez, répondit-il en tirant son calepin de sa poche. Que pouvez-vous m'en dire ?

— Je pourrais vous en raconter de belles. Ici, c'est notre lot quotidien. Mort et enterré, dit-on d'un épisode passé qui n'intéresse plus personne, mais si vous saviez tout ce qui reste à l'air libre, quand on meurt ! Si vous saviez tous les intérêts qui survivent à la sépulture… » Elle leva la tête et sembla jauger le commissaire pendant quelques instants, comme hésitant à prendre une décision délicate. « Voilà ce que nous allons faire : je vais vous dire ce que je peux dire et vous, vous comprendrez ce qu'il y a à comprendre. Ça vous va ? »

Ça ne me va pas du tout, pensa Sauer. Pourquoi, depuis samedi, plus personne n'était-il capable de lui dire les choses telles qu'elles étaient, de façon claire et directe, sans préambules dignes de romans d'espionnage ? On aurait soudain cru que les personnes plus ou moins directement impliquées dans l'affaire Geli Raubal avaient décidé de concert de devenir comédiennes et s'efforçaient d'interpréter leur rôle au mieux.

« Ça me va », finit-il par déclarer, tâchant de ne pas avoir l'air trop agacé.

La femme cessa de ranger la table : « Bien. Alors je vous déclare officiellement que le dimanche 20 septembre 1931, c'est-à-dire hier, entre onze heures et midi, précisément ici, dans la salle d'accueil du Cimetière oriental, j'ai reçu le corps d'Angela Raubal dans un cercueil en bois, en provenance de l'institut médico-légal de Munich, et qu'après l'avoir traité comme le veut le protocole, je l'ai déposé dans un cercueil en zinc.

— Entre onze heures et midi ? » répéta Sauer, perplexe. À cette heure, il était à l'Institut avec Müller, qui lui avait raconté une version différente.

La femme poursuivit sans prêter attention à cette interruption : « J'ai bien observé le cadavre, parce que je savais que la défunte était la nièce de Hitler et, naturellement, j'étais curieuse. Son visage était très bleu, mais à part l'orifice d'entrée dans la poitrine, je n'ai pas vu d'autres blessures, et je n'ai rien remarqué de suspect sur son nez. Aussi, dès que j'ai reçu le feu vert officiel, le cercueil est parti pour la gare de l'Est. Voilà. Fin de la déclaration.

— Y avait-il d'autres blessures, à part celles de son visage ?

— Fin de la déclaration, répéta l'embaumeuse.

— Y avait-il des bleus sur le corps ? Des contusions, des coupures ?

— Fin de la déclaration.

— On raconte que la jeune fille était peut-être enceinte…

— Fin. De. La. Déclaration. Si j'avais autre chose à dire, je le ferais, croyez-moi. Je ne suis pas femme à me laisser intimider par des menaces, et de toute façon je n'en ai pas reçu. Personne n'a contrôlé mon travail, ni miliciens en chemise brune ni représentants haut placés d'un parti national. Personne n'a suivi mon travail étape par étape. Personne ne m'a donné d'instructions détaillées sur ce que je devais faire et dans quel délai. Et personne ne m'a expliqué par le menu ce qui m'arriverait si je racontais aux autorités autre chose que ce que je viens de vous déclarer. D'ailleurs, qu'est-ce que je pourrais bien ajouter, alors que la situation est si limpide ? » conclut Rosina Zweckl, avec un sourire effronté et moqueur qui masquait, maintenant Sauer le comprenait, une terreur pure.

Il avait besoin d'air. Il avait besoin de soleil. Il avait besoin de marcher.

Après avoir quitté l'accueil sans avoir réussi à obtenir la moindre information supplémentaire, pas même au sujet de l'heure à laquelle Rosina Zweckl disait avoir déposé le corps de Geli dans un cercueil en zinc, Sauer regagna le cloître et, de là, s'enfonça dans le cimetière.

Il avait besoin d'espace. Il avait besoin de temps. Il avait besoin de comprendre.

Personne ne m'a expliqué par le menu ce qui m'arriverait si je racontais aux autorités autre chose que ce que je viens de vous déclarer.

Tandis qu'il longeait les pierres tombales et les caveaux de famille, lorgné d'un regard envieux depuis leurs médaillons funéraires par des dizaines et des dizaines de morts, le commissaire essayait de se résoudre au constat indéniable que son enquête entière reposait sur des mensonges et des menaces, et que plus il creusait, plus ces derniers se multipliaient. Comment pouvait-on attendre de lui que son investigation porte ses fruits ? D'où pouvait-il partir pour ne serait-ce que commencer à comprendre les événements ? Les hommes politiques qui entravent les enquêtes. Le cauchemar de tout policier.

Sauer marchait parmi les défunts et se sentait comme eux : seul, trahi, sans espérance. Même l'ombre des arbres, qui repoussait les rayons insistants du soleil, accroissait son mal-être. Il devait partir de là, et peut-être de Munich, loin de tous ces fantômes et de ces dangers, comme Müller l'avait fait. *Müller*, se répéta-t-il.

Müller qui m'a dit hier que le corps était parti à Vienne par le premier train, alors qu'à midi il était encore ici.

Pendant quelques instants, il soupesa la possibilité que ce soit l'embaumeuse qui ait menti, mais il savait parfaitement que ce n'était pas le cas. Le docteur, qui n'avait pas procédé à l'autopsie, qui avait perdu toutes les photos dans un incendie, qui était parti à la retraite sans prévenir personne et se trouvait maintenant à l'étranger avec sa femme, lui avait menti sur ce point aussi : le cadavre était encore à Munich la veille. Sauer aurait pu le voir.

D'un coup de pied rageur, il envoya un caillou rouler contre un arbre, mettant en alerte un couple de pigeons, qui s'envolèrent dans un bruissement d'ailes. Sauer se sentit aussitôt fautif : il était dans un lieu de paix, sur une terre consacrée. Que diable lui arrivait-il ? Il jeta un coup d'œil alentour pour s'assurer que personne n'avait été témoin de son geste, mais hormis une vieille dame appuyée sur une canne devant une tombe lézardée, absorbée par le souvenir d'un mari ou d'un fils disparu, il n'y avait personne dans cette petite allée.

Soulagé, il reprit sa marche. Il devait contacter Mutti, en espérant que ce dernier soit déjà rentré de Prinzregentenplatz. Il devait le prévenir que l'odeur de brûlé était trop forte, que l'air était toxique, qu'ils risquaient de suffoquer tous les deux s'ils restaient sur cette affaire. Il n'aurait jamais imaginé penser une chose pareille un jour, mais il en venait à se dire que la justice doit peut-être parfois se satisfaire de ce qu'elle a.

Il s'aperçut soudain avec angoisse qu'il s'était égaré entre ces rangées infinies de pierres tombales, toutes différentes et toutes pareilles. Le Cimetière oriental était immense et Sauer n'avait gardé aucun souvenir du plan affiché à l'entrée. Était-il allé vers le nord, l'est, l'ouest ? Rien autour de lui ne lui permettait de le savoir. Il était perdu.

C'est alors que, balayant son environnement du regard à la recherche d'un point de repère, il le vit.

Debout au fond d'une petite allée latérale, à deux cents mètres de lui, il y avait son sosie, cet homme grand et blond que Sauer avait aperçu samedi à proximité de chez Hitler et dimanche matin devant l'Institut. À présent, il était dans le cimetière, et Sauer n'eut plus de doutes quant à leurs rencontres des jours précédents : son sosie le suivait.

« Hé ! » l'interpella-t-il.

L'homme se retourna. Ni surpris ni effrayé, il sourit, puis pivota sur ses talons et partit dans la direction opposée.

« Hé ! Toi ! » le héla encore Sauer, mais son sosie ne s'arrêta pas. Alors Sauer décida de le suivre à son tour. « Arrête-toi ! » cria-t-il, mais ce fut inutile : son sosie continua de s'éloigner à grandes enjambées énergiques. Arrivé au fond d'une allée, il tourna à gauche et disparut du champ de vision de Sauer, qui se mit à courir. Il devait le rattraper. Il ne pouvait pas le laisser filer encore une fois.

Il prit lui aussi à gauche et vit son homme se diriger vers une sorte de clairière. Il se retourna pour voir s'il était suivi et, découvrant Sauer, il sourit à nouveau et accéléra le pas. Le commissaire allongea ses foulées. Il était loin, mais si l'autre ne se mettait pas à courir aussi, il le rejoindrait. Puis son sosie bifurqua encore, brusquement, non pas dans une allée mais entre deux grandes chapelles d'albâtre, et Sauer le perdit une nouvelle fois de vue.

Non, bon sang. Tu ne m'échapperas pas, se dit-il, et, obéissant à son instinct, il traversa la pelouse sur sa gauche, espérant apercevoir l'homme entre les pierres tombales et l'intercepter en coupant en diagonale. Et, de fait, il le retrouva qui se hâtait en direction d'un mur de briques derrière les derniers arbres.

Une sortie, comprit Sauer, désemparé. Si son sosie y arrivait avant lui et qu'une auto l'attendait à l'extérieur, il le perdrait pour de bon.

Il accéléra autant qu'il put, se remit à crier « Arrête-toi ! Police ! » comme si l'autre n'était pas au courant, ou comme s'il en avait quelque chose à faire.

Son sosie se mit à courir à son tour et la distance s'allongea de nouveau. Le cœur battant comme un tambour et les poumons en flammes, Sauer le vit franchir le portail ouvert qui donnait sur une grande rue où la circulation était dense. Il tourna à droite et disparut.

Quand le commissaire franchit le portail à son tour, il découvrit qu'il était attendu, mais pas par son sosie : une berline noire aux vitres fumées et au moteur éteint lui fit un appel de phares.

Le commissaire s'approcha de la portière arrière, grande ouverte. L'homme assis sur la luxueuse banquette de cuir, habillé de marron de la tête aux pieds, une paire de lunettes rondes inimitables sur le nez et les cheveux coupés très court, n'était pas son sosie mais Heinrich Himmler.

« Commissaire Sauer, dit le commandant des SS en affichant un sourire plus faux qu'un billet de trois marks. Voilà des lustres que nous ne nous sommes pas croisés ! Que diriez-vous de monter et de bavarder avec un vieil ami ? »

À ces mots, quelque chose s'éteignit en Sauer.

« Allez, montez, ne vous faites pas prier, insista Himmler en tapotant la banquette. Je sais que plusieurs années ont passé, mais le Parti ne vous a pas oublié. Pour nous, conclut-il avec un brin de malice, vous restez un camarade. »

20

Huit années avaient passé, mais Sauer conservait un souvenir si net des événements qui avaient changé son existence à jamais qu'ils lui paraissaient s'être déroulés la veille.

Au printemps 1923, Sauer n'était plus lieutenant dans l'armée, juste un ancien combattant au chômage qui avait intégré les SA en quête d'un exutoire à sa colère. L'Allemagne était depuis longtemps le théâtre de grandes tensions, et la menace communiste qui pesait à l'est générait des conflits incessants dans les rues. Les affrontements armés étaient monnaie courante, on ne comptait plus les morts ni les blessés, mais nombreux étaient ceux qui, comme lui, espéraient de cette guérilla civile un commencement, une renaissance personnelle et nationale. Il ne leur manquait plus qu'un guide. Un capitaine.

Sauer se souvenait de la première fois qu'il avait entendu Adolf Hitler prononcer un discours, pendant une réunion publique surveillée par la police. Il se souvenait de la puissance de sa voix métallique, qui martelait la foule comme de la grêle, et surtout de sa véhémence quand il parlait de destin, de chemin inexorable, de volonté supérieure – cette même volonté qui, depuis l'aube des temps, avait guidé les peuples dans les grandes conquêtes, incarnée tour à tour par les génies de chaque époque : Alexandre le Grand, César, Charlemagne, Napoléon… Le « caporal venu de Bohême », comme l'appelait Hindenburg avec mépris, ne s'était pas ouvertement placé dans leur sillage : dans son discours, il s'était contenté d'annoncer la venue d'un homme nouveau en mesure d'indiquer à la nation le sentier glorieux qui attendait d'être emprunté. Mais l'assurance et la vivacité avec lesquelles il se déplaçait sur ce même sentier, invisible aux yeux de n'importe qui d'autre, avaient fini par enthousiasmer et conquérir des légions de partisans, dont Sauer lui-même. Appartenir à cette grande masse confuse décidée à révolutionner la société lui donnait ce qu'il recherchait en vain depuis la fin de la guerre : la sensation d'avoir enfin une place dans le monde.

Le soir du 8 novembre, quelques mois après s'être enrôlé volontairement et sans avoir jusqu'alors participé à des actions majeures, Sauer avait été convoqué avec d'autres SA pour un entraînement que personne n'avait pris pour tel ne serait-ce que l'ombre d'un instant. Les Chemises brunes se préparaient depuis longtemps à cet appel, elles connaissaient les projets du Führer et les avaient assimilés. On s'attendait à une mobilisation nocturne, une prise de la ville endormie, et maintenant que le moment semblait arrivé, personne ne manifestait le moindre signe de tension : patientant autour des feux de bois allumés dans la banlieue proche de Munich sous un ciel inondé d'étoiles vers lequel s'élevait la fumée des grillades, trois mille miliciens buvaient de la bière et graissaient leurs armes avec le calme et la sérénité de ceux qui sont convaincus que l'Histoire est de leur côté.

Leur assurance n'avait pas vacillé quand Hitler s'était présenté en leur annonçant un changement de stratégie radical : il venait d'apprendre que ce soir même, à la veille du quatrième anniversaire de la République, les plus gros bonnets politiques de Bavière se réuniraient dans une brasserie de Haidhausen pour parler en public. L'occasion était unique, elle ne pouvait être interprétée que comme un signe – et même plus, un dessein qu'il lui revenait de servir –, et ainsi leur chef avait liquidé les projets formés jusque-là et improvisé un coup d'État.

Tandis que des équipes choisies partaient à la conquête des centres du pouvoir munichois, Hitler faisait irruption avec le reste des SA dans la Bürgerbräukeller. Sous les yeux incrédules de Sauer, le Führer avait tiré en l'air pour attirer l'attention des personnes réunies dans la brasserie puis avait proclamé un nouveau gouvernement, obtenant l'approbation inattendue du chef du gouvernement de la Bavière, Gustav von Kahr. Le tonnerre d'applaudissements de l'assistance avait scellé le couronnement d'années de lutte, et Sauer avait éprouvé un sentiment de toute-puissance inédit.

Mais c'était un piège. À la première distraction des Chemises brunes, von Kahr s'était enfui de la brasserie et s'était dépêché de signaler cette tentative de putsch. En quelques heures, Hitler et les SA étaient passés de sauveurs de la patrie à traîtres à la nation attendant que les autorités viennent les débusquer pour les conduire devant la cour martiale. Dans l'agitation qui avait suivi, seul le vénérable général Ludendorff, adversaire de von Kahr et allié malgré lui des nazis, avait trouvé la force d'imaginer une échappatoire : marcher en armes sur la ville, comme l'Italien Mussolini l'avait fait l'année précédente à Rome. Ludendorff était un héros de guerre, et l'armée et la police bavaroises étaient en grande partie composées d'anciens combattants qui le respectaient et lui devaient bien souvent la vie. Elles n'oseraient pas ouvrir le feu sur lui.

Aussi, le 9 novembre 1923 au matin, Sauer s'était retrouvé dans une colonne de trois mille camarades épuisés et hagards mais décidés à abattre les portes de Munich et à obtenir par la force le pouvoir qui, selon eux, leur revenait de droit. Les faits qui avaient suivi étaient tristement célèbres : le cortège bloqué devant le portique des Maréchaux sur l'Odeonsplatz ; la police ouvrant le feu malgré la présence de Ludendorff ; les morts sur la place ; la défaite complète ; l'arrestation du Führer et de ses meilleurs hommes.

Quand une balle l'avait atteint à la cuisse, tout le courage de Sauer s'était évanoui en une seconde. Le drapeau orné de la croix gammée qu'il brandissait avec fierté avait fini par terre et il s'était enfui, se traînant douloureusement et laissant derrière lui un sillage sanglant que, par chance, personne n'avait suivi.

Ce jour-là, devant le portique des Maréchaux, seize camarades étaient morts à cause des décisions impulsives et insensées de Hitler, et une partie de Sauer était morte avec eux.

Ces scènes défilaient dans la tête du commissaire pendant que, le cœur battant la chamade et terrorisé à l'idée d'être vu, il montait à bord de la Mercedes de Heinrich Himmler et refermait la portière. Une cloison réfléchissante cachait le chauffeur. Sauer se demanda s'il s'agissait de son sosie et si la cloison lui permettait d'épier ce qui se passait à l'arrière.

« J'ai une proposition à vous faire, déclara Himmler. J'aurais préféré vous l'exposer devant un bon déjeuner, mais il semblerait que vous n'ayez pas reçu ma lettre… »

Des années avaient beau s'être écoulées depuis la dernière fois qu'ils s'étaient vus, Sauer n'avait jamais oublié les yeux de Himmler, aussi transparents que du verre, cerclés de petites lunettes rondes sans monture qui accroissaient leur luminosité. Il posait un regard d'une intensité exceptionnelle sur tout ce qui l'intéressait. Être observé par Heinrich Himmler donnait la sensation de se trouver dans la mire d'un canon infaillible. Rares étaient ceux qui parvenaient à soutenir son regard.

Pour le reste, son allure était tout à fait ordinaire

et anonyme. Ses joues étaient glabres, ses cheveux coupés court et rasés sur les côtés étaient séparés par une raie parfaitement droite. À la différence du Führer, qui avait longuement travaillé son style et s'évertuait à transformer sa touffe de cheveux noirs et sa moustache minuscule en traits distinctifs, Himmler conservait un aspect banal qui permettait de passer facilement inaperçu. Un avantage pour un marionnettiste.

« Ah, votre lettre, répondit Sauer. Je vous prie de m'excuser, Herr Himmler. Je l'ai découverte tard, et je n'ai pas pu la lire à temps.

— Ce sont des choses qui arrivent, commenta son interlocuteur, dont le ton laissait entendre que lui, cela ne lui arrivait jamais. Quoi qu'il en soit, vous aurez compris que je souhaitais vous parler.

— Oui, mais je ne m'imaginais pas si vite, ni dans un contexte pareil. En réalité, je suivais quelqu'un d'autre. Un homme qui me…

— … qui vous ressemble beaucoup. Oui. Vous n'avez pas rêvé. Il travaille pour moi, je l'avais envoyé dans le cimetière pour vous chercher. J'espère qu'il s'est bien comporté.

— Pour tout dire, nous n'avons pas eu le plaisir d'échanger un mot. Votre homme est un peu fuyant.

— J'espère bien, répondit Himmler en clignant des yeux, amusé. Ça fait partie de son métier. En tout cas, il vous a trouvé. N'ayez crainte : je ne vous prendrai que peu de temps. Je sais que vous êtes assez pressé, ce matin. Si vous voulez, je peux vous faire conduire au centre-ville, pendant que nous parlons. »

Sauer se souvint de son rendez-vous à midi avec Mutti. Il consulta sa montre : il était déjà onze heures et demie. S'il prenait le tram, il arriverait en retard. « Effectivement, cela m'arrangerait. Je dois retrouver un collègue au marché.

— Le commissaire adjoint Helmut Forster », fit Himmler en hochant la tête. Il toqua à la cloison, qui s'abaissa aussitôt avec un léger bourdonnement. Sauer fut déçu de découvrir que le chauffeur, costaud et dégarni, ne ressemblait en rien à son sosie. « Radu, conduis-nous au centre-ville », ordonna le commandant des SS. Puis, tourné vers le commissaire, il ajouta : « Frauenstrasse 4, si je ne m'abuse. »

D'accord, pensa Sauer. *On a compris que tu sais tout de moi. Maintenant, on peut savoir pourquoi tu as pris la peine de m'inviter à déjeuner hier et de venir me chercher dans un cimetière aujourd'hui ?*

Quand la berline démarra, Himmler s'expliqua enfin : « Je suis désolé que vous vous retrouviez emberlificoté dans cette affaire. Un suicide, ce n'est jamais beau, mais quand c'est celui d'une jeune femme, qui plus est proche du milieu politique… Il ne vous a sans doute pas échappé que différents intérêts sont en jeu. Pendant que nous parlons, le ministre Joël est en train de remuer ciel et terre pour empêcher que la presse ne s'empare de cette histoire.

— Trop tard, précisa Sauer. L'information est déjà sortie dans le *Nachrichten* hier, et ce matin, le *Post*…

— Le *Post* ! souffla son interlocuteur. Du venin et rien d'autre ! Pour le grand public, ce n'est qu'un nom, que les journaux sérieux mentionnent rarement. Si la nouvelle devait être reprise par le *Tageblatt* ou le *Fanfare*, ou même par l'*Abend*, ce qui paraît-il va arriver, là oui, ça deviendrait problématique. Mais vous verrez que ce bon vieux Curt nous tirera d'affaire. Non pas que le Parti le lui ait demandé, bien entendu.

— Mais le procureur Glaser veut rouvrir l'enquête.

— Glaser a d'autres chats à fouetter. Vous avez entendu parler de son assistant ? »

Bien que, au-dehors, Munich resplendît de lumière et de couleurs, et qu'avec le foehn la température frisât les vingt-cinq degrés, Sauer sentit un frisson glacé lui parcourir l'échine. « Je sais qu'il a disparu, que sa famille le cherche depuis hier.

— On l'a retrouvé, dit Himmler. Dans une carrière.

— Mort ?

— Suicidé. On n'a découvert aucun mot sur lui, mais il finira bien par apparaître. »

Sauer se passa une main sur le visage. « Le mot, c'est nous qui l'avons. C'est une amie à lui qui l'a reçu. » *Un autre suicide.*

« Enfin bref, l'affaire Raubal est close et le restera. Croyez-moi.

— Vous êtes en train de me dire que je suis allé au Cimetière oriental pour rien ?

— Non, pas pour rien. Vous êtes venu pour approfondir votre enquête officielle, et même si les minutes de l'enquête en question sont comptées, ce que vous avez découvert, peu importe quoi, peut encore s'avérer utile. La police n'est pas la seule à vouloir faire la lumière sur la mort de la pauvre Geli. Et même, je peux vous affirmer que la police est la partie la moins intéressée par cette affaire. Commissaire, votre enquête n'a rien d'inutile. Mais si vous voulez obtenir des résultats, il vous faudra changer d'interlocuteurs. »

Sauer fronça les sourcils. Dans le silence qui suivit, la berline commença la traversée du pont Ludwig, produisant un bruit sourd et menaçant. « Vous êtes en train de me demander de quitter la police pour entrer dans le Parti ?

— *Revenir* dans le Parti, le cas échéant, précisa Himmler en levant un index. Mais non, pour le moment c'est inutile. Oh, bien sûr, un homme comme vous nous conviendrait à merveille : compétent, expérimenté, un physique irréprochable… Même votre prénom est idéal. Siegfried. J'imagine que le Führer a profité de votre entretien pour citer son Wagner bien-aimé.

— Je crois qu'il n'était pas d'humeur, répondit Sauer.

— En effet. En effet. » Pendant un instant, les yeux de Himmler se détachèrent de Sauer et suivirent d'autres pensées, mélancoliques semblait-il. Puis ils revinrent se fixer sur le commissaire. « Vous savez ce qui ronge quelqu'un qui perd un ami ou un proche dans un accident ? Pas l'absence, on s'y habitue, ni le sentiment d'injustice : seuls les enfants croient qu'il y a une justice en ce bas monde. Non : c'est le doute qui taraude. Pourquoi cela s'est-il passé ? Pouvait-on l'éviter ? Et est-ce que moi j'aurais pu l'éviter ? Est-ce que j'aurais *dû* ? » Après un grand virage, l'automobile gagna le Ring, ils seraient à destination dans quelques minutes. « Pour le moment, continua le commandant des SS, vous nous êtes utile là où vous êtes. L'enquête officielle est sur le point d'être arrêtée, et, de l'extérieur, notre action est limitée. Nous avons les moyens, nous avons les relations, nous avons la volonté de savoir ce qui s'est passé. Mais nous n'avons pas le pouvoir. Tant que nous ne tiendrons pas les rênes de Munich, nous n'aurons pas toute latitude d'action. Même le dernier des policiers a plus d'autorité que les SS les plus compétents et les mieux formés. C'est pourquoi, bien que je sois désolé que l'affaire Raubal vous soit échue, votre malchance est pour moi une chance. Vous voulez savoir ce qui est véritablement arrivé à Geli ? Continuez à enquêter. Pour nous. »

Sauer était au comble de la perplexité. « Je ne comprends pas, finit-il par admettre quand il eut mis un peu d'ordre dans ses pensées. Si l'enquête officielle est sur le point d'être arrêtée, à quoi est-ce que je vous sers ? Je ne suis qu'un commissaire, je dois obéir à ma hiérarchie. »

Le commandant des SS hocha la tête avec enthousiasme, comme un candidat à un examen heureux de connaître la réponse à la question du jury. « L'enquête officielle va être arrêtée, mais on va vous demander de la poursuivre par une enquête officieuse. Pas pour le public, mais pour le ministère. »

Encore Joël, pensa Sauer. À quel point était-il mouillé avec le Parti, pour s'impliquer autant et risquer son poste de façon si évidente ? « D'accord, mais vous avez dit : "Si vous voulez savoir ce qui est véritablement arrivé à Geli." Vous avez des doutes sur le fait qu'il s'agisse d'un suicide ? Des doutes légitimes, je veux dire ? »

Herr Himmler hocha à nouveau la tête. « Tous les doutes sont légitimes, toujours. Et moi, je ne fais jamais confiance, à rien ni à personne, et je vous conseille de faire de même : nous vivons une époque trouble. Je n'ai qu'une certitude sur le geste de la pauvre Geli : celle que, malheureusement, il a atteint son objectif. Mais pourquoi ce geste ? Qu'est-ce qui l'y a poussée ? Se peut-il qu'elle y ait été poussée non pas par quelque chose mais par quelqu'un ? »

Ce soupçon, qui avait traversé plusieurs fois l'esprit de Sauer, acquit soudain une consistance et une plausibilité écrasantes.

« Je connaissais bien Geli, continua Himmler d'un ton plus bas, teinté d'une préoccupation jusque-là insoupçonnable. Elle venait parfois nous rendre visite à notre maison de campagne. Ma femme Marga et notre fille l'aimaient beaucoup. On l'appréciait, et il y avait de quoi… C'était une jeune fille solaire, joyeuse, insouciante. L'élément festif de toutes les soirées, de tous les dîners. Elle pouvait parler pendant des heures sans jamais rien dire d'ennuyeux, et puis elle chantait si bien ! Elle jouait si bien ! Enfin, vous devez déjà tout savoir de Geli, commissaire… »

Sauer resta interdit. Tout savoir de Geli ? Au contraire : bien qu'il cohabitât avec son fantôme depuis samedi, il aurait à peine été capable de la décrire. Par ailleurs, il n'était pas forcément nécessaire de connaître trop de détails sur la vie de la victime pour mener une enquête criminelle. Parfois, c'était même contre-productif : on finissait par s'attacher, et cela nuisait à la capacité de jugement. « Je n'ai pas eu l'occasion de m'entretenir avec ses amis ou ses proches. À part avec Herr Hitler et le personnel de maison.

— Je sais », dit Himmler. Il se pencha pour appuyer sur un bouton sous la cloison. Un petit panneau se souleva, révélant la présence de deux enveloppes identiques à celle que Sauer avait trouvée la veille au matin sur son paillasson. « C'est pourquoi je vous ai préparé une liste. » Himmler tendit une des enveloppes à Sauer, scellée par une croix gammée rouge sang. « Dedans, vous trouverez les noms de plusieurs personnes qui ont bien connu Geli. Si nous voulons comprendre son geste, nous devons les interroger. »

Sauer fronça les sourcils. « Et vous avez besoin de moi pour le faire ? »

Himmler le regarda comme s'il s'agissait d'un écolier doué mais un peu long à la détente. « Je connais ces gens depuis des années. Je les vois fréquemment, je travaille avec certains tous les jours. Si j'allais leur parler, ils ne me diraient pas tout ce qu'ils savent, ou peut-être que si, mais en adaptant leurs propos à ce qu'ils imaginent que j'attends, vous voyez ? De plus, vous êtes policier. Vous devez connaître des astuces qui m'échappent. »

J'en doute, pensa Sauer.

L'automobile ralentit et stationna le long du trottoir. Le trajet était terminé : Sauer voyait la porte de chez lui derrière Herr Himmler. Il jeta un regard instinctif par l'autre vitre, du côté du marché, pour vérifier qu'il n'y avait personne qui le connaissait. Puis il se souvint que les vitres de la voiture étaient fumées.

« Cette autre lettre, dit Himmler en lui tendant la seconde enveloppe, fermée par un triple sceau, contient quelque chose de plus précieux. Un outil qui, je crois, vous sera extrêmement utile pour la poursuite de votre enquête. » Il posa une main sur celle de Sauer, qui serrait l'enveloppe. « C'est un document unique en son genre et s'il finissait entre de mauvaises mains… Ne faites confiance à personne, je vous en conjure, dit-il, terriblement grave.

— Et vous, comment savez-vous que vous pouvez me faire confiance ?

— Je connais votre secret, rétorqua Himmler tandis que le chauffeur ouvrait la portière du commissaire. Vous n'avez aucun intérêt à me décevoir. »

21

Mutti ne le vit pas arriver, pas plus sans doute qu'il ne l'avait vu descendre de la berline sur Frauenstrasse : assis à la table réservée de Sauer dans le Biergarten de Frau Keller, il n'avait d'yeux que pour Rosa, la nouvelle serveuse. En s'approchant, le commissaire observa, amusé, les mimiques et la gesticulation clownesques de son ami, qui s'évertuait à amuser la jeune fille. En d'autres temps, un tel déploiement de moyens aurait conduit la pauvre Rosa à une reddition sans condition. Le commissaire adjoint Forster savait y faire avec les femmes et, s'il n'avait pas été aussi amoureux de Lina, il aurait allègrement multiplié les conquêtes.

« Le voilà, dit-il en voyant son collègue. Siggi, malheureux : tu connais une beauté pareille et tu ne me dis rien ? Tu voulais la garder pour toi ? »

Sauer se raidit et jeta un regard à la jeune femme. Elle était si rouge qu'on ne distinguait plus la galaxie de taches de rousseur qui s'étendait autour de son nez. « Mutti, sois gentil avec elle, elle est nouvelle, personne n'a eu le temps de la prévenir qu'un prédateur impitoyable se cache sous ton apparence tranquille et débonnaire.

— Tranquille et débonnaire, moi ? protesta Mutti. Est-ce que j'ai l'air tranquille et débonnaire ? demanda-t-il à Rosa, qui acquiesça, amusée. Oh, pauvre de moi. Pauvre de moi, je n'ai même pas soixante ans et ma carrière est déjà finie. Tranquille et débonnaire. Heureusement que la demoiselle s'intéresse plutôt à un autre commissaire... Siggi, pourquoi tu ne lui as pas dit que tu as un piano ? »

Sauer ouvrit la bouche, mais aucun son n'en sortit. Il la referma rapidement pour éviter de passer pour un gamin embarrassé.

« Tu n'imagines pas comme on en a bavé pour le monter au dernier étage, raconta Mutti à Rosa. J'ai eu du mal à marcher pendant une semaine, après le déménagement.

— Mutti, tu as toujours du mal à marcher, intervint Sauer. Tu manges trop.

— Un homme doit s'accorder au moins un travers, répliqua son collègue d'un ton sentencieux. Toi, par exemple, c'est la timidité. Tu as de la chance que je sois là pour arranger les choses. Mlle Weiss, ici présente, est une pianiste talentueuse, mais malheureusement elle n'a pas d'instrument à Munich. Pour s'exercer, elle doit faire des kilomètres et des kilomètres en côte, enjamber des fossés, passer des rivières à gué, sous la pluie et sous la neige. Pourquoi ne pas lui donner un coup de main ? Elle travaille au marché. Tu habites au-dessus du marché. Elle cherche un piano. Tu as un piano. L'affaire est dans le sac ! »

Deux tables plus loin, un groupe d'étudiants trinqua bruyamment à ce splendide mois de septembre, aussitôt imité par d'autres tables, tandis qu'un quinquagénaire habillé comme un oiseleur tyrolien montait sur sa chaise et entonnait un chœur de brasserie. Mutti avait l'air excité et Rosa effarée. On aurait dit un père et sa fille face à une demande en mariage inattendue. « Bon, dit Sauer pour débloquer la situation. Je présume qu'on pourrait...

— Fantastique, Siggi ! » s'exclama le commissaire adjoint en tapant du poing sur la table. Sa chope de bière, encore remplie aux trois quarts, vacilla dangereusement. « Alors ce soir, quand tu quittes le travail et que Rosa a fini son service, disons vers six heures et demie, vous faites un essai. Adjugé.

— Merci », balbutia la serveuse avant de regagner le comptoir, où Frau Meni l'appelait. En passant à côté de Sauer, elle lui jeta un regard aussi furtif qu'indéchiffrable.

« Qu'est-ce que tu fomentes ? chuchota Sauer à Mutti.

— Je te fomente un mariage, répondit son collègue avec simplicité.

— Je n'ai pas besoin d'un mariage.

— Tout le monde a besoin d'un mariage. À part ceux qui sont déjà mariés.

— Je pourrais être son père ! »

Mutti écarquilla les yeux. « Doux Jésus. Tu es son père ?

— Évidemment que non. Qu'est-ce que tu racontes ?

— Ah. Tant mieux. Pendant un instant, je me suis inquiété. Aucun problème, alors : ce soir tu lui montres ton instrument et l'an prochain nous aurons un petit Siggi à faire sauter sur nos genoux… »

Sauer soupira. Quand Mutti était parti, rien ne l'arrêtait. Autant changer de sujet. « Raconte-moi comment ça s'est passé à l'appartement, va. »

Mutti hocha généreusement la tête puis avala une grande lampée. « L'appartement, dit-il en sortant de son apnée, comme s'il se souvenait soudain de la chose la plus importante du monde. J'ai de grandes nouveautés. » Il se mit à fouiller dans ses poches, en tira des mouchoirs, des clés, des bonbons à la menthe, des stylos, des crayons, des bouts de papier froissés. Il finit par trouver ce qu'il cherchait : une feuille pliée en quatre. « Quand je suis arrivé, il n'y avait que Winter.

— Et sa femme ?

— Elle faisait les courses au marché. La domestique, Anna Kirmair, n'était pas de service, et il semblerait que Frau Reichert ait rejoint sa mère au lac.

— Et… Herr Hitler ? »

Mutti secoua la tête. « À en croire Winter, il est parti après votre discussion de samedi et n'est pas revenu depuis. Il devrait encore être à Munich mais il ne doit pas se sentir de dormir dans l'appartement où… Enfin. On ne peut pas lui donner tort. Il doit avoir le cœur brisé. »

Le cœur brisé, se répéta Sauer. Les propos de cet oncle attentionné à la fin de leur entretien lui revinrent à l'esprit : « Et il fallait que ce malheur me tombe dessus maintenant. »

« Qu'est-ce que tu as découvert, alors ?

— J'ai refait le tour de l'appartement avec Winter, et j'ai vu aussi le salon, la bibliothèque et la salle à manger, que tu connais déjà. Je cherchais les chaussures de Geli et sa chemise de nuit. On a ouvert toutes les portes, évidemment je n'ai pas dit à Winter pourquoi. À la fin, il n'en restait plus que deux, dans le couloir de droite, tu vois ? Et comme je n'avais pas encore vu la chambre de Herr Lucifer…

— Tu t'es dit qu'elle devait se trouver derrière une de ces portes, termina Sauer.

— Oui, mais figure-toi qu'elles étaient toutes les deux fermées à clé et que les clés n'étaient pas dans l'appartement. »

Sauer leva un sourcil. « Ah bon ?

— Hé oui. Winter dit que sa femme ne les a pas non plus. Que le maître des lieux les a prises samedi, et qu'il n'y a pas de doubles. Très pratique, n'est-ce pas ? »

Sauer ne répondit pas, mais sa moue était éloquente. *Pratique, oui, pour eux. Pour nous, pas pratique du tout.*

« Je ne pouvais pas défoncer les portes à coups d'épaule ni demander à Winter de me répéter son numéro de crocheteur. C'est déjà bien joli qu'il m'ait laissé entrer dans l'appartement sans mandat. Mais je mourais d'envie de savoir ce qui se cachait derrière cette porte… Et si Hitler y entreposait ses femmes mortes ? Le Barbe-Bleue de Bavière, dit-il en prenant une voix démoniaque. Alors j'ai fait la seule chose faisable de l'extérieur.

— Quoi donc ?

— De l'architecture, mon garçon. »

Il déplia la feuille devant Sauer, qui eut la surprise de se retrouver face à un plan.

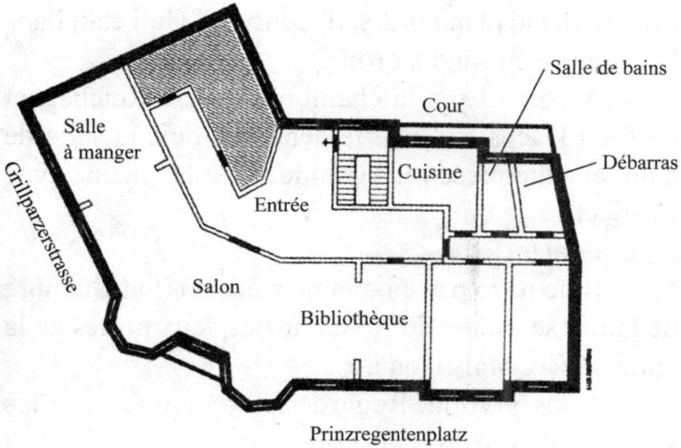

« Dis donc, Mutti, où est-ce que tu as appris à dessiner des plans pareils ?

— C'est mon cousin qui m'a montré, répondit ce dernier, manifestement flatté. Il travaille pour une agence de publicité, Indigobild.

— Ceux qui font les affiches de film de la UFA ?

— Entre autres. Alois est le meilleur de l'équipe, et il a fait des études en architecture. Quand je cherchais une maison, il m'a appris quelques trucs. Le plus important, c'est "attention aux proportions". Les proportions, ça fait tout, sur un plan. Et elles peuvent être révélatrices. »

Tout en l'écoutant, Sauer étudiait le dessin : « En bas, là, ce sont les oriels du salon. Un, deux, trois, quatre fenêtres avant la chambre de Geli, qui est la pièce la plus à droite.

— Et à gauche en entrant dans l'appartement, mais j'ai orienté le plan nord-sud, donc oui, Geli était dans la chambre au fond à droite.

— À côté, il y a la chambre de Frau Reichert et de Frau Dachs, en face le débarras, puis la salle de bain, et cette pièce plus grande, c'est la cuisine avec l'office.

— Exact.

— Il ne reste pas cinquante solutions : la chambre de Hitler se trouve derrière une des deux portes de la zone grisée. Mais laquelle ?

— Nous y voilà. Regarde les fenêtres. Pour les voir, je suis sorti dans la cour.

— Il y en a trois.

— Il y en a trois. Et maintenant, regarde les proportions.

— Je ne comprends pas ce que tu veux dire.

— Hitler est le maître des lieux, et qu'est-ce qui manque dans cet appartement ? La chambre de maître.

Depuis que le monde est monde, c'est la plus grande de toutes, mais si tu dois diviser en deux cette zone grise…

— … Pour faire une grande chambre, tu dois y mettre deux fenêtres. D'accord. Et donc ?

— Et donc une chambre de maître a forcément sa salle de bains, dont d'habitude les vitres sont opaques. Devine quelle est la fenêtre opaque, vue de la cour ?

— Celle qui est le plus à droite ?

— Non. Celle du milieu. *Ergo*, la chambre de Hitler est derrière la première ou la troisième fenêtre, la salle de bains au milieu, et derrière l'autre fenêtre il doit y avoir une autre pièce. Maintenant, imagine que tu sois le maître des lieux, que tu sois un homme exigeant et que tu caches plein de secrets…

— Ça, on n'en sait rien.

— … où tu voudrais dormir ? À côté de l'entrée de l'appartement ou au fond du couloir, dans la dernière chambre, et la plus discrète, comme Geli ? »

Sauer comprit où son collègue voulait en venir. « Si la chambre de Hitler est la dernière au fond du couloir, alors la première des deux portes donne sur une pièce qui a une autre fonction. Une garde-robe ? Un deuxième débarras ?

— L'endroit où se trouve la valise de Geli ?

— En admettant que cette valise existe.

— Si elle n'existe pas et qu'elle n'est pas là, dit Mutti en souriant jusqu'aux oreilles, alors vraiment je ne comprends pas pourquoi ils ont appelé ce bon vieux Hatzke samedi matin tôt. »

Sauer avait dû rater un passage: «Qu'est-ce que Hatzke a à voir là-dedans?

— La première porte du couloir de gauche, celui qui conduit à la chambre de Lucifer… C'est la seule de tout l'appartement qui a une serrure neuve. Et quand je dis neuve, c'est flambant neuve, ajouta Mutti en lui montrant sa main encore tachée de graisse. On s'est trompés, mon ami: on a cru que Hatzke était intervenu pour ouvrir une porte mais, en réalité, il était là pour en fermer une autre.»

«Il nous faut cette clé», déclara Sauer. Même si rien n'avait changé autour de lui, ni le marché avec ses kiosques animés ni la température printanière qui donnait à la place arborée l'allure d'une grande fête champêtre, cette dernière révélation au sujet de Hatzke l'avait estomaqué, accroissant la sensation de danger qui ne le quittait pas depuis quelques jours. «Je ne sais pas si on y trouvera la valise de Geli ou seulement des balais et des serpillières, mais on doit absolument entrer dans cette pièce.»

Mutti acquiesça. «J'ai appelé le commissariat, ils enverront Kehlmann et Spitz passer l'atelier de Hatzke au peigne fin. S'il a changé cette serrure, il a peut-être gardé un double de la clé.

— Espérons, dit Sauer, peu convaincu. Tu en as parlé à Bauer?

— J'ai essayé, mais on m'a dit qu'il est parti plus tôt: il ne se sentait pas bien, il est en arrêt maladie pour la semaine.

— Tu plaisantes ?

— J'ai l'air de plaisanter ? demanda Mutti en affichant un air sérieux dont il était peu coutumier. Qu'il ne se sente pas bien, je peux le comprendre. Plus on creuse cette affaire, moins je me sens bien. Mais de là à se mettre en maladie pendant une semaine…

— Il a peur », conclut Sauer.

Il raconta à Mutti tous les événements et toutes les informations récoltées depuis qu'ils s'étaient séparés : le coup de téléphone à l'Institut, le licenciement du technicien de laboratoire, Fischer, la disparition de l'assistant de Glaser et, enfin, la déclaration de l'embaumeuse au Cimetière oriental. Il ne lui parut pas opportun de parler de son sosie et de Himmler, même s'il savait qu'il devrait le faire tôt ou tard. Les deux enveloppes avec leurs sceaux en forme de croix gammée pesaient dans sa poche comme des preuves incriminantes.

« Donc, si on récapitule, fit Mutti : nous avons un suicide entre vendredi et samedi, un suicide samedi matin, un suicide dimanche après-midi, un médecin légiste qui part à la retraite entre dimanche et lundi et un collègue chargé d'une affaire collatérale qui tombe malade lundi matin. Un agenda bien rempli, conclut-il. S'il s'agit d'une épidémie, j'espère attraper la retraite plutôt que le suicide. »

Sauer n'avait jamais été un amateur d'humour noir, mais dans ce genre de moment il en mesurait l'importance. « Je ne sais pas où est l'incendie, mais il y a de la fumée partout. Et je présume, ajouta-t-il en négligeant de préciser qu'il n'était pas le seul à le présumer ni même le mieux informé à ce sujet, que l'enquête sera de nouveau arrêtée très bientôt. Si on veut en savoir plus, on a intérêt à faire vite. Il nous faut la clé pour ouvrir cette porte, ou un mandat pour la défoncer.

— En route pour le commissariat, conclut Mutti en se levant sans même avoir fini sa bière, un détail dont Sauer déduisit son désir impérieux d'y voir clair. Il est une heure vingt, continua-t-il après avoir jeté un regard à l'Alte Peter, qui se dressait, austère, au-dessus de la foule insouciante de la place. On a cinq heures devant nous.

— Cinq heures ?

— Avant ton rendez-vous avec la future Mme Sauer. À six heures et demie, n'oublie pas », dit Mutti avec un large sourire.

Quand ils entrèrent dans leur bureau dans le pigeonnier d'Ettstrasse, une femme et deux messages les attendaient. La femme, menue et aussi pâle qu'une statuette de porcelaine, était assise en face du bureau de Sauer, son sac sur ses genoux et les mains posées sur son sac. Sous ses cheveux noirs et raides coupés au bol, ses grands yeux châtaigne débordaient de tension, une tension renforcée par ses lèvres pincées, probablement serrées entre ses dents.

« Bonjour, dit Mutti. Vous êtes… ?

— Maria Fischbauer, répondit la femme d'une petite voix interrogative, comme si elle doutait de sa propre identité.

— Ah, oui, bien sûr », dit Sauer en souriant pour l'encourager. Il se tourna vers Mutti : « C'est la personne qui a préparé le corps dans l'appartement. »

L'employée des pompes funèbres acquiesça, mais son regard resta inquiet. « Vous m'avez demandée au téléphone. Mes collègues m'ont transmis l'information.

— Et vous êtes venue directement au commissariat pour nous rencontrer. Je vous remercie beaucoup pour votre courtoisie. »

Maria Fischbauer eut un très léger mouvement de la tête.

Sauer fit le tour de son bureau et s'assit pour se mettre au même niveau que son interlocutrice, autant que possible en tout cas, vu que cette femme devait mesurer moins d'un mètre cinquante. « Je ne vous retiendrai pas longtemps, dit-il d'un ton rassurant tandis que Mutti s'installait sur l'autre chaise. Nous avons juste besoin d'une déclaration au sujet de…

— Le 19 septembre 1931 aux alentours de quatorze heures, commença la femme sans même attendre la fin de la phrase, j'ai été envoyée dans un appartement au deuxième étage à Prinzregentenplatz, je ne me souviens pas du numéro. Sur les consignes du docteur Müller, j'ai lavé le corps d'Angela Raubal et, avec l'aide d'une autre femme, je crois que c'était la gouvernante, je l'ai déposé dans un cercueil en bois. À part une blessure à la poitrine, conclut-elle, presque en apnée, je n'ai vu aucune blessure, et je n'ai pas remarqué de fracture ou de blessure sur son nez. »

Arrivée à la fin de sa déclaration, ou déclamation, ainsi que la qualifia Mutti peu après, Frau Fischbauer expira l'air qu'elle avait retenu jusque-là et se détendit quelque peu. Ses lèvres, mordues jusqu'au sang, restèrent visibles et ses yeux prirent une expression fatiguée mais rassérénée : elle avait accompli son devoir.

« Nous vous remercions pour ce compte rendu si *spontané*, dit Mutti. Si je peux vous poser quelques questions…

— Des questions ? réagit la femme comme si on l'avait giflée.

— Oui, sur le corps de la victime. Vous êtes une des rares personnes qui l'aient vu.

— Je l'ai très peu vu, à vrai dire, et rapidement. Sur la demande du médecin, je ne l'ai même pas déshabillée. Ce que je sais, je l'ai déclaré : à part l'orifice d'entrée dans la poitrine, je n'ai rien remarqué de suspect. »

L'orifice d'entrée dans la poitrine. Je n'ai rien remarqué de suspect, se répéta Sauer. Il avait déjà entendu ces phrases, exactement les mêmes. « Et au sujet de l'heure ? Êtes-vous bien sûre qu'il était quatorze heures ? Ne pouvait-il pas être, par exemple, treize heures trente environ ? » demanda-t-il en feignant d'être intéressé par la réponse.

Mutti lui adressa un regard interrogateur. *Qu'est-ce qu'on en a à faire, de l'heure ?*

« Euh, oui, peut-être qu'il n'était pas précisément quatorze heures mais un peu plus tôt. J'ai été appelée vers midi quarante-cinq. Le temps de finir ce que j'étais en train de faire, de rassembler mes instruments et de me rendre à Bogenhausen… Oui, peut-être qu'il était treize heures trente, treize heures quarante.

— Très bien, dit Sauer d'un ton satisfait. Vous avez été claire et précise, nous n'avons aucune raison de vous retenir plus longtemps. » Il tendit une main au-dessus de la table pour serrer celle de Maria Fischbauer, peut-être plus étonnée encore que Mutti que l'interrogatoire soit déjà terminé.

« Pourquoi tu as posé cette question ? demanda ce dernier dès que le témoin fut sorti.

— Pour la congédier sans qu'elle s'en aperçoive. De toute façon, elle ne nous aurait rien dit de plus, répondit Sauer en haussant les épaules.

— Tu n'en sais rien, Siggi ! Tu aurais pu me laisser prendre le relais.

— Tu as vu, elle a débité son baratin avant même que j'aie fini de poser ma question.

— Elle était peut-être tendue et elle avait préparé son discours. À l'école, je faisais toujours ça. »

Sauer secoua la tête. « Lis ça, dit-il en lui tendant son calepin.

— Qu'est-ce que c'est ?

— La déclaration de Rosina Zweckl, l'embaumeuse du Cimetière oriental.

— Tu m'as déjà raconté votre entretien.

— Lis les mots exacts. »

Mutti prit le calepin d'un air perplexe, puis se concentra sur l'écriture régulière de son collègue :

Rosina Zweckl, 35/40 ans environ. Embaum.

Déclare que dim. 20/09/31 entre 11 et 12 a reçu corps A.R. dans salle accueil cim.
Cercueil bois, depuis inst. méd.-lég. Corps traité protocole. Déplacé cercueil zinc.
« J'ai bien observé le cadavre, parce que la défunte était la nièce de Hitler. Son visage était très bleu, mais à part l'orifice d'entrée dans la poitrine, je n'ai pas vu d'autres blessures, et je n'ai rien remarqué de suspect sur son nez. »
Feu vert off., cercueil expédié gare Est.
Déclaration sous la contrainte.

« Ce sont les mêmes mots, constata Mutti d'une voix éteinte.

— Les mêmes, confirma Sauer, amer. Elles ont été préparées.

— Préparées, répéta Mutti.

— Par Schwarz. Il était là avant nous. Ou par quelqu'un d'autre du Parti que nous n'avons pas croisé. »

D'un geste colérique, Mutti jeta le calepin de Sauer sur le bureau. « Au diable ! » cria-t-il. Puis il prit une grande inspiration, passa une main sur sa tête et sur sa nuque, souffla bruyamment. « Pardon, dit-il en reprenant le calepin et en le refermant avec délicatesse. Cette affaire fait ressortir mes pires côtés.

— Ne t'inquiète pas, répondit Sauer, qui quant à

lui s'inquiétait beaucoup : il n'avait jamais vu son collègue se mettre dans des états pareils et avait de bonnes raisons de craindre un crescendo. Il faut qu'on se calme et qu'on aille de l'avant en sachant qu'on ne peut faire confiance à personne.

— À personne. Quelle situation », approuva Mutti, non sans une pointe de satisfaction dans la voix. *Quand ils découvrent les preuves de l'existence d'un complot contre eux, les paranoïaques sont contents*, constata Sauer.

En faisant son vol plané au-dessus du bureau, le calepin avait fait tomber les deux messages laissés à Sauer. Le commissaire se pencha pour les ramasser : « Un message de Spitz. Il dit qu'il n'a pas trouvé une clé, chez Hatzke. Il en a trouvé cent. Il nous les apporte toutes.

— Au secours. On va passer la semaine à les essayer, soupira Mutti. Et l'autre message ? »

Sauer lut, les sourcils froncés : « Une certaine Elfriede Samthaber a appelé. Elle dit qu'elle a des informations importantes sur la mort de Geli. Elle veut nous parler au plus vite, mais pas ici.

— Où, alors ?

— Ludwigstrasse 22. Ça te dit quelque chose ?

— L'université, répondit Mutti, qui connaissait Munich comme sa poche. Elles ont fait leurs études ensemble ?

— Ou peut-être leurs séances de spiritisme, ironisa Sauer, se souvenant de l'anecdote que Hitler lui avait relatée.

— Ce serait bien, conclut Mutti. Comme ça, on pourrait invoquer le fantôme de Geli pour qu'elle nous raconte tout directement, on gagnerait du temps. »

22

Se rendre à Ludwigstrasse à pied n'était pas une entreprise éprouvante – quarante minutes tout au plus, voire moins en se pressant un peu –, et le ciel d'un bleu resplendissant les y invitait, mais les deux commissaires se sentaient à court de temps. D'ailleurs, si Herr Himmler avait dit juste, il ne s'agissait pas que d'une sensation. Pour cette raison, mais aussi pour compliquer la tâche à son sosie et à d'autres fileurs éventuels, Sauer proposa de prendre le tram, d'autant plus qu'il y avait un arrêt sur cette ligne juste devant l'université. Vu sa capacité pulmonaire limitée et ses jambes lourdes, Mutti accepta volontiers, et en quelques minutes ils étaient à destination. Leurs montres indiquaient quatorze heures à peine.

L'atmosphère autour de l'université, implantée dans la zone du Jardin anglais et de la Siegestor – la porte de la Victoire –, était généralement paisible, mais ce jour-là, les commissaires se retrouvèrent au beau milieu d'une manifestation bruyante et agitée. Sur la grande place carrée où se dressaient les deux bâtiments jumeaux des facultés de droit et de médecine, des dizaines de jeunes gens, peut-être même une centaine, criaient à l'unisson : « Justice pour le Kudamm ! Le comte Helldorf au trou ! » en agitant des pancartes où figurait le slogan UNE SEULE RACE, UNE SEULE DIGNITÉ. D'autres présentaient des symboles religieux entremêlés – la croix chrétienne, la ménorah hébraïque, la demi-lune islamique –, et d'autres encore la croix gammée des nationaux-socialistes déchirée en deux par des mains sur lesquelles étaient tatoués les verbes RÉSISTER et DÉNONCER. Bien que la manifestation se résumât pour l'heure à cela, la place était fermée à la circulation et ses deux extrémités étaient barrées par des détachements de policiers envoyés pour veiller sur la présence simultanée potentiellement explosive des étudiants et des SA, en petit nombre mais bien visibles avec leurs uniformes bruns et leurs matraques ostensiblement accrochées à la ceinture.

« Que se passe-t-il ? s'enquit Sauer.

— Le procès pour le Kurfürstendamm, répondit Mutti, comme si c'était une évidence. Il fait la une depuis une semaine. »

Sauer haussa les épaules : il ne lisait pas les quotidiens, hormis les pages locales, et seulement si cela pouvait lui servir pour ses enquêtes.

« Tu sais au moins ce qui s'est passé à Berlin il y a dix jours ? L'agression pour Yom Kippour.

— Yom Kippour ?

— C'est une fête juive, je crois que ça signifie

“jour du Pardon”. Sans rire, tu n’es pas au courant du procès Helldorf ?

— Pas du tout. Qui est-ce ? »

Sur la place, les manifestants criaient leurs slogans comme dans une rencontre sportive, mais ceux-ci étaient moins amusants. « Justice pour le Kudamm ! » s’égosillaient-ils sous les regards méprisants des miliciens. « Au trou les extrémistes ! »

« Wolf von Helldorf. Militaire de carrière et dirigeant des nazis à Berlin. C’est lui qui a organisé la sortie contre les juifs. Le jour de Yom Kippour, le 12 ou le 13 septembre, un groupe de SA berlinois dirigés par Helldorf est descendu sur le Kurfürstendamm et s’est mis à agresser et à taper les passants de race juive. »

Sauer haussa un sourcil. « Comment faisaient-ils pour les identifier ?

— Leur nez, la forme de leur crâne, leur regard... Selon certains, ce sont des critères scientifiques, mais évidemment beaucoup de gens qui n’étaient pas juifs ont récolté des coups aussi. Il y avait un millier de SA, bien organisés. Les témoins disent que ça a été un après-midi terrifiant.

— Mais enfin, pourquoi ? demanda Sauer avec une grimace.

— C’est dans leur programme, répondit Mutti en secouant la tête. C’est écrit toutes les deux lignes dans *Mein Kampf* : les juifs sont responsables de tous les maux de l’Allemagne. La guerre perdue ? C’est leur faute. Les sanctions de Versailles ? C’est leur faute.

La république de Weimar ? C'est les banquiers juifs qui l'ont voulue. Le krach de Wall Street ? Devine qui avait vendu toutes ses actions la veille ! Et ainsi de suite. Je ne comprends pas ces fanatismes raciaux. Bavarois, Allemands, aryens, juifs... Quelle différence ? On est tous des pauvres diables qui se donnent du mal pour s'en sortir. Hitler devrait arrêter avec ça et se concentrer sur les vrais problèmes des gens. Mais tu sais ce que c'est : la recherche de l'approbation. »

Sauer ne dit rien. Il évitait de se mêler de politique depuis des années et, de tous les moments où il aurait pu ou peut-être dû s'y remettre, c'était là le moins indiqué. À une époque, lui aussi était descendu dans la rue pour invectiver Untel ou Untel, et il savait que l'identité d'Untel ou Untel importe peu : ceux qui invectivent ont seulement besoin d'invectiver, de se défouler, de cracher leur colère accumulée. Il n'avait jamais connu personnellement de juifs, parce que ses parents, qui étaient pourtant des personnes simples et bonnes, avaient eux aussi hérité des préjugés à leur encontre, et, dans les SA comme dans la police, on ne recrutait que des catholiques et des protestants. Sauer n'avait jamais compris comment on pouvait haïr ce qu'on ne connaissait pas mais, des années auparavant, quand lui aussi faisait partie de ce peuple perdu et affamé, il avait toléré sans élever la voix que d'autres, juste à côté de lui, haïssent et persécutent, et avait fermé les yeux par esprit de corps. Cela ne faisait pas de lui la personne la mieux placée pour les juger maintenant.

« Le procès contre Helldorf est en cours, continua Mutti. D'ailleurs, maintenant que j'y pense, il a commencé précisément vendredi. Une grosse journée pour Herr Hitler… »

Sauer prit son collègue par le coude. « Viens. Allons voir Elfriede Samthaber, fit-il, l'éloignant avant qu'il se joigne à la manifestation. Nous avons peu de temps. »

Cependant, une fois à destination, ils ne purent s'empêcher de faire une pause pour admirer le numéro 22 de la Ludwigstrasse. Mutti s'était trompé, quoique de peu : ce numéro ne correspondait pas à l'université mais à Saint-Louis, la splendide église qui se dressait à son côté, avec son portique à trois arcades rappelant la Feldherrnhalle et avec, sur son tympan, sa rosace ornée de cœurs. La sobriété des lignes anguleuses des deux clochers encadrant la façade soulageait le regard, surtout si on la comparait aux excès baroques de l'église Asam et de l'église des Théathins, dont elle semblait être le modèle stylisé.

Ils gravirent l'escalier, slalomant entre les étudiants qui bavardaient, assis sur les marches, et franchirent le portique et la lourde porte pour se retrouver dans le faisceau de lumière dorée qui filtrait à travers les vitraux. La nef centrale était étroite et très haute, si bien que le regard était forcément attiré par la voûte d'arêtes, peinte d'un bleu outremer et piquetée de milliers d'étoiles. De là, il glissait vers la coupole de l'abside, ornée de la colombe dorée du Saint-Esprit entourée par les apôtres, et ne s'arrêtait que derrière l'autel, sur la vaste fresque aux couleurs vives représentant le Jugement dernier.

« Quelle merveille, ne put s'empêcher de murmurer Mutti.

— On se sent tout petits, renchérit Sauer qui, avec sa taille, n'avait pas souvent l'occasion de le penser. Petits et perdus. »

À cet instant, les notes d'un piano s'élevèrent dans l'église déserte. Sauer n'eut pas de mal à reconnaître la mélodie : la sonate *Clair de lune* de Beethoven était une de ses partitions favorites. Le début lent et solennel était amplifié par l'acoustique parfaite des lieux, qui semblèrent soudain encore plus vastes et encore plus déserts. Mutti et Sauer avancèrent entre les bancs en bois bordés d'une série de chapelles. Dans l'une d'elles, à quelques mètres de l'autel, ils trouvèrent le piano. Une femme y était assise, à demi cachée par une colonne dorée, et tellement absorbée par la musique qu'elle ne s'aperçut pas de la présence des deux commissaires. Mutti dut s'approcher au point de la toucher pour que, les voyant soudain, elle interrompe la sonate. Les notes suspendues se dissipèrent, s'étirant dans un écho qui grimpa le long des colonnes vers la voûte puis s'envola vers le ciel.

Dans le silence qui suivit, Sauer fixa le visage de la jeune fille, à la fois connu et inconnu. Il n'était pas le fantôme de quelqu'un qu'il connaissait, mais le fantôme d'un fantôme – pas Geli, mais une variation d'elle. Il arrive souvent que les amies finissent par se ressembler : même coupe de cheveux, même style, mêmes attitudes, et le tour est joué. « Elfriede Samthaber ? » demanda le commissaire.

La femme, qui ne devait pas avoir plus de vingt-cinq ans, hocha la tête.

« Je suis le commissaire Sauer, de la police criminelle, et voici mon collègue, Forster. Nous sommes venus à la suite du message que vous avez laissé au commissariat central. Excusez-nous pour ce retard, mais nous nous sommes retrouvés au milieu d'une manifestation en arrivant. »

Elfriede Samthaber hocha de nouveau la tête. On entendait vaguement la rumeur des slogans. « Ils en ont après le président de l'université, qui ne veut pas supprimer la chaire d'hygiène raciale. J'ai choisi le mauvais jour pour vous donner rendez-vous dans la paix de Saint-Louis. Mais c'est peut-être un signe des temps. Désormais, même la paix veut fuir Munich. »

Mutti jeta encore un regard admiratif autour de lui. « C'est la première fois qu'on rencontre un témoin dans un endroit aussi beau. N'est-ce pas, collègue ? »

Sauer ne répondit pas. « Mademoiselle Samthaber, commença-t-il, mais il fut aussitôt interrompu.

— Appelez-moi Elfi. Comme le faisait Geli. La pauvre Geli. » Les yeux de la jeune femme se remplirent de larmes, et elle fit un gros effort pour les retenir.

« C'est entendu. De quoi vouliez-vous nous parler si rapidement, Elfi ?

— Pas ici. Venez », dit celle-ci en se levant. Elle parcourut la petite nef d'un pas vif sans cesser de jeter des regards furtifs à la grande nef et aux chapelles qu'ils longeaient. Les deux commissaires la suivirent jusqu'au fond de l'église où, à côté de la chaire, une petite porte en bois donnait sur un couloir dallé de pierre. À en juger par l'assurance avec laquelle Elfi Samthaber se déplaçait, elle devait souvent venir jouer dans ces lieux. Ils traversèrent d'autres pièces, tournant à droite puis à gauche, et finirent par se retrouver dans une cellule de prière très intime, seulement éclairée par une meurtrière au niveau du plafond. Plusieurs prie-Dieu étaient disposés en demi-cercle devant quatre stalles de bois fixées au mur. Elfi s'assit sur l'une d'elles. « Installez-vous, je vous prie. »

Les commissaires s'exécutèrent – toujours satisfaire les témoins, la docilité de l'enquêteur favorise la docilité de la personne interrogée –, puis Sauer se lança à nouveau : « Elfi, dans votre message, vous parliez d'informations importantes sur la mort de Geli Raubal. De quoi s'agit-il? Excusez-nous, mais malheureusement nous avons peu de temps à notre disposition et…

— … je n'en aurai pas pour longtemps », l'interrompit de nouveau la jeune femme. Des larmes emplissaient toujours ses yeux, mais depuis qu'elle était entrée dans la cellule de pierre cachée dans le ventre de la grande église, une détermination nouvelle animait son regard. Celui-ci n'était plus seulement lourd de chagrin, mais de colère, une colère profonde, prête à briser les digues et à tout renverser. « C'est vous qui devez m'excuser de ne pas être venue à votre commissariat, mais ce que je sais peut être dangereux. Très dangereux.

— Pour vous ?

— Pour moi, oui, et pour d'autres aussi. Dont des gens qui mériteraient de tomber. Vendredi après-midi, quand Geli... » Elle fit une pause, recherchant les mots appropriés. « Quand, selon le journal, Geli se serait ôté la vie à cause de ses ambitions frustrées... J'étais avec elle. »

Sauer fut parcouru d'un frisson, ce frisson familier à tous les enquêteurs confrontés à une révélation qui non seulement rebat les cartes, mais change les règles du jeu lui-même.

« Vous étiez avec elle dans l'appartement ?

— Non. Au téléphone. Je ne suis jamais allée chez elle, même si nous étions meilleures amies. Cet homme ne voulait pas. Il la tenait prisonnière. Mais quand il s'absentait pour son travail, et heureusement ça arrivait de plus en plus souvent ces derniers temps, Geli pouvait sortir. On se voyait au parc ou dans les cafés, parfois même ici. Quand elle ne pouvait pas sortir, elle m'appelait et on parlait pendant des heures.

— Cet après-midi-là..., la réorienta Mutti.

— Vendredi, le coup de téléphone a duré plus longtemps que d'habitude. De six heures à neuf heures du soir. Trois heures entières, parce que Geli n'en pouvait plus et qu'il y avait mille choses dont il fallait qu'on parle, mille détails à mettre au point.

— Un instant, l'interrompit Mutti, l'air hagard. De

six heures à neuf heures du soir, vendredi dernier? Vendredi 18 septembre? Vous en êtes sûre?

— Tout à fait sûre. Si je n'en étais pas sûre, vous croyez que je vous aurais fait venir? Le journal raconte qu'elle s'est tuée dans l'après-midi, mais ce n'est pas vrai puisque je lui ai parlé jusqu'au soir, avant qu'elle sorte.»

Le frisson de Sauer fit éclore des dizaines et des dizaines de doutes, de questions et d'hypothèses qui se bousculèrent dans son esprit, mais il ne parvint à formuler qu'une question: «Pour aller où?

— Pour aller retrouver son amant, répondit Elfi, brisée. L'homme qui lui avait promis de la faire sortir de là. De lui faire quitter Prinzregentenplatz. Munich. De la libérer de son oncle, qui aurait fait n'importe quoi pour ne pas la perdre, continua-t-elle en fixant Sauer et Mutti d'un air fou. Y compris la tuer.»

23

« C'est une accusation très grave, déclara Mutti dans l'atmosphère recueillie de la cellule. Officiellement, il n'existe pas de raison de douter du suicide de Geli Raubal. De toute façon, Herr Hitler n'était même pas en ville le soir où elle est morte.

— En êtes-vous sûrs ? demanda Elfi Samthaber.

— Nous en sommes sûrs, répondit Sauer. Son nom figure sur le registre d'un hôtel à Nuremberg, et le lendemain il a reçu une amende à Ebenhausen parce qu'il roulait trop vite pour rentrer à Munich. Après avoir appris les faits.

— Il était déjà au courant, ça ne fait aucun doute. Il a dû aller à Nuremberg pour avoir un alibi, déclara la jeune fille tout à trac. Cet homme anticipe toujours tout. Il est rusé comme un renard et cruel comme un loup. Vous savez que c'est comme ça qu'il se fait appeler ?

— Comment ? demanda Mutti.

— Wolf. C'est son surnom, mais juste pour les femmes qui l'entourent. Surtout les jeunes femmes. »

Elfi eut une grimace de dégoût. « Le grand méchant loup. Ne croyez pas ce qu'il vous raconte. Il manipule tout et tout le monde, je le sais. Geli me racontait la vérité.

— Et que racontait-elle, exactement ? » demanda Sauer, qui n'avait pas eu la sensation d'être manipulé à Prinzregentenplatz. Mais c'était peut-être justement là le talent des manipulateurs les plus habiles. « Elle disait qu'elle était tenue prisonnière ?

— Oui. Elle ne pouvait pas sortir sans sa permission, elle ne pouvait fréquenter personne sans son accord, elle devait être accompagnée par ses hommes ou par leurs femmes même pour faire les magasins. Si personne n'était disponible, il l'accompagnait lui-même plutôt que de la laisser se promener toute seule. Le grand chef du deuxième parti allemand qui joue les porteurs pour une fille de vingt ans ! Et Geli en profitait, elle lui faisait perdre des après-midi entiers pour choisir un chapeau qu'en fin de compte elle n'achetait même pas. C'était sa petite revanche.

— Elle n'était quand même pas enfermée dans une pièce ou quelque chose dans ce genre…, hasarda Mutti.

— Non, elle se déplaçait librement dans l'appartement. Mais elle n'avait pas la possibilité d'en sortir quand elle le souhaitait, et elle ne pouvait y recevoir personne. Moi-même, je n'y suis jamais entrée. Quelquefois, je suis allée jusque devant le bâtiment, je voulais me présenter comme ça, sans être invitée, pour voir ce qui se passerait. Arrivée là, je n'ai jamais eu le courage de sonner.

— Les SA à l'entrée, dit Mutti.

— Voilà, confirma Elfi en baissant les yeux comme si elle avait honte.

— Parlez-nous de cet homme, reprit Sauer. L'amant de Geli. »

La jeune fille releva les yeux. « J'en sais peu sur lui. J'ai dit amant mais peut-être que le terme de soupirant serait plus juste. Ils ne se connaissaient pas depuis longtemps, et Geli ne m'a jamais dit comment il s'appelait. Elle faisait attention à ne pas donner de détails sur lui, elle ne me l'a pas décrit et ne m'a pas raconté non plus comment ils s'étaient rencontrés... À mon avis, c'était un ami ou un collaborateur de son oncle : c'étaient les seuls hommes que Geli côtoyait, elle finissait toujours par avoir des histoires avec des officiers ou des hommes du Parti... Ne vous méprenez pas, je vous en prie. Je sais que des rumeurs circulaient sur son compte, et maintenant qu'elle est morte, chacun va y aller de son couplet. Mais Angela n'était pas comme ça, c'était un oiseau en cage, un rossignol merveilleux qui voulait voler de ses propres ailes de par le monde, pas passer sa vie enfermé dans un appartement. Le petit jouet préféré d'un maître tyrannique. »

Un coup de feu au loin interrompit son récit. Ils sursautèrent, Mutti se leva. « Ça venait de la place », dit-il, soucieux. Puis, comme il n'y avait pas d'autres détonations, il se rassit. « Un tir en l'air, pour calmer la foule. »

Sauer scruta l'amie de Geli, aussi blanche que si le coup de feu lui était destiné. *C'est peut-être ce qu'elle a pensé.*

« Donc, selon vous, Geli souffrait de la domination de son oncle et ne pouvait pas disposer librement d'elle-même. Mais elle avait rencontré un homme…

— Elle en avait rencontré plusieurs. C'était une très jolie fille, vous savez ? Et pas seulement jolie : elle dégageait quelque chose, elle avait une sorte d'aura. Comme la lumière d'une bougie : à côté d'elle, on se sentait réchauffé, elle rendait le monde plus lumineux, plus éclatant. On ne s'en rend pas compte sur les photographies, mais croyez-moi : Geli avait un charme fou.

— Je ne comprends pas, intervint Mutti. Si elle était prisonnière de Herr Hitler et qu'elle ne pouvait pas sortir de l'appartement ni fréquenter personne sans son autorisation, comment a-t-elle pu aller dîner avec son soupirant vendredi soir ? »

Elfi tira une lettre de la poche de sa veste. « Quand j'ai dit qu'elle ne pouvait pas sortir, je voulais dire qu'elle ne pouvait pas sortir sans subir des conséquences si terribles qu'elles la dissuadaient de tout projet. Ne me demandez pas lesquelles, elle ne me les a jamais racontées, mais je vous assure qu'elle était terrorisée du seul fait d'y penser. Sauf que là, Geli avait enfin une porte de sortie. L'homme qu'elle avait rencontré devait lui permettre d'échapper à ce cauchemar. Avec lui, elle était prête à prendre des risques pour recouvrer sa liberté. C'est de ça que nous avons parlé au téléphone vendredi. Elle avait de grands projets pour l'avenir. Chaque détail de sa fugue avait été étudié mille fois. » Après l'avoir regardée quelques instants comme si elle peinait à s'en séparer, Elfi tendit l'enveloppe à Sauer.

Je deviens une boîte aux lettres, pensa le commissaire.

« Je n'aurais pas dû mais je l'ai ouverte, dit Elfi. Geli me l'a confiée la dernière fois qu'on s'est vues. Elle ne voulait pas qu'elle finisse entre les mains de son oncle ou de cette harpie de gouvernante. Il était prévu que je la garde jusqu'à ce que Geli arrive à Vienne, c'était là qu'elle voulait s'enfuir. Après quoi, elle devait me contacter. Je serais allée la voir, et je lui aurais rendu la lettre.

— Mais maintenant que Geli n'est plus là…, commença Mutti.

— Je devais savoir, compléta Elfi. Je devais savoir. »

Sauer ouvrit l'enveloppe et en tira deux feuilles soigneusement pliées. Elles étaient couvertes d'une écriture masculine, propre et anguleuse, sans fioritures. Et portaient une date : « 10 septembre 1931, Munich ». Le commissaire se mit à lire à voix haute :

Ma Geli adorée,

Le moment de passer à l'action est arrivé. Pardonne-moi si cette fois j'oublie la prudence, pardonne-moi si j'exprime mes désirs et résiste

à la tentation de te couvrir de louanges comme toujours, de te déclarer simplement mon amour et de former de doux projets pour notre avenir, mais l'avenir est trop lointain et ta situation me brise le cœur.
J'ai donc décidé de hâter les choses, en espérant que tu n'as pas changé d'avis et que tu me suivras comme tu me l'as promis vendredi dernier, pendant cette nuit merveilleuse dont je me souviendrai jusqu'à ma mort. J'étais un homme dépourvu d'espoir quand tu es entrée dans ma vie. Je me sens si différent, maintenant : rajeuni, revigoré, déterminé comme jamais.
Voilà ce que nous ferons : ton oncle projette une tournée électorale dans le Nord la semaine prochaine. Je ne connais pas encore les dates, mais je les découvrirai, et alors je te donnerai des instructions plus précises. En attendant, prépare discrètement ta valise

« Une valise ! » s'exclama Mutti.

et remplis-la de ce que tu estimes indispensable. Le strict nécessaire, s'il te plaît. Le reste, nous le rachèterons à Vienne, quand nous vivrons enfin ensemble.
Cache-la, et tiens-toi prête à partir d'un moment à l'autre.
Selon mes plans, nous devrions nous voir une dernière fois avant le départ – je veux t'emmener au

restaurant dont je t'ai parlé et, si nous quittons Munich, ce pourrait être la dernière occasion de le faire –, mais l'expérience m'a appris que les plans se déroulent rarement comme prévu. Il faut que nous soyons prêts. Alors prépare-toi, mon amour. Le bonheur n'est pas fait pour ceux qui l'attendent mais pour ceux qui se le procurent.

Elfi Samthaber avait bien évidemment imaginé que ses révélations ne laisseraient pas les commissaires indifférents, sans cependant envisager une réaction aussi extrême de leur part : ils n'avaient pas l'air étonnés, ils avaient l'air horrifiés.

Un baiser

disait l'avant-dernière ligne, suivie d'une dernière recommandation, inutile :

Détruis cette lettre.

Puis, tout en bas de la page, une initiale et un point :

H.

Sauer demeura de longues secondes la feuille en main, les yeux rivés sur la signature.

Comme dans le dernier message de Hatzke et dans celui de Maier.

« Une coïncidence, finit-il par déclarer.

— Une coïncidence, forcément », l'approuva Mutti.

Elfi Samthaber les regarda, perdue. « De quoi parlez-vous ?

— De rien. Un élément lié à d'autres enquêtes. Merci, en tout cas. Cette lettre contient de nombreuses informations précieuses. Pouvons-nous la garder ? »

La jeune fille acquiesça, non sans réticence. « Quand l'enquête sera finie…

— Nous vous la rendrons, bien entendu », mentit Mutti. Ce n'était pas le moment de se lancer dans de grandes explications sur les procédures d'enquête.

« Ce n'est pas le souvenir idéal, mais je n'ai rien d'autre qui lui ait appartenu, expliqua Elfi, au bord des larmes.

— Encore deux questions, dit Sauer. Des témoins ont parlé d'une rumeur sur le compte de Geli. Selon laquelle elle attendait un enfant et ne pouvait pas le garder. Cela pourrait expliquer son geste. Vous en savez quelque chose ?

— Geli enceinte ? Et de qui ?

— Il a été question d'un violoniste de Linz…

— C'est la première fois que j'en entends parler. Et je n'y crois pas.

— D'accord. Seconde question : avez-vous vous aussi participé à des séances de spiritisme avec votre amie ? »

La jeune fille lui adressa un regard interloqué. « Des séances de spiritisme ? Moi ? Certainement pas ! Et Geli non plus. Elle étudiait la médecine, elle était pragmatique. Elle ne s'intéressait pas à l'au-delà, et n'était pas du tout superstitieuse… »

Sauer repensa au miroir de poche fêlé dans la table de chevet de la chambre de Geli.

« Mais elle a abandonné ses études pour se consacrer à la musique », fit remarquer Mutti.

Elfi répondit sur un ton altéré par la colère. « La musique, c'était une obsession de son oncle. Le piano, le chant, les cours… Elle, elle s'en fichait complètement. Elle aimait bien aller au théâtre, c'est vrai, et c'était une bonne guitariste, mais elle ne jouait que pour passer le temps, quand il y avait du monde. Son rêve, c'était de devenir pédiatre, de s'occuper d'enfants, mais son oncle ne l'a pas laissée faire : il était jaloux des professeurs, des autres étudiants, et sans doute même du personnel d'entretien ! Ce n'est pas Geli qui a abandonné l'université. C'est Wolf qui l'a poussée à arrêter.

— Et son pendentif ? ajouta Mutti. Celui en forme de croix gammée.

— Oui, dit Sauer. Avez-vous une idée d'où il peut être ? Nous ne l'avons pas retrouvé sur elle. »

Elfi Samthaber secoua la tête. « Je ne sais même pas pourquoi elle le mettait tout le temps.

— C'était un cadeau de son oncle, si je ne m'abuse.

— Non, répondit la jeune fille avec un regard dur. Vous faites erreur, ce n'était pas un cadeau. C'était un marquage. »

Quand ils regagnèrent le monde extérieur, laissant derrière eux la paix de Saint-Louis et le chagrin vindicatif de la jeune Elfi, la manifestation antinazie s'était dispersée. Dans la rue, la circulation avait repris à plein régime, et devant les deux fontaines de la place, occupées il y a peu par les étudiants et leurs banderoles, une violoniste et un guitariste jouaient, les étuis de leurs instruments ouverts à leurs pieds pour récolter les dons. C'était à celui qui jouerait le plus fort pour attirer le public.

« Je ne sais pas que penser, dit Mutti en allumant une cigarette. Et toi ?

— Moi je pense trop de choses.

— Son récit me semble crédible.

— Un homme proche de son oncle, plus très jeune, qui vit à Munich mais peut se permettre de tout quitter du jour au lendemain pour déménager dans une ville aussi chère que Vienne… Et qui a d'excellentes raisons de vouloir s'enfuir.

— Pauvre Geli. Avec un tuteur pareil, moi aussi j'aurais fini par me tirer une balle.

— Mais Elfi est convaincue qu'elle ne s'est pas suicidée. Quand elle a dit cette phrase, là… Tu crois qu'elle sous-entendait que c'est lui qui l'a tuée ?

— Balivernes, ça. On a plusieurs preuves que Hitler n'était pas à Munich. Ça m'ennuie, mais c'est un fait.

— D'accord, mais il pourrait l'avoir fait tuer par quelqu'un d'autre, supposa Sauer.

— Ça n'a pas de sens. Il était impossible d'entrer

dans sa chambre. Elle était fermée de l'intérieur, et la fenêtre…

— Attends. Tu dis qu'elle était fermée de l'intérieur.

— Avec la clé dans la serrure.

— Oui, mais qui l'a mise, et quand ? Et si c'était Winter, par exemple, juste après avoir enfoncé la porte ? »

Mutti réfléchit à cette possibilité. « Je ne vois pas comment il aurait…

— Imagine que Geli ne se soit pas enfermée à clé cet après-midi-là, ou plutôt ce soir-là, puisqu'elle était au téléphone avec sa meilleure amie jusqu'à neuf heures. Bref, imagine que la porte ait été ouverte. Quelqu'un entre, la tue, maquille la scène en suicide et ferme à clé. Le matin, Winter, qui est impliqué dans l'assassinat, enfonce la porte et entre le premier dans la chambre, puis il profite de l'agitation générale pour glisser la clé dans la serrure du côté interne de la porte. Le tour est joué : tout le monde croit que la porte était fermée de l'intérieur. »

Des applaudissements s'élevèrent du côté du guitariste, qui venait d'achever un morceau de bravoure. Malgré le vrombissement des automobiles, on entendait le tintement des pièces jetées dans l'étui par les spectateurs. En guise de réponse, la violoniste se lança dans une interprétation fougueuse du *Caprice n° 1* de Paganini.

« Ce scénario se tient, reprit Sauer. Un peu romanesque, certes, mais de toute façon il est évident que Winter a menti sur le déroulement des faits.

— Et je vois bien sa femme avec un pistolet à la main. Tu as entendu comment Elfi l'a appelée ? "La harpie." »

Le *Caprice* s'acheva dans un paroxysme remarquable, soulevant des applaudissements frénétiques autour des deux commissaires. Mutti fouilla dans ses poches à la recherche de monnaie. Il n'en trouva pas, mais Sauer était certain que dans le cas contraire il aurait tout donné à la violoniste : elle portait un joli *Dirndl*, plus court encore que de coutume, qui permettait de contempler à loisir ses jambes largement dénudées.

« On rentre à pied ? proposa Sauer.

— Ça va être une perte de temps.

— La lettre est pleine d'indices, j'ai besoin d'y réfléchir, et je réfléchis mieux en marchant.

— Moi, c'est en buvant.

— Eh bien marchons vers une brasserie, d'accord ? »

Mutti était parfaitement d'accord. Il proposa de s'arrêter à l'Augustiner, qui était sur leur chemin et servait entre autres des brochettes dont il raffolait.

Ils n'y arrivèrent jamais. Ils venaient de passer le Ring quand Sauer s'arrêta subitement, traversé par une illumination.

« Qu'est-ce qu'il y a ? demanda Mutti en regardant autour d'eux. Tu as vu quelqu'un que tu connais ?

— Attends », répondit Sauer, concentré sur son

effort pour se souvenir. À quoi réfléchissait-il à l'instant ? La lettre, les passages dans lesquels le soupirant évoquait un rendez-vous vendredi, celui où il disait se sentir rajeuni, les allusions aux déplacements de Hitler, qui laissaient imaginer des relations professionnelles entre eux.

« C'est quelque chose qu'Elfi a dit ? Ou moi ?

— Non, c'est quand on est arrivés sur la place », fit Sauer, et il se retourna pour regarder la rue qu'ils venaient de laisser derrière eux : à gauche, l'imposant palais Leuchtenberg, à droite la façade du Hofgarten, les anciens jardins de la résidence royale transformés en jardin public avec cafés et boutiques de luxe.

Puis il la vit : à l'angle opposé de la place, presque au croisement avec le Ring, se découpait la silhouette d'une cabine téléphonique. Elles étaient apparues par centaines à Munich au milieu de la décennie précédente, et malgré le coût exorbitant des appels, elles rencontraient un franc succès. D'ailleurs, en cet instant, une femme était en train de téléphoner et deux hommes et un adolescent faisaient la queue à l'extérieur.

« Mutti, on est deux imbéciles, déclara Sauer quand cette vision lui fit retrouver sa pensée perdue. Elfi Samthaber nous a donné l'indice le plus important de tous, mais il n'a rien à voir avec la lettre. Remontre-moi le plan de l'appartement. »
S'efforçant en vain de comprendre où son collègue voulait en venir, Mutti sortit le plan qu'il avait dessiné le matin même et le lui tendit. Sauer s'en saisit

comme s'il s'agissait de la dernière gourde dans un désert immense.

« Tu te souviens où étaient les téléphones dans l'appartement ? demanda-t-il.

— Un dans l'entrée, répondit Mutti, concentré, juste en face de la porte, et un dans la bibliothèque, dans le coin à côté des fauteuils. »

Sauer tira un stylo de sa veste et les ajouta sur le plan.

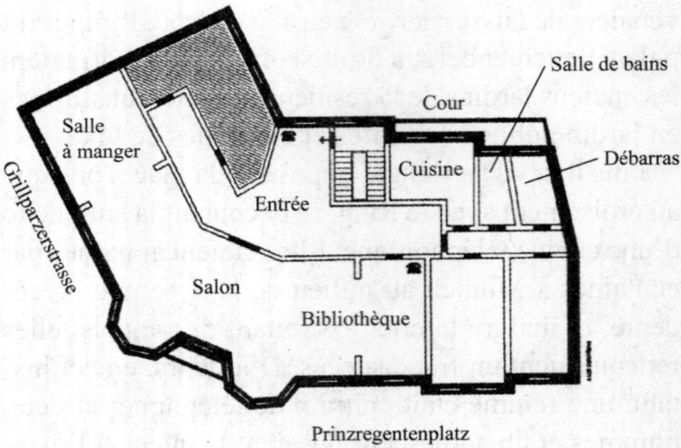

« Tu comprends ? demanda-t-il à Mutti. Un dans l'entrée et un dans la bibliothèque ! »

Mutti le regarda d'un air perplexe. « Siggi, tu te sens bien ? Tu as l'air d'avoir vu la Vierge.

— Regarde mieux, lui rétorqua ce dernier, répétant sans s'en rendre compte la prière du fantôme de Geli. Regarde où sont les téléphones et repense à ce qu'Elfi nous a dit. »

Mutti se remit à étudier le plan, avec l'air débonnaire des adultes qui cherchent avec un enfant terrorisé l'affreux monstre caché dans leur chambre. Mais quand il comprit enfin ce que Sauer avait remarqué, quand, agenouillé par terre, il découvrit deux yeux jaunes et des dents aiguisées dans le noir sous le lit, son visage perdit subitement toute couleur et il abandonna son expression pleine d'assurance.

Sans un mot de plus, les deux commissaires s'élancèrent au pas de course vers le fond de l'Odeonsplatz, où se trouvait la station de taxis la plus proche.

24

« Vous arrivez tard », constata Tenner, assis à son bureau. Avec sa cheminée sempiternellement allumée et ses fenêtres barrées par d'épais rideaux qui faisaient oublier la radieuse journée au-dehors, la pièce était étouffante, mais Sauer pensa que cette sensation n'était peut-être pas seulement liée à la pénombre ni à la température. « Le procureur Glaser a bluffé, ce matin : aucune demande formelle pour la réouverture de l'affaire n'a été déposée au ministère. Nous nous contenterons donc de répondre aux conjectures du *Post* par un communiqué, et puis c'est tout. L'enquête est terminée. »

Mutti, qui n'avait jamais été réputé pour sa patience et sa maîtrise de soi, sortit de ses gonds : « Maintenant, ça suffit. J'en ai marre. On ouvre, on ferme, on rouvre, on referme : on est policiers ou caissiers, à la fin ? Ça fait trois jours qu'on nous bloque dès qu'on trouve quelque chose d'intéressant, puis on nous demande de nous remettre au travail et quand on commence à en récolter les fruits, vous nous bloquez de nouveau. C'est tout de même incroyable !

— Commissaire Forster, répondit Tenner d'une voix calme et mesurée. Nous ne bloquons personne. Vous avez pu mener votre enquête…

— Oui, en cinq sec sans quitter le chronomètre des yeux !

— La police ne peut pas agir en toute indépendance. Nous avons des comptes à rendre à notre ministère et nos actions dépendent des décisions du bureau du procureur.

— Parfait, répliqua Mutti, si échauffé que Sauer préféra attendre un peu avant d'intervenir. J'irai personnellement au ministère, je connais l'adresse. Mais avant ça, j'ai besoin de réponses. On doit demander le feu vert du procureur pour poursuivre notre enquête. Il y a quelque chose de mystérieux dans cet appartement. On a besoin d'un mandat de perquisition.

— Vous ne l'aurez pas, déclara Tenner. Forster, écoute-moi. Je suis de votre côté, mais on n'a aucune marge de manœuvre. Crois-en mon expérience.

— Mais le téléphone d'où…

— Ça suffit. Je me fiche des téléphones de l'appartement de Hitler… »

Mutti ne l'écoutait plus. Il fouillait nerveusement toutes ses poches à la recherche du plan, puis il finit par se rappeler que c'était Sauer qui l'avait. « Donne-moi le plan, s'il te plaît. »

Sauer déposa le dessin sur le bureau et son collègue

se pencha dessus pour indiquer de ses gros doigts ce qui les avait interpellés. « Là, vous voyez ? Il y a… »

Aussi vif qu'une pie voleuse, Tenner s'empara du papier, le roula en boule et le jeta derrière lui. Le plan atterrit sous la tête de cerf empaillée qui, malgré l'agitation de Mutti, ne daigna pas lui accorder un regard. « J'ai dit ça suffit. L'affaire est close et je ne veux plus en entendre parler. C'est clair ? »

Sauer prit enfin la parole. « Juste une question. Qu'écrirez-vous dans le communiqué pour la presse ? »

Tenner sourit, satisfait qu'au moins un des deux commissaires se montre raisonnable. « Nous rapporterons les déclarations des employées des pompes funèbres, Mme Fischbauer et Mlle Zweckl, ainsi qu'une précision du docteur Müller sur la question des blessures au visage, vu que le *Post* a brodé dessus. À part ça, nous réaffirmerons nos conclusions de samedi et nous ferons l'éloge de votre travail. »

Sauer, qui ne s'attendait pas à autre chose, se contenta de hocher la tête.

« C'est vrai qu'il est parti à la retraite ? demanda Mutti.

— Müller ? Oui. Sans prévenir personne. Il avait déposé sa demande depuis longtemps, paraît-il, mais il n'en a rien dit, pour éviter les pots de départ et compagnie. Je peux le comprendre.

— Quand est-ce qu'il a écrit la précision qui figurera dans le communiqué, alors ? L'article du *Post* date d'aujourd'hui…

— Il nous l'a télégraphiée de Hambourg. Juste avant de s'embarquer pour je ne sais où. Il a appelé parce qu'il avait lu les journaux et il voulait apporter quelques éclaircissements avant de partir.

— Comme c'est aimable, commenta Mutti.

— Absolument, répondit Tenner, à qui le sarcasme du commissaire adjoint avait dû échapper. La voilà », dit-il en sortant d'un tiroir le mince dossier de l'affaire Raubal.

Hambourg, le 21 septembre

Je, soussigné Dr Heinrich Müller, professeur retraité de médecine légale et ancien responsable de médecine légale pour le compte de la police d'État de Bavière, déclare ce que suit sur mon initiative personnelle, sans avoir été sollicité par quiconque.

Il y a différentes précisions à apporter en réponse à quelques imprécisions parues dans la presse au sujet de la mort de Mlle Angela Raubal, dont le corps a fait l'objet d'un examen approfondi réalisé par mes soins sur le lieu du décès puis à l'institut médico-légal que j'ai dirigé jusqu'au 20 septembre dernier. Pour compléter et approfondir mon rapport du 19 septembre dernier, je souhaite souligner que je n'ai trouvé aucune plaie sur le visage de Mlle Raubal, et en particulier sur son nez.

La peau de son visage ne présentait aucun signe de lacération, seulement quelques lividités cadavériques, dues au fait que Mlle Raubal a expiré le visage contre le sol et est restée dix-huit heures environ dans cette position.

Le léger aplatissement de la pointe de son nez est exclusivement dû au fait que son corps est resté pendant plusieurs heures le visage contre le sol. La coloration des lividités cadavériques, extrêmement claire, s'explique probablement par le fait que la mort a été causée en premier lieu par une suffocation, à la suite du coup de feu qui a perforé son poumon.

Sur la base de ce que j'ai personnellement relevé, et fort d'une expérience longue et diversifiée en tant que médecin légiste, je peux donc exclure que Mlle Raubal ait subi quelque forme de violence que ce soit avant son décès, bien que les récits d'un certain type de journaux laissent entendre le contraire. Pour valoir ce que de droit,

Heinrich Müller

À l'expression de Mutti à la fin de leur lecture, Sauer comprit qu'il pensait la même chose que lui. *Nous, on l'a vu, le visage de Geli Raubal. Il y avait plusieurs plaies, et le bout de son nez n'était pas un peu aplati mais complètement écrasé. Si seulement on avait les photographies prises dans l'appartement...* Évidemment, ils ne les avaient pas. Elles avaient été détruites de façon accidentelle dans la chambre noire de l'Institut, par la faute de Fischer.

« Je ne vois rien à ajouter, conclut Tenner en se carrant dans son fauteuil.

— Eh bien moi, si, répliqua Sauer, prenant son courage à deux mains. Je peux parler sans détour ?

— Fais donc, dit le directeur, surpris, le front plissé. *Tu quoque ?*

— Quelqu'un manœuvre pour nous tenir à l'écart de cette affaire. De qui s'agit-il ? demanda Sauer dans une ultime tentative de sauver son estime pour son directeur. Qui tire les ficelles dans l'ombre ? »

De longues secondes durant, aucun d'eux ne bougea d'un millimètre. Seuls le crépitement du feu dans la cheminée et les rumeurs lointaines de la ville, atténuées par les fenêtres closes, brisaient le silence tendu qui pesait sur la pièce.

« Je sais que ce ne peut pas être vous, reprit Sauer. Ce n'est pas votre genre. Pourquoi ne vous opposez-vous pas ? Pourquoi ne nous dites-vous pas : "Enquêtez quand même. Même sans autorisation, même contre la volonté de la hiérarchie. Je vous couvre" ? Est-il possible que les intérêts en jeu soient si importants qu'ils touchent une personne aussi intègre que vous ? »

Une grimace déformait le visage du directeur, un sourire raté qui ne parvenait pas à masquer sa colère ni, peut-être, sa déception. « Tu es bien certain de vouloir une réponse, Sauer ?

— Oui, déclara le commissaire.

— Bien, répondit Tenner. Alors cherche-la. Je te libère jusqu'à la fin de la semaine. Ne reviens que lorsque tu n'auras plus de questions de cet acabit à poser.

— Mais…, commença Mutti.

— Toi, tu restes. Tu me sers sur l'affaire Hatzke. Bauer est en arrêt maladie et il n'a pas terminé son rapport. Tu t'en occuperas », décréta le directeur. Puis Tenner se tourna à nouveau vers Sauer, qui s'était laissé aller dans son fauteuil, accablé. « Tu as compris ce que j'ai dit ? Rentre chez toi. Et gare à toi si j'apprends que tu continues d'enquêter sur l'affaire Raubal. Laisse les morts reposer en paix. »

Dans le silence de son bureau au dernier étage du commissariat, tandis qu'il feignait de mettre de l'ordre dans ses tiroirs avant de partir en vacances – la raison officielle pour justifier son absence des jours prochains auprès de ses collègues –, Sauer repensait à sa stupide initiative d'exprimer franchement ses doutes sur l'affaire et sur le directeur. À quoi s'attendait-il ? À ce qu'un innocent se réjouisse de faire l'objet de pareils soupçons ? Ou à ce qu'un coupable lui serre la main pour le féliciter de sa sagacité ?

À quoi te sert d'avoir quarante-deux ans ? se demanda le commissaire. *Tu es un homme mais tu réfléchis comme un enfant. Et maintenant on t'a privé de ton jouet. Félicitations.*

Il savait bien que, sans mandat, il était inutile d'aller rôder du côté de l'appartement de Hitler, et que s'il se présentait à la porte, les Winter ne le laisseraient jamais entrer. Il était d'ailleurs étrange que Mutti y soit parvenu le matin même, mais Mutti était culotté et beau parleur, et puis c'était Georg Winter qu'il avait réussi à amadouer, pas son épouse. De l'avis de Sauer, Anni Winter aurait même été capable d'opposer des résistances au mandat du procureur général.

La situation aurait été différente si Glaser avait rouvert l'affaire mais, au dire de Tenner, ce n'était pas le cas. Pourtant, à ce que Sauer avait pu en voir et en percevoir, le procureur n'était pas du genre à agiter une menace sans la mettre à exécution, et sa détermination le matin dans la petite salle lui avait paru de fer. Peut-être qu'il avait réussi à s'entretenir avec le ministre Joël et que ce dernier lui avait opposé un refus si catégorique qu'il avait abandonné. Ou bien que la disparition de son assistant l'avait découragé. *Un coup bien placé peut abattre le plus terrible des géants*, pensa Sauer.

L'Alte Peter, invisible depuis la petite fenêtre de son bureau, sonna l'heure. Sauer tressaillit. *Déjà quatre heures*, pensa-t-il, anxieux. *Combien de temps nous reste-t-il ?* Puis il se souvint que l'affaire était close, le chronomètre remis à zéro. Aujourd'hui, il n'avait plus qu'à rejoindre Rosa Weiss, la jolie serveuse à qui Mutti avait promis un piano, à six heures et demie en bas de chez lui.

Qu'est-ce qu'il trafique ? se demanda Sauer. Et si, après leur entretien avec Tenner, Mutti ne repassait pas par le bureau mais sortait chercher les informations qui manquaient pour boucler l'enquête de Bauer ?

Hésitant entre patienter là dans l'espoir que son collègue se montre ou rentrer chez lui attendre Rosa, le commissaire repensa soudain aux deux enveloppes. Dans le tourbillon des dernières heures, il les avait oubliées.

Il aurait sans aucun doute été plus sage de les ouvrir chez lui, à l'abri des regards, mais il n'avait pas particulièrement envie de se montrer sage ni de patienter : c'était ce qu'il avait fait ces trois derniers jours, et le résultat était désastreux.

Il ferma la porte de son bureau et contempla les deux enveloppes. *Une liste de personnes qui connaissaient Geli et un document fondamental pour la poursuite de l'enquête*, récapitula-t-il.

Il ouvrit la première enveloppe, celle qui ne portait qu'un sceau, et se retrouva avec une énième feuille pliée en quatre entre les mains. Quand il la déplia, une colonne de noms et de prénoms apparut devant ses yeux. Tout Allemand ne vivant pas dans une caverne connaissait les trois premiers :

Rudolf Hess
Hermann Goering
Joseph Goebbels

L'état-major du Parti, constata Sauer. *Et Himmler imagine que je vais aller parler de Geli avec eux ?*

Seul le premier des noms suivants lui disait vaguement quelque chose :

Heinrich Hoffmann
Baldur von Schirach
Adolf Vogl

La belle affaire. Six hommes, aucune adresse, aucun numéro de téléphone. Le commandant des SS ne s'était pas fatigué.

Tant mieux, de toute façon je ne vois pas à quel titre j'aurais pu les interroger.

Il prit la seconde enveloppe, celle avec un triple sceau.

C'est un document unique en son genre, avait dit le commandant des SS. *Ne faites confiance à personne.*

Sauer brisa les sceaux d'une main impatiente. À l'intérieur, point de feuille pliée en quatre, mais un petit carton d'invitation estampillé d'une croix gammée noire. Le commissaire s'en saisit avec autant de réticence que s'il s'agissait d'une plante urticante.

Quand il lut les trois phrases rédigées à l'encre noire et les initiales en signature, Sauer sut qu'il pouvait aller interroger les six hommes de la liste. Qu'il pourrait retourner à l'appartement de Prinzregentenplatz et qu'Anni Winter le laisserait entrer.

Vous avez l'ordre d'aider de toutes les manières possibles l'homme qui vous montrera ces lignes. Il enquête sur la mort de ma nièce. Répondez-lui comme vous me répondriez.

A. H.

25

Quand le taxi déposa Sauer à Prinzregentenplatz, il était presque seize heures trente. Trois miliciens en uniforme brun stationnaient devant l'entrée du numéro 16, mais Sauer n'eut pas besoin de dégainer son billet, car parmi eux se trouvait Hartmann, qui le reconnut et le laissa passer sans faire d'histoires. Le commissaire monta l'escalier quatre à quatre sans s'arrêter signer le registre à la loge. Il sonna à l'élégante porte sur le palier du deuxième et, quelques instants après, il se retrouva face à face avec la gouvernante revêche. « Commissaire, le salua la femme, plus contrariée que surprise. Vous comptez déménager vos bureaux chez nous ? Votre collègue est déjà passé avant le déjeuner.

— Oui, je sais, Frau Winter. Mais nous n'avons pas fini de…

— Si, vous avez fini, je le crains. Mon mari n'aurait pas dû vous laisser entrer ce matin. Nous avons reçu la consigne expresse de n'ouvrir à personne. L'affaire est close, n'est-ce pas ?

— Oui et non, répondit Sauer. Oui et non. Laissez-moi passer, je vous prie.

— Vous avez un mandat ? » s'enquit la femme d'un air amusé. Elle devait savoir qu'il n'en avait pas. Une véritable harpie, en effet.

« Si cela est vraiment nécessaire…, fit Sauer.

— Malheureusement, ça l'est. Et malheureusement, j'imagine que vous n'en avez pas, alors… »

Elle ne finit pas sa phrase. Le commissaire avait brandi le petit carton sous son nez. Elle se tut subitement, comme une poupée mécanique arrivée au bout de son numéro.

« Je vois que vous avez reconnu cette écriture. À présent, auriez-vous l'amabilité de me laisser entrer, je vous prie ? »

Perplexe, les sourcils froncés, Frau Winter s'écarta pour laisser passer le commissaire.

« Je vous remercie, dit Sauer en s'arrêtant devant le lourd rideau rouge qui barrait la lumière provenant de la fenêtre de l'entrée. Veuillez me donner les clés de la chambre de maître, je vous prie.

— Je ne peux pas.

— Vous y êtes tenue. Vous avez bien lu son mot.

— Même si je le voulais, je ne le pourrais pas. Je ne les ai pas. Herr Hitler est parti avec sa clé et le double. »

Son mari avait donc dit la vérité à Mutti. « Alors ouvrez-moi l'autre pièce, demanda-t-il, et il traversa l'entrée pour s'arrêter devant la porte dont Hatzke avait changé la serrure samedi matin. Je veux voir ce qu'il y a dedans.

— Je n'ai pas cette clé non plus. Je suis désolée, répondit Frau Winter, d'un air qui n'avait rien de désolé.

— Vous mentez.

— Non, c'est vrai. La serrure est neuve, vous le voyez, et on ne nous a pas donné de double. C'est sans doute Herr Hitler qui a tous les jeux.

— Mais vous savez ce qu'il y a derrière cette porte », rétorqua Sauer sur un ton plus agressif qu'il ne l'aurait voulu. La situation ne prenait pas la tournure qu'il avait imaginée.

« Évidemment, répondit la gouvernante.

— La valise de Geli ? tenta le commissaire. Elle est là ? »

Frau Winter ne répondit pas. Elle resta immobile, le scrutant de ses yeux couleur d'acier.

« Allons, parlez. Qu'est-ce qui se cache de si important là-derrière ? Pourquoi faire changer la serrure en toute hâte ? Pourquoi emporter toutes les clés ?

— Je ne peux pas répondre.

— Le mot que je vous ai montré dit…

— Je me fiche de ce que dit ce mot, l'interrompit la femme. J'ai juré de ne pas parler de cette pièce. Juré, vous comprenez ?

— Votre patron veut que vous m'aidiez.

— Mon patron n'est pas là pour me l'ordonner, et un serment vaut plus que n'importe quel bout de papier. »

Sauer avait assez d'expérience pour identifier une impasse. La seule solution pour en sortir consistait à changer de stratégie. « Où est le troisième téléphone ? demanda-t-il, espérant déstabiliser son interlocutrice.

— Il n'y a pas d'autre téléphone, répondit-elle, faisant preuve d'une remarquable maîtrise de soi.

— Maintenant, vous me mentez, j'en suis certain. Il n'y a que deux téléphones visibles dans cet appartement : un dans l'entrée et l'autre dans la bibliothèque. Or, Geli passait des heures à parler avec ses amies, elle se confiait, elle racontait des choses que personne ne devait entendre. Il y a forcément un troisième téléphone. Il est dans la chambre de maître, c'est ça ? Ne m'obligez pas à m'adresser à la compagnie des télécommunications.

— Je n'ai rien d'autre à déclarer, répondit Frau Winter. Adressez-vous à qui vous voulez, mais maintenant sortez d'ici. Mot ou pas mot, vous n'êtes pas un hôte bienvenu. »

Échec et mat, pensa Sauer. *Cependant, le gagnant n'est pas celui que tu penses.*

« Bien, fit-il avec un air déconfit. Je m'en vais. Mais je reviendrai, et accompagné. Quand Herr Hitler apprendra comment vous m'avez reçu, il en sera sans doute très fâché.

— Quand Herr Hitler apprendra comment je vous ai reçu, répliqua la femme depuis le seuil de l'appartement, il saura à qui il peut véritablement se fier. Adieu », et elle lui claqua la porte au nez.

Pour paraître plus crédible, Sauer donna un coup de pied dans la rampe, puis descendit d'un pas lourd les marches en bois. Arrivé au premier étage, il fit demi-tour et remonta à pas de loup jusqu'au deuxième. Il n'était pas venu jusque-là, désobéissant aux ordres de Tenner et se dévoilant avec le petit mot d'Adolf Hitler, pour déposer les armes au premier échec. Le plan A, se présenter à Frau Winter comme un ami du Parti et se faire ouvrir toutes les portes, était son préféré, le moins pénible, le moins dangereux, mais s'il avait dû parier il aurait misé sur le plan B. Quels que soient les risques, au fond, il savait depuis le début que tous les espoirs de succès reposaient sur ce dernier.

Il colla son oreille contre la porte et écouta quelques instants. Quand il eut la certitude que Frau Winter n'était pas restée dans l'entrée, il ouvrit la fenêtre du palier, veillant à ne pas la faire grincer. Puis il grimpa sur le grand rebord intérieur et se pencha. Une large corniche, apparemment solide, longeait tout l'étage, qui donnait de ce côté sur le jardin planté de sapins et de bouleaux. *Il doit être magnifique sous la neige*, se dit Sauer avant de se reprendre : l'heure n'était pas à la rêvasserie.

Il s'assit sur le rebord, les jambes ballantes, et tourna prudemment sur lui-même en posant ses pieds sur la corniche. Il en testa la résistance puis, rassuré, il se dirigea vers la droite, où se trouvait la fenêtre de l'entrée, masquée par un rideau, qu'il avait vue tout à l'heure. La distance était réduite, et la corniche assez large pour avancer sans risquer la chute. Pas à pas, lentement mais pas trop pour ne pas être vu depuis les autres bâtiments donnant sur le jardin, Sauer dépassa la fenêtre de l'entrée et atteignit la première des trois que Mutti avait dessinées dans la zone grisée de son plan. Celle-ci aussi était pourvue d'un rideau, violet, qui masquait l'intérieur de la pièce.

Il jeta un dernier regard alentour, sans réussir à déterminer si quelqu'un l'observait depuis une des fenêtres d'en face. *Au diable*, se dit-il, puis il tira de la poche de sa veste l'épaisse écharpe en laine de Mutti qu'il avait dérobée au bureau et l'enroula autour de sa main droite. *Un. Deux. Trois.*

Casser une vitre n'est pas bruyant, pour peu que l'on sache comment s'y prendre. Un coup de poing bien assené, au centre exact, pas trop fort pour éviter de briser le verre mais assez puissant pour éviter que d'autres fissures se forment, produit un claquement discret, comme un toussotement, et dessine une toile d'araignée de fines fêlures qui, sans mettre la stabilité du verre en péril, permettent de se créer un passage. Sauer ne devait pas passer par la fenêtre, il avait juste besoin d'atteindre la poignée à l'intérieur.

Peinant un peu, parcouru de sueurs froides à cause de sa peur soudaine de perdre prise et de tomber dans le vide, il parvint à retirer un éclat de verre du châssis. Il lui fut plus difficile que prévu de glisser sa main, son poignet et son avant-bras à l'intérieur, mais il finit par y arriver : la poignée tourna, les battants s'ouvrirent. En tout, l'opération n'avait pas duré plus d'une minute.

Rampant à moitié, Sauer franchit maladroitement le rebord. Quand il posa enfin les pieds sur le sol, il se sentit envahi par un sentiment de triomphe qu'il avait rarement éprouvé.

Il repoussa le rideau violet tendu par les battants

ouverts de la fenêtre et la lumière du jour entra à flots, éclairant le contenu de la pièce, et éteignant dans le même temps l'enthousiasme du commissaire.

Il n'avait pas atterri dans un débarras : il ne voyait ni balais, ni brosses, ni valises disparues, mais une armoire, une commode, une coiffeuse, un bureau et un grand lit en fer forgé.

« Une chambre à coucher », murmura Sauer, ébahi plus que de raison. Après tout, il n'y avait aucune raison pour qu'un débarras se trouve derrière la porte sur laquelle avait travaillé Hatzke. Mutti et lui s'étaient influencés réciproquement, prenant leur hypothèse pour un fait certain.

Puis il remarqua quelque chose qui dépassait de sous l'oreiller et s'approcha pour mieux voir, mû par une intuition dont il devait se souvenir pour le restant de ses jours.

À la différence des housses, des draps et de la courtepointe, le poignet qui dépassait était blanc, taillé dans un tissu fin et délicat qui suggérait des goûts simples. Le commissaire fit alors ce qu'un bon enquêteur devrait toujours éviter : poussé par la curiosité, il tendit le bras vers l'oreiller et le souleva sans y réfléchir à deux fois.

La chemise de nuit n'était pas comme dans son rêve – plus sobre, et sans rubans –, mais il ne fut pas déçu : il ne douta pas un instant que, sur Geli Raubal, elle devait être du plus bel effet.

26

Moins grande que celle où le cadavre avait été retrouvé, à l'autre bout de l'appartement, la chambre était néanmoins spacieuse et sa décoration plus raffinée. Une suspension luxueuse, composée de dizaines de gouttes de cristal, était accrochée au plafond orné de stucs à motifs floraux. La tapisserie bleu clair s'accordait parfaitement avec le tapis sous le bureau. Étrangement, il n'y avait pas d'autres tapis autour du lit, pas même une descente de lit : le plancher marqueté exhibait toute son opulence.

Sur la coiffeuse, à côté de la grande armoire peinte, il y avait de nombreux flacons de parfum, que le miroir rectangulaire posé juste derrière faisait paraître deux fois plus nombreux. Des freesias jaune et rouge pointaient d'un pot en céramique et trois roses commençaient à faner dans un vase en verre. À l'autre bout de la pièce, sur le bureau, il y avait quelques numéros de la revue *Die Dame*, une photo en noir et blanc d'un chien ainsi qu'un téléphone à colonne.

Le téléphone, se dit Sauer, parcouru d'un frisson.

Celui que Geli a utilisé pour raconter ses projets de fugue à Elfi.

Il souleva le combiné : il y avait de la tonalité.

Il reprit son examen du bureau, où se trouvait aussi un bloc de papier, estampillé « Angela Raubal » en haut à gauche. Sauer ne vit pas de stylographes, ce qui le poussa à violer pour la deuxième fois d'affilée les règles élémentaires de son métier : il ouvrit les trois tiroirs du bureau l'un après l'autre. Dans le premier, il trouva tout le matériel de papeterie : crayons, stylos, gommes, un buvard taché d'encre, un tampon illisible... Le deuxième était réservé à de menus objets : des trombones, des ficelles, des élastiques à cheveux, un peigne édenté, une montre arrêtée. À sa déception, le troisième tiroir contenait seulement un petit triangle en bois aux angles arrondis. Il le regarda avec perplexité : où avait-il déjà vu un objet pareil ?

Il s'en souvint quand il ouvrit l'armoire : outre une quantité démesurée de vêtements et un meuble à chaussures, elle abritait une guitare. *Un médiator*, se dit-il, repensant au petit triangle en bois. *C'est vrai. Geli faisait de la musique.*

Pour le reste, il ne trouva rien d'intéressant : les trois tiroirs de la commode ne contenaient que de la lingerie, dont un grand nombre de chemises de nuit. Le petit sac en cuir rose posé sur le tabouret de la coiffeuse s'avéra complètement vide, comme si Geli l'avait acheté le jour même de sa mort. Aucune valise nulle part, ni la croix gammée en or dont la jeune femme ne se séparait jamais. Un tableau accroché au-dessus de la tête de lit constituait la seule décoration murale, et le commissaire releva immédiatement sa ressemblance avec le paysage de montagne signé « A. H. » accroché dans l'autre chambre. Car Sauer n'avait plus le moindre doute sur ce point : la pièce qu'il fouillait n'était pas une chambre d'amis. La nièce de Hitler dormait là.

La découverte d'une porte cachée dans la cloison s'avéra donc d'autant plus intéressante.

Ce n'était pas un passage secret, mais une porte de service habilement dissimulée : l'observateur attentif pouvait remarquer sa forme rectangulaire dans le mur à gauche de la fenêtre, mais le papier peint et l'absence de poignée auraient facilement trompé un regard distrait.

Sauer s'apprêtait à quitter la pièce quand il la remarqua, et s'empressa d'aller l'étudier de près. Comme son contour était trop fin pour y glisser les doigts, il pressa le mur à différents endroits. Quand il toucha le côté gauche de la porte, à un mètre du sol environ, le bois émit un *clic* et s'entrouvrit de quelques centimètres.

Sauer passa ses doigts dans l'entrebâillement et tira le pan de cloison vers lui. Il découvrit une porte de bois blanc à la poignée dorée.

À l'instant même le bruit d'un claquement de porte provint de l'intérieur de l'appartement. Sauer tendit l'oreille, mais il n'entendit rien d'autre. Avec un peu de chance, Frau Winter était sortie, le laissant seul.

Il posa son oreille contre la porte blanche : là non

plus, aucun bruit. Le cœur battant à se rompre, il abaissa la poignée.

Parfois, la chance existe – elle doit exister, sans quoi rien dans le monde n'irait jamais dans le bon sens. La porte n'était pas fermée à clé, elle pivota sur ses gonds bien huilés sans produire le moindre grincement et révéla la pièce adjacente.

Une salle de bains. Sous la fenêtre aux vitres opaques que Mutti avait repérée depuis la cour, deux lavabos étaient encastrés dans le même bloc de marbre blanc, la couleur dominante de la pièce, depuis les placards aux toilettes jusqu'à la grande baignoire avec douche qui occupait le mur opposé. À côté de la baignoire, deux peignoirs, un marron, l'autre rose, pendaient à une patère en métal brillant. Toutefois, ce n'est pas ce qui retint l'attention de Sauer, ni même les deux peignes posés devant le miroir ou le rasoir et le blaireau à proximité d'un jeu de pinces à épiler et de limes à ongles. En entrant dans cette salle de bains, le regard de Sauer embrassa tous ces détails mais se posa sur un élément plus intéressant encore : la porte jumelle de celle qu'il venait de franchir, qui se découpait dans le mur d'en face. De là où il était, il ne voyait qu'un coin de la pièce : un secrétaire où était posé un petit drapeau rouge avec un svastika sur fond blanc.

La chambre de maître, se dit Sauer, et il se précipita pour passer la tête par la porte : à sa gauche, le lit de Hitler, et une armoire, à la poignée de laquelle était suspendu un uniforme brun orné d'une broche en forme de croix gammée. Sur la droite, une étagère couverte d'exemplaires de *Mein Kampf*. À l'exception de ces quelques meubles, la chambre était si dépouillée et anonyme qu'on eût dit une chambre d'hôtel. Mais le secrétaire était doté de deux tiroirs.

Ils étaient bloqués.

Le commissaire en fut accablé de frustration.

Tu ne peux pas les forcer. N'y pense même pas.

Il fouilla les quelques papiers posés sur le secrétaire – rien de compromettant, à première vue – et, n'ayant rien trouvé d'intéressant, il se tourna vers la commode : le premier tiroir ne contenait que des chemises, le deuxième des sous-vêtements noirs, le troisième des ceintures, des bretelles, des semelles et des lacets de rechange. L'attirail banal d'une vie quelconque.

À quoi t'attendais-tu ?

Un autre bruit de porte qui claque : Frau Winter devait être rentrée. Il était temps de s'éclipser.

Sauer regagna la salle de bains et il s'apprêtait à la quitter, quand un scrupule le retint. Il revint sur ses pas, s'arrêta devant l'uniforme. Il plongea ses mains dans les poches. Rien dans celle de droite. Rien dans celle de gauche non plus. *À quoi t'attendais-tu ?* se morigéna-t-il encore et, secouant la tête devant sa propre ingénuité, il rebroussa chemin.

Après un dernier regard à la chambre de Geli, il repassa derrière les rideaux, les tira et remonta sur le rebord puis sur la corniche. Comme toujours, le retour fut plus facile que l'aller.

Quelques minutes après, le commissaire Sauer était dans la rue, la tête fourmillant de pensées désordonnées et de certitudes inquiétantes.

Une chambre à coucher secrète.

Un passage caché.

Une salle de bains commune.

Il n'y avait qu'une explication valable à ces trois éléments, mais Sauer peinait à se la formuler. Était-il possible qu'un scandale pareil ait lieu au vu de tous ? Avec autant de personnes au courant – car les époux Winter, Frau Reichert, Frau Dachs et Anna Kirmair ne pouvaient pas ne pas savoir, et sans doute d'autres gens de l'immeuble, pour ne rien dire du Parti –, était-il possible que personne n'ait jamais rien dit ?

Un tuteur si attentionné.

Un oncle si affectueux.

Coucher avec la fille de sa demi-sœur, ça ressemble drôlement à un inceste. Aucun homme politique ne survivrait à un scandale pareil.

À la vue de la silhouette dorée de l'ange de la Paix au fond de la ligne droite de Prinzregentenstrasse, le commissaire Sauer formula enfin la conclusion de son raisonnement.

Aucun homme politique ne survivrait à un scandale pareil.

Une excellente raison pour tuer.

Depuis quand Rosa Weiss l'attendait-elle en bas de chez lui ? Quand Sauer la vit debout devant la porte, il leva les yeux vers l'Alte Peter, qui lui rendit son regard avec une indifférence olympienne bien que ses vieilles aiguilles aient passé sept heures. En admettant que la jeune femme soit arrivée en retard à leur rendez-vous, elle l'avait attendu bien au-delà des limites imposées par les bonnes manières. La culpabilité fondit sur le commissaire comme un oiseau de proie, et étreignit sa poitrine entre ses serres affilées.

« Mon Dieu, Rosa. Pardonnez-moi, dit-il en la rejoignant au pas de course. J'ai complètement oublié l'heure…

— … et nous avions rendez-vous à six heures et demie, compléta-t-elle avec un sourire ni agacé ni vexé. Ce n'est pas grave. Frau Meni m'avait prévenue que les lieutenants de police ont tendance à faire attendre les jeunes filles. Vous avez dû être retenu par une enquête. Je comprends. »

Jugeant peu opportun de lui rappeler son véritable grade, Sauer lui sourit à son tour, un sourire emprunté, à cause de son sentiment de culpabilité et de ses pensées sinistres après ce qu'il venait de découvrir à Prinzregentenplatz.

« Sur quoi est-ce que vous travaillez ? poursuivit la jeune femme en le suivant dans l'entrée de l'immeuble puis dans les quatre étages qui conduisaient à sa mansarde. Quelle est votre branche, dans la police ? »

Ma branche, pensa Sauer, soudain amer, *je l'ai sciée alors que j'étais assis dessus*. « Les homicides, essentiellement. Parfois les suicides, répondit-il à haute voix.

— Oh.

— Rien de très amusant, effectivement. Mieux vaut parler d'autre chose.

— J'imagine. Quand vous êtes arrivé, j'ai vu tout de suite que vous aviez un nuage noir au-dessus de votre tête.

— Ah bon ? » s'enquit Sauer en atteignant le premier le seuil de sa porte. Heureusement, d'ailleurs, car ainsi il vit l'enveloppe sur son paillasson quelques secondes avant que Rosa ne le rejoigne.

« Oui, on aurait dit le portrait de quelqu'un qui vient de découvrir que sa femme le... » Elle s'interrompit à la dernière seconde. « Vous n'êtes pas marié, n'est-ce pas ?

— Non, lui confirma le commissaire en glissant l'enveloppe dans sa poche, qui contenait déjà les deux de Himmler. Je n'ai jamais été marié.

— Ah, tant mieux, répondit-elle, soulagée. J'avais peur d'avoir gaffé. »

Il se retourna pour la regarder : « Mademoiselle Weiss, est-ce que vous dites toujours tout ce qui vous passe par la tête au moment précis où cela vous passe par la tête ?

— C'est une de mes nombreuses qualités. »

Le commissaire ouvrit la porte et fit signe à son invitée de le précéder. La mansarde baignait dans la lumière chaude du crépuscule, un des moments de la journée qui rendaient la vue sur le marché particulièrement délicieuse.

« Oh, Seigneur, fit Rosa, et elle courut à la fenêtre.

Quelle vue ! s'exclama-t-elle, enthousiaste. On dirait une carte postale ! »

Une gamine. Une gamine de vingt ans.

Puis Sauer se souvint que Geli avait presque le même âge, et il se raidit.

Les enveloppes. Je dois les cacher.

À l'instant même, Friedkin, le propriétaire de l'appartement, passa la tête par la porte. « Herr Sauer ? demanda-t-il d'une voix timide. Vous permettez ? »

Sauer se retourna juste à temps pour voir l'homme se figer, surpris par la présence de Rosa qui, captivée comme elle l'était par le panorama, ne s'était pas aperçue de son arrivée.

« Oh, fit Friedkin. Excusez-moi, je n'avais pas remarqué que vous étiez accompagné. Je voulais seulement vous demander si vous pensiez aller à la Wiesn ce soir, mais j'imagine que la réponse est non », ajouta-t-il avec un clin d'œil. Il salua et disparut.

« C'est un ami à vous ? demanda Rosa sans se retourner.

— Un voisin. Pardon, je reviens. »

Sauer s'enferma à clé dans la salle de bains, puis il tira sur la cordelette qui pendait à côté du miroir et la lumière froide éclaira son visage, aux traits plus tirés que le matin. Tant de choses s'étaient passées. Et la journée n'était pas encore finie.

Il sortit les trois enveloppes de sa poche, posa les deux de Himmler sur le lavabo. La troisième ne portait pas de sceau et n'était pas de la même qualité que les autres. *Il est peut-être arrivé au bout de son paquet*, se dit Sauer, mais avant même de la lire, il sut que l'expéditeur était quelqu'un d'autre : l'enveloppe était ouverte, et il imaginait assez mal le commandant des SS envoyer des lettres sans les cacheter au préalable.

Le petit mot, gribouillé dans une écriture que Sauer connaissait bien, était succinct :

Appelle-moi demain matin. Urgent.
Tenner

Le message du directeur était le dernier rebondissement de cette journée qui n'en avait pas manqué. Car, même si Tenner ne le précisait pas, Sauer avait sa petite idée sur la signification de son message.

Himmler avait raison. L'enquête se poursuivra.

Il remit la feuille dans son enveloppe, reprit les deux autres et se hissa sur la pointe des pieds pour toucher la poutre. *Une excellente cachette pour des documents compromettants, puisque je ne peux pas me servir du piano…*

Comme si sa pensée avait tiré l'instrument de son silence, il entendit les notes d'un morceau qu'il connaissait trop bien s'élever dans l'autre pièce. Il ouvrit la porte de la salle de bains et sortit, se trouvant aussitôt plongé dans la mer impétueuse de la *Sonate n° 2* de Rachmaninov, sa bête noire.

Assise devant le piano, Rosa exécutait la mélodie avec la maestria et l'assurance d'une pianiste confirmée. Happée par la musique, elle ne parut pas s'apercevoir de la présence du commissaire, qui, attiré et entraîné comme un enfant par le joueur de flûte de Hamelin, s'approcha d'elle et resta immobile pour l'écouter, perdu dans les notes, dans un temps suspendu.

Il ne restait plus sur terre que les épaules de la jeune femme, qui se mouvaient et tressautaient au rythme de la partition, et sa tête, penchée dans l'effort pour domestiquer les passages les plus ardus, jusqu'à ce que, vers la fin, arrive le moment que Sauer redoutait, où il échouait systématiquement.

La tension qui avait crû en lui atteignit son paroxysme, et son anxiété et son attente étaient telles que lorsque Rosa, sans effort apparent, surmonta cet obstacle immense, il se laissa tomber sur une chaise.

La musique grandit encore, grossit, gagna en ton et en rythme jusqu'au point d'acmé puis, soudain, elle retomba, et le silence regagna la petite mansarde.

Quand Rosa, fatiguée mais heureuse, se tourna, elle découvrit le visage de Sauer sillonné de larmes silencieuses.

MARDI 22 SEPTEMBRE 1931

27

Dans la nuit, une averse avait lavé Munich, laissant la ville aussi pimpante sous le soleil matinal qu'une maquette toute neuve. L'air vivifiant piquait les joues, une odeur douceâtre émanait des feuilles mouillées et les façades des immeubles donnant sur le marché se reflétaient dans les flaques, entourées de mésanges et de moineaux qui sautillaient joyeusement.

Sauer n'avait guère dormi cette nuit-là, mais à l'aube il s'était réveillé parfaitement dispos. Cela ne lui était pas arrivé depuis longtemps. À quarante-deux ans, et après ce qu'il avait vécu, il se sentait souvent vieux et sans avenir. Pas ce matin : aujourd'hui était un jour différent. Aujourd'hui, sa vie recommençait.

Il descendit sur la place avant sept heures pour prendre son petit déjeuner et échanger quelques mots avec Rosa.

Rosa.

Ils ne s'étaient pas dit grand-chose, la veille au soir, après qu'elle avait dompté Rachmaninov sur son clavier. Sauer s'était effondré et, avec lui, toutes les défenses érigées au cours des ans. Surprise et émue par ses larmes, Rosa s'était levée, l'avait rejoint et, sans dire un mot, elle s'était agenouillée devant lui, avait pris ses mains dans les siennes et l'avait scruté de ses yeux noisette.

Sauer avait chaviré dans ce regard, où il se sentait à la fois perdu et à sa place : une scène digne d'un film à l'eau de rose, dont il avait un peu honte.

Ils étaient restés un temps indéfini dans cette position, lui assis et elle à genoux, mains dans les mains – dix minutes, une demi-heure, une heure ? – mais, quand la nuit était venue se presser contre les fenêtres, le charme s'était rompu. « Je dois y aller, avait dit Rosa d'une voix rauque en se relevant. À demain matin. » Elle avait déposé un baiser sur son front et, aussi silencieuse qu'un chat, elle avait gagné la porte et disparu dans l'escalier.

Le matin était là, et Sauer s'enfonça dans le marché, le cœur trépidant d'anxiété et de crainte. Il ne savait qu'attendre de Rosa, il ne savait même pas ce qu'il espérait, mais la présence de cette jeune femme avait desserré l'étau qui comprimait sa poitrine, et cette sérénité inédite constituait en soi un motif suffisant pour désirer la revoir et essayer de démêler ses sentiments confus.

La pointe de jalousie qui le transperça lorsqu'il la vit bavarder aimablement avec Mutti, assis à sa table comme s'il était le patron du marché, lui donna quelques éléments de compréhension sur la nature des sentiments en question.

Tu devrais avoir honte. C'est ton meilleur ami et elle pourrait être ta fille.

« Voilà notre Siggi ! s'exclama son collègue. On était justement en train de parler de toi ! »

Sauer se figea. Rosa s'empourpra et baissa la tête. « De moi ?

— De ton talent de guide, répondit Mutti. Rosa ne connaît pas du tout Munich ! Ça fait un mois qu'elle habite ici et elle n'est jamais allée au Jardin anglais. Tu te rends compte ? Jamais !

— Je n'ai pas encore eu le temps, se justifia la jeune femme.

— Je comprends bien, mais l'été est presque terminé, mon trésor. L'averse de cette nuit annonce le brouillard. Il faut que tu profites du beau temps tant qu'il est encore là ! Siggi, poursuivit Mutti en se tournant vers son ami, toi qui connais la ville mieux que tes poches, tu dois l'emmener voir ce jardin. Aujourd'hui, quand on aura fini de travailler, petite promenade dans les allées, panorama depuis le Monopteros et dîner à la Tour chinoise. Hein ?

— Je vois que tu as déjà tout mis au point, commenta Sauer.

— Oui, fit Rosa en souriant à son tour. Le commissaire Forster devrait être organisateur d'événements.

— Je suis précisément en train de travailler à ma reconversion ! » répondit Mutti avec un clin d'œil.

Quand la jeune femme se fut éloignée pour servir les autres tables, Sauer s'assit en face de son ami et l'interrogea du regard. Que savait-il au juste ? Et qu'avait-il l'intention de faire ?

« Ne me regarde pas comme ça. Je ne fais qu'accomplir mon devoir d'homme marié. »

Sauer haussa un sourcil. « C'est-à-dire ?

— Je pousse d'autres hommes ignares dans le piège où je suis moi-même tombé.

— Et qu'est-ce que tu y gagnes ?

— De la bonne compagnie, répliqua Mutti avec son sourire inimitable. Ça s'est bien passé, hier soir ? Tu lui as montré ton instrument ? »

Sauer haussa l'autre sourcil.

« D'accord, d'accord, j'ai compris. Rien à déclarer.

— Pas à ce sujet, non.

— Aucun problème, répondit Mutti tandis que Rosa revenait avec sa première bière de la journée. Merci, mon petit.

— Et ça, c'est pour vous », dit la jeune femme en déposant une chope de céramique fumante devant Sauer. Le commissaire vit qu'elle était accompagnée d'un petit mot.

« Merci. » Elle inclina la tête et regagna le kiosque de Frau Keller.

« Bien, bien, commenta Mutti. Nous en sommes déjà à la phase des billets doux… »

Sauer le foudroya du regard. « On parle d'autre chose ?

— Aucun problème, répéta le commissaire adjoint. D'ailleurs, j'ai quelque chose de très intéressant pour toi.

— Vas-y», dit Sauer tout en dépliant le petit mot de Rosa :

J'aimerais vraiment qu'on aille au Jardin anglais ensemble.
Tour chinoise à sept heures ?

« Tu as compris ? demanda Mutti.
— Hein ? Pardon, j'étais distrait.
— Je disais que j'ai retrouvé Fischer. »
Sauer le regarda. « Fischer ?
— Le technicien de laboratoire qui a mis le feu à la chambre noire de Müller. »
Un toast à une table effraya des moineaux, qui s'envolèrent dans un bruissement d'ailes.
« Comment tu l'as retrouvé ?
— Tu sais que Lina travaille à l'hôpital. Là-bas, les histoires circulent, et quand je lui ai parlé de l'enquête…
— Mutti, on est tenus au secret professionnel.
— Moi, ma femme, je lui dis tout. Et je fais bien parce que, justement, quand je lui ai raconté l'incendie de la chambre noire, elle a immédiatement réagi : elle en avait déjà entendu parler, le fils de sa collègue a une amie qui connaît le cousin d'un assistant médico-légal licencié samedi dernier pour la même raison.
— On cherche un technicien, pas un assistant.
— Parce que Müller nous a poussés dans cette direction. La énième fausse piste de ce cher docteur actuellement injoignable pour cause de croisière autour du

monde – j'espère qu'il s'étranglera avec son bouillon par une mer force neuf. Walther Fischer n'est pas un technicien de laboratoire, c'est un médecin spécialisé en anatomo-pathologie qui a obtenu son diplôme avec les félicitations du jury. Il était assistant à l'institut médico-légal depuis décembre dernier, il devait être titularisé l'an prochain. Maintenant, il y a une tache grosse comme une maison sur son CV et ce pauvre homme aura bien de la chance s'il réussit à trouver un poste de médecin dans un patelin de montagne. »

Sauer réfléchit quelques instants à ce « pauvre homme » et demanda : « Tu lui as parlé ?

— Non, mais j'ai une adresse. Marché aux fruits et légumes, étal 24 *bis*. Son père vend des fruits exotiques et, selon l'amie de Lina, le jeune docteur va lui donner un coup de main tous les matins de quatre heures à huit heures. Un bon garçon. Et donc, conclut Mutti en levant les yeux vers l'Alte Peter, si on se dépêche, on peut encore aller le voir.

— Entendu, mais donne-moi une minute, répondit Sauer. Je dois passer un coup de téléphone.

— Je t'attends là. La vue est belle », ricana son collègue en indiquant du menton une serveuse en habit traditionnel.

Sauer souffla. « Mutti, toi et les femmes… Tu vas finir par t'attirer des ennuis.

— Je ne fais que regarder. Un homme doit s'accorder au moins un travers.

— Oui, mais toi, des "au moins un travers", tu en as mille… »

Il le laissa à la table pour gagner la cabine téléphonique devant le marché couvert et composa le numéro direct de Tenner au commissariat. Sans surprise, le directeur répondit immédiatement.

« Sauer. J'attendais ton appel plus tôt.

— J'ai mal dormi cette nuit. Je me suis réveillé tard.

— Écoute, je suis désolé de t'avoir traité comme ça hier, mais vu la tournure que prenait la conversation… Enfin, c'est mieux comme ça : ça peut nous être utile.

— Comment ça ?

— Ne reviens pas au commissariat jusqu'à la fin de la semaine. Officiellement, tu es en vacances. Officieusement, tu continues ton enquête sur l'affaire Raubal. Le ministre n'est pas sûr que les résultats obtenus en trois jours suffisent à justifier nos actes. Sur les faits, aucun doute ne subsiste, mais il veut être assuré que personne n'en fera émerger dans l'avenir. En d'autres termes : l'affaire est close, mais l'enquête continue, même si le public n'en est pas informé. Tu travailleras seul, et tu me feras un rapport à la fin de la semaine, à moins que tu ne fasses entre-temps une découverte si énorme qu'elle demande mon intervention. C'est clair ?

— Oui », mentit Sauer, la tête pleine de questions. Il comprenait ce qu'on lui demandait, mais pas pourquoi, et ne savait plus que penser de Tenner. Marionnette, marionnettiste, ou ni l'un ni l'autre ?

« J'ai déjà parlé avec Forster, poursuivit le directeur. Je le laisse sur l'affaire Hatzke, même s'il ne reste pas grand-chose à faire, comme ça il pourra t'aider sans éveiller les soupçons. Allez, je te laisse. Bonne chance.

— Merci », répondit Sauer avant de raccrocher.

L'enquête continuait donc, et deux entités demandaient son aide : la police et le Parti. La semaine promettait d'être intéressante.

Il revint à la table, où il trouva Mutti en train de fumer, l'air heureux.

« Siggi. Tu as parlé avec Tenner ? demanda ce dernier en soufflant la fumée.

— Tu étais au courant.

— Exact. C'est pour ça que je t'ai dit pour Fischer. On y va ?

— On y va. »

Avant de s'éloigner, Sauer jeta un regard vers le marché à la recherche de Rosa, et vit qu'elle l'observait, immobile, à côté du kiosque de Frau Keller. Il lui fit un petit signe de la tête pour confirmer le lieu et l'heure de leur deuxième rendez-vous. Le sourire par lequel elle lui répondit était plus radieux que le soleil.

Le marché aux fruits et légumes de Munich se trouvait à plusieurs kilomètres du Ring, dans la banlieue sud de la ville, à la limite avec Sendling. À n'importe quelle autre période de l'année, il aurait fallu au moins une heure pour s'y rendre, mais pendant l'Oktoberfest, qui se déroulait non loin, à la Theresienwiese, les transports publics triplaient leur trafic. Ainsi, malgré leurs deux changements de tramway pour être sûrs qu'ils n'étaient pas suivis, Mutti et Sauer arrivèrent au numéro 10 de Schäftlarnstrasse un peu avant huit heures, juste à temps pour rencontrer Walther Fischer.

« Enfin, si les informations de Lina sont bonnes », dit Sauer quand ils parvinrent devant le grand bâtiment du marché : quatre hangars en briques crépis d'ocre, dont le plus vaste exhibait un toit pentu couvert de bardeaux rouges et une façade percée de hautes fenêtres rectangulaires. Plus qu'un marché couvert, l'ensemble évoquait le réfectoire d'une université anglaise.

« Lina ne se trompe jamais », répliqua Mutti d'un ton qui laissait supposer qu'il avait l'habitude de répéter cette phrase sans discuter, une habitude précieuse pour la longévité de son mariage. « C'est amusant, un type qui s'appelle Fischer et qui vend des fruits… Il aurait pu vendre du poisson, non ? Ç'aurait été plus logique. »

Ils arrivèrent sur la grande esplanade fermée, encombrée de charrettes et de fourgons où des dizaines d'hommes déchargeaient des cageots de fruits, et atteignirent l'entrée principale du marché. Ils s'arrêtèrent un instant pour admirer l'immense espace d'un seul tenant. En fait, le marché ne ressemblait pas tant à un réfectoire qu'à une cathédrale.

« Les marchands dans le Temple », commenta Mutti. Le spectacle était grandiose : les étals de vente en gros s'alignaient le long de la nef centrale, éclairée par deux rangées d'ampoules suspendues, et sur certains les piles de cagettes de pommes atteignaient les deux mètres de haut. Tout autour de ces stalagmites de bois, les porteurs se déplaçaient avec leurs chariots et leurs élévateurs, parmi les dizaines de chalands qui butinaient d'étal en étal comme des abeilles, palpant et reniflant les fruits exposés et remplissant leurs carnets de notes.

« Le 24 *bis* », dit Sauer en montrant un étal plus grand que la moyenne vers le milieu de l'allée. En s'approchant, ils constatèrent qu'il proposait des produits absents des autres étals : des oranges, des dattes, des bananes et des sortes de pommes vertes duveteuses. Presque aucun des fruits vendus là n'évoquait l'Allemagne et la saison en cours.

« Nous les importons par avion, leur expliqua l'homme entre deux âges qui surveillait la marchandise quand il remarqua l'expression étonnée des deux commissaires. Ça coûte beaucoup plus cher, mais ça évite que les fruits se gâtent. Voulez-vous goûter quelque chose ?

— Non, merci, répondit Sauer sous les yeux déçus de Mutti. Nous souhaiterions parler à Walther Fischer. » Il s'apprêtait à sortir sa plaque, puis il se souvint qu'officiellement il était en vacances et donna un coup de coude à son collègue.

« Police criminelle, dit Mutti en montrant sa plaque.

— Walther est mon fils, répondit l'homme, les sourcils froncés. Il était là il y a un instant. C'est encore pour cette histoire d'incendie ?

— Oui et non, répondit Sauer. Il est parti ?

— Non, je pense qu'il est sorti fumer, répondit

l'homme, chagrin. C'est une mauvaise habitude, et encore plus chez un médecin.

— Nous allons le rejoindre, dit Mutti. J'en profiterai pour fumer moi aussi. Comment est-il ?

— Walther ? Il est grand, presque aussi grand que son collègue, et il porte un bouc.

— Merci beaucoup. »

Ils quittèrent l'étal pour gagner la sortie latérale qui leur avait été indiquée. À l'extérieur, ils découvrirent un spectacle inattendu : un train de marchandises ouvert arrêté en plein milieu de l'esplanade. En regardant mieux, Sauer distingua les rails dans le bitume. Il ignorait que le marché possédait sa propre gare, mais cela avait du sens : Munich était la troisième place d'Allemagne, les fruits venant d'Espagne, de France et d'Italie passaient tous par là.

Ils scrutèrent la foule d'hommes qui bavardaient sur l'esplanade : la moitié fumaient, et parmi cette moitié, une bonne partie mesuraient plus d'un mètre quatre-vingts. *Quand on travaille dans les fruits et légumes*, se dit Sauer, *on a une alimentation équilibrée.* Mais un seul d'entre eux portait un bouc.

« Docteur Fischer ? » demanda Sauer en s'approchant.

L'homme hocha la tête et rejeta de grandes volutes de fumée. « Vous êtes ? »

Mutti montra à nouveau sa plaque. « Commissaires Forster et Sauer, de la police criminelle.

— En quoi puis-je vous être utile ? demanda Fischer en lisant scrupuleusement la plaque.

— Nous avons quelques questions à vous poser sur l'affaire Raubal. Vous voyez sans doute de quoi je parle… » dit Sauer.

L'homme acquiesça, amer. « Oui, je vois. Elle m'a coûté mon travail.

— Comment ça ? » demanda Mutti sur le ton le plus neutre possible.

D'autres volutes de fumée, un long regard inquisiteur. « J'imagine que vous le savez, sinon vous ne seriez pas là.

— Oui, mais nous voudrions entendre votre version des faits, si vous n'y voyez pas d'inconvénient. »

Le regard inquisiteur s'assombrit. « J'ai mis le feu à la chambre noire de l'institut médico-légal. Un accident. Malheureusement, l'incendie a détruit des machines coûteuses et des photographies importantes. Le docteur Müller ne s'est pas montré très bienveillant, mais je peux le comprendre.

— Vous pouvez le comprendre ? répéta Mutti.

— C'étaient des machines très chères, répondit Fischer sans ciller. Des photographies très importantes. »

« Walt ! » l'interpella alors un homme derrière les commissaires. Ces derniers se retournèrent : c'était le père de Fischer. « Tout va bien ?

— Tout va bien, ne t'inquiète pas. »

L'homme scruta le trio pendant quelques instants puis, à contrecœur, il regagna le marché.

« Il se fait du souci pour moi, expliqua Fischer. Cette histoire lui est restée en travers de la gorge.

— Pas à vous ? demanda Mutti. Vous avez été licencié pour une erreur.

— Une énorme erreur.

— Une erreur bien commode », intervint Sauer.

Il y eut un silence. Le front plissé, Fischer aspira les dernières bouffées de sa cigarette, puis jeta le mégot et l'écrasa sous la pointe de sa chaussure. « Commode, vous dites ?

— Pour Müller, ça ne fait aucun doute. Écoutez, Walther. Vous avez sans doute de bonnes raisons d'appuyer la version de l'accident. Vous ne savez pas qui nous sommes, ni pourquoi nous sommes là. Peut-être que vous avez déjà rencontré d'autres personnes comme nous, avec un uniforme et une plaque. Peut-être qu'elles vous ont menacé, ou payé, pour dire que vous avez commis une erreur. Sur la base de quels critères pouvez-vous vous fier à nous ? Et pourtant, vous savez aussi bien que nous que l'histoire de l'accident ne tient pas la route.

— Ah non ?

— Non, insista Sauer. Pas une seconde. Pour commencer, vous n'êtes pas technicien de laboratoire, alors qu'est-ce que vous faisiez dans cette chambre noire ?

— Ah, ça. D'habitude, ce sont d'autres personnes qui s'occupent du développement des photos, mais là on était pressés et, le samedi, le personnel…

— … est chez lui en famille, compléta Mutti. Une excellente explication. Mais certaines compétences ne s'improvisent pas, et Müller est obsédé par le respect des protocoles. Il n'aurait certainement pas demandé à un médecin légiste de remplacer un technicien de laboratoire. »

Fischer accusa le coup.

« Je suis déjà entré dans une chambre noire, continua Mutti. C'est rempli de produits inflammables, tout le monde le sait. De même que tout le monde sait que, précisément pour cette raison, on n'y introduit jamais quelque chose qui pourrait provoquer un incendie. À moins que nous ne devions imaginer que, la tête ailleurs, vous avez allumé une cigarette là-dedans, au risque de flamber en même temps que la pièce ? »

Fischer se dandina, muet.

« Mon collègue a raison, reprit Sauer. Il est difficile d'imaginer comment un incendie pourrait détruire l'intégralité d'une chambre noire sans au moins blesser la personne qui l'a causé. Il faudrait qu'une longue mèche sorte de la pièce et qu'elle ait été allumée depuis le couloir, délibérément. »

Une porte du train fut violemment claquée derrière Fischer, qui sursauta.

« C'est ce qui s'est passé ? le pressa Mutti. Vous avez volontairement mis le feu à la chambre noire ? Nous devons vous embarquer au commissariat, sous l'accusation de destruction volontaire des preuves d'une enquête officielle ?

— Seigneur », soupira Fischer. Il passa une main sur son visage, froissant ses joues et son menton. « Il faut que je quitte ce pays.

— Si on porte plainte, fit remarquer Mutti, vous ne pourrez aller…

— C'est bon ! explosa Fischer. J'ai compris. Arrêtez. Vous attendez quoi ? Que j'applaudisse chaque fois qu'une de vos menaces tape juste ? Quelle situation, bon sang. » Il tira son paquet de cigarettes de sa poche, en alluma une autre et aspira une grande bouffée, comme si celle-ci pouvait éclaircir le brouillard qui l'entourait. « Je n'ai pas envie de finir en prison. Demain, j'ai un train pour la France, je quitte cette folie. Promettez-moi que, si je vous raconte tout, vous me laisserez partir. »

Mutti se tourna vers Sauer, qui hocha la tête.

« C'est moi qui ai mis le feu à la chambre noire, déclara Fischer après un dernier instant d'hésitation. Le docteur Müller m'a obligé à le faire en menaçant de me faire perdre mon poste, puis il m'a licencié quand même en me disant que si je parlais je le paierais cher. Ce salaud a des amis haut placés. Je n'ai pas utilisé de mèche. Il a suffi de laisser une bouteille d'acide à côté des bacs de révélateur. En une heure, les vapeurs ont fait leur effet. C'est tout.

— Qu'aviez-vous donc fait de compromettant pour être obligé d'accepter de détruire la chambre noire sur l'ordre de Müller ? demanda Mutti.

— J'avais découvert la vérité.

— Quelle vérité ? » s'enquit Sauer. Les vérités commençaient à être un peu trop nombreuses dans cette affaire.

« La vérité sur la mort d'Angela Raubal. La vérité sur le sang dont son corps était couvert.

— Je ne comprends pas », déclara Mutti.

Sauer ne dit rien : lui non plus ne comprenait pas, mais un pressentiment comprimait ses poumons.

« Le sang sur la fille, expliqua Fischer d'un air écœuré, ce n'était pas son sang.

— Comment ça ? Une partie au moins… ?

— Vous avez déjà tué un cochon ? reprit le jeune médecin légiste. Moi pas, mais, enfant, j'ai souvent assisté à cette scène. Mon père et ses frères faisaient eux-mêmes leurs saucisses. C'est un spectacle affreux. On égorge le cochon encore vivant : on le pend la tête en bas et on lui coupe la gorge, avec une bassine par terre pour récupérer son sang. Ses cris sont déchirants… Je vous assure que quand on voit ça à l'âge de six ans, on s'en souvient. J'ai arrêté de manger de la viande depuis cette époque, et j'ai même du mal à en voir. Mais vous savez ce qui marque le plus ? Ce ne sont pas les cris. Ce n'est pas la violence. C'est l'odeur. L'odeur de la mort. L'odeur des entrailles. Et l'odeur du sang. »

Une autre cigarette, les yeux de plus en plus rouges.

« Le sang du cochon est presque identique au sang humain. On dit qu'il faut analyser leur composition pour les distinguer : le nombre de globules rouges et blancs, la concentration en minéraux, la densité du plasma… Mais moi je vous dis que l'odeur aussi permet de les distinguer. Moi en tout cas, je sens la différence. J'ai senti des milliers de fois le sang humain. On peut dire que c'est mon pain quotidien, ou qu'en tout cas ça l'était, et cette odeur ne m'a jamais dérangé. Mais le sang de cochon me retourne toujours l'estomac, et la dernière fois c'était samedi dernier, quand j'ai ouvert le cercueil en bois qui contenait le corps d'Angela Raubal. »

L'horreur de la révélation était trop grande pour provoquer une réaction immédiate. Pareille au champ électrique pendant un orage, elle ne produisit pas d'effets visibles sur les visages des deux commissaires, mais elle chamboula la charge de leurs pensées et leurs poils se hérissèrent.

« Vous êtes en train de dire que…

— Notre corps contient entre quatre et cinq litres de sang. Dans la chambre où ils ont trouvé la fille, il y avait une flaque d'au moins deux litres. Mais il restait presque quatre litres dans le corps quand je l'ai examiné, et sur ses vêtements il n'y avait pas de sang humain, rien que du sang porcin. Quelqu'un, conclut Fischer d'une voix étranglée par la tension, a utilisé du sang de cochon pour créer une scène de crime plausible.

— Vous en êtes sûr ? demanda Sauer.

— Je l'ai analysé personnellement, et j'ai montré les résultats à Müller. C'est comme ça que ce cauchemar a commencé.

— Mais… Pourquoi ? » demanda Mutti, qui ne parvenait pas à comprendre.

Fischer haussa les épaules et énonça l'évidence : « Parce que Angela Raubal n'est pas morte dans cette pièce. »

28

Le marché n'était pas loin de la rivière, et les deux commissaires avaient besoin de réfléchir. Ils prirent donc la direction de l'est, traversant de part en part le quartier industriel. Le soleil étincelant du début de matinée se couvrait lentement d'une brume qui conférait aux rues et aux immeubles un aspect évanescent, presque immatériel, comme dans un rêve. Un rêve déplaisant, à en juger par l'expression de Mutti.

« Geli est morte ailleurs, répéta-t-il pour la énième fois depuis qu'ils avaient laissé Fischer à ses plans de fuite en France. Le corps a été déplacé dans la chambre où nous l'avons vu dans un second temps. Si c'est vrai, ça change tout. » Il secoua la tête, comme si ce mouvement pouvait lui permettre de se débarrasser de cette pensée, mais plus il la secouait, plus la pensée s'ancrait profondément.

« Cela n'exclut pas forcément qu'il s'agisse d'un suicide, avança Sauer, resté silencieux jusque-là.

— Mais alors pourquoi tout ce cinéma ? Déplacer

le cadavre, le couvrir de sang de cochon récupéré Dieu sait où, fermer la porte à clé, la défoncer…

— Ils ont dû faire ce que j'imaginais : Winter est entré le premier et il a glissé la clé dans la serrure de l'intérieur pour donner l'impression que Geli s'était enfermée.

— D'accord, mais pourquoi en faire autant si ce n'est pas quelqu'un d'autre qui l'a tuée ? Peut-être même son petit tonton chéri ?

— Il était à Nuremberg », lui rappela Sauer. Il se sentait obligé de récuser les soupçons de Mutti, bien qu'il les partageât, car il fallait bien que quelqu'un se fasse l'avocat du diable, même si cela signifiait vivre en enfer. « J'insiste : cela n'exclut pas qu'elle se soit tuée toute seule. Peut-être qu'elle a mis fin à ses jours dans un endroit où elle n'aurait pas dû être et… »

En prononçant ces mots, Sauer se rendit compte qu'il savait exactement où. Bien sûr : trop de détails cadraient, c'était forcément la bonne explication. Le problème consistait à savoir comment le dire à son collègue, qui ignorait encore sa visite de la veille dans l'appartement.

Tu sais, Mutti, hier matin j'ai rencontré Heinrich Himmler, qui m'a chargé d'enquêter sur la mort de Geli pour le compte du Parti. Il m'a aussi donné un billet spécial signé par Hitler en personne, et avec ça, j'ai pu retourner voir Anni Winter…

Au fond, il n'avait pas besoin d'informer Mutti de son entretien avec le commandant des SS, en tout cas pas pour le moment : il n'était pas entré dans la chambre secrète par la porte mais en cassant une fenêtre.

Ils atteignirent le Grosser Stadtbach, le canal qui coulait en parallèle de la rivière. Sauer décida de quitter la rue pour descendre sur la berge. Le sentier qui partait du parc Flaucher, désert à cette heure, offrait un cadre idéal pour mettre son collègue au courant de ses découvertes à Prinzregentenplatz.

« Je ne t'ai pas raconté ma journée d'hier, commença-t-il en s'asseyant sur le premier banc.

— Ah ! fit Mutti avec un grand sourire. La Rosa que tu cueillis…

— Ne fais pas l'imbécile et assieds-toi. Je parle de l'enquête. Hier, après qu'on s'est quittés… »... *et après avoir ouvert les deux enveloppes de Himmler*... « … je suis retourné à l'appartement.

— Qu'est-ce que tu attendais pour me le dire ?

— Euh… Je ne sais pas. Pardonne-moi. Le récit de Fischer m'a tourneboulé.

— Sale histoire, en effet, approuva Mutti, redevenu sérieux. Si elle n'est pas morte dans cette chambre, je me demande où elle était. Et avec qui.

— Avec qui, je ne sais pas, mais où… Je suis entré dans la pièce fermée, Mutti.

— Le débarras ? s'enquit son collègue, tout excité.

— Oui, confirma Sauer. Sauf que ce n'est pas un débarras. C'est une chambre à coucher. Qui communique avec une salle de bains. Qui communique à son tour avec la chambre de maître. »

Un cri s'éleva au loin, dans leur dos: «Hé, ho!» Un cri semblable lui répondit au bout de quelques secondes: «Hé, ho!» Sauer se tourna pour voir d'où il venait: deux chalands se croisaient sur l'Isar.

«Des chambres à coucher communicantes…, murmura Mutti.

— Oui.

— Ne me dis pas que tu as aussi trouvé…

— La valise de Geli? Non, pas ça. Mieux: j'ai trouvé sa chemise de nuit. Je pense que la pièce où on a vu le corps était une sorte de bureau ou de salon privé, mais que Geli dormait dans la pièce que j'ai vue hier.

— Celle qui communique avec la chambre de son oncle? demanda Mutti, surpris. Alors les rumeurs sur leur compte…

— Je crains que oui. Ça expliquerait aussi la nouvelle serrure sur la porte et l'absence des clés dans l'appartement. Un proche de Hitler s'est donné du mal avant notre arrivée. Ça se comprend, imagine le scandale si les gens venaient à savoir que Geli Raubal s'est tuée dans une chambre à coucher directement reliée à celle de son oncle attentionné…

— C'est répugnant, commenta Mutti. Tu crois que c'est lui qui a donné l'ordre de brouiller les pistes?

— Je ne sais pas. Ce n'est pas dit.»

De nouveau, l'échange de cris leur parvint de la rivière: «Hé, ho!», «Hé, ho!» Les chalands approchaient. Une idée traversa l'esprit de Sauer.

«Viens, dit-il en bondissant sur ses pieds. Suis-moi. » Il se mit à courir dans l'herbe en direction de l'Isar.

Il fallut un instant à Mutti, encore étourdi par la révélation sur les chambres à coucher, pour réagir, mais il le suivit et le rejoignit sur le petit débarcadère de bois où Sauer s'était arrêté. « Hé ! criait-il en agitant les bras. Vous m'entendez, sur le chaland ?

— Qu'est-ce que tu fabriques ? demanda Mutti.

— Je hèle un moyen de transport. »

Mutti l'écarta. Il planta deux doigts grassouillets entre ses dents et poussa un sifflement si puissant qu'il mit en déroute toutes les foulques qui déambulaient paisiblement dans les roseaux. Les bateliers entendirent l'appel du commissaire adjoint et agitèrent les bras dans sa direction. Le batelier qui naviguait vers le nord salua son collègue et fit dévier la trajectoire de son chaland pour le faire approcher de l'embarcadère. Mutti s'effaça galamment pour laisser Sauer monter le premier.

Cinq minutes après, les deux commissaires étaient à la proue, en route vers le centre de Munich. « On aurait eu plus vite fait en tram, mais en matière de romantisme on ne pouvait pas faire mieux, déclara Mutti. Viens là, mon minou. Assieds-toi à côté de moi, roucoula-t-il en tapotant la place à côté de lui à grand renfort de clins d'œil.

— Tu t'es trompé de métier, fit Sauer. Tu aurais dû faire comique.

— C'est ça. Pour finir derrière les barreaux comme le pauvre Weiss Ferdl chaque fois qu'une blague sur les nazis m'échappait ? C'est-à-dire toutes les quatre minutes environ ? »

Sauer se décida : une aussi belle occasion ne se représenterait jamais. Au beau milieu de la rivière, Mutti et lui, seuls, juste après un tournant crucial de l'enquête. Il avait déjà trop attendu. Il était temps de se mettre à découvert.

« Mutti, murmura-t-il d'une voix presque inaudible. J'ai quelque chose à te dire. »

Ainsi que c'était prévisible, Mutti ne le prit pas bien.

Quand Sauer eut fini de tout lui raconter, depuis son militantisme dans les SA – putsch de la Brasserie compris – jusqu'à son entretien privé avec Himmler et aux deux enveloppes que celui-ci lui avait confiées en même temps que la mission d'enquêter sur la véritable raison de la mort de Geli Raubal, le commissaire adjoint ne souffla pas un mot. Dans un premier temps, il resta parfaitement silencieux, les yeux rivés sur la ville qui approchait lentement. Puis, alors même que Sauer commençait à espérer que ce silence était un signe encourageant, Mutti se leva brusquement et lui enjoignit de faire de même.

« Lève-toi.

— Mutti…

— Lève-toi, je te dis ! »

Bien qu'il ignorât les intentions de son ami, Sauer estima plus judicieux de lui obéir. Il se releva péniblement, alors que l'embarcation oscillait sur les vagues artificielles de la digue de l'Eisbach, dominant son collègue de toute sa stature.

« Écoute, je sais que tu es déçu…

— Déçu ? Oh, non ! Non, je ne suis pas déçu. Si tu me promets un bifteck et qu'à la place tu me sers de la salade, comme le fait toujours ma femme, là oui, je suis déçu. Si, comme certains tauliers incompétents, tu me sers une bière chaude et éventée, ça me déçoit. Mais mon meilleur ami – mon seul ami – qui s'avère être un nazi de la première heure ? Ça ne me déçoit pas, ça me fout en l'air, siffla Mutti, si fort que même les passants sur le pont Wittelsbach se retournèrent. Ça fait presque dix ans qu'on est collègues, on a travaillé ensemble sur des centaines d'affaires, je ne t'ai jamais fait aucun mystère de mes opinions, de mes jugements, de ma haine pour les Chemises brunes, tout ça pour découvrir en fin de compte que tu en fais partie, et ça depuis leur création. Grand, blond et athlétique : le parfait nazi !

— J'étais jeune, Mutti, j'étais…

— Ne m'appelle pas Mutti ! Pour toi, je suis le commissaire Forster, c'est clair ? Je refuse toute familiarité avec les brutasses de bas étage…

— Tu exagères, là.

— Ah oui ? Mais c'est peut-être que j'ai une tare héréditaire ! Je n'ai peut-être pas assez de sang aryen pour avoir ton comportement exemplaire ! » Il retira son chapeau et pencha la tête vers Sauer. « Vas-y, mesure mon crâne.

— Mutti…

— J'ai dit. Ne. M'appelle. Pas. Mutti.

— Helmut, alors. D'accord ? Écoute, c'était il y a longtemps et je n'en suis pas fier. Ça fait huit ans que je ne fréquente plus ces gens et, tu l'as vu, je n'ai aucun problème pour les poursuivre, au contraire. S'ils violent la loi, je ne ferme pas les yeux… J'ai changé, je t'assure. Et tu devrais le savoir mieux que quiconque, parce que tu me connais mieux que quiconque. »

Mutti fixa Sauer droit dans les yeux, puis une lueur traversa son regard. « D'accord, dit-il, soudain très calme. Si tu n'es plus des leurs, saute dans la rivière.

— Quoi ?

— Saute dans la rivière. Prouve-moi que je peux te faire confiance. Fais ce que je te dis et je te donnerai une seconde chance.

— Tu as perdu la tête. Je ne sais pas nager, tu le sais très bien.

— Alors tu es encore des leurs.

— Mutti…

— Ne m'appelle…

— Helmut. Arrêtons les plaisanteries. Qu'est-ce que ça veut dire, “saute dans l'eau et je te croirai” ? Si tu ne me crois pas quand je suis sec, qu'est-ce que ça changera que je sois mouillé ? Tu veux que je me noie ?

— Si tu sautes, j'aurai la certitude que tu es disposé à le faire pour me prouver que tu n'es pas des leurs, déclara Mutti, aussi buté qu'un enfant s'obstinant pour une question de principe.

— Ça n'a aucun sens. Et puis eux, ils sauteraient immédiatement. C'est la première chose qu'on leur apprend : l'obéissance aveugle. »

Ce raisonnement parut faire son effet sur le commissaire adjoint, qui resta silencieux tandis que le chaland dépassait l'île du Deutsches Museum et s'approchait de sa destination, la porte de l'Isar.

« Tu ne veux pas que je me jette à l'eau, reprit Sauer.

— Si, si. Vraiment.

— Si je le faisais, ça ne résoudrait rien. Peut-être que je ne me noierais pas, mais je serais trempé de la tête aux pieds. Et après ?

— Tu pourrais tomber malade. Mourir de pneumonie. Un adorateur de la sainte croix gammée en moins, c'est toujours ça de pris.

— On dirait un gamin.

— Et toi un cliché. Le milicien repenti qui démasque Adolf Hitler, met fin à sa carrière politique et sauve l'Allemagne. Siegfried Sauer, l'ange gardien de Munich. Qui va avaler ça ?

— J'aimerais que toi tu me croies. Sincèrement, Helmut. Je voudrais que tu me fasses confiance.

— Faire confiance. À quelqu'un qui m'a menti pendant des années.

— Je ne t'ai pas menti. Je ne t'ai pas tout raconté.

— Ah, mais il fallait le dire ! Si c'est par omission, ce n'est pas pareil ! Ce n'est pas comme si tu m'avais poignardé dans le dos. Le couteau était déjà planté là, tu as juste *omis* de l'enlever. »

Le chaland passa sous le dernier pont. La porte de l'Isar était toute proche.

« Pourquoi tu ne me l'as pas dit plus tôt ? reprit Mutti.

— Tu le sais très bien, répondit Sauer en grimaçant. J'avais peur. Tu aurais fait confiance à un ancien nazi, quand on s'est connus ? Je ne crois pas. Peut-être que j'espérais réussir à te le dire, tôt ou tard, mais plus le temps passait, plus on se rapprochait, et plus j'avais peur de perdre ta confiance.

— Et maintenant ? Qu'est-ce qui a changé ? »

Le chaland heurta le débarcadère avec un bruit sourd. Le batelier sauta sur le quai, un filin à la main.

« Maintenant, je n'ai plus le choix, répondit Sauer. Si on n'était pas embourbés dans cette affaire, peut-être que je ne t'aurais rien dit, et tout serait resté comme avant. Mais vu la tournure des événements, continuer à te mentir…

— À omettre, le corrigea Mutti, en brandissant son index.

— … aurait signifié compromettre notre amitié à jamais. Et pour moi c'était inenvisageable. »

« Nous sommes arrivés », les informa le batelier, interrompant leur dialogue. Mutti sauta sur le quai, suivi par Sauer, qui espérait que leur querelle était terminée. Il avait peut-être trop craint la réaction de son collègue. Après tout, ils étaient comme des frères l'un pour l'autre, et on pardonne toujours tout à un frère. On lui fait éventuellement payer ses torts, mais on ne rompt pas un lien de sang.

« Bien, dit Mutti en se tournant vers lui. Tu as la liste de Himmler sur toi ?

— Oui.

— Et le billet magique ? Celui qui ouvre toutes les portes.

— Aussi.

— Montre-les-moi. »

Sauer jeta un regard furtif alentour. Les seules personnes en vue étaient le batelier et deux porteurs qui l'aidaient à décharger des caisses de bois sur le quai, à une vingtaine de mètres d'eux. Ils étaient bien trop occupés pour prêter attention à leur conversation.

Il glissa une main dans la poche intérieure de sa veste, en tira son portefeuille et l'ouvrit, mais son collègue l'arrêta.

« Donne-moi tout », dit-il en tendant la main.

Un autre test de confiance ? se demanda Sauer. *Très bien.* Il lui tendit son portefeuille sans rechigner. Mutti pouvait lui prendre tout l'argent qu'il contenait. Il était encore vrai que Sauer aurait fait n'importe quoi pour lui. Il était encore vrai qu'il le considérait comme son meilleur ami.

Cependant, il ne s'attendait pas à ce qui se passa ensuite. « Hé ! s'exclama Mutti en montrant du doigt quelqu'un derrière Sauer. C'est qui ? »

Le commissaire se retourna pour voir – encore son sosie ? – et, profitant de sa distraction, Mutti lui donna un grand coup d'épaule. Sauer perdit l'équilibre et tomba dans l'Isar.

« Tu croyais vraiment t'en sortir comme ça ? » lui

cria Mutti tandis que Sauer se débattait dans l'eau à la recherche d'un point d'appui. À proximité de la berge, la rivière n'était pas très profonde, mais encore trop pour un homme ne sachant pas nager. « Remercie le ciel que je sois un gentilhomme. Un type plus salaud que moi – une Chemise brune, par exemple – n'aurait pas épargné ça. » Il jeta le portefeuille de Sauer par terre, méprisant. Puis il inclina la tête d'un air sarcastique, tourna le dos à son ami et s'en alla.

29

Sauer perdit presque une heure – un temps précieux, mais pas aussi précieux que l'amitié de Mutti – à rentrer chez lui, se sécher et se changer.

Il se rendait bien compte qu'il avait été un imbécile de se dévoiler de la sorte : de but en blanc, sans préparer le terrain, sans amener sa révélation peu à peu.

Il n'aurait pas commis cette erreur fatale sans la pression des circonstances, mais aussi l'illusion que ces nombreuses années passées côte à côte atténueraient l'impact de la vérité. Leur travail conjoint sur toutes ces affaires, les aventures et les dangers affrontés à deux, les crises grandes et petites toujours surmontées grâce à leur entraide et leur confiance réciproque auraient dû mettre leur relation à l'abri de toute rupture. *Une petite lézarde ne peut pas faire tomber un édifice aussi solide*, s'était dit Sauer. *Au pire, le fissurer un peu.* Rien qui ne puisse être réparé avec de la bonne volonté.

Il s'était trompé et il le savait.

Une petite lézarde peut faire tomber la Muraille de Chine, si elle se cache dans ses fondations.

Un vice d'origine détruit tout ce qui suit.

N'ayant connu Sauer que désabusé et apolitique, non seulement Mutti ne pardonnerait jamais au jeune Sauer envoûté par le chant des sirènes du national-socialisme, mais il jugerait désormais son collègue à l'aune de cette erreur de jeunesse. Il remettrait en doute toutes ses actions, tous ses mots, toutes ses confidences. Il porterait un regard nouveau sur le passé et, vu les événements de ces derniers jours, il croirait y déceler toutes sortes de choses. Au mieux, il le considérerait comme un menteur. Au pire, comme un nazi dissimulé, un spécialiste du double jeu, un espion.

Ainsi, Sauer se retrouvait à enquêter sans son collègue et ami sur l'affaire la plus difficile qu'il ait jamais eue entre les mains, et dont l'enjeu ne cessait de croître. *C'est peut-être le moment de faire un pas en arrière*, se dit-il tandis que le jet de la douche brûlait sa peau sans parvenir à atténuer la sensation de froid glacial qui le mordait. *Qu'est-ce que tu vas faire tout seul, avec pour toute arme une liste et un billet ? Sans Mutti, tu n'es même pas capable de distinguer un ami d'un ennemi.*

L'ombre d'un instant, la perspective de rencontrer d'autres témoins et de suivre de nouvelles pistes lui parut si écrasante qu'elle dévora jusqu'à la dernière miette d'énergie qui lui restait. Après tout, qui l'obligeait à le faire ? Officiellement, il était en vacances, et l'affaire était close. Pourquoi ne pas tout lâcher et profiter de cette dernière semaine ensoleillée avant l'hiver ? Il pourrait se détendre, se reposer, flâner dans Munich comme un simple touriste, une idée très séduisante : cela faisait une éternité qu'il traversait la ville au pas de course, toujours accaparé par son travail, toujours pressé par une échéance. Peut-être qu'il ferait mieux de prendre ses distances tant qu'il était encore temps et suivre le dernier conseil de Mutti : servir de guide à Rosa, lui faire découvrir pendant une semaine les trésors du centre-ville.

Rosa, se répéta-t-il.

Geli, répondit son esprit, comme un écho.

Il ferma le robinet. Une pensée vague flottait dans les vapeurs de la salle de bains. Sauer se concentra pour ne pas la laisser s'échapper.

Geli et Rosa.

Rosa et Geli.

En l'espace de quelques heures, ces deux femmes étaient entrées dans sa vie et l'avaient bouleversée.

Ce n'était pas leur seul point commun, cependant.

Un courant d'air s'insinua dans la cabine de douche entrouverte et transperça le commissaire.

Quand elle était morte, Geli avait vingt-trois ans. Comme Rosa.

Et Hitler était né en 1889. Comme Sauer.

Était-ce un simple hasard ?

Le commissaire avait beau n'avoir jamais cru au destin, trop de signes s'accumulaient depuis le début de cette enquête. Le retour de son passé et la dispute avec Mutti ne semblaient pas fortuits eux non plus, mais écrits, prévus, préparés.

Peut-être que le destin n'existe pas tous les jours, mais certains jours oui.

C'est ce que je vis en ce moment.

C'est la chance qui m'est donnée.

Alors, il se décida. Il sortit de la douche, alla se planter devant le miroir. La vitre embuée ne lui renvoyait que de vagues contours. Une image floue. Un Sauer méconnaissable.

Ça ne peut pas finir comme ça, se dit-il et, d'un geste décidé, agacé, il effaça son sosie indéfini. *Avec ou sans Mutti*, promit-il à ses propres yeux de glace, *Geli obtiendra justice.*

Le Nationaltheater se dressait sur une des places les plus élégantes de Munich, entre l'ancienne résidence des souverains bavarois et l'entrée de Maximilianstrasse, l'allée qui traversait le Ring et enjambait l'Isar avant de terminer au pied de la façade polychrome du Maximilianeum. Comme une anticipation de cette dernière à l'intention du visiteur, l'Opéra arborait lui aussi un tympan aux couleurs éclatantes sur fond doré, redoublé un peu plus bas par un second tympan sculpté à l'effigie d'Apollon et des Muses. Les huit colonnes qui le supportaient donnaient des airs helléniques à l'entrée du bâtiment, en accord avec son rôle de temple de la musique savante. C'était là que se déroulaient les spectacles et les concerts les plus prestigieux de la ville, et parfois même de la République entière. C'était là que la haute société munichoise se donnait rendez-vous toutes les semaines pour consolider des liens ou en nouer de nouveaux, mais surtout pour faire étalage de sa richesse dans le cadre choisi par Richard Wagner pour ses premières. C'était là, enfin, qu'Adolf Vogl, compositeur et professeur de chant, donnait des cours pour les musiciens les plus prometteurs du Conservatoire. À en croire Herr Hitler, Geli comptait parmi ces derniers, raison pour laquelle, lorsque onze heures sonnèrent, le commissaire Sauer se trouvait devant l'entrée du théâtre. Si Vogl figurait sur la liste de Himmler, c'était sans doute pour une bonne raison. Et, des six noms qu'elle contenait, c'était l'homme le plus facile à retrouver.

C'est parti, se dit Sauer, et il gravit les marches qui conduisaient à la porte, au milieu de la grande colonnade. Il pénétra dans un vaste hall pavé de marbre rose. Les murs étaient recouverts de stucs blanc et or, entrecoupés de grandes tapisseries colorées d'excellente facture. Au milieu, entre les deux volées de marches du grand escalier qui menait au salon supérieur, un immense tableau représentait la scène clé de *L'Anneau du Nibelung :* Siegfried mettant à mort le dragon Fafner. Sauer connaissait bien cette histoire, il avait toujours été fasciné par le moment où la bête immonde meurt et où des gouttes de son sang éclaboussent la bouche du héros, qui, en les avalant, acquiert le pouvoir de comprendre le langage des oiseaux. C'est pourquoi, sur le tableau, Siegfried était entouré de moineaux en train de gazouiller. Sauer ne put s'empêcher d'éprouver de la peine pour lui : parfois, l'excès de savoir est pire que l'ignorance.

Tandis qu'il regardait autour de lui à la recherche

du bureau d'Adolf Vogl, une équipe d'ouvriers portant une très longue échelle et plusieurs cordes aussi épaisses qu'un bras déboucha d'une galerie sur la droite. D'un pas déterminé et silencieux, ils allèrent se placer au milieu du hall et installèrent l'échelle sous la grande suspension en cristal qui illuminait la pièce.

« Avez-vous besoin d'un renseignement ? lui demanda celui qui devait être le chef d'équipe avec un regard à la fois curieux et méfiant.

— Je cherche le professeur Vogl. »

Son interlocuteur hocha la tête. « C'est pour un cours ?

— Oui, répondit Sauer. Un cours de chant. »

Par chance, le chef d'équipe le crut sur parole. « Les salles de cours sont au premier étage. Prenez le grand escalier et tournez à droite. Au fond du couloir, vous verrez une porte fermée avec écrit "Accès interdit au public". Frappez, on vous ouvrira. »

Sauer le remercia en portant une main à son chapeau, puis se dirigea vers l'escalier tandis qu'un ouvrier montait sur l'échelle, une corde à la main.

« Attache-la solidement, lui conseilla un de ses collègues. Si le lustre tombe, c'est la catastrophe. »

La porte était bien à l'endroit indiqué par le chef d'équipe, mais elle n'était pas fermée : quelqu'un avait glissé une cale de bois entre l'encadrement et le battant. Sauer la franchit et se retrouva dans une salle d'attente circulaire d'où plusieurs couloirs partaient en éventail. Suivant la pancarte « salles de cours », il emprunta le couloir du milieu jusqu'à une nouvelle porte, fermée à clé. Il frappa trois fois, en vain. Il insista. Pas de réponse. Il s'apprêtait à rebrousser chemin pour tenter sa chance dans un autre couloir lorsqu'il entendit des pas rapides de l'autre côté de la porte, qui s'ouvrit enfin sur le visage pantelant d'un homme âgé d'une soixantaine d'années.

« Oui ? dit celui-ci, le souffle court.

— Bonjour, excusez-moi de vous déranger. Je suis le commissaire Sauer, de la police criminelle... »

L'homme se rembrunit.

« Adolf Vogl, professeur de composition et de chant. Professeur d'Angela Raubal jusqu'à l'année dernière. C'est pour elle que vous venez ?

— Oui, reconnut Sauer.

— Suivez-moi. Je m'attendais à votre visite. »

Le professeur le conduisit à travers un énième couloir jusqu'à son bureau, une vaste pièce donnant sur la rue, aux murs tapissés de bibliothèques. Le seul cadre contenait l'affiche d'un opéra, *Lorenzaccio*, représenté à Munich cinq ans auparavant. Sauer ne fut pas surpris de lire le nom de son auteur : Adolf Vogl.

« Excusez-moi pour le désordre, dit le professeur en débarrassant un fauteuil de la pile de partitions qui le recouvrait. Voilà, asseyez-vous. Voulez-vous un thé ? »

La douche brûlante n'avait pas suffi à dissiper le froid de l'Isar, et Sauer accepta volontiers cette proposition. Tandis que son hôte préparait la théière, il explora la pièce du regard et découvrit un journal posé sur l'autre fauteuil. C'était un exemplaire de l'*Abend* du mardi 22 septembre, dont la une était occupée par un article signé Adolf Hitler. « Puis-je ? » s'enquit Sauer en indiquant le journal.

Vogl se tourna et acquiesça : « Je vous en prie. »

Sauer sauta les premières lignes pour se concentrer sur le corps de l'article, qui répondait en plusieurs points, comme un manifeste, aux révélations du *Münchener Post* sur la mort de Geli :

> 1. Il est faux que j'aie été en « conflit incessant » ou que j'aie eu « une scène violente » avec ma nièce Angela Raubal vendredi 18 septembre ou auparavant ;
> 2. Il est faux que j'aie été « catégoriquement opposé » à ce que ma nièce se rende à Vienne. La vérité est que je ne me suis jamais opposé au voyage à Vienne que ma nièce projetait ;
> 3. Il est faux que ma nièce aie voulu se fiancer à Vienne et que j'aie eu des objections quant aux fiançailles de ma nièce. La vérité est que ma nièce, angoissée par la crainte de ne pas posséder le talent nécessaire pour monter sur scène, voulait aller à Vienne pour faire examiner sa voix par un spécialiste ;
> 4. Il est faux que j'aie quitté mon appartement le 18 septembre 1931 « après une scène violente ». La vérité est que quand j'ai quitté mon appartement ce jour-là, il n'y avait eu aucune scène ni dispute.
>
> Munich, le 21 septembre 1931
> Adolf Hitler

« C'est pour cela que je m'attendais à votre visite, déclara Vogl quand Sauer leva les yeux du journal.

— Sur la question de la voix de Geli Raubal ?

— Oui. Sucre ou citron ?

— Rien, merci », répondit Sauer en approchant la tasse fumante de son visage. De l'earl grey. Son thé préféré. Exactement ce qu'il lui fallait pour digérer la masse confuse d'impressions qui l'avaient assailli à la lecture du démenti de Hitler : pourquoi niait-il être opposé au voyage de sa nièce à Vienne alors qu'il avait déclaré le contraire dans son salon de Prinzregentenplatz ? Et sur la dispute pendant le déjeuner, qui mentait ? Lui ou Anni Winter ?

« J'ai enseigné le chant à Angela pendant plus d'un an, dit Vogl. Tout le monde le sait. Vu l'importance que le *Post* et Hitler semblent donner à la question du chant, n'importe quel policier doté d'un minimum d'initiative aurait cherché à en savoir plus. Ce n'était qu'une question de temps avant que quelqu'un vienne me voir. Et même, je dois vous l'avouer, je pensais vous rencontrer plus tôt.

— C'est une enquête délicate. Nous avons dû composer avec plusieurs contretemps.

— J'imagine, dit Vogl en portant sa tasse à ses lèvres.

— Mais maintenant que je suis ici, dites-moi : est-il crédible que Mlle Raubal se soit ôté la vie à cause de… comment dire ? L'appréhension de la scène ? »

Vogl continua de siroter son thé en regardant Sauer.

« Ce que je veux dire, reprit le commissaire, craignant de s'être trop exposé dès sa première question, c'est que cela peut sembler un motif étonnant pour un profane comme moi. Mais j'imagine que pour quelqu'un qui consacre toute sa vie à son art… »

Vogl écarta sa tasse de sa bouche juste à temps pour ne pas s'esclaffer dans son thé. « Angela ne consacrait pas même un centième de sa vie à la musique. Si je puis être sincère, et tant mieux que je sois tenu de l'être en présence de la loi, je n'ai jamais eu affaire à une élève aussi peu passionnée de toute ma carrière. Donc non, il n'est pas très crédible qu'elle se soit tiré une balle dans le cœur par peur de l'échec.

— Pourtant, son oncle a l'air d'en être assez convaincu. Quand je lui ai parlé, samedi dernier, il a avancé la même thèse.

— Évidemment, répondit le professeur d'un ton mélancolique. Quand on perd un être cher, on est disposé à tout pour trouver une raison plausible à sa disparition. Quitte à faire erreur. Angela aimait beaucoup assister aux opéras et aux concerts, mais pas tant pour écouter. Plutôt pour voir et être vue. C'était une jeune fille un peu… comment dire ? Frivole ? J'espère que vous ne me jugerez pas sévèrement si je parle en ces termes d'une défunte, mais c'est la vérité. Elle était joyeuse, pétillante, coquette, mais elle s'ennuyait vite et s'intéressait à peu de choses, sauf une.

— Laquelle ?

— L'amour, bien sûr. Quoi d'autre ? Herr Hitler m'a parlé à plusieurs reprises de la passion d'Angela pour les romans-feuilletons publiés dans certaines revues, je ne sais pas si vous voyez. Il tolérait ce passe-temps qu'il trouvait innocent, mais si vous voulez mon avis… Moi, j'ai toujours interdit à mes filles de lire ces romans : ils vous mettent de drôles d'idées en tête. Le romantisme est le mal du siècle », conclut le professeur avec une moue méprisante.

Sauer fut frappé par la véhémence de Vogl, et pas seulement parce que lui-même n'aurait jamais mentionné le romantisme parmi les nombreux maux dont leur siècle était affligé. « Comment ça, de drôles d'idées ? Pouvez-vous préciser ? »

Vogl haussa les épaules, comme s'il se demandait ce qu'il pouvait bien y avoir à préciser. « Par exemple, que l'amour résout tous les problèmes. Que nous sommes au monde pour profiter plutôt que pour servir, et que les choix se font à l'aide du cœur et non du cerveau. Avez-vous idée des dégâts que des sottises pareilles provoquent dans l'esprit d'une jeune fille impressionnable ?

— Vous êtes donc en train de me dire que Geli Raubal ne s'est pas tuée par frustration artistique mais par frustration amoureuse ?

— Ça, je ne sais pas, répondit Vogl. Mais ça me paraît plus probable. Savez-vous ce qu'elle me répondait chaque fois que je la réprimandais parce qu'elle ne s'était pas exercée à la maison ?

— Dites-moi.

— “Qu'est-ce que j'en ai à faire, du chant ? Je ne viens ici que parce que tonton Alf y tient. Quand je me marierai enfin, ce sera la première chose que j'arrêterai de faire." C'est dommage, parce que Angela avait vraiment une belle voix. Elle avait un don pour la musique. Mais il n'y avait rien à faire : en ce bas monde, l'essentiel du talent est gâché parce que le développer et le maîtriser demande des efforts, beaucoup d'efforts, et qu'il faut être prêt à se donner du mal pour l'exploiter. Angela Raubal n'en avait pas envie. Elle voulait juste une vie facile et elle pensait que l'amour l'y aiderait. Elle pensait que si elle épousait Adolf Hitler elle serait heureuse pour toujours. Et si vous voulez savoir pourquoi elle s'est tuée, à mon avis c'est parce qu'elle a dû comprendre que ce rêve était irréalisable et elle n'a pas supporté la déception. »

Quand il sortit du Nationaltheater et tomba sur Mutti, adossé, les bras croisés, à une des grandes colonnes, son éternel sourire moqueur plaqué sur son visage, Sauer était si déstabilisé par ce qu'il venait d'apprendre que la présence de son coéquipier ne l'étonna pas outre mesure.

« Comment tu as fait pour entrer dans la police ? lui demanda celui-ci à brûle-pourpoint, sans préambule, comme si leur conversation n'avait pas été interrompue pendant plusieurs heures. Tu n'es pas spécialement quelqu'un qui passe inaperçu. Comment ils ont pu ne pas te ficher comme SA ?

— Il y a des trous dans mon dossier, répondit Sauer en toute sincérité. Un ami m'a donné un coup de main.

— Un ami ? Au commissariat ?

— Un autre ancien SA repenti. Il y en a, tu sais ? »

Mutti resta silencieux un instant, les yeux plissés. « Bauer ? »

Sauer ne répondit pas.

« Ah ! Je le savais ! J'ai toujours dit que c'était un adorateur de la sainte croix gammée, lui aussi ! Je devrais me reconvertir en radar à nazis ! »

Sauer jugea préférable de ne pas lui rappeler qu'il n'avait jamais nourri le moindre doute sur son compte.

« Et Tenner ? Il est au courant ?

— De mon passé ?

— Non, de ton avenir, répliqua Mutti, acide. Il a idée de quel bord tu es ?

— J'étais, le corrigea Sauer. Je ne sais pas. Peut-être, mais il ne m'en a jamais parlé.

— Ça expliquerait qu'ils t'aient confié cette affaire… »

Sauer haussa les épaules. « Peut-être. » Ce doute, étayé par les propos de Hitler, l'avait traversé lui aussi.

« Peut-être qu'ils imaginaient que tu fermerais les yeux pour protéger ton Führer chéri…

— … mais ce n'est pas le cas. Et ce ne sera pas le cas. Il n'y a que Geli qui m'importe. Découvrir la vérité. La venger. Et si le coupable est Adolf Hitler, je ferai tout pour qu'il finisse en prison. Je me fiche qu'il se présente comme chancelier aux prochaines élections. La politique n'est pas au-dessus de la justice. »

Mutti le dévisagea pendant quelques secondes. « Tu es vraiment convaincant, dit-il.

— Libre à toi de ne pas me croire. »

Dans le silence qui suivit, Sauer eut l'impression d'entendre le bruit des engrenages qui s'emballaient dans le cerveau de son ancien ami. Cette nouveauté n'était pas facile à digérer pour lui. Il devait lui en coûter de prendre une décision.

« Je ne sais pas si je peux me fier à toi, dit enfin Mutti en se détachant de la colonne. Mais il est vrai que je n'ai personne d'autre à qui faire confiance. Et puis tu n'as pas manqué d'occasions, si tu voulais me poignarder dans le dos… C'est peut-être une tactique pour me faire baisser la garde, mais au diable ! On ne comprend rien, avec vous autres. Vous échappez à toute logique. » Il soupira. « On va faire comme ça : je vais suivre mon instinct et faire semblant de te faire confiance, tout comme tu as fait semblant pendant des années d'être quelqu'un de bien et non un salopard de traître de…

— Mutti, l'implora Sauer.

— Tu as compris. Probablement qu'on ne sera plus jamais amis, mais pour le moment, cas de force majeure, on peut rester collègues. Pour Geli.

— D'accord, répondit Sauer. Pour Geli. » Il tendit la main à Mutti, qui ne daigna même pas lui jeter un regard.

« Tu n'as plus qu'à espérer que Lina ne l'apprenne jamais », termina celui-ci.

Lina, pensa Sauer avec un pincement au cœur. Et juste après : *Rosa*.

« Tu as parlé au professeur de chant ? reprit Mutti en indiquant l'Opéra de la tête.

— Oui. C'était le plus abordable sur la liste de Himmler.

— Et qu'est-ce que tu as découvert ? »

Bonne question, qu'est-ce que j'ai découvert ? « Quelque chose de bizarre, je ne m'y attendais pas. Vogl a dit que Geli se fichait de la musique, qu'elle ne prenait des cours que pour faire plaisir à son oncle.

— Je ne vois rien de bizarre à ça. Elle se sentait peut-être redevable. C'était quand même son tuteur.

— Mais selon Vogl, Geli aurait déclaré à plusieurs reprises être amoureuse de son oncle, et attendre le jour où elle l'épouserait enfin. »

On entendit un grand fracas dans le hall, suivi par des cris et des jurons. *Le lustre*, pensa Sauer, et l'image de tous les éclats de cristal répandus sur le marbre le fit frissonner.

« Tu es en train de dire que Geli Raubal, la nièce de l'un des hommes politiques les plus en vue du pays, racontait tranquillement à droite à gauche son amour incestueux pour son oncle ?

— C'est ce que Vogl m'a dit. »

Le commissaire adjoint se tut, mais Sauer le connaissait trop bien pour ne pas savoir que la même pensée les tourmentait tous les deux : une jeune fille écervelée qui dévoile certains secrets à n'importe qui devient une véritable menace pour un homme politique en pleine ascension. Si ses camarades du Parti s'étaient tant démenés pour cacher que Geli et

Hitler dormaient dans des chambres communicantes, jusqu'où pouvaient-ils aller face à un danger si important ?

« Montre-moi la liste, demanda Mutti en tendant une main. Cette fois, tu ne te retrouveras pas les quatre fers en l'air, je te le promets. »

Sauer sortit son portefeuille de sa veste. « Tu veux aussi le billet ?

— Non, merci. Rien que la liste. Je suis curieux de savoir qui le patron des SS t'a mis sous le nez. Parce que tu sais qu'il t'utilise sans doute comme un pion, pas vrai ?

— C'est un risque », répondit Sauer en lui tendant la feuille.

Mutti la déplia avec circonspection et la tint éloignée de lui, comme s'il craignait la contagion :

Rudolf Hess

Hermann Goering

Joseph Goebbels

Heinrich Hoffmann

Baldur von Schirach

Adolf Vogl

Mutti souffla. « Il ne manque que le pape, le roi d'Espagne et Crasse-Tignasse. »

Malgré la tension encore palpable entre eux, Sauer ne put s'empêcher de sourire.

« Pourquoi il n'y a pas leurs adresses ou leurs numéros de téléphone ? poursuivit son collègue.

— Je ne sais pas. Peut-être que Himmler juge qu'ils sont si connus que c'est inutile.

— Hess, Goering et Goebbels sont plus que connus : ils sont tristement célèbres. Schirach travaille pour les Jeunesses hitlériennes. Et Hoffmann, ce n'était pas un écrivain pour enfants ?

— C'est un homonyme. Le Heinrich Hoffmann dont tu parles est mort au siècle dernier, et je ne crois pas qu'il aurait adhéré au Parti.

— Ah non ? Pourtant, le Parti est plein de gens bien. Des personnes au-delà de tout soupçon. »

Sauer reçut la flèche sans ciller. « En fait, Hitler lui-même l'a évoqué, quand on s'est parlé samedi dernier. Si je ne me trompe pas, il a dit qu'il était photographe.

— Ah, bien sûr ! Le studio Hoffmann. C'est de là que viennent toutes les photos officielles de Lucifer. Il doit avoir l'exclusivité », commenta Mutti. Il replia la liste et la rendit à Sauer. « Bien. Vogl, c'est fait. Quel est le prochain diablotin qu'on va voir ? »

30

Le studio photographique Hoffmann disposait de plusieurs locaux dans le centre de Munich, mais, selon l'annuaire téléphonique, le principal se trouvait au numéro 50 de Schellingstrasse et était desservi par trois lignes. Son emplacement, au cœur du quartier tendance de Schwabing et à proximité de l'académie des beaux-arts et de l'université, était un signe éloquent de succès. C'était une des zones les plus chères de Munich. Photographier Hitler devait être rémunérateur.

Quand ils eurent franchi le seuil du studio, au premier étage d'un petit immeuble austère à quatre niveaux, ils se retrouvèrent dans une salle d'attente luxueuse, meublée de quatre fauteuils en fer et en cuir noir qui paraissaient tout droit sortis d'un catalogue d'architecture, d'une table basse en verre aux bords arrondis et d'une fougère si verte et luxuriante qu'elle paraissait fausse. Au fond de la pièce il y avait un comptoir vide et, derrière, un mur tapissé de photographies encadrées. Il devait y en avoir une cinquantaine, aux dimensions identiques mais disposées de manière irrégulière, quelques-unes à la verticale, d'autres à l'horizontale. Néanmoins, l'effet général était harmonieux. Quand Mutti et Sauer s'approchèrent pour les regarder en détail en attendant que quelqu'un arrive, ils furent surpris de découvrir que Herr Hitler n'apparaissait sur aucune d'entre elles. En revanche, Geli était photographiée trois fois : un portrait où son beau visage était en gros plan, éclairé par-derrière comme si la lumière émanait de lui ; étendue dans un champ entre deux autres filles de son âge en *Dirndl*, souriantes comme seules trois jeunes filles tout juste écloses à la vie savent l'être ; de profil, en pied, couverte d'une longue fourrure.

« Tu la reconnais ? demanda Sauer en montrant la fourrure. Elle était dans son armoire.

— Oui », répondit Mutti. Puis il indiqua la photographie des trois Grâces. « Et là, c'est Elfi Samthaber. »

Sauer regarda mieux. Effectivement, il s'agissait bien de la grande amie de Geli. « Je me demande qui est la troisième, s'interrogea-t-il à haute voix.

— Henriette », répondit une jeune femme très blonde qui venait d'apparaître au bout du couloir à droite du comptoir. Bien qu'elle n'eût pas un profil de fumeuse de cigares, il émanait d'elle une forte odeur de tabac. « La fille de Herr Hoffmann. Excusez-moi de vous avoir fait attendre. Messieurs… ? »

Tandis que Mutti tirait sa carte de son portefeuille, Sauer observa plus attentivement la secrétaire : elle n'avait sans doute pas plus de vingt ans, et ça se voyait. Ses cheveux, courts et bouclés, comme le voulait la mode depuis les succès de Marlene Dietrich, l'Ange bleu, alourdissaient son visage joufflu et ses lèvres badigeonnées de carmin, trop vif même pour un teint plus mat que le sien, et faisaient ressortir son nez trop long et ses pommettes trop larges. Elle s'épanouirait avec le temps mais, pour l'heure, elle en était encore au stade du vilain petit canard.

« Commissaires Forster et Sauer de la police criminelle, déclara Mutti en lui montrant son insigne. Nous voudrions parler au propriétaire du studio.

— Police ? » répéta la jeune fille, les yeux écarquillés de stupeur. Pendant un instant, elle sembla égarée, et son regard vagua çà et là à la recherche d'un point d'appui. « Je crains que Herr Hoffmann ne soit pas encore rentré, dit-elle enfin. Mais si vous voulez bien me laisser vos noms… », et elle s'assit derrière le comptoir, recherchant un stylo parmi les papiers épars.

« Je vous ai déjà donné nos noms, dit Mutti. Vous fumez le cigare ?

— Pardon ?

— Vous fumez le cigare ?

— Quel cigare ? répondit-elle, les sourcils caricaturalement arqués.

— Écoutez, dit Sauer. Si Herr Hoffmann n'est pas là, très bien. Mais si par un quelconque hasard il est là et qu'il vous a dit de dire qu'il était absent, cela l'intéressera peut-être de savoir que nous venons de la part de Heinrich Himmler.

— Heinrich Himmler ? répéta la fille.

— Le commandant des SS, expliqua Mutti. Mon collègue et lui sont de grands amis. Et Herr Hoffmann fait partie de la même bande. Vous ne le saviez pas ?

— Ah, non. Excusez-moi un instant, je vais vérifier… »

« Eva ! l'interpella une voix assourdie. Amène-les-moi !

— Bien sûr ! » couina la fille. Elle quitta le comptoir et fit signe aux deux commissaires de la suivre.

Quatre portes s'ouvraient sur le couloir, dont une sur un bureau occupé par une série de meubles à tiroirs et une autre sur un atelier encombré de spots et de parapluies. Les deux autres étaient fermées. Sur la première, une plaque indiquait « chambre noire ». « Hé, ça plairait à Fischer », commenta Mutti. La jeune fille nommée Eva frappa timidement à la deuxième porte, comme si elle craignait de se blesser.

« Entrez ! » invita la voix qui l'avait interpellée quelques instants auparavant. La secrétaire ouvrit puis referma derrière Mutti et Sauer.

Le bureau était l'opposé de la salle d'attente : petit, aux murs sombres, débordant d'objets, papiers et livres en tout genre. Adolf Hitler était partout : en costume, en tenue traditionnelle, en tenue de montagne, en uniforme. Il devait y avoir au moins trente versions du Führer dans la pièce. L'observateur ne pouvait pas s'empêcher de se sentir observé à son tour.

Assis derrière le grand bureau qui occupait une bonne partie de l'espace, Heinrich Hoffmann les regardait d'un air placide et épuisé. C'était un bel homme âgé d'une cinquantaine d'années, au grand front large et aux cheveux noirs et lisses brossés en arrière. Il avait le visage de quelqu'un qui n'a pas dormi depuis plusieurs jours. De profonds cernes soulignaient ses yeux clairs qui, à la lumière du soleil, paraissaient jaunes comme ceux d'un lion. Cependant, ses joues et son cou étaient parfaitement rasés et pas un pli ne fripait son costume, un complet gris dont émergeaient une chemise couleur perle et une cravate en velours côtelé. La seule fantaisie de sa tenue résidait dans la broche ronde, représentant la croix gammée sur fond blanc, fixée au revers de sa veste. Herr Hoffmann faisait partie de la famille, et il en était fier.

« Messieurs, les accueillit-il avec une voix chaude de ténor, ce n'est pas le moment idéal pour venir me voir, mais si c'est Heini qui vous envoie, vous le savez déjà. Installez-vous, je vous prie, ajouta-t-il en indiquant deux chaises en face de lui. Que puis-je faire pour vous ? »

Mutti se tourna vers Sauer, qui tira de son portefeuille le billet signé « A. H. » et le posa sur le bureau.

« Ah, dit le photographe. Écrit de sa main. C'est plutôt rare. » Il se laissa aller contre le dossier de son fauteuil et passa une main sur son front. Il n'était pas fatigué, il était complètement épuisé et tenait à le montrer. « Pauvre Geli, soupira-t-il d'une voix chagrine. Que voulez-vous savoir ?

— Tout », répondit Mutti.

Le photographe eut un sourire las. « Tout, c'est beaucoup. Je n'en sais pas tant.

— Mais vous étiez avec Herr Hitler au moment des faits, n'est-ce pas ? s'enquit Sauer.

— Oui.

— Alors vous pourriez nous raconter comment ça s'est passé.

— D'accord, répondit lentement Hoffmann. Par où commencer ? Jeudi dernier, le 17 septembre, Hitler m'a invité à le suivre dans une tournée plutôt longue dans le Nord. Je suis son photographe officiel et les élections approchent : des bonnes images de Hambourg pouvaient se révéler utiles pour la campagne électorale. J'ai accepté avec plaisir et, quand je l'ai rejoint chez lui, vendredi en début d'après-midi, Geli était avec lui. Elle l'aidait à préparer sa valise.

— Excusez-moi de vous interrompre, dit Mutti : Geli était dans la chambre de Herr Hitler ?

— Oui, tout à fait.

— Ou dans la sienne à elle ?

— Non, dans celle de Hitler. Mais elles sont proches. Pourquoi ?

— Des détails. Poursuivez », répondit Sauer, qui avait pris des risques pour découvrir, non sans mal, ce détail scandaleux. Comment se faisait-il que Hoffmann en parle avec une telle légèreté ? Peut-être que sa grande fatigue nuisait à sa lucidité. Peut-être qu'il n'avait pas été informé de la mise en scène orchestrée par ses camarades du Parti. Ou bien il s'agissait là d'une énième relance dans ce jeu de dupes.

« Oui. Je disais donc : une fois les préparatifs finis, nous descendions l'escalier quand Geli nous a salués d'en haut, penchée au-dessus de la rambarde. "*Au revoir**, oncle Adolf ! *Au revoir**, Herr Hoffmann !" Alors Herr Hitler s'est arrêté et a levé la tête. Il est resté immobile un instant, puis il a remonté l'escalier tandis que je finissais de descendre. Je l'ai attendu devant la porte d'entrée, Hitler m'a rejoint rapidement et nous sommes partis.

— À Nuremberg.

— Exact. Nous avons mis les valises dans le coffre et nous avons pris la route sans rien dire. Hitler n'a brisé le silence qu'au niveau de la porte de la Victoire : il s'est tourné et il m'a dit : "Je ne sais pas pourquoi, mais j'ai une sensation extrêmement désagréable." J'ai fait de mon mieux pour lui changer les idées et j'ai accusé la météo : le foehn est toujours un peu déprimant pour certains… Il ne m'a pas répondu et nous avons poursuivi en silence jusqu'à Nuremberg.

— Un long trajet, si c'est en silence », commenta Mutti.

Hoffmann haussa les épaules. « Hitler a beaucoup de choses à penser. Les trajets en voiture lui permettent aussi de se concentrer, et moi j'aime bien regarder le paysage. Nous sommes faits pour voyager ensemble.

— À quelle heure êtes-vous arrivés à Nuremberg ? demanda Sauer.

— Vers cinq heures, je dirais. Nous nous sommes

arrêtés au Deutscher Hof, l'hôtel du Parti, et nous sommes montés dans nos chambres.

— Des chambres séparées, donc ?

— Bien évidemment.

— Des témoins ? »

Hoffmann écarta les bras, l'air de dire : « Tout le monde et personne. »

« Qui a signé le registre de l'hôtel ?

— Moi, pourquoi ?

— Pour rien. Toujours des détails. Vous avez dîné à l'hôtel ?

— Oui, dans la chambre de Hitler. Lui, moi et Schreck, le chauffeur. Nous nous sommes fait servir quelque chose de léger : un long trajet nous attendait le lendemain.

— À quelle heure êtes-vous repartis ?

— Ce devait être neuf heures, mais je n'en jurerais pas. Avec tout ce qui s'est passé après, j'ai un peu perdu le fil... Quoi qu'il en soit, nous avions quitté Nuremberg et nous étions sur la route de Bayreuth quand Hitler a vu dans le rétroviseur une voiture qui approchait rapidement. Comme vous l'imaginez sans doute, vu l'époque à laquelle nous vivons, nous avons pour habitude de ne pas nous laisser doubler en rase campagne. Hitler allait donc dire à Schreck d'accélérer, mais ensuite il s'est aperçu que l'automobile en question était un taxi et qu'un employé de l'hôtel était assis à côté du chauffeur. Le pauvre nous faisait désespérément signe de nous arrêter, alors nous nous sommes rangés sur le côté et le jeune homme a couru voir Hitler pour lui dire, tout essoufflé, que Rudolf Hess devait lui parler de toute urgence depuis Munich. Il l'attendait à l'autre bout du fil, il craignait trop de perdre la communication. Schreck a fait demi-tour et nous sommes retournés à l'hôtel.»

Au fur et à mesure qu'il racontait, les yeux rouges et cernés de Hoffmann se perdaient dans le vague, non plus fixés sur ses interlocuteurs mais sur le passé qu'il revivait pour eux.

«L'auto n'était même pas arrêtée que Hitler s'est précipité dans le hall de l'hôtel. Je l'ai suivi au pas de course et l'ai vu jeter son chapeau sur une chaise avant de bondir dans la cabine téléphonique. Comme il n'avait même pas pris le temps de fermer la porte, j'ai tout entendu. "Hitler au téléphone. Que se passe-t-il?" a-t-il demandé, la voix fêlée par l'inquiétude. Puis, après une courte pause, il s'est exclamé d'un ton désespéré: "Oh mon Dieu! C'est affreux!" Et ensuite, il a crié: "Hess! Réponds-moi: oui ou non? Est-ce qu'elle est encore vivante? Hess! Sur ton honneur d'officier, dis-moi la vérité: elle est vivante ou morte? Hess! Hess!" Maintenant, il hurlait, mais personne ne devait lui répondre à l'autre bout du fil. Finalement, ça a coupé ou bien Hess a raccroché pour éviter de répondre. Hitler est sorti de la cabine, les cheveux ébouriffés, l'air hors de lui, fou. "Quelque chose est arrivé à Geli, a-t-il dit à Schreck. Nous devons rentrer à Munich. Roule aussi vite que possible. Je veux voir Geli encore vivante!"»

Ménageant ses effets, Hoffmann fit une pause

théâtrale, se tournant vers la fenêtre qui donnait sur Schellingstrasse. Le logo du studio était dessiné sur les vitres, avec son nom en italique. *Un homme vaniteux*, pensa Sauer. *Et qui est conscient d'avoir assez de talent pour se le permettre.*

« Les bribes que j'avais saisies me suffisaient pour comprendre qu'il était arrivé quelque chose de grave à Geli, reprit le photographe. Mais j'ignorais les détails et je n'osais pas demander. Sur la route de Munich, nous n'avons pas échangé un mot. Je regardais le visage de Hitler dans le rétroviseur : il avait les lèvres pincées, les yeux fixés sur la route, même si de toute évidence c'était le néant qu'il fixait. Ce néant qui s'était emparé de sa nièce adorée. Pauvre Geli, conclut-il. Pauvre petite chérie.

— Mes condoléances », dit Mutti au bout de quelques instants. Son ton contrit était parfaitement crédible, mais Sauer le connaissait suffisamment pour saisir l'ironie sous-jacente. « Il semble que vous étiez très attaché à la victime. »

Hoffmann tressaillit. « Moi ? Oh oui. Ça se comprend : je l'ai vue grandir avec ma fille Henny. Elles étaient très proches. Et je suis un grand ami de son oncle. Cette tragédie nous a tous accablés.

— Peut-être que certains ont été plus accablés que d'autres ? insista Mutti. On nous a dit que Geli était très belle. Et j'ai remarqué dans la salle d'attente qu'elle figurait sur trois photographies. C'est le seul modèle qui est autant représenté. Même votre fille l'est moins. »

Hoffmann eut une expression égarée. D'abord, il haussa les sourcils, puis il plissa les yeux, comme pour mieux se concentrer. « En êtes-vous sûr ? finit-il par demander. Je n'y avais pas prêté attention. Il est vrai que Geli aimait se faire photographier. Elle venait souvent prendre la pose avec une robe neuve, toujours accompagnée par son oncle, bien sûr.

— Bien sûr. Je n'insinuais rien, que les choses soient claires », répliqua Mutti.

Si, si, c'est bien ce que tu viens de faire, pensa Sauer. *Très malin, mon vieux. Très malin.*

« Geli était ensorcelante, poursuivit Hoffmann en regardant par la fenêtre. De façon spontanée, sans une once de coquetterie, elle était capable par sa seule présence de mettre n'importe qui de bonne humeur. Nous l'aimions tous beaucoup, et son oncle le premier. Geli pouvait lui faire faire n'importe quoi : elle le traînait même dans les boutiques, et Dieu seul sait combien il déteste cela. Mais quand elle décidait quelque chose, Hitler la suivait comme un agneau. Avant de la prendre sous son aile il n'avait pas une vie sociale très développée. Après, c'est devenu un habitué des théâtres, de l'Opéra, du cinéma, des concerts. Et je ne vous parle même pas des fois où, au pied levé, ils partaient tous les deux faire un pique-nique improvisé en forêt ou sur les rives du lac !

— Ah bon ? Un homme politique si occupé ? » demanda Mutti, faisant mine d'être surpris.

Hoffmann acquiesça. « Vous tapez juste. D'ailleurs, dans le Parti beaucoup s'en plaignaient. Mais seulement lorsque Geli était absente. Dès qu'elle arrivait, même ceux qui émettaient les critiques les plus acerbes étaient conquis. Geli était la joie de toute la tablée, l'élément festif de toutes les soirées. Je ne sais pas comment nous allons faire sans elle. »

À cet instant précis, on frappa à la porte, comme si le temps accordé aux deux commissaires était chronométré, ou que quelqu'un de l'autre côté avait écouté toute la conversation. « Oui ? » dit Hoffmann.

Eva, la jeune secrétaire, passa la tête dans l'entrebâillement, l'air tendu. « Pardonnez-moi, mais Herr Strasser vous demande au téléphone. Il dit que c'est urgent.

— Strasser ? répéta le photographe. Dites-lui que je le rappellerai dans une minute. »

Eva hocha la tête et referma la porte.

Hoffmann se leva péniblement. « Excusez-moi, mais je dois y aller. Le travail.

— Bien sûr, dit Sauer en se levant à son tour. Merci pour votre temps.

— Je vous en prie. Si je peux aider à découvrir ce qui est véritablement arrivé à Geli…

— Vous vous êtes fait une opinion à ce sujet ? s'enquit Mutti.

— Moi ?

— Vous la connaissiez bien et vous avez été l'une des dernières personnes à la voir vivante…

— C'est juste, mais pas la dernière, et d'autres personnes la connaissaient mieux que moi. Si vous me demandez pour quelle raison elle s'est tuée…

— Si elle s'est tuée. »

Hoffmann resta bouche bée. « Comment ça ? Vous pensez que ce n'est pas le cas ? Vous dites que quelqu'un… »

Sauer et Mutti restèrent silencieux.

Le photographe soupesa l'hypothèse pendant quelques instants puis la jugea absurde. « Non, dit-il en secouant énergiquement la tête. Tout le monde aimait Geli, et je ne vois pas pour quelle raison elle aurait eu des ennemis.

— Pas même dans le Parti ? Pas même parmi ceux qui désapprouvaient la manière dont elle transformait son oncle Alf en agneau dévoué ?

— Je l'exclus. Et puis, qui aurait pu tirer avantage d'une chose pareille ? Bien sûr, son oncle l'aimait profondément…

— Profondément comment ? » l'interrompit Mutti.

Cette fois, ce fut Hoffmann qui resta silencieux. Il se contenta de fixer le commissaire adjoint d'un air inexpressif, puis déclara : « Il faut vraiment que j'y aille, maintenant.

— Mais bien entendu, dit Sauer. Pardonnez-nous, c'est que la résolution de cette affaire nous tient beaucoup à cœur.

— Comme à tout le monde, répondit le photographe. Comme à tout le monde.

— Une dernière question : il nous faudrait reparler avec Herr Hitler, mais nous ne savons pas comment le joindre. Vous pouvez sans doute nous aider, dit Sauer en reprenant ostensiblement le billet signé A. H.

— Hitler n'est pas à Munich, répondit Hoffmann, mordant à l'hameçon. Après cette tragédie, il s'est retiré dans la villa d'un ami, à Saint-Quirin, sur les rives du Tegernsee. J'en reviens tout juste. J'ai passé trois jours avec lui pour le réconforter dans ce moment terrible. Vous n'avez pas idée de l'état dans lequel il est. Il ne mange pas, ne boit pas, ne dort pas. Moi-même je n'ai guère dormi depuis samedi.

— Pourriez-vous nous conduire auprès de lui ?

— Moi ? Non. J'ai des choses urgentes à faire ici, en ville. Mon studio est très sollicité. Les affaires se moquent des plus grandes tragédies. Je suis navré, c'était déjà beaucoup de vous recevoir, et je suis si épuisé… » Comme pour souligner ses mots, il prit son front entre ses mains et le massa vigoureusement, les yeux fermés. « Non, reprit-il, rouvrant les yeux et les plantant dans ceux de Sauer, qui se demanda une nouvelle fois si c'était la fumée ou autre chose qui les rendait aussi rouges. Je ne peux pas vous conduire à Saint-Quirin. Mais je sais que Goering voulait y aller aujourd'hui. Vous pourriez lui demander.

— Hermann Goering ? répéta Mutti, incrédule. Le numéro 2 du Parti ? »

Hoffmann sourit. « Ne dites jamais ça en sa présence. Il n'aime pas qu'on lui rappelle qu'il n'est pas le chef. Et même, si vous voulez un conseil, ne le dites pas non plus devant d'autres personnes. La lutte pour le titre est acharnée, là-haut, au sommet. Enfin, en tout cas, oui, à votre place, je demanderais à Hermi. Saint-Quirin n'est pas la porte à côté, et une fois que vous serez là-bas, on pourrait vous refuser l'accès. Ce billet n'a de valeur que pour ceux qui connaissent l'écriture de Hitler. Goering est l'homme qu'il vous faut. Si votre tête lui revient.

— Nous ne savons même pas où le trouver, fit remarquer Sauer.

— Oh, c'est facile. Quelle heure est-il ?

— Midi dix.

— À l'heure du déjeuner, ce bon vieux Hermi se consacre à son passe-temps favori. Voilà, dit Hoffmann en griffonnant sur un bout de papier qu'il tendit à Sauer. Vous le trouverez là.

— Je vous remercie », répondit le commissaire, mais quand il lut l'adresse sur le papier, il resta interdit, le front plissé comme s'il peinait à déchiffrer l'alphabet dans lequel elle était écrite.

Mutti attrapa la feuille pour lire à son tour. « Il ne nous manquait plus que ça », soupira-t-il en la rendant à Sauer.

31

Le petit bimoteur passa comme une flèche au-dessus de la tour de contrôle, assourdissant la dizaine de spectateurs qui assistaient à son vol acrobatique, puis se cabra et monta à une vitesse étourdissante, presque à la verticale, croix de métal dans le soleil. Avec un peu d'imagination, pensa Sauer, l'image pouvait évoquer la croix gammée sur fond blanc, et d'ailleurs c'était peut-être voulu.

« Cet homme est fou », déclara Mutti en secouant la tête.

Arrivé au sommet de sa trajectoire perpendiculaire, le bimoteur vira brusquement à gauche et pivota dans le ciel avant de retrouver sa position horizontale et de survoler à nouveau la longue piste goudronnée de l'aérodrome.

« Cet homme est un as », rétorqua un autre membre du public, vêtu d'un uniforme d'aviateur et équipé de lunettes de soleil aux verres miroirs, nonchalamment appuyé à la tour de contrôle. « Une légende vivante. »

Comme pour le prouver, le pilote exécuta une

nouvelle figure, faisant tourner trois fois le petit avion sur lui-même pendant qu'il repassait au-dessus de leurs têtes.

« Est-il sûr qu'il s'agit de Hermann Goering ? s'enquit Mutti.

— En personne, lui confirma l'aviateur.

— Hermann Goering, l'homme politique ?

— Y en a-t-il d'autres ? »

Sauer était ébahi. Il ne savait pas grand-chose sur l'homme qu'ils étaient venus rencontrer, à part qu'il avait apporté une contribution décisive à la réorganisation des SA juste après la guerre, à l'époque où les miliciens nationaux-socialistes n'étaient encore qu'un ramassis hétéroclite de vétérans, chômeurs et extrémistes en quête de prétextes pour se bagarrer. Et, de fait, Sauer avait associé bon nombre de ces caractéristiques à Goering. Il n'aurait jamais imaginé qu'il sût piloter un avion. Et encore moins avec cette maestria.

« À son époque, c'était un des meilleurs, poursuivit l'aviateur en veine de confidences. Vous vous souvenez de Manfred von Richthofen ?

— Le Baron rouge ? répondit Mutti.

— Lui, oui. Le plus grand pilote militaire de l'Histoire. Eh bien, Goering est du même niveau. Il a abattu moins d'appareils ennemis mais ils partaient en mission ensemble et, quand Richthofen est mort, le commandement de l'escadrille de chasse Jagdgeschwader 1 est passé aux mains de Goering.

— Ça alors…

— Si l'empereur n'avait pas jeté l'éponge à ce moment-là, des hommes comme Goering nous auraient conduits à la victoire. Vous connaissez l'histoire de sa reddition ? »

Dans le ciel, le bimoteur vira une dernière fois à gauche, reprit sa position horizontale et ralentit : il se préparait à l'atterrissage.

« Non. Que s'est-il passé ? » demanda Mutti.

L'aviateur se redressa : une histoire pareille requérait une posture plus martiale. « L'empereur venait de fuir en Hollande et s'apprêtait à signer l'armistice. La base de la JG1, à la frontière entre la France et la Belgique, recevait des ordres contradictoires : on demandait à l'escadrille de laisser les avions au sol, puis une minute plus tard de les ramener en Allemagne, puis de les remettre aux vainqueurs, d'abord aux Américains, puis carrément aux Français. Alors Goering rassemble ses hommes et leur tient un discours mémorable : “Je ne permettrai pas que mes appareils ou mes hommes tombent aux mains de l'ennemi ! Si nous ne pouvons pas continuer à combattre, je ferai au moins en sorte que, quand la fin arrivera, nous soyons tous à la maison, dans notre patrie.” »

Le bimoteur allait s'engager sur la piste d'atterrissage, le bruit de ses hélices approchait, menaçant.

L'aviateur poursuivit son récit : « Les moteurs des avions tournent déjà, prêts au décollage, quand une automobile de l'état-major arrive et parcourt la piste à tombeau ouvert. Elle pile à un mètre des hangars. Un officier en descend et présente à Goering l'ordre écrit de désarmer ses avions et de voler jusqu'à Strasbourg pour les remettre au quartier général de l'aéronautique française.

— *Parbleu*!* commenta Mutti.

— Goering n'a pas la moindre intention de remettre ses avions de chasse aux mangeurs de grenouilles, mais il sait qu'un refus d'obtempérer pourrait compromettre les négociations pour l'armistice, et même si l'armistice est la pire fin pour un soldat, on ne se rebelle pas devant la volonté de l'empereur. L'honneur, c'est l'honneur. Alors, il réunit ses officiers les plus importants et élabore un plan alternatif. »

Soudain, comme s'il avait changé d'avis au dernier moment, le bimoteur reprit de la vitesse et remonta, quittant la piste d'atterrissage.

« Finalement, sous les yeux satisfaits de l'officier de l'état-major, le JG1 décolle en direction de Strasbourg, comme demandé, Goering devant et les autres avions de chasse derrière, mais devinez quoi ? Aucun d'eux n'arrive à destination. À cause des conditions météorologiques désastreuses, expliqua l'aviateur en souriant, la tête tournée vers le ciel. Ils s'écrasent tous sur le sol allemand. Un vrai miracle que les pilotes en soient sortis indemnes. »

Les deux commissaires suivirent le regard de l'homme, fixé sur le bimoteur qui continuait à accélérer en montant en une courbe parfaite et qui, pour finir, survola à l'envers le public en liesse.

« Cet homme est un diable qui vole comme un ange », conclut l'aviateur.

Quand le pilote se fut extrait de sa cabine étroite, Mutti et Sauer furent surpris de se retrouver face à un homme que seul l'adjectif « obèse » aurait pu qualifier. Grand et imposant dans sa tenue de vol, Hermann Goering avait un tour de taille plus important que celui de Mutti, dont le régime était pourtant de longue date exclusivement composé de viande rouge et de produits dérivés du houblon, et son visage était si rond qu'il paraissait tuméfié. Ces caractéristiques formaient un contraste notable avec la finesse de ses traits, sans doute d'une beauté remarquable sous la masse de graisse qui les émoussait.

« Bonjour, les salua-t-il d'une voix profonde en les rejoignant sur le bord de la piste. Vous m'attendiez ? » Il leur tendit une main énorme à la peau lisse et aux ongles soigneusement entretenus. Malgré l'odeur tenace du kérosène, Sauer sentit distinctement son parfum aux notes d'agrumes. Il devait s'en être aspergé un demi-litre, et le commissaire était prêt à parier que son bonnet d'aviateur cachait une coiffure travaillée à la gomina. Un homme vaniteux. Le Parti les attirait comme la lumière attire les phalènes.

« Commissaires Forster et Sauer de la police de Munich, les présenta Mutti en évitant de lui serrer la main, ce que Sauer dut faire à sa place.

— Mes félicitations pour ce vol », dit-il.

Goering inclina la tête, flatté. « Rien de tel que des

loopings pour se sentir vivant. Que puis-je faire pour vous ? »

Comme avec Hoffmann, Mutti tourna la tête vers son collègue, qui enchaîna aussitôt : « Nous sommes là pour l'affaire Raubal », expliqua-t-il en sortant son portefeuille.

Goering parut étonné. « Ah, parce qu'il y a une affaire Raubal ? »

Sauer lui tendit le billet que Himmler lui avait donné. « Nous enquêtons sur le motif de son geste. La version officielle ne convainc pas tout le monde. »

Quand il lut les deux lignes signées « A. H. », Goering changea d'expression. « Bien sûr. Je comprends. Et je suis prêt à collaborer, si c'est lui qui me le demande. Me laisseriez-vous une petite minute pour me rendre présentable ? »

Selon Sauer, il était déjà plus que présentable, mais il aurait été impoli de refuser : « Nous vous attendons ici.

— Très bien. C'est une journée parfaite pour profiter du plein air. Je n'en aurai pas pour longtemps. »

Quarante minutes plus tard, quand il réapparut enfin sur la piste, il était tellement pomponné qu'il était méconnaissable : ses cheveux tirés en arrière étaient badigeonnés de gomina, son menton était parfaitement rasé, son uniforme impeccable et ses médailles, aussi brillantes que si elles venaient d'être lustrées, s'étalaient sur sa large poitrine. Sauer reconnut une croix de fer de première classe, une croix de fer en platine et une grand-croix. Au cours de son expérience militaire, il n'en avait vu que sur des officiers haut gradés, et jamais accompagnées de la quatrième, la plus importante, décernée par le Kaiser en personne : la croix du Mérite. Goering la portait fixée à son col, c'est-à-dire au niveau des yeux d'un homme de taille moyenne.

« Pardonnez-moi pour cette attente, mais je dois voir le Führer, et je tiens à ce que ma mise soit irréprochable. »

Mutti saisit la balle au bond : « Nous devons le voir nous aussi. C'est même pour cela que nous sommes venus. Heinrich Hoffmann nous a conseillé de vous demander si vous pouviez nous emmener... »

S'il avait pu, Sauer aurait enterré son collègue sur place. *Tu viens de demander au numéro 2 du Parti national-socialiste de nous servir de chauffeur de taxi ?*

Cependant, leur interlocuteur n'eut pas l'air contrarié par cette perspective, mais plutôt amusé : « Vous voulez que je vous emmène auprès de lui maintenant ? » Il leva les yeux vers le ciel, comme si la réponse était écrite entre les nuages : « Pourquoi pas ? Nous parlerons pendant le trajet. Allez, c'est parti, on y va », déclara-t-il en faisant un large geste. Sauer se tourna et vit une grosse Mercedes aux vitres fumées. « C'est mon auto », expliqua Goering.

Ils montèrent à bord et le chauffeur, invisible de l'autre côté de la cloison réfléchissante, démarra.

« Pauvre Geli, commença leur hôte. Si pleine de vie, si désireuse de vivre... Et voilà qu'elle est morte. » Il secoua la tête, mais sans se départir du léger sourire qui semblait ne jamais le quitter. « Dans un sens, c'est ironique, vous ne trouvez pas ? Mais surtout, c'est tragique, évidemment. Une perte irréparable. Comment son oncle l'a-t-il pris ? Je n'ai pas encore eu de contact avec lui. J'étais absent pour des raisons familiales.

— Samedi, il avait encore l'air maître de lui, répondit Sauer. Secoué mais lucide. Mais Herr Hoffmann affirme que…

— Oh, l'interrompit Goering avec un geste de la main. Hoffmann est un menteur invétéré. Je ne crois pas un mot de ce qu'il raconte et je vous conseille d'en faire autant.

— Mais il est resté trois jours auprès de Hitler après la tragédie, répliqua Mutti. Ça lui donne un minimum de crédit…

— C'est ce qu'il vous a raconté ? Trois jours auprès de lui ? Allons bon ! Il est drôlement culotté. Attendez que je raconte ça à Strasser ! »

L'automobile s'arrêta.

« Nous y sommes, dit Goering.

— Déjà ? s'étonna Mutti. Je croyais que la villa se trouvait sur les rives du Tegernsee…

— Exact. Trop loin pour s'y rendre en voiture », dit Goering en ouvrant la portière.

Ils étaient devant une étendue d'eau aussi vaste qu'un lac alpin mais manifestement artificielle. Une hydrobase.

« Le temps file, poursuivit Goering tandis que Sauer

et Mutti fixaient l'hydravion jaune amarré devant la Mercedes. Pourquoi ne pas filer nous aussi ? »

« Si on s'écrase, déclara Mutti, cramponné des deux mains à son siège, prends soin de Lina et des enfants.

— Si on s'écrase, je mourrai moi aussi, rétorqua Sauer. On est dans le même bateau.

— Dans le même hydravion.

— Et puis je croyais que tu ne me faisais plus confiance…

— C'est vrai. Je retire ce que j'ai dit : mieux vaut qu'ils soient orphelins qu'élevés par un nazi », lui murmura Mutti pour que Goering ne l'entende pas, une précaution inutile, vu le tapage assourdissant dans l'habitacle et l'air concentré du pilote.

Le panorama était à couper le souffle : une immense plaine parsemée de lacs, forêts, champs labourés et champs en friche où le cours de l'Isar, majestueux et brillant, se déroulait de méandre en méandre dans le centre de Munich avant de poursuivre vers le nord. D'en haut, les toits rouges et les parcs émeraude de la ville formaient une mosaïque éblouissante, dont la tesselle la plus grosse, la Theresienwiese, avec la fumée qui s'élevait des pavillons de l'Oktoberfest, se détachait nettement.

« N'est-ce pas paradisiaque ? cria Goering en désignant les Alpes en face d'eux. Voilà le Tegernsee. Et Saint-Quirin se trouve dans ce renfoncement, vous voyez ?

— Herr Hitler est là ? » demanda Sauer. Il connaissait déjà la réponse, mais sa question était un subterfuge pour revenir à Geli avant que l'hydravion arrive à destination et que Goering soit accaparé par d'autres conversations.

« Oui, chez Adolf Müller, son éditeur. C'est un grand ami à lui. Quand il a appris pour Geli, il lui a immédiatement proposé de l'héberger, ce qui a paru la meilleure solution à tout le monde.

— C'est donc ici que le Führer est venu avec Hoffmann ? » fit Mutti.

Goering secoua la tête : « Hoffmann a dû passer par là, vu qu'il suit Hitler comme un chien. Mais ce n'est pas lui qui est resté à ses côtés ces jours-ci. Vous connaissez Gregor Strasser ? »

Sauer voyait de qui il s'agissait : cet homme représentait la branche modérée du national-socialisme, bien que toute violence ne lui fût pas étrangère. Strasser avait plusieurs fois défié Hitler pour la direction du Parti. Il était cité dans l'article du *Post* comme alternative politique si jamais l'actuel secrétaire rencontrait des difficultés.

« Il a été l'un des premiers à arriver sur les lieux, continua Goering. Hess l'a appelé dès qu'il a découvert ce qui s'était passé. Ils ont décidé ensemble qu'il était mieux de tenir Hitler éloigné des projecteurs pendant quelque temps et Strasser est venu tenir compagnie à Hitler pour l'empêcher de faire une bêtise. »

Mutti adressa un regard plus qu'éloquent à Sauer : *Il se fiche de nous ?*

« Pardon, dit Goering comme s'il avait saisi cette pensée. Je divague. Je ne suis pas au meilleur de ma forme. Ma femme… » Il passa une main sur son front perlé de sueur. « Pouvez-vous regarder dans le vide-poches ? demanda-t-il à Mutti. Dedans, il devrait y avoir un flacon de pilules. Ah, le voilà. Voulez-vous me le passer, s'il vous plaît ? » Sans quitter des yeux le Tegernsee qui approchait, Goering ouvrit le flacon et le porta à sa bouche. Il avala au moins quatre pilules à sec, comme si c'était une habitude. Sauer nota mentalement d'essayer de lire l'étiquette. « Merci beaucoup. Que disions-nous ?

— Que Hoffmann n'est pas fiable.

— Pas du tout. Il est très ambitieux, mais il essaie de le dissimuler. Il est toujours en train de tourner autour de Hitler, de le photographier, de l'aduler, de le couvrir de conseils et de lui fournir des jeunes femmes… Il ferait n'importe quoi pour rester dans ses grâces. *Il dirait* n'importe quoi.

— Nous en tiendrons compte », conclut Sauer. Saint-Quirin avait quitté son statut de point lointain pour prendre l'apparence d'une jolie bourgade. « Que pourriez-vous nous dire de Geli ?

— Moi ? Tout le bien possible ! Comment ne pas l'aimer ? Une jolie fille, toujours bien habillée, toujours polie. Elle pouvait parler de n'importe quel sujet et savait chanter – vous a-t-on dit qu'elle avait une voix extraordinaire ? On ne la laissait jamais partir sans qu'elle ait chanté des airs de *La Veuve joyeuse*. Elle ne refusait pas : elle aimait la compagnie. Peut-être même un peu trop.

— Qu'est-ce que vous entendez par là ?

— Rien de plus que ce que j'ai dit, répondit Goering avant d'avaler deux autres pilules. Elle était beaucoup plus mondaine que son oncle et elle en souffrait un peu. Trop de limites, trop d'interdits. Nous avons tous été jeunes, n'est-ce pas ? À cet âge, on ne supporte pas de s'entendre dire non. »

L'hydravion vira légèrement à gauche et s'orienta résolument vers le lac qui étincelait comme une lame sous le soleil.

« À votre avis, il s'agit vraiment d'un suicide ? »

Pour la première fois, Goering quitta le pare-brise des yeux pour regarder Mutti, les sourcils froncés : « Pourquoi cette question ? Y a-t-il des éléments contradictoires ? »

Y a-t-il des éléments non contradictoires ? se retint de répliquer Sauer. « Les personnes à qui nous avons parlé jusque-là peinent à imaginer ce qui a pu pousser Geli Raubal au suicide. Vous-même avez dit qu'elle était pleine de vie, désireuse de vivre.

— C'est juste. D'ailleurs je ne crois pas non plus qu'elle ait fait exprès de se tirer dessus. À cause de la frustration artistique, en plus ! Pensez-vous.

— Pourquoi alors ? À cause d'un chagrin d'amour ?

— Quoi ? Non, je ne crois pas. Elle voyait beaucoup d'hommes mais n'avait de relation avec aucun. Son oncle était un tuteur très attentif. »

Très attentif ou très possessif ?

« Quelle est donc votre opinion sur cette histoire ? insista Mutti.

— Je vais vous dire ce que je dirai aussi à Hitler. Ça a dû être un coup terrible pour lui, et j'imagine qu'il se demande pourquoi Geli a fait ça, et si, peut-être, en intervenant à temps, en lui disant les bons mots, en restant avec elle plutôt que de partir pour Hambourg… Mais je sais que ça n'aurait servi à rien. On ne peut pas empêcher la fatalité. »

À présent, le lac occupait tout leur champ de vision. Grâce à une manœuvre élégante, l'hydravion accomplit une large courbe pour se placer en face de Saint-Quirin. Dans quelques minutes, ils seraient à destination.

« Je suis certain que Geli ne s'est pas tuée, reprit Goering. Ce n'était pas dans son caractère. Ça a été une fatalité, un événement inévitable. Un banal accident. Vous savez peut-être que son oncle lui avait appris à tirer. Un homme politique si contesté, toujours au cœur de la tempête, se fait tôt ou tard des ennemis, c'est pourquoi il estimait fondamental que Geli sache se défendre. Alors il lui a appris et, de temps à autre, il l'envoyait au stand de tir pour qu'elle se perfectionne. Si vous saviez combien de fois je l'ai vue manipuler ce pistolet dans ma maison à la montagne ! s'exclama-t-il avant d'effectuer un amerrissage si délicat que, un instant durant, Sauer crut être toujours en l'air. Probablement qu'elle l'avait pris dans sa chambre pour se sentir encore plus en sécurité – après tout, il ne devait pas y avoir d'hommes à la maison ce soir-là – et qu'elle était en train de le vérifier quand le coup est parti. Voilà tout. »

Goering fit doucement glisser l'hydravion sur l'eau jusqu'à une villa qui donnait directement sur le lac, aux portes de la bourgade. « Nous voilà arrivés ! dit-il en indiquant un long débarcadère où un homme trapu vêtu de noir de la tête aux pieds les attendait. Quand on parle du loup… »

Après avoir accosté en une manœuvre parfaite qu'il semblait avoir déjà faite mille fois, Goering descendit de l'hydravion, suivi par les deux commissaires.

« Hermann, dit l'homme sur le débarcadère, l'accueillant avec une vigoureuse poignée de main.

— Gregor, répondit Goering. Tu as l'air en forme.

— Toi aussi. Comment va Carin ? »

Une ombre traversa le visage de Goering. « Pas très bien. Je l'ai laissée en Suède, dans sa famille. Je suis inquiet.

— Elle va s'en sortir. De nos jours, la médecine fait des miracles.

— Espérons. Et lui ? Comment ça se passe, ici ?

— Toujours pareil, répondit Strasser. Il refuse de boire et de manger depuis plusieurs jours. Il dit qu'il va devenir végétarien, mais il ne veut pas de pain non plus… » On voyait qu'il aurait voulu ajouter autre chose, mais la présence de deux inconnus l'inhibait. Il leur lança un regard méfiant puis se tourna vers Goering.

« Ne t'inquiète pas, dit ce dernier. Ils travaillent pour nous. Le commissaire Foster…

— Forster, le corrigea Mutti.

— Et le commissaire Sauer.

— Ah, dit Strasser en dévisageant Sauer d'un air intrigué. Le fameux Sauer. On m'a parlé de vous. Êtes-vous venu apporter des réponses ?

— Pour le moment, seulement des questions.

— Herr Hitler vous attendait, déclara Strasser, en leur faisant signe de se diriger vers la villa. Et maintenant que vous êtes là, je ne pense pas qu'il se contentera de bavarder cinq minutes devant un thé. J'espère que vous avez quelque chose de solide entre les mains, Herr Sauer. L'avenir du pays est en jeu. »

32

Le grand jardin à l'anglaise de la villa de Müller, parsemé de bancs en bambou et de pavillons en bois blanc, était surveillé par une dizaine de SS en uniforme, un déploiement de forces normal pour la protection d'Adolf Hitler mais qui, dans cette atmosphère de villégiature, faisait le même effet qu'une automobile dans une église. « Évidemment, peu de personnes sont informées de sa présence ici », leur expliqua Strasser en faisant coulisser une porte en bois et en verre. Il fit signe à Goering et aux deux commissaires de le suivre. « Néanmoins, on n'est jamais trop prudent. Le Parti connaît le moment le plus critique de son histoire, et notre Führer est si affaibli qu'il suffirait d'un coup bien assené… » Il ne termina pas sa phrase, laissant l'imagination des trois hommes la compléter. Ils traversèrent un vaste séjour lumineux meublé de fauteuils en osier et de tables basses couvertes de jeux de cartes et de revues soigneusement empilées.

« Ce ne sont pas les attaques extérieures qui m'inquiètent, déclara Goering en franchissant la porte d'un hall dominé par un élégant escalier en marbre. Il a toujours son pistolet sur lui ?

— Non. Schreck a réussi à le lui retirer le premier jour. Il ne lui a laissé que la boîte. Pour le moment, il ne s'en est pas aperçu. Il la garde avec lui mais il ne l'a pas ouverte.

— Tant mieux », répondit Goering, soulagé.

Ils empruntèrent un grand couloir très haut de plafond, éclairé par de grandes baies vitrées qui donnaient sur un second jardin, derrière lequel on devinait au loin la plaine où se nichait Munich. Au milieu du couloir, deux autres SS montaient la garde devant une porte verte. Il n'était pas difficile d'imaginer ce qui se trouvait derrière, ne serait-ce que parce que les miliciens portaient leurs fusils à l'épaule, dans une parodie de la vieille garde impériale.

« Laissez-moi lui annoncer votre présence », dit Strasser et, sans attendre la réponse, il ouvrit la porte et la referma aussitôt derrière lui.

Une minute passa, durant laquelle les miliciens exposés au regard scrutateur de Mutti ne bougèrent pas d'un millimètre. Sauer observa le couloir, dont tous les détails évoquaient le luxe, depuis les tapis finement décorés jusqu'aux chaises anciennes alignées en face de la baie vitrée. Goering semblait apprécier les tableaux, qu'il ne quittait pas des yeux.

Une autre minute passa et l'attente commença à peser.

À la troisième minute, Mutti se lassa de fixer les SS et exprima son impatience à grand renfort de soupirs voués à accélérer la réapparition de Strasser, sans que sa méthode porte ses fruits.

En revanche, une voix masculine au fort accent du Nord se fit entendre au fond du couloir sur leur droite : « Hermann ! » s'exclama un quinquagénaire au crâne dégarni masqué par une mèche, à la moustache aux pointes relevées et vêtu d'un complet lie-de-vin qui ne passait pas inaperçu. « Tu es arrivé ! ajouta-t-il en s'approchant d'un pas lourd.

— Müller ! » répondit Goering, détournant enfin ses yeux des tableaux.

Les deux hommes s'embrassèrent chaleureusement, comme de vieux amis se retrouvant après la guerre. « Comment va Carin ? » s'enquit l'homme qui répondait au nom de Müller. *Le propriétaire de la villa*, se souvint Sauer. *Le proche ami de Hitler qui a publié son* Mein Kampf.

« Mal. Ça fait bien longtemps que son état ne s'est pas amélioré. Je crains que…

— Ne dis pas ça. Tu vas voir, les médecins trouveront une solution à temps.

— Oui, oui. C'est ce que tout le monde me dit. En attendant, ma femme est mourante et je suis impuissant. Je me sens si… inutile. Je donnerais toutes mes médailles pour qu'elle retrouve la santé. »

Müller lui serra l'épaule, comme pour lui communiquer du courage. « J'ai de nouvelles tapisseries, annonça-t-il, tout sourires. Tu veux les voir ? »

Au mot « tapisseries », Goering parut se ragaillardir. « Françaises ?

— Du XVIIIe !

— Oh oui, j'aimerais beaucoup. »

À cet instant précis, la porte verte se rouvrit et Strasser les rejoignit dans le couloir. « Adolf, salua-t-il en voyant le nouvel arrivant.

— Gregor », répondit Müller d'un ton courtois mais froid. Ces deux-là n'avaient pas l'air de s'apprécier.

« Il est prêt, annonça Strasser aux deux commissaires. Mais il ne parlera qu'avec le commissaire Sauer. Je suis navré, dit-il à l'adresse de Mutti.

— Oh, ça ne me pose aucun problème, rétorqua le commissaire adjoint. Nous sommes ici pour le bien du Parti, pas pour la gloriole. »

Sauer jeta un regard incrédule à son collègue : il n'avait pas relevé la moindre trace d'ironie dans sa déclaration. Son jeu d'acteur s'améliorait.

« Je vous en prie, dit Strasser à Sauer. Hermann, tu as cinq minutes ? Je dois te parler de Hoffmann.

— Oui, répondit Goering. Ça tombe bien, moi aussi je dois te parler de lui.

— Alors on ira voir les tapisseries plus tard, dit Müller.

— Bien sûr. J'y tiens.

— Peut-être qu'entre-temps je pourrais y jeter un coup d'œil ? » intervint Mutti. Le maître des lieux lui adressa un regard interloqué. « Ou alors je peux aller faire un tour dans les cuisines. Le grand air me creuse toujours l'appétit. »

La pièce dans laquelle Hitler attendait Sauer était spacieuse, plus qu'une chambre à coucher ou qu'une salle à manger. Il devait s'agir d'un salon dédié au divertissement ou aux réceptions. À son orientation par rapport au couloir, Sauer supposa que les grandes fenêtres aux rideaux tirés donnaient sur le lac. Cependant, ses véritables dimensions restaient vagues en raison de la pénombre. Il fallut de longues secondes à Sauer pour s'y habituer et discerner les premiers détails. S'il n'avait pas su que quelqu'un se trouvait dans cette pièce, il ne l'aurait pas deviné.

« Herr Hitler ? appela-t-il.

— Herr Sauer, répondit une voix faible et atone sur sa droite. Venez. »

Il y avait deux fenêtres de ce côté et, se dirigeant vers elles, Sauer commença à distinguer quelques meubles : une table ronde ou ovale avec quelques chaises, un canapé, deux fauteuils. La voix provenait de l'un d'entre eux. « Venez, asseyez-vous », insista la voix, infiniment lasse.

Quand Sauer atteignit les fauteuils, il réussit à voir son interlocuteur. Contrairement à ce que laissaient entendre les récits de Hoffmann, de Goering et de Strasser, Adolf Hitler ne lui parut pas plus émacié ou éprouvé que trois jours auparavant, à son domicile de Prinzregentenplatz. *Trois jours sans manger ne transforment pas quelqu'un en squelette*, réfléchit Sauer. *Il doit seulement être faible et fatigué.*

« Asseyez-vous », répéta Hitler. Il ajouta aussitôt, comme s'il ne pouvait retenir sa question plus longtemps : « Avez-vous découvert la vérité pour Geli ? »

Sauer s'assit au bord du fauteuil. « La vérité ?

— La raison pour laquelle elle s'est tuée. »

Non, je ne l'ai pas découverte, aurait voulu répondre le commissaire. *Et à vrai dire je ne suis même plus certain qu'elle se soit tuée.* Cependant, il répondit : « Je suis sur la bonne piste. C'est une question d'heures. Mais pour arriver au bout, j'ai besoin d'éléments que vous êtes le seul à pouvoir me donner. »

Sa réponse fut accueillie par un silence prolongé, dont Sauer profita pour mieux étudier la silhouette qu'il avait en face de lui. Les joues de son interlocuteur n'étaient pas plus émaciées que trois jours auparavant mais son regard, dévoré par une pensée obsessionnelle, avait acquis une intensité extrême. Dans la pénombre de la pièce, ses yeux luisaient comme des pierres polies sur la grève.

« Vous avez eu trois jours, lui rappela Hitler avec une pointe de colère. Cela ne vous a pas suffi pour rassembler assez d'éléments ? Herr Himmler ne vous a pas contacté ?

— Il l'a fait et il m'a donné votre billet. Je vous en remercie car il m'a apporté une aide précieuse, mais pas infaillible, malheureusement. Votre gouvernante, par exemple…

— Anni, dit Hitler. Elle a la tête dure, n'est-ce pas ?

— Oui. Elle a refusé de me laisser entrer dans la

chambre de Geli. Pas celle au fond du couloir de service, où son corps a été retrouvé. L'autre, celle où elle dormait », développa Sauer, conscient de prendre des risques.

Un nouveau silence suivit, plus court mais tout aussi dense. « Vous l'avez donc découvert, constata enfin Hitler. J'avais dit à Hess qu'il était inutile de fermer la porte. Un bon enquêteur n'a pas besoin de voir pour comprendre. Un homme intelligent peut ouvrir n'importe quelle serrure par la logique.

— Vous étiez... très attaché à votre nièce, n'est-ce pas ? » poursuivit Sauer, encouragé par son succès. Il n'avait plus de doutes sur la nature de la relation entre Hitler et Geli, mais il voulait l'entendre confirmer par le premier concerné. « Plus attaché que ne le sont les tuteurs ou les oncles en général, je veux dire.

— Oncle au second degré, mais oui. C'est juste. Pourquoi le nier ? Il fallait être aveugle pour ne pas le voir.

— C'est pour cela que Herr Hess voulait que sa chambre soit fermée ? Pour que la police ne comprenne pas les relations qui vous unissaient à Geli en entrant dans l'appartement ? »

Herr Hitler se pencha vers lui et un étroit rayon de soleil passé péniblement entre les rideaux tomba sur l'objet qu'il tenait sur ses genoux : une boîte en métal.

La boîte du pistolet ?

« Hess, et ce n'est pas le seul, estime que si mon amour pour ma nièce venait à se savoir, ce serait très mauvais pour le Parti. Je ne vois pas les choses ainsi, mais le Parti a plus d'importance à mes yeux que ma propre personne, alors j'ai obtempéré. Pour vous dire, ils ne voulaient même pas qu'elle vienne habiter chez moi. Vous avez lu le communiqué qu'ils ont fait publier ? On dirait que nous vivions dans deux appartements séparés, à deux étages différents. Mais Sauer, vous qui êtes un homme avisé, dites-moi : quand la vérité se saura, parce que la vérité finit toujours par se savoir, qu'est-ce que les gens vont penser du Parti, qui a menti ? Il existe un cadastre, bon sang. Le premier journaliste un peu dégourdi découvrira en deux temps trois mouvements qu'il n'y a qu'un appartement et que les chambres communiquent. »

Nous, on n'a pas eu besoin du cadastre pour ça, se dit Sauer, ravalant un élan de fierté. *Et on avait raison.*

« J'aimais Geli, continua Adolf Hitler, qui semblait retrouver de la force et de la conviction à chaque nouvelle phrase. Et elle m'aimait. C'est la seule femme que j'aurais pu épouser. Désormais, conclut-il d'une voix brisée, mon épouse sera l'Allemagne. »

Il était difficile de poser d'autres questions après une déclaration pareille. Sauer regretta d'être le seul à l'avoir entendue : en d'autres circonstances, elle aurait sans aucun doute été enregistrée et rediffusée. *Désormais mon épouse sera l'Allemagne.* Cet homme avait décidément un don pour les slogans. Néanmoins, le commissaire n'avait pas fait tous ces kilomètres pour venir écouter des confessions et des proclamations, et il revint à la charge. « La chambre où Geli dormait est fermée et Frau Winter affirme qu'elle n'a pas de double. Pas plus que de votre chambre.

— C'est exact. J'ai un double de toutes les deux, et Hess a l'autre. Nous étions d'accord sur le fait que personne ne devait y entrer.

— Mais sans les voir, répliqua Sauer, qui n'oublierait jamais ce qu'il avait découvert après y avoir pénétré de façon pour le moins rocambolesque, je ne peux pas répondre à la question la plus importante de l'enquête…

— C'est-à-dire ?

— Celle de savoir si Geli s'est tuée ou a été tuée. »

Le silence qui suivit ne ressemblait pas aux précédents : il était plus dense, plus grave, et n'était pas seulement lourd de colère ou de gêne. Il était lourd de secrets.

« Qui aurait bien pu vouloir tuer ma petite Geli ? demanda Hitler d'une voix métallique, prête à exploser.

— Le "qui" est pour l'heure moins important que le "si", répondit Sauer. Hess vous a-t-il informé que Geli ne s'est pas tuée dans la pièce où elle a été retrouvée ?

— C'est impossible.

— Pourtant, c'est probablement le cas.

— Quelqu'un aurait déplacé son corps ?

— C'est ce que nous croyons.

— Ça n'a aucun sens.

— Ça en a beaucoup. Si la police avait retrouvé son corps dans une chambre à coucher communiquant avec celle d'Adolf Hitler, le scandale lié à votre relation avec Geli aurait été égal si ce n'est supérieur au choc provoqué par son suicide. Politiquement parlant, on survit à un suicide. Pas à un inceste.

— Un inceste ! » cria Hitler, furieux. Il bondit sur ses pieds. La boîte de métal tomba par terre avec un bruit sourd.

« Pardonnez-moi, s'empressa de dire Sauer, mais c'est ainsi que certains journaux l'auraient présenté.

— Geli et moi nous nous aimions !

— Je n'en doute pas, poursuivit le commissaire, essayant d'apaiser son interlocuteur. Et vous n'étiez même pas des parents proches. La fille de votre demi-sœur : je crois que même l'Église accepte les mariages entre des parents si éloignés.

— Évidemment !

— Mais cela n'aurait pas empêché le scandale. Le peuple se moque des subtilités. »

Hitler se rassit, ramassa la boîte et la serra entre ses mains. « Je ferai appeler Hess et lui demanderai des explications.

— Non. Attendez. Avant, donnez-moi le double de ces clés. » Sauer abattait là sa carte maîtresse. « Nous avons cru à un suicide depuis le début parce que le corps a été retrouvé dans une pièce fermée de l'intérieur. Mais si Geli a été transportée dans cette pièce après sa mort, et que ce déplacement a été savamment maquillé, alors…

— … Alors il couvre peut-être un homicide.

— Exactement.

— C'est impossible », répéta Hitler. Il se releva, et cette fois la boîte en métal glissa sur le fauteuil. « Pourquoi aurait-on voulu la tuer ? demanda-t-il, mais quelque chose sonnait faux dans sa voix. Dans quel but ? » ajouta-t-il comme s'il avait une idée précise sur la question.

C'est alors, et seulement alors, que Sauer comprit. Non pas grâce à la logique, à l'examen des faits et des mots, mais grâce à son instinct. C'était donc là le jeu auquel ils jouaient.

Il le sait depuis le début. Il n'a jamais douté, pas même un instant, du fait que c'était un homicide. Et je ne lui sers qu'à confirmer sa thèse.

« Sauer, lui dit l'homme qui quelques jours auparavant encore serrait entre ses doigts le ventre mou de l'Allemagne. Puis-je vous faire confiance ? »

Évidemment que non, pensa le commissaire. *Moi, je ne te fais pas confiance.*

« Bien entendu », répondit-il.

D'un geste théâtral, Hitler tira de la poche de son pantalon deux clés accrochées à un anneau de métal. « Si Geli a été tuée par un des miens, je dois le savoir. Je dois savoir qui est le coupable. Je dois savoir pourquoi.

— Vous pouvez toujours demander à Hess…

— Je n'ai pas confiance en Hess ! aboya Hitler. Je n'ai pas confiance en lui, pas confiance en Strasser, et encore moins en Himmler. Goering est le seul qui me dirait la vérité, mais il n'était pas là, il ne peut pas être au courant. Non, nous devons agir seuls, vous et moi. »

De la flatterie. Ça fonctionne toujours, n'est-ce pas ? Du moins avec ceux qui veulent être flattés dès le début.

« Sauer, je m'en remets à vous. Voici les clés : allez dans l'appartement, entrez dans cette chambre. Découvrez tout ce que vous pouvez et revenez me faire un compte rendu. À moi et à personne d'autre. Il y va de l'avenir de la nation. »

Sauer se dit qu'il perdait le compte des personnes qui lui avaient fait la même demande. Il commençait à se sentir comme l'Arlequin de Goldoni, sauf que là on n'attendait pas de lui qu'il serve deux maîtres mais cent, et chacun exigeait qu'il ne fasse confiance qu'à lui. En jeu, toujours l'avenir de l'Allemagne, comme dans un de ces romans-feuilletons en vente dans les gares.

« Je le ferai, répondit-il avec toute la sincérité qu'il parvint à simuler. Vous pouvez compter sur moi, se força-t-il à ajouter en faisant disparaître les clés dans sa poche.

— Bien, très bien. Vous y rendrez-vous tout de suite ?

— Oui, juste le temps de trouver un moyen de revenir en ville. C'est Goering qui m'a amené ici, en hydravion.

— J'ai besoin de lui, dit Hitler en secouant la tête. Vous devrez rentrer en auto. Je demanderai à Schreck de se mettre à votre disposition jusqu'à la fin de l'enquête. Cela vous convient-il ? »

Julius Schreck. Le chauffeur de Nuremberg. Oh que oui, ça me convient.

« Ce serait très pratique.

— Alors nous sommes d'accord », conclut Hitler. Il se laissa à nouveau aller dans son fauteuil, comme un jouet à ressort arrivé au bout de son mécanisme. « Allez-y, maintenant. J'attends de vos nouvelles. Ne perdez pas plus de temps. »

Pour le restant de ses jours, Sauer garderait cette dernière image d'Adolf Hitler assis, éreinté, dans la pénombre, ses yeux fous fixés sur le fantôme de sa nièce, serrant entre ses mains une boîte de métal qui, croyait-il, contenait un pistolet.

Mais quand le Führer répéta, impatient, son « Allez-y ! », Sauer remarqua un détail qui lui avait échappé jusque-là – un détail qui éclairait la conversation qu'ils venaient d'avoir d'une tout autre lumière, et avec elle toute la scène qui s'était déroulée dans cette pièce.

Ravagé, méconnaissable, désespéré, lui avait-on dit de lui ces dernières heures. *Trois jours entiers sans boire ni manger.*

Alors, pourquoi Adolf Hitler avait-il cette trace sombre sur le menton, et pourquoi apercevait-on, maladroitement cachée entre les pieds de son fauteuil, une boîte de chocolats ?

33

Mutti attendait Sauer dans le couloir, assis, l'air oisif, dans un fauteuil qui, à vue de nez, devait avoir une centaine d'années. « C'est bon ? » lui demanda-t-il en bondissant sur ses pieds. Le fauteuil émit un grincement sinistre mais, par chance, il résista. « Le fameux Sauer a-t-il obtenu ce qu'il voulait ? »

Sauer fit osciller l'anneau en métal auquel les clés étaient accrochées. « Pourrait-on éviter l'ironie facile ?

— Pourquoi ? C'est plus facile que l'ironie difficile et il faut bien que je me repose de temps en temps. Qu'est-ce qu'on fait, maintenant ?

— On doit trouver Schreck, le chauffeur de Hitler.

— Celui qui a récolté une amende pour excès de vitesse ?

— Lui-même. Il nous ramène à Munich sur ordre de son chef.

— De *votre* chef. »

Sauer se retourna et foudroya son collègue du regard. « Arrête, bon sang ! lui chuchota-t-il. On est chez eux ! »

Mutti leva les bras en signe de reddition. « D'accord, pardon. C'est que je suis un peu tendu, comme tu le sais. Dans la série des surprises, tu ne devineras jamais qui j'ai croisé dans les cuisines.

— Qui ? » demanda Sauer en se dirigeant vers l'escalier qu'ils avaient emprunté avec Strasser. Schreck devait être devant la villa, ou peut-être dans le garage. Dans tous les cas, à proximité de la Mercedes de Hitler.

« C'est plus amusant si tu essaies de deviner.

— On n'a pas le temps pour les petits jeux », protesta Sauer. En bas de l'escalier, un couloir plus modeste s'enfonçait dans les entrailles de la villa. La sortie devait se trouver par là.

« Allez, dis un nom !

— Je ne sais pas. Rudolf Hess ?

— Dans les cuisines ? pouffa Mutti comme s'il venait d'apprendre que la meilleure bière du monde était produite en Afghanistan.

— C'est un des noms de la liste ? Ça m'aurait arrangé.

— Pourquoi pas Goebbels alors ?

— Je n'ai jamais rencontré Goebbels mais je doute qu'il soit du genre à traîner dans les cuisines.

— Comme toi. Non, sérieusement. Qui nous a parlé du lac, ces jours-ci ? Et de quelqu'un qui aurait dû être quelque part mais qui venait juste de partir… »

Sauer s'arrêta de marcher, traversé par le souvenir précis du moment en question : « Frau Reichert ? » avança-t-il, incrédule.

Le visage du commissaire adjoint rayonnait de satisfaction. « Avec sa mère, Frau Dachs. Elles aussi accueillies par le très généreux Adolf Müller.

— Tu leur as parlé ?

— Non, et c'est là que ça devient intéressant : Frau Reichert et sa mère n'étaient pas à la cuisine pour donner un coup de main. Elles avaient l'air… Comment dire ? Sous surveillance. »

Séquestrées par le Parti, traduisit Sauer. *Pourquoi ?*

« Quand Frau Reichert m'a vu, elle est devenue blanche comme un linge. Je n'ai pas eu le temps de lui adresser la parole parce qu'un SS a débarqué et m'a gentiment raccompagné à la porte de la cuisine. Résultat, j'ai une faim de loup. »

Sauer secoua la tête et se remit à marcher.

Frau Reichert et Frau Dachs enfermées dans la villa de Müller. Elles étaient seules dans l'appartement le soir où Geli est morte… Que savent-elles qu'elles ne peuvent pas répéter ?

Sauer avait vu juste : au fond du couloir, il y avait trois portes, dont une ouvrait sur un vaste espace circulaire gravillonné, devant l'entrée de la villa. « Viens », dit-il à Mutti.

Nonchalamment adossé à la Mercedes décapotée, Julius Schreck jouait avec un briquet. La tête de mort en métal sur sa casquette avait un éclat sinistre sous le soleil resplendissant de ce début d'après-midi.

« Herr Schreck, le salua Sauer en s'approchant d'un pas vif. Je viens de la part de…

— Je sais, l'interrompit le chauffeur. Êtes-vous prêts à partir ? »

Sauer mit un instant à répondre, surpris que Schreck ait déjà reçu les ordres de Hitler. Tout avait-il été orchestré à l'avance ? Le commissaire eut la sensation déplaisante d'être un cobaye dans un labyrinthe où chaque itinéraire qu'il empruntait avait été pensé par quelqu'un qui observait d'en haut le parcours dans son ensemble, invisible à ses propres yeux.

« Oui », finit-il par répondre, se demandant comment son interlocuteur aurait réagi s'il avait répondu le contraire. Existait-il un plan alternatif pour chaque direction qu'il prenait ?

« Montez, alors, dit Schreck en refermant son briquet. Il n'y a pas de circulation à cette heure. Si nous nous dépêchons, nous serons à Munich à trois heures. »

Les forêts et les champs défilaient à toute allure de l'autre côté de la vitre. De temps en temps, Schreck déviait de sa trajectoire parfaite pour doubler d'autres automobiles, d'un modèle moins puissant, conduites par des pilotes moins ambitieux qui cédaient volontiers le passage à ce bolide couleur de nuit.

« Où voulez-vous que je vous emmène, exactement ? demanda le chauffeur de Hitler au bout de quelques minutes, alors que le Tegernsee était déjà loin et que les fumées des grillades de l'Oktoberfest s'élevaient à l'horizon.

— Prinzregentenplatz, répondit Sauer. Au numéro 16. »

Schreck hocha la tête.

« C'était vous qui conduisiez, n'est-ce pas ? Quand Herr Hitler a appris pour Geli, demanda Mutti sur le ton de la conversation.

— Tout à fait. Nous venions de quitter Nuremberg, nous étions en route pour Bayreuth.

— Quelle heure était-il ? »

Les yeux d'un bleu arctique de Schreck croisèrent les yeux marron de Mutti dans le rétroviseur central. « Un peu plus de neuf heures. Je ne me souviens pas exactement.

— Ah bon ? Pourtant, Herr Hitler dit que vous notez l'heure de départ et l'heure d'arrivée de vos trajets. Pour calculer le rapport distance-temps.

— Des fois, oui.

— Donc cette fois-là, c'était non, commenta Mutti. Dommage. Est-ce que vous vous rappelez à quelle heure vous avez été arrêtés sur la nationale d'Ingolstadt ?

— À onze heures et quelques, je dirais. Si vous voulez connaître l'heure exacte, il doit y avoir un procès-verbal quelque part.

— Exact, et nos collègues l'ont consulté. Plusieurs éléments sont incohérents. »

Les yeux de Schreck revinrent se planter dans ceux de Mutti. Sauer y lut une perplexité pour le moins compréhensible : lui-même ignorait où son collègue voulait en venir.

« Pour commencer, continua Mutti, je ne comprends pas la vitesse déclarée. Cinquante-cinq kilomètres à l'heure. Est-il vraiment possible que vous rouliez à cette allure quand vous avez été arrêté ?

— Je suppose que oui, si c'est ce qui est écrit sur le procès-verbal. La limitation devait être à quarante, ou peut-être à trente, je ne me souviens plus.

— Selon la police, vous rouliez presque au double de la vitesse autorisée. Mais ce n'est pas là que le bât blesse. Jusqu'à combien pouvez-vous pousser cette auto ? demanda Mutti en tendant le cou vers la cloison baissée qui les séparait du chauffeur. Je me trompe ou le compteur va jusqu'à cent cinquante kilomètres à l'heure ? »

Schreck fronça les sourcils. « Je ne comprends pas votre question. Oui, c'est vrai, sur une route parfaitement lisse et droite, je peux dépasser les cent, mais le risque de perdre le contrôle est grand et c'est l'accident assuré au premier nid-de-poule. Et puis, de toute façon, Herr Hitler n'apprécie pas beaucoup les excès de vitesse.

— Pas même quand sa nièce chérie gît, mourante, et que chaque instant pourrait être le dernier ? » s'enquit Mutti d'un ton moqueur.

Sacré Mutti, pensa Sauer. *Tu as raison*.

« Cinquante-cinq kilomètres-heures, ça suffit pour recevoir une amende, poursuivit le commissaire adjoint. Mais pas pour se rendre le plus vite possible à un endroit dans un contexte où les minutes sont comptées… »

Schreck ne dit rien, mais son air soucieux était éloquent : il craignait d'avoir fait un faux pas, et sans doute se demandait-il si c'était bien le cas ou si le commissaire Forster bluffait.

« Par ailleurs, continua ce dernier, il y a la question de la signature sur le procès-verbal. Pourquoi Herr Hitler a-t-il signé en personne alors que c'était vous qui conduisiez ?

— Il a voulu payer l'amende parce que c'était lui qui m'avait demandé de foncer…, répondit le chauffeur tandis que la Mercedes arrivait aux portes de Munich.

— … À cinquante-cinq kilomètres à l'heure…

— … Alors il trouvait que ce n'était pas juste que le procès-verbal soit à mon nom.

— C'est très attentionné de la part de votre employeur, mais aussi très illégal, si je puis me permettre. Les agents qui vous ont arrêtés ont bien dû voir que c'était vous qui conduisiez. Faire signer le procès-verbal à un passager constitue une entorse sérieuse au règlement. Et à la loi. Commissaire Sauer, fit Mutti en se tournant vers son collègue, est-ce que l'on a vérifié l'orientation politique des agents qui ont arrêté Herr Schreck à Ebenhausen ?

— Pas encore, répondit Sauer en jouant le jeu, mais ce sera fait dans les plus brefs délais.

— Je ne sais pas ce que vous espérez obtenir, intervint Schreck, de plus en plus préoccupé, mais je vous assure qu'aucun type de pression n'a été exercé. Herr Hitler a expliqué aux agents qu'il préférait que mon nom n'apparaisse pas sur le procès-verbal et ils se sont montrés compréhensifs. »

Alors, Mutti dégaina la conclusion qu'il devait avoir en tête depuis le début : « Oh, mais détrompez-vous, Herr Schreck ! Si j'insiste sur la question, ce n'est pas pour vous mettre en difficulté, ni vous ni votre employeur. Au contraire : nous voulons juste nous assurer que la version officielle est inattaquable, vous comprenez ? Si vous me jurez que c'est ainsi que les choses se sont passées, je sais déjà quoi écrire dans mon rapport final, le document qui restera pour toujours dans le dossier concernant ce contrôle de police à Ebenhausen. Ce qui compte, c'est que l'histoire soit cohérente.

— Et elle l'est ?

— Vous rouliez à cinquante-cinq kilomètres à l'heure ?

— Oui, répondit Schreck d'un ton ferme.

— Et c'est Herr Hitler qui a insisté pour que son nom apparaisse sur le procès-verbal ?

— Tout à fait.

— Ainsi que dans le registre de l'hôtel ?

— Non. Là, il n'y a que ceux de Herr Hoffmann et le mien, répondit le chauffeur, sans imaginer un instant qu'il était en train de tomber dans un piège. Pour des questions de discrétion. Les mouvements de notre Führer sont tenus secrets, autant que possible.

— Alors, conclut Mutti en coulant un regard satisfait à Sauer, c'est bon, l'histoire est cohérente. »

La fin du trajet se déroula en silence. Fidèle à ce qu'il avait annoncé, Schreck déposa Mutti et Sauer à Prinzregentenplatz, devant le numéro 16 désormais familier, à trois heures tapantes. Hartmann, qui se trouvait sur le seuil, accueillit l'arrivée des deux commissaires à bord de la voiture du Führer d'un air ahuri. « Herr Sauer, Herr Forster, les salua-t-il en venant à leur rencontre. Vous ici !

— Dernières vérifications, déclara Mutti en passant devant lui.

— Nous n'en avons pas pour plus d'une demi-heure », ajouta Sauer. Puis, pensant aux questions qui devaient tourbillonner dans la tête du milicien, il ajouta : « Herr Hitler nous a prêté son auto pour faciliter la clôture de l'enquête sur le suicide de sa nièce.

— Paix à son âme, fit Hartmann, rassuré par cette explication.

— Paix à son âme », répéta Sauer, bien qu'il ne vît pas comment l'âme de Geli pouvait avoir trouvé la paix au milieu de ce sac de nœuds. Il se souvint d'une vieille histoire de fantômes que sa mère lui racontait quand il était petit : un crime parfait où une jeune fille était assassinée avec son bien-aimé, sur qui le véritable coupable réussissait à faire porter toute la culpabilité. Tant que la vérité n'avait pas éclaté au grand jour, les âmes des deux amoureux restaient sur le lieu du crime, comme emprisonnées par le mensonge qui interdisait tout réconfort à leurs proches. *Espérons que ce ne soit qu'une fable*, dit Sauer au fantôme de Geli. *Espérons que quelle que soit la tournure des événements, même si nous échouons à établir ce qui t'est réellement arrivé, ton âme soit déjà libérée de ce bas monde.*

Quand ils frappèrent à la porte de l'appartement, ils étaient préparés à la résistance d'Anni Winter, qui de fait entrouvrit avec un visage hostile, sans même retirer la chaînette. « Encore vous ? demanda-t-elle, répétant peu ou prou l'accueil de Hartmann mais sur un ton plus agressif.

— Encore nous, répondit Sauer et, sans perdre plus de temps, il lui montra les clés que Hitler lui avait prêtées. Votre patron insiste : vous devez nous laisser entrer.

— Voulez-vous revoir le billet aussi ? » proposa Mutti avec son sourire le plus effronté.

Anni Winter se raidit à la vue des clés. « Je ne sais pas si je dois…

— Vous savez très bien ce que vous avez à faire, l'interrompit Sauer, renonçant aux bonnes manières. Nous avons une demande écrite de la part de Herr Hitler ainsi que son jeu de clés. Ouvrez cette porte ou vous aurez des ennuis. »

Sans chercher à dissimuler sa colère, Anni Winter soupesa la situation pendant quelques instants puis céda. Elle referma la porte, retira la chaînette et rouvrit : « Entrez », dit-elle d'un ton méprisant.

Une fois dans l'appartement, les deux commissaires se précipitèrent vers la première pièce, celle dont le pauvre Hatzke avait changé la serrure le samedi matin, probablement à la demande de Hess.

« Vous ne voulez pas voir la chambre de maître ? » les interrogea Anni Winter en s'interposant entre la porte et eux. La tension palpable dans sa voix n'était pas due à l'inquiétude ou à l'anxiété, mais à la peur à l'état pur.

« C'est cette pièce qui nous intéresse, répondit Sauer. Nous savons ce que nous trouverons dans la chambre de maître. Alors que derrière cette porte… Souhaitez-vous nous dire vous-même ce qu'elle cache ? »

Anni Winter resta immobile, les yeux plus glaciaux qu'un vent polaire, les lèvres pincées. Sauer regarda ses mains et remarqua sans surprise qu'elle serrait ses poings, aux jointures blanchies.

« Rien à déclarer avant que nous ouvrions ? » insista Mutti.

La gouvernante se tourna vers lui et, sur un ton où le mépris le disputait à la condescendance, elle affirma : « Elle l'aimait. Ils se seraient mariés.

— Nous vous remercions pour cette révélation majeure, répondit le commissaire adjoint. À présent, si vous voulez bien… » Il l'écarta d'une main ferme et Sauer inséra la clé dans la serrure, qui tourna sans résister.

« Oh mon Dieu ! s'exclama Mutti en entrant dans la chambre à coucher de Geli. Incroyable ! Ce n'est pas un débarras ! » Il se prit la tête entre les mains pour en rajouter. « Qui aurait pu l'imaginer ! »

Sauer lui décocha un coup de coude.

« Quoi ? Je suis absolument ébahi ! renchérit le

commissaire adjoint, continuant de feindre la stupeur. Pas toi ?

— Non, pas trop », répondit Sauer.

À première vue, tout dans la chambre était comme la veille : le grand lit en fer forgé, l'armoire peinte, la commode à trois tiroirs, la coiffeuse couverte de fleurs et de parfums, le petit sac à main en cuir rose posé sur le tabouret, le bureau avec le téléphone et le papier à en-tête, ainsi que le paysage de montagne mièvre accroché au mur.

« Oh là là, on étouffe là-dedans ! s'exclama Mutti, tout à son jeu d'acteur. De l'air ! De l'air ! » Il s'élança vers les rideaux, les tira et ouvrit brutalement la fenêtre. « Oups ! murmura-t-il d'un air contrit quand la vitre brisée par Sauer tomba en mille morceaux. Quel indélicat je fais ! »

Anni Winter le rejoignit d'un pas martial, écumante de rage. « Vous êtes…

— Un commissaire de police dans l'exercice de ses fonctions, lui rappela Mutti en la fusillant du regard. Sortez de cette pièce où je vous arrête pour entrave à l'exercice de la justice. »

Bien joué, mon ami, se dit Sauer. Parfois, le comportement de clown fanfaron de Mutti tendait à lui faire oublier que son collègue avait à son actif plus d'affaires résolues que n'importe qui d'autre dans la police munichoise – sans parler du fait que pendant la guerre, il s'était distingué dans toutes les actions auxquelles il avait participé, récoltant des félicitations officielles et une croix de guerre. Il avait un cerveau remarquable et une main infaillible. Mieux valait l'avoir de son côté que contre soi.

« Où est la chemise de nuit ? demanda Mutti quand Anni Winter eut regagné le seuil de la chambre, d'où elle épiait leurs faits et gestes d'un air hargneux.

— Sous l'oreiller, répondit Sauer, les yeux rivés sur le sol.

— Hé, Siggi ! Qu'est-ce que tu regardes ?

— Quoi ?

— Tu as la tête de quelqu'un qui a commandé le sandwich le plus cher du menu et qui vient de le faire tomber dans une bouche d'égout. Qu'est-ce qu'il se passe ? »

Sauer tourna lentement sur lui-même, passant en revue le contenu de la chambre. « Quelque chose a changé.

— Par rapport à hier ? demanda Mutti.

— Comment ça, par rapport à hier ? s'enquit la gouvernante.

— Vous, mêlez-vous de vos affaires ! aboya le commissaire adjoint.

— Oui, confirma Sauer. Quelque chose a été déplacé ou enlevé. Mais je ne sais pas quoi.

— Concentre-toi. Le lit ?

— Vous, siffla Anni Winter, vous êtes déjà entré ici…

— Non, le lit me semble identique, dit Sauer.

— Le bureau ? Il y a dessus tout ce qu'il y avait hier ?

— Je crois que oui.

— La coiffeuse, alors ? » insista Mutti. Il se tourna vers Anni Winter : « Êtes-vous entrée dans cette pièce ces dernières vingt-quatre heures ? »

La gouvernante pâlit sans répondre.

« Vous aviez dit qu'il n'existait pas d'autre double de cette clé… », commença à tonner le commissaire adjoint, mais il fut interrompu par Sauer, qui posa une main sur son bras.

« Les tapis », souffla-t-il.

Mutti se tourna pour le regarder puis baissa les yeux au sol. De chaque côté du lit de Geli, il y avait une longue descente de lit en satin bleu. « Eh bien ?

— Ils n'y étaient pas. Hier, le sol était nu. »

Les deux commissaires restèrent un instant silencieux, puis se tournèrent de conserve vers le seuil. La gouvernante avait disparu et, avant même qu'ils aient le temps de réagir, la porte de l'appartement claqua violemment.

34

« Bon sang ! s'exclama Mutti. Bon sang de bon sang de bon sang ! La harpie avait la clé ! »

Sauer était incrédule. « Hitler a dit qu'il n'existait que deux jeux. Il en avait un, Hess l'autre.

— Soit il a menti, soit le brave Rudolf a donné son jeu à notre chère Anni. Qu'est-ce que ça change ? On s'est encore fait rouler. On a fait tout ça pour rien. Je ne sais pas toi, mais moi je commence à en avoir marre. »

Sauer acquiesça, non parce qu'il en avait marre mais parce qu'il était épuisé, comme quand on sent qu'on n'aura pas assez d'énergie pour mener à bien ce qu'on a entrepris. Comme un soldat qui tombe de sommeil alors que l'ennemi est aux portes.

« Au moins, on y est, dans cette pièce, dit-il pour se redonner du courage.

— Toi tu y étais déjà entré, lui rappela Mutti.

— Oui, mais entre-temps on en a appris plus : l'histoire du sang. On doit chercher des traces de sang. Comme ça, on pourra déterminer si Fischer avait raison.

— Entendu », répondit Mutti, mais son ton las n'était guère prometteur. Il se doutait probablement qu'ils n'en trouveraient pas la moindre goutte. Si Geli était morte là quatre jours auparavant, et si Rudolf Hess et Anni Winter avaient eu tout le loisir d'accéder à la pièce, elle devait être plus propre qu'une gamelle à l'époque des tranchées.

« Tu es sûr que les tapis n'étaient pas là hier ?

— Sûr et certain.

— C'est la preuve la plus tangible qu'on trouvera : s'ils les ont enlevés puis remis, c'est qu'ils étaient tachés et qu'il fallait les laver à tout prix.

— En admettant qu'ils ne les aient pas tout simplement remplacés.

— Non, déclara Mutti après s'être penché pour mieux regarder. Ils sont un peu usés au centre. Ils ont remis les originaux. Ils voulaient qu'en apparence tout soit comme avant. »

Sauer soupira. « Essayons quand même de chercher. Peut-être qu'une tache leur a échappé.

— Faisons ça », acquiesça Mutti avec un soupir encore plus profond.

Ils regardèrent partout : tapis, lit, commode, coiffeuse, armoire et bureau furent passés au peigne fin à la recherche de signes révélateurs, sans aucun succès. Ce qui constituait une preuve supplémentaire. « Une chambre aussi récurée, ça n'existe pas, fit observer Mutti. Même les salles d'opération sont moins propres que ça. »

Tandis que Sauer examinait le papier peint, le

commissaire adjoint fouilla les tiroirs de la commode et du bureau puis passa au sac à main et à l'armoire. C'était vraiment par acquit de conscience car il était évident que le sang de Geli n'avait pas pu gicler jusque-là, mais sa méticulosité fut récompensée, même si ce n'était pas de la manière escomptée.

« Tu as vu ? demanda-t-il à Sauer quand il eut ouvert le second battant de l'armoire après avoir soigneusement passé en revue les vêtements rangés derrière le premier. Il y a une guitare.

— Oui, répondit distraitement son collègue, concentré sur l'examen difficile des rideaux, dont la couleur violette approchait celle du sang.

— Tu sais que j'en jouais à l'époque ?

— Non, tu ne me l'avais jamais dit.

— Je la trimballais partout, même à la guerre. Je n'ai arrêté que quand je suis parti au front parce qu'elle révélait notre position, et je n'ai plus jamais repris. Trop de mauvais souvenirs. Je pourrais m'en acheter une autre, maintenant. Pour apprendre à mes enfants. » Ce disant, il passa ses doigts sur les cordes. « Bizarre », dit Mutti en fronçant les sourcils.

Sauer entendit à peine sa remarque, mais quand son collègue sortit la guitare de l'armoire et se mit à en jouer, il se tourna vers lui, curieux.

« Qu'est-ce qui est bizarre ?

— Les cordes.

— Eh bien ?

— Elles sont montées à l'envers.

— À l'envers ?

— Oui. Comme si sa propriétaire préférait en jouer comme ça. » Mutti fit pivoter la guitare à cent quatre-vingts degrés et prit le manche dans sa main droite. Quand il gratta les cordes, même les oreilles peu averties de Sauer trouvèrent le son plus juste.

« Qu'est-ce que ça veut dire ? demanda ce dernier.

— Je ne sais pas, dit Mutti. Peut-être que Geli était gauchère ?

— Gauchère, répéta Sauer.

— Il paraît que les gauchers sont plus intelligents que la moyenne. Au Moyen Âge, on les envoyait sur le bûcher. Maintenant, on est plus évolués, on leur tire une balle dans le cœur avant de déguiser la scène en suicide et de couvrir leur cadavre de sang de cochon. » Mutti rangea la guitare en secouant la tête. « Rien ici non plus. Je suis désolé. On a regardé partout, à part derrière la croûte accrochée au mur, et… »

Il n'avait pas fini sa phrase que Sauer et lui se jetaient simultanément sur le tableau pour s'en saisir. C'est Sauer qui gagna, aidé par sa taille, mais il fit preuve de fair-play en laissant Mutti regarder pendant qu'il le décrochait du mur et le retournait sur le lit.

À leur grande déception, le dos du tableau ne cachait rien, juste une date écrite au fusain : « 20 juillet 1925, Haus Wachenfeld ».

« Tu vois ? fit Mutti. Dans un roman, on aurait trouvé l'indice déterminant, éventuellement écrit en vers avec le sang de la victime. Et là, rien. Aucun indice. À moins qu'Adolf Hitler n'ait tué sa nièce il y a six ans de ça dans les Alpes bavaroises et l'ait conservée dans de la glace jusqu'à maintenant…

— Arrête ton cinéma.

— Cinéma ou pas, j'ai l'impression que cette chambre nous a révélé tous ses secrets.

— Peut-être, répondit Sauer, un petit sourire aux lèvres. Mais il y a d'autres pièces dans l'appartement. D'autres tableaux. »

Ils s'élancèrent au pas de course vers la pièce où ils avaient vu le corps de Geli. Car là aussi, ils avaient tout passé au peigne fin le premier jour sans jamais toucher au paysage de montagne signé « A. H. ». Quand ils le décrochèrent du mur et le tournèrent, il leur fallut se rendre à l'évidence : ils étaient deux crétins. L'enveloppe était là depuis le début, cachée derrière l'objet qui attirait le plus le regard, et ils n'avaient pas eu le réflexe de s'y intéresser.

« Ouvre-la, allez ! » s'impatienta Mutti, qui trépignait, pressé de trouver quelque chose d'utile au cours de cette dernière incursion dans la demeure de Hitler.

Sauer tira l'enveloppe du coin du cadre où elle avait été coincée, l'ouvrit et déplia la feuille sur le lit pour qu'ils puissent lire en même temps. C'était une lettre rédigée sur un papier à en-tête portant le nom d'un certain « Kurt Heigl – Währingerstrasse 103/13 – Vienne » :

Mon trésor,

Pardonne-moi ma franchise mais je ne peux pas être d'accord avec ce que tu as écrit dans ta dernière lettre. Tu continues à croire qu'il a de bonnes intentions, mais tu oublies de quoi il est capable – tu oublies ses talents de comédien, ceux-là mêmes qu'il déploie dans ses meetings pour convaincre son public de tout et n'importe quoi. Il se fiche éperdument de la vérité, pour lui la vérité coïncide avec ce qui lui est utile au coup par coup. Ne te laisse pas embobiner toi aussi, je t'en prie ! Nous savons l'influence qu'il a sur ta mère, maintenant il essaie de manipuler sa faiblesse avec un cynisme sans fond. Malheureusement, nous ne pourrons pas nous libérer de ses pressions tant que tu ne seras pas majeure. Ton oncle continue d'aligner les obstacles sur notre chemin pour nous empêcher d'être heureux ensemble, même s'il sait que nous sommes faits l'un pour l'autre. Mais l'année de séparation que ta mère nous impose ne fera que resserrer les liens qui unissent nos âmes. Je m'efforce toujours de penser et d'agir honnêtement, c'est pourquoi je peine à accepter que d'autres ne le fassent pas. Je n'arrive pas à interpréter les actions de ton oncle autrement que comme des vues égoïstes sur toi. Je crains qu'il finisse par désirer que tu lui appartiennes de manière exclusive. Il continue de te voir comme une « fillette inexpérimentée » et il est incapable de

concevoir que tu as grandi depuis. Il veut modeler ton avenir avec sa personnalité écrasante.
Il est vrai que tous les membres de son parti se prosternent devant lui comme des esclaves, toutefois je ne comprends pas comment un homme si intelligent et si subtil peut imaginer que son entêtement et ses théories sur le mariage suffiront à briser notre amour et à faire ployer notre détermination. Si ton oncle espère que cette année te fera changer d'avis, c'est qu'il connaît bien mal ton cœur !
J'espère que je ne te chagrine pas avec ces mots. Si je te parle ainsi, crois-moi, c'est parce que j'ai une estime infinie pour ton intelligence et parce que je sais que les esprits les plus sensibles peuvent être plus aisément fourvoyés. Tu juges que votre dette à son égard est trop importante, et je le comprends, mais cela ne pourra pas toujours excuser tous ses faits et gestes. Ne sois pas trop gentille avec ceux qui ne veulent pas ton bien mais seulement le leur, ma chérie. Si tu ne réagis pas, si tu laisses cet homme continuer à t'écraser et à te tyranniser, l'ange resplendissant qui se cache en toi ne trouvera jamais le chemin de la lumière, il restera enchaîné dans le noir et mourra à petit feu.

Ton dévoué pour l'éternité,

K.

« Tu sais quoi ? dit Mutti quand ils eurent fini la lecture. Je prends de mauvaises habitudes, avec cette enquête. Comment on fera pour la prochaine, sans un personnage mystérieux qui sort de nulle part tous les quarts d'heure pour rebattre les cartes ?

— Ne t'inquiète pas, rétorqua Sauer d'un ton sinistre. Il se pourrait qu'il n'y ait pas de prochaine enquête. »

Dix minutes après, ils étaient à bord de la Mercedes de Hitler, qui roulait à tombeau ouvert en direction du centre-ville. Trop de doutes, trop de révélations s'accumulaient, et Sauer ne savait plus que penser. Ils avaient déjà rencontré trois des six noms de la liste, les plus faciles. Restaient Hess, Goebbels et Schirach, mais ils n'avaient aucune idée de l'endroit où les chercher. Mieux valait d'abord reparler à Himmler pour voir si continuer valait la peine.

« Regarde le côté positif, dit Mutti tandis qu'ils s'engageaient dans la descente conduisant à Europaplatz. D'abord, ces messages signés H. Maintenant, cette lettre signée K. Il ne reste plus que vingt-quatre lettres dans l'alphabet. Elles devraient être toutes sorties d'ici à Noël. »

Sauer apprécia l'effort de son collègue, mais il n'était franchement pas d'humeur à sourire à ses blagues. Comme la veille, il leva les yeux pour admirer la débauche de dorures de l'ange de la Paix.

« Il est beau, hein ? commenta Mutti en suivant son regard.

— Oui, répondit Sauer. Mais pas pour les habitants de Bogenhausen, ajouta-t-il. Eux, il leur tourne le dos. »

La Mercedes descendit la demi-lune qui conduisait au pont sur l'Isar et continua en direction du Ring. Sauer se souvint de son rendez-vous avec Rosa à sept heures. Il consulta sa montre : quatre heures passées. Réussirait-il à être ponctuel, cette fois-ci ?

Schreck prit le grand tournant du Ring tout en douceur puis, avec la même souplesse, il s'engagea à droite dans le boulevard élégant qui menait à la monumentale Königsplatz. Cette place était peut-être l'endroit préféré de Sauer à Munich, avec ses deux musées jumeaux aux façades néoclassiques qui se faisaient face non loin du Propylée, une nouvelle Acropole dans le cœur de la ville.

Toutefois, leur destination n'était pas Königsplatz, mais se situait un peu après Karolinenplatz, l'adresse qui faisait jaser tout le quartier, si ce n'est toute la ville : Briennerstrasse 45, le palais Barlow, c'est-à-dire la Braunes Haus. Le quartier général du Parti national-socialiste.

Quand ils avaient demandé à Schreck de les conduire auprès de Himmler, Mutti s'était soucié de ce que les passants penseraient en voyant un officier de police arriver à bord de l'automobile d'Adolf Hitler et entrer dans le palais. Le chauffeur avait souri pour la première fois et lui avait dit de ne pas s'inquiéter : « Je connais une entrée alternative. »

La Mercedes passa devant la résidence massive à

quatre étages que Hitler avait achetée l'année précédente aux frais du Parti : un bâtiment imposant pour abriter le siège d'un mouvement finalement assez récent, et qui faisait grosse impression avec son grand drapeau planté sur le toit et les deux SA constamment de garde sous la célèbre devise « Allemagne, réveille-toi ! ». À la vue du grand balcon filant de fer forgé qui ceinturait le premier étage, on imaginait sans peine les projets du Führer : un défilé de Chemises brunes en route vers Königsplatz s'arrêtant sous ce balcon pour le saluer le bras tendu serait du plus bel effet.

Ils dépassèrent la Braunes Haus et tournèrent à droite, puis encore à droite dans une ruelle à demi dissimulée entre deux vieux immeubles bons pour la démolition. Au fond de la ruelle, après un dernier tournant, il y avait un grand portail anonyme. Les deux SA qui le gardaient s'avancèrent à la vue de la Mercedes. Schreck fit remonter la cloison qui le séparait de Mutti et Sauer et baissa sa vitre pour s'entretenir avec les miliciens, qui se mirent aussitôt au garde-à-vous et firent claquer leurs talons. Le portail fut ouvert, révélant la cour arrière du palais Barlow, où plusieurs automobiles étaient garées. Cependant, Schreck ne s'y arrêta pas. Il poursuivit jusqu'à un côté du bâtiment qui abritait plusieurs garages. Arrivé devant le plus grand de tous, il sortit pour ouvrir le portail, puis remonta dans la voiture et se gara à l'intérieur.

« Vous pouvez descendre », dit-il après avoir refermé le portail derrière eux.

Les deux commissaires obéirent. « Himmler vit ici ? » demanda Mutti en regardant autour de lui avec une surprise feinte. Une petite porte de fer s'ouvrait sur un des murs.

« Par là », indiqua Schreck, et il l'ouvrit avec une clé attachée avec celle de la Mercedes. Derrière se cachait un escalier étroit et mal éclairé, particulièrement raide. Schreck s'y lança d'un pas martial, imité par Sauer. Mutti, essoufflé en raison de ses habitudes tabagiques, se traîna à leur suite.

Le chauffeur de Hitler ouvrit la porte en haut de l'escalier et ils se retrouvèrent dans une petite antichambre sans issue.

« Oh oh. L'architecte a oublié la sortie », chuinta Mutti, qui avait perdu son souffle mais pas son envie de plaisanter.

Sans faire de commentaire, Schreck appuya de tout son poids contre le mur du fond. La paroi pivota à quatre-vingt-dix degrés dans un léger grincement et révéla un passage qui conduisait vers une grande pièce baignée de lumière et couverte de tapisseries.

« Le bureau de Herr Goering, annonça le chauffeur. Celui de Himmler est juste à côté. »

Avec ses meubles, bibelots, statues et tableaux, ce bureau ressemblait à un musée miniature. Même Sauer, ignorant en matière d'art, comprit à leur facture que c'étaient des pièces de grande qualité, si ce n'est précieuses. Cependant, les deux commissaires n'eurent pas le loisir de les admirer, car leur guide sortit par la porte principale, qu'il avait ouverte avec une des innombrables clés de son trousseau. *Cet homme peut aller et venir où il veut comme bon lui semble.*

« Siggi, l'interpella Mutti avant de suivre Schreck. Regarde. » Il indiqua le lourd bureau en bois luisant incrusté de feuille d'or qui trônait au centre de la pièce. Entre un aigle en bronze et un abat-jour en verre de Murano, il y avait au moins une douzaine de flacons de pilules, aussi incongrus que des dés à jouer sur un autel, remplis des mêmes cachets blancs que ceux que Herr Goering avait avalés par poignées pendant leur vol à destination de Saint-Quirin.

« Vous venez ? » demanda Schreck depuis le couloir. Ils s'empressèrent de le rejoindre.

Plus qu'à un couloir, cet espace ressemblait au hall d'entrée d'un théâtre avec son haut plafond agrémenté de stucs blancs, ses murs immaculés percés de portes masquées par de lourds rideaux rouge sang, ses luminaires en forme de globes, son tapis saumon qui traçait le parcours d'une salle à l'autre, s'interrompant parfois pour révéler le plancher de bois clair… Tout paraissait étudié pour délivrer une impression d'opulence retenue. Les drapeaux rouges avec la croix gammée sur fond blanc accrochés partout, comme s'il y avait une obligation quantitative à respecter, tranchaient singulièrement avec l'ensemble.

« Le bureau de Herr Himmler », leur signala le chauffeur en frappant à la porte à côté de celle qu'ils venaient de franchir. Plusieurs fonctionnaires en civil portant un brassard orné d'un svastika ainsi que deux

SA passèrent dans le couloir. Un téléphone sonnait à l'étage supérieur. Au loin, quelqu'un jouait du violon avec beaucoup de talent. Mais pas un bruit dans le bureau de Himmler.

« C'est étrange », dit Schreck, et il frappa de nouveau. En l'absence de réponse, il tenta d'abaisser la poignée : elle était bloquée. « D'habitude, à cette heure, il est ici, six jours sur sept.

— Il a peut-être décidé de partir en vacances, avança Mutti. Ou alors il est à la Wiesn en train de danser debout sur une table, une chope de bière à la main. » Puis, à l'intention de Sauer : « Tu y es allé, cette année ? »

Sauer ne prit même pas la peine de répondre. Il regardait Schreck, qui frappa une autre fois puis se rendit. « Il n'est pas là.

— Et Herr Hess ? s'enquit le commissaire. Peut-être qu'il est là, lui ? Il faut qu'on lui parle aussi.

— Herr Hess..., commença le chauffeur, mais il fut interrompu par une voix masculine en provenance de l'escalier.

— Herr Hess est absent », déclara le petit homme sec qui montait en claudiquant. Son visage était émacié et ses yeux remarquablement noirs et intenses le faisaient paraître très pâle. Ses lèvres minces s'étirèrent en un sourire sardonique, comme si la scène l'amusait et le dégoûtait à la fois. Ses cheveux courts coiffés en arrière ne laissaient pas échapper une mèche et ses vêtements, manifestement taillés sur mesure, lui allaient à la perfection.

« Nous cherchions Herr Himmler, expliqua Schreck en se raidissant soudainement.

— Il n'est pas là non plus, répondit l'homme. Il est en route pour Vienne, il ne rentrera pas avant jeudi. »

En route pour Vienne, se dit Sauer. *Comme le corps de Geli.*

« Quel bon vent amène deux commissaires de police à notre siège ? poursuivit l'homme d'un ton courtois, sans toutefois se départir de son air hautain.

— Une enquête, répondit Mutti tandis que Sauer se demandait comment le nouveau venu pouvait connaître leur identité alors qu'ils étaient en civil. L'affaire Raubal.

— Oh. Pauvre Geli, dit l'autre en déployant une imitation acceptable de moue attristée. J'ignorais que l'enquête était encore en cours. Les journaux disaient que l'affaire était close. Un suicide, n'est-ce pas ?

— Nous n'avons pas trouvé de motif convaincant, répondit Sauer, rendu nerveux par cette conversation avec un inconnu. Nous ne nous sommes pas présentés. Je suis Siegfried Sauer, et voici Helmut Forster, commissaire adjoint.

— Enchanté, répondit l'homme en leur tendant la main. Joseph Goebbels. »

35

Le bureau de Joseph Goebbels était à l'opposé de celui de Goering encombré d'objets décoratifs, meubles et œuvres d'art : dépouillé, réduit à l'essentiel, avec ses murs blancs nus, son plafond dépourvu des stucs qui ornaient le reste de la Braunes Haus, son parquet en bois clair sans le moindre tapis. Un grand bureau en verre aux bords arrondis, entièrement vide à l'exception d'un petit dossier noir et d'un pot métallique d'où pointaient cinq crayons parfaitement taillés trônait au centre exact de la pièce, coupée en deux par la lumière éclatante de l'après-midi. Derrière, un fauteuil au dossier haut qui semblait peu confortable ; en face, deux chaises en métal sur lesquelles il paraissait difficile de passer plus d'un quart d'heure. Herr Goebbels ne devait pas particulièrement apprécier le confort, et encore moins les longues conversations avec ses visiteurs.

« Alors comme ça, vous travaillez pour Himmler, dit-il en regardant alternativement les deux commissaires.

— Nous sommes de grands amis, répondit Mutti.

— Ça ne m'étonne pas. Votre collègue est l'incarnation parfaite de l'idéal de Heini. Vous savez qu'il a l'intention d'introduire des restrictions physiques sévères pour entrer dans ses SS ? Je reconnais que c'est une bonne idée. Imaginez une armée composée de dizaines de milliers de géants comme vous. Cheveux blonds, yeux clairs, uniforme sombre. Très spectaculaire. »

Depuis son bureau, on entendait plus distinctement le son du violon que dans le couloir.

« C'est un collaborateur de Heini qui joue, expliqua Goebbels, ayant deviné les pensées de Sauer. On lui a demandé de mettre un département d'enquête sur pied et il s'est pris pour Sherlock Holmes. J'ai déjà demandé qu'on l'installe dans un autre bureau : comment voulez-vous que je me concentre dans ces conditions ? Pour revenir à notre sujet, continua-t-il, je n'ai pas grand-chose à dire sur Geli. C'était une jeune fille délicieuse, de très bonne compagnie. Certains se plaignaient que le Führer l'emmène toujours partout, y compris dans les réunions du Parti, mais si vous voulez mon avis, c'était une bonne chose : il n'y a rien de plus ennuyeux qu'un rassemblement de politicards de bas étage qui s'en remettent à de subtiles distinctions adjectivales pour mener leur guerre de position. Des vieux vantards. Dans le Parti de l'avenir, il n'y aura pas de place pour des gens comme eux. Seulement pour les grands orateurs et les hommes d'action ! »

Ses yeux inquisiteurs ne cessaient de bouger,

fondant comme des rapaces sur tous les détails de la pièce. On eût dit qu'il ne parvenait pas à fixer son attention plus de quelques secondes, et que c'était pour cela que son bureau était si dépouillé : si Goebbels avait eu à disposition la même quantité de distractions potentielles que Goering, il n'aurait pas réussi à travailler.

« Au moins, Geli apportait un peu de fraîcheur, poursuivit-il. Et de beauté, si vous me permettez. Vous avez déjà vu des photos d'elle ? Malheureusement, aucune ne rend honneur à son charme, à son talent, mais elles doivent avoir suffi à vous faire comprendre que c'était une femme hors du commun. Comme la sphinge du Belvédère, disait toujours son oncle. Les hommes se disputaient son attention, ce qui inquiétait Hitler autant que ça le rendait fier. Être accompagné d'une fille comme Geli alors que les fiancées et les femmes des autres membres du Parti sont des ménagères déformées par leurs grossesses et leurs tâches quotidiennes… »

Mutti profita de la énième distraction de leur hôte pour jeter un regard douloureux à Sauer : *Quel moulin à paroles, celui-là !* Sauer lui adressa un geste impuissant en retour : *Il doit être habitué aux monologues.*

« Jeune, belle, gâtée et choyée par un des hommes les plus puissants du pays… Non, elle ne pouvait pas être malheureuse, et c'est quelqu'un qui a déjeuné un nombre incalculable de fois avec elle qui vous le dit. Nous avons passé des semaines entières ensemble, elle, son oncle et moi, à Munich mais aussi à Berchtesgaden. Je n'ai jamais eu l'impression que la pauvre Geli nourrissait la moindre insatisfaction. Mais après tout, à y regarder de plus près, qui n'est pas insatisfait de temps à autre ? Qui n'est pas malheureux ? Moi-même j'ai envisagé le suicide plusieurs fois dans ma vie. Ça ne vous est jamais arrivé ? Et puis, Geli était jeune. À son âge, on fait les bêtises les plus énormes pour les motifs les plus futiles. Le seul problème avec le suicide, c'est qu'on ne peut pas changer d'avis. C'est une voie à sens unique.

— Donc, se hasarda à l'interrompre Sauer, selon vous Mlle Raubal était absolument heureuse. Tout le monde l'aimait, à commencer par son oncle, qu'elle-même adorait.

— Exactement. Même les animaux l'aimaient. Chiens, chats, chevaux… Je me souviens une fois, à Berchtesgaden, elle a réussi à domestiquer une corneille. Des oiseaux splendides, mais au caractère indépendant. Eh bien Geli s'en était fait une amie, qui à son simple appel venait se percher sur son épaule. L'oiseau lui mangeait dans la main, vous imaginez ? Ou alors les perroquets : elle en a eu plusieurs, et je n'ai jamais vu personne les habituer aussi facilement au chant. Elle faisait de ces duos avec eux ! Ils auraient arraché les applaudissements du critique le plus sévère. Tout le monde aimait Geli, c'est comme ça. Une perte tragique.

— Mais alors, pour quelle raison…

— … Elle s'est ôté la vie ? Comme je vous le disais, il est impossible de le savoir. Bien entendu, la peur de la scène dont parlent les journaux a du sens. Je ne sais pas si vous savez, continua-t-il en baissant d'un ton comme s'il s'apprêtait à se laisser aller à une confidence intime, Geli avait une voix magnifique.

— Oui, répondit Sauer. Nous nous sommes entretenus avec Herr Vogl, son professeur de chant, qui nous l'a confirmé.

— Et il vous a dit aussi qu'elle détestait s'exhiber en public ? Qu'elle n'avait pas la moindre intention de chanter devant un parterre d'inconnus ? Que l'idée même de montrer son talent lui répugnait ?

— À ce point-là ? s'étonna Mutti.

— À ce point-là, confirma Goebbels. Cette histoire de chant, c'était une marotte de son oncle. Elle, elle aurait voulu étudier la médecine, mais elle a obtempéré par respect pour lui. Évidemment, l'épreuve de vérité approchant, la peur de l'échec, ou pire, de révéler la vérité à son tuteur et mentor l'a plongée dans une angoisse compréhensible. Et qui peut prévoir les réactions d'un esprit jeune, et qui plus est féminin, face à des pressions pareilles ? »

En gros, tu es en train de dire qu'il l'a tuée, conclut Sauer. *Pas avec un pistolet, mais avec son insistance.*

« Voilà voilà, conclut leur hôte. Je ne saurais vous en dire plus. D'ailleurs, je m'étonne que Himmler m'ait mentionné… Il y a bien d'autres personnes que vous devriez entendre. Heinrich Hoffmann ! s'exclama-t-il, comme traversé par une inspiration soudaine. Avez-vous parlé avec lui ?

— Oui, bien sûr, répondit Sauer. Juste après Vogl.

— Hoffmann, lui oui, il était proche de Geli. Et même trop…

— Qu'est-ce que… »

À ce moment même, la porte du bureau s'ouvrit brutalement sur une femme furibonde qui se jeta sur Goebbels. « C'en est trop ! hurla l'Érinye sans prêter attention aux deux commissaires. Joseph, si ça continue comme ça, tout sautera. Tu as compris ? Tout ! »

Goebbels, qui avait bondi sur ses pieds à son apparition, tendit les mains vers elle comme pour modérer son ardeur. « Magda, pour l'amour du…

— Je n'attendrai pas jusqu'à Noël ! Un mariage sous la neige ? C'est ridicule !

— Ma chérie… », tenta de l'amadouer Goebbels avec dans la voix une tonalité inédite pour les deux commissaires, à mi-chemin entre le trouble et la douceur. Il fit le tour de la table, prit la jolie femme par le coude et, délicatement, la conduisit vers la porte. « Ce n'est pas le moment…, lui susurra-t-il.

— Je fais tout sauter ! » rétorqua-t-elle en le repoussant et en le défiant d'un regard de braise.

Goebbels déglutit, son visage se durcit. « Pas ici », décréta-t-il d'un ton ferme. Puis il se tourna vers les commissaires, restés assis. « Je reviens dans une minute. Veuillez m'excuser. » Et, prenant la furie couverte de bijoux par la taille, il la poussa dans le couloir et referma la porte derrière eux.

À peine furent-ils sortis que Mutti se leva pour se pencher vers le dossier posé sur le bureau.

« Qu'est-ce que tu fais ? lui demanda Sauer, alarmé.

— Chut ! » répliqua Mutti. Après avoir fait pivoter le dossier, il l'ouvrit délicatement, faisant attention à ne pas laisser de traces sur le bureau en verre.

Sauer se tourna vers la porte. « Il va revenir d'un instant à l'autre ! Rassieds-toi !

— Siggi, regarde-moi ça !

— Tu es fou ?

— Regarde, je te dis ! Ça parle de Geli ! »

Après un dernier regard vers la porte, Sauer se pencha à son tour au-dessus du bureau en maudissant sa stupidité. Dans le dossier se trouvait un bloc-notes dont la première page était couverte de phrases rédigées au crayon. La plupart étaient barrées, mais une avait été soulignée :

~~*Un tragique incident a tué ma Geli.*~~
~~*Je ne permettrai pas qu'il arrive la même chose à l'Allemagne.*~~

~~*J'aimais ma nièce autant que mon Pays.*~~
~~*Le destin m'a privé d'elle, mais il ne me privera pas de l'Allemagne.*~~

~~*Geli était toute la famille qui me restait.*~~
~~*Désormais, ma famille sera l'Allemagne.*~~

J'aimais Geli. C'était la seule femme que j'aurais pu épouser.
Désormais mon épouse sera l'Allemagne.

Sauer resta pétrifié. C'était Hitler en personne qui avait prononcé ces mots à la villa de Müller, moins de deux heures auparavant.

Entendant des pas dans le couloir, les deux commissaires se rassirent brusquement, non sans avoir refermé le dossier et l'avoir remis à sa place.

« Excusez-moi, dit Goebbels, l'air en colère. Des questions féminines. L'éternelle tragédie de la femme. Malheureusement, il me faut vous donner congé, ajouta-t-il sans s'asseoir. J'ai beaucoup de travail et, comme vous l'avez vu, je dois m'en occuper seul.

— Bien sûr, répondit Sauer en se levant. Merci pour le temps que vous nous avez accordé. Une dernière petite question, si vous voulez bien : sauriez-vous par hasard où nous pourrions trouver Baldur von Schirach ?

— Schirach ? répéta Goebbels d'un air interrogatif. Son bureau est au rez-de-chaussée, vous allez passer devant en sortant. Mais si jamais il n'y est pas, vous pouvez essayer au centre équestre de Königinstrasse.

— C'est un amateur de chevaux ? demanda Mutti.

— Surtout de cavalières », répondit Goebbels, retrouvant son sourire sardonique.

36

Aller de Briennerstrasse à l'école d'équitation était l'affaire d'une demi-heure à pied, et Mutti et Sauer optèrent volontiers pour cette promenade qui leur permettait de se libérer de la présence encombrante de Schreck et de la Mercedes de Hitler. Il était maintenant cinq heures et ils savaient tous deux qu'ils ne tireraient pas beaucoup plus de cette journée, si longue et si intense qu'elle leur avait paru durer une semaine, à part interroger Baldur von Schirach, si tant est qu'il se trouvât à l'endroit suggéré par Goebbels. Personne ne l'avait vu à son bureau de la Braunes Haus depuis l'heure du déjeuner, et si, comme Mutti s'en souvenait, il s'occupait des Jeunesses hitlériennes, il pouvait être à bien des endroits, en train d'endoctriner de jeunes esprits à travers les chants, les marches et le sport.

Ils furent chanceux. Le centre équestre était un charmant bâtiment à un étage, accolé au Jardin anglais, le grand parc qui, partant du centre de Munich comme une flamme échappée du Hofgarten, petit et ordonné, s'élançait librement vers le nord.

En se promenant dans ce parc, il n'était pas rare de croiser des groupes de cavaliers équipés de pied en cap et guidés par un professeur du centre. Étant donné la quantité de Munichois qui se vantaient de le fréquenter, on s'attendait à un lieu immense grouillant de monde. En réalité, l'enclos destiné au trot était de petite taille, presque intime, et les gradins pour le public ne pouvaient accueillir que quelques dizaines de spectateurs. Il ne leur aurait donc pas été difficile d'identifier Schirach par un jour d'affluence, alors en semaine, à une heure creuse, c'était un jeu d'enfant : l'homme âgé de vingt-cinq ans, trapu, qui portait avec désinvolture son complet brun et son brassard rouge-blanc-noir, était le seul à admirer les trois amazones qui s'exerçaient sur la piste. Ses cheveux sombres, coupés très court, encadraient un visage pâle et étonnamment joufflu. Pour des raisons qu'il ignorait, peut-être liées à la fonction de Schirach, Sauer s'était figuré un homme plus vigoureux, athlétique, plutôt que cette sorte de Goering en plus jeune.

Quand les deux commissaires se présentèrent et lui montrèrent le billet signé « A. H. », quatre émotions se relayèrent sur le visage de Schirach, pareilles aux phases rituelles d'une cérémonie : surprise, méfiance, compréhension puis fierté. « Et en quoi puis-je vous aider, moi ? » s'enquit-il, avec un air déconcerté qui paraissait sincère. Sauer se demanda comment il aurait réagi à la vue de la liste de Himmler, où son nom apparaissait à la suite de ceux des hommes les plus importants du Parti.

« Nous nous entretenons avec toutes les personnes qui ont connu Angela Raubal, car nous recherchons ce qui l'a poussée à ce geste extrême. »

Schirach se rembrunit. « Pauvre Geli, dit-il en baissant les yeux et la voix. Personne ne s'y attendait.

— C'est toujours comme ça avec les suicides, fit remarquer Mutti. Si quelqu'un s'y attend, il peut l'éviter. »

Schirach releva les yeux. « J'imagine, oui », acquiesça-t-il, bien qu'il n'eût pas l'air pourvu d'une grande imagination. Il donnait plutôt l'impression d'être un garçon pragmatique, plus habitué à appliquer les consignes qu'à les inventer. « Je voulais juste dire qu'elle semblait si simple, si fraîche, si peu compliquée… Elle ne ressemblait pas à une héroïne tragique.

— Vous vous fréquentiez ?

— Oh, non ! » réagit aussitôt Schirach en jetant un regard inquiet vers la piste, où les trois cavalières poursuivaient leur entraînement. L'une d'elles avait un air familier. « Je ne l'ai croisée que dans des occasions officielles, en compagnie de son oncle.

— Quels étaient leurs rapports ? »

Le jeune homme se raidit. « C'est-à-dire ?

— Herr Hitler était son tuteur, n'est-ce pas ? Comment se comportait-il avec elle ? Était-il sévère, rigide ? Ou plutôt laxiste ? précisa Mutti.

— Il l'aimait beaucoup, c'était évident. Je n'ose pas imaginer dans quel état il est maintenant. Ces derniers temps, on les voyait souvent ensemble en public.

Il la gardait toujours à l'œil, oui, mais avec tendresse, et d'ailleurs elle faisait pareil avec lui. Geli avait un effet… apaisant. Si vous connaissez le Führer, vous savez qu'il peut parfois se montrer un peu nerveux. Mais jamais quand elle était là. Elle était la seule personne qui pouvait se moquer de l'“oncle Alf”, arranger sa cravate, lui donner une petite tape sur la main… »

Mutti fit mine d'être étonné : « Tiens, on dirait des comportements de couple… »

Cette remarque plongea Schirach dans une immense confusion : il devint livide – un exploit, vu sa pâleur naturelle –, écarquilla les yeux et bomba le torse comme pour effrayer l'ennemi. « Je n'ai absolument pas voulu insinuer… », murmura-t-il, gêné et craintif.

« Baldur, intervint une voix féminine derrière eux. Fais attention, tu vas finir par faire un infarctus. »

Les deux commissaires se tournèrent vers la nouvelle arrivée, qui se trouvait être la cavalière à l'air familier. Ils se levèrent et retirèrent leurs chapeaux dans un geste galant.

« Bonjour, dit la jeune fille avec un sourire poli. Henriette Hoffmann », ajouta-t-elle en leur tendant la main.

Mutti s'en saisit et, se courbant très bas avec une courtoisie comique, il lui fit un parfait baisemain. Sauer vit les poings de Schirach se serrer et sa mâchoire se contracter.

« La fille de Heinrich Hoffmann ? s'enquit Mutti en lâchant la main de la jeune fille.

— En personne. Et vous êtes ?
— Les commissaires Forster et Sauer, de la police criminelle. »

Le sourire de Henriette se transforma en moue mélancolique. « Ah. C'est pour Geli.
— C'est pour Geli, confirma Sauer. Nous savons que vous étiez amies, ajouta-t-il en se souvenant de la photo dans le studio Hoffmann et des allusions du photographe lui-même.
— Très amies.
— Nous sommes désolés, dit Mutti d'un ton doux. Ça a dû être terrible pour vous. »

La jeune fille se contenta de hocher la tête, puis elle s'assit à côté de Schirach, qui posa une main délicate sur son épaule, un geste de consolation mais aussi d'affirmation de soi. Les deux commissaires se rassirent.

« Je savais que ça finirait par arriver tôt ou tard, déclara Henriette, devant ses interlocuteurs stupéfaits. Mon père disait toujours que Geli était trop bridée. Elle devait trouver un moyen de s'enfuir, d'une manière ou d'une autre, et d'ailleurs elle a essayé plusieurs fois. Quand elle a compris qu'elle n'y arriverait jamais, elle a opté pour une fugue différente, la seule à laquelle personne, pas même lui, ne pouvait s'opposer. »

Quand la vérité se manifeste, elle n'a pas besoin de pièces justificatives ou de passer des examens plus approfondis : elle a un son précis, que même l'auditeur le plus distrait perçoit nettement. Pareille à une musique lorsqu'une partition s'éloigne pendant quelques pages de la tonalité initiale, habituant l'auditeur à une atmosphère un peu dissonante avant de lui faire retrouver, pour son grand soulagement, la tonalité de départ, la vérité est unique pour ceux qui l'ont longuement cherchée, croisant sur leur parcours de nombreuses histoires invraisemblables, de nombreux mensonges.

« Savez-vous que vous êtes la première à l'affirmer ? dit Sauer d'un ton admiratif.

— À affirmer quoi ?

— Que Geli avait une bonne raison de se tuer, et qu'elle l'a fait de sang-froid, après y avoir mûrement réfléchi. »

Henriette haussa les épaules. « Ce n'est pas parce qu'elle était jolie qu'elle était stupide. Ce n'est pas parce qu'elle était joyeuse et vive qu'elle se laissait aller au caprice du moment. Mais j'imagine que c'est ainsi qu'on s'en souviendra, n'est-ce pas ? La machine est déjà en marche.

— Quelle machine ? demanda Mutti.

— Celle de la propagande. L'histoire officielle, arrangée par Herr Goebbels de manière à présenter le Parti et son Führer à leur avantage, répondit Henriette, son visage enfantin barré par un pli amer.

— Henny, lui murmura Schirach.

— Quoi ? Je ne peux pas dire ce que je pense ? Je ne peux pas énoncer des évidences qui sont sous les yeux de tout le monde ?

— Pas devant deux inconnus… »

La jeune fille haussa de nouveau les épaules. «Qu'est-ce que ça peut bien faire? Je ne suis qu'une gamine, mon opinion n'a pas de poids. Mais à moi, elle me pèse, et sacrément. Laisse-moi m'épancher.» Puis, à l'intention des commissaires: «Geli était belle, comme toutes les femmes de Linz, et elle savait s'habiller et se comporter en public. Un trophée idéal pour un homme comme Wolf…

— Henny! s'exclama Schirach.

— C'est comme ça qu'il se fait appeler par ses petites nymphes, vous le saviez? Moi aussi, il me demandait de l'appeler comme ça, jusqu'au jour où mon père…

— Ça suffit, maintenant, décréta Schirach en serrant son épaule. Il y a certaines choses dont tu ne peux pas parler ici, Henriette. Et ces messieurs ne…

— Tu sais ce qu'il m'a fait! rétorqua-t-elle en se dégageant d'un mouvement brusque. Pourquoi tu le défends? Tu as une confiance aveugle en lui, tu mettrais ta main dans sa gueule, comme Tyr dans la mythologie. Mais les loups restent des loups, toujours. Fenrir mord sa main et Tyr se retrouve manchot. Tu voudrais vivre sans moi?» Comme si cette saillie l'avait épuisée, la jeune fille s'affaissa, puis reprit d'un ton monocorde: «Tu sais ce qu'il m'a fait. Tu sais pourquoi mon père…» Elle s'interrompit. «Mais non, tu as raison. Quel sens ça a d'en parler? Geli est morte. Rien ne la ramènera parmi nous. Rien ne nous la rendra. La belle vie est terminée, conclut-elle, la voix chagrine. Va savoir ce que son phonographe vert est devenu. Et ses disques, les revues qu'elle aimait tant, les robes dont elle était si fière. Et les pique-niques ? On ne rira plus jamais, on ne plaisantera plus jamais dans notre pré sur la rive du Chiemsee. Parfois, continua-t-elle d'une voix rêveuse, pendant que Mauritzl jouait de la guitare et que Wolf se trempait les pieds dans l'eau, Geli et moi on s'éloignait pour se raconter nos secrets. Il y avait une petite plage abritée et ensoleillée, et là… Écoute un peu, Baldur : quand il faisait très chaud et qu'on était sûres que personne ne nous voyait, on se mettait toutes nues !

— Toutes nues ? répéta Schirach, les yeux écarquillés.

— Oui ! Et une fois, une dizaine de magnifiques papillons se sont posés sur Geli. On aurait dit un tableau français, une légende des temps anciens. Mais à présent, conclut Henriette, retournant à la triste réalité, ça n'arrivera plus jamais. Pour le punir, Geli nous a tous punis. »

Une des cavalières restées sur la piste passa devant eux au galop, soulevant un nuage de poussière.

« Elle savait très bien ce qu'elle faisait, déclara Henriette Hoffmann, les yeux dans le vide. Quand elle a commis son geste, elle était triste, apeurée, traquée, jalouse… Tout ce que vous voulez, mais elle était lucide.

— Jalouse de qui ? demanda Sauer.

— Des autres petites nymphes ! répliqua Henriette comme si c'était une évidence. Il y en avait beaucoup, enfin, il y en a beaucoup. Une de perdue, dix de retrouvées, n'est-ce pas ? Suivante ! Pas plus tard que la semaine dernière, Geli a découvert dans la veste de Wolf une lettre d'une autre de ses petites amies. Elle est sortie de ses gonds : elle l'a déchirée, puis, quand elle s'est calmée, elle a déposé tous les morceaux en évidence sur le bureau de son oncle, pour qu'il comprenne qu'elle était au courant de tout.

— Intéressant, commenta Mutti. La jalousie pourrait donc aussi être un motif pour son suicide.

— Non. Je vous l'ai dit : triste, apeurée, traquée, jalouse mais par-dessus tout déterminée à s'enfuir ou à le lui faire payer. Et en fin de compte elle a trouvé la solution pour faire les deux. Geli s'est tuée parce qu'elle savait qu'il souffrirait terriblement s'il la perdait. C'était sa seule arme pour se libérer et se venger, et elle a fini par l'utiliser. »

Le silence qui suivit avait une qualité différente selon les personnes : Henny venait de se décharger d'un poids, même si elle savait que ce n'était que temporaire ; Schirach était attristé de voir sa fiancée se débattre dans ces souvenirs ; les deux commissaires en avaient trop appris pour reprendre immédiatement la parole.

Finalement, ce fut Schirach qui brisa le silence, et ce de la manière la plus inattendue, en délivrant un élément crucial : « Vendredi soir, affirma-t-il en regardant ses chaussures, la voix cassée par la tension, j'ai vu Herr Hitler. Ici, à Munich.

— Impossible, répondit Sauer. Vendredi 18 ?

— Oui. Le jour où Geli s'est tuée. »

Mutti secoua la tête. « Herr Hitler était à Nuremberg, il logeait au Deutscher Hof. Plusieurs témoins…

— Quel genre de témoins ? l'interrompit Henriette d'un air de défi. Des témoins amis ou ennemis ?

— Des témoins fiables. Le portier…

— … Membre du Parti…

— … Le concierge…

— … Membre du Parti…

— … le porteur de valises…

— … Membre des Jeunesses hitlériennes…

— Moi aussi, je suis un témoin, déclara Schirach. Et je sais ce que je dis. Vendredi dernier, vers huit heures du soir, j'ai vu de mes propres yeux Herr Hitler entrer au Bratwurst-Glöckl.

— La brasserie devant la cathédrale ? s'émerveilla Mutti. Là où ils font ces saucisses divines ?

— Exactement.

— Impossible », répéta Sauer, aussi frappé par cette révélation que par les raisons possibles qui avaient poussé le jeune homme à cet aveu. L'article du *Post* où le nom de Strasser était avancé comme alternative à Hitler lui revint à l'esprit. Peut-être que le Parti était beaucoup plus divisé qu'ils ne l'avaient cru. Ou peut-être que l'amour est plus fort que tout. « Il était seul ?

— Non, répondit Schirach en jetant un regard soucieux à Henriette. Il était avec… »

Il ne termina pas sa phrase, comme si le nom qu'il voulait prononcer était resté coincé dans sa gorge.

« Mon père », compléta Henriette dans un souffle.

Schirach acquiesça, les yeux baissés.

« Il disait pourtant qu'il avait dormi à Nuremberg… »

Des échos lointains, des cloches sourdes aux tribulations humaines, faisaient résonner leur avertissement. Sauer consulta sa montre : il était déjà six heures et demie.

« Je sais ce que j'ai vu, répéta Schirach, cette fois en regardant les commissaires droit dans les yeux. Vous pouvez demander confirmation à Herr Zehntner, le propriétaire du Glöckl.

— Ce sera fait, répondit Mutti. Nous y allons de ce pas. » Il se leva et fit signe à Sauer de le suivre. « Veuillez nous excuser de vous avoir dérobé ce temps, et merci pour votre récit. Malgré vos mauvaises fréquentations, vous m'avez tout l'air de gens bien, alors permettez-moi de vous donner un conseil : si vous vous aimez, mariez-vous sans tarder et partez d'ici, le plus loin possible. Un séisme aura bientôt lieu et vous êtes trop près de l'épicentre », conclut-il, sérieux.

Ils n'avaient pas fait vingt pas que Sauer eut une illumination. Une manifestation de l'*esprit de l'escalier* :* la bonne pensée qui arrive au mauvais moment, quand la soirée est finie et que l'on descend l'escalier pour rentrer chez soi. Quand l'occasion de dire ou de faire la bonne chose est passée.

Il s'arrêta subitement, se tourna : Henny et Schirach se regardaient dans les yeux en se tenant par la main, ébranlés mais solides, deux amoureux dans un monde hostile. Sauer rebroussa chemin et, quoique désolé d'interrompre ce moment de grâce, il se racla la gorge. « Mademoiselle Hoffmann, excusez-moi, j'ai une dernière question. Vous avez mentionné une guitare, dont jouait un certain Mauritzl. Mais Geli en jouait-elle elle aussi ?

— Oui, tout à fait, répondit la jeune fille. Pourquoi ?

— Parce que nous en avons trouvé une dans sa chambre, mais un détail me chiffonne : les cordes sont montées à l'envers, de la plus aiguë à la plus grave. »

Henny hocha la tête. « C'est normal : Geli les avait fait monter comme ça parce qu'elle était gauchère. C'était plus facile pour elle.

— Gauchère ? répéta le commissaire.

— Oui. Pourquoi ? »

Sauer se tourna vers Mutti pour voir s'il avait suivi le même raisonnement que lui. Le regard égaré de son collègue lui indiqua que non. « Pour rien, répondit-il en essayant de garder un ton posé qui ne trahisse pas son bouleversement. Simple curiosité. »

Il remercia encore d'un mouvement de la tête et se dirigea à grandes enjambées vers la sortie du centre équestre, le cœur lourd d'amertume mais désormais certain que la mort de Geli Raubal n'était pas un suicide.

37

« Tu as ton pistolet sur toi ? demanda Sauer quand ils furent redescendus dans la rue.

— Oui, répondit Mutti, l'air interrogatif.

— Prête-le-moi un instant. »

Le commissaire adjoint tendit son Glock à son collègue : « Fais attention, il est chargé. »

Sauer empoigna l'arme de sa main droite, vérifia que la sécurité était en place et pointa l'arme contre sa poitrine au niveau du cœur. « Tu te souviens de ce que disait le rapport de Müller ?

— À cette heure, j'ai du mal à me souvenir de mon adresse. C'est pour ça que je prends tout le temps des notes. » Mutti tira son calepin d'une poche de sa veste et le parcourut. « Voilà. "Orifice circulaire cœur, arme à feu calibre 6.35. Aucun signe tir à bout touchant ou rapproché. Canon pistolet vingt centimètres au moins du corps."

— Donc à cette distance, dit Sauer en éloignant l'arme de lui. Mais la balle n'a pas touché le cœur.

— "Tir passé plusieurs centimètres objectif.

Perforation poumon gauche. Collapsus. Balle encastrée corps, au-dessus bassin, côté gauche dos", poursuivit Mutti.

— Ça se tient si tu tires avec ta main droite, répondit Sauer. Mais si tu es gaucher, continua-t-il en faisant passer le pistolet dans sa main gauche, ça devient plus difficile. Tu peux viser le cœur, tu peux tenir ton arme à vingt centimètres. Le cœur est à gauche, donc si tu le rates de quelques centimètres, tu perfores ton poumon gauche.

— Pour une étudiante en médecine, c'est un peu décevant, ironisa Mutti.

— ... Mais il est impossible que la balle se retrouve du côté gauche du corps. » Sauer essaya et réessaya d'orienter le pistolet pour obtenir ce résultat mais, quel que soit l'angle de tir, il était gêné et n'arrivait pas à bien tenir l'arme. « Si Geli était gauchère, conclut Sauer en rendant le pistolet à Mutti, la balle aurait dû entrer par la gauche et se loger sur la droite. Il n'y a pas de doute : elle ne s'est pas tiré dessus.

— Homicide, donc.

— Homicide, oui.

— Doux Jésus », soupira le commissaire adjoint. Il s'alluma une cigarette. « On le soupçonnait depuis le début, non ?

— Sauf que maintenant on en est certains, et ça change tout.

— L'affaire est classée. Qu'est-ce qu'on fait de notre certitude ?

— L'affaire est close mais pas classée. Le rapport définitif n'a pas encore été écrit. Tenner nous écoutera. Si ce n'est pas un pourri lui aussi…

— Pas Tenner, je ne crois pas.

— … Peut-être qu'il nous emmènera chez Glaser. Sur ces bases, on a de quoi tout reprendre du début. »

Mutti souffla de grandes volutes de fumée. « La nièce de Hitler tuée chez lui, et avec son pistolet, de surcroît, réfléchit-il. La rumeur circulait mais si les faits étaient démontrés, ce bon vieil Alf disparaîtrait de la scène politique pour toujours. Tu imagines ? »

Sauer essaya, mais non, il n'arrivait pas à imaginer. Au vu de l'ascension apparemment irrésistible d'Adolf Hitler, un coup de théâtre pareil paraissait inouï.

« Et tu crois que sans lui le Parti tiendrait le choc ? continua Mutti. Ou bien qu'il se dégonflerait comme une baudruche ? Et si en plus on démontrait que c'est lui qui l'a tuée… Siggi, tu te rends compte ? Cette histoire peut changer l'Histoire ! »

L'Histoire, pensa Sauer. Une de ses obsessions récurrentes. *Comment nous jugera-t-elle ? Nos efforts, nos erreurs, notre errance confuse dans ce labyrinthe ?*

« Je vais au Bratwurst-Glöckl parler avec le tenancier, Herr Zehntner, déclara Mutti.

— *Nous allons* au Bratwurst-Glöckl, le corrigea Sauer.

— Et Rosa ? Tu as oublié votre rendez-vous ? »

Sauer se figea. « Je…

— Tu ne peux pas lui poser un lapin. Ça ne se fait pas. Je parlerai tout seul au propriétaire du Glöckl.

— Mais…

— Il n'y a pas de mais. De toute façon, il est trop tard pour tout rapporter à Tenner. Si tu veux, je te tiens au courant au téléphone et on se retrouve demain matin tôt au commissariat. Mais là maintenant, tu te débrouilles pour trouver un lavabo, tu te passes un peu d'eau sur la figure et tu cours à la Tour chinoise. Ça doit être à dix minutes d'ici, tu arriveras presque à l'heure. D'accord ?

— Mais…

— Il n'y a pas de mais, je te dis. Il est sept heures moins le quart. Appelle-moi au commissariat dans une heure, une heure et quart, je te raconterai tout. En tout cas, appelle-moi avant huit heures et demie parce que ce soir Lina prépare un goulasch, et le goulasch se mange chaud ! »

Sauer souffla. Comme d'habitude, son ami avait déjà décidé de tout. « Je suppose que je devrais te remercier…

— Permets-moi juste de te donner un conseil, répliqua Mutti.

— Je t'écoute.

— Rosa…

— Oui ?

— Dis-lui la vérité maintenant. N'attends pas. »

Puis, sans se soucier de la réponse, le commissaire adjoint écrasa sa cigarette et partit.

En dépit de son nom, qui évoquait un lieu de dimensions modestes, intime, le Jardin anglais était un des plus grands parcs du monde et sa superficie n'avait rien à envier à celle du bois de Boulogne ou de Hyde Park. Son entrée était coincée entre le centre-ville et l'Isar, mais comme au nord aucune limite naturelle ne s'opposait à son étendue, il s'élargissait, s'étirait et se transformait en véritable forêt. Ainsi, en partant du Hofgarten tout proche, bien taillé et maîtrisé, on se retrouvait en quelques minutes dans un environnement très différent où, en lisière des pelouses à l'anglaise veinées de sentiers, la végétation incroyablement dense abritait des recoins et des cachettes insoupçonnables. Ce parc était très apprécié des amoureux mais aussi des passionnés de nature qui, en explorant ses sentiers les moins battus, pouvaient observer des oiseaux rares et des bêtes sauvages. Cependant, en ces temps de rationnement d'électricité, les allées secondaires peu éclairées requéraient le doublement des patrouilles de police pour éviter les vols et les agressions aux dépens des promeneurs imprudents.

Évidemment, Sauer ne comptait pas parmi ces derniers : il connaissait bien ce parc, il l'avait parcouru en long et en large au début de sa carrière et, avec sa carrure, sans parler de son uniforme, il n'avait jamais rien eu à craindre.

Toutefois, ce soir-là, distrait par les nombreuses pensées qui se bousculaient dans sa tête, il laissa ses jambes le conduire à la Tour chinoise et s'aperçut trop tard qu'il avait atterri dans l'un des coins les plus sombres et les plus isolés, sur un sentier secondaire qui traversait plusieurs clairières désertes.

Quand les chiens lui bloquèrent le passage, Sauer fut pris au dépourvu.

Les deux molosses au pelage couleur charbon et aux longues canines pointant sous leurs babines retroussées le fixaient avec une haine si intense que, l'ombre d'un instant, le commissaire se demanda s'il leur avait fait quelque chose de mal – une pensée idiote dictée par la peur instinctive qui s'était emparée de lui et le tétanisait.

Il jeta un regard alentour à la recherche d'une issue. Le sentier était bordé de buissons aussi épais que des taillis. Quant à tourner le dos, ce n'était pas une bonne idée : les molosses le prendraient comme un défi, se jetteraient à ses trousses et le rattraperaient sans aucune difficulté. Il essaya de marcher calmement à reculons, d'abord un pas puis un autre, mais les grognements s'intensifièrent et les chiens avancèrent, raccourcissant la distance qui les séparait. « Tout doux, leur intima Sauer à mi-voix. Je ne vous ferai rien. » L'un des deux aboya, des gouttes de bave voletèrent autour de sa gueule.

Ça va mal tourner, se dit Sauer, et il regarda à nouveau autour de lui dans l'espoir d'apercevoir quelqu'un : le maître de ces bêtes, en admettant que ce ne soient pas des chiens errants, ou un passant qui puisse lui prêter main-forte. Peut-être qu'en voyant qu'il n'était pas seul, les chiens prendraient peur et partiraient ? Sauf qu'il n'y avait personne, et Sauer craignait la réaction des bêtes s'il appelait à l'aide.

Il recula encore d'un pas. Les molosses firent un autre pas en avant, aboyant de plus belle. Ils étaient en train de s'exciter réciproquement et, Sauer le savait, ils ne tarderaient plus à passer à l'attaque. Pourquoi n'avait-il pas une arme sur lui, comme Mutti ?

Un autre pas, et Sauer faillit trébucher sur un gros caillou plat, pointu sur un côté. Se penchant avec une extrême lenteur, il le ramassa. Le caillou n'était pas lourd : il pouvait le lancer loin. Mais était-ce une bonne idée ? Si la chute de la pierre produisait un bruit derrière eux, comment les chiens réagiraient-ils ? S'inquiéteraient-ils ? S'éloigneraient-ils ? Ou est-ce que, effrayés, ils attaqueraient l'homme qui faisait obstacle à leur fuite dans la direction opposée ?

Quand l'un des deux avança de sa propre initiative, sans que Sauer ait bougé d'un millimètre, ce dernier se décida : il visa et jeta le caillou le plus loin possible derrière eux. Le bruit fut modeste, mais suffisant pour faire réagir les bêtes : elles se retournèrent pour mesurer le danger puis, ayant constaté qu'il ne se passait rien, elles s'élancèrent dans la direction de Sauer.

« À l'aide ! » s'époumona le commissaire en prenant ses jambes à son cou. Il passa une clairière, puis un taillis, puis une autre clairière, talonné par les molosses qui, vifs et implacables, gagnaient du terrain à chaque pas. Alors, Sauer bifurqua brusquement, quittant le sentier pour une nouvelle clairière qui devait mener à l'une des pelouses : là, il trouverait de l'aide, du moins il l'espérait.

Cependant, ce changement d'itinéraire ne surprit pas les molosses, et quand le commissaire eut franchi la dernière barrière de buissons et se retrouva sur la pelouse, ils le rejoignirent en quelques secondes. Sauer se retourna juste à temps pour voir l'un d'eux lui sauter dessus. Il leva instinctivement le bras pour protéger son visage et ferma les yeux.

Le choc fut terrible. Un craquement évoquant une branche cassée, suivi du bruit sourd d'un corps s'écroulant à terre. Sauer s'étonna de n'éprouver aucune douleur et comprit pourquoi quand il rouvrit les yeux : le molosse qui était passé à l'attaque gisait à terre en glapissant aux pieds d'un homme. Celui-ci, aussi grand que Sauer, tenait une branche noueuse qu'il brandissait comme une épée. Même s'il avait le dos tourné, Sauer le reconnut : c'était son sosie, l'homme qu'il avait déjà vu trois fois ces derniers jours, l'assistant de Himmler qu'il avait filé dans le Cimetière oriental.

« Viens un peu, l'entendit-il dire à l'autre molosse. Allez, fais-moi rire. »

Le chien à terre continuait de gémir : le sosie de Sauer devait lui avoir cassé une patte avec son sabre improvisé. L'autre bête semblait perdue : ses yeux allaient de son compagnon blessé à l'homme qui lui faisait face sans manifester la moindre peur. Son grognement était moins convaincu que tout à l'heure, sa tête plus basse. Encore quelques secondes et il conclurait que l'échauffourée était terminée et se retirerait spontanément. Le sosie de Sauer ne lui en laissa pas le temps : d'un bond félin, il s'élança vers le chien et lui assena un coup sec sur la nuque. S'ensuivirent un violent coup de pied à la gueule, puis des coups de bâton sur l'échine et les côtes jusqu'à ce que le molosse arrête de bouger, sans doute mort.

« Saloperie », siffla le sosie en se tournant vers le premier chien. Sauer vit les yeux terrorisés de la bête tandis que l'homme s'approchait lentement. « Qui vous a envoyés ? » lui demanda-t-il comme s'il attendait une réponse. Le molosse blessé poussa un glapissement pitoyable comme s'il implorait sa merci, mais le sosie ne l'interpréta pas ainsi ou préféra l'ignorer. Il lui brisa la mâchoire d'un coup de pied, puis l'acheva à coups de bâton comme il l'avait fait avec l'autre, s'acharnant plus longtemps que nécessaire.

Quand le silence s'abattit sur la pelouse déserte, le sosie se retourna et laissa tomber son bâton. Il s'approcha du commissaire et lui tendit la main pour l'aider à se relever.

Sauer regarda cette main, parfaitement lisse, puis le visage de son sauveur : de plus près, il constata qu'ils se ressemblaient – même couleur de cheveux, même coupe, mêmes pommettes saillantes, mêmes yeux clairs – mais n'étaient pas identiques : le nez de son sosie était plus prononcé, ses lèvres plus charnues, presque féminines. Et il était plus jeune : sans doute moins de trente ans, même si son maintien martial lui donnait l'air plus âgé.

« Vous comptez rester assis là toute la soirée ? » lui demanda celui-ci d'une voix froide mais harmonieuse.

Sauer se laissa aider. Quand ils furent debout l'un en face de l'autre, il remarqua que son sosie était également un peu plus petit que lui, même si le physique nerveux de la jeunesse le faisait paraître plus élancé.

« Merci, dit le commissaire.

— C'était mon devoir. Ils ne se seraient pas arrêtés.

— Des chiens errants ? » s'enquit Sauer.

Son sosie secoua la tête. Ses yeux brillaient d'un éclat cruel. Il avait aimé les tuer. « Regardez leur pelage. Il est soyeux. Ils ont un maître.

— Comment ont-ils pu s'échapper ? Ils n'étaient peut-être pas attachés.

— Qui vous dit qu'ils se sont échappés ? Vous devriez être plus prudent, commissaire. Vous imaginez bien qu'à vous promener comme vous le faites en posant les questions que vous posez, vous vous faites quelques ennemis…

— Vous me suivez, dit Sauer.

— Pas toujours. Là, heureusement, oui. En tout cas, sachez que j'ai beaucoup apprécié votre enquête. Sa logique. Son imprévisibilité. Ça n'a pas été facile de vous filer, vous savez ? Chaland, hydravion, fenêtres cassées… Vous feriez un parfait espion. » Il tira une carte de visite de sa poche et la tendit à Sauer. « Avez-vous déjà envisagé de quitter la police ? Le Parti m'a demandé de mettre sur pied un département de sécurité, et un enquêteur aussi talentueux que vous me serait bien utile. Et je ne dis pas ça parce que vous me rappelez moi », ajouta-t-il, amusé.

Sauer lut la carte de visite :

REINHARD HEYDRICH
SD-SICHERHEITSDIENST
BRIENNERSTRASSE 45
MUNICH

« Venez me voir, quand vous aurez fini ici », conclut Heydrich. Puis il jeta un regard satisfait autour de lui. « Ça faisait une éternité que je ne m'étais pas battu avec un bâton. Je me sens rajeuni, revigoré ! » Il regarda à nouveau Sauer. « Dépêchez-vous. Quelqu'un vous attend. »

Il lui adressa un clin d'œil et s'éloigna, laissant Sauer seul sur la pelouse, entre les carcasses des deux molosses.

38

Évidemment, il arriva en retard à la Tour chinoise. Rosa l'attendait sur un banc devant la grande pagode de bois avec l'expression tendue de celle qui, arrivée en avance à un rendez-vous important, doute de plus en plus sérieusement à chaque minute qui passe que l'autre personne viendra. De loin, la jeune femme offrait une vision délicieuse : son allure timide dans sa robe boutonnée jusqu'au cou ; la pâleur de céramique de son visage moucheté de taches de rousseur ; l'expression à la fois perdue et déterminée avec laquelle elle observait le monde alentour. Tout en elle était singulier.

« Rosa, je suis navré de ce retard, dit Sauer en la rejoignant. J'ai eu un contretemps. »

Le sourire de la jeune fille quand elle se retourna rendit quelques années de vie au commissaire – *rajeuni, revigoré*, comme avait dit Heydrich –, soulagé de ne pas l'avoir perdue à cause de ses manières désastreuses. « Siegfried ! s'exclama-t-elle, le faisant frissonner : plus personne ne l'avait appelé ainsi depuis des années. Ne t'inquiète pas, je viens juste d'arriver. »

Sauer accueillit ce mensonge avec reconnaissance. Il lui tendit une main pour l'aider à se lever. « On y va ? dit-il.

— On y va ! » répondit-elle, enjouée. Sa main était aussi lisse et chaude qu'un galet de rivière un jour d'été.

Leur destination se trouvait à quelques pas : une petite construction ocre en forme de cloche surmontée par un triple toit vert, appelée la Gaststätte Chinesischer Turm, le restaurant de la Tour chinoise. La partie centrale de l'édifice, un cube à deux étages percé de cinq fenêtres rectangulaires dépourvues de volets, était enserrée entre deux cubes plus petits, à un étage, qui dominaient une petite terrasse couverte de tables en fer et en bois très conviviales. Sauer y avait souvent dîné : il aimait la vue sur la Tour chinoise, la célèbre pagode en bois à cinq étages qui, depuis plus de deux siècles, apportait sa contribution bienveillante à la vie sociale munichoise. Dieu seul savait combien de couples s'étaient formés depuis 1790 dans cette clairière pavée en plein cœur du Jardin anglais. Sauer et Rosa en formeraient-ils bientôt un, eux aussi ? Bien qu'il ne la connût que depuis quelques jours, et malgré leur grande différence d'âge – presque vingt ans –, le commissaire frémissait à cette possibilité dont il souhaitait vivement la concrétisation.

Un serveur les accueillit au sommet de l'escalier de

pierre et les accompagna à une table libre. « Bienvenue à la Gaststätte. Que puis-je vous apporter à boire ? »

Sauer interrogea Rosa du regard : « Du vin ? » demanda-t-il, imaginant répondre à ses désirs.

Elle fit une moue. « À vrai dire, je n'aime pas trop boire.

— Alors juste de l'eau, pour le moment. Et le menu.

— Tout de suite », répondit le serveur. Il claqua les talons et s'éloigna d'un pas martial. Il devait avoir un passé de soldat, comme la moitié des serveurs allemands, d'ailleurs. Il n'avait pas été facile de se réinsérer dans d'autres corps de métier, après les tranchées.

« Je croyais que tu ne buvais pas, dit Rosa, le front délicieusement froncé.

— Exact.

— Et tu aurais bu du vin pour l'occasion ?

— J'aurais essayé. Il fut un temps où je buvais. »

La jeune femme le regarda d'un air intrigué. « Voilà qui doit cacher une histoire. Tu me la racontes ?

— D'accord. Mais ce n'est pas une histoire adaptée à l'apéritif. Peut-être au dessert.

— C'est entendu. Maintenant, si ça ne t'ennuie pas, je vais me repoudrer le nez, dit Rosa en se levant. En vérité, ajouta-t-elle à voix basse en se penchant vers lui, l'effleurant presque, je ne me maquille pas. C'est juste une manière détournée de dire que je dois aller aux toilettes. »

Resté seul, avec pour toute compagnie un corbeau

noir comme la poix qui sautillait sur la rambarde de la terrasse, Sauer souriait encore lorsqu'un inconnu s'assit en face de lui, sur la chaise de Rosa.

« Désolé, cette place est occupée, dit le commissaire.

— Ne vous inquiétez pas, Herr Sauer. Je ne resterai pas longtemps », répondit l'homme. Il était fluet, de taille moyenne, et sa tenue témoignait d'un étrange mélange de négligence et d'élégance, comme s'il avait du goût mais pas les moyens, ou l'inverse. Son visage, rasé de frais et dominé par des yeux d'un noir profond qui pétillaient d'intelligence, parut familier au commissaire. « Comment avance l'enquête ?

— Mais qui…

— Oh, pardonnez-moi, je ne me suis pas présenté. Je m'appelle Strasser, Otto Strasser. J'imagine que vous avez déjà entendu mon nom et, si je ne m'abuse, vous avez rencontré mon frère aujourd'hui même, à la villa de Müller. »

Génial, pensa Sauer. *Maintenant je n'ai même plus besoin de les chercher, ils viennent me voir tout seuls.* Otto Strasser n'était pas aussi connu que Gregor, mais même un policier se tenant à l'écart de l'actualité politique avait forcément entendu parler du leader du Front noir, autrefois très proche de Hitler, puis chassé du Parti national-socialiste parce qu'il mettait trop l'accent sur la composante socialiste.

« Enchanté, mentit Sauer. Je discuterais volontiers de l'enquête en cours avec vous mais, malheureusement, je ne suis pas en service. Je suis en vacances pour la semaine, et j'attends une amie qui devrait revenir d'un instant à l'autre.

— Je crains que votre amie ne tarde un peu, répliqua Strasser avec un sourire fourbe.

— Que voulez-vous dire ? demanda Sauer, prêt à bondir sur ses pieds.

— Oh, pas de quoi s'inquiéter. C'est juste que parfois, dans ces vieux restaurants, les portes restent bloquées. Vous savez ce que c'est : des serrures anciennes, peu d'entretien… Les serveurs s'en sont déjà aperçus, il leur faudra quelques minutes pour la libérer. Au pire, ils devront appeler un serrurier. Et même si Markus Hatzke n'est plus disponible, je suis sûr qu'ils s'en sortiront », ajouta Strasser, une lueur sinistre dans les yeux.

Sauer inspira lentement, la mâchoire contractée. Herr Strasser voulait donc jouer à ce jeu. « S'il lui arrive quelque chose… »

Son interlocuteur fronça les sourcils. « Pensez-vous. Pour qui me prenez-vous ? Je ne suis ici que pour parler. Pour vous aider, si vous me laissez faire. Je sais que vous avez une liste. Puis-je la voir ?

— Quelle liste ?

— Allons bon, ne vous moquez pas de moi. J'en sais beaucoup plus que ce que vous croyez. Beaucoup plus que ce que vous n'en savez, d'ailleurs, et c'est pourquoi j'ai souhaité vous rencontrer : pour partager des informations utiles à votre enquête.

— Quel avantage en tireriez-vous ?

— N'est-ce pas évident ? »

Bien sûr que si. Mais je veux l'entendre de ta bouche.

« La mort de Geli Raubal a été traitée comme un fait divers secondaire, reprit Strasser. Le énième suicide en Bavière. Comme vous le savez, il existe un registre spécifique, et Geli est le numéro 193. Hatzke, le numéro 194. Herbert Maier, le numéro 196. Une belle équipe. »

Sauer jeta un regard vers le restaurant, mais ne remarqua aucun mouvement à l'intérieur.

« Sauf que Geli n'était pas n'importe quelle jeune fille, continua Strasser. Et sa mort, même s'il s'agit d'un suicide, n'est pas n'importe quelle mort. L'issue de l'enquête officielle est très importante pour les gens qui, comme moi, essaient d'arrêter l'avancée de Herr Hitler. Voilà pourquoi je tiens à vous fournir de précieuses informations.

— Que voulez-vous en échange ?

— Je sais que je devrais répondre "rien", mais en réalité vous pouvez faire quelque chose pour moi. Quelque chose que vous feriez de toute façon volontiers.

— Quoi ? »

Strasser leva une main pour l'interrompre. « Nous avons d'autres choses à nous dire auparavant, et autrement plus intéressantes. La liste ? »

Sauer réfléchit un instant, puis se dit que la lui montrer ne pouvait causer aucun tort. Strasser connaissait sans doute déjà les noms et jouait la comédie. Il tira la feuille de sa poche et la lui tendit.

« C'est bien ce que j'imaginais, commenta son interlocuteur après en avoir pris connaissance. Beaucoup d'intelligentsia et peu d'intelligence. Le fou, le gros, le maquereau, le maître chanteur et le galopin. Qui est Vogl ?

— Le professeur de chant.

— Ah, bien sûr. Inoffensif. Vous avez déjà parlé avec les autres ?

— Tous, à part Hess.

— Vous n'avez rien perdu. Hess n'est pas un grand orateur. Il reste toujours dans son coin, la bouche fermée et le regard dans le vide. À entendre Hitler, c'est le numéro 2 du Parti, mais à mon avis il lui manque une case. Ou alors c'est le plus grand gardien de secrets de l'Histoire. Goering est drôlement plus intéressant. Un grand homme, à sa façon : fanfaron, vantard, rapace, mais sur le plan militaire et sur le savoir-faire en société, il est redoutable. Dommage qu'il soit devenu toxicomane après 1923. Blessé à l'aine pendant le Putsch. Les médecins se sont trompés dans les doses de morphine : ils l'ont sauvé de l'infection mais pas de la dépendance. »

Sauer repensa aux pilules qu'il l'avait vu avaler dans l'hydravion et aux flacons sur son bureau de la Braunes Haus.

« Ne croyez pas un mot de ce qu'il vous a raconté, reprit Strasser. Je ne sais pas qui, de Hoffmann ou de lui, est le pire menteur. En revanche, il ne fait aucun doute que la palme de l'homme le plus détestable revient au photographe. Personne ne comprend le pouvoir qu'il exerce sur Adolf Hitler, mais évidemment personne n'est au courant non plus de ses chantages sexuels... »

Sauer tressaillit. « Des chantages sexuels ?

— Herr Hitler aime les filles jeunes et Herr Hoffmann en emploie plusieurs dans son studio... Et puis, réfléchissez un peu à ce coup de chance : l'oncle Alf ne s'est pas énamouré de l'une d'elles mais de la petite Henny.

— La fille de Hoffmann », murmura Sauer. Il se souvenait parfaitement de ses propos. *Tu sais ce qu'il m'a fait*, avait-elle dit à Schirach. *Tu sais pourquoi mon père...*

« Très mauvaise idée que de faire entrer un photographe dans son cercle privé, commenta Strasser. On le sait, les photographes prennent des photos. Et ils les gardent. » Ses yeux revinrent sur la liste. « Schirach n'est pas très intéressant. Je me demande pourquoi son nom figure ici. Quant à Goebbels... Vous connaissez l'histoire du triangle amoureux ? »

Sauer secoua la tête.

« Hitler aime les jeunes filles mais le Parti voudrait qu'il se montre avec une femme mûre, si possible de famille aisée. On lui en a présenté des dizaines au cours des ans : Frau Wagner, Frau Bechstein, Frau Shirer... Des choix excellents, mais il n'a voulu d'aucune. Trop âgées ou trop indépendantes, allez savoir. Puis il a rencontré Magda Quandt. L'ex-femme de Günther, le magnat, un nazi de la première heure. Magda a tout : patrimoine, classe, culture, belle allure, et surtout elle a immédiatement retenu l'attention du Führer. Dommage, conclut Strasser, elle était déjà tombée dans les filets de Joseph Goebbels, dont elle est la secrétaire particulière. Goebbels est un coureur de jupons hors pair. Je ne sais pas comment il fait, avec sa face de rat et sa patte folle. J'imagine que sa manière de courtiser est aussi implacable que celle de persécuter les juifs et les communistes. Au début, Magda a résisté, mais à la longue elle a cédé à ses assauts et capitulé. Quand Hitler a commencé à la courtiser, c'était trop tard : le Docteur lui avait déjà extorqué une promesse de mariage, et il aurait été dommage de perdre un collaborateur aussi précieux pour une femme. Mais il restait la possibilité d'un ménage à trois… »

Les propos de la femme qui avait déboulé comme une furie dans le bureau de Goebbels revinrent à l'esprit de Sauer : *Je n'attendrai pas jusqu'à Noël ! Un mariage sous la neige ? C'est ridicule !*

« Un sacré cirque, n'est-ce pas ? continua Strasser. Mais c'est à ça que ressemblent les hommes de l'entourage du leader national-socialiste. Dans une société normale, ils seraient considérés comme un ramassis de désaxés. Mais en ces temps chaotiques, ils apparaissent comme des sauveurs aux yeux de beaucoup de monde. Les jours de la République sont véritablement comptés… »

Sauer se tourna de nouveau vers le restaurant. Combien de temps avait passé ? Pouvait-il être sûr que Rosa n'était pas en danger ? Il s'adressa à Strasser, qui avait sorti un stylo. « Vous n'êtes venu que pour me raconter leurs petites histoires de cœur ? Je ne vois pas en quoi cela peut m'aider pour la poursuite de l'enquête.

— Non, non, répondit Strasser en écrivant quelque chose sur le bout de papier de Himmler. Ça, ce n'était qu'un coup de sang, excusez-moi. Des informations contextuelles, disons, pour ennoblir un peu la chose. Je voulais vous voir pour deux raisons. La première, c'est enrichir votre liste avec des noms plus intéressants. Quand vous aurez parlé avec ces deux hommes, vous comprendrez pourquoi Herr Himmler – car c'est lui qui vous a donné cette liste, n'est-ce pas ? – a évité de les mentionner. » Il rendit la feuille à Sauer, qui y jeta un rapide coup d'œil.

Ernst Hanfstaengl
Maximilianstrasse 323

Emil Maurice
Gudrunstrasse 112/a

J'ai rencontré plus de gens ces deux derniers jours que les six derniers mois, pensa Sauer. *Mais au moins, cette fois, j'ai leurs adresses.* Il replia la feuille et la glissa dans sa poche. « Et la seconde raison ?

— La seconde raison, répondit Strasser, l'air satisfait, c'est vous mettre au courant du dernier secret de Geli Raubal, qu'elle m'a confié en personne ici même, à la Tour chinoise, en août, quelques semaines avant sa mort. »

39

Tandis qu'Otto Strasser racontait, le nombre de corbeaux perchés sur la balustrade en pierre augmentait. Ils sautillaient, lugubres, à la recherche de miettes. Sauer se souvint des légendes anciennes sur les oiseaux qui conduisaient l'âme des morts dans l'au-delà, les psychopompes, et se demanda si l'âme de Geli n'était pas présente en ce moment avec eux pour écouter la énième vérité sur son compte, en espérant que ce soit enfin la bonne.

« Savez-vous ce qu'est l'ondinisme ? demanda Strasser.

— Je n'ai jamais entendu ce mot.

— Effectivement, il n'est pas très courant. La perversion qu'il désigne est rare, et bien que je sois un homme tolérant et que j'en aie vu de toutes les couleurs, je dois vous dire qu'elle paraît absolument répugnante à quiconque n'en est pas affecté. Imaginez donc aux yeux d'une jeune fille pas encore tout à fait sortie de l'adolescence… Geli et moi avions d'excellentes relations, comme peuvent l'être celles d'un homme et d'une femme avec une grande différence d'âge. Je l'ai connue à son arrivée à Munich, chez Herr Hitler où, à l'époque, j'étais le bienvenu. Geli était très malheureuse chez son oncle.

— On me l'a dit, répliqua Sauer, soucieux de ne pas voir Rosa réapparaître à la porte du restaurant.

— Geli était faite pour les bals, les fêtes, la compagnie, mais son oncle était très jaloux, bien plus qu'un simple tuteur ne devrait l'être. Il ne la laissait jamais sortir toute seule, et quand il l'accompagnait, il choisissait avec soin les endroits où ils allaient et les personnes qu'ils voyaient. Parfois, si la sortie était inévitable mais que lui-même était absent, pris par un meeting ou une réunion du Parti, il confiait sa précieuse Geli à des amis ou à des collaborateurs de confiance. À l'une de ces occasions, un bal au palais de la Résidence, c'était moi qui avais écopé du rôle de chaperon, mais à la dernière minute Geli m'a posé un lapin sans me donner la moindre explication. »

Tout cela est très intéressant, pensa Sauer, *mais ça ne m'apprend rien de plus.*

« Le lendemain, continua Strasser sur le ton de la confidence, penché vers lui, elle est venue me voir dans mon bureau. Elle avait les yeux rouges, son beau visage était dévasté et elle avait l'air effaré d'une bête traquée. "Pardonnez-moi, Herr Strasser. J'aurais voulu vous prévenir que je ne pourrais pas me rendre au bal avec vous, mais il m'a enfermée à clé dans ma chambre. Il fait ça chaque fois que je lui dis non." Elle a éclaté en sanglots et m'a confié les drôles de demandes de son oncle, qu'elle était tenue de satisfaire. À l'époque, il s'agissait surtout de caresses, de phrases qu'il voulait qu'elle lui dise, parfois de petites violences psychologiques ou physiques qu'il aimait subir. Au fond, rien de nouveau par rapport à ce que Henny Hoffmann m'avait déjà raconté, mais je n'avais jamais prêté grande attention à ses récits – je la jugeais hystérique et menteuse, comme son père. Le fait d'entendre ce récit de la bouche de Geli m'a brisé le cœur. Que pouvais-je lui conseiller ? Je n'en avais pas la moindre idée. Hitler la gardait séquestrée chez lui, et bien qu'elle ait eu vingt-deux ans, il ne l'autorisait pas à voir d'autres hommes. Les seuls qu'elle fréquentait étaient des amis de son oncle, des camarades politiques et des employés du Parti. C'est comme ça qu'Emil Maurice s'est attiré des ennuis, mais il vous le racontera lui-même.

— Écoutez, cela fait vingt minutes que mon amie…

— Nous avons presque fini, ne vous inquiétez pas. Maintenant vient le meilleur. Peu après l'incident du bal, Hitler m'a expulsé sous un prétexte fallacieux. Je n'étais pas le premier et je n'ai pas été le dernier, mais avec tout ce que j'ai fait pour la cause nationale-socialiste, j'espérais être traité mieux que ça. Après mon expulsion du Parti, je n'ai plus eu l'occasion de voir Geli pendant presque un an, jusqu'au mois dernier. Lors d'un autre bal, auquel elle avait été accompagnée par un capitaine des SA qui était dans les bonnes grâces de Hitler. Vers la fin de la soirée, le capitaine a rencontré une danseuse et, comme il savait que je m'étais toujours bien entendu avec Geli et son oncle, il m'a demandé de la ramener à Prinzregentenplatz pour pouvoir passer la fin de la soirée tranquille. J'ai accepté sur-le-champ : j'étais soucieux pour Geli et c'était l'occasion parfaite pour lui parler et savoir comment la situation avait évolué. Nous avons donc pris un taxi ensemble, mais Geli ne voulait pas rentrer si tôt. Elle a dit que me retrouver avait été un signe du ciel. Elle devait me parler. J'ai demandé au chauffeur de changer d'itinéraire : nous étions non loin de la Tour chinoise, pratiquement déserte à cette heure-là. Le dernier étage est l'endroit idéal pour échanger des confidences. Si seulement j'avais imaginé le type de confidences que j'allais entendre… »

Les corbeaux étaient maintenant une dizaine. Alignés sur la balustrade, ils fixaient les deux hommes avec une obstination muette, comme s'ils écoutaient eux aussi le récit.

« Quand nous sommes arrivés en haut de la Tour, en regardant les lumières de la ville qui brillaient dans la nuit, Geli m'a raconté que sa relation avec son oncle avait *évolué* depuis la dernière fois que l'on s'était parlé. À présent, ses demandes n'étaient plus seulement extravagantes, mais dégoûtantes, répugnantes, humiliantes. Chaque fois qu'elle refusait de le satisfaire, il l'enfermait dans sa chambre et donnait l'ordre exprès au personnel de maison de ne pas venir quand elle appelait et de ne lui donner ni à boire ni à manger. Alors, en la voyant si malheureuse, j'ai dit quelque chose que je regrette encore, même si c'est ainsi que j'ai découvert la véritable nature de la perversion d'Adolf Hitler. “Pourquoi tu n'acceptes pas ? je lui ai demandé. Pourquoi tu ne fais pas l'amour avec lui ? Que ce soit ton oncle importe peu.” Au moment même où ces mots sortaient de ma bouche, je me suis rendu compte de l'horreur de ce que je lui disais, mais elle s'est contentée d'opiner, comme si elle y avait déjà pensé. “Je l'aurais fait s'il voulait seulement coucher avec moi, a-t-elle répondu d'une voix éteinte. Mais vous n'avez pas idée de ce que tonton Alf me demande. Vous ne pouvez même pas l'imaginer.

— L'ondinisme ?

— Oui, répondit Strasser. Geli m'a raconté que Hitler la forçait à se déshabiller, puis il se couchait par terre, la tête entre ses pieds. Elle devait s'accroupir pour qu'il puisse la regarder de près.

— Seigneur, soupira le commissaire.

— Ce n'est pas tout. Il lui ordonnait de lui uriner sur le visage et sur le corps. C'était de ça qu'il tirait son plus grand plaisir sexuel. »

Comme obéissant à un appel inaudible pour des oreilles humaines, les dix corbeaux de la balustrade s'envolèrent de conserve, laissant Sauer et Strasser seuls avec l'épouvantable histoire de Geli.

« Doux Jésus, murmura Sauer, reprenant l'expression favorite de son collègue absent.

— Voilà. Vous imaginez ce qui se passerait si des

preuves tangibles de cette perversion chez un homme politique aussi en vue paraissaient au grand jour.

— Y en a-t-il ?

— Malheureusement non, répondit Strasser. J'avais envisagé de passer voir Geli pour enregistrer son témoignage, mais hélas j'ai été précédé, peut-être d'ailleurs pour cette raison.

— Donc vous ne croyez pas à l'hypothèse du suicide.

— Allons bon. Le temps des contes de fées est terminé depuis longtemps, commissaire. » Strasser se leva soudain. « Je dois y aller, maintenant. Votre amie ne peut pas attendre plus longtemps. Et vous, vous avez un train à prendre.

— Un train ? répéta Sauer, perplexe.

— Un train », confirma Strasser en faisant un signe de tête vers la table. Sauer baissa les yeux et découvrit une enveloppe. « Ne le ratez pas. Les obsèques auront lieu demain matin à neuf heures, et c'est votre seule chance de revoir son cadavre. Voilà le service que je vous demande. Faites-le pour l'enquête, pour Geli, pour l'Allemagne. Ou même seulement pour la vérité. Ah, j'oubliais : le dîner est déjà réglé. Dégustez-le à ma santé. »

Sauer n'eut pas le temps de protester qu'Otto Strasser avait déjà quitté la terrasse et descendait l'escalier de pierre en direction d'une automobile aux vitres fumées, garée un peu plus loin. L'homme se retourna et le salua d'un signe de tête, puis monta à bord du véhicule et disparut.

Resté seul, le commissaire tendit le bras vers l'enveloppe et l'ouvrit : elle ne contenait aucune lettre, aucun message, juste un billet de train Munich-Vienne où l'horaire de départ était imprimé en caractères rouges : 21.15. Dans moins de deux heures.

« Me voilà ! dit Rosa, arrivant tout essoufflée. Excuse-moi, je ne m'étais pas enfuie, je me suis retrouvée bloquée dans les toilettes ! La porte ne s'ouvrait plus. J'ai dû crier à l'aide, mais les serveurs n'ont pas réussi à l'ouvrir non plus. En fin de compte, ils ont fait venir un serrurier. J'ai eu une sacrée frousse ! conclut-elle d'un ton excité qui contredisait son affirmation. J'espère que tu n'as pas imaginé que je me vengeais de ton retard de tout à l'heure… »

Sauer la regarda, amusé par la réaction infantile et spontanée de la jeune fille mais aussi rongé par le remords qu'elle ait pu être en danger par sa faute. La recommandation de Mutti quand ils s'étaient quittés lui revint en tête : *Dis-lui la vérité maintenant. N'attends pas.*

« Alors ? dit Rosa en ouvrant le menu. Tu sais ce que tu veux manger ? »

Sauer regarda le billet de train, puis la Tour chinoise. En plissant les yeux, il lui sembla apercevoir, au dernier étage, le beau visage de Geli qui le regardait d'un air confiant.

Alors il se décida. Il glissa le billet de train dans sa poche, jeta un dernier regard à l'horloge, puis posa les yeux sur Rosa : « Je dois te dire quelque chose. »

Ce n'était que la deuxième fois que Rosa et lui entraient ensemble dans l'immeuble de Frauenstrasse 4, mais Sauer avait l'impression qu'ils avaient déjà gravi cet escalier tous les deux au moins un million de fois : la chose la plus naturelle du monde, la plus normale.

Tandis qu'ils montaient main dans la main, ils croisèrent Friedkin. Celui-ci se contenta de leur sourire, et ne parla même pas de la Wiesn : le commissaire avait manifestement d'autres projets pour la soirée.

Si au moins je savais lesquels, pensa Sauer en secouant la tête.

Quand ils entrèrent chez lui, de l'autre côté des fenêtres, l'Alte Peter jeta un regard bienveillant sur le retour de Rosa.

« Qu'est-ce que tu prends dans ta valise ? demanda cette dernière en s'asseyant sur le tabouret du piano.

— Je ne prends pas de valise, je n'y reste qu'une demi-journée.

— Tu es sûr ?

— Oui, je n'y vais que pour voir le corps. »

À la mention du cadavre, Rosa se crispa. Sauer comprit que l'histoire qu'il lui avait racontée – toute l'enquête à partir du moment où le corps avait été retrouvé jusqu'à la révélation de Strasser pendant qu'elle était enfermée dans les toilettes du restaurant – l'avait secouée.

Pourquoi tu es entré dans les détails ? se reprochait-il sans trêve depuis une heure. *Tu ne pouvais pas te contenter de lui dire que tu travailles sur une affaire complexe ? Et tout au plus lui raconter dans les grandes lignes. Maintenant, elle en sait plus que Mutti et c'est une simple serveuse.*

Il n'était pas vrai que Rosa était une simple serveuse. Même Sauer, malgré son manque d'imagination chronique, parvenait à entrevoir la raison pour laquelle le destin l'avait mise sur sa route. Rosa était Geli, sa Geli, et il avait le devoir de la protéger.

« Tu pars dans combien de temps ? » demanda-t-elle.

Sauer jeta un œil à l'Alte Peter. « Dans une heure.

— Bien, répondit Rosa. Alors nous avons le temps. » Elle se leva et s'approcha. « Je ne sais pas exactement pourquoi tu me plais, dit-elle en s'arrêtant à un millimètre de Sauer, ses yeux plantés dans les siens, l'enivrant de son parfum. Mais je sais que tu me plais », ajouta-t-elle, et elle se hissa sur la pointe des pieds pour déposer un baiser sur ses lèvres.

Pendant un instant, Sauer réussit encore à penser à leur différence d'âge, au fait qu'ils venaient de se rencontrer, aux dangers auxquels Rosa s'exposerait en se liant trop à lui. Puis cette pensée fut chassée par la sensation grisante de ses lèvres sur les siennes, de ses bras qui entouraient sa taille.

« Attends, dit-il, se raidissant comme une bête effarée par un éclair.

— Qu'y a-t-il ? demanda Rosa. Je ne te plais pas ?

— Oh si, tu me plais, c'est juste que…

— Si je te plais, où est le problème ? » D'un geste, elle ouvrit le col de son chemisier, révélant la raison pour laquelle elle le boutonnait jusqu'au cou : une fine chaîne en or avec un pendentif semblable à celui que Geli avait perdu, à un détail, notable, près. Le pendentif n'avait pas la forme d'une croix gammée mais d'une étoile à six branches.

Sauer en eut le souffle coupé. Il connaissait ce symbole. Tout le monde le connaissait, en Allemagne : il figurait sur d'innombrables panneaux, affiches, publications, souvent enveloppé de flammes, toujours objet de moqueries ou d'invectives.

« Une étoile de David, murmura-t-il.

— Un *bouclier* de David, le corrigea-t-elle.

— Alors, tu es…

— Juive ? termina Rosa. Possible. Ça changerait quelque chose ? » ajouta-t-elle en reculant avec un air de défi.

Sauer soutint son regard, mais il n'avait pas l'impression d'être défié, et encore moins de la défier. Ce n'était pas une race, une philosophie ou une religion qu'il avait devant lui, mais une femme, une très belle femme dont il était – inutile de le nier – éperdument amoureux.

Il couvrit d'un pas la distance qui les séparait, puis il l'attira à lui avec douceur. « Ça ne change rien, répondit-il en la fixant dans les yeux. Si toi aussi tu m'aimes. »

La réponse ne vint pas sous forme de mots.

Le train pour Vienne partait dans une heure.

Il n'y avait pas de temps à perdre.

Il arriva à la gare peu avant neuf heures. Quand il était parti de chez lui, Rosa dormait dans son lit. Il avait déposé les clés sur le piano, accompagnées d'un mot l'invitant à rester autant et à revenir aussi souvent qu'elle le souhaitait. Sauer espérait de tout son cœur qu'à son réveil la jeune femme ne regretterait pas de s'être offerte à lui. Il lui tardait de la retrouver, de la serrer à nouveau dans ses bras, de l'embrasser, de la regarder, de lui parler, de faire des projets avec elle. Il allait à Vienne pour Geli, aiguillonné par sa volonté de lui rendre justice et aussi par la curiosité de revoir son corps pour confirmer les découvertes des derniers jours. Sans cela, rien ni personne n'aurait pu le tirer hors de son lit, hors de son domicile. Tout ce qui l'intéressait au monde se trouvait maintenant entre les quatre murs de son appartement.

Il montra son billet au premier contrôleur qu'il croisa. Le visage de ce dernier s'éclaira : « Un bien beau train. De mon temps, il était réservé aux gentlemen. » Ne sachant pas si cette remarque était une insulte à l'endroit de l'époque actuelle ou de sa personne, Sauer fit halte dans une cabine téléphonique avant de gagner le quai. Mutti lui avait dit d'appeler avant huit heures et demie, il devait être déjà rentré chez lui. Tant pis, il lui laisserait un message.

Or, à sa grande surprise, son collègue était toujours au bureau. On le lui passa depuis le standard et il répondit à la première sonnerie. « Siggi, c'est toi ? demanda-t-il d'une voix tendue.

— Oui. Qu'est-ce que tu fais au bureau à cette heure ?

— Laisse tomber. Je viens de rentrer du Glöckl. Zehntner n'était pas là, j'ai dû l'attendre pendant plus d'une heure. Que du temps perdu.

— Pourquoi ?

— On aurait pu prévoir qu'il ne se laisserait pas cuisiner : la discrétion, le respect de sa clientèle… Il n'y a pas eu moyen de lui extorquer une confirmation que Hitler et Hoffmann ont dîné dans son établissement vendredi dernier. Cela dit, j'ai eu l'impression qu'il s'attendait à ce qu'on vienne.

— Eh bien nous y retournerons, répondit Sauer.

— Rendez-vous demain à huit heures au bureau ?

— Demain matin, ça va être compliqué pour moi.

— Pourquoi donc ?

— Je suis à la gare, Mutti. J'ai un train dans dix minutes. »

Il y eut un instant de silence à l'autre bout du fil. « Ça se passe si bien que ça avec Mlle Weiss ? Vous partez déjà en lune de miel ? »

Sauer sourit. Pour sûr, ça se passait bien, mais il n'en parlerait pas depuis un téléphone public. Et peut-être même pas en privé. Le bonheur est comme un flocon de neige : il faut le manipuler avec soin, et le moins possible.

« J'ai rencontré le frère de Strasser au Jardin anglais.

— Le frère de Strasser, répéta Mutti.

— Otto, le fondateur du Front noir. Une longue

histoire, mais en gros il m'a dit que l'enterrement de Geli aura lieu demain matin et il m'a donné un billet de train pour Vienne.

— Siggi, ça me paraît très suspect.

— À moi aussi. Je serai prudent. »

Mutti soupira. « C'est un train couchette ?

— Je crois que oui. Pourquoi ?

— Cherche un compartiment vide. Ne t'installe pas sur la couchette qui t'a été réservée. Himmler pourrait te faire assassiner pendant ton sommeil, même si tu travailles pour lui.

— C'est entendu, répondit Sauer, se souvenant que les paranoïaques envisagent toujours la pire éventualité, mais que les faits leur donnent souvent raison.

— Appelle-moi à ton retour, d'accord ?

— Oui », répondit Sauer. Il allait raccrocher quand il se souvint de quelque chose d'important : « Mutti ? Attends. Tu as un papier et un stylo ? » Il lui dicta les noms et les adresses que Strasser lui avait donnés. « C'est peut-être une perte de temps, mais pendant que je suis à Vienne…

— Message reçu, chef. Pendant que tu t'amuses avec des femmes exotiques, je ferai le sale boulot dans les rues.

— Bonne nuit, Mutti. Je t'appelle en rentrant.

— Si tu rentres. Tu as intérêt à surveiller tes arrières, parce que je te préviens : sinon, c'est moi qui m'occuperai de Rosa. » Il raccrocha.

Le commissaire se dirigea vers la voie qu'on lui avait indiquée.

Quand il vit le nom du train inscrit sur le flanc brillant du wagon Art déco, Sauer comprit la réaction du contrôleur.

Un bien beau train, avait-il dit. *Réservé aux gentlemen.*

De fait, ce n'était pas tous les jours qu'on voyageait à bord de l'*Orient-Express*.

MERCREDI 23 SEPTEMBRE 1931

40

Le train filait dans la nuit comme une navette sur un métier à tisser mécanique, ourdissant sa toile de rêves et de cauchemars sur le sommeil des passagers fortunés du Paris-Istanbul, endormis à l'abri des couchettes et bercés par le rythme des roues qui tressautaient sur les rails dans un cliquetis métallique. De l'autre côté des fenêtres, la campagne autrichienne était aussi noire que l'oubli, et les rares gares qui défilaient en un clin d'œil, n'éclairant les paysages environnants que quelques instants durant, révélaient un néant identique à celui qui les entourait.

Enfermé à clé dans la minuscule cabine à un seul lit qu'il avait échangée contre celle qui lui était réservée en intimant au chef de bord de garder le silence à ce sujet, Sauer avait l'impression de faire un voyage dans le temps plutôt que dans l'espace pour retrouver le corps de Geli, dernier bastion de la vérité dans cette histoire truffée de mensonges. Les étoiles brillaient par milliers, un spectacle que le ciel de Munich n'offrait jamais. Le commissaire, sans doute le seul passager encore réveillé à bord du train, les scrutait à la recherche des constellations que son père lui avait montrées dans son enfance : la Grande Ourse, la Petite Ourse, Orion, Pégase, le Chien, le Loup…

Le Loup.

Wolf.

L'homme cruel qui séduit les jeunes filles et les oblige à se livrer à des pratiques affreusement humiliantes, protégé par son ignoble entourage.

Depuis qu'il avait quitté Munich, Sauer avait beaucoup repensé à Anni Winter, la harpie qui régentait l'appartement de Hitler et qui, selon Strasser, laissait Geli enfermée à clé dans sa chambre sans rien lui apporter. *Elle l'aimait*, avait dit Frau Winter. *Ils se seraient mariés*, comme si cela justifiait tout. Était-il possible que cette femme ignore ce qui se passait réellement dans la chambre ? Était-il possible qu'elle ignore la perversion et les violences du bon vieux tonton Alf ?

Et Frau Reichert ? La seule qui avait pleuré en évoquant la jeune femme lorsqu'ils l'avaient interrogée le premier jour : elle aussi faisait partie du complot ? Elle aussi connaissait le véritable lien qui unissait l'oncle et sa nièce ?

Il la forçait à se déshabiller, puis il se couchait par terre, la tête entre ses pieds…

Sauer secoua la tête pour chasser cette image obsédante de son esprit.

Strasser peut avoir menti. Je n'ai que sa parole,

et c'est un ennemi de Hitler. Il a tout intérêt à salir son image.

Pourtant, il le croyait. Il était critique, prudent, voire suspicieux, mais il le croyait : si extrême et inouïe qu'elle fût, cette histoire lui paraissait cohérente, avec toutes ses découvertes depuis le début de l'enquête, qui avait rebondi de surprise en surprise, de révélation en révélation, s'enfonçant de plus en plus profondément dans un dédale de mensonges et de fausses pistes élaborées à dessein. *On ne bâtit pas un labyrinthe pareil sans raison*, se répéta encore le commissaire, tout en s'efforçant de se convaincre du contraire. *Au centre du dédale, Minos ne cache pas une bête inoffensive, mais le Minotaure, le fils bestial dont il a honte et dont il a peur.*

À un moment donné, le train avait dû passer à Linz, la ville natale de Geli. Sauer savait que Linz se trouvait sur le trajet, et il s'était demandé ce qu'il éprouverait en passant si près du lieu où tout avait commencé. Finalement, il ne s'était rendu compte de rien, trop abîmé dans ses pensées et ses souvenirs, un écheveau confus dont il ne parvenait pas à démêler les fils : la lettre de H qui demandait à la jeune fille de préparer sa valise, la lettre de K qui l'implorait de se libérer du joug de son oncle, les témoignages d'Elfi et de Henny, les autres petites nymphes de Hitler, la lettre que Geli avait trouvée et déchirée, et puis les photographies au studio Hoffmann, le sang de cochon récupéré Dieu sait où, et la croix gammée en or disparue… Les éléments étaient trop nombreux et Sauer était trop fatigué pour mettre à profit ces six heures de train afin de les relier, comme il l'avait espéré.

Tu ne vas pas tenir jusqu'à Vienne, se dit-il quand les étoiles se mirent à danser devant ses yeux. *La journée d'hier a été épuisante, et celle qui s'annonce promet de l'être aussi. Il faut que tu dormes quelques heures.*

« Non, déclara-t-il à la couchette vide qui lui jetait des regards aguicheurs. C'est trop dangereux. »

Tu as changé de cabine. Le chef de bord sait que tu es policier, il ne te trahira pas.

« Et s'il était des leurs ? »

Ils ne peuvent pas tous être nazis.

« Peut-être que si. Je ne dois faire confiance à personne. »

Tu commences à penser comme Mutti. Mais Mutti te dirait de dormir. À Vienne, tu auras besoin de toute ta lucidité.

Sans conviction, Sauer obéit à sa voix intérieure : au moins cette dernière cesserait-elle d'insister. Il tira le rideau, vérifia une dernière fois que la cabine était fermée à clé, puis s'étendit sur la couchette, les pieds collés à la porte : « Comme ça, ils auront plus de mal à entrer », murmura-t-il en fermant les yeux.

Personne n'entrera, calme-toi et dors deux heures.

Le commissaire fronça les sourcils, voulut protester – il n'avait pas l'intention de dormir deux heures, juste de reposer ses yeux pendant quelques secondes –, mais il ne parvint pas à articuler de réponse : ses lèvres avaient cessé d'obéir à ses ordres, sa langue pesait autant qu'un bloc de béton, et ses pensées s'effilochaient comme des colonnes de fumée éparpillées par le vent, un vent chaud et imprévisible qui s'engouffrait dans ses cheveux, ses vêtements, tous ses pores, et de là dans ses veines, son sang ; il remonta jusqu'à son cœur, où il se transforma en une fine pluie de sable doré qui nappa toute chose.

Des coups frappés à la porte réveillèrent Sauer en sursaut.

« Commissaire ! chuchota une voix masculine. Nous sommes à Vienne ! »

Sauer s'assit sur sa couchette, regardant la cabine d'un air égaré. Où était-il ? Pas dans sa mansarde, en tout cas. Pas dans son lit.

« Vous m'entendez, commissaire ? Nous sommes arrivés ! Vous avez une demi-heure pour descendre ! »

Vienne, se répéta Sauer, comme si ce mot s'était perdu entre son oreille et son cerveau et n'avait retrouvé sa route que maintenant, avec quelques secondes de décalage.

Je suis dans le train.

D'autres coups. « Commissaire ! » insista l'homme derrière la porte.

Le chef de bord.

« Oui, merci, répondit Sauer d'une voix basse et rauque comme s'il avait parlé pendant des heures. J'ai entendu. » Il n'avait pas demandé à être prévenu à l'arrivée, mais il n'avait pas prévu non plus de s'endormir, et s'ils étaient à destination, cela signifiait qu'il avait dormi plus de trois heures. En voyant sa cabine encore fermée, le chef de bord devait avoir supposé qu'il ne s'était pas aperçu de l'arrêt. Une attention. De la pure gentillesse. Il n'y avait aucune raison d'imaginer une quelconque stratégie de sa part. « Je vais descendre, merci », répondit Sauer, entendant l'écho de ses propres mots résonner dans sa tête.

Après avoir péniblement quitté sa couchette, étourdi par ce réveil brusque mais un peu ragaillardi, Sauer ouvrit la porte qui cachait le miroir et le petit lavabo de la cabine. Il se rinça le visage à l'eau froide, puis arrangea ses cheveux et ses vêtements comme il put. Le résultat n'était pas extraordinaire : il avait l'air plus négligé que d'habitude, ce qui, en fin de compte, ne lui déplaisait pas. Il n'aurait jamais mis un pied au commissariat dans cet état, mais pour se déplacer incognito dans une ville inconnue, cela ferait l'affaire.

Il attendit la dernière minute pour ouvrir la porte et sortir dans le couloir. Il passa devant les autres cabines d'un pas vif, non sans jeter des regards admiratifs à l'aménagement luxueux de certaines : dans l'une d'elles, le sol était couvert d'un épais tapis blanc et les ornements des meubles étaient en or et en argent. Sauer soupira. L'ère des grands trains arrivait à son terme, tout le monde le savait : l'accident du *Simplon-Orient-Express* qui, deux ans auparavant, était resté bloqué trois jours et trois nuits dans la neige en plein désert turc avait inquiété ses prestigieux passagers, et la mode naissante des voyages aériens ne tarderait plus à infliger le coup de grâce à des institutions telles que l'*Orient-Express. Y aura-t-il un jour des avions aménagés avec autant de soin et de romantisme ?* se demanda le commissaire, mais il en doutait. Bientôt, voyager deviendrait une formalité à accomplir le plus rapidement possible, comme d'ailleurs cela venait de lui arriver.

Le coup de sifflet du chef de gare retentit à l'instant où Sauer posa le pied sur le quai, comme pour saluer son arrivée sur le sol autrichien ou pour le mettre en garde. Le commissaire avait volontairement attendu le dernier moment, au cas où quelqu'un l'aurait suivi depuis Munich. Cependant, sa précaution s'avéra inutile : il fut le dernier à quitter le train et, hormis quelques accompagnateurs qui saluaient leurs amis ou leurs proches, un porteur assis les yeux fermés sur un banc et la poignée habituelle de pigeons désorientés, le quai était désert.

Et maintenant ? se demanda Sauer en regardant la gare dans la lumière grise de l'aube viennoise. C'était la première fois qu'il mettait les pieds dans cette ville et il ne savait même pas où les funérailles de Geli devaient se dérouler. Dans un cimetière, certes, mais lequel ? Rien qu'à Munich il y avait deux cimetières principaux et plusieurs cimetières secondaires, alors que la cité bavaroise était au moins deux fois plus petite que Vienne, laquelle avait été jusqu'à un passé assez récent la fastueuse capitale d'un empire. Combien d'habitants comptait-elle ? Un million ? Deux ?

Je pourrais chercher un téléphone et demander

à la standardiste de me passer toutes les chapelles ardentes, réfléchit Sauer, mais cela signifiait une grosse perte de temps. Il leva les yeux vers l'horloge du quai : six heures trente. Si l'information de Strasser était juste, la cérémonie commencerait à neuf heures : il lui restait deux heures et demie pour trouver le cercueil de Geli, l'ouvrir et ausculter son corps embaumé à la recherche de signes révélateurs ne figurant pas dans le rapport médico-légal.

Tout en se débattant entre hypothèses et projets – téléphoner à Munich pour se faire indiquer l'endroit précis par Strasser, en admettant que ce dernier soit joignable ? Contacter la douane et demander la destination d'un cercueil passé par la frontière deux jours auparavant ? Chercher le bureau central des cérémonies funéraires, si tant est qu'il en existât un ? –, Sauer se dirigea vers la sortie, tellement plongé dans ses pensées qu'il ne vit qu'à la dernière seconde l'homme portant un chapeau et un imperméable qui l'attendait les bras croisés au fond du quai.

« Siegfried Sauer ! le héla celui-ci d'une voix tonitruante qui sembla résonner dans toute la gare. Te voilà, en personne, à Vienne. Et tu ne préviens même pas tes amis ! »

Le commissaire, interloqué, regarda l'homme reconnaissant sa voix avant même d'identifier son propriétaire : « Saul ? dit-il, incrédule.

— Au moins, tu te souviens de mon prénom ! commenta l'autre, sarcastique. Tu aurais pu me siffler, si tu pensais venir ici. Ou bien tu voulais m'éviter ? »

Sauer n'en croyait pas ses yeux : après tant d'années, après qu'ils s'étaient perdus de vue et avaient cessé de s'écrire même pour les fêtes et les anniversaires, avalés par le tourbillon quotidien de leurs devoirs et de leurs préoccupations, voilà que Saul Neuhausen, son meilleur ami d'enfance et ancien collègue à la police de Munich, réapparaissait devant lui à la gare de Vienne. Effectivement, Saul habitait dans cette ville, où il était inspecteur de police depuis des années, mais comment avait-il su que Sauer arriverait ce jour-là, à bord de ce train-là ?

Son ami opina du chef devant son air perplexe. « On surveille étroitement la frontière. Au vu des événements, expliqua-t-il avec un regard plus sombre, on s'attendait à l'arrivée de gros bonnets. Imagine ma surprise quand, cette nuit, la police des frontières nous a télégraphié la liste des passagers à bord du train en provenance de Munich et que j'y ai vu le tien… »

Le chef de bord, pensa Sauer. *Il ne m'a pas dérangé pour les contrôles et a tranquillement communiqué ma présence aux autorités. Tu parles d'un voyage incognito…*

« Excuse-moi, dit-il en tendant la main à son ami. Ce voyage a été décidé à la dernière minute. »

L'inspecteur Neuhausen regarda sa main tendue d'un air sceptique, puis il serra Sauer contre lui, entre ses grosses pattes d'ours. « Quel plaisir de te revoir, Siggi ! Tu restes combien de temps ? »

Sauer l'étreignit à son tour puis, quand son ami le

relâcha, il répondit : « Très peu. Juste le temps d'assister à un enterrement. »

L'inspecteur Neuhausen ne fit même pas mine d'être surpris. « Elle avait des amis en pagaille, cette Angela Raubal.

— À la vérité, elle en avait très peu, répondit Sauer en pensant à Elfi et à Henny. En revanche, beaucoup de gens s'intéressaient à elle.

— Tu sais où se déroule la cérémonie ?

— Non.

— Au Zentralfriedhof – le Cimetière central. En face de l'église Karl Lueger. L'oncle Adolf a organisé une cérémonie en grande pompe. »

Sauer adressa un regard soupçonneux à son ami : « Tu es déjà au courant de tout ?

— Je te l'ai dit, on attendait l'arrivée de gens importants. Ce suicide a été relayé par la presse viennoise aussi.

— Sais-tu s'il sera là ?

— Herr Hitler ? Non, il enverra des émissaires. Il ne peut pas revenir en Autriche. À l'époque, il est parti en Allemagne pour déserter le service militaire obligatoire. Il a réussi à obtenir le statut d'apatride, mais s'il voulait traverser la frontière, il serait arrêté quand même. Allons-y, poursuivit l'inspecteur Neuhausen en lui donnant une bourrade. Mon frère sera content de te voir.

— Nial ? Il habite à Vienne ?

— Oui ! Il travaille à l'Académie. Tu sais, sa veine artistique… » L'inspecteur Neuhausen haussa les épaules : à la différence de son petit frère, il avait pour sa part toujours été attiré par l'action. « Et ma mère a ouvert un magasin d'épices au Naschmarkt. Comme au bon vieux temps.

— Comme au bon vieux temps », répéta Sauer, se souvenant de ses heureuses années d'enfance, quand sa mère et Francesca Neuhausen tenaient deux kiosques côte à côte au marché aux victuailles de Munich. Frau Neuhausen, native d'Italie, portait le printemps dans son cœur. C'était la femme la plus souriante que le commissaire ait jamais connue, du moins jusqu'à ce que le vent politique tourne et que Munich devienne soudain une ville trop dangereuse pour les gens qui, comme Francesca et son mari, croyaient que tous les hommes sont égaux et que personne ne devrait mourir de privations dans un pays démocratique.

« Ça te dit de passer la saluer ? Petit déjeuner viennois, proposa l'inspecteur. On a le temps.

— Pas tant que ça, répondit Sauer.

— À quelle heure tu as ton train pour Munich ?

— À deux heures et demie, mais ce n'est pas le problème. C'est que je dois absolument faire quelque chose avant la cérémonie. »

Saul l'interrogea du regard.

Tu es seul dans cette ville et tu as besoin d'aide, se dit alors Sauer. *Tu connais Saul depuis l'enfance, et tu sais de quel côté il a toujours été.*

« Ça concerne Geli Raubal. Mais promets-moi sur la tête de ta mère que tu ne répéteras à personne ce que je vais te dire. »

Un long sifflement annonça le départ d'un train vers une destination inconnue.

« Sur la tête de ma mère ? dit Saul, les sourcils froncés. C'est un secret si terrible que ça ?

— Oh que oui, répondit Sauer. Tu n'imagines pas à quel point. »

Grâce à l'automobile de fonction de l'inspecteur Neuhausen et à sa conduite pour le moins sportive, à sept heures et quelques les deux amis étaient au bout de la grande ligne droite reliant la gare à la banlieue sud-est où se trouvait le Cimetière central de Vienne. Le ciel gris qui avait accueilli Sauer à sa descente du train ne paraissait pas décidé à se dégager.

« Pourquoi il s'appelle Cimetière central alors qu'il est en périphérie ? demanda Sauer tandis qu'ils franchissaient l'imposante entrée.

— Quand il a été construit, Vienne était le centre de l'Empire, répondit son ami. Les gens importants faisaient des pieds et des mains pour être enterrés ici.

— Il faut dire qu'il est très beau.

— Un cimetière, ça reste un cimetière. Pour ma part, je préfère faire des pieds et des mains pour ne pas m'y retrouver. »

Juste derrière les deux obélisques Art nouveau de l'entrée, un bâtiment carré rappelant vaguement le palais de la Sécession se dressait sur la droite, et sa partie centrale surélevée était coiffée d'un toit vert-de-gris. La grande porte en bois noir était flanquée de deux colonnes blanches ornées de cartouches dorés :

LUX, lisait-on sur le premier, PAX sur le second. La promesse éternelle de tous les lieux accueillant les dernières demeures des hommes. Au-dessus de la porte, une inscription sculptée en caractères latins anguleux signalait en allemand : CHAPELLES ARDENTES.

« Par là », indiqua l'inspecteur.

Quand ils poussèrent la porte, la lumière froide de ce septembre viennois céda la place à une pénombre dense parfumée d'encens. Les rumeurs de la ville, déjà atténuées par les murs du cimetière, s'évanouirent totalement, si bien que Sauer se sentit coupable du claquement de ses talons qui brisait cette paix parfaite.

L'intérieur du bâtiment consistait en un vaste espace vide éclairé par des lucarnes, dont les murs étaient percés de grandes portes tous les cinq mètres. À côté de certaines d'entre elles, il y avait un guéridon où étaient posés un cadre destiné à accueillir une photographie du défunt et une sorte de plateau en céramique. Sauer jeta un œil au plus proche et découvrit qu'il était couvert de cartes de visite mentionnant le nom et les dates de naissance et de mort de l'homme qui le regardait depuis le cadre à photo.

« Ce doit être ici, supposa l'inspecteur Neuhausen. Avant l'enterrement, les cercueils restent à disposition des personnes qui veulent venir faire un dernier adieu au défunt. C'est le règlement. »

Cependant, après avoir fait le tour de tous les guéridons, ils durent se rendre à l'évidence : il n'y avait pas la moindre trace d'Angela Raubal dans ces chapelles ardentes.

« Tu crois qu'on n'est pas au bon endroit ? » demanda Sauer, formulant sa pire crainte. Il était sept heures et demie, ils n'auraient jamais le temps de se rendre dans un autre cimetière.

« Non, c'est ici. Mais il y a peut-être d'autres chambres. Je vais demander. »

La dernière porte au fond du bâtiment était fermée. Ses lourds battants en bois noir étaient ornés de symboles religieux sculptés : des crucifix, des lettres grecques et même quelques boucliers de David. Sauer pensa à Rosa qui, à cette heure, devait déjà servir chez Frau Keller. Son ami tira la porte et ils se retrouvèrent dans un nouvel espace, une grande salle ronde au plafond à caissons. Un imposant cube de marbre occupait le centre exact de la pièce, par ailleurs entièrement nue, fermé par une autre porte en bois sombre. Deux SS en uniforme montaient la garde, martiaux, immobiles comme des statues de chair. Les têtes de mort sur leur casquette brillaient cruellement et, pour une fois, elles s'accordaient parfaitement avec le contexte.

« Je crois qu'on l'a trouvée, constata l'inspecteur Neuhausen, pétrifié sur le seuil.

— On dirait bien », acquiesça Sauer tandis qu'un SS s'écartait du cube pour venir dans leur direction d'un pas décidé.

41

« Qui êtes-vous ? aboya le SS, sans le moindre respect pour le silence qui régnait sous la coupole de la chapelle ardente. Qu'est-ce que vous faites ici ?

— Police de Vienne, répondit Neuhausen en montrant son insigne. Nous devons inspecter le cercueil d'Angela Raubal.

— Personne ne peut passer », répliqua le milicien en portant instinctivement la main à sa ceinture. Ayant remarqué le Glock dans son étui, Sauer se demandait si en Autriche, à la différence de l'Allemagne, la loi autorisait le port d'armes à feu sur des terres consacrées.

« Je suis un inspecteur de police dans l'exercice de ses fonctions, insista Saul. J'ai tout droit de passer si je le juge nécessaire. Et vous, qui êtes-vous ? Qui vous a autorisés à entrer ici armés ?

— Nous faisons partie de la garde privée de Herr Hitler, nous veillons sur la dépouille de sa nièce.

— Herr Hitler n'a aucune autorité à faire valoir pour envoyer qui que ce soit veiller sur quoi que ce soit dans ce pays », objecta Saul, irrité.

Sauer savait qu'il passerait bientôt de l'irritation à la colère, et il était préférable d'éviter toute escalade. Les SS n'étaient pas réputés pour leur maîtrise de soi.

« Peut-être que ceci éclairera mieux notre position dans cette affaire », intervint-il en brandissant le billet signé « A. H. » sous le nez du milicien.

Le SS fixa le carton d'un air perplexe, comme s'il ne comprenait pas qu'il lui fallait lire ces mots – si Mutti avait été là, il ne se serait pas privé de faire une remarque sur ses aptitudes intellectuelles globales. Il finit par saisir, se raidit et opina du chef avec réticence. « Allez-y. Passez. » Il s'écarta et invita d'un geste son collègue à faire de même.

L'inspecteur Neuhausen ne prononça pas un mot face à ce revirement inattendu, mais son visage parlait pour lui.

Je t'ai fait confiance, lui dit silencieusement Sauer. *À ton tour, maintenant*. Il alla à la porte et se tourna vers son ami, qui paraissait indécis, hésitant. En fin de compte, Saul conclut probablement qu'il préférait la compagnie de Sauer à celle des deux SS, et ils pénétrèrent ensemble dans le cube.

Sauer ne savait pas à quoi s'attendre précisément, en tout cas certainement pas à une mise en scène aussi grandiose : un autel de marbre presque aussi grand qu'un homme, sculpté de bas-reliefs d'une excellente facture, occupait le centre de la grande pièce tapissée de tentures de velours cramoisi. Un cercueil en bois clair si brillant qu'on l'aurait dit ciré, aux poignées en laiton clinquant, reposait sur l'autel, éclairé par la lueur de quatre candélabres. Et, sur le cercueil, il y avait une photographie encadrée que le commissaire connaissait déjà – le portrait que Geli aimait tant et que Frau Reichert leur avait montré à Prinzregentenplatz – et une couronne de jasmin au parfum capiteux étourdissant. On aurait dit un mausolée destiné à accueillir une reine des temps anciens.

« Dieu du ciel, commenta l'inspecteur Neuhausen en regardant autour de lui. À ton avis, combien il a payé pour avoir droit à ça ?

— Pas assez, déclara une voix sur leur droite. Pas assez. »

Sauer se tourna : un homme frêle et très âgé, vêtu d'une soutane noire qui ne laissait pas de doute sur sa fonction, était assis dans un fauteuil rouge à demi masqué par un des candélabres. « Comment avez-vous fait pour entrer ? » s'enquit le vieillard en les scrutant de ses yeux laiteux. Son visage, creusé par l'âge et par les rides, portait les traces d'une grande affliction. Il tenait un chapelet aux grains blancs et rouges entre ses mains tremblantes.

« Nous sommes de la police », répondit Neuhausen en lui montrant sa plaque.

Le vieux prêtre eut un petit sourire. « Ils ne vous auraient pas laissés passer si vous étiez seulement des policiers.

— Nous sommes des amis de Geli, déclara Sauer.

— Des amis d'Angelika ? répéta le prêtre, surpris, ou peut-être incrédule.

— C'est Otto Strasser qui nous envoie», spécifia le commissaire.

Ce nom n'eut pas l'air d'évoquer grand-chose au prêtre. «S'ils vous ont laissés entrer, c'est que vous êtes des leurs», décréta-t-il, sa voix fragile teintée de ressentiment.

Sauer s'approcha du fauteuil et s'accroupit pour se mettre au niveau de son interlocuteur. «Je m'appelle Siegfried Sauer, dit-il. Je suis commissaire à la police criminelle de Munich. Je suis ici parce que...» Il hésita un instant. À quel point pouvait-il se dévoiler? Et pourquoi éprouvait-il le besoin de le faire? «Je suis ici parce que je ne crois pas que Geli se soit suicidée», finit-il par déclarer. Les SS étaient dehors, ils ne pouvaient pas l'entendre, et ce vieillard ne représentait aucune menace.

Cette déclaration fit son effet. Le prêtre serra les mâchoires et hocha énergiquement la tête. Ses yeux s'embuèrent. «Personne parmi ceux qui l'aimaient n'y croit. Angelika n'aurait jamais fait ça.»

Sauer posa un genou par terre pour être dans une position plus stable. «Vous la connaissiez bien?

— Mieux que quiconque, à part sa pauvre mère. C'est moi qui l'ai baptisée, il y a bien longtemps. Je l'ai accompagnée dans la foi chrétienne, j'ai suivi ses pas d'enfant puis de jeune fille, puis de jeune femme. Et aujourd'hui, conclut le vieillard, peinant à retenir son émotion, je l'accompagnerai dans son dernier voyage.»

Ému par ces mots, Sauer tendit la main pour

effleurer son bras. Le prêtre s'en saisit avec délicatesse et la serra.

« Je m'appelle Johann Pant. La mère d'Angelika vous a peut-être parlé de moi.

— Malheureusement, je n'ai pas eu l'occasion de la rencontrer.

— C'est normal. Son frère la tient en réclusion. Moi-même, je n'ai pu que la croiser depuis la tragédie. Je n'ai même pas eu le loisir d'échanger deux mots avec elle.

— Elle sera ici, aujourd'hui ?

— Oui. Enfin, je pense. Quelle folie... Enterrer la pauvre Angelika à Vienne, dans un autre pays, loin de ses amis, de ses frères, de sa mère...

— Je croyais que c'était elle qui l'avait demandé.

— Qui ? demanda le prêtre en fronçant les sourcils.

— Sa mère. Angela Hitler. Ce n'est pas elle qui a demandé que le corps de Geli...

— Absolument pas. Elle habite depuis longtemps en Allemagne, à Berchtesgaden. Quel sens ça aurait eu ? Elles ont vécu plusieurs années à Vienne, mais elles n'ont plus aucune attache ici. Rien qu'une tante, mais elle aussi a le projet de quitter l'Autriche pour Munich...

— Pourquoi la faire enterrer ici, alors ? » demanda l'inspecteur Neuhausen.

Le père Pant se tourna vers lui comme s'il avait oublié sa présence. « C'est évident : justement parce qu'elle ne s'est pas suicidée. Les autorités autrichiennes ne s'intéressent pas à cette question : le crime a eu lieu en Allemagne et Herr Hitler n'est plus un de nos concitoyens…

— Le crime, répéta Sauer.

— Le crime, confirma le père Pant. L'homicide. L'assassinat. Appelez cela comme vous voudrez.

— D'où vous vient cette certitude ? » demanda le commissaire. Pour arriver à cette même conclusion, il lui en avait coûté plusieurs jours d'efforts et de dangers, dans un crescendo de révélations plus déconcertantes les unes que les autres. Il aurait voulu que le vieux prêtre en dresse la liste devant lui, comme s'il s'agissait d'informations évidentes. La vérité acquiert de l'épaisseur quand elle est partagée.

« Je le sais, répondit le prêtre, parce que je connaissais Angelika. Elle ne se serait jamais ôté la vie, le don le plus précieux que le Seigneur lui avait fait. Elle avait des principes solides, elle craignait Dieu. Elle croyait en Lui et respectait Ses commandements. Non, elle n'aurait jamais fait ça. »

Elle avait des principes solides, elle craignait Dieu, se répéta Sauer.

Parmi toutes les Geli dont on lui avait parlé et celles qu'il avait imaginées, il commençait à désespérer d'arriver à discerner la véritable Geli. Si connaître une personne vivante était une gageure, connaître une personne morte relevait de la pure illusion.

« Mais peut-être que dans un moment de désespoir, tenta l'inspecteur Neuhausen, qui avait le récit de son ami en tête, peut-être qu'étant confrontée à une réalité trop terrible pour être supportable…

— Non, non, trancha le prêtre. Vous ignorez la force intérieure que cette jeune fille possédait. Il est sûr qu'elle en a vu de toutes les couleurs. Vous n'avez pas idée du gouffre d'abjection dans lequel elle était obligée de vivre. Pourtant, sa foi restait inébranlable. Elle avait des projets. Elle allait s'enfuir de la Babylone où elle était emprisonnée. Elle m'écrivait toutes les semaines pour me tenir informé de ses avancées et, une fois libérée, elle voulait venir à Vienne, pour retrouver la paix parmi ses montagnes bien-aimées…

— La lettre ! s'exclama Sauer, frappé par une illumination. Elle parlait d'un voyage à Semmering… »

Le père Pant lui adressa un regard interrogateur. « Quelle lettre ?

— Sur son secrétaire, le jour où… Il y avait une lettre inachevée. Nous pensions qu'elle était adressée à une amie, ou peut-être à un ami… Mais c'était à vous qu'elle était adressée ! Qu'est-ce qu'il y a à Semmering ?

— À Semmering ? Son église préférée. Au milieu des montagnes, au cœur de la forêt. Je l'y emmenais souvent quand elle était plus jeune, c'était la destination de nos excursions. Un lieu paisible, où elle pouvait passer des heures à prier et à méditer… Elle ne la reverra plus jamais », ajouta tristement le prêtre.

Un courant d'air fit vaciller les flammes des candélabres.

« Quelque chose m'échappe, déclara l'inspecteur Neuhausen en regardant le cercueil. Officiellement, il s'agit d'un suicide, mais il est interdit d'enterrer les corps des personnes suicidées en terre consacrée…

— C'est vrai, répondit le père Pant. J'ai dû demander une dérogation spéciale. C'est possible, si la personne qui s'est ôté la vie souffrait de troubles mentaux ou n'était pas dans son état normal.

— Mais vous savez que ce n'était pas le cas. Geli ne s'est pas suicidée : Geli a été tuée », dit Sauer pour la première fois à voix haute devant d'autres personnes.

Le vieux prêtre acquiesça, les yeux fixés au sol : « J'ai menti pour qu'elle ait la sépulture qu'elle mérite. J'ai menti à la famille d'Angelika. À mes supérieurs. À Dieu. Mais j'espère que Lui au moins me pardonnera », soupira-t-il en lâchant la main de Sauer pour se lever péniblement. « Quelle heure est-il ?

— Huit heures, répondit l'inspecteur Neuhausen.

— Il est temps que je me prépare. Si vous voulez bien m'excuser. » À pas lents et fatigués, le père Pant sortit de la chapelle ardente.

Restés seuls, les deux policiers se tournèrent aussitôt vers l'autel. Derrière, il y avait un petit escabeau en bois, invisible quand on entrait dans la pièce. Sauer y grimpa et se retrouva avec le couvercle du cercueil au niveau de la ceinture. Il baissa la tête pour l'étudier de près.

« Il est vissé ? lui demanda Saul.

— On dirait. Non, attends. Cloué. »

L'inspecteur fouilla dans les poches de son

imperméable. « Tiens, essaie avec ça, dit-il en lui tendant un petit couteau rouge orné d'une croix blanche. Il y a plusieurs outils dessus. »

Sauer sortit plusieurs lames avant de trouver l'embout qui lui convenait : une sorte de tournevis plat à la pointe recourbée, idéal pour arracher des clous à tête plate plantés dans du bois.

Il se mit au travail pendant que l'inspecteur Neuhausen surveillait la porte. Après avoir péniblement retiré les deux premiers clous, il réussit à soulever le couvercle de quelques millimètres et à y glisser son outil, qu'il utilisa comme un levier pour agrandir l'écart. Son ami lui vint en aide en passant ses doigts dans l'interstice et en soulevant de toutes ses forces. Un craquement sinistre se fit entendre, et les clous restés dans le bois lâchèrent.

Dans le cercueil, pour mieux protéger le corps et éviter que l'odeur de putréfaction ne se répande, il y avait un second couvercle qui, par chance, n'était ni vissé ni cloué. À la grande stupéfaction des deux hommes, aucune odeur nauséabonde ne les prit à la gorge lorsqu'ils le soulevèrent.

Ce doit être grâce à l'embaumement, supposa Sauer, qui n'avait jamais eu à exhumer un corps embaumé.

Mais quand, une fois le second couvercle repoussé, la lumière des candélabres envahit tout le cercueil, le commissaire conclut que non, ce n'était pas grâce à l'embaumeuse que le cadavre de Geli Raubal ne sentait pas mauvais.

« Dieu du ciel, murmura l'inspecteur Neuhausen, blanc comme un linge. Je ne crois pas que le père Pant devra se faire pardonner cette sépulture », ajouta-t-il d'une voix atone.

L'intérieur du cercueil doublé de satin abritait un coussin brodé, un bouquet de roses flétries et quatre lourdes planches attachées pour les maintenir immobiles. Mais pas l'ombre d'un corps.

42

Le ciel s'était dégagé juste à temps pour le début de la cérémonie. Le père Pant officiait dans la zone la plus solennelle du solennel cimetière : l'esplanade en forme d'ellipse dominée par l'église Karl Lueger, avec son étroite façade de marbre blanc et sa grande coupole aigue-marine qui attirait les regards depuis n'importe quel endroit du cimetière. Ce dernier, le deuxième plus grand d'Europe, abritait presque un demi-million de tombes dans ses différents secteurs – catholique, protestant, musulman et même juif –, mais les emplacements les plus convoités étaient sans nul doute ceux situés derrière les deux colonnades courbes qui se déployaient de part et d'autre de l'église dont le nom était un hommage à Karl Lueger, l'ancien maire de la ville.

De là où ils étaient, dissimulés par des haies et des arbres à une centaine de mètres de la cérémonie, l'observation du petit groupe d'hommes venus dire un dernier adieu à Geli Raubal était malaisée, mais il était plus prudent pour Sauer et l'inspecteur Neuhausen de ne pas se faire remarquer. Comme annoncé, Herr Hitler ne s'était montré ni dans la chapelle ardente ni à la messe, mais avait envoyé trois de ses collaborateurs les plus proches pour le représenter : Heinrich Himmler, commandant des SS, Ernst Röhm, commandant des SA, et Rudolf Hess, secrétaire privé et plus proche confident du Führer depuis l'époque du Putsch.

La présence d'une délégation si prestigieuse était aberrante : Geli Raubal était certes la nièce chérie de Hitler, mais elle n'avait jamais accompli d'actions héroïques pour la gloire du Parti ni participé d'aucune manière à son développement politique. La décision de déranger l'état-major nazi pour une pareille occasion, qui plus est à la veille d'élections cruciales dans le nord du pays, semblait découler d'une impulsion dictée par la tristesse et la confusion plus que d'une stratégie symbolique longuement mûrie.

L'attitude des trois représentants de Hitler confirmait cette hypothèse : si Himmler affichait un air concentré – à défaut d'être chagriné –, Ernst Röhm paraissait distrait, ailleurs, si ce n'est agacé, et laissait son regard plein d'ennui vagabonder ici et là. Hess, quant à lui, avait l'air parfaitement absent : raide, le regard fixé sur le père Pant, il s'était détaché de la situation, si bien qu'il resta de longues secondes planté sur place comme une statue avant de s'apercevoir que la cérémonie était terminée.

« Ce serait donc lui, le dauphin de Hitler ? demanda l'inspecteur Neuhausen en plissant les yeux pour mieux l'étudier. Ça n'a pas l'air d'être une flèche.

— C'est lui qui a écrit *Mein Kampf*, lui rappela Sauer. Et on raconte que c'est lui qui a élaboré toute la philosophie nazie. Paraît-il que Hitler ne fait qu'interpréter un scénario signé Hess.

— Quand on le voit comme ça, on n'imaginerait pas. Mais évidemment, les loups les plus malins savent se faire passer pour des agneaux. »

Sur l'esplanade, quatre SS hissèrent le cercueil vide sur leurs épaules.

« Ils ont fini. »

Le cercueil fut emporté dans la colonnade de gauche, où l'attendait une niche ouverte sous une inscription qui reproduisait l'alpha et l'oméga de l'entrée de l'église en caractères dorés, mais inversés, comme si la fin venait avant le début. Himmler et Röhm suivirent la procession et Hess resta en arrière, les yeux au sol.

« J'aimerais lui parler, dit Sauer.

— À qui ?

— À Hess.

— Ici ? Maintenant ?

— Pourquoi pas ? Il ne me manque que lui…

— D'accord, mais rappelle-toi qu'à Vienne tu es un citoyen normal et que ces gens-là sont dangereux. Tu n'étais pas censé rester incognito ? »

Sauer regarda Hess, qui venait de sortir de sa torpeur et avançait lentement, sans enthousiasme, vers la niche où le cercueil de Geli Raubal avait été glissé. « Et si c'était lui, l'homme de la lettre d'Elfi ? H. » murmura-t-il.

L'inspecteur Neuhausen lui adressa un regard interrogatif.

Mais oui, ce pourrait être lui : il est informé des déplacements de Hitler et il devait bien connaître Geli, ils se sont sans doute souvent parlé. Assez vieux pour se sentir rajeuni en sa compagnie. Assez riche pour se permettre de tout lâcher et de s'enfuir à Vienne avec elle…

« De toute façon, je ne crois pas que vous aurez l'occasion de bavarder », poursuivit l'inspecteur Neuhausen en lui montrant de la tête l'étroit passage qui séparait la colonnade de l'église. Hess se dirigeait maintenant vers l'automobile noire qui l'attendait.

« Il s'en va.

— Je le rejoins », déclara Sauer.

Son ami le retint.

« Attends, regarde là-bas. »

À une cinquantaine de mètres sur leur gauche, une silhouette enveloppée dans un long pardessus couleur moutarde et au visage masqué par une écharpe, des lunettes noires et un chapeau se dissimulait derrière un bosquet d'arbres de l'autre côté de l'allée principale du cimetière. On aurait dit la caricature d'un espion dans une bande dessinée.

« À ton avis, c'est un ami ou un ennemi ? »

Sauer le regarda mieux : l'homme suivait avec une extrême attention la fixation de la pierre tombale, sa main gantée cramponnée à un arbre, comme s'il craignait de s'effondrer. « Un ami de Geli, j'imagine, dit Sauer et, ce disant, une idée se forma dans son esprit. Si c'est la personne à laquelle je pense, Hess n'a aucune importance à côté d'elle. »

L'inspecteur Neuhausen n'eut pas le temps de lui demander des explications que le commissaire marchait déjà vers l'homme emmitouflé. « Siggi ! » lui chuchota Saul, mais son ami fit la sourde oreille.

L'espion ne le remarqua que lorsqu'il fut à quelques mètres. Il se retourna, surpris, et, après quelques secondes d'hésitation, il prit la fuite.

« Hé ! » lui cria Sauer. Voyant que l'espion ne s'arrêtait pas, il se lança à sa poursuite. « Arrêtez-vous ! Je veux juste vous parler ! »

Tandis qu'il courait entre les pierres tombales, Sauer fut soudain frappé par la familiarité de la scène : c'était la deuxième fois en quelques jours qu'il se retrouvait à poursuivre quelqu'un dans un cimetière, et même si la ville et le contexte étaient très différents, l'issue promettait d'être identique. Quelle que soit son identité, cet homme avait du souffle à revendre, et le commissaire peinait à le suivre. Sauf que cette fois, à la différence de celle où il courait derrière Heydrich, il avait un avantage : il savait à qui il avait affaire, ou du moins il pensait le savoir.

Quand il fut clair qu'il ne le rattraperait pas, il s'arrêta et joua sa dernière carte : « Heigl ! cria-t-il, mettant des pigeons en fuite. Heigl, arrêtez-vous ! Je suis un ami de Geli ! J'ai votre lettre ! »

Évidemment, il se trompait peut-être. Cet homme emmitouflé pouvait être n'importe qui et même, à y réfléchir, ce serait une coïncidence incroyable que

Sauer tombe de la sorte sur la seule fréquentation viennoise de Geli dont il connaissait le nom. Mais les coïncidences existent, sans quoi il ne se passerait jamais rien en ce bas monde, et après tout c'étaient là les funérailles de la jeune femme : si Kurt Heigl, le soupirant de Geli, habitait encore à Vienne, comment aurait-il pu se retenir d'aller dire un dernier adieu à la femme qu'il avait tant aimée ?

« Heigl ! » cria Sauer une dernière fois et, comme dans les contes, le triple appel eut un effet magique : l'homme en fuite s'arrêta et se tourna vers l'inconnu qui l'interpellait, immobile. « J'ai la lettre que vous avez écrite à Geli ! » répéta le commissaire et, pour le démontrer, il tira de sa poche l'enveloppe qu'il avait trouvée avec Mutti dans la fausse chambre de la jeune fille et l'agita.

À cette distance, il ne savait pas si elle était reconnaissable. Toujours est-il que l'espion enleva son écharpe pour se dégager la bouche.

« Qui êtes-vous ? cria-t-il en retour. Qu'est-ce que vous me voulez ? »

Sauer marcha vers lui les mains tendues pour montrer qu'il n'était pas armé.

« Je m'appelle Siegfried Sauer, dit-il. Je suis commissaire à la police criminelle de Munich. J'enquête sur la mort de Geli.

— Comment est-ce que vous connaissez mon nom ? »

Sauer brandit à nouveau l'enveloppe. « Il figure dans cette lettre. "K" c'est vous, non ? »

L'homme plissa les yeux pour mieux distinguer l'enveloppe.

« Je l'ai trouvée dans la chambre de Geli, expliqua Sauer en continuant de s'approcher. Je suis informé du lien qui vous unissait. Et je crois que vous connaissez la vérité sur la relation entre Geli et son oncle... »

L'homme serra les poings. « Ce gros dégueulasse. »

Ils n'étaient plus qu'à quelques mètres de distance. Sauer brandissait l'enveloppe comme un mandat.

« Je veux juste vous poser quelques questions, dit-il. J'ai besoin de confirmations.

— Quel genre de confirmations ? »

C'est alors que l'inspecteur Neuhausen les rejoignit. « La cérémonie est terminée. Ils s'en vont. »

Sauer lui fit signe que cela n'avait plus d'importance. « Je te présente Kurt Heigl. Violoniste et professeur de musique, n'est-ce pas ? »

Heigl resta médusé quelques instants puis opina.

« Mais aussi ami très proche de Geli, poursuivit Sauer. En tout cas jusqu'à il y a quelques années. »

Un silence étrange planait sur cette partie du cimetière : les chuchotements étaient parfaitement distincts, mais les bruits de l'extérieur semblaient ne pas franchir les cryptes et les pierres tombales environnantes. Sauer jeta un regard à la plus proche d'entre elles et lut un nom qui le surprit : « Beethoven ». Il en regarda une autre : « Franz Schubert ». La troisième, un cénotaphe de pierre sombre érigé au centre exact d'une pelouse circulaire, affichait : « W. A. Mozart ». Le secteur des musiciens. *Très approprié.*

« Nous étions plus qu'amis, dit Heigl en avançant d'un pas vers les policiers. Geli et moi nous nous sommes aimés, autrefois, expliqua-t-il d'une voix amère.

— Je sais, répondit Sauer, et il couvrit le reste de la distance qui les séparait en lui tendant la lettre. Elle est à vous, il vaut mieux que ce soit vous qui la gardiez. »

Heigl s'empara de ce don inattendu et lut quelques lignes, les yeux rougis par l'émotion. Il approcha la feuille de son visage et inspira profondément. « Elle sent encore un peu son parfum. »

Sauer entendit l'inspecteur Neuhausen soupirer. Un cœur romantique palpitait dans sa poitrine de géant.

« Pourquoi est-ce que vous vous êtes éloignés l'un de l'autre ? » demanda le commissaire d'une voix douce. Il savait qu'il posait une question délicate, peut-être trop personnelle, mais au point où il en était, il ne pouvait plus se payer le luxe de la réserve : la connaissance passait avant les scrupules.

« Pourquoi…, répéta Heigl en s'asseyant sur la clôture de fer qui entourait le monument funéraire de Mozart. À cause de machinations. De machinations bien orchestrées. Voilà pourquoi. » Après ces mots, il parut s'affaisser. Il déboutonna son pardessus, comme en proie à une bouffée de chaleur. Effectivement, les nuages s'étaient raréfiés et le soleil de septembre commençait à réchauffer l'air. « Si vous avez lu cette lettre, vous êtes au courant du préambule. Ajoutez-y des mois et des mois d'obstacles d'un côté et de pressions et de violences de l'autre. La mère de Geli, manipulée par son demi-frère, nous a empêchés de nous revoir, à Vienne ou à Munich, et au bout d'un moment j'ai arrêté de recevoir des réponses à mes lettres. Je crois que Geli ne les a même pas reçues. Quelqu'un devait les intercepter avant qu'elles arrivent entre ses mains. »

Frau Winter, pensa Sauer.

« Nous étions amoureux. Malgré notre écart d'âge, notre entente était pure et profonde, accrue par la musique. Vous n'imaginez pas les merveilleux projets que nous avions, murmura Heigl en levant les yeux sur le commissaire. Il y a une bourgade dans les Alpes, au sud de Vienne, où Geli allait souvent quand elle était petite…

— Semmering, dit Neuhausen.

— Exact, confirma Heigl, étonné. Exact. Une fois, Geli m'y a emmené et m'a montré la petite église où elle passait toujours du temps à méditer… Cette église a besoin d'un gardien. Elle a besoin d'amour, et de musique. Nous aurions pu lui apporter les deux. » Le violoniste sourit à ce souvenir. « Si seulement Geli m'avait écouté. Si elle avait tout quitté du jour au lendemain, sans prévenir personne, sans faire de préparatifs… Mais non, elle ne pouvait pas : elle se sentait redevable, et puis elle devait penser à sa mère, à son frère, à sa petite sœur. Alors, elle est restée embourbée dans la fange de ce porc. Engluée, emprisonnée puis assassinée. » Il prit son visage entre ses mains, comme pour accueillir des pleurs qui ne vinrent pas. Probablement que ses larmes s'étaient taries. Il ne lui restait plus qu'un chagrin sec et acéré.

« Assassinée, intervint Neuhausen.

— Oui, reprit Heigl. Tuée. Assassinée. Ou plutôt, abattue, comme un animal.

— Vous avez des preuves ?

— Non. Mais elle ne se serait jamais suicidée. Vous pouvez demander à tous ceux qui l'ont connue. À tous ceux qui l'ont aimée. Je ne peux pas prouver qu'on l'a tuée, mais je suis sûr et certain qu'elle n'a pas commis ce geste. »

Et tu as raison, se dit Sauer. *Cependant, une preuve aurait été bien utile.*

La déclaration suivante de l'homme s'avéra autrement plus utile que n'importe quelle preuve.

« En tout cas, je connais le mobile, si ça vous intéresse.

— Le mobile ? répéta le commissaire, la bouche sèche.

— Oui. La raison pour laquelle elle a été éliminée. »

Une rafale de vent agita les branches des arbres, qui bruissèrent comme une mer tempétueuse, un son sinistre et inquiétant.

Sauer scruta Heigl. Comment pouvait-il savoir que les deux hommes à qui il était en train de s'en remettre n'étaient pas du côté de l'ennemi ? Quel instinct lui dictait de leur faire une confidence qui pourrait lui coûter la vie si elle revenait aux oreilles des mauvaises personnes ? Du point de vue de la logique, c'était un pari insensé, une absurdité. Pourtant, ce n'était pas la première fois depuis la mort de Geli que de parfaits inconnus se fiaient à Sauer au mépris du bon sens le plus élémentaire. Le commissaire savait qu'il était du côté de la justice, mais comment ses interlocuteurs pouvaient-ils en être certains ? Pourquoi Elfi Samthaber, Henny Hoffmann et Walther Fischer avaient-ils pris le parti de la sincérité la plus absolue ? Sauer n'avait aucune réponse rationnelle. Peut-être que chaque étape de son enquête avait été prévue, organisée à l'avance par une main invisible qui dirigeait son développement sur la base d'un scénario que tous ses acteurs ignoraient. C'était parfois la sensation qu'il avait. Ou peut-être, plus simplement, que certaines vérités ne peuvent pas être tues pour toujours, et quand vient le moment, quand elles trouvent l'élan et la juste direction, elles renversent les barrières de la logique et de la prudence.

« Il lui écrivait », dit Heigl d'un ton que Sauer ne devait jamais oublier, où l'horreur se mêlait à la tristesse, sans qu'il soit possible de déterminer où commençait l'une et où finissait l'autre. « Il lui écrivait des lettres obscènes. Il couchait ses fantasmes sur le papier. Parfois, il dessinait ce qu'il aurait voulu lui faire, ou qu'elle lui fasse. Des choses qui… Je ne sais pas. Je ne savais pas qu'il existait des perversions pareilles. Si dégoûtantes. Si humiliantes. Il avait commencé par de petites demandes : il voulait être insulté, attaché, frappé. Ensuite, ça s'était aggravé, et de la violence sur soi il était passé à la violence sur elle. Il lui racontait tout ce qu'il aurait voulu lui faire, avec ses mains, un fouet, ou même… Vous n'avez pas idée. Vous n'avez pas idée. Il le lui écrivait dans des billets ou des lettres qu'il lui envoyait de ses voyages, à Munich mais aussi à Berchtesgaden, quand Geli était chez sa mère.

— Comment est-ce possible ? demanda l'inspecteur Neuhausen.

— Cet homme est malade, répondit Heigl. Voilà comment c'est possible. Et il n'a pas peur des conséquences. Si quelqu'un avait intercepté ses lettres, le scandale et la honte auraient été insoutenables, mais je me demande si cette possibilité ne lui plaisait pas, et même, ne l'excitait pas. L'idée d'être découvert, traîné dans la boue, montré du doigt par tant de gens… Ce genre de désir porte un nom, vous savez ? »

Peut-être parce qu'il avait déjà entendu des révélations de cette teneur, Sauer fut moins bouleversé par celles de Heigl. Ou bien était-ce parce qu'il était distrait par l'idée obsédante qui lui était venue pendant son récit ?

« Ces lettres, dit-il, tâchant de dissimuler sa tension. Vous en avez ? Pour prouver ce que vous dites ?

— Non, répondit Heigl, au grand désarroi du commissaire. Geli les a toutes détruites. Elle aurait pu les garder pour le faire chanter, mais elle ne pensait qu'à les éliminer, comme si cela pouvait lui faire oublier les horreurs qu'elles contenaient. Je n'ai réussi à conserver qu'une page de la dernière qu'elle m'a montrée. »

La cloche de l'église sonna dix heures.

« Une page, répéta l'inspecteur Neuhausen. Vous l'avez encore ? Elle est en votre possession ? Ici, à Vienne ?

— Oui, répondit Heigl. Je l'ai ici, à Vienne. Mais ne me demandez pas de vous la donner. Je ne sais pas s'ils savent que je l'ai lue. Mais s'ils le découvraient, cette page serait mon seul salut.

— Nous ne vous demandons pas de nous la donner, mentit Sauer. Seulement de nous la montrer. »

Heigl le regarda, perplexe.

« Vous la montrer ?

— Je suis venu jusqu'à Vienne pour trouver une confirmation à la théorie selon laquelle Geli a été assassinée. Il me manque encore le mobile…

— Ma parole ne vous suffit pas ? »

L'inspecteur Neuhausen secoua la tête.

« Les policiers sont comme saint Thomas. Nous devons voir pour croire.

— Vous voulez juste la voir ?

— Exactement, mentit de nouveau Sauer. Je vous en prie. »

Heigl jeta un regard alentour, comme pour demander conseil à ses confrères musiciens. « D'accord, finit-il par dire. Venez chez moi, je vous la montrerai. Mais ne me demandez pas de vous la donner. Tout mais pas ça.

— C'est entendu », répondit Sauer.

Il savait qu'il violerait sa promesse dès qu'il aurait cette lettre entre les mains, mais s'il l'annonçait maintenant, Heigl n'accepterait même pas de les recevoir.

« Pouvons-nous vous accompagner chez vous ?

— Non. À dix heures et demie, j'ai un cours avec un nouvel élève, je ne peux pas le décaler. Venez après. À midi. D'accord ? »

Sauer se tourna vers son collègue viennois.

« J'aurai le temps d'être à l'heure à la gare ?

— Où est-ce que vous habitez ? demanda l'inspecteur Neuhausen.

— À Josefstadt. Währingerstrasse 103.

— C'est à une demi-heure en auto de la gare.

— Très bien, conclut Sauer. Alors, rendez-vous chez vous à midi. »

Heigl inspira et expira bruyamment, comme s'il avait la poitrine encombrée. « À tout à l'heure », dit-il enfin et, réenroulant son écharpe autour de son visage, il se dirigea vers la sortie du cimetière.

Le commissaire et l'inspecteur le regardèrent rapetisser puis disparaître entre les pierres tombales de générations et de générations de Viennois.

43

À dix heures et demie, le ciel, enfin dégagé de tout résidu de la grisaille matinale, étalait au-dessus de Vienne et de ses habitants affairés un tapis bleu aussi étincelant que le Danube qui coulait non loin du centre-ville. La température était plus basse qu'à Munich, mais le soleil resplendissait maintenant autant que les feuilles dorées au sommet du palais de la Sécession, un des bâtiments les plus célèbres du pays, devenu un symbole indéfectiblement associé au Naschmarkt, le marché préféré des Viennois.

C'était là, sur la place longue et étroite débordant de kiosques de poissonniers, bouchers et primeurs, que Francesca Neuhausen avait sa boutique d'épices, et là également que l'inspecteur Neuhausen emmena Sauer avant leur rendez-vous avec Kurt Heigl. À cette heure, les clients du matin avaient depuis longtemps terminé leur petit déjeuner et s'étaient éparpillés dans la ville, laissant place à des troupes de cuisinières et de domestiques venus faire leurs emplettes quotidiennes pour le compte de leurs patrons. L'animation du marché était à son comble, entre les cris des marchands et les rires des acheteurs, les discussions sans fin sur la qualité de la viande ou le prix des légumes, les allées et venues des porteurs qui ne cessaient de traverser la rue, évitant par miracle les accrochages et louvoyant entre les obstacles.

Pour le commissaire, qui avait grandi dans le joyeux chaos du marché aux victuailles de Munich et était incapable d'imaginer sa vie loin de ce dernier, le spectacle était plus que familier. Quand il vit le visage souriant de Frau Neuhausen apparaître derrière les sachets de curcuma et les bâtonnets de cannelle soigneusement empilés, il eut pendant un instant l'impression d'avoir fait un bond trente ans en arrière et d'être revenu à Munich à l'époque où Saul et lui, enfants, s'arrêtaient au marché tous les après-midi après l'école pour aider leurs mères à leurs kiosques respectifs. La vie était alors plus simple, inoffensive et innocente, et les chagrins et les horreurs qui les attendaient – la guerre, la faim, les deuils successifs – étaient bien au-delà de leur horizon, tout simplement inimaginables.

Maintenant, c'est plutôt la fin de toutes ces horreurs qui est inimaginable, pensa le commissaire en retournant à cette année 1931, si dure et épouvantable qu'elle avait plus des allures de cauchemar que de réalité. *Maintenant, plus rien n'est simple. Plus rien n'est inoffensif et innocent.*

« Siegfried ! s'exclama Frau Neuhausen en le voyant. C'est toi ? » Se levant péniblement de son tabouret, la femme quitta son kiosque et prit le visage du commissaire entre ses mains. Sauer fut surpris plus que de raison de les sentir si rugueuses et si ridées.

« Frau Neuhausen, ce n'est pas possible, vous avez pactisé avec le diable pour rester si jeune ! » s'exclama-t-il quand même, et il se laissa pincer les joues et ébouriffer les cheveux comme quand il était petit, même si désormais la géante que la mère de son ami avait été ne lui arrivait pas à l'épaule.

« Que tu as grandi ! constata la femme avec un sourire où aucune dent ne manquait à l'appel malgré les ans. Et ta mère ? Comment va-t-elle ? »

Sauer répondit au mieux. « Malheureusement, elle n'est plus des nôtres depuis des années.

— Oh. Je ne le savais pas. Nous nous étions perdues de vue. Je suis désolée, dit Frau Neuhausen en lui prodiguant une caresse maternelle.

— Maman, tu as eu des nouvelles de Nial ? demanda l'inspecteur Neuhausen. Tu lui as dit que Siegfried est ici ?

— Oui, oui. Il a pris sa matinée. Devine où il vous attend ?

— Encore ?

— Encore », confirma sa mère en secouant la tête, amusée.

Même Sauer, qui n'était pas un grand connaisseur en art contemporain, avait entendu parler du palais de la Sécession et de la frise consacrée à Beethoven que Gustav Klimt avait peinte à l'intérieur. Quand l'inspecteur Neuhausen le conduisit vers ce bâtiment sans plus d'explications et montra sa plaque au gardien avant d'entrer, le commissaire pensa qu'il voulait lui faire voir la « fresque du Gorille », ainsi que la surnommaient les détracteurs de l'art moderne.

C'est pourquoi il fut extrêmement surpris de découvrir qu'une seule salle du palais était ouverte au public en ce moment, et que cette salle abritait une seule œuvre, qui n'avait ni l'aspect ni les dimensions de la célèbre frise. L'artiste était le même, on le devinait aux tonalités dorées du tableau, un carré de deux mètres sur deux qui représentait un homme vêtu d'une tunique arrivant à ses pieds et une femme agenouillée entre ses bras. Les deux sujets se détachaient sur un fond plus sombre et se tenaient sur un parterre vert semé de fleurs rouges et jaunes qui semblaient se mêler à leurs vêtements. De fait, à l'exception des pieds de la femme, d'un de ses bras à demi caché et des têtes des deux personnages, le tableau formait une unique tache de couleur où l'or dominait sans conteste.

À quelques pas de la toile, les mains derrière le dos et le regard abîmé dans la contemplation, Nial Neuhausen avait tout du parfait professeur à l'Académie. Sa longue tignasse était dépourvue du moindre cheveu blanc, pas une ride n'altérait la peau ambrée de son visage et de ses mains. Si on y ajoutait sa tenue – un costume de velours ocre porté avec une chemise lapis-lazuli et une cravate d'un rouge flamboyant –, il avait plus l'air d'un grand adolescent que d'un quadragénaire, un artiste à l'esprit jeune dans un corps jeune. Quand il se tourna vers Sauer et lui sourit, ce dernier pensa que le temps était un personnage capricieux, qui réservait un traitement fort variable aux hommes.

« Nial, dit Sauer en le serrant dans ses bras. Tu as l'air en pleine forme.

— Toi aussi », lui dit son ami.

Il recula d'un pas et l'embrassa du regard, comme un tableau tout juste achevé.

« Et il y a quelque chose dans tes yeux… Tu as l'air amoureux.

— Amoureux ? demanda Saul.

— Oui, confirma Nial. Comme eux, fit-il en leur indiquant le tableau. C'est *Le Baiser*, de Klimt. D'habitude, il est dans un autre musée, qui est actuellement en travaux. Alors, en attendant, ils exposent ailleurs les œuvres les plus importantes.

— Et depuis, Nial vient le saluer tous les matins, expliqua Saul en secouant la tête.

— C'est vrai qu'il est beau », reconnut Sauer, même si le tableau ne le convainquait pas tout à fait. Aucun doute, il était marquant, et la maestria de l'artiste était indéniable, mais il éveillait en lui des impressions contradictoires. « *Le Baiser*, tu as dit ?

— Oui. Il représente Klimt en personne avec une de ses modèles. Regardez comme elle a l'air transportée ! Regardez son abandon ! »

Sauer observa plus attentivement le tableau, mais plus il l'étudiait, plus ses doutes grandissaient :

certes, la femme avait un bras passé autour du cou de l'homme, elle s'abandonnait à lui, mais que dire de sa position, agenouillée ? Que dire de ses paupières closes qui évoquaient la soumission plus que la passion ? Et des mains de l'homme qui tenaient son visage comme pour la forcer…

« Je ne sais pas, dit-il. Elle ne me semble pas si convaincue.

— Convaincue ? répéta Nial, perplexe.

— Regarde ses lèvres. Elles sont fermées, elles ne sourient pas du tout, elles ne manifestent pas le moindre plaisir. Lui, il la tient immobile d'une main et de l'autre, il attrape son menton et approche sa tête comme s'il exprimait sa domination… Ce n'est pas un baiser spontané. Il la force.

— Oui, acquiesça Saul, resté silencieux jusque-là en observant le tableau d'un air distant. Tu as raison. Voilà pourquoi ce tableau ne me séduit pas plus que ça… Désolé, Nial.

— Ce n'est pas moi qui l'ai peint, rétorqua son frère, manifestement piqué.

— C'est qu'on ne dirait pas deux personnes qui s'aiment, continua Sauer. C'est plutôt une scène de violence. La fille ne voudrait pas, mais il insiste, il la fait mettre à genoux, il lui arrache un baiser par la force…

— Elle ferme les yeux pour ne pas voir ça, compléta l'inspecteur. Et elle cède parce qu'elle n'a pas d'échappatoire. Comme ta Geli.

— Si on regarde bien entre les plis de sa robe,

on va peut-être même trouver une lettre pornographique », termina Sauer d'un ton sinistre.

Nial se tourna vers les deux policiers et les foudroya du regard : « Je ne sais pas de quoi vous parlez, mais rappelez-moi de ne plus jamais aller voir des tableaux avec vous. Celui-là, vous me l'avez gâché. »

Ils arrivèrent à Währingerstrasse peu avant midi. La voie étroite, dépourvue d'arbres et aussi encaissée qu'un canyon entre deux rangées d'immeubles, se détachait du Ring au niveau de la Votivkirche, l'église votive, avec ses grandes flèches ajourées et, de là, s'orientait vers les quartiers nord-ouest de la ville. Le numéro 103 se trouvait juste après l'église Sainte-Gertrude, dont l'austère façade rectangulaire valut à Sauer une longue explication stylistique de la part de Nial, qui avait décidé de passer le reste du bref passage du commissaire à Vienne en sa compagnie et celle de son frère.

L'immeuble où Kurt Heigl habitait n'était pas moins remarquable : sa façade rose pâle, qui se distinguait avec élégance des ocres et des blancs des bâtiments alentour, présentait des décorations différentes pour chacun de ses trois étages et était surmontée d'une corniche gravée d'une inscription en latin altérée par le temps.

En contraste avec la magnificence du bâtiment, l'entrée était à demi cachée dans un renfoncement du trottoir. L'accès était une simple porte vert sombre à deux battants, dépourvue de plaque ou d'écriteau.

L'inspecteur Neuhausen pressa la seule sonnette d'un doigt décidé. « Il doit y avoir un concierge », dit-il. Effectivement, au bout de quelques secondes, la porte s'ouvrit sur le visage rose d'un homme vêtu d'un uniforme qui évoquait à la fois un portier d'hôtel et un musicien de fanfare.

« Vous désirez ? » demanda-t-il. Puis il regarda les deux hommes qui accompagnaient Saul et eut un léger sursaut en voyant Sauer. « Ah, c'est vous. Vous avez oublié quelque chose ? »

Sauer fronça les sourcils. « Moi ? »

Face à sa réaction, le concierge bafouilla. « Pardonnez-moi. J'ai dû confondre.

— Nous sommes ici pour voir Herr Heigl, expliqua l'inspecteur. Nous avons rendez-vous à midi. Neuhausen.

— À midi ? Laissez-moi un instant, je vérifie. »

Le concierge referma la porte. Quelques secondes plus tard, il la rouvrit, plus engageant. « Montez donc, vous êtes inscrits dans le registre.

— Quel étage ? s'enquit Saul.

— Deuxième. Appartement 13. »

Le hall d'entrée était lui aussi sobre et modeste. Malgré ses murs peints d'un ton crème très clair, les couleurs sombres dominaient avec l'escalier en pierre dont la rampe en fer forgé reproduisait des motifs floraux. Seuls les paliers, éclairés par de grandes fenêtres donnant sur une cour intérieure et rendus plus joyeux par les carreaux vert doré du sol, donnaient l'impression que le lieu était habité, et habité par des gens d'un certain niveau social. « Banquiers, fonctionnaires, professeurs, énuméra Nial tandis qu'ils montaient la deuxième volée de marches. Si votre professeur de violon habite ici, ou il vient d'une famille riche, ou c'est un professeur sensationnel. »

Devant l'appartement 13, Saul consulta sa montre : midi pile. Malgré ses origines italiennes, la ponctualité avait toujours été son fort.

« On attend, au cas où il n'aurait pas fini son cours ? demanda-t-il.

— On sonne, répondit Nial. On ne sait jamais si c'est arriver en avance ou en retard qui est considéré comme le plus mal élevé. Laissons notre hôte en décider. »

La sonnette ne fonctionnait pas, alors l'inspecteur frappa. Aucun bruit de l'autre côté de la porte. Il frappa de nouveau, plus fort, sans plus d'effet. Les trois hommes tendirent l'oreille. Rien.

« Le cours de violon le plus silencieux de l'histoire », commenta Nial.

« Herr Heigl ? appela son frère, recommençant à frapper vigoureusement. Vous êtes là ? C'est l'inspecteur Neuhausen ! Nous avions rendez-vous à midi ! »

Cette fois, une réponse leur parvint de l'intérieur, mais pas sous la forme attendue : un fracas de vitre brisée, suivi d'un bruit sourd.

« Herr Heigl ! » cria à nouveau l'inspecteur. Il essaya d'ouvrir la porte. Elle était fermée à clé.

« Peut-être qu'il a fait un malaise ? hasarda Nial, soucieux.

— Reculez», ordonna son frère. Il prit de l'élan et donna un puissant coup d'épaule à la porte.

La serrure résista – elle était sans doute fermée à double tour –, mais le bois ancien céda. Des esquilles partirent dans tous les sens et le battant claqua contre le mur de l'entrée. «Herr Heigl!» appela encore l'inspecteur en entrant. Quand il vit l'état de l'appartement, il s'arrêta. «Seigneur.»

Sauer le suivit dans le couloir. Sur sa gauche, il y avait une fenêtre opaque qui donnait probablement sur la cour, et une série de portes en bois blanc sur la droite, toutes fermées. Le beau parquet clair en arêtes de poisson était jonché d'objets épars, piétinés: livres, carnets, bibelots, cadres, tableaux.

«Qu'est-ce que diable…?» réagit Nial en découvrant la scène. Il ne devait pas en avoir souvent vu de pareilles, à la différence de Sauer. Un séisme sans secousses. Quelqu'un avait tout retourné à la recherche de quelque chose.

«Herr Heigl!» cria encore l'inspecteur Neuhausen en poussant la première porte du couloir. C'était une salle de bains minuscule, dont le mur devait accueillir récemment encore le grand cadre avec un collage de caricatures et de dessins dont les débris jonchaient maintenant les toilettes. Quelqu'un avait fait tomber les rouleaux de papier hygiénique ainsi que les serviettes de bain, et la céramique de la chasse d'eau, sans doute brutalement décrochée, présentait une fissure. «Il n'est pas là.»

Sauer ouvrit la deuxième porte: une petite cuisine

meublée avec goût, complètement dévastée. Les tiroirs avaient été jetés par terre avec leur contenu, les placards ouverts et les tasses, assiettes et verres gisaient en mille morceaux sur le plan de travail et dans l'évier, le buffet avait été vidé avec une telle brutalité que plusieurs sachets s'étaient éventrés : le sol était parsemé de farine, riz et noisettes. Quelle qu'ait été la hâte du responsable de ce désastre, il ne semblait pas avoir omis le moindre recoin, pas même le four, dont les grilles avaient été jetées dans un coin, ni le conduit de la cheminée, fouillé avec un manche à balai, si bien qu'il y avait de la suie partout.

« Qu'est-ce qu'ils cherchaient, enfin ? » s'interrogea Nial.

Ni son frère ni Sauer ne lui répondirent, même s'ils avaient leur petite idée sur la question. La troisième porte donnait sur une salle de bains plus grande, équipée d'une baignoire. Là, même le miroir avait été décroché, révélant un rectangle de carreaux blancs et dorés plus clairs que sur le reste du mur. Le lavabo débordait de flacons et de piluliers ouverts, dont le contenu bouchait l'évacuation sous les placards béants. Mais aucune trace de Kurt Heigl.

Il ne restait plus qu'une porte. Sauer poussa les deux battants et pendant un instant, il fut aveuglé par la lumière qui entrait à flots par les fenêtres. C'était une pièce carrée qui donnait sur le boulevard et devait servir de salle de réception, avec son grand canapé et sa table en bois pouvant accueillir une dizaine de convives. Cependant, Heigl aurait du pain sur la planche avant de pouvoir inviter du monde à nouveau : les assises et les dossiers des chaises entassées au milieu de la pièce étaient éventrés, les meubles avaient été ouverts et vidés, leur contenu était renversé, et les tableaux avaient été décrochés des murs et empilés face contre terre. Les tapis avaient été jetés sur le canapé, dont les coussins privés de housse gisaient dans un coin, à côté d'un tas de partitions et de documents déchirés.

« Celle-ci est fermée à clé », constata Nial en abaissant la poignée de la seconde porte de la pièce.

Se sentant concerné, son frère le rejoignit. Il évalua la solidité des deux battants en bois blanc et de l'épais chambranle. Il eut un petit hochement de tête puis, sans même prendre d'élan, il décocha un puissant coup de pied juste au-dessous de la serrure, qui sauta avec un craquement douloureux.

Le bureau de Kurt Heigl, une pièce carrée éclairée par deux fenêtres, était moins dévasté que le reste de l'appartement, peut-être parce qu'à part un gros poêle noir, un vieux piano et quatre fauteuils en velours, il ne contenait que des livres. Ceux-ci, qui devaient jusqu'à récemment être soigneusement rangés dans la grande bibliothèque nue qui occupait un mur, étaient à présent par terre, entassés, ouverts, la plupart avec des pages déchirées. Et c'était précisément au-dessus de ce bûcher de papier que, pendu au lustre, le corps inanimé du maître des lieux se balançait.

Sauer s'empressa de le soulever, dans l'espoir que l'homme puisse encore être sauvé. Mais à la rigidité de son corps et à la couleur bleuâtre de son visage, il compris que c'était trop tard.

« Bon sang ! » Il relâcha le cadavre et jeta son chapeau par terre.

« Il y a un message, ici », lui signala Nial, livide. C'était peut-être le premier cadavre qu'il voyait. Pendant la guerre, il avait travaillé dans des bureaux et, à la différence de son frère, son métier ne l'exposait pas aux morts violentes. Saul le rejoignit et vit la feuille de papier à lettres posée en évidence sur le clavier du piano. Il s'en empara.

« Qu'est-ce qu'il y a écrit ? demanda Sauer.

— Rien d'utile », répondit Saul en la lui tendant.

Mais le commissaire savait déjà ce qu'il lirait, si bien qu'un message différent l'aurait même surpris. Sur le papier à lettres à en-tête – « Kurt Heigl – Währingerstrasse 103/13 Vienne » –, une écriture connue avait tracé trois simples mots, suivis d'une signature désormais familière :

Je suis désolé, H.

44

Dans le coin entre la bibliothèque et le piano, il y avait une dernière porte, celle de la chambre de feu Kurt Heigl. Au fond de cette pièce longue et étroite, une fenêtre cassée donnait sur une coursive : c'était donc par là que le ou les intrus s'étaient enfuis après avoir mis l'appartement sens dessus dessous.

« Voilà d'où est venu le bruit, constata l'inspecteur Neuhausen, amer. Ils étaient encore là quand on a frappé à la porte.

— Vous voulez dire que le mort… », commença son frère, mais ses mots restèrent bloqués dans sa gorge.

L'inspecteur haussa les épaules. « Je ne sais pas. On demandera au médecin légiste. »

À cet instant, une voix masculine leur parvint de la porte : « Herr Heigl ? »

« Le concierge. Il arrive à point nommé, soupira Saul en levant les yeux au ciel. Siggi, reste là. Si tu ne veux pas te retrouver bloqué à Vienne en tant que témoin, il faut qu'on te fasse disparaître en vitesse. Nial, va chercher l'automobile et attends-nous en bas moteur allumé, d'accord ? Je me charge du concierge. » Il quitta la pièce. « Herr Heigl ne se sent pas très bien », l'entendirent-ils déclarer. *L'euphémisme de l'année.*

Après avoir jeté un dernier regard au corps du violoniste pendu au lustre, une image qu'il aurait du mal à oublier, Nial suivit son frère hors de l'appartement.

Resté seul, Sauer examina le cadavre aux yeux exorbités et à la peau gonflée. Qu'était devenue l'étincelle qui, jusque-là, l'avait animé ? Qu'était devenu le véritable Kurt Heigl, tout ce qu'il avait été, tout ce qu'il savait, pensait, ce dont il se souvenait, ses tourments et ses désirs, ses espoirs et ses émotions ? « La lettre était ton salut, murmura le commissaire. Tu croyais qu'ils ne te feraient rien s'ils savaient que tu la détenais. En fait, elle a été ta condamnation. »

Pour la trouver, des gens avaient tout ouvert, tout déplacé, tout feuilleté et, au bout d'un moment, peut-être pour le pousser à avouer ou simplement pour se débarrasser d'un obstacle, ils avaient tué l'ancien amour de Geli Raubal, avaient passé une corde autour de son cou et l'avaient hissé au lustre pour mettre en scène un suicide. Ces gens avaient-ils au moins trouvé ce qu'ils recherchaient ? Difficile à dire, avec tout ce désordre. Cependant, la fenêtre de la chambre n'avait été cassée que quand Sauer, Saul et Nial avaient frappé à la porte. *Seraient-ils restés jusque-là s'ils avaient déjà trouvé ce qu'ils cherchaient ?*

La voix de baryton de l'inspecteur Neuhausen, qui

délivrait sèchement des ordres au téléphone, lui parvenait du couloir. Nial n'allait pas tarder à arriver avec l'auto, prêt à l'emmener à la gare. Sauer avait vu tout l'appartement à part la chambre, et quelque chose lui disait qu'il n'arriverait pas à quitter les lieux sans avoir visité aussi cette pièce. *Ils ont été méthodiques, ils ont tout fouillé de l'entrée jusqu'ici, pièce par pièce, refermant chaque porte avant de passer à la pièce suivante. Ils n'ont rien trouvé dans les salles de bains, ni dans la cuisine, ni dans le couloir, ni dans le salon, ni dans le bureau, et s'ils étaient encore là quand on a frappé...*

Sans plus attendre, il pénétra dans la chambre. Elle était seulement meublée d'une armoire et d'un lit. L'armoire était ouverte, et les vêtements qu'elle avait contenus jonchaient le sol. Le lit n'avait pas été défait. *Ils n'ont pas eu le temps. Ils n'avaient pas encore trouvé la lettre.* Avec des gestes vifs dénués de délicatesse, Sauer retira les couvertures et les draps, les housses des oreillers, vérifia que ni ces derniers ni le matelas n'étaient équipés de poches ou de coutures suspectes. Le sommier ressemblait à celui de la fausse chambre de Geli et, comme ce dernier, il ne cachait rien. Aucune niche secrète ne se dissimulait dans les murs couverts d'enduit. C'était une chambre spartiate, monacale, à l'exception d'un détail que Sauer remarqua alors que, terriblement déçu, il s'apprêtait à la quitter : sur le côté de l'armoire, accroché à un clou planté dans le bois, il y avait un petit tableau, un paysage de montagne peint d'une main scolaire, sans originalité.

Une impression vertigineuse de déjà-vu s'empara de Sauer.

Il s'approcha du tableau, chercha la signature.

Il n'y avait rien, ni nom ni initiales.

Qu'est-ce que tu croyais ? railla-t-il. *Que tu allais trouver un Adolf Hitler original chez Kurt Heigl ?*

Néanmoins, cela restait un tableau, et Sauer en avait vu trop ces derniers jours pour ne pas le retourner et s'assurer qu'il n'y avait rien au dos.

Ils ne l'ont sans doute pas remarqué, réfléchit-il. *Ils n'ont pas eu le temps.*

Il tendit une main, le décrocha du clou.

Il n'y aura rien, derrière. C'était Geli qui cachait des lettres dans le cadre.

Oui, mais Geli avait bien dû l'apprendre de quelqu'un, répliqua une autre voix dans sa tête.

« Siggi ! appela l'inspecteur Neuhausen depuis le salon. Il faut que tu partes !

— J'arrive ! » cria Sauer en retournant le tableau.

Il allait ajouter quelque chose, mais il resta sans voix : un papier était coincé entre le cadre et la toile, exactement comme dans la chambre de Geli.

Une enveloppe jaunie.

Les doigts tremblants, Sauer la tira de sa cachette et la tourna pour lire le nom du destinataire.

« À mon angélique putain, de la part de son loup affamé. »

Même si le train de Sauer ne partait que dans plus d'une heure, l'inspecteur Neuhausen avait insisté pour que son frère le conduise directement à la gare. Il serait déjà difficile de faire taire le concierge, qui avait vu le commissaire, et il était hors de question qu'il croise le médecin légiste ou ses collègues de la police viennoise, en route pour la scène de crime. « Je suis désolé de te saluer comme ça, Siggi, mais tu n'as jamais mis les pieds ici. C'est mieux pour toi et pour ton enquête. »

Ainsi, après une dernière accolade et la promesse de se revoir aussitôt que possible, de préférence dans des circonstances plus réjouissantes, Sauer était monté dans l'auto avec Nial, dont la conduite s'était avérée moins nerveuse que celle de son frère vu qu'il en profitait pour éclairer Sauer sur les monuments et les bâtiments défilant de l'autre côté de la vitre.

« Vienne possède un des plus beaux métros aériens du monde, l'informa Nial tandis qu'ils parcouraient Hernalser Gürtel. Il a été construit en style Art nouveau par Otto Wagner en personne, qui s'est servi des meilleurs matériaux de son temps. Regarde un peu les stations : la pierre est aussi blanche qu'au premier jour et il n'y a pas la moindre tache de rouille sur le métal. Un véritable triomphe de l'ingénierie et de l'art autrichiens ! »

Sauer prêtait une oreille distraite à ces explications enthousiastes. Choqué par la scène du suicide, Nial n'arrêtait pas de parler, sans s'apercevoir que son compagnon avait l'esprit ailleurs.

À mon angélique putain, se répétait le commissaire depuis qu'il avait lu ces mots sur l'enveloppe.

De la part de son loup affamé.

Il n'avait pas eu le temps d'en lire plus : Saul l'avait rejoint, et Sauer avait tout juste réussi à glisser l'enveloppe dans sa poche sans être vu. Il ne pourrait l'en ressortir qu'à la gare. Il était désolé de ne pas avoir informé son ami de sa découverte, mais révéler l'existence de cette lettre aurait été source de trop de complications, trop de dangers.

À mon angélique putain, de la part de son loup affamé.

Submergé par la nausée et la tension, il prêta à peine attention à Mariahilferstrasse avec ses fameuses vitrines qui exposaient les vêtements dernier cri, et à la place dominée par l'église Saint-Charles-Borromée. Même le majestueux palais aux toits aigue-marine et son immense jardin que longeait toute la Prinz-Eugenstrasse faillirent passer inaperçus pour le commissaire : il ne les remarqua que lorsque l'automobile était déjà au croisement entre le Landstrasser Gürtel et Arsenalstrasse, où se dressait la gare ferroviaire. « Qu'est-ce que c'était ? » demanda Sauer en se retournant.

Nial sourit. « Le palais du Belvédère. Dommage que tu sois pressé, il mérite une visite. Quand tu reviendras, il faudra que tu y ailles ! »

Le Belvédère, se répéta Sauer tandis que l'auto se rangeait le long du trottoir en face de l'entrée de la Südbahnhof. *Qui m'en a parlé récemment ?*

« Bon, eh bien au revoir, fit Nial en lui tendant la main. Tu promets de donner des nouvelles bientôt, hein ? Écris-nous.

— Oui. Vous aussi, écrivez-moi. »

Sauer le salua encore depuis le trottoir puis entra dans la gare, où il s'appuya au premier mur hors de la vue de son ami. L'horloge de la billetterie l'informa qu'il avait encore cinquante minutes devant lui avant de prendre son train. Suffisamment de temps, s'il avait bien évalué la distance.

Il vérifia que Nial était parti puis regagna la rue, la traversa, longea un petit parc jusqu'au Landstrasser Gürtel. Quand il eut traversé ce dernier, il se retrouva devant la colline qui conduisait au palais aux toits aigue-marine. Un long jardin constellé de fontaines et de statues classicisantes s'étendait à ses pieds.

Soudain, la voix de Goebbels revint à l'esprit de Sauer. *Une femme hors du commun*, avait-il dit de Geli. *Comme la sphinge du Belvédère*. Et voilà qu'il était au Belvédère, avec suffisamment de temps à disposition pour repérer cette fameuse sphinge et y jeter un coup d'œil. Si ce n'était pas un signe…

Il pensait devoir la chercher parmi les mille ornementations du palais, mais il la repéra dès son entrée dans le jardin : c'était la première statue qui accueillait les visiteurs, une lionne de pierre de la taille de Sauer, munie d'ailes d'ange et d'un visage moqueur, bombant fièrement sa poitrine nue.

Le commissaire resta interdit. Cette chimère effrontée ressemblait-elle à Geli ? Ce n'était pas ainsi qu'il se l'était imaginée en voyant son portrait. Pourtant, selon Goebbels, Hitler comparait sa nièce à cette statue-là.

Il en fit le tour, l'étudia sous d'autres angles. Peut-être que l'oncle Alf faisait allusion à son allure fière ? Ou à ses formes généreuses ? Effectivement, le corps trouvé à Prinzregentenplatz était voluptueux, mais Geli l'aurait-elle exhibé de la sorte ? Quel sens cette comparaison avait-elle ?

Quand Sauer se tourna vers le côté opposé du jardin, il comprit son erreur : à une centaine de mètres se trouvait une autre sphinge. Celle qu'il regardait n'était pas la seule.

Il alla la voir et constata qu'elle était dans la même position que la première, affichant la même impudence, mais son expression était différente, plus malicieuse, presque sournoise. Son sourire semblait indiquer qu'elle connaissait un détail tout à fait amusant que le commissaire n'avait pas encore remarqué.

Quand ce fut le cas, Sauer eut envie de rire. À une trentaine de mètres derrière cette deuxième sphinge, il y avait une troisième sphinge et, encore derrière, une quatrième, et ainsi de suite sur les deux côtés du jardin, à intervalles réguliers sur toute la colline, jusqu'au palais. Seize sphinges, toutes dans des postures légèrement différentes, certaines ailées, d'autres pas, certaines dressées sur leurs pattes, d'autres couchées, toutes dotées d'un visage unique.

Sauer comprit alors la justesse de la remarque d'Adolf Hitler. Geli était vraiment comme la sphinge du Belvédère, un animal fantastique aux innombrables visages qui, au lieu de révéler son mystère, le démultipliait, offrant à chaque observateur un simulacre muet sous des formes toujours différentes. Il ne lui servirait à rien de faire le tour des seize statues du jardin et d'interpréter chacune de leurs expressions.

L'original n'existait plus.

La vérité resterait muette.

Le Vienne-Munich, moins luxueux que l'*Orient-Express*, était composé de compartiments de six. Sauer parcourut toutes les voitures en quête de solitude, mais cette ligne était plus fréquentée qu'il ne l'imaginait et, en fin de compte, il dut se contenter d'un compartiment à moitié plein. Il s'installa sur un siège côté couloir. Côté fenêtre, il y avait un couple de personnes âgées, qui ne tourna même pas la tête vers lui. Quand, sorti de la ville, le train s'élança entre les collines du Wienerwald, le commissaire n'y tint plus et ouvrit la lettre de Wolf.

Trois lignes lui suffirent pour comprendre que Kurt Heigl n'avait pas exagéré. *Des lettres obscènes*, avait-il dit. *Dégoûtantes. Humiliantes.* Ce que l'écriture minuscule de Hitler promettait à l'objet de ses fantasmes dépassait largement l'imagination du commissaire, qui n'était peut-être pas le roi de la fantaisie mais estimait cependant avoir vu et entendu beaucoup de choses au cours de ses quarante-deux années de vie.

Il ne réussit pas à lire la page jusqu'au bout. Vers le milieu, devant un croquis détaillé tracé par Wolf pour illustrer son propos, il sentit son visage s'empourprer et il craqua. Il détourna le regard et replia la lettre. « Doux Jésus », eut-il envie de soupirer à la manière de Mutti.

Alors c'était vrai. Adolf Hitler s'était entiché de sa nièce. Il la tenait enfermée, éloignait ses amis et ses prétendants, la tyrannisait quotidiennement et la forçait à se plier à ses désirs pervers. Et après ça...

Après ça quoi ? se demanda le commissaire. L'avait-il tuée ? Avait-il demandé à quelqu'un d'autre de le faire ? Ou bien s'était-il contenté de se plaindre d'elle et un de ses sbires, plus zélé que les autres, s'était-il occupé de régler la question ? Si le suicide était exclu, les mobiles possibles de l'homicide se multipliaient : peur que la jeune femme parle, vu ce qu'elle savait ; un accès de violence de son oncle, vu son tempérament ; ou alors la jalousie, si vraiment Geli projetait de partir avec un autre homme, plus âgé, un homme qui…

Soudain, sans crier gare, comme un coup de tonnerre dans un ciel serein, Sauer comprit.

De l'autre côté de la vitre, la campagne autrichienne défilait, belle et monotone.

Le couple somnolait tranquillement dans le compartiment.

Dans le couloir, deux gamins âgés d'une dizaine d'années se poursuivaient en riant.

Sauer, assis, raide, à sa place, la lettre de Wolf repliée à la main, avait enfin compris qui se cachait derrière ce « H ».

45

Il n'était pas encore vingt heures quand il arriva à Munich. Le ciel commençait à peine à se teinter de rose. Mutti était toujours au commissariat à cette heure, alors Sauer s'empressa de l'appeler depuis le premier téléphone public qu'il trouva. Il avait des milliers d'informations à partager avec lui, et aussi sa dernière intuition – l'identité de l'homme qui avait invité Geli à fuir avec lui, peut-être celui-là même qui avait signé les faux messages de suicide de Hatzke, Maier et Heigl. Mais il devait se montrer prudent. Comme disait toujours son collègue, il ne fallait se fier à personne.

Le téléphone de leur bureau sonna dans le vide.

Sauer leva à nouveau les yeux vers l'horloge de la gare : dix-neuf heures cinquante-cinq. Mutti était toujours au travail jusqu'à vingt heures. Toujours. Pourquoi fallait-il que ce soir-là précisément il soit parti plus tôt ?

Il raccrocha, composa le numéro de l'accueil, dans l'espoir d'intercepter Mutti avant qu'il ne sorte du bâtiment.

« Commissariat d'Ettstrasse, bonsoir. Que puis-je faire pour vous ?

— Ici le commissaire Sauer, de la police criminelle.

— Salut, Sauer. Comment vas-tu ? Tu n'étais pas censé être en vacances ?

— Salut Pavel, pardon, je ne t'avais pas reconnu. Je suis en vacances jusqu'à lundi, oui, mais il faut que je parle à Forster. Tu l'as vu passer ?

— Il est sorti il y a quelques heures. Je ne sais pas s'il va revenir, il n'a pas précisé. »

Sorti il y a quelques heures, se répéta Sauer, sentant une crainte sourde oppresser son cœur.

« D'ailleurs, il y a un message pour lui, continua Baumann. Un type a appelé, il voulait lui parler de toute urgence. C'est pour l'affaire Raubal, il a dit. »

Les haut-parleurs de la gare annoncèrent le départ imminent du train pour Salzbourg. Sauer eut l'impression fugitive d'apercevoir le sergent Julian à la limite de son champ de vision, mais il n'y prêta pas plus d'attention, trop accaparé par d'autres pensées.

« L'affaire Raubal, tu as dit ?

— Oui. Vous travailliez dessus, non ?

— Cette affaire est close depuis lundi, c'est pour ça que je suis en vacances. Mais tu peux me dire, si c'était urgent.

— Hmmm. Ce ne serait pas réglementaire, tu sais.

— Évidemment que je sais. Sauf que Forster n'est pas là, et à moins de voir directement avec Tenner…

— Il n'est pas là non plus. Réunion au ministère.

— … Alors lis-moi le message, qu'on sache de quoi il s'agit.

— Bon, oui, tu as raison. Tu as de quoi écrire ? »

Sauer fouilla dans ses poches.

« Je t'écoute.

— C'est un certain Franz Polten qui a appelé. Il est serveur au Bratwurst-Glöckl… »

La brasserie où Schirach dit avoir vu Hitler et Hoffmann vendredi soir.

« … Et voilà le numéro où le rappeler. C'est urgent. Il avait l'air tracassé.

— Je m'en occupe tout de suite. Merci. Et si Mutti revient, dis-lui de passer chez moi. Je dois lui parler.

— *Servus* », le salua le policier avant de raccrocher.

Sauer regarda autour de lui, se souvenant soudain de Julian, mais il ne le repéra nulle part et supposa qu'il avait rêvé. Il glissa une autre pièce dans le téléphone et composa le numéro de Polten. Quelqu'un répondit au bout d'une dizaine de sonneries, au moment même où il allait renoncer. C'était une voix de femme, et le bruit de fond était si assourdissant qu'il avait du mal à l'entendre. « Allô ?

— Allô, bonsoir. Je suis le commissaire Sauer, de la police criminelle…

— Le commissaire qui ? cria la femme dans le combiné.

— Commissaire Sauer, répéta Sauer plus fort. De la police de Munich. Je cherche à joindre Franz Polten.

— Franz comment ? Pouvez-vous répéter, s'il vous plaît ?

— Franz. Polten, articula Sauer.

— Un instant, je vous prie », dit la femme, et elle se mit à brailler le nom de l'homme dans la pièce, qui devait être grande et bondée.

Une minute après, Polten était à l'autre bout du fil : « Allô. Bonsoir. Commissaire Forster ? demanda-t-il d'un ton circonspect.

— Je suis son collègue, le commissaire Sauer.

— Je souhaitais parler au…

— Le commissaire Forster et moi travaillons ensemble, l'interrompit Sauer. Et c'est d'ailleurs moi qui suis en charge de l'affaire Raubal. C'est à ce sujet que vous cherchiez à nous joindre, non ?

— Excusez-moi, je ne vous entends pas bien, dit Polten.

— Je suis le responsable de l'affaire Raubal. Commissaire Sauer. Qu'est-ce que vous vouliez nous dire ?

— Au téléphone, pas grand-chose. Pouvez-vous venir ici ?

— Où ?

— À la Wiesn. Pavillon Paulaner.

— Je croyais que vous travailliez au Bratwurst-Glöckl…

— J'ai été licencié. À cause de ce que j'ai vu et que je veux vous raconter. Mais pas au téléphone.

— Donnez-moi au moins un indice. Je ne peux pas venir ce soir.

— Je suis là tous les jours. Venez demain matin, si vous voulez.

— Vous ne pouvez pas m'éclairer sur la raison de votre appel ? Je croyais que c'était urgent…

— Excusez-moi, je vous entends mal.

— Je ne sais pas quand nous pourrons venir vous voir, cria Sauer, faisant tourner la tête à plusieurs passants. Si c'est si urgent, dites-le-moi au téléphone. C'est une enquête, pas un jeu ! »

Une longue hésitation suivit, à l'autre bout du fil, ou bien peut-être que Polten n'avait pas compris cette fois non plus. Le commissaire allait répéter sa question quand l'homme dit : « Le commissaire Forster est venu au Glöckl, hier. Il voulait savoir si Herr Hitler était dans notre établissement vendredi soir dernier. Herr Zehntner a répondu que non. Il a menti. »

Sauer sentit la fatigue se déverser sur lui comme un seau de miel.

« C'est moi qui l'ai servi, poursuivit Polten dans le tintamarre de l'Oktoberfest. Il était dans une salle privée avec une fille. Une blondinette, très jeune, bien habillée.

— Geli ? » demanda le commissaire, pressant le combiné contre son oreille au point de se faire mal. S'ils étaient ensemble dans cette brasserie le soir présumé de sa mort, tout ce qu'il avait jugé évident jusque-là fondrait comme neige au soleil.

Ce n'était pas le cas. « Non. Pas Geli, répondit Franz Polten. À un moment, pendant que je leur servais du champagne, il l'a prise par la main et l'a appelée Eva. »

Si Mahomet ne va pas à la montagne, disait toujours Mutti, la montagne viendra à Mahomet, et tant pis pour lui. Sauer se présenta donc chez les Forster à vingt et une heures passées, espérant que son collègue, et non son épouse Lina, viendrait lui ouvrir. Depuis qu'il avait confessé ses péchés de jeunesse à Mutti, la perspective de la croiser l'effrayait un peu, même s'il était improbable que le commissaire adjoint l'ait mise au parfum.

Ce fut lui qui lui ouvrit. Il eut l'air aussi ébahi que s'il venait de découvrir le président Hindenburg en personne sur le seuil de sa porte.

« Siggi. Tu es rentré.

— Depuis une heure. Excuse-moi de débarquer comme ça, mais il fallait absolument que je te parle et ton téléphone ne marche plus depuis des mois.

— Je l'ai fait réparer ! s'exclama Mutti.

— Ah bon ? Je ne savais pas.

— Ce n'est pas grave. Moi aussi j'ai des choses à te raconter, et de vive voix. Entre, viens. Tu as une tête de déterré. On dirait que tu as fait l'aller-retour à Vienne dans la journée, mais dans un wagon à bestiaux.

— Ces dernières vingt-quatre heures ont été mouvementées.

— Ben tant mieux, on commençait un peu à s'ennuyer, ces derniers temps », répliqua Mutti avec son sourire impayable. Il conduisit son ami au fond du couloir. « Allons parler dans mon bureau. C'est l'heure d'aller se coucher pour les enfants.

— Oh, je ne veux pas les déranger.

— Ça ne risque pas : tonton Siggi est leur jouet préféré. C'est pour toi que je m'inquiète. »

Ils s'assirent dans la pièce privée de Mutti. Sauer remarqua que quelque chose avait changé, sans identifier quoi.

« Lequel de nous commence ? demanda le commissaire adjoint.

— Vas-y, répondit Sauer.

— Bien. Tiens-toi bien, parce que j'ai trois révélations chocs. Primo, commença Mutti en dressant son pouce, je sais où ils ont trouvé le sang de cochon. »

Sauer écarquilla les yeux.

« Oui, monsieur. Ce matin, je suis allé à l'abattoir et j'ai demandé à la ronde comment on pouvait récupérer quelques litres de sang porcin. J'ai évité de montrer ma plaque. Comme on me regardait d'un air bizarre, j'ai dit que c'était pour cuisiner : ma mère faisait un succulent boudin, elle m'a transmis la recette.

— Mutti, c'est dégoûtant.

— Non, pas du tout. Bien préparé, c'est un délice. Je te ferai goûter, un jour. Bref, ça m'a permis de récolter quelques adresses, et je suis parti de la plus proche de chez Hitler en m'éloignant par cercles jusqu'à ce que je trouve notre fournisseur : la boucherie Helbok, dans Luisastrasse. C'est à vingt minutes à pied de Prinzregentenplatz et devine quoi ? Samedi matin, ils ont reçu une commande insolite : six litres de sang de cochon. Ils ont dû appeler deux autres boucheries pour réussir à rassembler une quantité pareille.

— Alors Fischer disait vrai !

— Attends, ce n'est pas fini. Ça, ce n'était que la révélation choc numéro 1. La révélation numéro 2, poursuivit Mutti en dressant son index, concerne Herr Zehntner, le propriétaire du Bratwurst-Glöckl. Tu te souviens qu'hier je suis allé lui parler et qu'il a refusé de confirmer la présence de Hitler ou de Hoffmann dans son établissement vendredi soir ?

— Oui.

— Alors je me suis un peu informé sur lui, et tu sais ce que j'ai découvert ? Il est encarté au Parti. Carte numéro 3425. Bref, son adhésion ne date pas d'hier. Il serait donc plus que capable de mentir pour couvrir le Führer. Un peu comme tu l'as toujours fait…

— Mutti, soupira Sauer d'un ton infiniment las.

— Pardon. Ça m'a échappé.

— Moi aussi, j'ai du nouveau sur le Bratwurst-Glöckl. J'ai cherché à te joindre au commissariat, en arrivant, et il y avait un message pour toi de la part d'un serveur que Herr Zehntner vient juste de licencier. Un certain Franz Polten. Il affirme qu'il a servi Hitler dans une salle privée de la brasserie vendredi dernier. Et qu'il était accompagné, d'une très jeune fille bien habillée…

— Geli ?

— C'est ce que je lui ai demandé moi aussi. Non, selon le serveur, elle s'appelle Eva. »

Le commissaire adjoint se laissa aller dans son fauteuil en poussant un long sifflement.

« Tiens, comme la secrétaire de Hoffmann…

— Exactement, dit Sauer.

— Le mystère s'épaissit.

— Ou s'éclaircit. Va savoir. Et ta troisième révélation ? »

Mutti se redressa avec une expression excitée.

« Tu vas sauter au plafond. Tu sais, les deux noms que Strasser t'a donnés ? Hanfstaengl et Maurice ? J'ai mené ma petite enquête : le second est un horloger avec un passé de militant dans les SA, un petit poisson, mais le premier… Ernst Hanfstaengl, dit Putzi, enfant de la très haute bourgeoisie bavaroise, ayant étudié dans les meilleures universités américaines, pianiste expérimenté. Sa famille détient plusieurs maisons d'édition, et devine qui a rassemblé les fonds pour publier *Mein Kampf* ?

— Je ne savais pas.

— C'est aussi lui qui a composé l'hymne nazi, "Sieg Heil", en s'inspirant de celui de Harvard. Et il a été pendant des années le confident privilégié de tonton Alf, tant et si bien qu'un tabloïd anglais a insinué qu'ils s'aimaient d'amour tendre…

— Hitler homosexuel ? » s'exclama Sauer.

Mutti haussa les épaules.

« Pourquoi pas ? Tu te souviens du scandale sur la vie privée de Röhm ? Le *Post* en a parlé tout l'été… Ma foi, les déviances ont l'air d'être la spécialité du Parti. Et nous voilà à la troisième révélation. Ce matin, je suis allé voir ce bon vieux Putzi. Il a une villa sur les rives de l'Isar, et quand j'ai téléphoné pour prendre rendez-vous, il n'a opposé aucune résistance. Au contraire. Il avait l'air d'avoir très envie de collaborer, ce que d'ailleurs il a largement démontré.

— C'est-à-dire ?

— C'est-à-dire qu'Ernst Hanfstaengl a plusieurs cailloux dans ses chaussures, et il avait hâte de se débarrasser de quelques-uns devant un commissaire de police. Il semblerait que ces derniers temps, Hitler et lui ne soient plus si proches. Avant, Hanfstaengl était invité à toutes les fêtes, et le clou de la soirée était souvent un duo piano-voix entre lui et une certaine jeune fille de notre connaissance…

— Geli ?

— Geli. Putzi la connaissait très bien, et il mourait d'envie de m'en parler.

— Oh, non, dit Sauer en prenant son front entre ses mains. Ne me dis pas que lui aussi était amoureux d'elle et qu'ils avaient une relation…

— À vrai dire, ça aurait été bien commode, vu que son nom de famille commence par H, qu'il est bien plus âgé qu'elle et qu'il avait assez d'argent pour l'emmener à l'autre bout du monde, mais malheureusement une histoire d'amour entre eux aurait été impossible.

— Il préfère vraiment les hommes ?

— Ça, je ne sais pas. Écoute plutôt comment il m'a décrit Geli, dit Mutti en cherchant quelque chose des yeux. Mon calepin. Je l'ai laissé dans ma veste. Un instant. »

Pendant que son ami était hors de la pièce, Sauer essaya de comprendre d'où provenait la sensation étrange qu'il avait éprouvée en entrant. La disposition des meubles avait-elle changé ? Il ne semblait pas. L'éclairage, peut-être ? Il suffit parfois de remplacer une ampoule pour que toute l'ambiance s'en trouve transformée. Son regard s'arrêta sur le chapeau accroché à la patère : il n'avait jamais vu Mutti avec un chapeau melon, il préférait les chapeaux mous. Il se leva pour le regarder de près. Il était de bonne facture mais un peu élimé sur les bords. Il le tourna entre ses doigts puis le retourna pour étudier sa doublure. Le nom sur l'étiquette correspondait à une boutique du centre-ville autrefois célèbre mais qui n'avait pas résisté à la crise.

Quand Mutti revint avec son calepin, Sauer aborda le sujet d'un ton détaché : « Nouveau chapeau ? »

Son collègue jeta un œil à la patère.

« Celui-là ? Non. C'est Lina qui me l'a offert, il y a longtemps.

— Il est beau.

— Je ne l'aime pas trop, je ne l'ai presque jamais mis. Il me fait encore plus ressembler à Hardy, ça me suffit d'avoir le même gabarit que lui. »

Sauer ne put retenir un sourire. Mutti prenait toujours tout sur le ton de la plaisanterie. Comment aurait-il pu se passer de lui ?

« Donc, répondit Mutti en se rasseyant. Tu sais ce que Hanfstaengl m'a dit quand je lui ai parlé de Geli ? "Geli Raubal n'était qu'une petite pute écervelée."

— Eh bien.

— “Elle avait le charme vulgaire d’une soubrette, mais avec moins d’esprit et de caractère.”

— Un admirateur.

— “Le sommet de son ambition, c’était de porter des robes de luxe, et Hitler lui en achetait volontiers en échange de quelques faveurs spéciales.” »

Sauer se pencha en avant, comme pour mieux entendre. L’affaire devenait intéressante.

« “Ce n’est pas elle qui m’a raconté cette histoire, en général les femmes se confient assez peu à un homme sur des questions pareilles, mais il paraît qu’elle aurait dit à une de ses amies que son oncle était un monstre. *Tu n’as pas idée de ce qu’il me force à faire.*”

— Une nouvelle confirmation, commenta Sauer en hochant la tête.

— Plus que ça, répliqua Mutti. Écoute un peu ce qu’il m’a dit à la fin : “J’ai eu le premier indice montrant que leur relation ne tournait pas rond vers le début de l’année dernière, grâce à Franz Xaver Schwarz, le trésorier du Parti. À l’époque, on était très proches. Je l’avais encouragé à mettre de l’ordre dans les finances de Hitler, qui étaient dans un état effroyable. Un jour, je le croise dans la rue, il fait une tête de six pieds de long. Comme on était tous les deux très pessimistes quant à l’avenir du Parti, on se met à se plaindre à qui mieux mieux et il finit par me raconter la dernière sur Hitler. Un homme, on ignore comment, était entré en possession de dessins pornographiques réalisés par le grand chef en personne et menaçait de les envoyer à la presse. Schwarz avait dû les racheter à prix d'or, évidemment en piochant dans les caisses du Parti, et il y avait jeté un coup d'œil avant de les rapporter à Hitler. Eh bien, il s'agissait de dessins de Geli Raubal où aucun détail anatomique ne manquait. Le genre de chose qui rebuterait même un voyeur pervers, surtout s'il devait obliger une femme à poser pour la dessiner comme ça. Mais évidemment, Geli n'avait pas besoin d'être obligée. Poser pour lui, c'était le prix à payer pour continuer à avoir toutes ces robes de luxe et à vivre son existence dorée. Si elle avait répondu non aux demandes de son oncle, il se serait adressé à quelqu'un d'autre et c'en aurait été fini de la vie de château." »

L'intonation de Mutti était allée decrescendo au fur et à mesure de sa lecture, et il termina avec un filet de voix, suivi d'un silence embarrassé et coupable, comme s'il avait été surpris en train d'épier la vie intime de parfaits inconnus.

« Qu'est-ce que tu en penses ? finit-il par demander, vu que Sauer ne paraissait pas décidé à reprendre la parole. Il ne peut pas avoir tout inventé, non ?

— Disons que depuis hier j'ai entendu assez d'histoires de cet acabit pour me convaincre qu'elles sont fondées. »

Sauer lui raconta dans les grandes lignes ce qu'il avait appris de la bouche d'Otto Strasser, du père Pant, du défunt Kurt Heigl et surtout par la lettre autographe de Wolf.

« Tu plaisantes, finit par souffler le commissaire adjoint, exhibant l'air le plus sérieux que Sauer lui ait jamais vu. Une lettre pornographique d'Adolf Hitler, adressée à sa nièce. Et tu l'as lue ?

— Mieux, répondit Sauer. Je l'ai récupérée, Mutti. Et je l'ai rapportée à Munich. »

Pendant un instant, le temps sembla suspendu dans la pièce, comme figé autour de cette information et de la myriade de conséquences imprévisibles qu'elle impliquait sans doute. Puis le commissaire adjoint reprit la parole et le temps reprit son cours, mais à une vitesse différente.

« Tu l'as sur toi ? demanda-t-il, la bouche sèche.

— Non, mentit Sauer. Je l'ai cachée.

— Où ?

— À un endroit où personne n'ira la chercher. Excuse-moi de jouer les mystérieux, mais Heigl est mort à cause de cette lettre, et peut-être que Geli aussi. Je ne veux pas qu'elle tue quelqu'un d'autre.

— À part toi, tu veux dire.

— Je n'ai pas de famille. » Quand il prononça ces mots, le visage de Rosa s'insinua dans ses pensées.

« Je comprends, mais moi, je n'ai pas peur de ces gens.

— Tu devrais, Mutti. Tu devrais. »

C'était le moment de lui révéler son intuition, de lui dire qui se cachait selon lui derrière l'initiale « H » mais, par prudence là encore, il préféra se taire. Peut-être plus tard. Peut-être quand ce serait véritablement nécessaire.

« Bon, dit Mutti. Qu'est-ce qu'on fait, maintenant ?

— Il faut qu'on aille parler au serveur, Polten. Et aussi qu'on trouve un moyen de s'entretenir avec Hess, le seul qui nous manque sur la liste.

— Et avec Maurice. L'horloger de Strasser.

— Oui, avec lui aussi. Mais avant, j'ai besoin de me reposer un peu. Et peut-être aussi de manger. Je suis à jeun depuis hier et je commence à me sentir faible…

— Si tu me l'avais dit plus tôt, j'aurais demandé à Lina de te préparer quelque chose, dit Mutti, désolé.

— Ne t'inquiète pas, le rassura Sauer en s'apprêtant à partir. Je dois avoir des restes à la maison. »

46

Quand le tramway le déposa dans Frauenstrasse, l'Alte Peter sonnait vingt-deux heures. Les kiosques du marché étaient fermés depuis longtemps et les brasseries du Platzl représentaient l'unique espoir de pitance pour un homme affamé. Mais Sauer était trop harassé ne serait-ce que pour envisager cette éventualité. Il gagna donc son immeuble et se traîna jusqu'à sa mansarde, résigné à passer la nuit l'estomac vide, se consolant à l'idée qu'il compenserait avec un copieux petit déjeuner le lendemain. Et, surtout, il retrouverait Rosa. Il se demandait ce qu'elle avait fait de sa journée. Si elle avait pensé à lui. Si elle avait pensé à lui encore et encore.

En arrivant sur son palier, il sentit une odeur de légumes cuits à l'étouffée qui semblait provenir de son couloir. Friedkin s'était-il enfin mis à manger sainement après avoir fait la noce pendant une semaine à l'Oktoberfest ? Non. Ce fumet ne s'échappait pas de la porte au fond du couloir mais de la sienne. Interloqué, Sauer glissa la clé dans la serrure.

Il n'eut pas le temps de la tourner que la porte s'ouvrit brusquement, révélant l'origine de ce parfum si alléchant : Rosa était là, chez lui, et elle avait cuisiné pour lui.

« Siegfried, te voilà enfin ! » Avant qu'il ait pu prononcer un mot, elle se jeta à son cou.

Ils ne se mirent à table qu'une heure après et, même si le plat avait refroidi, le commissaire le dévora avec appétit jusqu'à la dernière bouchée. Il aida Rosa à débarrasser et à faire la vaisselle, une scène domestique inédite qui le remplit d'une langueur mélancolique. C'était donc cela, la vie à deux. C'était donc cela, l'amour.

« Comment ça s'est passé, à Vienne ? » s'enquit Rosa.

Sauer trouva naturel de le lui raconter, depuis la découverte du cercueil vide jusqu'aux sphinges, en passant par le témoignage de Heigl et la lettre de Hitler.

« Je n'arrive pas à croire qu'elle existe vraiment, dit-elle d'un ton à la fois écœuré et effrayé. Tu l'as sur toi ? »

Sauer ne regrettait pas d'avoir menti à Mutti pour son bien, et il fit de même avec Rosa.

« Non, je l'ai laissée à Vienne. Il est trop dangereux de la garder sur soi. La police autrichienne saura quoi en faire. »

Elle hocha la tête, mais elle avait l'air ébranlé.

« Hé, qu'est-ce qui t'arrive ? lui demanda Sauer en la prenant dans ses bras.

— Rien, répondit-elle, s'abandonnant à son étreinte. Je pensais à Geli. À ce qu'elle a enduré. »

Sauer la serra sans rien dire. Le froid soudain qui avait envahi la pièce les fit frissonner tous les deux.

« Tu me protégeras toujours, n'est-ce pas ? demanda-t-elle à brûle-pourpoint. Quoi qu'il advienne ? »

Il s'écarta, la regarda dans les yeux. « Toujours. Quoi qu'il advienne. Tant que tu seras à mes côtés, il ne t'arrivera rien de mal. » C'était une phrase idiote et insensée, de celles que les amoureux échangent constamment.

« Tu crois que c'est eux qui l'ont tuée ? souffla Rosa. Ces salauds. » Elle se raidit, comme si elle en avait trop dit.

Le froid s'intensifia, leur étreinte se resserra. Sauer comprit que l'heure était venue de confier son histoire à quelqu'un – de raconter comment un homme quelconque, un homme bon, peut devenir un nazi.

« À la fin de la guerre, j'avais presque trente ans, commença-t-il, les yeux fixés sur le piano, comme si ses mots étaient gravés dans le bois. Je n'étais plus un gamin qui se fait embobiner par des slogans et des meetings. J'étais un homme.

— Tu n'es pas obligé de…, intervint Rosa, mais Sauer poursuivit.

— La guerre t'apprend deux choses. La première, c'est que rien n'est plus horrible qu'une guerre. Et la seconde, c'est qu'il n'y a que par la guerre qu'on peut changer le monde. C'est pour ça que nous, les vétérans, sortis vivants tant bien que mal de la plus grande boucherie de l'histoire de l'humanité, on savait que la fin du conflit n'était pas une véritable fin. Rien qu'une pause, le temps de se réarmer et de régler les comptes restés en suspens avant que ça recommence. »

Rosa posa la tête sur sa poitrine. Sauer lui caressa les cheveux.

« Comme tous les autres, j'étais plein de colère et je n'avais pas de travail. Je passais mes journées entre le marché, où je donnais des coups de main à ma mère, et notre maison de famille à la campagne, où mon père faisait quelques cultures vivrières. » Au seul fait de mentionner son père, les yeux de Sauer se mirent à brûler, comme piqués par mille aiguilles. « C'était un homme merveilleux, tu sais ? Le meilleur que j'aie jamais connu. La ferme produisait peu, mais il partageait tout avec nos voisins, ses amis, ses ennemis. Avec quiconque avait faim, parce que la faim, disait-il, n'a pas de drapeau. Il travaillait dur pour une récolte modeste, mais il ne se laissait pas abattre. Il était joyeux, solaire, plein de vie. Le soir, après les travaux des champs, on se réunissait tous dans la grange, où il avait installé le piano : il aimait chanter et voir les autres danser. Puis, quand il se faisait tard et que tout le monde allait se coucher, on restait tous les deux, père et fils, dans le silence de la nuit. C'était l'heure de la grande musique. Liszt, Schubert, Mozart, Beethoven. Et son préféré : Rachmaninov. Une musique nouvelle, difficile à écouter et à jouer, mais il l'étudiait avec plaisir, il s'appliquait. Il essayait de la partager avec moi, mais à l'époque je n'étais pas assez doué pour le suivre. Je ne le suis toujours pas, d'ailleurs. »

Rosa le serra plus fort.

« Une nuit, la nuit la plus terrible de ma vie, mon père et moi étions dans la grange, il était en train de finir de jouer la *Sonate n° 2*, les notes jaillissaient, elles se poursuivaient, se chevauchaient. C'était un spectacle fabuleux, et mon père, si doué, si concentré, était en train de conduire la mélodie vers sa conclusion, il ne manquait plus qu'une page de la partition quand… »

Sauer s'interrompit. Il ne pouvait pas continuer. Il devait continuer.

« Un coup de feu. Soudain. Une balle dans la tête. Il n'a pas souffert, il ne s'est aperçu de rien. Moi, j'étais juste à côté de lui, j'ai vu le sang jaillir de son front, couler sur le piano, sur la partition. Il s'est effondré sur le clavier. Il nous avait quittés. Quelques instants après, la grange a été envahie par des hommes qui portaient des chemises rouges, ils hurlaient et renversaient tout. Ils m'ont pris, m'ont attaché, m'ont mis dans un coin pour que j'assiste à ce qui a suivi : les ouvriers agricoles rassemblés et passés à tabac, les femmes déshabillées et violées, les rares objets de valeur de ma famille volés, le reste brûlé. Pendant tout ce temps, ils criaient : “La propriété, c'est le vol ! À mort les bourgeois !” Puis ils sont partis en chantant “Vive le socialisme !” et je suis resté là, ligoté, à regarder la ferme brûler et un des ouvriers, un brave homme, mourir lentement. Ils m'avaient laissé en vie pour que je raconte ce que j'avais vu, pour alimenter la peur d'un ennemi impitoyable qui pouvait frapper n'importe qui, n'importe quand. »

Sauer se tut. Devant ses yeux, les flammes dansaient encore, dans cette ferme éloignée dans le temps et dans l'espace.

« C'est comme ça que je suis entré dans les SA. » Il s'aperçut que Rosa pleurait doucement. « Pour défendre l'Allemagne, et pour me venger.

— Je suis désolée, Siegfried. Je suis tellement désolée. »

Mais l'histoire n'était pas finie, la partie la plus douloureuse restait encore à venir. « Des années plus tard, après avoir échappé au putsch de la Brasserie, alors que je léchais mes plaies et réfléchissais à ce qui s'était passé devant le portique des Maréchaux, j'ai croisé Joseph Bauer, un camarade qui avait quitté les SA lui aussi. Il m'a raconté qu'il avait rencontré dans une brasserie un certain Armin Grendel, un nazi de la première heure qui, au bout de cinq ou six chopes, avait commencé à se vanter de son rôle dans le Parti. Grendel avait une tâche particulière : semer la terreur de l'ennemi rouge dans la population. Avec sa bande, il se baladait dans le pays et attaquait les propriétaires terriens, agressait les femmes, volait tout ce qui pouvait être volé et faisait retomber la faute sur les socialistes. De la propagande, tu vois ? Et pour démontrer à Bauer qu'il ne mentait pas, Grendel lui a raconté par le menu l'attaque de ma ferme. Une des premières, a-t-il précisé. Une des plus réussies. »

L'Alte Peter sonna une heure, un coup sourd et isolé, comme pour déranger le moins possible.

« J'avais rejoint les nazis pour venger mon père, conclut Sauer, la voix altérée par la colère et le chagrin, mais c'étaient eux qui l'avaient tué. »

JEUDI 24 SEPTEMBRE 1931

47

Il se réveilla en sursaut, s'assit dans son lit, la bouche béante sur un cri muet, les yeux exorbités mais aveugles.

Qui est-ce ? lui demanda son esprit encore ensommeillé, mais Sauer ne savait pas de qui il était question.

Qui est qui ?

Puis le bruit se répéta : des coups sur le bois, quelqu'un frappait à sa porte. Cette information sonore, enregistrée dans son demi-sommeil, l'avait sans doute réveillé.

« Siggi ? appela la voix familière de Mutti. Tu es là ? » Il frappa à nouveau, plus vigoureusement.

Le commissaire quitta son lit en titubant.

Quelle heure est-il ? se demanda-t-il, aveuglé par la lumière qui arrosait la pièce.

Où est Rosa ?

Quand il ouvrit la porte, son ami s'apprêtait à frapper encore, le poing brandi.

« Ah, tu es donc là. »

Une pensée affleura à l'esprit de Sauer, comme un ballon gonflé à l'hélium retenu sous l'eau puis relâché. « Tu as repeint, dit-il. Ton bureau, chez toi. »

Mutti le regarda d'un air perplexe. « Bonjour à toi, répliqua-t-il. Je peux ? »

Sauer s'écarta pour le laisser passer. Mutti alla tout droit à la fenêtre donnant sur l'Alte Peter. « Décidément, tu as la plus belle vue de Munich…

— Hier soir, il me semblait avoir remarqué quelque chose de nouveau dans ton bureau, mais je ne trouvais pas quoi », expliqua Sauer en refermant la porte. Ses tempes palpitaient comme le cœur d'un petit oiseau.

« C'est Lina. Elle ne supportait plus de le voir dans cet état. Elle a donné des pinceaux aux enfants et ils m'ont fait une surprise. »

Sauer sourit. Ça ressemblait bien à Lina.

« Tu sais quelle heure il est ? lui demanda Mutti en se tournant vers lui.

— Pardon, je n'ai pas entendu le réveil. Hier soir, j'étais épuisé.

— À mon avis, tu as oublié de le mettre. Il est presque une heure, Siggi. »

Sauer épia son expression, à la recherche d'une lueur de moquerie. Mais Mutti était sérieux. Trop sérieux, même.

« J'imagine que tout se passe bien avec Mlle Weiss, commenta le commissaire adjoint en s'emparant d'un petit vase de céramique posé sur le rebord de la fenêtre. Je te jure, je ne comprends pas pourquoi les femmes aiment autant les plantes. Si elles n'ont rien à faire pousser, elles se sentent inutiles. À mon avis, Lina a même un petit faible pour l'inflation.

— Sans blague, il est vraiment une heure ?

— Attends, je ne t'ai pas encore dit quel jour on est. Ni quel mois et quelle année. Tu as dormi pendant toute la guerre. L'Allemagne n'est plus une république, c'est une monarchie constitutionnelle. Maintenant, tu dois m'appeler Sa Majesté Helmut.

— Imbécile », fit le commissaire en récupérant sa montre sur la table de chevet.

Il dut se résigner : il avait vraiment dormi plus de douze heures. Il avait gaspillé plus de la moitié de la journée, alors qu'ils avaient des quantités de choses à faire. « Je suis vraiment désolé, Mutti. Je ne pensais pas que je dormirais autant. Je serai prêt dans un instant. » Il rassembla ses habits et s'enferma dans la salle de bains.

Quand il en ressortit quelques minutes plus tard, Mutti était assis devant son piano et s'exerçait maladroitement à faire ses gammes. Il pivota sur son tabouret : « Siggi, dis-moi la vérité. Tu es allé à la Wiesn, aujourd'hui ?

— Quoi ?

— À l'Oktoberfest, pour parler avec Polten. Tu y es déjà allé ?

— Qu'est-ce que tu racontes ? Tu viens de me réveiller !

— Oui, je sais, mais j'avais besoin de te le demander. »

Un obscur pressentiment s'abattit sur Sauer.

« Ce matin, pendant que je t'attendais au commissariat, j'ai reçu un appel de Saint-Paul, expliqua Mutti.

— L'église à côté de la Wiesn ? » demanda Sauer.

Son pressentiment le martelait, il devenait assourdissant.

« Oui. C'était Pavel, de la section Suicides. Un autre pauvre homme s'est jeté du clocher. Dans sa poche, il y avait un papier avec ton nom et le numéro du commissariat.

— Oh non, ce n'est pas vrai.

— Hé si, répondit Mutti d'une voix sombre. Ce matin, vers neuf heures, peu avant de commencer son service, Franz Polten est monté tout en haut du clocher de Saint-Paul et s'est jeté dans le vide. »

Ils n'avaient pas le temps de réfléchir. Pas le temps de discuter, disséquer, analyser : le nombre de morts avait encore augmenté, et les intervalles étaient de plus en plus courts. Hatzke, Maier, Heigl, Polten… Quelqu'un éliminait à la hâte tous leurs témoins, toujours parfaitement informé sur l'étape suivante de leur enquête, toujours en avance. Comment était-ce possible ? Cette question obsédait Sauer, mais il n'avait pas le temps non plus pour essayer d'y trouver une réponse. Il ne restait plus que deux témoins sur la liste, Rudolf Hess et Emil Maurice, et si le premier n'était probablement pas en danger, protégé par sa position et par l'escorte de

Hitler, en revanche il n'était pas dit que le second soit à l'abri.

Ils se rendirent à Gudrunstrasse à bord du premier tramway qui passa, même s'il aurait été plus judicieux de prendre l'autre ligne pour être déposés à proximité du numéro 112, et couvrirent la distance restante au pas de course. Ils arrivèrent devant la boutique essoufflés, le front perlé de sueur.

L'enseigne, sans chichis, indiquait simplement « MONTRES & HORLOGES », suivi de la précision « DEPUIS 1926 », qui faisait un peu sourire – néanmoins, vu le contexte, tenir cinq ans relevait du défi pour un commerce.

La vitrine, masquée par un rideau froncé beige, ne laissait rien deviner de l'intérieur, pas même une lumière. Seules deux montres d'aspect modeste et un réveil plutôt anonyme, avec deux cloches sur le dessus et des pieds pointus, y étaient exposés. Cependant, un détail attirait l'attention : l'inscription en caractères gothiques qui figurait au centre du cadran.

« "Allemagne, réveille-toi !" » lut Mutti à voix haute, étonné par cet emploi inédit de la devise nazie.

Sauer sonna et fut surpris d'entendre aussitôt un déclic électrique. « Il y a quelqu'un, constata-t-il en poussant la porte.

— On n'a plus qu'à espérer que ce soit quelqu'un de vivant. »

La boutique était petite, une pièce carrée encombrée de vitrines poussiéreuses où trônait un comptoir de bois qui barrait le passage vers une seconde pièce, fermée par un rideau de velours vert. Derrière le comptoir, aux prises avec un minuscule tournevis et un réveil sans aiguilles, se trouvait un bel homme âgé d'une quarantaine d'années, aux cheveux très noirs et au petit bouc soigneusement entretenu.

« Bonjour, dit l'horloger sans lever les yeux. Que puis-je faire pour vous ?

— Police criminelle, répondit Mutti en montrant sa plaque. Nous sommes là pour l'affaire Geli Raubal. »

L'homme resta silencieux un instant puis leva la tête. « J'imaginais que vous viendriez tôt ou tard. Qui vous envoie ?

— Otto Strasser, répondit Sauer. Il dit que vous détenez des informations utiles pour la résolution de l'affaire. »

Maurice posa le réveil et s'essuya les mains sur un chiffon. « Si c'est Strasser qui vous envoie, vous savez déjà ce que je pense. Il est venu ici plusieurs fois, ces derniers temps. Il veut me convaincre de coucher par écrit certaines histoires dont j'ai connaissance. Mais je refuse, par les temps qui courent c'est trop dangereux. »

Sauer s'approcha et s'arrêta devant une grosse horloge d'acajou qui portait une curieuse inscription en caractères dorés.

« "Toutes les heures blessent, la dernière tue", lut-il.

— C'est joyeux, commenta Mutti. Vous en vendez beaucoup ?

— Pas une, répondit Maurice.

— C'est cela qui est arrivé à Geli ? demanda Sauer. Une longue usure et une décision finale ?

— Vous ne seriez pas là si vous ne saviez pas aussi bien que moi que Geli ne s'est pas tuée, répondit l'horloger. Strasser raconte sa théorie partout. Il vous aurait envoyés chez moi sans vous en faire part ?

— D'accord. Geli ne s'est pas tuée. Mais qui l'a tuée, alors ? Et pourquoi ? Jusque-là, personne ne nous a donné une réponse à ces questions. Pas même Strasser.

— Pourtant, il l'avait. Et vous aussi. La réponse est sous les yeux de tout le monde.

— Alors je suis bon pour un rendez-vous chez l'oculiste », ironisa Mutti.

Maurice haussa les épaules, l'air de dire qu'il n'y avait pas grand-chose à ajouter. « Le Parti n'a jamais spécialement apprécié Geli. Ses membres se plaignaient du fait que le chef perdait trop de temps avec cette gamine, ils disaient qu'elle était trop au courant de leurs secrets, qu'elle n'aurait pas dû participer à leurs réunions politiques et qu'il aurait été plus sage de ne pas se promener constamment avec elle, parce que ça faisait une cible trop facile pour les journaux et pour leurs adversaires.

— Ce pourrait donc être eux ? demanda Mutti. Des ennemis de Hitler qui voulaient l'affaiblir en touchant à un de ses proches ?

— Non, dit Maurice. Elle était trop surveillée pour

que quelqu'un d'extérieur puisse l'approcher. Après avoir arrêté l'université, elle n'avait plus que ses cours de chant, confiés à des membres du Parti, et ne sortait qu'accompagnée par des hommes de son oncle : amis, collaborateurs, SA…

— Des gens comme vous.

— Plus ou moins. Moi, j'étais différent.

— Comment ça ? demanda Sauer.

— Je l'aimais. Et elle m'aimait », déclara l'horloger d'un ton solennel.

Les deux commissaires échangèrent un regard furtif. Combien de fois avaient-ils entendu cette phrase ces derniers jours ?

« Vous ne me croyez pas ? demanda Maurice. C'est normal. J'ai été effacé de cette histoire. Ce qui s'est passé entre nous a marqué la fin de mes rapports avec le Parti. Une *damnatio memoriae* en bonne et due forme, comme au temps des empereurs romains. Vous savez qui a écrit *Mein Kampf* avec Hitler ?

— Rudolf Hess », répondit Mutti sans hésiter.

Maurice eut un sourire amer. « Non, c'est moi. Il m'a dicté les premiers chapitres quand on purgeait notre peine à Landsberg. Après le Putsch, Hess s'était enfui à l'étranger, moi je me suis laissé attraper pour rester aux côtés de Hitler. Hess n'est revenu qu'après, et c'est alors qu'il l'a convaincu de continuer à écrire avec lui. Je suis cité dans le texte, mais je n'ai pas touché un sou. Pourtant, le livre en a rapporté beaucoup, paraît-il.

— J'ignorais votre contribution, reconnut Mutti.

— Et les SA ? Qui a pris cette bande désordonnée en main et l'a transformée en corps militaire ?

— Ce n'est pas Goering ?

— Pas du tout. C'est moi. Emil Maurice, premier commandant des SA, cofondateur des SS.

— Je croyais que c'était Himmler qui avait fondé les SS.

— Himmler ! s'étrangla Maurice. Cet imbécile ! Non, c'est moi qui ai eu l'idée, et c'est moi qui l'ai mise en pratique. Ce n'est pas un hasard si Hitler a la carte numéro 1 et moi la numéro 2. Himmler est arrivé bien après. »

Dit-il vrai, se demanda Sauer, lisant la même perplexité chez Mutti, *ou est-ce un mythomane ?*

« Je vois que vous ne me croyez pas, reprit Maurice. Pourtant, c'est comme ça que les choses se sont passées. J'ai été parmi les premiers partisans de Hitler, on s'est fréquentés pendant des années, j'étais son chauffeur, je l'emmenais partout en Allemagne et j'étais le seul invité aux pique-niques sur les rives du Chiemsee, avec lui et les filles.

— Vous jouiez de la guitare, se souvint soudain Mutti.

— Oui, et j'ai appris à Geli à en jouer. C'est comme ça que nous sommes tombés amoureux. Attendez, dit-il, et il disparut dans la pièce d'à côté pendant quelques instants. Tenez, lisez, si vous voulez une preuve. »

Sauer ne s'étonna pas de se trouver face à une énième lettre.

Munich, 25 décembre 1927

Mon cher Emil,

Le facteur m'a déjà apporté trois lettres de toi, mais aucune ne m'a autant remplie de joie que la dernière. C'est peut-être pour cela que j'ai été si malheureuse ces derniers jours. Ces deux derniers jours, j'ai été malheureuse comme jamais. Mais ça devait se passer comme ça et ça a peut-être été une bonne chose pour tous les deux. À présent, j'ai la sensation que ces journées nous ont liés pour toujours.

Mais il y a un point à mettre au clair. Tonton Adolf exige qu'on attende deux ans. Imagine, Emil, deux années entières à nous embrasser juste de temps en temps, et toujours sous la surveillance de tonton A. ! Toi, il faut que tu travailles pour nous procurer des revenus à tous les deux et, en attendant, on ne pourra se voir qu'en présence d'autres personnes... je ne peux que te donner mon amour et t'être fidèle sans la moindre hésitation... Je t'aime à la folie !

Tonton Adolf exige que je continue mes études... En ce moment, tonton A. est incroyablement gentil. Je voudrais vraiment le rendre heureux, je ne sais pas comment faire... Mais tonton A. dit que notre amour doit rester absolument secret. Je crois que je serai parfaitement heureuse. Nous

pourrons peut-être nous voir avant la soirée au sapin de Noël ou même dans l'après-midi. Mon cher, mon très cher Emil, je suis déjà si heureuse de pouvoir passer du temps avec toi. Tonton A. m'a promis que nous pourrons nous voir souvent, et même seuls. Il est adorable. Imagine si j'avais été obligée de déménager à Vienne. Je n'aurais pas supporté d'être si loin de toi si longtemps. Je me sens tellement délaissée à Vienne, même s'il y a ma mère ! Tu serais resté ici, à Munich. Je dois surtout remercier Mme Hess : au début, quand elle devait venir chez moi, je n'ai pas voulu. Puis quand elle est arrivée, elle a été si gentille, c'était la seule qui croyait que tu m'aimais vraiment et alors j'ai commencé à m'attacher à elle.
J'espère que tu recevras cette lettre ce soir.

Plein de baisers de ta Geli.

Je suis heureuse !

« Geli m'aimait, répéta Maurice quand les commissaires eurent terminé leur lecture. Alors, Hitler a fait semblant d'approuver nos projets, mais après avoir posé ses conditions et les avoir fait accepter par Geli, il m'a licencié de but en blanc et il m'a empêché de la revoir. Une union entre nous n'était pas acceptable pour le Parti : j'étais juif, elle était juive. Ça aurait été un trop gros scandale. »

À cet instant, toutes les horloges de la pièce

sonnèrent l'heure, dans un concert assourdissant de sifflements, de sons de cloche et de coucous. Ce ne fut qu'à la fin de ce tintamarre que Maurice s'aperçut de l'effet que sa dernière phrase avait produit sur les deux commissaires et qu'il comprit que cette information était inédite pour eux.

« Eh bien oui, Geli était juive, affirma-t-il d'un ton moqueur. Au moins pour un huitième, comme son oncle, d'ailleurs. Enfin, qui ne l'est pas, dans ce pays ? Qui peut se vanter d'une ascendance pure, *aryenne*, comme Himmler aime à le dire, avec l'histoire longue et difficile qui nous précède ? Aujourd'hui, tout le monde tire avantage de se clamer antisémite, le peuple est ignorant et affamé, il suivra le premier venu qui agitera un drapeau rouge devant ses yeux, mais regardez l'élite du Parti : le grand chef avait des ancêtres juifs, même les journaux le savent. Vous voyez la caricature dans l'*Illustrierter Sonntag ?* Hitler avec un gros nez. J'imagine sa colère quand il l'a découverte. Mais Goering aussi a un parrain juif, qu'il a toujours considéré comme son père, et Goebbels a été fiancé pendant des années avec une juive, et maintenant il veut épouser Magda Quandt, qui est la fille d'un juif. Jugez par vous-mêmes. Himmler peut intriguer autant qu'il veut, il peut se servir de l'excuse raciale pour éliminer ceux qui entravent son ascension, comme il l'a fait avec moi, n'empêche que la vérité, c'est qu'ils sont nombreux dans ce parti à se sentir morveux. Le scandale couve. S'ils s'en sont sortis jusque-là, c'est parce qu'ils savent quels rouages lubrifier et lesquels briser pour garder certaines informations secrètes.

— Et avec Geli…

— Avec Geli, on ne pouvait rien garder secret. Vous ne l'avez pas connue : c'était la fille la plus tape-à-l'œil qui soit, et je ne dis pas ça dans un sens négatif. Elle s'habillait avec goût, se comportait avec grâce, elle était raffinée et bien élevée, et savait rester à sa place. Pourtant, où qu'elle aille, où qu'elle se trouve, même si elle était en compagnie d'hommes et de femmes bien plus célèbres qu'elle, Geli était au centre de l'attention. Ses yeux… » Maurice se perdit un instant dans ses souvenirs. « Ses yeux étaient fascinants. Je n'arrive pas à croire qu'ils se soient fermés pour toujours, que je ne les verrai plus jamais. »

Sauer laissa passer quelques secondes, par respect pour ce chagrin trop évident pour être mis en scène, mais les dizaines d'horloges qui le regardaient de toutes parts lui rappelèrent que toutes les heures blessent, et que la dernière n'est pas la seule à tuer.

« Qui était au courant ? demanda-t-il à Maurice.

— Que Geli était juive ? Personne, sinon sa vie aurait été en danger. Il y a quelques années, Hitler s'est pris d'affection pour une fillette qu'il voyait tous les jours à Berchtesgaden. Un angelot blond âgé de six ans, avec un sourire qui aurait conquis n'importe qui, même Röhm. Hitler adorait se promener et bavarder avec elle, et je me souviens qu'une fois il s'est servi d'elle pour commenter la supériorité de la race allemande, capable de produire une perfection pareille… Puis il s'est avéré que la fillette était juive par son père, et tout a changé en un clin d'œil. Les photos qui les montraient ensemble ont disparu et on n'a plus jamais eu de nouvelles d'elle. Elle a disparu de la circulation, si vous voyez ce que je veux dire. Non, conclut Maurice. Pour revenir à la question, personne ne sait que Hitler et Geli ont des aïeuls juifs. À part Himmler et Goering, bien sûr. Eux, ils sont au courant de tout.

— À part vous, aussi, fit remarquer Mutti.

— Moi, je l'ai découvert par hasard, pendant une discussion entre Hitler et… » Maurice s'interrompit, désarçonné et perdu, comme s'il venait de s'apercevoir qu'outre les deux commissaires et lui, un éléphant se trouvait dans la pièce.

« Une discussion entre Hitler et qui ? demanda Sauer.

Il avait déjà la chair de poule qui précédait les révélations cruciales.

— Son photographe, souffla Maurice. Heinrich Hoffmann. »

48

Le studio Hoffmann était aussi silencieux que la première fois que Sauer et Mutti y étaient venus, deux jours auparavant. La seule présence, exception faite de la fougère en plastique dont les feuilles ployaient tristement au-dessus de la table basse en verre, était celle de la secrétaire que Hoffmann avait appelée Eva.

« Bonjour, dit-elle en les reconnaissant. Si vous cherchez Herr Hoffmann, il n'est malheureusement pas à Munich aujourd'hui. »

Mutti marcha vers le comptoir d'un pas décidé. « Écoute, ma jolie. L'autre jour aussi tu as dit ça, et en fin de compte Herr Hoffmann était dans son bureau.

— C'est ce qu'il m'avait demandé de dire, se justifia-t-elle en reculant la tête, effrayée.

— Je m'en fiche. S'il est là maintenant, appelle-le et ça ira.

— Aujourd'hui il est vraiment absent. Vous devez me croire. »

C'était sans compter avec la colère et la détermination de Mutti : il n'allait pas se contenter de croire, il voulait voir. Il voulait toucher de ses doigts, quitte à commettre une imprudence. « Si vous permettez, dit-il – et il s'engagea dans le couloir sans attendre de réponse.

— Attendez ! s'exclama Eva en bondissant sur ses pieds, alarmée. Vous ne pouvez pas entrer, Herr Hoffmann va se mettre très en colère…

— Herr Hoffmann aura d'autres raisons d'être tracassé, la prochaine fois que je le verrai », rétorqua Mutti sans s'arrêter.

La jeune fille quitta l'accueil pour le retenir, mais Sauer fut plus vif et la saisit par le bras, d'un geste doux mais ferme. « Mademoiselle…

— Braun. Je m'appelle Eva Braun.

— Mademoiselle Braun, je vous conseille de ne pas gêner mon collègue, qui fait son travail.

— Oui, mais Herr Hoffmann m'a bien dit de…

— Oubliez votre chef, l'interrompit Sauer. Nous nous en occuperons. Préoccupez-vous plutôt de vous. »

La jeune fille lui adressa un regard surpris. « Qu'est-ce que vous voulez dire ?

— Je veux dire, développa le commissaire tandis que Mutti disparaissait dans une pièce donnant sur le couloir, que votre position est délicate aussi. Pas aussi délicate que celle de Herr Hoffmann, certes, mais assez pour avoir des ennuis.

— Je ne sais pas de quoi vous parlez, répondit-elle un ton plus bas en se dégageant.

— Où étiez-vous vendredi dernier à l'heure du dîner ?

— Vendredi dernier ? répéta Eva Braun, pâle comme une morte.

— Le 18 septembre. Le jour, ou plutôt le soir, où Geli Raubal a perdu la vie. Nous savons avec certitude que vous avez vu une certaine personne à un certain endroit, mais malheureusement pour vous, ce rendez-vous n'est pas passé inaperçu. Si vous ne voulez pas finir en prison…

— En prison !

— … vous avez tout intérêt à parler.

— … Je… je ne sais pas. Je crois que je n'ai pas le droit de le faire.

— Vous devez. À moins que vous ne préfériez que je demande à un juge de vous y contraindre ? Cette demarche serait rapide, vu les preuves dont nous disposons, mais vous pensez bien qu'elle ferait du bruit. Alors que si vous me dites tout maintenant, spontanément, et si ce que vous me racontez ne décrit aucun crime, les choses pourraient en rester là.

— Personne ne saurait que j'ai parlé ? »

Sauer secoua la tête. Lui aussi avait eu vingt ans, autrefois. Lui aussi avait été naïf. « Personne ne saurait que vous avez parlé. »

Eva Braun recula jusqu'à sa chaise et s'y appuya, l'air abattu. « D'accord, finit-elle par dire. Mais promettez-moi que mon nom n'apparaîtra dans aucun rapport. Je n'ai rien fait de mal.

— Promis », mentit de nouveau Sauer.

Elle poussa un profond soupir.

« Vendredi soir, après le travail, je suis allée dîner dehors.

— Avec qui ? »

Les mains crispées, la jeune fille se redressa comme pour se donner du courage. « Avec Herr Hoffmann et Herr Hitler, dit-elle. Dans la petite salle privée d'une brasserie du centre-ville.

— Le Bratwurst-Glöckl.

— Oui. Vous le saviez déjà.

— Je sais déjà tout mais je veux l'entendre de votre bouche. De quelle heure à quelle heure êtes-vous restés là-bas ?

— Je suis arrivée à neuf heures, eux peu après. Nous avons dîné ensemble puis, vers dix heures et demie, Herr Hoffmann est parti et nous a laissés seuls. »

Sauer haussa un sourcil. La jeune fille baissa les yeux.

« Jusqu'à quelle heure ? demanda le commissaire.

— Jusque tard. Au moins deux heures.

— Et Herr Hoffmann ?

— Je ne l'ai pas revu ce soir-là. »

Donc, calcula Sauer, *Hitler a un alibi, mais pas le photographe. Tout se tient.*

« Je sais à quoi vous pensez, déclara soudain Eva Braun. Mais vous vous trompez. Pour moi c'était la première fois et nous nous aimons. Je compte les heures jusqu'à notre prochain rendez-vous. Un jour, il m'épousera, déclara-t-elle brusquement, toute rouge, le regard planté dans celui de Sauer.

— Je n'en doute pas, répondit le commissaire. Je n'en doute pas. »

Mutti sortit comme une flèche du bureau de Hoffmann. « Siggi ! l'interpella-t-il, excité. Siggi, viens voir ! Dépêche ! »

« Herr Hoffmann ne va pas être content… » répéta la jeune fille, mais personne ne l'écouta. En deux enjambées, le commissaire fut devant la porte du bureau et il suivit Mutti à l'intérieur. Depuis les quatre murs, trente versions d'Adolf Hitler le regardèrent, surprises de la tournure que prenaient les événements.

« Là, viens ! » s'exclama le commissaire adjoint en indiquant le grand bureau au milieu de la pièce. Sauer en fit le tour et se retrouva devant un tiroir ouvert, dont tout le contenu avait été renversé par terre. « Il y a un double fond », expliqua Mutti, puis il le souleva avec un sourire triomphant.

Quand Sauer découvrit ce qui s'y cachait, tous les commentaires, les ragots, toutes les remarques, les conjectures plus ou moins explicites formulés ces derniers jours par ceux qui avaient connu Geli se condensèrent dans sa tête, et il se rendit soudain compte que toutes ces informations les orientaient nettement vers un nom, une personne : Heinrich Hoffmann. Mutti le soupçonnait depuis le témoignage d'Emil Maurice, mais à présent le soupçon était une certitude.

Cette fois, c'est bon, pensa Sauer. *On t'a trouvée.* Il tendit une main prudente pour attraper la petite croix gammée en or qui avait appartenu à Geli Raubal.

49

Ils se quittèrent sur Odeonsplatz sans rien dire. Mutti partit vers le commissariat, emportant la croix gammée en or qui prouvait la culpabilité de Heinrich Hoffmann, tandis que Sauer, officiellement encore en vacances, devait attendre que leur directeur, Tenner, le rappelle pour lui confier la recherche du photographe. S'il était vrai qu'il avait quitté la ville, il faudrait diffuser un mandat d'arrêt national, et il n'était pas à exclure qu'il se soit enfui à l'étranger. Mais tôt ou tard, ils le pinceraient. La cause de la mort de Geli serait appelée par son nom – homicide –, et justice serait enfin rendue à la jeune femme grâce au travail des deux commissaires.

Alors qu'il marchait sans se presser dans les rues du centre-ville en direction du marché, Sauer se remémora toutes les étapes de cette enquête si retorse, essayant de voir s'ils avaient effleuré la vérité avant, si en étant plus attentifs ou en utilisant mieux les indices à leur disposition ils auraient pu arriver à cette conclusion plus tôt. Peut-être le jour où ils s'étaient entretenus avec Hoffmann ? Cependant, Sauer avait beau se repasser les détails de leur discussion, il n'avait pas souvenir que le photographe ait laissé échapper quelque chose de suspect. Il paraissait calme et maître de lui, seulement éprouvé par la fatigue de ses nuits sans sommeil auprès de Hitler – en admettant que ç'ait vraiment été lui qui lui avait tenu compagnie à la villa de Müller, et non Gregor Strasser.

Hoffmann est un menteur invétéré, avait déclaré Goering. *Je ne crois pas un mot de ce qu'il raconte et je vous conseille d'en faire autant.* Sauf que, à ce moment-là, l'as de l'aviation était sur la liste des suspects. Comment auraient-ils pu prêter plus de foi à ses propos qu'à ceux du photographe ?

Non, se dit Sauer tandis que ses pieds le reconduisaient machinalement au marché. *Il n'était pas possible de comprendre plus tôt que l'assassin de Geli était Hoffmann. Inutile de se creuser la cervelle maintenant.* Sauf que s'ils étaient parvenus à l'identifier avant, plusieurs vies auraient été épargnées, et cela le rongeait. Cela, mais aussi un doute évanescent. Quelque chose qui était en lien avec d'autres morts, les messages et la manière dont…

H, pensa le commissaire. *L'initiale sur la lettre adressée à Geli, la signature de tous ces messages. Il ne s'agissait donc pas de la même personne*, conclut-il car, malgré ses efforts d'imagination, il ne pouvait pas concevoir que Hoffmann soit aussi l'assassin de Hatzke, Maier, Heigl et Polten. *Ce doit être une coïncidence. Ou bien il a un complice.*

Il en était à ce stade de sa réflexion quand il arriva au marché. À cette heure, la plupart des kiosques étaient fermés et les tenanciers des derniers encore ouverts commençaient à rassembler leurs chaises et leurs tables. En tout, il devait rester une vingtaine de personnes sur la place dont, bien entendu, Meni Keller.

« Bonsoir, lieutenant ! le salua-t-elle. Tout va bien depuis deux jours qu'on ne vous a pas vu ?

— Oui, tout va bien, Frau Keller. » *Si ce n'est que je ne suis pas lieutenant mais commissaire.* « Excusez-moi, Mlle Weiss n'est pas là ? »

La vieille Meni tourna ses paumes vers le ciel : « Non, figurez-vous ! Elle n'est pas venue travailler ce matin, sans prévenir ! J'espère qu'elle n'est pas tombée malade… »

Un frisson glacé parcourut le dos du commissaire, qui tâcha de conserver son calme. *Ça ne signifie rien. Elle a peut-être eu un empêchement. Ne t'inquiète pas.*

Mais, bien entendu, il était affreusement inquiet, comment aurait-il pu en être autrement ? Il repensa à l'incident de la Tour chinoise, quand Otto Strasser l'avait fait enfermer dans les toilettes du restaurant pour avoir le temps de discuter avec lui. Si Strasser était au courant de sa relation avec Rosa, n'importe qui d'autre pouvait l'être.

« J'espère aussi », répondit-il. Il la salua et rentra chez lui.

Tu vas arriver dans ta mansarde et Rosa sera là.

Ou peut-être que non, parce qu'elle aussi était fatiguée après cette nuit, peut-être qu'elle a préféré rester chez elle pour se reposer. Ou alors...

« Commissaire ! le héla un homme en courant à sa rencontre dans l'escalier. Commissaire ! » C'était Friedkin, son propriétaire. « Vous voilà enfin de retour. Venez, votre appartement ! Vite ! lui enjoignit-il, l'air égaré.

— Qu'y a-t-il ?

— Votre porte a été forcée ! » répondit Friedkin en repartant dans l'autre sens.

Sauer monta l'escalier quatre à quatre, le cœur battant à se rompre. Sa porte était seulement entrouverte, mais les marques d'effraction au niveau de la serrure ne laissaient aucune place au doute.

« J'ai vu ça en rentrant chez moi, lui expliqua son propriétaire et voisin. Je ne savais pas qui appeler, alors je vous ai attendu.

— Vous avez bien fait », lui répondit Sauer. Il lui fit signe de se taire et tendit l'oreille : il n'y avait aucun bruit dans l'appartement.

Il poussa lentement la porte du pied. Le spectacle lui glaça le sang : les meubles avaient été déplacés, les bibelots jetés par terre, et les rideaux, furieusement arrachés des tringles, formaient un tas au milieu de la pièce. Sauer avança d'un pas. Le piano était ouvert, comme si quelqu'un savait qu'il servait parfois de cachette, et les partitions avaient été négligemment repoussées dans un coin. « Dieu du ciel », murmura-t-il en avançant d'un autre pas. La plante de Rosa n'était plus à sa place, mais sur le tapis, la terre éparpillée autour. « Que diable s'est-il passé ? » demanda-t-il à mi-voix, une question qui n'appelait pas de réponse mais qui, à sa grande surprise, en reçut une, limpide.

« Il s'est passé, dit Friedkin derrière lui, d'une voix froide et ferme, que vous détenez quelque chose dont j'ai besoin mais que vous semblez avoir très bien caché. »

Sauer resta pétrifié. Le temps qu'il assimile la situation et se retourne pour faire face à son interlocuteur, la porte s'était refermée avec un déclic définitif et un pistolet s'était matérialisé dans les mains de Friedkin.

« J'ai déjà perdu trop de temps à chercher cette lettre, continua ce dernier en s'avançant, glacial. Donnez-la-moi et finissons-en. »

50

Quand vous êtes sur le point de mourir, le monde environnant ne change pas. La lumière ne diminue pas, les bruits ne cessent pas et personne ne prête la moindre attention au fait étonnant que ce sont vos ultimes instants.

Dans le vide soudain qui avait rempli la mansarde, Sauer fixait le pistolet et son silencieux dans le poing de Friedkin, l'homme qui avait mis son appartement sens dessus dessous à la recherche de la lettre de Wolf.

Est-il possible qu'un si petit objet puisse mettre fin à ma vie ? Est-il possible que tout ce que j'ai fait et pensé jusqu'à aujourd'hui n'ait convergé que vers ce moment ?

« Ne restez pas planté là, lui intima Friedkin. Donnez-la-moi. »

Le commissaire leva les yeux de l'arme et dévisagea son propriétaire, qui avait perdu son air doux et innocent. « Je ne l'ai pas. »

Un sifflement, et plusieurs touches du piano s'envolèrent.

« Je sais que vous l'avez. Ne me faites pas perdre patience.

— Je ne l'ai plus.

— Dites-moi à qui vous l'avez donnée, alors. »

Sauer ne s'était pas souvent retrouvé dans cette situation, face à une arme braquée sur lui et à un risque de mort concret et imminent, mais il savait que céder n'était pas le meilleur choix pour rester vivant. « Non. Je ne le ferai pas. »

Friedkin fit un pas de plus. Le gouffre noir du canon de l'arme s'élargit. « À mon avis, si.

— Si je vous le dis, vous me tuerez.

— Je vous tuerai si vous ne me le dites pas.

— Je préfère courir ce risque. »

Friedkin parut accuser le coup. Il resta un instant immobile, les yeux perdus dans quelque réflexion. Puis il abaissa son arme. « Je peux aussi vous mutiler. »

Un deuxième sifflement, et le plancher explosa en un nuage d'esquilles, à quelques centimètres des pieds de Sauer.

« Où. Est. Cette. Lettre ? martela Friedkin en braquant le canon sur la poitrine du commissaire.

— Je vous ai dit qu'elle n'était pas ici. Je l'ai cachée, et même si je vous expliquais où elle était, vous ne la trouveriez pas.

— C'est impossible. Vous êtes rentré hier de Vienne et… » Friedkin s'interrompit, traversé par un doute. « Vous l'avez laissée dans le train ? »

Le commissaire s'abstint de répondre, s'efforçant de ne pas bouger un muscle pour ne pas se trahir.

« Non, pas dans le train, réfléchit l'autre. Sinon vous l'auriez perdue. Où, alors ?

— Je peux vous montrer l'endroit, si vous voulez. Mais vous devez d'abord baisser votre arme.

— Je n'ai aucune intention de le faire. Dites-moi maintenant où vous avez caché cette lettre ou je vous tue sur-le-champ. Il sera plus difficile de la chercher sans vous, ça prendra plus de temps, mais on finira par la trouver.

— Pour qui travaillez-vous ? demanda alors Sauer. Qui êtes-vous ? À quoi vous servira cette lettre ?

— Ce ne sont pas vos affaires, répondit Friedkin d'un ton sec. Allez, maintenant conduisez-moi là où vous l'avez cachée. Et pas de blague. »

Sauer n'avait pas le choix. Sans quitter l'arme des yeux, il dépassa Friedkin et se dirigea vers la porte.

C'est alors qu'une pierre frappa la fenêtre, la brisa et roula sur le plancher jusqu'au milieu de la pièce. Friedkin se retourna brusquement et Sauer, quoique aussi surpris que lui, tira profit de la situation : il plongea et heurta son adversaire d'un coup d'épaule dans le dos.

Celui-ci poussa un cri et son pistolet tomba à terre avec un bruit sourd.

Dans les instants qui suivirent, le commissaire essaya de neutraliser Friedkin, qui passa un bras autour de son cou et lui décocha des coups de coude à l'aveugle. D'un coup de pied bien envoyé, il fit tomber Sauer à genoux, et s'élança en arrière de tout son poids pour le déséquilibrer.

Ils se retrouvèrent tous deux au sol, enlacés comme deux athlètes de lutte gréco-romaine et, dans une tempête de coups de poing, de pied, de tête et de coude, chacun essaya de prendre le dessus sur l'autre, Sauer avantagé par sa carrure, Friedkin par son agilité.

Le pistolet était quelque part par là, mais où ? Sauer ne parvenait pas à le voir, écrasé par terre par son voisin qui, après lui avoir décoché une série de coups à l'estomac s'assit sur lui et enserra sa gorge.

« Rends-toi ! » lui ordonna-t-il en augmentant la pression. La lucidité de Sauer déclinait, les contours de son champ de vision se troublaient, la lumière devenait de plus en plus faible, lointaine.

Il étouffait et ne réussissait pas à se dégager. Il allait bientôt s'évanouir, et rester à la merci de son adversaire qui serrait de toutes ses forces, le visage empourpré par l'effort. « Dis-moi où elle est ! » cria-t-il, mais Sauer ne pouvait pas parler, il n'arrivait plus à respirer.

Ses forces l'abandonnaient. Il ne pouvait pas mourir comme ça, pas maintenant qu'ils avaient résolu l'affaire, pas sans savoir ce qui était arrivé à Rosa.

Rosa.

Comme si ce prénom renfermait en lui une énergie secrète, Sauer trouva la force de réagir une ultime fois et, d'un coup de reins suivi d'un autre, puis d'un autre encore, il désarçonna Friedkin.

Il entendit son corps s'abattre sur le sol, mais pas assez loin, pas assez violemment : Sauer ne disposait que de quelques secondes pour se relever et se préparer à un nouvel assaut. Il lui fallait trouver le pistolet et…

« Ne fais pas un geste, lui dit son voisin qu'il avait jusque-là cru doux et inoffensif, agenouillé à deux mètres de lui, le pistolet en main. Ne fais pas un geste ou tu es mort. »

C'était fini.

Sauer n'avait plus qu'à se rendre.

Les poumons brûlants et tout le corps endolori, il mit ses mains derrière sa nuque. « Je ne te dirai jamais où elle est, eut-il seulement la force de murmurer.

— Je sais, répondit Friedkin en se relevant. Tu ne me sers donc plus à rien. »

Sauer ferma les yeux.

L'explosion l'assourdit.

Un cri sauvage fut poussé, suivi d'un bruit de chute.

Quand Sauer rouvrit les yeux, son adversaire était étendu sans vie devant lui.

« Siegfried ! » s'écria une voix dans son dos, une voix féminine qu'il connaissait bien.

Il se retourna, et son cerveau eut besoin de quelques instants pour assimiler la scène.

Immobile sur le seuil de sa mansarde, un petit pistolet encore fumant au bout de son bras tendu, Rosa Weiss le fixait, les yeux écarquillés.

« Rosa ? fit-il, incrédule et heureux comme jamais il ne l'avait été. Qu'est-ce que tu fais avec ce… »

« Tout va bien ? » l'interrompit un jeune homme en uniforme en entrant au pas de course.

Sauer le connaissait aussi, mais fut encore plus

déboussolé de le voir dans ce contexte. « Julian », souffla-t-il, égaré, au sergent qui l'avait promené dans tout Munich à bord de l'automobile de Tenner.

Mais ce dernier ne lui prêtait aucune attention : il n'avait d'yeux que pour la jeune femme, qu'il avait attrapée par les épaules : « Rosa, ça va ? » répéta-t-il.

Elle se reprit. « Ça va, oui. Nous sommes arrivés juste à temps. » Elle baissa enfin son bras, sans détourner les yeux de Sauer qui, perdu, avait mille questions au bord des lèvres. « Je vais tout t'expliquer », déclara-t-elle, mais sa voix sonnait faux.

51

Pour se rendre à Richard-Wagnerstrasse, il fallait passer devant la Braunes Haus, et Sauer craignit que ce soit leur destination, même si Rosa et Julian lui avaient juré qu'ils étaient opposés aux nazis. « Nous, on est les gentils », lui avaient-ils affirmé, mais ce mot n'avait plus beaucoup de sens pour le commissaire. S'il les suivait, c'était parce qu'il n'avait pas d'autre choix, et pour savoir à quel point la femme qu'il croyait aimer l'avait roulé.

Le numéro 27 était un sévère petit immeuble de quatre étages, crépi de marron clair et embelli par un balcon en fer forgé aux motifs floraux. Au rez-de-chaussée, une dizaine de grandes fenêtres arrondies en verre opaque donnaient sur la rue. Sur la porte en bois sombre, à côté des sonnettes, une plaque en laiton indiquait en caractères gothiques : ILLUSTRIERTER SONNTAG. Sauer comprit enfin quelle était leur destination, et il en fut soulagé.

Julian resta dans l'auto, laissant Rosa accompagner le commissaire à l'intérieur. « Dépêchez-vous, dit-il seulement, en jetant des regards inquiets autour de lui. Je ne voudrais pas qu'on nous ait suivis. »

Dès que la porte d'entrée se fut refermée derrière eux, Rosa abandonna l'attitude rigide qu'elle avait adoptée pendant tout le trajet. « Qu'est-ce que tu penses de moi ? demanda-t-elle en levant de grands yeux tristes vers le commissaire.

— Que tu m'as menti, répliqua Sauer, plus glacial qu'il ne l'aurait voulu. Que tu m'as utilisé.

— Non, Siegfried. Jamais.

— Tu t'es glissée dans ma vie, tu t'es glissée dans mon *lit*, parce que tu voulais quelque chose de moi.

— Il n'était pas prévu que ça se passe comme ça. Il n'était pas prévu qu'on devienne aussi… intimes. Ce n'était pas le projet.

— Le projet, répéta Sauer, méprisant.

— On savait que tu étais en charge de l'affaire Raubal, et Fritz pensait que cet homicide pouvait être crucial pour notre combat.

— Quel combat ?

— … Alors, on a étudié tes habitudes, et on a conclu que le meilleur moment pour t'approcher était le matin, quand tu prends ton petit déjeuner au marché. Mais je ne voulais pas te séduire. Juste devenir ton amie, gagner ta confiance. »

Sauer resta silencieux, ruminant un détail qui l'avait vexé. « Vous avez étudié mes habitudes, répéta-t-il.

— Je suis désolée, chuchota Rosa.

— Frau Keller. Elle aussi fait partie du complot ?

— Ce n'est pas un complot, Siegfried.

— Ah bon, comment ça s'appelle, alors ?

— La résistance. Ça s'appelle la résistance. Suis-moi, je t'emmène rencontrer l'homme qui est à l'origine de tout ça. Il t'expliquera. »

Quand Rosa le prit par la main, Sauer eut envie de se libérer, de se rebiffer, de repousser cette invitation à l'intimité. Il en fut incapable. Les mots de Rosa n'avaient pas tout clarifié, bien au contraire, il restait beaucoup à expliquer et à comprendre. Cependant, le ton sur lequel elle les avait prononcés et les gestes qui les avaient accompagnés, tout chez elle était trop sincère, trop vrai pour être mis en doute. Ou peut-être que non, peut-être que Sauer se fiait encore une fois à la mauvaise personne, malgré les mille mises en garde de Mutti. Il ne pouvait pas s'en empêcher : malgré le choc, malgré sa trahison, il était amoureux d'elle.

Ils montèrent côte à côte jusqu'au deuxième étage. Une des deux portes en bois luisant était ouverte. Sauer lut sur la plaque : FRITZ GERLICH. Il ne s'était donc pas trompé, Rosa le conduisait chez le directeur de l'*Illustrierter Sonntag*, l'hebdomadaire politique le plus critique à l'égard du national-socialisme, ennemi juré de Hitler.

Une femme menue les accueillit sur le seuil. L'incroyable clarté de ses yeux était mise en relief par son épaisse chevelure noir de jais. « Bertha », la salua Rosa. Après une accolade, elle s'enquit : « Est-il là ?

— Oui, bien sûr. Il est dans son bureau, il relit les épreuves. »

Aussi à l'aise que si elle était chez elle, Rosa conduisit Sauer dans un couloir qui s'enfonçait dans le vaste appartement des Gerlich. Ils passèrent devant un salon, une cuisine et une bibliothèque bien remplie avant d'arriver à la bonne porte. Un cartouche avec une devise latine, *Spiritus durissima coquit*, trônait au-dessus d'une petite sonnette que Rosa pressa. Une voix masculine les invita à entrer.

Sauer n'avait jamais pénétré dans la rédaction d'un journal, et c'est peut-être pour cela que le désordre ordonné qui régnait dans le bureau de Fritz Gerlich l'impressionna autant. À en juger par le plafond, la pièce était grande, mais elle débordait tellement de livres, journaux et papiers en tout genre qu'elle ressemblait un cagibi plein à craquer. Bien qu'à cette heure la lumière fût encore abondante, les volets étaient tirés, ne laissant filtrer qu'un rayon de soleil, et les lampes et les lustres étaient tous allumés, créant un jour artificiel éclatant.

Fritz Gerlich était assis à la plus grande des six tables de la pièce, toutes couvertes de piles de documents aussi hautes qu'un homme. Vêtu d'un impeccable complet noir, une cravate rayée autour du col de sa chemise, le journaliste était si absorbé par son travail de révision que, pendant presque une minute, il ne leva même pas les yeux. Le commissaire en profita pour mieux étudier son visage, orné de lunettes rondes. Sa moustache courte, qui rappelait son adversaire politique, surprit Sauer, lequel ne put s'empêcher de comparer Gerlich et Hitler. Il en conclut que, lunettes mises à part, ils se ressemblaient presque autant que des jumeaux. Leur seule véritable différence, profonde, résidait dans leur regard : celui du journaliste trahissait une bonté et une mélancolie absolument absentes des yeux froids du Führer.

« Rosa », finit par dire Gerlich en levant la tête de la maquette. Il retira ses lunettes pour les nettoyer. « Que me vaut ta visite à cette heure ?

— Excuse-moi, Fritz. Je sais que je ne devrais pas venir avant la nuit, mais nous avons une urgence. Tu te souviens de Siegfried Sauer ?

— Le commissaire chargé de l'affaire Raubal ? demanda Gerlich, l'air vivement intéressé.

— Le voici. »

Gerlich adressa un regard surpris au commissaire. « Oh, enchanté », dit-il en se levant. Il lui tendit une main par-dessus la table.

Sauer la serra : elle était chaude et douce, on eût dit celle d'un enfant.

« J'ai beaucoup entendu parler de vous, déclara le journaliste. Rosa est… enthousiaste à l'égard de votre travail. Je n'espérais pas vous rencontrer en personne. Que s'est-il passé ? demanda-t-il en se tournant vers elle.

— Un des leurs. Il l'attendait chez lui. Il allait le tuer. » Gerlich écarquilla les yeux.

« J'ai dû tirer la première. »

Le journaliste se laissa tomber sur sa chaise. « Rosa. Mon Dieu.

— Je n'avais pas le choix. Ce n'est pas une partie de plaisir, c'est une guerre. »

Gerlich passa une main sur son front. « Certes, mais un mort…

— Écoute, Siegfried n'est plus en sécurité à Munich. On doit le faire partir.

— Quoi ? intervint Sauer, désorienté.

— On doit activer le Corridor. »

Le Corridor ?

« Tu en es sûre ? demanda Gerlich, l'air grave. C'est si sérieux ?

— Il est au courant de tout, je te l'ai expliqué. Ils veulent sa mort. »

Le journaliste regarda à nouveau Sauer, comme pour l'évaluer. « Bien, finit-il par répondre. J'appellerai Kurt. » Puis, après quelques secondes : « Aucune preuve n'est sortie, n'est-ce pas ?

— Preuve de quoi ? demanda le commissaire.

— Que Geli Raubal a été tuée par Adolf Hitler. »

Sauer comprit à quel combat Rosa avait fait allusion quand ils avaient pénétré dans l'immeuble. « Vous vouliez entrer en contact avec moi pour que je vous raconte les coulisses, dit-il d'un ton accusateur. Pour coincer Hitler et le Parti. Pour mettre fin à leur carrière politique.

— Oui, confirma simplement Gerlich. C'est ça. Veuillez excuser nos subterfuges, mais c'était le seul moyen d'accéder à ces informations. L'Allemagne est en danger. Le ministère protège les nazis. La police regorge d'infiltrés. Aux prochaines élections, le Parti l'emportera. Tout le monde ferme les yeux, tolère des choses de plus en plus intolérables et se répète que ce n'est qu'une farce, que tôt ou tard ça va s'arrêter, et personne ne se rend compte de ce qui se passe vraiment. C'est comme l'histoire de la grenouille. Si on la jette dans une casserole d'eau bouillante, elle sautera dehors sur-le-champ. Si on la jette dans une casserole d'eau froide et qu'on allume le feu, la température montera doucement et la grenouille bouillira sans même s'en rendre compte. »

Sauer avait les jambes molles. Il chercha une chaise des yeux et en repéra une derrière le bureau de Gerlich.

« Vous permettez ? » demanda-t-il, et il alla s'asseoir.

Preuve contre Hitler.

Pour remporter le combat contre les nazis.

Mais Geli n'avait pas été tuée par son oncle. Aucune preuve ne permettait d'accuser Hitler de crime.

Ou si ?

« Je crains que mes informations sur la mort de Geli Raubal ne vous aident pas, déclara-t-il. Nous avons déterminé que ce n'était pas un suicide, et le procureur reprendra ce dossier bientôt. Il existe des preuves, c'est vrai, mais pas contre Adolf Hitler. Ce n'est pas lui l'assassin. »

Une ampoule grésilla. Une baisse de tension.

« Cependant, j'ai peut-être quelque chose pour vous, ajouta le commissaire, voyant le regard déçu du journaliste.

— Quoi ?

— Une lettre, répondit Sauer. Écrite par tonton Alf à la jeune Geli. Elle contient des propositions obscènes, des menaces, et même quelques dessins pornographiques.

— Seigneur, fit Gerlich.

— Tu m'as dit que tu l'avais laissée à Vienne ! protesta Rosa.

— Je t'ai menti, répondit Sauer. Un sport national.

— Une lettre obscène, répéta Gerlich, envisageant toute une série d'hypothèses, conséquences, ramifications, en vue d'un article sensationnel. Vous pouvez démontrer qu'elle est de Hitler ?

— C'est incontestablement son écriture, affirma le commissaire, repensant au billet que Himmler lui avait donné.

— Ce serait un coup fatal pour sa carrière. Trop de rumeurs courent sur la mort de sa nièce. Il tomberait peut-être dans tous les cas, allez savoir. Le Parti anticipe déjà cette possibilité. Mais si cette lettre existe vraiment et qu'elle est publiée à la une d'un journal bien diffusé…

— Elle existe », confirma Sauer, de plus en plus stimulé par la perspective d'un Hitler proche de la chute. *Certes, c'est Hoffmann qui a tué Geli, mais qui dit que ce n'était pas sur l'ordre de Hitler ?*

« Vous l'avez ici ?

— Non, bien sûr que non. Ce serait trop dangereux de la garder sur moi. Elle n'est pas chez moi non plus. Comme les faits l'ont démontré, ce n'aurait pas été une bonne idée de la cacher là.

— Où est-elle, alors ? » demanda Rosa d'une voix altérée par l'excitation.

Sauer ne répondit pas.

Il était trop occupé à réfléchir au moyen de récupérer la lettre de Wolf sans mettre son meilleur ami en danger.

52

« Attends-moi ici, lui dit Sauer. Je n'en ai pas pour longtemps.

— Je garde le moteur allumé ? demanda le sergent Julian.

— Non, il n'y a pas de raison. »

Sauer sortit de l'auto, traversa la rue et, pour la deuxième fois en vingt-quatre heures, il frappa inopinément à la porte des Forster.

« Siggi ! s'exclama Mutti en le découvrant sur le seuil. Tu emménages chez nous ?

— Je peux entrer ? Je dois te demander quelque chose. J'en ai pour une seconde.

— Entre, entre. Lina mange dehors avec les enfants. Je viens juste de rentrer.

— Comment ça s'est passé avec Tenner ?

— Très bien, je dirais. Il a été surpris que le coupable soit Hoffmann, mais les indices sont trop nombreux, et la croix gammée dans son tiroir…

— Effectivement », répondit Sauer, l'esprit accaparé par une seule pensée, un seul objet.

Autre chose avait changé dans le bureau. Les murs repeints en blanc n'étaient pas la seule amélioration de la pièce : deux bûches étaient en train de flamber dans la petite cheminée d'angle, que le commissaire avait toujours vue éteinte, et les flammes dansantes projetaient sur les murs des lueurs rougeâtres qui s'agitaient comme des démons infernaux. « Tu as réchauffé l'atmosphère.

— Oui, il était temps. Les journées ont raccourci et les nuits se rafraîchissent drôlement, tu as vu ? L'hiver approche. »

Sauer retira son chapeau et l'accrocha à la patère à côté du chapeau melon de Mutti.

« Qu'est-ce que tu voulais me dire ? demanda Mutti en s'installant dans son fauteuil. Vous vous mariez ?

— Qui ?

— Mlle Weiss et toi. L'amour, c'est comme un secret : s'il est important, garde-le pour toi.

— Le feu te rend philosophe.

— Elle m'a l'air d'être une fille bien. Naturelle. Honnête. »

Tu n'imagines pas à quel point, pensa Sauer. « Nous n'en sommes pas là. Je voulais te dire que je vais rallonger mes vacances.

— Comment ça ?

— Je vais m'absenter. Quelques semaines, peut-être plus. »

Mutti le regarda, les yeux écarquillés. « Je dois m'inquiéter ?

— Non, non, mentit Sauer. J'ai juste besoin de

faire une pause, après cette affaire. Ça n'a pas été de tout repos.

— Sans blague. Mais de là à disparaître je ne sais combien de temps…

— Je vais peut-être changer d'avis entre-temps et revenir au bureau dans moins de quinze jours. Je voulais juste te prévenir, pour que tu ne t'inquiètes pas.

— Maintenant, je suis *mort* d'inquiétude, Siggi. Ça ne te ressemble pas, de prendre des vacances. Cette année, combien de jours tu as pris ? Trois ?

— Deux.

— Voilà. Et maintenant tu dis que tu vas disparaître Dieu sait combien de temps. C'est louche. Tu me caches quelque chose.

— Non, je te jure, Mutti. C'est vrai.

— C'est à cause de la lettre ? »

Quel flair, mon ami. « Non, pourquoi ?

— Oh que si. Tu ne me dis pas toute la vérité. Tu as quelque chose à faire, et pour le faire tu dois t'éloigner de Munich. Pas vrai ? Où est-ce que tu l'as laissée, Siggi ? Ce sont tes amis de Vienne qui l'ont ? »

La conversation prenait mauvaise tournure. Sauer ne voulait pas qu'elle parte dans cette direction. « Non. Enfin, ça a un rapport avec la lettre, tu as raison, mais pour le reste…

— Ou bien elle est ici, à Munich ? Chez toi, ou chez Rosa.

— Mutti, c'est mieux que tu ne le saches pas. Crois-moi.

— Pas de ça avec moi ! s'exclama le commissaire adjoint en se levant pour s'approcher de son ami. J'ai bien compris que tu la juges dangereuse, mais on est une équipe, et les équipes n'ont pas de secrets.

— Tu l'as dit toi-même : si un secret est important…

— Oublie ce que j'ai dit ! Depuis quand tu m'écoutes ? Personne ne m'obéit, pas même le chien de mes enfants, et c'est encore un chiot… Siggi, tu as un poids trop lourd sur les épaules. Laisse-moi t'aider. Il n'est peut-être pas nécessaire que tu t'éloignes de la ville et de ton travail. Ensemble, on peut trouver une solution. On a bien réussi à résoudre l'affaire Raubal, non ? »

Dans la chaleur de cette pièce familière, en compagnie de son meilleur ami, harassé par les derniers jours et par les révélations de Rosa, il lui était si facile de se dire que oui, il pourrait peut-être se laisser aller. Partager son secret avec Mutti. Cesser de porter ce fardeau tout seul. Se faire conseiller. Après tout, que risquait-il ? Les personnes qui voulaient mettre la main sur la lettre ne s'arrêteraient pas tant qu'elles ne l'auraient pas trouvée. Peut-être qu'elles viendraient elles aussi chez les Forster. Peut-être qu'il n'était pas seulement utile, mais indispensable de mettre son collègue au parfum.

« D'accord, dit Sauer, puisque tu insistes tant, je vais te la montrer.

— Ah ! s'exclama Mutti. Voilà enfin du travail d'équipe !

— Je te préviens : on ne peut pas la garder. Elle doit servir de toute urgence à quelqu'un d'autre.

— Qui ?

— Chaque chose en son temps, répondit Sauer en se levant pour aller prendre le chapeau melon de Mutti.

— Ce chapeau est à moi, fit remarquer le commissaire adjoint.

— Je sais. »

Le commissaire retourna le chapeau et y glissa une main. « J'avais besoin d'une cachette sûre, dit-il tout en fouillant la petite déchirure dans la doublure qu'il avait faite la veille au soir. Et je n'ai pas trouvé mieux que chez toi, pardon. » Il finit par réussir à se saisir de la feuille pliée entre deux doigts. « Tu voulais savoir où était la lettre de Wolf ? La voilà qui sort de ton chapeau. Comme dans les meilleurs tours de magie.

— Que je sois..., balbutia Mutti, les yeux rivés sur la feuille. Je peux la voir ?

— Bien sûr. » Sauer se sentait déjà plus léger maintenant qu'il n'était plus le seul à connaître le secret.

Mutti s'empara délicatement de la lettre, la déplia et s'approcha du feu pour mieux y voir.

Au bout de quelques lignes, il pâlit. « Doux Jésus.

— Eh oui.

— Est-il possible que des horreurs pareilles existent ? reprit Mutti en secouant la tête tandis qu'il arrivait aux dernières lignes.

— Ça m'obsède depuis que je l'ai lue.

— Si quelqu'un la publiait…, murmura Mutti en recommençant sa lecture.

— Oui, justement. C'est pour ça qu'on ne peut pas la garder.

— Comment ça ? lui demanda son collègue en levant les yeux.

— Quelqu'un en a plus besoin que nous. Pour la bonne cause. Tu verras. »

Mutti fixa Sauer pendant quelques instants, le reflet des flammes dansait sur son visage comme les vagues d'une mer déchaînée. « Je ne crois pas, déclara-t-il enfin, avec une moue désolée.

— Qu'est-ce que tu ne crois pas ?

— Que quelqu'un utilisera cette lettre pour sa cause, quelle qu'elle soit.

— Je ne comprends pas », dit Sauer en faisant instinctivement un pas vers son ami. Mais trop tard. Trop tard.

« Siegfried Sauer, je te l'ai dit des milliers de fois, mais tu es têtu comme une mule. Tu ne dois jamais, jamais, faire confiance à personne. Pas même à moi », conclut Mutti avec un sourire triste en lâchant la lettre dans les flammes.

53

« Non ! » s'écria Sauer en plongeant en avant. Mutti le repoussa.

« Calme-toi.

— Mutti, qu'est-ce que tu as fait ? se désola le commissaire en regardant le papier se tordre et se consumer dans le foyer de la cheminée.

— Ce que j'avais à faire. Rien de si incroyable. Du calme.

— "Du calme" ? Tu as perdu la tête ? Tu viens de détruire la seule preuve qu'on avait !

— On enquêtait sur un homicide, Siggi. Et dans cette affaire, on a la croix gammée en or.

— On pouvait prouver que Hitler forçait sa nièce à faire des horreurs ! On pouvait montrer à tout le pays le dégénéré que c'est !

— Pour quoi faire ?

— Aucun homme politique ne survivrait à un scandale pareil. Tu ne comprends pas ?

— Si, répondit patiemment Mutti. Bien sûr que je comprends. »

Sauer fut alors traversé par un terrible soupçon. Il se demanda comment il avait pu ne pas l'avoir plus tôt. C'était sans doute parce que l'homme en face de lui était son collègue, et son meilleur ami. Trop d'années, trop de moments partagés les liaient l'un à l'autre pour qu'une pensée pareille puisse seulement l'effleurer. « Tu es un des leurs, souffla-t-il, horrifié. Tu es un nazi. »

Mutti soupira et acquiesça.

« Je ne le crois pas ! Toutes tes remarques, toutes tes piques. Et tes laïus contre Hitler, tes anathèmes contre le Parti… L'assiette jetée contre le mur…

— Couverture. Au bout d'un moment, ça vient spontanément, expliqua Mutti en haussant les épaules. Tu te souviens de l'histoire de l'enfant qui crie "Au loup ! Au loup !" ? Tu sais pourquoi il crie ça ? Parce qu'il est ami avec le loup. Ne me juge pas mal. Il n'y a rien de si terrible à travailler pour eux. Ils veulent juste faire retrouver sa grandeur à l'Allemagne. Tu ne voudrais pas retrouver la vie d'autrefois, toi ? Quand le pays n'était pas étranglé par les dettes et que les enfants avaient des chaussures avec des semelles, le ventre plein et tout l'avenir devant eux ?

— Mutti, ces gens-là sont des assassins. Des racistes, des prédateurs. Ils tabassent les gens dans la rue, ils s'en prennent aux plus faibles… Ils ont tué mon père !

— Ton père ? Tu ne me l'avais jamais dit…

— Comment tu peux te mêler à ces gens-là ? »

Mutti soupira. « Il y a toujours au moins une pomme pourrie dans n'importe quelle cageot. Cela dit, leur objectif… Regarde un peu dans quel état on est au bout de douze ans de Weimar ! Peut-être que Hitler sait vraiment comment arranger les choses. Pourquoi ne pas le laisser essayer ?

— Parce que c'est un criminel !

— Hindenburg aussi. Un criminel de guerre. Et ça ne nous a pas empêchés de l'élire président. Écoute. Nous, on n'a rien à voir avec la politique. On est des policiers. Quelqu'un meurt, on enquête. Des fois on découvre le coupable, des fois non. Cette fois, on a réussi. On l'a trouvé. On s'arrête là, et puis c'est tout. Je suis désolé que les choses se soient passées comme ça, mais on peut encore les arranger. »

Je suis désolé.

Mutti lui tendit la main. « On est amis depuis trop longtemps. On en a tellement vécu, ensemble. Si le Parti ne te convainc pas, on peut en parler. Peut-être que tu as raison et que je le quitterai moi aussi. »

Je suis désolé.

« Allez, on ne va pas se retourner les sangs pour une histoire de fesses, non ? Tout le monde a ses perversions. Peut-être que Geli aimait bien ça, après tout.

— C'est toi qui as fait ça, déclara Sauer, glacial.

— Oui, c'est moi qui ai brûlé la lettre. Et alors ?

— Pas la lettre. Les messages. *Je suis désolé, H.* C'est toi qui as fait ça. Helmut Forster. C'est toi qui les as écrits. »

Mutti ne devait pas s'attendre à ce que son ami en arrive à ce genre de conclusion et la lui renvoie à la figure. Il resta bouche bée, incapable de prononcer un mot.

« Oui, bien sûr, poursuivit Sauer, la poitrine écrasée par l'émotion. Tu as été le premier à arriver dans l'atelier de Hatzke. Et à la Wiesn aussi, hier matin.

— Qu'est-ce que tu racontes ?

— Maier, tu peux l'avoir vu au bureau du procureur, continua Sauer en reculant d'un pas, concentré sur sa recherche de mise en relation, de compréhension, de reconstruction. Heigl… Heigl, je ne sais pas. Comment tu t'es débrouillé pour être à Vienne le même jour que moi ?

— Ce n'est pas moi ! protesta Mutti. Ce n'est pas moi qui l'ai tué, ni lui ni les autres !

— Et la croix gammée en or ! Oh, mon Dieu. Que je suis bête. La preuve qui coince Hoffmann… C'est toi qui l'as trouvée dans son tiroir. C'est toi qui l'as mise là. »

Une bûche se cassa et roula dans la cendre.

« Siggi, tu délires. Tu es trop fatigué, tu vires complètement paranoïaque.

— Je ne te permets pas de dire que je suis paranoïaque ! explosa Sauer, dos au mur. Tout est clair, maintenant. Peut-être que ce n'est pas toi qui as tué Heigl, mais tu connaissais son adresse, tu as lu la lettre qu'il avait écrite à Geli. Tu peux l'avoir donnée à quelqu'un d'autre. Tu peux avoir prévenu…

— Arrête, Siggi.

— Himmler, souffla Sauer. Évidemment. » Il porta une main à sa bouche, comme si ce qui venait d'en sortir était trop gros, trop grave. « Tu as parlé plusieurs fois de lui ces derniers jours. Pas de Goering. Pas de Goebbels. Pas de Hess. Rien que de Himmler. Je comprends pourquoi, maintenant : tu dissimulais. Tu travailles pour lui toi aussi, c'est ça ? On travaille tous pour lui. Moi pour enquêter, toi pour effacer. Depuis le début, depuis cette première réunion dans le bureau de Tenner, tu as manœuvré dans mon dos pour faire dérailler l'enquête. Pour éliminer les preuves et les témoins gênants. Pour coincer quelqu'un. »

Le silence de Mutti, assourdissant, envahit la pièce jusque dans ses moindres recoins.

« Hoffmann est innocent, conclut Sauer, accablé. Le coupable est quelqu'un d'autre.

— Ben voyons, ça doit être moi, sans doute ! éclata Mutti.

— Non. Je ne crois pas. Ce matin-là, dans l'appartement, tu avais l'air trop bouleversé, tu ne faisais pas semblant… Mais ensuite tu as été chargé de tout nettoyer, pas vrai ? Peut-être avec l'aide du sbire de Himmler, ce Heydrich. Et dire que j'étais convaincu que c'était lui, le fameux "H"… »

Le commissaire adjoint secoua la tête. « Siggi, Siggi, arrête. Sérieusement. Où tu crois que tout ça va te mener ?

— À la vérité.

— Oh. La vérité. Ton grand dada. Est-ce que la vérité existe vraiment, Siggi ? Avec tout ce que tu as vu et entendu ces jours-ci, tu y crois encore ? Allez, dis-moi : c'est quoi, la vérité ?

— La vérité, c'est que Hoffmann est innocent.

— Hoffmann n'est pas innocent. Si tu savais ce qu'on m'a raconté… Il utilisait sa fille comme appât pour Hitler, tu as entendu cette histoire toi aussi. Pour Eva Braun aussi, c'est lui qui a tout orchestré !

— Mais il n'a pas tué Geli.

— Quand bien même ? Qu'est-ce que ça peut te faire ? C'est un homme méprisable, il sera puni.

— Ce sera une injustice. Et l'affaire Raubal restera irrésolue.

— Tu ne comprends pas. L'enjeu dépasse largement une jeune écervelée qui a fait confiance aux mauvaises personnes.

— Rien n'est plus important que les jeunes écervelées, Mutti. Tu as des enfants. Tu devrais le savoir. Geli était vivante. Vivante ! Et vous l'avez tuée.

— Moi, je n'ai tué personne, répondit son collègue d'un ton plaintif. Mais je suppose que tu ne t'arrêteras jamais, pas vrai ?

— Jamais, répéta le commissaire, le cœur gonflé de colère et d'indignation.

— C'est bien ce que je craignais. » Avec une grimace résignée, Mutti tira son Glock de sa poche.

« Qu'est-ce que tu vas faire avec ce pistolet ? M'éliminer moi aussi ?

— J'aurais préféré que les choses se passent

autrement. Vraiment. Ça va me faire plus mal à moi qu'à toi. »

Avant que Sauer ait le temps de répondre, l'homme qu'il avait jusque-là considéré comme son meilleur ami visa et fit feu.

54

Un coup de feu dans un lieu clos est comme un plongeon sur une plaque de glace, l'onde de choc se répand à l'intérieur du corps, la douleur est d'une intensité insoutenable. Quand le percuteur du pistolet frappa l'amorce, l'air comprimé explosa dans le petit bureau, déchirant les tympans des deux hommes et résonnant jusqu'aux tréfonds de leur chair.

Sauer s'étonna d'être toujours vivant. Il avait fermé les yeux à l'instant où Mutti avait pressé la gâchette, et quand il les rouvrit, il présuma qu'il était seulement blessé. Il savait que les sensations peuvent être ralenties par le choc, alors il attendit quelques secondes, mais rien : il n'éprouvait aucune douleur. C'était étrange.

Si pour le moment ses oreilles étaient hors service, ce n'était pas le cas de ses yeux. Sauer ne comprit pas immédiatement ce qu'il voyait : devant lui, recroquevillé sur le sol, le visage déformé par une grimace de douleur, Mutti se tenait un pied. Une petite flaque de sang écarlate tachait le plancher sous sa chaussure, et son pistolet gisait à côté de lui comme un jouet cassé.

« Qu'est-ce que tu as fait, Mutti ?

— Ils veulent te tuer, râla le commissaire adjoint entre ses dents serrées. Je dirai que tu m'as désarmé. Que tu m'as tiré dessus. Doux Jésus, je ne pensais pas que ça faisait aussi mal… Pars, maintenant !

— Mais…

— Pars, imbécile ! Tu n'auras pas d'autres occasions. »

Sauer jeta un dernier regard à son vieil ami sans savoir ce qu'il devait éprouver pour lui, puis il se pencha pour ramasser le pistolet et quitta la pièce au pas de course.

« J'ai entendu un coup de feu, dit le sergent Julian, alarmé, quand le commissaire le rejoignit.

— Il y a eu un problème. Démarre. »

Les pneus de l'auto crissèrent dans la nuit, maintenant aussi noire qu'un puits de pétrole.

« Où va-t-on ? s'enquit le sergent d'une voix tendue.

— Chez moi. J'ai rendez-vous avec Rosa. »

En entendant ce prénom, le jeune homme se tassa et une ombre passa sur son visage.

« Vous êtes proches ? demanda le commissaire, se souvenant du geste affectueux de Julian quand il était arrivé dans sa mansarde.

— Très. Mais pas assez. »

Sauer n'eut pas le cœur d'enquêter plus avant et le trajet se poursuivit en silence jusqu'à Frauenstrasse, où l'automobile s'arrêta devant le numéro 4.

« Je vais préparer votre fuite à tous les deux, l'informa Julian avant de redémarrer.

— À tous les deux ?

— La vôtre et celle de Rosa. Elle partira avec vous, elle ne vous l'a pas dit ?

— Non. »

Le jeune homme scruta le commissaire pendant de longues secondes, comme pour bien mémoriser son visage. Puis il dit : « Je paierais pour l'avoir, mais elle vous a choisi. Je ne l'ai jamais vue aussi amoureuse. Ne la décevez pas. » L'automobile disparut dans la pénombre, laissant Sauer seul avec ses pensées.

Rosa avait proposé de l'attendre dans sa mansarde parce que leurs ennemis n'auraient pas l'idée d'y retourner. Le commissaire ignorait ce que le cadavre de Friedkin était devenu, mais il avait dû être enlevé pendant son absence. Effectivement, quand il poussa la porte forcée de chez lui, il n'y avait aucun corps par terre, rien que les objets accumulés au cours de sa vie, gisant épars.

« Rosa ? » appela-t-il. Elle n'était pas là. Dans la pièce, il ne restait d'elle que les effluves de son parfum et le petit pot renversé sur le tapis. Sauer le ramassa et le remit sur le rebord de la fenêtre. Il tassa de ses doigts la terre au-dessus des racines de la plante dont il ignorait le nom. Il ne remarqua le message que quand il se retourna.

Celui-ci avait été rédigé au dos d'une partition et, pour une fois, il contenait plus de trois mots avant la signature sous forme d'initiale. Cependant, il avait été tracé par la même main que les mots accompagnant les suicides :

Cher Siegfried,

Me revoilà. Je sais que je t'ai manqué, tout comme mon pendentif en forme de croix gammée me manque. J'ai regretté de devoir m'en séparer, mais j'ai eu la chance d'en trouver un autre : la jolie étoile de David de ta petite amie.
J'espère que tu ne vois pas d'inconvénient à ce que je joue un peu avec elle. Il n'est pas exclu que je te la rende vivante. Pour cela, apporte-moi la lettre que tu sais avant minuit, au sommet de l'Alte Peter. De là-haut, il y a une vue parfaite sur ta mansarde, te l'ai-je déjà dit ?

Affectueusement,

H.

Sauer laissa tomber le message et se précipita à la fenêtre. Avec sa flèche plantée sur les toits de la ville comme une épée lumineuse, l'Alte Peter resplendissait dans la nuit sans étoiles qui enveloppait Munich tel un linceul. On peinait à distinguer grand-chose dans toute cette lumière, mais le commissaire s'efforça de discerner les ouvertures en ogive au-dessus de la première horloge et la balustrade métallique qui ceignait le lanterneau. Sa peine fut récompensée : il y avait quelqu'un contre le mur blanc sous la deuxième horloge. Une silhouette féminine que Sauer reconnut aussitôt, même si à cette distance elle n'était pas plus grande qu'un ongle.

La porte au sommet de l'escalier du clocher avait été forcée. Sauer la poussa et se retrouva sur la terrasse. À quelle hauteur pouvait s'élever cette tour ? Il ne le savait pas, il ne se l'était jamais demandé. En tout cas, des dizaines de mètres en dessous, le marché paraissait minuscule, insignifiant.

Il dégaina le pistolet de Mutti et s'aplatit contre le mur. De sa mansarde, on voyait l'autre côté de la terrasse, donc Rosa devait se trouver juste derrière cet angle. Si « H » l'attendait avec elle, c'était le lieu rêvé pour un guet-apens. Sauer devait rester sur ses gardes.

Il avança lentement, l'oreille tendue, mais il n'entendit rien. Un vent léger lui caressait le visage, les seuls bruits étaient ceux de son souffle et de son cœur qui martelait ses oreilles.

Une fois arrivé à l'angle, il compta jusqu'à trois et s'élança à découvert, pistolet au poing, prêt à répondre aux tirs de son adversaire. Il ne vit personne. Il continua d'un pas plus assuré et, arrivé à l'autre angle, il tendit à nouveau l'oreille. Cette fois, il lui sembla percevoir quelque chose. Un sanglot. Quelqu'un qui pleurait.

Tout doucement, il avança la tête. De ce côté aussi, la terrasse paraissait déserte, mais les pleurs avaient gagné en intensité. Il longea le mur, celui orienté vers sa mansarde, et répéta les mêmes gestes au coin suivant.

« Montre-toi, Sauer. Je sais que tu es là. »

Il connaissait cette voix. Même s'il ne l'avait entendue qu'une fois, elle lui était restée en mémoire, en raison des circonstances dans lesquelles il avait rencontré l'homme à qui elle appartenait.

Heydrich.

« Eh bien ! lui cria le sbire de Himmler. Les gentilshommes ne font pas attendre les dames ! »

Sauer inspira, serra les dents. Évidemment, il était hors de question de se fier à cet homme, et les événements récents lui avaient démontré que la confiance était un sentiment largement surévalué. Le pistolet toujours braqué, il passa le dernier coin, préparé à tout, sauf à ce qui l'attendait.

Le plat d'une lame dure et froide s'abattit sur ses mains, lui faisant lâcher son arme, qui tomba à terre. Sous le coup de la douleur, Sauer ferma les yeux et ne vit pas Heydrich bondir de la corniche du clocher et se rétablir devant lui. En un clin d'œil, son adversaire récupéra le pistolet et s'avança avec un sourire satisfait.

La scène avait été étudiée, c'était évident : Rosa bâillonnée et ligotée à l'une des colonnes qui se dressaient au-dessus du cœur creux du clocher, Heydrich dos à la ville, les pans de sa veste soulevés par le vent. Dans sa main, il serrait une épée à la garde ornée de motifs dorés, qu'il tenait pointée dans la direction de Rosa. « Bienvenue, dit-il à Sauer, avec un sourire qui révéla toutes ses dents. Nous étions impatients de te voir.

— Rosa ! appela Sauer. Ça va ? »

La jeune femme ne réagit pas. La tête sur la poitrine, elle pleurait doucement, oublieuse du monde.

« Elle ne t'entend pas, dit Heydrich. Je l'ai droguée.

— Droguée ?

— Pour atténuer la douleur. On a un petit peu joué, tous les deux, et certains jeux laissent des marques. »

Une araignée de glace remonta le long de l'échine de Sauer. Il approcha d'un pas.

« Reste là, lui intima Heydrich, l'épée maintenant tendue dans sa direction. Donne-moi d'abord ce que tu dois me donner, tu feras le point sur les dégâts après.

— Si tu lui as fait du mal…

— Évidemment que je lui ai fait du mal. C'était même le but. Ta préoccupation est attendrissante, mais elle arrive un peu tard. »

Sauer regarda Rosa, essayant de déterminer ce qu'il lui avait infligé, mais la manière dont elle était ligotée ne permettait pas de voir grand-chose.

« Tu as apporté la lettre ? »

Sauer hésita : était-il plus avisé de lui dire que oui et d'essayer de l'approcher pour le mettre hors d'état de nuire ? Ou bien de lui dire la vérité, que la lettre de Wolf avait été détruite ?

« Je ne l'ai pas sur moi, finit-il par déclarer.

— Dommage.

— Je n'ai pas eu le temps d'aller la récupérer.

— Où est-elle ?

— Je ne peux pas te le dire.

— Oh que si, tu peux. Et même, tu dois. À moins que tu ne préfères que ton amie meure ? » Heydrich pressa la lame de son épée contre un réseau de cordes qui – Sauer s'en aperçut alors – liaient Rosa à la balustrade.

« Elle n'a rien à voir avec ça, laisse-la partir.

— Elle a à voir, et drôlement. La petite juive qui se prend pour Mata Hari. Si vraiment tu veux que je la libère… » D'un coup d'épée, Heydrich coupa une des cordes.

Rosa fit un bond de plusieurs centimètres en avant, et Sauer comprit le mécanisme : si Heydrich coupait toutes les cordes, Rosa ferait une chute fatale à l'intérieur de la tour.

« Donne-moi cette lettre.

— Je ne l'ai plus. » Sauer essayait désespérément de trouver une solution.

« Ce serait très embêtant. Ta petite amie et toi perdriez sur-le-champ tout intérêt à mes yeux. »

Sauer pouvait peut-être tenter de bondir pour récupérer Rosa avant que Heydrich ne tranche toutes les cordes. La tirer sur la terrasse, en sécurité, puis s'occuper de son adversaire. Non, il lui faudrait trop de temps pour défaire les nœuds. Il aurait fallu qu'il attrape Rosa au moment où la dernière d'entre elles était coupée.

« Je peux te répéter ce qu'il y avait dedans, dit-il pour gagner du temps. Te la recopier mot pour mot. Avec les dessins.

— Je sais déjà ce qu'il y a écrit. Les dessins, je m'en moque. Paraît-il qu'il y en a un plein coffre-fort à la Braunes Haus, selon Schwarz. Notre Führer est un artiste prolifique…

— Alors à quoi te servirait la lettre ? »

Il y avait aussi la possibilité de courir vers la balustrade pour s'emparer des cordes. Mais Heydrich pourrait les couper à un autre niveau. Il fallait agir du côté de la colonne.

« La lettre est une assurance.

— Pour qui ? Toi ?

— Entre autres. La garantie que certains actes ne seront pas utilisés contre ceux qui les ont commis. »

Non, la seule solution était de le désarmer. Sans son épée, il ne pourrait plus couper les cordes et Rosa serait hors de danger.

« Les homicides, tu veux dire ? Hatzke, Maier, Heigl, Polten…

— Et Fischer ! ajouta Heydrich. N'oublie pas ce jeune Fischer, l'expert en cochonnaille. Il tenait tant à passer en France, le pauvre. Il n'a pas réussi. Ah, il l'a pris, son train, mais en pleine figure ! » Il éclata d'un rire dément comme une caricature dans un film de série B.

Cet homme est complètement malade, il avoue ses crimes en toute tranquillité. Si Heydrich parlait comme ça, c'était qu'il ne nourrissait pas le moindre doute sur l'issue de leur entretien.

« C'était donc toi », dit Sauer, regrettant d'avoir accusé Mutti. Son collègue était sans conteste un espion, sans aucun doute un traître, mais pas un assassin. Pas un criminel. « C'était donc toi le "H" sur tous les messages.

— Évidemment. J'espère qu'il t'arrive d'être plus perspicace que ça.

— Pourquoi laisser ces mots sur les scènes de crime ? demanda Sauer tout en avançant imperceptiblement. Pourquoi écrire : "Je suis désolé, H" ?

— Pour brouiller les pistes. Semer le trouble, répondit Heydrich. Et peut-être aussi un peu pour toi. »

Sauer fit un autre pas vers la balustrade. Il n'y arriverait jamais de cette façon, mais que faire d'autre ? « Pour moi ?

— Tu ne pouvais pas résoudre l'énigme. Tu n'avais pas assez d'éléments. Et quand tu en trouvais quelques-uns, je brouillais les pistes…

— Avec les chiens au Jardin anglais, par exemple.

— Exactement. Tu progresses. Je les ai sacrifiés à regret, ils étaient bien dressés. Mais je devais te laisser imaginer que toi et moi on était peut-être du même côté. »

Encore un pas et Sauer serait suffisamment près pour plonger en avant. S'il était assez rapide, s'il visait juste, il pourrait frapper Heydrich comme il avait frappé Friedkin quelques heures auparavant, l'assommer, faire tomber son épée.

« Mais nous *travaillons* du même côté, déclara-t-il pour essayer de l'étonner. Himmler se cache derrière tout ça, n'est-ce pas ? »

Heydrich confirma. « C'est juste. La solution est sous les yeux de tout le monde, c'est pour ça qu'elle est plus dure à trouver.

— Heinrich Himmler. Le meilleur ami de Hitler, continua Sauer, qui y voyait à présent plus clair. Et son pire ennemi. L'homme extrêmement fidèle qui d'un côté efface les preuves de l'homicide de sa nièce et, de l'autre, rassemble les preuves les plus cuisantes contre lui. Pour le faire chanter, et éventuellement pour prendre sa place. C'est à ça que la lettre vous servirait. Ce serait une arme. »

Une lueur d'admiration traversa le regard de Heydrich. « Quel dommage de te tuer. Tu aurais fait un brillant espion. »

Sauer commençait à se sentir plus à son aise. Son interlocuteur était si sûr de lui, si certain de la suite des événements, qu'il confirmait ses hypothèses sans la moindre hésitation. Il allait tout reconnaître. Il suffisait de l'aiguillonner un peu. « Tu sais comment j'ai compris que "H" c'était toi ?

— Comment ? demanda Heydrich, curieux.

— Grâce à des expressions que tu as employées après avoir tué les chiens. Tu as dit que te battre avec un bâton te faisait te sentir rajeuni, revigoré.

— C’est vrai. D’ailleurs, regarde : pour ta dulcinée et toi, j’ai sorti mon épée bien-aimée. Tu savais que j’avais participé aux Jeux olympiques ? »

Sauer secoua la tête. « Ces expressions, “rajeuni”, “revigoré”, figuraient également dans la lettre où le soupirant de Geli lui demandait de préparer sa valise.

— Ah bon ?

— Oui, exactement les mêmes.

— Tiens, c’est amusant. Je ne croyais pas utiliser ces mots si souvent. Un tic, j’imagine. Personne n’est parfait.

— Alors tu ne le nies pas, constata Sauer en faisant un pas de plus, prêt à bondir. C’est toi qui as tué Geli Raubal.

— Oui, répondit simplement Heydrich. C’est moi.

— Tu t’es débrouillé pour l’approcher, poursuivit Sauer, de plus en plus lucide. À une fête, ou à une réunion du Parti. Puis tu l’as séduite, tu l’as convaincue de prendre la fuite avec toi. Quand Hitler a annoncé sa tournée dans le Nord, tu lui as écrit pour lui demander de se tenir prête et, le jour J, tu es passé à l’action. Tu as attendu qu’elle soit seule avec Frau Reichert et sa vieille mère, puis à la nuit tombée, tu es arrivé par la cour, pour éviter la porte qui donne sur la place. Tu as escaladé le mur à l’arrière, tu es passé par la fenêtre, en suivant les instructions que Geli t’avait données…

— Je ne devais pas être le premier.

— … tu lui as demandé si elle avait une arme, pour se défendre si nécessaire…

— Elle avait été élevée dans la peur.

— … elle t'a montré celle de son oncle…

— Je savais où elle était, mais je n'ai pas eu besoin d'aller la chercher.

— … et tu l'as utilisée pour lui tirer dessus. »

Heydrich écarta théâtralement les bras, comme s'il jouait pour un public. « Tu vois que tu sais utiliser ta cervelle, quand tu veux ! C'est bête que tu ne te sois pas remué les méninges un peu plus tôt…

— Mais ce n'est pas la balle qui l'a tuée, reprit Sauer, enhardi. Tu l'as frappée à mort, tu lui as cassé le nez, tu l'as couverte de bleus, et quand tu as tiré, elle était déjà à terre. Un coup de grâce raté, puisqu'elle s'est étouffée dans son sang. Elle a dû mettre longtemps à mourir, seule, dans cette chambre…

— La vie est cruelle », commenta Heydrich en haussant les épaules.

Puis, d'un geste vif, il abaissa son épée sur la balustrade et trancha une autre corde. Le corps de Rosa tressauta à nouveau et se rapprocha du vide au centre de la tour.

« Pourquoi tu l'as tuée ? demanda Sauer, tentant d'approcher encore un peu. Elle était devenue si gênante que ça pour le Parti ? Si dangereuse ?

— Tu demandes à la mauvaise personne. Je suis nouveau dans l'équipe. On ne me dit pas tout. On me dit juste quoi faire, et je le fais. Tu sais, avant, je travaillais dans la Marine, et je trouvais que c'était le plus beau métier du monde. Je me trompais », déclara Heydrich en coupant une troisième corde.

Sauer voulut bondir vers Rosa, mais son adversaire s'interposa et pointa son épée contre sa poitrine. « La lettre. Maintenant. Sinon, je t'éventre d'abord et elle après.

— Tu ne la toucheras plus.

— Qui va m'en empêcher ? Mon brouillon raté ?

— Toi et moi on n'a rien en commun.

— Toi et moi on est pareils, et tu le sais parfaitement, camarade. Va savoir, peut-être que dans quinze ans c'est moi qui serai de ton côté de l'épée, en train d'essayer de défendre une jeune juive idiote de l'attaque d'un ennemi génial. »

Sauer recula d'un pas. « Tu n'es pas génial, tu es fou à lier.

— La folie n'est qu'une autre façon de voir le monde, et pas la pire. Mais est-ce qu'un fou serait capable de l'admettre ? Je ne crois pas, réfléchit Heydrich en coupant une quatrième corde. Non, je suis parfaitement maître de moi. C'est pour ça qu'on m'a confié cette tâche si délicate, que, soit dit en passant, j'accomplis à la perfection.

— Pourtant, je t'ai démasqué. Et si j'ai pu le faire…

— … Quelqu'un d'autre le pourrait aussi ? Tu te trompes. Tu es ici parce que je t'y ai amené. Et je l'ai fait pour effacer la dernière des traces.

— C'est-à-dire ?

— Toi », répondit Heydrich en souriant.

À cet instant précis, comme si tout avait été planifié et chronométré, une explosion assourdissante retentit dans la nuit munichoise, et le mur derrière Heydrich fut illuminé de lueurs rouges.

Quand Sauer se retourna pour voir d'où venait la déflagration, il découvrit avec horreur que c'était de chez lui.

55

Son piano.

Ses partitions.

Ses quelques vêtements.

Sa vue sur le marché.

Les langues de feu qui dansaient entre les fenêtres dévoraient tout.

Il n'avait désormais plus rien au monde.

À part Rosa.

Il se tourna lentement vers Heydrich.

« J'espère que tu n'avais rien de précieux dans ton appartement, dit son adversaire avec un sourire méchant.

— La seule chose qui m'est précieuse, c'est la vérité, déclara Sauer.

— En voilà, une phrase ! Un vrai slogan. Tu l'as trouvée, ta précieuse vérité, au moins ?

— Oui, je l'ai trouvée.

— Mes félicitations. Malheureusement, je crains qu'elle ne te serve pas beaucoup. On ne t'a jamais dit que ce sont les vainqueurs qui écrivent l'Histoire ?

— Tu veux savoir pourquoi tu as tué cette pauvre fille ? » répliqua Sauer.

Il devait gagner du temps. Il devait le faire parler.

« Tu le sais, toi ? demanda Heydrich, curieux.

— Oui. Je l'ai découvert aujourd'hui, dans le bureau de l'homme que vous voulez faire arrêter.

— Pourquoi alors ?

— Pas pourquoi. Pour qui. Une fille. Eva Braun.

— La secrétaire ?

— Elle-même. Une jeune fille comme Hitler les aime. Une jeune fille discrète, comme le Parti les aime. Mais surtout, une jeune fille aryenne, au-dessus de tout soupçon.

— Je ne vois pas le rapport avec la décision d'éliminer Geli Raubal…

— Geli était gênante. Jeune, oui, mais elle avait grandi trop vite. Elle ne se laissait pas manipuler. Et elle attirait l'attention. Si en plus ce qu'on raconte sur ses origines est vrai…

— Ce ne sont que des racontars. J'ai vu son sang, c'était le même que celui de n'importe qui.

— … alors il fallait la remplacer. C'était nécessaire pour le Führer et pour le Parti. Geli est morte pour laisser la place à Eva. Une succession.

— C'est une hypothèse pertinente, je te l'accorde.

— Et, par curiosité : qu'est-ce que vous avez fait du corps ? Pourquoi toute cette mise en scène de l'enterrement à Vienne ?

— Une façade, j'imagine. Le grand chef est obsédé par le décorum. Mais le corps a été incinéré immédiatement, c'est lui qui a gardé les cendres. On raconte qu'il ne s'en sépare jamais. »

Sauer se figea. *La boîte en métal*, pensa-t-il en se remémorant son entretien avec Hitler à la villa de Müller.

Elle n'a jamais contenu un pistolet.

« Il me reste une dernière chose à comprendre, dit-il, revenant péniblement à leur discussion : qui a donné l'ordre ? Hitler ? Himmler ? Goering ? Hess ? »

Une ombre passa derrière Rosa, invisible pour Heydrich qui lui tournait le dos.

Julian.

« Je sais que c'est l'un d'eux, poursuivit Sauer pour que l'attention de son adversaire reste fixée sur lui. Mais lequel ? »

Heydrich sourit et brandit à nouveau son épée. « Pourquoi choisir ? Ils ne pourraient pas avoir décidé tous ensemble ?

Ce n'est pas parce qu'on est nazis qu'on snobe les décisions démocratiques… »

Cette hypothèse fit à Sauer l'effet d'une gifle et lui révéla sa dernière erreur.

Hoffmann, avait dit Goering.

Hoffmann, avait dit Goebbels.

Hoffmann, avait dit Schirach.

Que des flèches orientées vers la même cible.

Que des témoins choisis à dessein.

« Bref, quoi qu'il en soit, notre bavardage se termine ici, déclara Heydrich. Je reconnais que tu as un drôle de destin.

— Je n'en suis pas si sûr, répondit Sauer pendant que, dans le dos de son adversaire, Julian finissait de détacher Rosa.

— Si, si. C'est comme dans ces bandes dessinées anglaises où le preux héros affronte vaillamment tous les gardiens du château, les tue les uns après les autres, entre dans les appartements de son ennemi et là, sous les yeux de la pucelle qu'il est venu sauver, le défie en duel. Mais à la fin, il se fait massacrer. Voilà un final inattendu pour un roman d'aventures ! »

Sauer leva les yeux sur l'Alte Peter : il serait vingt et une heures dans quelques minutes.

« Tu sais ce qui est inattendu aussi, pour un roman d'aventures ? dit-il, tandis que Rosa disparaissait dans la pénombre de la tour, hissée sur le dos du jeune sergent.

— Quoi ?

— Que le héros s'enfuie », répondit Sauer, et, d'un bond inopiné, il repartit dans la direction d'où il était arrivé, vers l'escalier qui l'avait conduit à la terrasse.

Décontenancé, Heydrich se retourna et découvrit que Rosa avait disparu. Il poussa un rugissement furieux et, son épée brandie, il se lança à la poursuite du commissaire.

Sauer devait monter : Julian était en train d'emmener Rosa en lieu sûr, et Heydrich aurait été trop avantagé en descente. Il s'engouffra donc dans l'étroit escalier qui conduisait de la terrasse à la pièce du mécanisme de l'horloge, le monta quatre à quatre, les poumons en feu.

« Sauer ! cria Heydrich dans son dos. Où tu vas comme ça ? C'est un cul-de-sac ! »

C'était effectivement le cas, et le commissaire le savait. En haut de l'escalier, il se retrouva dans la pièce du mécanisme, entre les quatre murs où étaient fixés les cadrans translucides de la tour. C'était le cœur de l'Alte Peter et, l'ombre d'un instant, Sauer eut le sentiment que rien de mal ne pourrait lui arriver ici.

Puis Heydrich le rejoignit, les yeux fous, une mèche de cheveux collée sur le front, et son illusion de sécurité s'évanouit aussitôt.

« Rends-toi, Heydrich. Les renforts seront là d'un instant à l'autre, lui cria Sauer, mais le bluff était évident.

— Tu es seul ici, on le sait parfaitement tous les deux, répondit Heydrich, s'approchant, menaçant, son épée à la main. Même ton ami t'a trahi ! Tu n'auras pas à attendre longtemps pour trouver une meilleure compagnie, le royaume des cieux déborde d'idéalistes imbéciles comme toi. »

Il se jeta sur le commissaire, qui lui échappa en faisant le tour du mécanisme, qui occupait le centre de la pièce. Heydrich fit une autre tentative, et Sauer refit le tour du mécanisme, visant l'entrée pour reprendre l'escalier, cette fois vers le bas. Son adversaire le comprit et il alla se placer devant la porte, la poussa, fit pivoter la grosse clé rouillée dans la serrure et la garda dans sa main. « Où est-ce que tu crois aller ? »

Les gros engrenages cliquetaient et tournaient, les aiguilles de l'Alte Peter approchaient du sommet du cadran. « C'est bon, se rendit Sauer, haletant et désespéré, tu as gagné. Je vais te dire où est la lettre. »

Heydrich eut l'air surpris. « Voilà un sacré coup de théâtre ! Tu espères encore pouvoir t'en sortir ?

— Non, j'espère juste... » Il s'interrompit au milieu de sa phrase.

« Juste quoi ?

— Rien... Ça n'a pas d'importance.

— Allez, quoi, qu'est-ce que tu espères ? insista Heydrich, menaçant.

— Ça n'a pas d'importance, répéta Sauer, et il sourit.

— Qu'est-ce que tu crois obtenir en perdant du temps comme ça ? » s'écria l'autre, se préparant à lui sauter dessus.

Le commissaire leva les yeux vers le cadran derrière Heydrich et compta dans sa tête jusqu'à cinq. « J'imagine gagner du temps, répliqua-t-il. J'imagine obtenir ça. »

Il avait à peine fini sa phrase que l'Alte Peter sortit de sa torpeur longue d'une heure et frappa le premier coup, assourdissant. Les cloches retentissaient trop près de la salle du mécanisme pour que les murs de pierre atténuent le son. L'onde sonore les fit trembler, ainsi que les engrenages et les deux hommes, mais Sauer s'y était préparé, et il était prêt à en tirer avantage.

Assourdi, Heydrich se boucha les oreilles, laissant

tomber son épée. Le commissaire se jeta sur lui et le fit basculer vers le cadran de la façade est.

Heydrich essaya de garder l'équilibre, mais Sauer l'attrapa par les chevilles et l'attira à lui. Heydrich bascula en arrière de tout son poids. Le commissaire n'avait pas imaginé que le verre, si épais, qui avait résisté pendant des décennies à la furie des éléments, se briserait en mille morceaux aussi facilement, et avait encore moins projeté de faire tomber son adversaire au pied de la tour. C'est pourtant ce qui advint.

Heydrich n'eut que le temps de lui adresser un dernier regard, les yeux écarquillés, avant de disparaître de l'autre côté du cadran brisé. Son cri perçant fut couvert par le tintamarre des cloches.

Resté seul dans la pièce, Sauer tomba à genoux, épuisé, puis il s'assit, la poitrine en feu et les tempes au bord de l'explosion.

Il lui fallut de longues minutes pour trouver la force de se relever et de passer la tête par le cadran cassé pour voir si Heydrich était toujours en vie. Cela dépendait de la hauteur. De sa trajectoire. De l'endroit où il avait atterri, sur la terrasse cinq mètres au-dessous ou pas.

Cependant, Sauer eut beau regarder, il ne vit rien.

Les fragments de l'horloge gisaient sur la terrasse, il y avait du sang partout, mais pas la moindre trace de Heydrich.

VENDREDI 25 SEPTEMBRE 1931

Ils franchirent la frontière juste avant l'aube.

Le visage collé au hublot à plus de trois mille mètres d'altitude, Sauer scrutait les montagnes à la recherche d'un signe qui indiquerait le passage de l'Allemagne à l'Autriche, mais il n'en trouva aucun. La ligne supposée les défendre de l'ennemi était invisible, impalpable, inconsistante, et sans doute insuffisante.

Le voyage ne fait que commencer, se dit-il en se tournant vers sa compagne endormie contre son épaule. *Et quand tu te réveilleras, nous aurons beaucoup de choses à nous dire.*

Rosa n'avait pas encore repris connaissance. Le sommeil chimique provoqué par les drogues de Heydrich ne s'était pas interrompu depuis Munich, et il durerait peut-être jusqu'à Vienne, la destination du *Graf Zeppelin* à bord duquel Julian les avait embarqués.

« Un dirigeable ? » s'était étranglé le commissaire quand le sergent lui avait révélé la véritable nature du Corridor.

« Un moyen de transport auquel personne ne prête attention, avait répliqué le jeune homme. Ils vont vous chercher sur les routes, à bord des trains et des péniches, mais pas dans un aéronef postal. Croyez-moi. »

Sauer l'avait cru. Il fallait un sacré courage pour mettre sur pied une organisation pareille. Il fallait de l'ingéniosité, de la détermination et de la pureté. De bien belles qualités.

« Quand vous arriverez à Vienne, ne cherchez pas à joindre vos amis, lui avait ordonné Kurt Huber, l'homme qui leur avait fourni leurs faux papiers. Prenez une automobile et partez à Bratislava. De là, vous pourrez choisir une nouvelle destination mais, où que vous alliez, n'écrivez jamais à vos proches et n'essayez pas de nous contacter. Tant que les nazis n'auront pas été défaits, l'Allemagne sera trop dangereuse pour vous. Ne pensez qu'à vous cacher. Prenez soin l'un de l'autre. »

Puis Huber avait eu un geste que Sauer n'oublierait jamais : il avait déposé un léger baiser sur le front de la jeune femme et l'avait saluée avec une promesse : « Nous ne t'oublierons pas, Rosa Weiss. La résistance continuera en ton nom aussi. »

La résistance, se répéta le commissaire, tandis qu'à l'horizon le ciel virait du bleu sombre au bleu clair et se teintait de rose. Pour la énième fois au cours de cette interminable nuit sans sommeil, il se sentit coupable de sa nouvelle condition.

Si tu laisses l'ennemi derrière toi, ça ne s'appelle pas la liberté, ça s'appelle la fuite.

Pourtant, Huber avait été formel, et Julian avait lui aussi insisté : « Ici, vous êtes en danger. Ils savent qui vous êtes, et les héros morts ne servent à personne. Gerlich trouvera un moyen d'utiliser les informations que vous lui avez données. Vous avez fait ce que vous pouviez. La vérité sur Geli Raubal refera surface. »

Toutefois, selon Sauer, la vérité était plus lourde que l'eau, elle ne remontait jamais toute seule : il fallait aller la chercher, la déterrer, la porter. L'exercer.

Il repensa à son échange avec Heydrich, quelques heures auparavant, en haut de l'Alte Peter, et ce ne fut que là, en vertu de l'esprit de l'escalier, que la réponse parfaite lui monta aux lèvres.

L'Histoire, ce ne sont pas les vainqueurs qui l'écrivent, aurait-il dû lui répondre, *mais les survivants.*

Tôt ou tard, on entend aussi la voix des vaincus.

Ainsi, alors que la frontière s'éloignait dans leur dos et que Rosa dormait comme un ange épuisé, l'ancien commissaire Siegfried Sauer comprit que son destin était tracé mais pas accompli.

Un jour, il reviendrait.

NOTE HISTORIQUE

Trois semaines après la mort de sa nièce, Adolf Hitler rencontra le président Hindenburg pour ouvrir les négociations sur son chancelariat. Quand le Parti arriva au pouvoir, les archives de Munich furent le premier établissement à être nettoyé des preuves des crimes nazis perpétrés pendant les « années de combat ».

Fritz Gerlich fut arrêté chez lui après la nomination de Hitler comme chancelier. Déporté dans le camp de concentration de Dachau, aux portes de Munich, il mourut au cours de l'épuration connue sous le nom de « Nuit des longs couteaux ». L'article auquel il travaillait au moment de son arrestation concernait la vérité sur l'affaire Raubal.

Joseph Goebbels épousa Magda Quandt en décembre 1931. Ils eurent six enfants, tous baptisés de prénoms commençant par H. Les racontars selon lesquels Hitler aurait été leur vrai père se poursuivirent même après la mort de ces enfants, tués par leurs parents pour qu'ils ne tombent pas aux mains de Staline.

Hermann Goering perdit sa femme adorée, Carin, en octobre 1931. Sa dépendance à la morphine prit de telles proportions que, à la fin de la guerre, toutes les réserves nationales de paracodéine, soit 20 000 comprimés environ, furent retrouvées dans ses effets personnels. Il se suicida à la fin du procès de Nuremberg.

Reinhard Heydrich, surnommé « la Bête blonde » ou « le Boucher de Prague », fut choisi par Himmler en août 1931 pour créer les services secrets du Parti. Il devint rapidement l'un des hommes clés du nazisme. Il est aujourd'hui considéré comme le premier responsable de la solution finale à la question juive.

Heinrich Himmler accumula pendant des années du matériel compromettant contre son leader et ami Adolf Hitler, dans l'espoir de l'utiliser un jour comme arme de chantage. Il avait l'ambition de le remplacer à la tête du Parti. Il se suicida après avoir essayé en vain de négocier une paix séparée avec les Alliés.

Heinrich Hoffmann ne fut jamais officiellement accusé pour l'homicide de Geli Raubal. Grâce à ses droits exclusifs sur tous les portraits photographiques d'Adolf Hitler, il devint l'un des hommes les plus riches d'Allemagne. Il mena une vie aisée et souffrit peu de la chute du régime.

Henriette Hoffmann, la seule femme de l'entourage de Hitler à avoir contesté en public ses mesures antisémites, épousa le dignitaire Baldur von Schirach au printemps 1932. Le premier de leurs quatre enfants, une fille, fut baptisé Angelika en mémoire de son amie.

Gregor Strasser, longtemps considéré par le Parti comme le remplaçant idéal de Hitler, tomba en disgrâce vers fin 1931 et fut assassiné sur ordre de Heydrich pendant la Nuit des longs couteaux. Parmi ses papiers, mystérieusement disparus, se trouvaient des documents compromettants sur l'affaire Raubal.

Eva Braun rencontra Hitler en 1929. Elle devint sa compagne début 1932, même si l'Allemagne ignora son existence jusqu'à la fin de la guerre. Ils se marièrent dans un bunker au-dessous de Berlin deux jours avant de se suicider ensemble, elle en avalant une capsule de cyanure et lui en se tirant une balle dans la tête avec le pistolet qui, quatorze ans auparavant, avait tué Geli Raubal.

NOTE DE L'AUTEUR

« C'est quoi, la vérité ? » demande un personnage du roman que vous avez entre les mains. Vieille question, évangélique, à laquelle il est peut-être impossible d'apporter une réponse, mais comme ceux qui s'intéressent à la philosophie le savent, la réponse à certaines questions n'importe parfois pas tant que la manière dont on y répond, et pourquoi.

La mort de Geli Raubal est un fait historique. Le point de départ de l'enquête de Sauer et Forster est attesté. Les lieux, l'époque, les personnages impliqués et les hypothèses avancées sont authentiques, tout comme les déclarations des témoins, les articles de presse et tous les documents mentionnés, exception faite de la lettre figurant dans le chapitre 23 et des mots donnés par Himmler. Selon le rapport définitif du directeur Tenner, déposé dans les archives de la police de Munich le 28 septembre 1931, les commissaires chargés de l'affaire s'appelaient vraiment Sauer et Forster. Comme nous ne savons rien d'autre d'eux, pas même leurs prénoms, je me suis accordé la liberté de leur inventer des pensées et des actions – de même que pour les autres personnages ayant réellement existé – chaque fois que cela m'a été nécessaire, mais toujours dans le respect des sources existantes et avec la seule intention de raconter au mieux cette histoire, qui est dans l'ensemble une histoire vraie.

Je suis bien conscient que de nombreux faits et détails présentés dans ce roman peuvent paraître invraisemblables. La chronologie de l'enquête, par exemple : ouverte le samedi matin, fermée le samedi après-midi, rouverte le lundi matin, refermée le lundi après-midi. Pourtant, selon les documents officiels, c'est bien ainsi que les choses se sont passées. Le ministre de la Justice se mêla vraiment de l'affaire. Le rapport d'autopsie, s'il y eut une autopsie, n'a jamais rejoint les archives. Les obsèques eurent lieu à Vienne le jour indiqué et de la manière racontée dans le roman, mais il est impossible de savoir si le cercueil était vide comme je l'imagine, ce qui expliquerait pourquoi après ce jour personne n'entretint la tombe de Geli – ni sa mère, ni sa sœur, ni son tuteur affectionné.

La relation entre l'« oncle Alf » et sa nièce est déconcertante dans le roman. « Qu'y a-t-il de vrai là-dedans ? » m'a-t-on demandé à plusieurs reprises. Évidemment, je l'ignore, mais il est important de préciser que ce que j'ai écrit est tiré de sources publiées, dont notamment celles mises en gras dans la bibliographie. Le fait que Hitler était subjugué par la personnalité de sa nièce est attesté par toutes les personnes qui les ont connus. Sa tristesse après la découverte du corps fut peut-être feinte, mais ses collaborateurs et ses amis les plus proches parlèrent d'un homme détruit, qui envisagea de se retirer de la politique, et même de se suicider. Hitler déclara plusieurs fois que Geli était la seule femme qu'il aurait pu épouser, on sait que la chambre de la jeune fille devint une sorte de mausolée où il ne fallait toucher à rien et qu'il y avait toujours un portrait d'elle dans le bureau du Führer ou dans ses résidences. La révélation d'Otto Strasser au sujet de l'ondinisme est elle aussi attestée, et les Alliés en étaient déjà informés pendant la guerre ; les accusations d'Ernst Hanfstaengl à ce sujet furent rapportées au président Roosevelt en personne puis rassemblées dans un ouvrage plusieurs fois réimprimé. Le plus surprenant dans cette affaire, c'est que souvent les détails paraissant trop extravagants pour être vrais sont attestés par des documents.

Malheureusement, aucun document ne permet de savoir ce qui se passa exactement le 18 septembre 1931 au deuxième étage de Prinzregentenplatz 16. Les derniers témoins de cette époque agitée sont partis depuis quelques années déjà, laissant derrière eux de grands silences et, ce qui est parfois pire, des souvenirs contradictoires. Reste l'espoir qu'il existe encore des documents à découvrir dans des archives ou des collections privées, comme le dernier article de Fritz Gerlich ou les lettres pornographiques de Wolf. Mais c'est un espoir ténu, sur lequel je compte peu.

Par chance, il existe la littérature. Quelqu'un a dit qu'écrire un roman, c'est raconter un mensonge pour faire émerger la vérité. Nous ne saurons jamais si les conclusions de Sauer approchent de la réalité des faits. Hitler, Himmler, Heydrich, Hess… À mon avis, le véritable coupable de la mort de Geli se cache dans cette forêt de « H », mais je n'en détiens aucune preuve et, de toute façon, qu'est-ce que cela changerait ? Toutes ces personnes ont été punies d'une manière ou d'une autre, mais aucune pour ce crime. Les responsables s'en sont tirés dans la vraie vie comme dans ce roman.

Reste Geli et son incroyable histoire incroyablement oubliée. *L'Ange de Munich* prend sa disparition comme point de départ, c'est pourquoi elle ne peut y apparaître que sous la forme d'un fantôme ; Geli n'est pas seulement un personnage de roman. Elle a bel et bien existé. Il fut un temps où elle était une femme en chair et en os, qui vivait sa vie jour après jour, ignorant comme nous tous son destin, s'enthousiasmant et s'attristant, animée par des rêves, des ambitions, des désirs et des passions, tous emportés par un coup de pistolet et ayant sombré dans l'oubli.

Justice n'a pas été rendue pour sa mort.

Peut-être qu'un roman rendra justice à sa vie.

Angela Maria Raubal (dite Geli),
4 juin 1908-18 septembre 1931,
nièce d'Adolf Hitler, portrait de Heinrich Hoffmann,
avec une dédicace manuscrite à Emil Maurice
datée du 24 décembre 1929.
Photo © Akg-images / INTERFOTO / HERMANN
HISTORICA GmbH

PERSONNAGES

Prinzregentenplaz n° 16

Angela Maria Raubal (Geli)	étudiante
Anni Winter	gouvernante
Georg Winter	intendant
Anna Kirmair	domestique occasionnelle
Maria Reichert	sous-locataire
Minerva Dachs	mère de Maria Reichert
Olga Janus (Mère Gothel)	concierge
Markus Hatzke	serrurier

Le Parti

Adolf Hitler	secrétaire du NSDAP
Rudolf Hess	secrétaire particulier de Hitler
Hermann Goering	conseiller politique
Ernst Röhm	commandant des SA
Heinrich Himmler	commandant des SS
Reinhard Heydrich	responsable du SD (services secrets)
Joseph Goebbels	responsable de la propagande

Baldur von Schirach	responsable des Jeunesses hitlériennes
Gregor Strasser	dirigeant
Franz Xaver Schwarz	trésorier
Julius Schreck	chauffeur de Hitler
Rainer Hartmann	garde du corps de Hitler
Armin Grendel	agent nazi dissimulé

Munich

Zavi Tenner	directeur de la police criminelle
Siegfried Sauer	commissaire
Helmut Forster (Mutti)	commissaire adjoint
Joseph Bauer	commissaire
Karl Julian	sergent
Heinrich Müller	médecin légiste
Walther Fischer	assistant du médecin légiste
Maria Fischbauer	employée des pompes funèbres
Rosina Zweckl	employée des pompes funèbres
Curt Joël	ministre de la Justice
Friedrich Glaser	procureur
Herbert Maier	assistant du procureur
Friedrich Bodner	assistant du procureur
Adolf Vogl	professeur de musique
Heinrich Hoffmann	photographe
Eva Braun	secrétaire de Heinrich Hoffmann
Henriette Hoffmann	amie de Geli
Elfriede Samthaber (Elfi)	amie de Geli

Otto Strasser	ancien membre du Parti
Ernst Hanfstaengl	ancien proche de Hitler
Emil Maurice	ancien proche de Hitler
Rosa Weiss	membre de la résistance antinazie
Kurt Huber	membre de la résistance antinazie
Fritz Gerlich	journaliste
Golo Zehntner	propriétaire du Bratwurst-Glöckl
Franz Polten	serveur au Bratwurst-Glöckl
Meni Keller	patronne d'une brasserie au marché aux victuailles
Wilhelm Friedkin	propriétaire de l'appartement de Sauer
Magda Quandt	fiancée de Goebbels
Lina Forster	femme de Mutti
Karoline Forster	fille de Mutti
Hans Forster	fils de Mutti
Heinz Forster	fils de Mutti

Vienne

Kurt Heigl	musicien
Johann Pant	père spirituel de Geli
Saul Neuhausen	inspecteur de police
Nial Neuhausen	chercheur en art
Francesca Neuhausen	commerçante au Naschmarkt

BIBLIOGRAPHIE

Les ouvrages fondamentaux sont en gras.

ALLEN William Sheridan, *Une petite ville nazie*, Paris, Robert Laffont, 1967.

BERTOLDI Silvio, *Le Signore della svastica*, Milan, Rizzoli, 1999.

BINET Laurent, *HHhH*, Paris, Grasset, 2010.

BULLOCK Alan, *Hitler ou les Mécanismes de la tyrannie*, Paris, Marabout, 1980.

—, *Hitler et Staline*, Paris, Albin Michel/Robert Laffont, 1994.

DALLERA Ovidio et BRANDMAIR Ilsemarie, *Fritz Gerlich. Un giornalista contro Hitler*, Milan, Mursia, 2008.

DUMBACH Annette et NEWBORN Jud, *Sophie Scholl and the White Rose*, Londres, Oneworld Publications, 2006.

EVANS Richard J., *Le Troisième Reich*, Paris, Flammarion, 2009.

FEST Joachim, *Hitler*, Paris, Gallimard, 1973.

FRANCESCHINI Loriano, *Pistole militari imperiali*, Sesto Fiorentino, Olimpia, 2006.

GERWARTH Robert, *Hitler's Hangman*, New Haven et Londres, Yale University Press, 2012.

GOEBBELS Joseph, *Tagebücher (1924-1945)*, https :// archive.org/ details/JosephGoebbelsTagebucher

GÖRTEMAKER Heike B., *Eva Braun*, Paris, Seuil, 2011.

GUN Nerin, *Eva Braun: Hitler's Mistress*, New York, Meredith Press, 1968.

HANFSTAENGL Ernst, *The Unknown Hitler*, Londres, Gibson Square, 2005.

HANSEN Ron, *La Nièce d'Hitler*, Paris, Buchet/Chastel, 2006.

HARRIS Robert, *Munich*, Paris, Plon, 2018.

HAYMAN Ronald, *Hitler et Geli*, Paris, Plon, 1998.

HEIDEN Konrad, *Adolf Hitler*, Paris, Grasset, 1936.

—, *The Fuhrer*, Londres, Robinson Publishing, 1999.

HIMMLER Heinrich, *Heinrich Himmler d'après sa correspondance avec sa femme*, Paris, Plon, 2014.

HOFFMANN Heinrich, *Hitler Was my Friend*, New York, Frontline, 2014.

HUSSON Édouard, *Heydrich et la Solution finale*, Paris, Perrin, 2008.

Il dossier Hitler, Turin, UTET, 2017.

KERSHAW Ian, *Hitler (1889-1936)*, Paris, Flammarion, 1999.

LAMBERT Angela, *The Lost Life of Eva Braun*, New York, St Martin's Press, 2006.

LECLERCQ A. et CARPENTIER J.-M., *Hitler et le sexe*, Paris, Jourdan, 2014.

LEWIS David, *La Vie secrète d'Adolf Hitler*, Paris, Pygmalion, 1988.

LONGERICH Peter, *Goebbels*, Paris, Héloïse d'Ormesson, 2013.

—, *Himmler*, Héloïse d'Ormesson, 2010.

MIZUKI Shigeru, *Hitler*, Paris, Cornélius, 2011.

Munich and National Socialism, Munich, C. H. Beck, 2015.

München Haupstadt der Bewegung, Munich, Klinkhardt und Biermann, 1993.

***OSS Hitler Sourcebook*, https ://archive.org/details/OSSHitler-Sourcebook**

PAYNE Robert, *Vie et mort d'Adolf Hitler*, Paris, Buchet/Chastel, 1974.

POPE Ernest R., *Munich Playground*, Stroud, Fonthill, 2015.

READ Anthony, *The Devil's Disciples*, Londres, Jonathan Cape, 2003.

REES Laurence, *Holocauste*, Paris, Albin Michel, 2018.

ROLAND Paul, *Les Femmes du nazisme*, Gremese, Rome, 2019.

ROSENBAUM Ron, *Pourquoi Hitler ?*, Paris, Lattès, 1998.

RUSCH Kris, *Hitler's Angel*, Londres, MaxCrime, 2010.

SCHAAKE Erich, *Les Femmes et Hitler*, Neuilly-sur-Seine, Michel Lafon, 2012.

SCHIRACH Baldur von, *J'ai cru en Hitler*, Paris, Plon, 1968.

SCHIRACH Henriette von, *Frauen um Hitler*, Munich, Herbig, 1983.

SCHMITT Éric-Emmanuel, *La Part de l'autre*, Paris, Albin Michel, 2001.

SCHOLEM Gershom, *La Stella di David*, Florence, La Giuntina, 2013.

SCHROEDER Christa, *12 ans auprès d'Hitler, 1933-1945. La secrétaire privée d'Hitler témoigne*, Paris, Page après page, 2004.

SCHWARZWÄLLER Wulf, *Hitler milliardaire*, Lausanne, Favre, 1988.

SHIRER William L., *Le Troisième Reich des origines à la chute*, Paris, Stock, 1962.

SIGMUND Anna Maria, *Des Führers bester Freund*, Munich, Heyne, 2005.

—, *Les Femmes du III*e *Reich*, Paris, Lattès, 2004.

—, *Diktator, Dämon, Demagoge*, Munich, 2006.

SPINOSA Antonio, *Hitler*, Milan, Mondadori, 1991.

SQUIRES Brenda, *The Love of Geli Raubal*, Cardigan, Parthian, 2016.

STRASSER Otto, *Hitler et moi*, Paris, Grasset, 1940.

***The Hitler Pages*, https ://www.hitlerpages.com**

TOLAND John, *Adolf Hitler*, Paris, Pygmalion, 2011.

ULLRICH Volker, *Adolf Hitler, une biographie. L'ascension : 1889-1939*, Paris, Gallimard, 2017.

VERMES Timur, *Il est de retour*, Paris, Belfond, 2014.

WEITZ Eric D., *Weimar Germany*, Princeton, Princeton University Press, 2018.

WINKLER Heinrich August, *Weimar 1918-1933. Die Geschichte der ersten deutschen Demokratie*, Munich, Beck, 1993.

ZDRAL Wolfgang, *Die Hitlers*, Francfort, Campus Verlag, 2005.

REMERCIEMENTS

À Francesca Canovi, pour qui tout est écrit.

À Robert Harris, qui a fourni l'idée et le modèle.

À Alessio Batella, conseiller et premier juge.

À Afrodite Massimo Balbi, gardienne de secrets.

À Vincenza Menichelli, Fiorella Bertani, Giuliana Lasorte, Angela Pacillo et Renato Massimi, qui ont lu et amélioré.

À Gianni Canovi, pour la tranquillité de Gazzano.

À Sara Vallefuoco, Cataldo Cazzato, Andrea Galla et Salvatore Lecce, frères d'encre.

À Paola Gallo et Dalia Oggero, grandes sœurs.

À Carmen Prestia et Cristina De Stefano, les anges de *L'Ange*.

À Giuseppe Strazzeri, jardinier opiniâtre, et Fabrizio Cocco, le meilleur serrurier.

À toute la famille Longanesi, avec fierté.

À Fausto Batella, gratitude éternelle.

PAPIER À BASE DE
FIBRES CERTIFIÉES

Le Livre de Poche s'engage pour l'environnement en réduisant l'empreinte carbone de ses livres. Celle de cet exemplaire est de :
450 g éq. CO_2
Rendez-vous sur
www.livredepoche-durable.fr

Composition réalisée par Soft Office

Achevé d'imprimer en février 2022, en France sur Presse Offset par
Maury Imprimeur – 45330 Malesherbes
N° d'impression : 260743
Dépôt légal 1re publication : mars 2022
LIBRAIRIE GÉNÉRALE FRANÇAISE – 21, rue du Montparnasse – 75298 Paris Cedex 06

44/7248/5